全国高等院校本科教材
全国高等院校专升本教材

西方文论

Xifang Wenlun

（第 2 版）

教育部师范教育司　组织编写
孟庆枢　杨守森　主编

编写者（按编写章节次序排序）
孟庆枢　王　确　赵沛林
张云鹏　刘　研　杨守森
王化学　杨思聪　李珺平
陶水平　凌建侯　吴学先
寇鹏程　张永清　张向东

高等教育出版社·北京

内容提要

本书是在教育部师范司组织编写的中学教师进修高等师范本科（专科起点）教材《西方文论》基础上，根据新的教学形势，修订而成的高等院校教材。本书配有《西方文论选》一册。

本书详细描述了从古希腊到20世纪西方文论的发展脉络，并对西方文论家、文论著述作了细致、独到的分析、评述。第2版总体上对全书章节作了结构上的调整和内容上的修改，进一步充实读者反应批评、伊瑟尔、海德格尔等章节，增加了巴赫金的文艺思想；重点修订了西方马克思主义文论部分；对20世纪西方文论中的一些重要流派如后现代主义等作了全面调整；第2版论述上更加严谨、准确。

本书适用作中学教师进修高等师范本科学习用书和高等院校本科选修教材及考研参考书，也可供社会读者阅读。

图书在版编目（CIP）数据

西方文论/孟庆枢，杨守森主编；教育部师范教育司组织编写. —2版. —北京：高等教育出版社，2007.4（2019.7重印）
ISBN 978-7-04-020853-5

Ⅰ. 西… Ⅱ. ①孟… ②杨… ③教… Ⅲ. 文学理论-文学思想史-西方国家-师范教育-教材 Ⅳ. I109

中国版本图书馆 CIP 数据核字（2007）第 024495 号

| 策划编辑 | 肖冬民 | 责任编辑 | 吴 军 | 封面设计 | 王 雎 | 责任绘图 | 朱 静 |
| 版式设计 | 张 岚 | 责任校对 | 王 超 | 责任印制 | 尤 静 | | |

出版发行	高等教育出版社	网　　址	http://www.hep.edu.cn
社　　址	北京市西城区德外大街4号		http://www.hep.com.cn
邮政编码	100120	网上订购	http://www.landraco.com
印　　刷	北京鑫丰华彩印有限公司		http://www.landraco.com.cn
开　　本	787×960　1/16		
印　　张	30.25	版　　次	2002年7月第1版
字　　数	570 000		2007年4月第2版
购书热线	010-58581118	印　　次	2019年7月第14次印刷
咨询电话	400-810-0598	定　　价	31.40元

本书如有缺页、倒页、脱页等质量问题，请到所购图书销售部门联系调换
版权所有　侵权必究
物　料　号　20853-00

主编简介

孟庆枢（1943— ），吉林长春市人，出生于中医世家。东北师范大学首批资深教授，东北师范大学比较文学研究中心主任、博士生导师。多年从事比较诗学、中日比较文学、日本近现代文学研究。中国比较文学学会理事、中日比较文学研究会副会长、中俄比较文学研究会理事。1986年赴日本国学院大学留学，研修日本近现代文学，1991年赴莫斯科大学研修19世纪俄国文学批评。多次赴日本、俄国及欧洲各国讲学或参加国际学术会议。主持国家社科基金"七五"项目"日本近代文艺思潮与中国现代文学"、国家教委"九五"项目"从川端康成到大江健三郎"、"十五"项目"20世纪日本文学批评史"，现正主持国家社科基金"十一五"项目"当代日本文学纪事"和国际合作项目"中日比较诗学"。出版专著《孟庆枢自选集》、《日本近代文学思潮与中国现代文学》、《中国比较文学十论》等五部（含合著）。出版译著（文艺理论著作、作品）300万字以上。在《人民日报》、《光明日报》、《外国文学评论》、《社会科学战线》、《日本学刊》和国外《日本近代文学》等学术刊物发表论文100多篇。曾获曾宪梓奖、长春市政府奖等奖项多次。

杨守森（1955— ），山东高密人。山东师范大学文学院博士生导师，文艺学博士点带头人，省级重点建设学科负责人。曾主持国家社会科学基金课题"20世纪中国作家心态史"、"生命存在与文学艺术"及教育部课题"文艺学大视野丛书"、山东省社科规划课题"数字化时代与文学艺术"等。曾获山东省优秀社会科学成果一等奖、二等奖,齐鲁文学奖、刘勰文艺评论奖多项。代表性著作有《艺术想象论》、《审美本体否定论》、《20世纪中国文学问题》、《灵魂的守护》、《20世纪中国作家心态史》(主编)、《中国当代作家的心灵历程》(主编)等。在《中国社会科学》、《文学评论》、《文艺研究》、《外国文学研究》等刊物发表论文多篇。参编全国高校文科教材《文艺理论教程》,参与创办、主编《青年思想家》。另有《东邻西舍》、《故乡人物》、《田野风景》等部分小说、诗歌发表,曾获《山东文学》"齐鲁作家小说精品大展"优秀作品奖。

目 录

导论 ··· 1
第一章 **古希腊罗马文艺理论** ·· 17
  引论 ··· 17
  第一节 柏拉图的文艺思想 ··· 20
    一、文艺与世界的关系 ··· 20
    二、文艺的社会功能 ·· 22
    三、文艺创作的原动力 ··· 26
  第二节 亚里士多德的文艺思想 ··· 28
    一、文艺的本质 ·· 29
    二、悲剧观念 ·· 32
    三、文艺的心理和社会功能 ··· 35
  第三节 古罗马时代的文艺思想 ··· 38
    一、贺拉斯和他的《诗艺》 ··· 38
    二、朗吉弩斯和他的《论崇高》 ··· 41
  小结 ··· 43
  思考题 ·· 44

第二章 **中世纪文艺理论** ·· 46
  引论 ··· 46
  第一节 圣·奥古斯丁的基督教文艺观 ···································· 50
    一、奥古斯丁的思想历程及背景 ··· 50
    二、奥古斯丁的文艺思想 ·· 53
    三、皮拉及乌斯与奥古斯丁在神学和文艺思想上的对立 ············ 56
  第二节 托马斯·阿奎那的基督教文艺观 ································ 57
    一、从安瑟伦的信仰主义先验论到阿奎那的《神学全书》 ········ 57
    二、阿奎那自然神学的文艺观 ··· 61
    三、奥凯姆的经验论与阿奎那自然神学的对立 ························ 65
  第三节 基督教文艺思想的分野与但丁的文艺观 ······················ 67
    一、厄里根那的文艺思想 ·· 68
    二、阿伯拉尔的文艺思想 ·· 69
    三、但丁的文艺思想 ·· 72

小结 ……………………………………………………… 77
　　　思考题 …………………………………………………… 78

第三章　文艺复兴至启蒙运动时期的文艺理论 …………… 79
　　　引论 ……………………………………………………… 79
　　第一节　文艺复兴文艺理论 ……………………………… 80
　　　　一、锡德尼的《为诗辩护》 …………………………… 80
　　　　二、达·芬奇的画论 …………………………………… 85
　　　　三、卡斯特尔维屈罗的《〈诗学〉诠释》 ……………… 89
　　第二节　新古典主义文艺理论 …………………………… 93
　　　　一、布瓦洛的《诗的艺术》 …………………………… 93
　　　　二、蒲柏的《论批评》 ………………………………… 99
　　第三节　启蒙运动文艺理论 ……………………………… 101
　　　　一、狄德罗的《论戏剧诗》 …………………………… 102
　　　　二、莱辛的《拉奥孔》 ………………………………… 105
　　　　三、维柯的《新科学》 ………………………………… 107
　　　小结 ……………………………………………………… 109
　　　思考题 …………………………………………………… 110

第四章　德国古典文艺理论 ………………………………… 112
　　　引论 ……………………………………………………… 112
　　第一节　康德的文艺思想 ………………………………… 113
　　　　一、关于审美活动的特征 …………………………… 114
　　　　二、艺术与非艺术的区别 …………………………… 115
　　　　三、艺术美是审美观念的表现 ……………………… 117
　　　　四、艺术是自由的感性游戏 ………………………… 119
　　　　五、艺术天才论 ……………………………………… 121
　　第二节　黑格尔的文艺思想 ……………………………… 123
　　　　一、艺术美的本质特征 ……………………………… 124
　　　　二、艺术发展的历史类型 …………………………… 126
　　　　三、理想性格论 ……………………………………… 130
　　　　四、悲剧冲突论 ……………………………………… 132
　　　　五、艺术创造论 ……………………………………… 134
　　第三节　歌德与席勒的文艺思想 ………………………… 136
　　　　一、歌德的文艺观 …………………………………… 136
　　　　二、席勒的文艺观 …………………………………… 141
　　　小结 ……………………………………………………… 147
　　　思考题 …………………………………………………… 148

第五章　19世纪主导文艺理论 ………… 149
引论 ………… 149
第一节　浪漫主义文艺理论 ………… 150
一、浪漫主义文论的由来与发展 ………… 151
二、海涅的《论浪漫派》 ………… 152
三、华兹华斯的《〈抒情歌谣集〉序言》 ………… 155
四、夏多勃里昂的《基督教真谛》 ………… 159
第二节　现实主义文艺理论 ………… 162
一、现实主义文论的由来与发展 ………… 163
二、斯丹达尔的文艺观 ………… 165
三、别林斯基的文艺观 ………… 167
四、车尔尼雪夫斯基的文艺观 ………… 170
第三节　实证主义文艺理论 ………… 172
一、实证主义文论的由来与发展 ………… 173
二、斯达尔夫人的《论文学》 ………… 176
三、泰纳的《艺术哲学》 ………… 178
小结 ………… 180
思考题 ………… 182

第六章　唯意志论文艺理论 ………… 183
引论 ………… 183
第一节　叔本华的文艺思想 ………… 184
一、审美观审 ………… 187
二、艺术的宗旨——复制理念 ………… 188
三、艺术的价值——对生命意志的短暂超越 ………… 189
四、对各种文艺样式的评判 ………… 190
五、悲剧观 ………… 192
第二节　尼采的文艺思想 ………… 193
一、日神精神与酒神精神 ………… 194
二、音乐与诗歌 ………… 197
三、悲剧观 ………… 198
小结 ………… 202
思考题 ………… 202

第七章　早期现代主义文艺理论 ………… 204
引论 ………… 204
第一节　唯美主义文艺理论 ………… 206
一、戈蒂叶"为艺术而艺术"文艺观 ………… 208
二、佩特"艺术与生命体验"文艺观 ………… 211

    三、王尔德"形式、纯美就是一切"文艺观 …………………… 213
    四、桑克蒂斯"艺术即形式"文艺观 …………………………… 216
  第二节 象征主义文艺理论 …………………………………………… 218
    一、波德莱尔的"感应说" ……………………………………… 222
    二、魏尔伦"音乐,至高无上"的诗歌革新主张 ……………… 225
    三、兰波的"通灵人"理论 ……………………………………… 226
    四、马拉美的"超验象征主义"理论 …………………………… 228
  第三节 直觉主义文艺理论 …………………………………………… 229
    一、柏格森的直觉理论和戏剧理论 …………………………… 230
    二、克罗齐的"直觉即表现"论 ………………………………… 232
  小结 ……………………………………………………………………… 234
  思考题 …………………………………………………………………… 235

第八章 精神分析批评与原型批评文艺理论 …………………………… 236
  引论 ……………………………………………………………………… 236
  第一节 精神分析批评 ………………………………………………… 236
    一、精神分析学理论概要 ……………………………………… 237
    二、弗洛伊德"精神分析批评"的主要观点 …………………… 240
    三、精神分析批评的影响及简要评价 ………………………… 246
  第二节 原型批评 ……………………………………………………… 248
    一、原型批评兴起的历史文化背景 …………………………… 248
    二、荣格的分析心理学及其原型批评 ………………………… 250
    三、弗莱的原型批评理论 ……………………………………… 256
  小结 ……………………………………………………………………… 260
  思考题 …………………………………………………………………… 261

第九章 形式主义文艺理论 …………………………………………………… 262
  引论 ……………………………………………………………………… 262
  第一节 俄国形式主义 ………………………………………………… 263
    一、形式主义学派的形成与代表人物 ………………………… 263
    二、早期形式主义学派的理论特征 …………………………… 264
    三、晚期形式主义学派的理论特点 …………………………… 266
    四、俄国形式主义评价 ………………………………………… 268
  第二节 巴赫金的文艺思想 …………………………………………… 269
    一、复调小说 …………………………………………………… 270
    二、狂欢理论 …………………………………………………… 271
    三、巴赫金文学理论的评价 …………………………………… 274
  第三节 英美新批评 …………………………………………………… 276
    一、新批评派的代表人物 ……………………………………… 276

二、新批评派的主要理论见解 …………………………………… 279
　　　三、新批评派的批评实践 ……………………………………… 280
　　　四、英美新批评评价 …………………………………………… 284
　第四节　结构主义与解构主义 …………………………………… 284
　　　一、从结构主义到解构主义 …………………………………… 285
　　　二、结构主义文论的主要见解 ………………………………… 289
　　　三、解构主义文论的主要见解 ………………………………… 296
　　　四、结构主义与解构主义理论评价 …………………………… 299
　小结 ……………………………………………………………………… 301
　思考题 …………………………………………………………………… 301

第十章　现象学与存在主义文艺理论 ……………………………… 303
　引论 ……………………………………………………………………… 303
　第一节　英伽登的文艺思想 ……………………………………… 306
　　　一、文学艺术本体论 …………………………………………… 307
　　　二、现象学阅读理论 …………………………………………… 309
　　　三、关于文学作品的艺术价值和审美价值的区分 …………… 310
　　　四、对文学作品的审美经验的探讨 …………………………… 311
　第二节　杜夫海纳的文艺思想 …………………………………… 312
　　　一、审美经验理论的主要内容 ………………………………… 312
　　　二、审美对象论 ………………………………………………… 313
　　　三、审美知觉论 ………………………………………………… 315
　第三节　海德格尔的文艺思想 …………………………………… 316
　　　一、海德格尔对艺术本源的认识 ……………………………… 317
　　　二、海德格尔的存在主义语言观 ……………………………… 319
　　　三、海德格尔的存在主义"理解"与"解释" ………………… 320
　　　四、海德格尔与中国道家文化的对话 ………………………… 320
　第四节　萨特的文艺思想 ………………………………………… 321
　　　一、文学作品只有一个题材：自由 …………………………… 322
　　　二、文学是介入的文学 ………………………………………… 324
　　　三、强调文学作品的读者接受作用 …………………………… 325
　小结 ……………………………………………………………………… 326
　思考题 …………………………………………………………………… 327

第十一章　文艺阐释学与接受理论 ………………………………… 328
　引论 ……………………………………………………………………… 328
　第一节　伽达默尔与文艺阐释学 ………………………………… 331
　　　一、艺术经验的真理问题 ……………………………………… 332
　　　二、作品的存在问题 …………………………………………… 335

V

    三、时间距离与视阈融合 338
  第二节 尧斯的接受美学文论 341
    一、重构文学史与接受美学 342
    二、期待视野:接受美学方法论的顶梁柱 343
    三、审美经验:创造、感受、净化 345
    四、审美经验的互动模式 347
  第三节 伊瑟尔、费什的文艺思想 350
    一、伊瑟尔的文艺思想 350
    二、费什的文艺思想 353
  小结 356
  思考题 357

第十二章 西方马克思主义文艺理论 359
  引论 359
  第一节 早期西方马克思主义文论 361
    一、卢卡契"伟大的现实主义"文学理论 362
    二、葛兰西的文化领导权理论 369
  第二节 法兰克福学派文艺理论 374
    一、本杰明的现代性艺术思想 375
    二、阿多尔诺的"否定美学"理论 380
    三、马尔库塞的艺术革命理论 385
  第三节 阿尔都塞学派的文艺理论 391
    一、阿尔都塞的艺术与意识形态理论 391
    二、马契雷的文学生产理论 395
    三、哥德曼的发生学结构主义文艺理论 400
  第四节 后现代语境下的西方马克思主义文艺理论 406
    一、哈贝马斯"交往合理化"的文化美学 406
    二、詹姆逊的政治阐释学的后现代文化批评 412
    三、伊格尔顿的美学意识形态理论 418
  小结 425
  思考题 426

第十三章 当代西方文艺理论 427
  引论 427
  第一节 后现代主义文艺理论 428
    一、何谓后现代主义 428
    二、后现代主义文艺创作观 434
    三、后现代主义文艺批评观 438
  第二节 女权主义文艺观 441

一、女性阅读理论 …………………………………………………… 442
　　　二、女性美学理论 …………………………………………………… 443
　　　三、女性写作理论 …………………………………………………… 445
　　　四、性别理论 ………………………………………………………… 446
　　第三节　后殖民主义文艺观 ……………………………………………… 447
　　　一、从后结构主义视角出发 ………………………………………… 448
　　　二、从女权主义视角出发 …………………………………………… 452
　　　三、从马克思主义观点出发 ………………………………………… 454
　　第四节　新历史主义文艺观 ……………………………………………… 455
　　　一、恢复文学研究中的历史维度 …………………………………… 458
　　　二、文化诗学的批评观 ……………………………………………… 459
　　　三、开放的理论视野 ………………………………………………… 460
　　小结 ………………………………………………………………………… 462
　　思考题 ……………………………………………………………………… 464
第 1 版后记 …………………………………………………………………… 465
第 2 版后记 …………………………………………………………………… 468

导 论

一

西方文论是相对于东方文论而言的欧美文学理论。在人类漫长的文明史中由于东西方各自独特的环境和条件,西方产生了具有自己特色的文艺理论,它是人类文化宝贵财富的组成部分。

从古希腊、罗马至今的西方文论是在西方文学艺术创作基础上形成的又反转来影响其创作的理论,同时它也是人类认识世界和自身的一个重要方面。近代以来西方文论对东方也产生了很大影响,毫无疑问,学习西方文论是非常必要的。

当人类走出蒙昧,开始观照世界和反思自我,成为"文明人",必然产生最早的文学萌芽。从那时起,人与自然、人与神、人与社会(人与人)这些最基本的问题一直成为文学永不枯竭的课题。围绕文学作品的认识又总是围绕主观与客观、感性与理性、内容与形式、文学与其他领域的关系诸方面进行探讨,从这方面来说,东方文论与西方文论是相通的。但是,由于东西方不同的文明史也使其文论各具特色而产生差异,这种差异既需互相沟通,同时也是互相取长补短的前提。

本书为"西方文论",不是西方文论的史著,但是,仍然遵从西方文论历史发展的实际,将其划分为古典、近现代、当代几个大的阶段来进行描述。

我们把古希腊、罗马、中世纪文论称之为**古典时期文论**。古希腊文艺理论是西方文论的源头。以柏拉图、亚里士多德为代表的古希腊文论最早地体现了古代东西文化的交融。古希腊由于地理上的优越条件和航海业、贸易的发达,古希腊人和古埃及、亚洲的两河流域的苏美尔、巴比伦、亚述文明早有交融,并从中汲取了丰富的营养。柏拉图和亚里士多德的文论都体现了西方文论重分析的特点,它们都建立在人本主义基础上,在文学与社会关系上都坚持文艺为社会服务。但是,从柏拉图、亚里士多德起,西方文论也是在矛盾中前行的,它们的不同内涵及对它们的不同认识使得西方文论异彩纷呈。同样是立足于人本主义,柏拉图则显示抑人扬神的倾向。在理性与感性上,柏拉图崇尚理性,抹杀情感,这与他维护贵族统治的立场有关;在文艺与现实世界关系上,柏拉图与亚里士多德虽然都倡模仿说,但柏氏否定现实世界的真实性,他认为世界存在一种超越物质与现实世界的绝对精神,他称之为"理念"或"理式";从创作方面柏拉图的灵感说否定了社会、生活是文艺创作的源泉。亚里士多德的"模仿说"虽然也不是完全的唯物主义观点,但是,它的内涵为后来的现实主义典型论奠定了基础。模仿说不是主张对某物复制或像镜子一样的照射,而是对现实的一种复杂的中介处理,认为文学作品可以揭示事物发展的普遍性与必然性。在文艺的社会功能方面,亚里士多德的"净化说"强调了文艺的教育功能,但同时亦肯定文艺可以激发情绪,产生快感。同时,他把自然科学与文艺结合,把文艺作品看作一个有机整体,在内容与形式上强调和谐统一。上述方面都涉及了西方文论的一些根本问题。柏拉图与亚里士多德建立了最早的形而上的文论体系。

在罗马时代,无论是贺拉斯还是朗吉弩斯,他们的成就都在于确立了古希腊文论的典范性。贺拉斯的"寓教于乐"虽然有它的偏颇之处,但是后代的文论家都把这句简明扼要的话奉为文学作品所具有的教育功能的圭臬。朗吉弩斯并不轻视理性,但他对情感问题格外重视,他认为诗人的伟大思想往往是通过直接表达情感的词语来传达的,而这种情感可以保证诗的崇高性。他的文论批评重点也由抽象理论的探究转到对具体作品的分析和比较,这无疑是对古希腊文论的发展与深化。他的重精神分析成为后来浪漫主义文论的先河。与此同时普洛丁的"回归"(灵见)这一新柏拉图主义文论更强调了文艺是由神放射给人的,这与中世纪神学文论相通。

中世纪是宗教占统治地位的时代。这是抑肉扬灵、张扬神本主义,抹杀人的情感和欲望的时代。尽管基督教神学文论戕害世俗文艺,企图把文学纳入神学的桎梏下,但是社会和文学发展的规律表明,这只是人类发展的一个黑暗阶段。就是在这一时期,基督教文论中也矛盾地蕴涵着文艺复兴时期的一些人文主义文论的因素。在阿奎那的文论中明确地提出了与世俗观念相符的一些论述,阿伯拉尔以自己的反禁欲主义实践向中世纪神学提出了挑战,他对圣灵和三位一体的解释从根本上瓦解了教会权威和蒙昧主义,在圣灵光环的掩护下呼唤人的自觉、觉醒,展示人自身的美。为此,后来出现但丁这样一位诗人也是必然。从但丁的文论可以看出从神本主义向人本主义的回归,他的许多论述对近代西方文论家产生了很大影响。

把文艺复兴看做是近代西方文明的曙光期,把它作为西方文论的**近代期的伊始**是合理的。文艺复兴的原意是"古典学术的再生"。这种"再生"已不是机械地重复古希腊罗马文论,不是简单地回归到古希腊罗马的思想认识上,而是根据时代的需要从古希腊罗马文论中发掘、激发时代所要求的新的精神,是伴随社会大变革的一次伟大的思想革命。文艺复兴首先是思想解放运动,破的是神权,立的是人道主义,而古希腊罗马文化的核心是世俗的人道主义。同时文艺复兴时期是东西方文化进一步交融的时代,也是巨人辈出的时代。文艺复兴时代文论是处于伟大转折期的文论,它的辉煌里也体现了许多矛盾。

17世纪至19世纪的西方文论可以说是**近代西方文论的确立、发展阶段**。在这一阶段产生的古典主义文论、浪漫主义文论、现实主义文论占主流地位。古典主义文论强调理性、原则,在进一步扫荡宗教的神本主义中为文学与现实的结合作出了贡献。但是,发展到新古典主义后越发显示出它泥古、保守,维护封建统治的反动性,它被后起的启蒙主义批判是不可避免的。

启蒙主义文论(狄德罗、莱辛、维柯等)体现了从古典主义向真正意义的西方近代文论的发展,向浪漫主义、现实主义文论的发展,它一方面继承发展了古典主义文论中的理性精神和现实原则,为现实主义文论的产生创造了必要的条件,同时它强调情感与想象的文论主张又成为后来浪漫主义文论的根据。

德国古典主义文论是以法国大革命为先声的欧洲资产阶级启蒙运动在德国的进一步发展的形势下产生的。正如恩格斯所说:"在法国发生政治革命的同时,德国发生了哲学革命。这个革命是由康德开始的。他推翻了前世纪末欧洲各大学所采用的陈旧的莱布尼茨的形而上学体系。费希特和谢林开始的哲学的改造工作,黑格尔完成了新的体系。"①德国古典主义文论的核心是关注人的精神的解放,强调人的意志的自主性,主张道德自律和人格完善,同时这是对西方传统的形而上学思维方式的一次从哲学上的颠覆,它把辩证法引进到了文论体系,因而它的意义是重大的。

康德处在经验主义与理性主义美学斗争尖锐的时代,他看出"经验派混淆美感与快感,理性派混淆美感与对'完善'的朦胧认识,都没有抓住美的本质"②,他企图使二者统一起来,但浪漫主义运动实际必然强调和突出理性的一面,康德在方法上"侧重理性的超验性的解释,只有在这种理论的解释行不通时,他才被迫采用经验性的解释"③,康德强调想象的中介作用,这就把文学作品的感性形象与理性观念辩证地统一起来,将对文学作品本质的认识向前推进了一大步,对后来的很多文论都有很大影响。

黑格尔作为德国古典文论的另一位大师提出了"理念",指出它既不是柏拉图脱离客观存在的抽象的理式,也不是亚里士多德"自然的模仿"。作为黑格尔文艺观的出发点,他指出"与现实结合成为直接的妥帖的统一体的那种理念。"

---

① 《马克思恩格斯全集》第1卷,人民出版社1956年版,第588页。
② 朱光潜:《西方美学史》下册,人民文学出版社1985年版,第404页。
③ 朱光潜:《西方美学史》下册,人民文学出版社1985年版,第405页。

"理念就是符合理念本质而现为具体形象的现实,这种理念就是理想。"①他的理念观实际上突出了人的自由创造,"继承与弘扬的是文艺复兴以来的对人的主体价值的尊崇与肯定"。黑格尔又强调美是无限的、自由的,他强调内容与形式的统一,批驳"寓教于乐"将内容与形式割裂。他认为:"浪漫型艺术的真正内容是绝对的内心生活,相应的形式是精神的主体性,亦即主体对自己的独立自由的认识。"②

黑格尔对新古典主义的批评,进一步为西方近代文论的发展廓清了道路,他指出"他们用一切离奇独特的方式把古人的作品丑化到令人作呕的程度,因为他们的趣味要求一种完全宫廷式的社会文化,在意义和表现方式上都要做到符合规则和沿袭陈规的概括化。"③他对古希腊罗马文化持一种辩证的观点。

黑格尔对文论的最大贡献在于他在文论中体现的辩证思想。他把文学艺术的发展与"一般世界情况"结合起来研究,即把文学艺术和人与自然、人与社会、人与历史结合起来,换句话说是把文学艺术放在大的文化背景中考察而寻找规律性的体系。马克思主义文论和现代主义文论都从这一体系中得到了有益的启示和借鉴。

歌德和席勒的文艺理论都曾经给黑格尔提供了很好的借鉴。在当时德国及欧洲产生了很大影响。像歌德的有关"世界文学"的论述被看做是比较文学的先声,对"特别中显出一般"的创作原则以及天才与勤奋之间关系的论述等都非常有价值。由于他对自然科学的研究颇有造诣,使他的文论具有从感性经验、从个别具体事物出发的特点。

席勒关于内容与形式关系的论述充满了辩证法。他强调活的形象,认为感性内容与理性形式的统一才能对人的整体(感性和理性)起作用。同时他强调审美功能,指出"如果要把感性的人变成理性的人,唯一的路径也是先使他成为审美的人"(见《审美教育书简》,第 23 封信)。

从 18 世纪末至 19 世纪 30 年代的浪漫主义文论是近代西方文论中的重要组成部分,浪漫派是对理性主义的彻底反拨,它建立在德国古典哲学基础上,是对走极端的古典主义的一个反叛,而古典主义无限崇尚理性,又使理性成为桎梏人精神的枷锁。为此"蔑视权威,反对矫饰",崇尚自然和尊重个性的一场文学革命必然到来。

浪漫主义文论是一个很宽泛的概念。最初"浪漫主义本质上只不过是文学

---

① 黑格尔:《美学》第 1 卷,朱光潜译,商务印书馆 1979 年版,第 92 页。
② 黑格尔:《美学》第 2 卷,朱光潜译,商务印书馆 1981 年版,第 276 页。
③ 黑格尔:《美学》第 1 卷,朱光潜译,商务印书馆 1979 年版,第 339 页。

中地方色彩的勇猛的辩护"①。现在我们所指的浪漫主义文论指的是西方资产阶级革命高潮阶段针对古典主义文论进行的一种反拨、批判的文论。"从较广的意义看,它是对新古典主义的一种反抗,意味着摈弃拉丁传统和接受以表现交流情感为主流的诗歌观。它产生于18世纪,而且形成一道洪流,涌向所有西方国家。"②冠以浪漫主义的西方文论其内容驳杂。从奥·施莱格尔对"浪漫主义"的界定看包含有"对于艺术史来说,最重要的是承认现代趣味和古代趣味大有差别"。他把文学批评的目光转向现代,抛弃永恒不变的文学标准。以华兹华斯和柯勒律治为代表的英国浪漫主义文论又有独特的主张,这两位文论家也各有千秋。虽然都是英国浪漫主义文论家,但是他们的论述亦各有不同。另一位浪漫主义文论家夏多布里昂被称作"浪漫的唯美主义的开创者之一"③,他强调文学表现人的心灵创造"理想的精神美"。但他把基督教看做是美的源泉与规范,称之为"基督教的诗意"。而海涅由于受马克思的影响,他的浪漫主义文论充满民主主义精神,他真正地强调了文学和生活的结合,立足德国现实,主张文学必须代表时代精神。

在这一时期现实主义文论确立,它以强劲的势头影响至今,成为西方文论中的一个重要方面。法国司汤达、巴尔扎克,俄国别林斯基、车尔尼雪夫斯基、杜勃罗留波夫、果戈理、托尔斯泰等的现实主义文论对世界各国都产生了很大影响。作为现实主义的分支(或者称作发展的极端)是以左拉等为代表的自然主义理论。左拉把文学家等同于医生,将人的文学描写视作解剖动物,这显然混淆了文学与自然科学的界限,他自己的创作也突破了自己的文学理论主张的局限。俄国文论家的现实主义文论独树一帜,其特色在于批判性和战斗性,这与当时俄国现状有关,正如别林斯基所说:现实主义文学"按照真实情况来再现生活与现实。文学就从这一点在社会的眼里获得了重要的意义"。(《一八四六年俄国文学一瞥》)同时,别林斯基在《艺术的概念》中主张文学创作应用形象思维,认为"艺术是对于真理的直感的观察,或者说用形象思维"。这些理论在今天仍然有其现实意义。

人的意识活动是理性与非理性的统一。所谓理性是指人的逻辑思维、科学思考、理智,而非理性一般指人的直觉、意志、盲目冲动、本能欲望等方面。中世纪人与神的关系里神占主导地位,是神主宰着人。文艺复兴以后人从神的桎梏中开始解放出来,从总的趋势看理性占主导,它使人的精神得到不断弘扬,与此同时走到极端又形成理性取代神而变成人自身的束缚。经历西方资本主义的几

---

① 勃兰兑斯:《十九世纪文学主流》第5册,李宗杰译,人民文学出版社1988年版,第19页。
② 雷纳·韦勒克:《近代文学批评史》第2卷,杨自伍译,上海译文出版社1997年版,第4页。
③ 雷纳·韦勒克:《近代文学批评史》第2卷,杨自伍译,上海译文出版社1997年版,第286页。

百年历程,由于物质生产的发达,这种束缚日益加重,人的价值观念也发生了重大变化,人们越来越意识到自己日益被物化,成为自己创造物的奴隶。于是再次发生精神与信仰危机,对生存的空间产生怀疑,开始用迷惘的眼光重新审视社会与人自身,非理性主义哲学、非理性主义文论应运而生。叔本华、尼采的唯意志文艺理论产生的背景即在于此,这在西方近现代文化中占有突出地位,不了解这些文论很难把握西方现代主义和后现代主义文论。

叔本华的"世界是我的表象"、"世界是我的意志",尼采的"上帝已死"、"重估一切价值"等主张把人的个体生命意志推向了极致。这种观点对于客观世界的认识必然产生"荒诞"的结论。这一看法与后来的现代主义诸流派的观点是相通的。

叔本华、尼采的直觉主义文论对传统文论提出了严厉的挑战,总的说来它们重直觉、悟性,贬低、排斥理性,成为一系列现代主义文论的基础。同时,我们也注意到叔本华的直觉主义文论与东方文化也有一定关系,叔本华曾引用《吠陀》中"一切天生之物总起来就是我,在我之外任何其他东西者是不存在的"的观点,来阐释他认为表象世界纯粹依赖主体而存在的观点。

人类进入19世纪末和20世纪初更感到迎来的是个激荡不安的时代。一方面科学技术在迅猛发展,一方面西方社会对以往的信仰越来越感到危机。哲学、社会思潮迭起,在文学创作上现实主义、浪漫主义与现代主义并存,文论也呈现多元的态势,是一个范式急遽转变的时代。我们把19世纪末至20世纪60年代的西方文论称为**西方现代文论**。

首先现代主义文学和文论的产生是对西方社会在19世纪以来理性的绝对权威的挑战,19世纪后期的早期现代主义文艺彰显了"文学艺术的自觉时代"的到来,推进了对"文学"向纵深的理解。西方文明经过第一次世界大战的浩劫,昔日的信仰被严重动摇,工业文明中人被物化后的困惑在现代主义文学中得以表现。同时,从亚里士多德以来的西方文论的形而上学,将文学看做是外部世界的真实反映,把文学当作教化、劝善工具的观点也随之遭到否定。早期西方现代主义文论曾对我国五四时期文坛产生很大影响。

论及西方现代文艺理论应该格外关注费尔迪南·德·索绪尔(Ferdinand de Saussure,1857—1913),这位瑞士结构语言学家。他的《普通语言学教程》(1916)不仅揭开了20世纪语言学研究的新篇章,而且对西方文艺理论的现代转型起到了不可低估的影响。简要地说,索绪尔认为在事物与概念中不能看取价值和确定意味,而只能从体系内的否定差异中才能决定它们。他主张世界是结构化的,这就实现了语言学从实体论向关系论的转变。这一理论不仅影响了形式主义、新批评派,在20世纪60年代,对罗兰·巴尔特、热奈特、托多罗夫、克里斯蒂娃都有不同程度的影响。

同时,在西方现代文论中力图克服西方分析性思维的局限,追求综合思维,注重关系、结构,动态地把握文学艺术的走向非常突出。1910年出现的俄国形式主义和20世纪30年代英、美新批评是西方现代文论确定的标志。它们的核心在于把文学研究(或称作鉴赏)进行一次从外向内的转换。虽然这些文论强调了内部结构,但其思维模式仍是分析式的,雅各布逊已有所突破。诺思洛普·弗莱的神话批评(Myth Criticism)则是对它们的纠偏。新批评派仅把文本视作篇章,质纹(texture),即"文学内在关系的一种织物",却未能阐明文学作品的形态和实质。弗莱认为:"结构具有的整体、可变及自我调节三性,也是文学的特征,因此,研究结构可使批评家对文学中的历史背景及社会熏陶之重要性获得更深刻的理解。"①这就显示了打破形式主义、新批评派自闭的文本观和将文学与文化研究结合的理论特点。

我们还可以从接受美学、读者反应批评文论来思考这一问题。西方文论在继作者时代、作品时代之后,迎来了第三阶段即读者时代。读者反应批评家们认为阅读绝非是种被动行为,而是能动的存在。尧斯基于"以读者为轴心的历史性的宏观视点",伊瑟尔则持聚焦读者关系的微观视点。其实他们相通之处都在于"通过读书行为把握文本与读者的相互作用的现象学分析"②。这一理论虽有过分强调读者之嫌(特别是费什的理论),但是,它重视从关系、网络、人存在本身去认识文学的思考是很有意义的。

海德格尔的哲学思想和存在主义文论对西方文论,特别是后现代主义文论的影响是不可低估的。海德格尔的存在论是对西方传统的形而上学最具颠覆力的批判,他从《存在与时间》开始,就展开了与形而上学的斗争,并由此进入了对整个西方文明的反思。他认为哲学的核心问题不是"存在是什么",而应该是"存在为什么存在"、"存在是怎样存在的",他的存在主义文论建立在主客一体的存在主义哲学观存在者的观点上。他还从人本主义语言观出发,把语言"从逻辑中解救出来",把语言的探索再次复位于源初的生存论基础之上,即把语言作为此在(人)敞开自己的基本方式来看待。这种观点对亚里士多德以来传统的西方文论是致命的打击。他把文艺作品的本质说成是"存在之真的自行发生"、"真自行设立到艺术作品中去。"

我们把20世纪60年代以来的西方文论称作**当代西方文论**。后现代主义文论是这一时期西方文论的重要组成部分。后现代主义这一术语由于它的内涵和外延的多元性和不稳定性至今在西方与我国学界仍然莫衷一是。对"后现代"这一术语,有的学者认为"更多强调的是对现代的否定,是一种认知的扬弃,它

---

① 吴持哲:《诺思洛普·弗莱文论选集》,中国社会科学出版社1997年版,第2页页下注。
② 土田知则等:《现代文学理论》,日本新曜社2005年版,第127页。

肢解或消解了'现代'的一些确凿无疑的特征"①。

对后现代主义文论的范围也有不同的划分。一种看法是它包括后结构主义（以德里达的解构主义为核心）、新历史主义、西方马克思主义、女权主义（亦称作女性主义）、后殖民主义等。有的文论家将西方马克思主义单独列项。

20世纪60年代以后，西方社会（主要是发达国家）进入后工业社会。随着理性复兴以后现代科学技术取代了宗教，接着理性主体又取代了上帝（尼采有"上帝死了"之言），到了后工业社会，后现代又取消了主体。有的西方学者把后现代主义分作"肯定论的和怀疑论的后现代主义"。认为怀疑论的后现代主义者（或仅仅是怀疑论者）"持有某种悲观、消极和沮丧的立场，主张后现代时代是一个片断、解体、抑郁不安、无意义、含混不清的时代，甚至是一个缺乏道德准则、社会秩序紊乱的时代"。这一流派"谈论死亡的临近、主体的残废、作者的终结、真理的不可能和废除表象秩序的后现代主义"②。

尽管后现代主义理论复杂、诡谲，许多极端之见不攻自破，而且它的芜杂也难以厘清，但是有些观点仍然值得我们研究。

1. 重视"差异性"与破除"欧洲中心主义"

论及当今世界文化的态势，"多元化"频频出现，这是世界各国的共识。在多元化的世界里，人类所面临的是机遇与挑战共存，为此求得"和谐"就不仅是一个国家的目标，也是世界各国人民的共同希望。有的后现代主义理论家已经指出："我认为多元文化的主要形式就体现在现在这种重新组合里。多元文化主义促使人们互相沟通，而不互相保持距离，促使人们彼此做出反映，而不是彼此轻视，互相分离。"③这明确地显示了摒除"欧洲中心主义"的态势。

后现代主义最具有代表性的理论家福柯认为，应当"差异地"理解差异，"差异就不再让位于导致产生概念一般性的普遍特征，而是要使关于差异的研究本身成为当然的东西，成为题中应有之义，即着眼于差异的思想、对差异的思想"④。理论家德勒兹则提出"差异逻辑"，认为概念是差异的超常（excess）表达，而不是一致性的仲裁者；强调真理与意义的可解释性、多元性；重视差异性，反对普遍性；以对话求得的"协同性"来取代再现事物的客观性。

2. 批判元叙事，质问其合法性，给阐释开拓新空间

正因为强调"差异性"，摒弃主客二分的形而上学的思维模式，把认识看作

---

① 迈克·费瑟斯通：《消费文化与后现代主义》，刘精明译，译林出版社2000年版，第4页。
② 波林·罗斯诺：《后现代主义与社会科学》，张国清译，上海译文出版社1988年版，第18～19页。
③ 阿兰·图海纳：《我们能否共存？——既彼此平等又互有差异》，狄玉明、李平沤译，商务印书馆2003年版，第255页。
④ 陈嘉旺等：《现代性与后现代性》，人民出版社2001年版，第18页。

是一个不断生发的过程,则必然批评具有"权威性"的"元叙事",这是后现代主义思想家们对启蒙运动以来受自然科学和理性主义影响,把人类认识建立在因果联系及寻找所谓普遍规律之上的质问。在文学批评上对许多"自明"结论的诘问,对一些所谓规律的反思都可以说是在这一思潮影响下的产物。不仅在西方,在东方也引起了强烈的反响,如20世纪80年代以来日本的文学批评所发生的变化足以说明这一点。① 其实,这一影响如今在中国文学批评中也俯拾即是。

3. 解构与建构——东西文化进一步交融

人类的文学、文化交流从其本质来讲必然是种双向的永无止息的运动过程。但是,二元对立的形而上学思维往往无视这一本质,只把它看做一种单向运动。"后现代主义"所具有的"解构"特点容易使人感到它破坏既有秩序的一面,尽管后现代主义理论家们所要建构的具体内涵尚未了然,但是透过许多理论家的文本,我们可以看到后现代主义理论在解构西方形而上学二元对立的思维模式中显示了对包括中国文化在内的东方文化的期待。是否可以说,新的建构存在于东西文化的进一步交融呢?与历史上各种西方理论相比,后现代主义理论也许是最鲜明地带有与包括中国文化在内的东方文化进行对话的特点。D. C.霍伊说:"从中国人的观点看,后现代主义可能被看做是从西方传入中国最近的思潮。而从西方的观点看,中国则常常被看做是后现代主义的来源"②这一结论是饶有意味的。

这里对新历史主义和西方马克思主义文论再多谈几句。

具有后现代主义特点的新历史主义(有的学者把它归为西方马克思主义文论)"在后结构主义历史观的冲击下,新历史主义在文学批评领域应运而生。"③新历史主义克服社会学批评把文学文本作为社会直接反应的偏颇,而采取动态地看取文本与其他各领域的关系,是一种综合式的阐释。

西方马克思主义文论(西马文论)也是流派纷呈,对其评论切忌简单化。在后工业社会,经典马克思主义理论如何与时俱进,使其继续具有生命力,是这些理论家的共同思考。许多西马文论家力图克服教条的马克思主义文论的简单化、公式化,以更宽广的视野、综合的思考来探讨人类精神产品。如阿尔都塞的经济基础与上层建筑关系的论述就更具有全面性,克服了庸俗社会学的直接还原论。正如一位日本学者所说:"阿尔都塞以后的马克思主义批评立足于新的、

---

① 孟庆枢:《对日本二十世纪八十年代以来文学批评的几点思考》,《外国文学评论》2005年第1期。
② 王治河:《后现代主义辞典》,中央编译出版社2004年版,第9页。
③ 特里·伊格尔顿:《文本·意识形态·现实主义》,参见王逢振《最新西方文论选》,漓江出版社1991年版,第673页。

灵活的、马克思主义的解释,对属于上层建筑的文学作品,从经济基础的一元还原的解释方向转向'在各种各样的层面间诸关系形成整个体系当中进行多元解释的转移'。①后现代主义时代的西马文论家,如詹姆逊、伊格尔顿、哈贝马斯的理论都很值得认真研究。他们对后现代主义的论述别具眼光,对马克思主义如何发展的论述在马克思主义中国化的历程中会给我们提供有益的思考。

在20世纪80年代出现的"后殖民主义"也是十分复杂的概念,而且其内部批评方法亦各有千秋,后殖民主义理论认为在殖民主义之后,原宗主国的文化传统、意识形态、价值观念、文学艺术依旧在原殖民地国家处于霸主地位,即仍然存在"西方中心主义"、"种族中心主义",为此后殖民主义理论试图解构殖民主义文本和话语。其代表人物爱德华·赛义德对帝国主义和文化霸权主义展开了激烈的抨击。但是包括赛义德在内的后殖民主义文论家"身居第一世界的话语权力中心,并掌握着象征某种优于第三世界学者的纯正的英语写作技能,他又不时地表现出某种'新殖民主义'的倾向,这无疑暴露了他的理论的二重性:反殖民主义和新殖民主义。"②以上这些论述向我们显示了后现代主义理论与研究的复杂性。

20世纪60年代后期在解构主义潮流中兴起的女权主义是对代表男权的一切法则、形式、观念的挑战,有的女权者旨在重建以女性为中心的一套规则,认为只有如此才能真正解构"阳物中心主义"。这一文论在不同国度内涵各异。

二

学习西方文论应该以辩证唯物主义和历史唯物主义为指导,克服简单化、片面化倾向,这样才能更好地取他山之石为我所用。

在过去相当长的时间里,因为历史原因形成了理论陋习——简单化、标签化地对待域外文化。盲目照搬或者不进行认真分析地粗暴否定、批判曾经给学术界带来很大的灾难,对西方文论的影响更显突出。

本教材撰写者力求全面审视西方文论,对一些长期形成定论的观点也反复推敲。比如对中世纪文论,我们不能在给以唯心主义的定性之后一笔抹杀,不能割裂历史,把它完全摒除、否定。实际上在中世纪文论中有一些因素对后来文艺复兴时代的文论作出了贡献。如阿奎那的《神学大全》,虽然它的宗旨在于宣扬神学,但是阿奎那已对过去许多不能自立的理论(如奥古斯丁的理论)作了批判且有所突破,这为后来对神学的批判提供了一种兆示。阿伯拉尔的神学体系虽

---

① 丹治爱:《知识教科书 批评理论》,(东京)讲谈社2003年版,第116页。
② 拉曼·塞尔登:《文学批评理论》"刘象愚译序",北京大学出版社2000年版,第21页。

然也以标榜、维护天主教为目的,却不由自主地瓦解了天主教的一统天下,鼓励人的主体解放。可以说透过神与上帝的灵光,已闪现了不久即将出现的新人的思辨的光辉。

我国读者对现实主义文论比较熟悉,在阐释文学作品、评论时使用比较多,这种文学理论比较关注文学作品与社会、生活的联系,注重文学与道德、伦理、政治方面的关系,这自然是它合理和优越的一面。特别是马克思主义文论所强调的"历史方法"突出人的思维必须符合客观现实的规律,这一点对认识文学是正确的。然而,如果忽视了文学作品的审美功能和文学作品自身规律,这也不能不说是个严重的缺憾。如果发展到用庸俗社会学(如日丹诺夫的一些理论)的观点来评价文学作品则会戕杀文学,也从根本上违背了马克思主义。我们对此是深有体会和有足够的历史经验教训的。

对西方现代主义、后现代主义文论的机械照搬也曾引起学术界、理论界的批评,因为任何一种域外文化都不是经简单译介即可成为我们的理论利器的,21世纪的今天,这一点尤其应该引起重视。

我们在全面了解从古希腊至20世纪末的西方文论后会有一个明确的印象:任何一种西方文论都不是绝对真理,人类对文学作品、创作规律等方面的认识也是由浅入深,从不同的视点审视文学,在不同的哲学理论基础上建构自己的体系的。有的文论偏重于从作品和外部的联系来阐释作品,有的从文本本身去剖析,有的以读者为中心,有的从语言方面,有的从与人的心理关系来探讨。我们可以看到这些文论都是人类随着时代的发展,在特定的历史条件下对文学艺术认识的新尝试、新进展,这些文论自有它独到之处。如接受美学文论、读者反应批评文论针对以前的文学理论忽视、抹杀读者对文学作品的阅读、参与创造作用,把作品(文本)看成是一个自足、封闭的客体,提出了新的见解。忽视读者作用的文论确实存在形而上学的片面,接受美学对我们认识文学也有新的启发。然而如果把读者作用强调到绝对的程度,反过来又抹杀作者、文本的存在则又同样会陷入片面。在这方面读者反应批评理论(如费什的文论)就存在过犹不及之嫌。正如接受美学理论代表人物尧斯在《论拉辛和歌德的伊芙琴尼亚:关于接受美学方法的局限性》一文中所说:"接受美学并不是独立的,放之四海而皆准的原则,它并不足以解答自己所有的问题。我们不如说,它是对方法的片面反映,它不拒绝任何补充,并且还有赖于和其他原则配合。"这是非常明确、切中肯綮之论。

可以说任何一种西方文论都会从某一视点对我们认识文学艺术产生一些新的启发,当然有的启发很大,尤其那些处于历史转折关头的一些重要文论家的著述。但是,即或如此,从来不存在放之四海而皆准的批评模式,就像世上不存在包医百病的神药一样。新批评派曾辉煌于欧美,在20世纪西方文论中曾发挥过重要的作用,这一文论也曾传到包括日本在内的东方,在20世纪60年代中期,虽然新批评派文论在西方已失去昔日兴旺的势头,但在日本作为"舶来品"还处在一个"不能超越的阶段"。当时日本学者长谷川泉就比较全面客观地分析了新批评派的得与失。他充分肯定了新批评派作为过去英美"文献学派"的反拨,向传统的批评模式"过分拘泥"于"文学的使命观、道德观"进行挑战,提出文学批评侧重于文学作品本身的主张。这位学者对新批评派"将理论批评从不恰当的受蔑视的地位中拯救出来"这一点也表示赞同。但是,他也指出新批评派在把文学批评的重点置于"文本"的同时,又犯了"与原文切近主义的一种狭义的解释,将文学的机制放在一个闭锁的环境里"的弊病。他不同意新批评派忽视甚至否定对文学作品与作家、社会环境、读者诸方面存在联系的各种要素的研究。[①] 通过以上论述,我们会得出这样的结论:各种西方文论都从不同的研究方向向我们提供一些新的思考,对此,我们如果运用得好,可以发现新的天地,弥补我们的不足。但是,如是仅仅盯住某一视角,甚而丢掉了我们最基本的立场、观点和方法,则又很容易陷入另一闭锁体系的魔圈之中。因此,我们在学习西方文论时不可割裂孤立地来对待每一种文论,要真正地掌握西方文论必须在整体中见局部,在关系中见彼此。前面对西方文论进行史的勾勒,大体描绘出西方文论在西方文化大背景下纵横发展的趋向,我们可以看到任何一种文论都不是无源之水,无本之木,它们的产生与发展与整个西方社会的经济、科学技术、政治、文化、宗教、哲学等诸方面都息息相关。

  文论家的理论也有一个"经典化的过程"。所谓"经典化",从广义上讲是指被有力的制度、机关所认定、确立下来的文本。它也包括文艺理论。经典的形成是动态的过程,有些文论家的著作是在问世后经历若干年才受到重视,在重新阅读中显示出它的价值的。苏联文论家巴赫金可作一例。由于历史的原因,巴赫金的文艺理论曾长期在本土默默无闻,直到20世纪60年代,由于克里斯蒂娃的介绍才在欧洲得到广泛传播,然后又在本土形成新的"热点"。这种现象形成原因很复杂,但至少我们可以看出,由于巴赫金的理论在当时既有批评形式主义之锋芒,同时也是针对庸俗社会学而发,即或理论有创新,在当时的背景下也不可能被理解。西方对巴赫金理论的认识在于一批理论家在自己建构的结构主义理论中发现了与巴赫金理论相通之处,足资借鉴。在我国也是随着对陀思妥耶夫斯基研究的关注、对庸俗社会学的批评、对西方现代文论的介绍而重新阅读、理解巴赫金理论的。

  当今,西方流行一种"文艺理论消亡论"。对这一看法,已有许多学者(包括

---

① 长谷川泉:《近代文学批评法》,孟庆枢译,时代文艺出版社1991年版,第150~165页。

西方国家的学者）提出了反拨意见。我们通过人类历史的发展可以看到人类为了生存、发展，一方面需要物质条件，同时更离不开精神食粮，而"文学"（广义的、变化的）将永远陪伴人类前行。如果死抱住过去的模式看"文学"，难免感到迷茫，若能与时俱进地追求其本质，那么将充分体现人类自身的创造力。在这一过程中理论自有其存在的必要与价值。一些西方学者囿于"欧洲中心主义"的圈圈，对包括中国在内的东方文化知之甚少，甚至一无所知，在21世纪想构建什么理论体系，只能越走越褊狭。可以毫不夸张地说西方文论既是中国文论的必要参考，同样，中国文论也是西方文论走出困境不可或缺的"他者"。

由于国度、时间、文论家个体的不同，即使同一流派的文论其内含也有很大差异。如在现象学存在主义文论中，我们可以看到胡塞尔、海德格尔、萨特、梅洛·庞蒂、杜夫海纳的文论同中有异。在学习西方文论中要善于找出这些差异，它是人类文化互补的前提，如果没有"差异"感，人类就无法超越自身，就不能前进。许多西方文论家之间有着师承关系，但是这种师承关系绝非简单承继而是有接受、发展，亦有扬弃，这恰恰反映了任何文论家的可贵之处在于创新。德国古典主义文论的开山祖康德，他虽然出自沃尔夫和鲍姆嘉通这一学派，但是他没有完全承继鲍姆嘉通的理性主义美学观点，休谟和博克的美学观点（如博克的美感即快感论）对他也极具吸引力。他吸收理性派的理性、先验范畴和"内外相应"的目的论和一部分形式的观点，同时也吸收经验派的美的生理和心理的基础，感觉的直接性以及美与崇高的对立等观点，虽然他还不能将这两方面统一起来，但毕竟在他所处的时代比前人前进了一大步。

人类的不同知识领域之间本来就是互相联系的，文学与自然科学、文化、宗教、心理学、美术、音乐、建筑、心理学等领域业已存在的事实联系是我们在进行文学研究中必须重视的，学习和研究西方文论同样如此。古希腊文论家从一开始就以自然科学观点作为借鉴来思考文学艺术问题。柏拉图、亚里士多德对于美的本质的思考，提出的"和谐"说，就来自于以自然科学观对声音的研究。他们发现音乐在质上的差异来自音量的变化，"和谐论"就体现了自然科学有关量的差异研究而显示出的适当的比例。所谓的"寓变化于整齐"、"在复杂中见整一"的文论观，即是文学与自然科学结合最好的例证。文艺复兴时期、启蒙主义时期，自然科学、哲学都得到突出的发展，一些文论家本身就是很有成就的自然科学家或百科全书式的人物。达·芬奇、卢梭、狄德罗等人的文论显然与他们在自然科学方面的造诣密切相关。从笛卡儿的"我思故我在"到康德的"纯粹理性批判"的观点也是那个时代自然科学成果对文学影响的产物，他们所推崇的知识是数学、物理等自然科学。在他们所处的时代，人文科学的地位是低下的，为此他们的文论显示了自然科学对文学的强劲穿透力。进入近现代，牛顿的第三定律、爱因斯坦的相对论、达尔文的进化论、贝尔纳的解剖学等对文学的影响是众所周知的。没有孔德(1798—1857)的实证主义哲学,就不会有泰纳(1828—1893)的"种族、环境、时代"三要素的文论。没有吕卡斯的《自然遗传论》、克洛德·贝尔纳的《实验医学研究导论》(1865),就不会产生左拉的自然主义文论。在早期现代主义文论中,戈蒂叶、王尔德、波德莱尔、马拉美等人的文论在文学与绘画、音乐关系的探讨很有价值,至今仍有启发。进入20世纪后半期,自然科学的迅猛发展前所未有,人类进入后工业社会,这也是产生后现代主义文论的根本原因。众所周知,西方社会宗教氛围格外浓厚,基督教宗教文化浸透到社会生活的各个方面。西方作家、文论家和宗教的关系(不管是虔诚的接受还是批判的),是鱼与水一样的关系。不很好地研究西方宗教也就不懂西方文化,当然包括西方文论。现代主义文论、后现代主义文论是离不开音乐、美术的发展的。当今在影视、传媒、网络的影响下,西方文论又发生着日新月异的变化,要真正把握西方文论,就必须对这些方面密切关注。

另外,西方文论的一些术语有着它特定的内涵,这完全是不同文化所造就的(或者说不同的语言造就不同的文化)。我们在学习西方文论时很有必要搞懂它的原义,切近它的原义。一方面由于对不同民族语言的把握在不同的接受者那里存在差异,因此在译介时也会有不同,我们只要看不同版本的译作即可很好理解这一问题。同时,不同文化背景下产生的概念,在另一种语言中找到完全符合的对等的词是非常困难的。正如美国著名文论家詹姆逊所说释义是一种改写行为,所说的"误读"是必然产生的,我们可以看到海德格尔对"存在"、"真理"、"大地"的界定有其独特内涵,不可望文生义。有些术语是西方文论家自造的,它自有其特定的所指,如"张力"(Tension)就是新批评派兰姆的弟子阿伦·退特(Allem Tate)将逻辑学术语中的外延(extension)与内涵(intension)去掉前缀而新造的词,他定义为:"我所说的诗的意义就是指它的张力,即我们在诗中所发现的全部外展和内包的有机整体。"①我们在学习西方文论时对此应格外注意,有条件当然从原文直接阅读理解是最理想的。

三

文学的发展是个动态的过程。任何国家、民族的文学在其发展历程中都要受到不同国家、民族文学的影响,域外文化与本土文化交融、碰撞,作用于一种民族文学,产生多种不同的力的矛盾、平衡(暂时的),文学融合本身就是矛盾的运动。西方文论虽然是有别于东方文论的体系,但是,正如前所述,从古希腊开始

---

① 艾伦·退特:《论诗的张力》,赵毅衡《"新批评"文集》,中国社会科学出版社1988年版,第117页。

西方文化就不断地接受东方文化。虽然长时期有"欧洲中心主义"横行,但是随着世界格局的变化,特别是多元文化格局的形成,"欧洲中心主义"已日渐衰落。西方的许多文论家都清楚地意识到这一点。当然真正地实现各民族文化平等对话还有待时日,不过,这种前景已经离我们越来越近。

我们学习西方文论的目的是为了更好地取长补短,建设有中国特色的社会主义文化。为了达到这一目的,我们应该认识到人类不同文明之间的交流是古来就进行的,在已进入21世纪的今天,时代为我们提供了更大的可能性。西方文论从根本上说也与东方文论有共通之处,或者说,整个人类的文化是共通的。这是人类虽然地域、历史不同,但是仍然可以交流的根本原因。但是,我们亦同样应该重视东西文化间的差异,这种差异亦体现在东西方文论上。在过去人们似乎把这种差异仅看做是交往的障碍,这其实是片面的。应该认识到具有不同民族文化特质的东西,恰恰是外民族最需借鉴的,差异也即是互补的前提,没有差异就谈不到借鉴。也只有从这个意义上讲越是民族的才越是世界的。只要国家、民族存在,就不会出现大一统、无差别的文化,在文论上亦是如此。文论的丰富性恰恰是世界文化丰富性的重要体现。在中西文化交往频繁的今天,不仅东方要积极吸取西方文化的优秀成分,同时西方面对文化危机,已经痛感只有吸纳、借鉴东方文化才能使他们走出困境。为此进行中西文论的交流就更具有现实性和迫切性。这一点恰如季羡林先生为"二十一世纪世界文化热点"丛书的题词所说:"到了二十一世纪包括中国文化在内的东方文化将在东西方文化融合的基础上再现辉煌。"①

近年来在我国学术界关于建立有中国特色的文学批评理论体系已进行了多次讨论,一些学者提出重建中国文论话语的主张,毫无疑问,这些讨论推动了中国文学批评的发展。在这场势在必行的讨论中,我们深切体会到要实现这一目标,从两个方面都要做出切实的努力,一是对我国传统文化、文论的深入研究,这是立足之本。对于我国文化传统的产生、发展从本质上深入把握是我们向域外文化学习不可缺少的立足点。同时,也应系统、全面、准确地了解西方文论,只有知己知彼,才能别具目光。在这一点我们不妨以同是东方国家的日本作为参照。明治时代日本文坛两位著名作家、文论家夏目漱石、森鸥外都是学贯东西的学者,他们在时代剧烈变化的转型期经过艰难的探索,在固守国粹和全盘西化两种极端中总结出应做一个立足于东西两种文化的"两条腿走路的学者"(森鸥外语)和"采纳西方文化、文学必须为发挥自己文学的特色服务"(夏目漱石语)的卓见。我国从清末以降,在如何学习西方文化方面也有着丰富的经验与教训,对

---

① 孟庆枢、李毓榛、钱林森:《二十一世纪世界文化热点丛书》扉页,吉林摄影出版社2000年版。

此是应该认真总结的,通过西方文论的学习,应该也能够对此有所帮助。

  近年我国学者在关于中西文化交流、建构中国文论方面提出了"和而不同"的论述。从《易》开始的"和而不同"是中华文化的元典话语。乐黛云认为"和而不同"原则是指事物虽各有不同,但绝不可能脱离相互的关系而孤立存在,"和"的本义就是要探讨诸多不同因素在不同的关系网络中如何共处。"'和'的主要精神就是协助'不同',达到新的和谐统一,使各个不同事物都能得到新的发展,形成不同的新事物。"[①]我们认为这一原则是符合业已出现并将持续下去的世界多元文化格局的。我们学习西方文论应促进世界各国文化的交流,取长补短,取他山之石,建设具有中国特色的社会主义新文化,这也是对世界文化的贡献,学习西方文论的根本意义亦在于此。

---

  ① 乐黛云:《21世纪与新人文精神》,《迈向比较文学新阶段》,四川人民出版社2000年版,第93页。

第一章

古希腊罗马文艺理论

引 论

　　辉煌的古希腊文化并不完全是自身成长的结果。在古希腊文化繁盛之前的公元前8到公元前6世纪,两河流域的古巴比伦和埃及等,已经出现了相当灿烂的文明,古希腊正是在历史变动的机遇中吸收了这些民族的先进文化,将自己推到了当时世界文化的高峰,就是这种文化孕育产生了古希腊的哲学、美学和文艺理论。古希腊的哲学、美学和文艺理论是在希腊的文化土壤上发生和发展起来的。古希腊人创造的这些成就,构成了整个西方哲学、美学和文艺理论的源头。

　　以现在的眼光看,文艺理论具有自身的对象和规律,但文艺理论不仅与哲学和美学有着各种各样的关系,而且在一些时候它还是美学的一部分。在人类文化早期的古希腊,文艺理论与哲学和美学在许多场合更是难解难分。按照佛朗·霍尔的说法,在柏拉图以前,除去诗中的一两句和哲学论著中的一些断片以外,没有真正意义上的文学理论。[①] 即便如此,古希腊的文艺理论也还是应该有其产生的条件。至少,文艺理论的发生需要思想工具和文艺创作的实践这样两个条件。

　　在柏拉图以前的"英雄时代",希腊就开始有了史诗和神话。这些文学形式不仅为文艺理论提供了具体的感性艺术现象,而且作品中还较为直接地记述着某些文艺观念。如《荷马史诗》的"序曲"中,请求诗神缪斯授予灵感,这在表述一种"灵感说"的观念;赫西俄德《神谱》的"序曲"中,讲述了他在山上牧羊时,诗神教他唱歌,这实际上也是在表述一种诗歌神授的观念。到公元前5世纪前后,希腊戏剧就已经相当发达,尤其是悲剧更是达到了一个历史的高峰。这些十分丰富、高超的艺术实践,为希腊的文艺理论提供了宝贵的资源。

　　文艺理论在古希腊与美学和哲学有着密切的关系。早期的美学思想是由一

---

① 佛朗·霍尔:《西方文学批评简史》,南京大学出版社1987年版,第1页。

些哲学家提出来的,如毕达哥拉斯、赫拉克利特、德谟克利特和苏格拉底等人的美学思想,就是他们哲学的一部分。

以毕达哥拉斯为代表的毕达哥拉斯学派从公元前6世纪就有了显赫的地位。他们都是些数学家、天文学家和物理学家。他们面对自然时,有一个基本的假定,即相信大千世界存在着一个统摄一切的绝对原则或元素。他们认为事物的本质是由数构成的。数的和谐,就是支配一切世界现象的最高秩序。因而,他们认为美就是和谐。如他们把数量关系视为音乐的基本原则,认为音乐节奏的和谐是由高低长短轻重各种不同的音调,在一定数量的比例关系中完成的。毕达哥拉斯学派还将美是数的和谐的观念加以泛化,推广到他们关心的许多领域。

晚于毕达哥拉斯的赫拉克利特(约前544—约前483),是对文艺理论作出重要贡献的又一位人物。他是西方早期哲学中朴素的唯物主义和辩证观点的重要代表。他认为自然是对立的东西所构成的和谐。基于他的这些基本观念,他认为艺术就是对自然的这些特性的模仿。亚里士多德(又译亚里斯多德)曾转述过赫拉克利特的这种文艺观念:艺术的和谐"似乎也模仿自然。例如,绘画就是把黑与白、黄与红混合起来,才创造出与自然物一致的作品;音乐是糅合了高音与低音、长音与短音,才谱写出一曲不同音调的悦耳乐章;文法也是把母音与子音结合在一起,才从中形成了这门整体的艺术"①。赫拉克利特虽然也强调和谐,但认为和谐有两种倾向:一种是稳定和均衡,即认为构成美的对立、斗争,以至于由此导致的统一和谐是绝对的、普遍的;一种是变动和出新,即认为美具有相对性。

毕达哥拉斯学派和赫拉克利特的文艺理论虽然具体生动,但多是对美学和文艺现象的直接评价,此后"希腊人中第一个百科全书式的学者"②德谟克利特(约前460—约前370)开始有意识地探讨美之所以为美的本质。他认为美的本质在于比例、均等和尺度,艺术都是模仿自然的产物。

关注人与自然的关系,强调文艺的客观现实基础是早期希腊美学和文论的基本倾向之一,从毕达哥拉斯学派到德谟克利特的美学和文论都能证明这一点。但苏格拉底对早期希腊美学的贡献则稍显特殊些。"他把注意的中心由自然界转到社会,美学也转变成为社会科学的一个组成部分。"③苏格拉底(前469—前399)承认当时普遍流行的"艺术模仿自然"的观点,但他认为艺术再现的对象是肉体和精神上都美的人,因而,他主张画家画像和雕塑家雕像不应仅仅注意对象

---

① 亚里士多德:《论宇宙》,《亚里士多德全集》第2卷,中国人民大学出版社1991年版,第618页。
② 马克思、恩格斯:《德意志意识形态》,《马克思恩格斯全集》第3卷,人民出版社1960年版,第146页。
③ 朱光潜:《西方美学史》,《朱光潜美学文集》第4卷,上海文艺出版社1984年版,第38页。

的外形,而且还要表现出对象的心灵状态。这就是说,在苏格拉底看来,所谓的艺术模仿,应该是对对象的内在与外在、精神与外形的整体再现。更为重要的是,他认为艺术家对人生的再现不应是奴隶式的临摹,而应该发挥艺术家的主观能动性。为此他曾告诫艺术家们:当你描绘美的人物形象的时候,由于在一个人的身上不容易在各方面都很完善,你们就从许多人物形象中把那些最美的部分提炼出来,从而使所创造的整个形象显得极其美丽。这种思想十分接近现在文艺理论教科书中所说的那种典型化方法的一些思想。苏格拉底(这里也包括德谟克利特等)时代的美学观念和文论思想在古希腊的文论史中出现,昭示着一个新的美学和文艺理论的时期将要产生。这具体表现在苏格拉底的美学和文论思想表明三个转向,即由主要探讨人与自然的审美关系转向关注人和社会;由对审美和文艺现象的直观描述和评价进入到运用理论思维和辩证法对美的现象进行分析和揭示;由以朴素的唯物主义为主导倾向的美学观和文艺观开始向先验的客观唯心主义美学体系过渡。

苏格拉底、柏拉图和亚里士多德不仅在现实人生中具有师徒相承的关系,在美学和文艺理论上也同样存在着前后相继的思想线索。苏格拉底奠定的美学和文艺理论体系的起点,在他的学生柏拉图那里得到了深化和完善。亚里士多德的文艺理论的基础则是体现他有关文艺本质论述的模仿说。他的文艺创作的模仿说建立在唯物主义的哲学基础之上,贯彻了现实主义原则,否定了柏拉图的文艺是"模仿的模仿"的观点,认为文艺所模仿的对象本身就具有"完完全全的实在性",从而进一步坚持了由苏格拉底开始的人文主义转向,把现实人生视为文艺的主要模仿对象。

公元前3世纪以后,古希腊雅典城邦开始走向衰落,随之,埃及的亚历山大里亚取代雅典成为地中海沿岸的文化中心。亚历山大里亚吸引了大批的希腊学者,这里的学者们搜集整理了很多希腊的古籍。公元前2世纪,由于马其顿王朝被罗马人征服,随之西方的文化中心又从亚历山大里亚转移到罗马。这样,古希腊的学术思想通过亚历山大里亚的学者广泛影响了古罗马的思想文化。古罗马皇帝奥古斯都的统治给人的感觉是天下太平、长治久安。贺拉斯能够成为奥古斯都的朋友,说到底是文化心灵的一种默契。贺拉斯的文艺理论正体现着这种稳定、平静的社会文化心态。贺拉斯强调尊重传统,主张把古希腊的作品作为文学的典范,继承和发展了亚里士多德的"有机整一"论思想,提出了以"合式"原则为代表的古典主义文艺主张。因而,贺拉斯成为西方古典主义的奠基人。贺拉斯之后,被人们公认为值得重视的是一部被译为《论崇高》的主要讨论文学风格的文艺理论著作。在《论崇高》中,我们可以看出朗吉弩斯的文艺理论受到柏拉图和亚里士多德的影响,具有与贺拉斯相近的古典主义倾向。但他对待罗马社会和文化艺术的态度与贺拉斯大有不同,他明确批判了罗马文化艺术中的平庸面貌,提出了"崇高"这样一个新的审美范畴和文艺理论概念。

第一节　柏拉图的文艺思想

　　柏拉图(Plato,前427—前347)是古希腊哲学家,生于雅典的一个贵族之家,父母两系都可以上溯到雅典过去的国王或执政。他幼年丧父,青少年时期是在他的继父家里度过的,他的继父积极支持雅典民主政体,是曾担任过城邦国家使节等职的雅典政界要员。柏拉图的家庭环境和雅典的伟大传统,使他在青少年时期受到了良好的教育。在20岁时成为苏格拉底的学生,历时约七八年,直至尊师被当权的民主党判处死刑。此后,他离开雅典,先后游历了墨伽拉、埃及、南意大利等城邦国家。据说,在西西里岛,他曾因得罪了国王而被卖为奴隶,是由一个好心的朋友出钱将他赎回的。这时,他已到了不惑之年。返回雅典后,为了实现他的社会理想,在朋友的支持下,于公元前387年在雅典城外建立了自己的学园,开始授徒讲学。这期间,也是他著书立说的重要时期,他的几篇较大的对话就是在学园生涯的前半期写成的。柏拉图建立的这所学园历经900多年,直到公元529年,才出于东罗马皇帝的意识形态需要而被迫关闭。柏拉图在学园里讲学41年,他收的学生不仅有雅典人,也常有许多其他城邦的青年,亚里士多德就是其中的一位。学园的后半期,他曾两次为了实现他的政治理想到西西里重游,但都失望而归。除此之外,直到他81岁去世一直在学园讲学授徒,撰写他的对话。

　　柏拉图所写的对话涉及问题很广泛,主要是政治、伦理、教育、哲学、美学和文艺等方面。其中有关美学和文艺理论的问题,大都散见于各篇对话之中。在这些对话中,讨论美学和文艺理论问题较多的是《大希庇阿斯》、《伊安》、《高吉阿斯》、《会饮》、《斐德若》、《理想国》、《斐利布斯》、《法律》等篇。这些对话中表现出来的文艺思想,主要集中在以下三个方面:

一、文艺与世界的关系

　　柏拉图对文艺与世界之间关系的思想,有其哲学基础。柏拉图把宇宙存在分为两大类:一类是可知的理念,这是单一的、同一的,而不是组合的存在,因而它是一种无生无灭、没有变化的永恒的存在。这种存在是看不见的、不可感的,只有思想才能把握它。另一类是可感的事物,这类事物是由某种因素组合而成的、有生有灭、经常变化的事物。这就是现实世界中我们可以看到、触到、感觉到的事物。这类可感的事物是从理式派生出来的。在这种可感的事物中,又有两种事物:一种是原本的、实在的事物,如人、马、衣服等;另一种是模仿实在事物的艺术。艺术是实在事物的派生物。这样就出现了理念、感性和艺术三个层次的世界。从柏拉图的看法中我们可知,可感世界和艺术世界的存在是飘忽不定的,因而也不是一种真实的存在。只有理念世界是永恒的,不变也不灭,因而它是不分时间场合永远存在的宇宙真实。用柏拉图的话说,理念"不仅能制作一切用具,他还能制作一切植物、动物,以及他自身。此外他还能制造地、天、诸神、天体和冥间的一切呢"①。可见,理念是世界万事万物的本体,是造物主。可感的世界是艺术的模仿对象,但却不是世界的"真实体"。

用"模仿"来说明文艺与世界之间的关系,是古希腊人的思考和表述习惯,也就是说,模仿说在古希腊的文艺理论中相当流行。但人们对文艺模仿世界的理解并不完全一样,因为他们的模仿说的哲学基础不尽相同。柏拉图的文艺模仿说虽然也是在讨论着古希腊时期的一个流行的话题,但由于柏拉图对世界的独特看法,使得他对文艺模仿说的理解也是独特的。作为模仿,它必须由三个侧面才能形成其完整的意义结构,即作为模仿对象的模型;作为集中体现模仿过程的模仿者;作为模仿结果的模仿品。柏拉图正是从这三个侧面阐释了文艺与世界之间的关系。

(一) 文艺是模仿的模仿

柏拉图承认艺术把世界当作蓝本,是对现实世界的模仿。但柏拉图并不认为现实世界是一种真实的存在,而是理念模仿物。他在《理想国》里举例说,床有三种:首先是床之所以为床的理念;其次是木匠依照床的理论制造出来的个别的床;另外是画家模仿个别的床所画的床。在这三种床中,只有床的理念体现着床之所以为床的本质形式,体现着床的普遍的、终极的、永恒不变的原因和依据。理念才是一切床的"真实体"。木匠造具体的床时,虽是以理念为模型、照着床的理念完成的,但木匠造的床只体现了理念的某些方面,部分地模仿到了理念,它只是理念的模本。画家是以木匠所造的床为原型的,只是模仿了具体的床的某个角度的外形,而不是一个完整的、实际的床,所以就更加不真实。根据同样的原因,柏拉图认为"悲剧诗人既然是模仿者,他就像所有其他的模仿者一样,自然地与王者或真理隔着两层。"②这样,在柏拉图看来,文学艺术就成了"模本的模本","影子的影子"。

(二) 模仿者不能判断美丑优劣

柏拉图认为有关事物的技术有三种:使用者的技术、制造者的技术和模仿者的技术。器物的使用者具有关于器物的知识和经验,是最有发言权的,所以使用者的技术是最高等级的。制造者可以从使用者那里得到某种器物的知识和经

---

① 柏拉图:《理想国》,郭斌和、张竹明译,商务印书馆1986年版,第389页。
② 柏拉图:《理想国》,郭斌和、张竹明译,商务印书馆1986年版,第392页。

验,因而对器物的优劣能有正确的意见。模仿者因为与使用和制造都没有直接的关系,就既没有使用者的"真知",也没有制造者的"正确的意见","那么,模仿者关于自己模仿得优还是劣,就既无知识也无正确意见了。"① 在柏拉图眼里,作为模仿者的艺术家所做的事都是不真实的,用他自己的话说,即:"模仿者对于自己模仿的东西没有什么值得一提的知识。模仿只是一种游戏,不能当真的。想当悲剧作家的诗人,不论是用抑扬格还是用史诗格写作的,尤其都只能是模仿者。"②

(三)模仿的作品是低劣的

由于柏拉图认为诗歌和悲剧等艺术是模仿品,是"一个远离真实的影像"③。这样诗和悲剧就是不真实的,不包含真知识,是不具有真理价值的东西,因而柏拉图的结论是,"模仿术乃是低贱的父母所生的低贱的孩子"④。"我们一定不能太认真地把诗歌当成一种有真理作依据的正经事物看待。"⑤ 根据这样的看法,柏拉图断定文艺作为一种模仿品是低劣的。这是柏拉图主张流放诗人的主要理由。

综上所述,柏拉图把文艺与世界的关系主要看成是一种模仿的关系,而他的所谓的模仿说,又是建立在理念论的基础之上的,这就必然认定文艺是不真实的,低劣的。另外,柏拉图对文艺模仿世界的过程的看法过于偏激,把文艺再现世界看成是无知识、无主张地、随意地用一面镜子"到处照"的过程。这显然是不符合实际的。因此,如果我们从柏拉图的"模仿说"本身来看,这种观点大体上是消极的。

二、文艺的社会功能

文艺的社会功能是古希腊的哲学家、美学家、文艺理论家和艺术家们共同关心的问题。诗和音乐在社会教育方面起着极其重要的作用。在柏拉图以前的雅典民主制的鼎盛时代,荷马史诗早已成为儿童教育的课本,抒情诗和音乐是学校教育的主要课程;悲剧是公民教育的工具,喜剧是批判现实和政治的公开论坛;在盛大的祭礼上,史诗朗诵是不可缺少的节目,柏拉图在他的对话录中就曾提到过这种情况。⑥ 史诗、音乐、悲剧等文艺在柏拉图时代所显示的社会价值和作用已是一个不争的事实。面对当时雅典政治斗争的异常激烈和社会的动荡不安,一些希腊人开始做起乌托邦之梦。著名喜剧家阿里斯托芬的《鸟》和《公民大会妇女》就是用喜剧的形式反省和批判现实、展现乌托邦理想的作品。柏拉图也一

---

①② 柏拉图:《理想国》,郭斌和、张竹明译,商务印书馆1986年版,第399页。
③ 柏拉图:《理想国》,郭斌和、张竹明译,商务印书馆1986年版,第404页。
④ 柏拉图:《理想国》,郭斌和、张竹明译,商务印书馆1986年版,第401页。
⑤ 柏拉图:《理想国》,郭斌和、张竹明译,商务印书馆1986年版,第408页。
⑥ 柏拉图:《伊安篇》,《柏拉图文艺对话集》,朱光潜译,人民文学出版社1963年版。

样,为了践行作为一个哲学家的历史使命,构想出一个乌托邦社会——理想国。柏拉图在设计心中的这个理想社会的时候,不可能不思考在现实中已经具有很大作用的文艺的位置,与之相关,对传统文艺作出了让后人觉得偏激的独特评价。

(一)重视文艺的审美教育作用

柏拉图亲身领略到了古希腊艺术的辉煌,青年时期也一度热衷于文学创作活动,创作过颂诗、抒情诗和悲剧等。因而在他的情感深处一直对诗和悲剧留着几分热爱。这正像朱光潜所说的那样:"柏拉图攻击诗,并非由于他不懂诗或不爱诗,他对诗的深刻影响是有亲身体会的。"①柏拉图这种对艺术的深入了解,使他更加清楚文艺在社会中的不可低估的教化作用,因此在构想理想国的图景时,就不能不严肃地对待文艺对理想国公民的影响。他坚持反对传统文艺,要从理想国中驱逐诗人,以及晚年提出将文艺完全置于法治的轨道等观念,集中体现的正是他对文艺的社会功能的十足的,甚至是过分的估计和判断。

(二)否定传统文艺的积极价值

柏拉图对文艺的社会作用的充足估计,很自然地使他去关注现有的文艺对社会或可能对人们带来的影响。于是,他细心地读解和审察现有文艺,并要作出明确的评价。他对已有的史诗、抒情诗、悲剧和喜剧进行审察之后,认为传统文艺是极为有害的,其具体的罪状主要有两条:

首先是亵渎了神和英雄。柏拉图主张把一切美好的属性都归诸神,而他认为荷马和赫西俄德等诗人的作品虚构了一些故事,他们"没能用言词描绘出诸神与英雄的真正本性来"②。并具体指出,"最荒唐莫过于把最伟大的神描写得丑恶不堪。如赫西俄德描述的乌拉诺斯的行为,以及克罗诺斯对他的报复行为,还有描述克罗诺斯的所作所为和他儿子对他的行为,这些故事都属此类"③。柏拉图认为应该把神作为善的象征来对待,不希望赫西俄德所写的那些神的恶行。④ 让年轻人知道,而影响他们对神的信仰。诗人们写了神的恶行,是对神的亵渎。在柏拉图看来,诗人对神亵渎的另外一种表现是描写了诸神的乔装和变身。他指出荷马在《奥德赛》中描写"诸神乔装来异乡,/变形幻影访城邦"是亵渎神明。他认为神是尽善尽美的,因而会"永远停留在自己单一的既定形式之中"⑤。要是神变化了,就会说谎,就等于欺骗,而事实上,"说谎欺骗"、"玩弄玄虚"不是神明所为,而且是为神所深恶痛绝的。

其次是迎合人的情欲,危害城邦。柏拉图排斥传统文艺不仅是因为诗与悲

---

① 朱光潜:《西方美学史》,《朱光潜美学文集》第4卷,上海文艺出版社1984年版,第53页。
②③ 柏拉图:《理想国》,郭斌和、张竹明译,商务印书馆1986年版,第72页。
④ 赫西俄德:《工作与时日·神谱》,商务印书馆1991年版,第30~42页。
⑤ 柏拉图:《理想国》,郭斌和、张竹明译,商务印书馆1986年版,第78页。

剧是一种不真实的模本和亵渎了神明,还在于传统文艺有违于他的理想国人格的塑造原则。按照柏拉图的设想,他的理想国应由三个等级的公民来构成。最高的等级是治国者,具体指极少数的哲学家和具有哲学家头脑的政治家,他们是理性的化身,其人格特征是具有智慧;中间等级是国家的辅助者,他们是意志的化身,他们的灵魂是激情,其道德准则是勇敢;第三等级是农民和其他技工,他们的灵魂是欲望,其德性是节制。可以看出,柏拉图的理想国里并没有诗人的位置,那么在古希腊影响那样大的诗人为什么没有成为理想国的公民呢?原因很简单,诗人的道德特征和社会作用与柏拉图的国家理想及其公民准则有很大的不同。

(三) 提出了严厉的文艺对策

柏拉图对传统文艺忧心忡忡,但忧虑并不是一位崇尚理智的哲学家的主要精神特征。他因认识到了文艺与理想国的冲突而产生的忧患意识,使他毅然决然地对传统文艺作出了选择,这就是他所提出的两大文艺对策:驱逐诗人和文艺法治化。

驱逐诗人,没有被柏拉图看成是粗暴的文化方针。他曾冷静地陈述过:"把诗逐出我们国家的确是有充分理由的,是论证的结果要求我们这样做的。为了防止它怪我们简单粗暴,让我们再告诉它,哲学和诗歌的争吵是古已有之的。"① 朱光潜总结说柏拉图对诗和诗人下了"三道禁令",并认为从这三道禁令"可以看出柏拉图要对当时文艺大加'清洗'的用心是非常坚决的。"② 在这些禁令之外的所谓文艺就只剩下"歌颂神明"和"赞美好人"的颂诗。这种颂诗又是什么呢?是在内容上只许歌颂神和英雄的美德,不许写真;在形式上要十分简朴,并要固守万年不变的传统风格。这还哪里是艺术呢?真正的艺术应该具有自由本质、情感宣泄、个人趣味之类的属性和品格。所以柏拉图的这一主张几乎是对文艺的取缔。我们确乎在《理想国》中看到过让我们心里一亮的话:"如果为娱乐而写作的诗歌和戏剧能有理由证明,在一个管理良好的城邦里是需要它们的,我们会很高兴接纳它。"但当我们接着看他下面的话,就一切都明白了:"因为我们自己也能感觉到它对我们的诱惑力。但是背弃看来是真理的东西是有罪的。我的朋友,你说是这样的吗?你自己没有感觉到它的诱惑力吗,尤其是当荷马本人在进行蛊惑你的时候?"③ 原来,柏拉图是用了一种反讽的手法来告诉人们,由诗歌和戏剧的娱乐性所带来的"诱惑力"是背弃真理的罪过。理想国里还是容不下荷马,还是没有诗与戏剧的立身之地。

但是,我们应该注意到,这里的诗人主要是指传统的诗人,他们带着传统的文艺观,创造着传统的文艺,当柏拉图意识到理想国也无法取缔文艺,或理想城

---

①③ 柏拉图:《理想国》,郭斌和、张竹明译,商务印书馆1986年版,第407页。
② 朱光潜:《西方美学史》,《朱光潜美学文集》第4卷,上海文艺出版社1984年版,第56~57页。

邦也需要文艺的时候,他按照他的一贯思想提出了一个对待文艺的强硬措施,这就是他的第二大文艺对策:文艺法治化。

文艺法治化,是柏拉图长时间自我反思的一个结果。柏拉图要驱逐诗人、清洗文艺的主要原因是传统文艺对他的理想国不利。他出游西西里等政治实践的失败,使他对自己的思想观念,对自己的理想国蓝图进行了反思,其结果是提出了新的国家理想,如在《法律篇》中构想的"第二好的国家"。与他一贯性的思考方式相一致,他在国家理想上的变化,自然而然地带来了他的文艺观念的变化。这种变化最为突出的方面,是不再提驱逐诗人和清洗文艺。我们透过柏拉图晚年所写的《法律篇》可以看到他的文艺观明显变化,也可以看到他的文艺思想上的深刻矛盾。

在《法律篇》中,我们能够发现,柏拉图对文艺有了一定的宽容和分析的态度,而他对文艺的社会作用的忧虑并没有改变,因而他一面否定自己过去对文艺采取取消的主张,一面又强调了对文艺的坚定制约态度,这种观念集中体现在这样几个方面:

1. 承认喜剧的存在,但视其为低级的文化形式。他虽推崇严肃的艺术,但他开始承认"对立面都不能没有对立面,没有可笑的事物,严肃的事物就不可理解",开始承认喜剧的存在价值。同时,他认为应该用奴隶或雇异邦人来做喜剧演员一类的事,高贵的人不必说,就是自由民也不能"模仿这类可笑的事物",并声称这些都要作为关于喜剧的规章。①

2. 承认文艺接受的差别性,但要以"老人"的标准为标准。他承认史诗、音乐、悲剧、喜剧、傀儡戏等都有存在的必要,人们也会根据个人的审美情趣欣赏和喜爱不同的艺术样式和艺术风格,但他最终还是认为在这些可以施展的艺术中,最值得推崇的仍然是那些具有道德水准的严肃艺术。他举例说,小孩子会说傀儡戏最好;较大的孩子会"拥护喜剧";老年人"感到最大乐趣的"是荷马和赫西俄德的史诗,但他最后的判断是"凡是由我们老年人评判为胜利者就应该是胜利者,因为我们的见解远比现在世上任何人的都高明。"只有那些"乐老年人所乐的东西,哀老年人所哀的东西",才是"真正引人入胜的歌调"。只有这样才能使受教育的"儿童的心灵不要养成习惯,在哀乐方面违反法律,违反服从法律的人们的常径,而是遵守法律"②。

3. 承认快感是艺术美的体现,但强调快感要以道德为基准。柏拉图曾说,他"也同意多数人的意见:音乐的优美要凭快感来衡量。但是这种快感不应该是随便哪一个张三李四的快感;只有为最好的和受到最好教育的人所喜爱的音

---

① 柏拉图:《法律篇》,《柏拉图文艺对话集》,朱光潜译,人民文学出版社1963年版,第312页。
② 柏拉图:《法律篇》,《柏拉图文艺对话集》,朱光潜译,人民文学出版社1963年版,第307~309页。

乐,特别是为在德行和教育方面都首屈一指的人所喜爱的音乐,才是最优美的音乐。"①因而,他一如既往地"敌视迎合观众趣味的勾当",他坚信法律所肯定的,是要求艺术要以体现高尚道德而给人们带来"较高的快感"②。

4. 承认悲剧的审美教育作用,但坚信最高尚的悲剧"只有凭真正的法律才能达到完善"③。很显然,晚年的柏拉图,对悲剧这样的严肃的艺术形式是认可的,但他同时坚持不是所有看来是悲剧的艺术都可以上演。一部悲剧能否在公众面前上演,要严格地经过法律的允许,要经过执法的城邦"长官们"的严格审查和批准。

柏拉图对文艺法治化的思想,在《法律篇》中表现得较为充分,但实际上在早期的《理想国》中已经针对他所认为的诗人亵渎神灵的现象提出过,如强调文艺只能表现神至善的本性;不能写神的变形,而应表现神的真诚和永恒等。④ 这些观点也在一定意义上体现着柏拉图在文艺观上早期、中期和晚期的理性探索和实际的变化。

三、文艺创作的原动力

柏拉图的文艺观是变化的,也是复杂和矛盾的。尽管他经常声称诗人是无真知的人,诗人的作品是一种模仿物而有害无益,但他同时还认为有"高明的诗人"⑤和被他称为"诗神的作品"⑥的美妙的文艺。他所说的"高明的诗人"是那些并非凭技艺和模仿来创作的艺术家,他所说的美妙的文艺不是人的制作,而是"神的诏语"⑦,是诗人代神说话的结果。诗人不凭技艺和模仿来创造,凭什么?明明是诗人创造的史诗和悲剧,为什么成了"诗神的作品"?柏拉图对这些问题的解释构成了他的"灵感说"。

所谓"高明的诗人",美妙的"诗神的作品",只是一种艺术的结果,那么这种理想令人欣喜的艺术成果又是如何形成的呢?

在柏拉图看来,这些好的作品首先是诗人在"迷狂"状态中创造出来的,这种迷狂就是灵感的具体或外在的表现。他认为诗人是在一种从表面上看来是异常热心和极度兴奋的迷狂状态下创造了那些好的作品。柏拉图把迷狂看做一种普泛的现象。他认为迷狂有四种:1. 预知未来时的迷狂。在这种迷狂的状态

---

① 柏拉图:《法律篇》,《柏拉图文艺对话集》,朱光潜译,人民文学出版社1963年版,第308页。
② 柏拉图:《法律篇》,《柏拉图文艺对话集》,朱光潜译,人民文学出版社1963年版,第309页。
③ 柏拉图:《法律篇》,《柏拉图文艺对话集》,朱光潜译,人民文学出版社1963年版,第313页。
④ 柏拉图:《理想国》,郭斌和、张竹明译,商务印书馆1986年版,第75~81页。
⑤ 柏拉图:《伊安篇》,《柏拉图文艺对话集》,朱光潜译,人民文学出版社1963年版,第8页。
⑥⑦ 柏拉图:《伊安篇》,《柏拉图文艺对话集》,朱光潜译,人民文学出版社1963年版,第9页。

中所进行的预言活动由于是神灵的禀赋,在完善程度和操持者的地位上高于一般的占卜术。2. 禳除灾祸疾疫时的迷狂。受灾的人在参与禳灾仪式的过程中,便会出现迷狂状态,在这样的状态中会找到免除灾祸的秘诀。3. 诗人在艺术创作时的迷狂。这种迷狂是诗歌成功的根本,"神智清醒的诗"遇到"迷狂的诗"就会黯然无光。4. 爱情的迷狂。这是对美的追求的一种迷狂。我们这里集中关注的是诗人创作时的迷狂。

这种迷狂既然只是诗人在创作过程中由灵感来临所表现出来的一种精神状态,那就说明迷狂是以灵感为存在依据的。那么,灵感又是从哪里来的呢?柏拉图解释为两条途径。

第一条途径是神灵凭附。柏拉图认为,诗人的创作灵感是诗神赐予的,诗人的创作由诗神暗中操纵着。如他在《伊安篇》中曾借用磁石的功能这样解释神灵凭附现象:"诗神就像这块磁石,她首先给人灵感,得到这灵感的人们又把它递传给旁人,让旁人接上他们,悬成一条锁链。凡是高明的诗人,无论在史诗或抒情诗方面,都不是凭技艺来做成他们的优美的诗歌,而是因为他们得到灵感,有神力凭附着。"①这就是说,好的艺术家的创作是凭借神给予的灵感、凭借神的力量来进行的,而不是诗人在现实中积累起来的技艺。

第二条途径是灵魂回忆。在《斐德若篇》里,柏拉图深入探讨了灵魂的本质。他认为灵魂虽然不是唯一的,但是初始的,它不是被创造的,而是创造他物的"初始本身"。因为是初始的,它便不是被动的,而是"自动的",而凡是永远自动的,都是不朽的。由于"自动性就是灵魂的本质和定义"②,灵魂也就是不朽的了。这种对灵魂本质的概括,是柏拉图灵魂回忆说的理论前提。柏拉图认为根据灵魂所背负的拖累不同,而有三类:一类是努力追随神并且最接近于神的,便可以使御车人"昂首天外"见到一些天外的本体世界;另一类是时升时降的,就只能窥见事物本体的非常有限的局部;还有一类是困扰于下界的世俗之中,虽有好的愿望但基本见不到真理。但这些灵魂都有去见天外本体世界的强烈愿望,其原因就是在那个"真理大原"里可以得到灵魂中的高尚部分所需要的能量。据柏拉图的解释,凡是人的灵魂,都"曾经观照过永恒真实界,否则它就不会附到人体上来。"③这样,当见到尘世的美,就回忆起上界真正的美。不过,容易做到回忆真实体的灵魂一般是那些"昂首天外"的,或见到更多的真实体的灵魂。哲学家和那些"高明的诗人"就带着此类灵魂。当人回忆到了真实界的时候,就

---

① 柏拉图:《伊安篇》,《柏拉图文艺对话集》,朱光潜译,人民文学出版社1963年版,第8页。
② 柏拉图:《斐德若篇》,《柏拉图文艺对话集》,朱光潜译,人民文学出版社1963年版,第119页。
③ 柏拉图:《斐德若篇》,《柏拉图文艺对话集》,朱光潜译,人民文学出版社1963年版,第125页。

会"把下界一切置之度外,因此被人指为迷狂。"①

通过这样两条途径,诗人们产生了灵感、表现出迷狂,而这种灵感和迷狂的背后都包含着对世界本体的向往。神灵凭附能够给诗人带来喜悦、狂热以及更为重要的价值,就在于神既是世界本体的观照者,也是世界本体的体现者,用柏拉图的解释,"神灵就是美、智、善以及一切类似的品质。"②灵魂回忆过程的所忆之物也不是别的,还是世界的本体,尽管回忆到的可能只是世界本体的某些局部。这就是说,灵感的灵魂和根本依据来自于世界本体,灵感的真正源泉是世界本体。在朱光潜翻译的《柏拉图文艺对话集》中,我们可以看到多种与本体世界的意义相同或相近的名词,如"事物本体"、"真实体"、"永恒真实界"、"本体境界"、"上界"、"理式"、"真理大原"、"神"、"美本身"、"本然自在的绝对正义"、"绝对美德"、"绝对真知"等。这些不同的表述虽有细微的差别,但在总体上都是在言说本体世界的绝对存在,而这种"存在"就是柏拉图心目中艺术灵感的终极依据。

可见,柏拉图的灵感说,主要包含着四个部分,即源泉——美本身及其体现者的神;途径——神灵凭附和灵魂回忆;表现——迷狂;结果——诗神的作品。

柏拉图的文艺思想是复杂的,也是矛盾的。如他既认为文艺是模仿的模仿,是一种不能体现世界真实的文化形式,又认为文艺创作可以通过灵魂的回忆和诗神降临获得真理和美本身的某些启示;他既说史诗和悲剧亵渎神灵、危害理想国家,又认为史诗是严肃的高尚的艺术;在一些对话中,他把诗人的天才神秘化,在另外的对话中,他又承认诗人的天才也需要训练,等等。

任何事物都是两面的,正是由于柏拉图文艺理论的自身矛盾和复杂性,使它为后世提供了丰富的理论资源。所以一位西方美学家就说:"在柏拉图的著作中,我们既可以看到希腊人关于美的理论的完备体系,同时,又可以看到注定要打破这一体系的一些观念。"③也有西方学者认为,柏拉图著作的影响,不论是好是坏,总是无法估计的。人们可以说西方的思想,或是柏拉图的,或是反柏拉图的,可是在任何时候都不是非柏拉图。

第二节 亚里士多德的文艺思想

亚里士多德(Aristotle,前384—前322)是古希腊哲学家、自然科学家、文艺理论家。他生于离爱琴海仅3英里的希腊北部的斯塔吉拉城,从他出生到他告

---

① 柏拉图:《斐德若篇》,《柏拉图文艺对话集》,朱光潜译,人民文学出版社1963年版,第125页。
② 柏拉图:《斐德若篇》,《柏拉图文艺对话集》,朱光潜译,人民文学出版社1963年版,第121页。
③ 鲍桑葵:《美学史》,商务印书馆1985年版,第63页。

别人间的半个多世纪,正值希腊城邦制的衰微和奴隶制大帝国的渐趋形成期,他是这一政制转型的亲历者和见证人。他的父亲是位名医,曾是马其顿国王阿明塔斯的御医和朋友。亚里士多德少年时期随父亲在马其顿宫廷里生活,得到了各方面的良好教育,并在这段时间与后来的马其顿国王腓力结下深厚的友谊,出身医学世家的亚里士多德所受的医学教育,对他特别注重事实和经验的思考方式的形成起了很大作用。他17岁时来到雅典,进入柏拉图的学园,追随柏拉图长达20年之久,成为柏拉图的高足。柏拉图死后,亚里士多德离开雅典,赴小亚细亚阿塔纽斯城等地从事柏拉图哲学和动物学的研究,公元前342年应马其顿国王腓力的邀请做王子亚历山大的老师。到公元前335年,亚里士多德重返雅典,创办吕克昂学院,讲授哲学、自然科学、政治学、伦理学、修辞学、诗学等课程。吕克昂离柏拉图学园不远,在雅典城东北郊,原是供奉阿波罗神和缪斯女神的所在地。据说亚里士多德经常和学生一起在这里一边散步、一边讨论学术问题,因而亚里士多德的吕克昂学人群体被人称为"漫步学派"(一译"逍遥学派")。公元前323年,马其顿国王亚历山大死后,雅典掀起反马其顿运动,亚里士多德有亲马其顿之嫌并被控犯有不敬神的罪名,于公元前322年,在他接受审判之前逃往欧卑亚岛,同年病死于岛上。

据记载,亚里士多德的著述甚丰,总共有164种,但它们命运多蹇,大部分均已散失。现存亚里士多德全部著作47种,经学者考证,其中13种为后人托名伪作。现存的亚里士多德关于文艺的论著不多,除《修辞学》和《诗学》之外,另有一篇讨论修辞学的对话《格律罗斯》和一篇讨论风格等问题的论文《忒俄得克忒亚》,但其中却包含着丰富的文艺学思想,在历史上产生了深远的影响。

一、文艺的本质

历史上的文艺理论家们,大都特别关注文艺的本质问题,他们的文艺理论是在对文艺本质的深入把握的基础上展开的。亚里士多德以前的古希腊的美学家和文艺理论家曾对文艺的本质作过各种各样的解释,如苏格拉底和柏拉图都对文艺的本质问题作出过自己的解释。亚里士多德对前人的学说进行了卓有成效的批判和继承,提出了西方古典时代最有价值的关于文艺本质方面的思想。

首先,亚里士多德认为在总体上,文艺的本质是一种模仿。亚里士多德在《诗学》的第一章就开宗明义地说:"史诗和悲剧、喜剧和酒神颂以及大部分双管箫乐和竖琴乐——这一切实际上是模仿。"把文艺看作是对世界的模仿,是古希腊的一个传统观念,但人们提出文艺模仿说的各自立场、出发点和取向却是不尽相同的,赫拉克利特的文艺模仿说主要是就自然美与文艺美的关系而言的;德谟克利特说人"从天鹅和夜莺等鸣鸟学会唱歌",特别关注的是文艺的起源问题;

柏拉图说文艺是一种模仿,是为了说明文艺与世界本体距离遥远,进而否定文艺对人的积极意义。亚里士多德提出一切文艺实际上是模仿的观点,无论在出发点上还是理论目的上都在于阐释文艺的本质属性。亚里士多德曾说:"一般说来,技术有些是完成自然所不能做到的事情,有些则是模仿自然。"①实际上这里所说的"技术"包含着较为宽泛的对象,是指一切制作。这里所说的前一个"有些"是指有些与人的生存息息相关的手工技艺;后一个"有些"是指诗歌、音乐、绘画、雕刻等艺术,他叫做"模仿的艺术"。这说明他把模仿视为各种技术的共同本质。也正由于这个原因,他不仅提出了一切文艺是模仿的总命题,同时对文艺的模仿属性进行了多方面的解释。

其次,文艺的模仿是创造性的。亚里士多德把知识分为三类:第一类是理论性知识,包括形而上学(哲学)、数学和物理学等;第二类是实践性知识,包括伦理学、政治学和理财学等;第三类是创造性知识,包括诗学和修辞学等。亚里士多德把关于文艺的知识归到创造性知识里,用意是显而易见的,他所理解的文艺的最主要的属性就是创造性。亚里士多德把文艺看成是一种模仿的形式,但在古希腊,关于文艺的模仿有两种不同的观点:一种是认为模仿的文艺是艺术家对对象的单一和简单的复制,柏拉图的模仿说就是一个典型的代表。另一种则认为艺术家对自然和人生的模仿不是消极、被动的复制,而是创造性的再现,亚里士多德的模仿说就是这种说法的代表。

亚里士多德出于对文艺模仿的创造性的肯定,推崇文艺再现"应当有的事"。他承认艺术模仿的三种对象:过去和现在有的事,传说的和人们相信的事,应当有的事。他为了证明艺术模仿"应当有的事"的合理性,甚至为艺术家们在模仿中所犯的错误而辩护。他曾说:"在诗里,错误分两种:艺术本身的错误和偶然的错误。如果诗人挑选某一件事物来模仿……而缺乏表现力,这是艺术本身的错误。"如果"把某种不可能发生的事写在他的诗里这些都不是艺术本身的错误。""如果诗人写的是不可能发生的事,他固然犯了错误;但是,如果他这样写,达到了艺术目的(所谓艺术目的前面已经讲过了),能使这一部分或另一部分诗更为惊人,那么这个错误是有理由可辩护的。"②艺术家模仿了那种"不可能发生的事"为什么是可以允许的,他有一个充足的理由是"这些事物是按照它们应当有的样子描写的"③。这理由看起来是简单而委婉的,但其中所蕴涵的亚里士多德的态度是鲜明的,意义是深刻的。所谓"不可能发生的事"就是在自

---

① 亚里士多德:《物理学》,《亚里士多德全集》第2卷,中国人民大学出版社1991年版,第52页。
② 这段文字中的"所谓艺术目的前面已经讲过了"是指《诗学》的第9章末段和第14章第1段等处所说的事;引文见《诗学·诗艺》,罗念生译,人民文学出版社1962年版,第92~93页。
③ 亚里士多德、贺拉斯:《诗学·诗艺》,罗念生译,人民文学出版社1962年版,第94页。

然和现实中没有的事,就是一件全新的事,这里体现着对模仿对象的超越,体现着艺术家的创造意识。但是,仅仅是新的东西未必是美的,只有当一种艺术创新被赋予某种"合法性"时,这种创新才是积极的创新,才是有意义的创新。"应当",是一种至善,"应当",意味着合情合理。在亚里士多德的逻辑中,只要合于艺术目的,不论某一种艺术模仿距离事实有多远,它都是"合法"的。也就是说,如果艺术家能够按照艺术的目的来创造,"不可能发生的事"就等于"应当有的样子"。

亚里士多德不仅认为在明确的艺术目的的轨道上再现出"不可能发生的事"是合乎艺术规律的,而且还认为,这种具有艺术超越性的模仿会创造出比自然和生活本身更美的作品。如他说"一般说来,写不可能发生的事,可用'为了诗的效果'、'比实际更理想'、'人们相信'这些话来辩护。为了获得诗的效果,一桩不可能发生而可能成为可信的事,比一桩可能发生而不能成为可信的事更为可取。像宙克西斯所画的人物是……,但是这样画更好,因为画家所画的人物应比原来的人更美。"[1]据说,宙克西斯在画美女海伦的像时,用了五个美女作模特儿,把他们所有的美都集中在海伦的画像上,所以才使海伦的画像"比原来的人更美"。[2] 亚里士多德之所以用上述那些理由来为艺术家创造的现实中不存在的现象辩护,就是因为他把这些理由当成了艺术原则,他无非是说艺术应该具有感染力,要体现艺术家们的人生和艺术理想,要逼真可信。试想,现代人又何尝不把这些"理由"作为评价艺术的若干尺度的一部分呢?因而,与其说这是亚里士多德在为具有超越现实和创造性的艺术辩护,不如说他是在申明这些艺术规律和审美理想。

最后,文艺的模仿是真实的。在苏格拉底和柏拉图以前,希腊人所坚信的是艺术模仿自然,如赫拉克利特认为绘画就是用各种色彩以及各种色彩的混合来造成酷似原物的形象;德谟克利特认为人是模仿了鸟的鸣叫才会歌唱的。由苏格拉底开创,柏拉图最后完成了模仿说从自然关切向社会关切的转变。但柏拉图出于他的理念论哲学,认为文艺既不能体现理念,也不能直接模仿理念,而是对作为理念的模仿物的现实世界的模仿,因而是不真实的。

对此亚里士多德提出了自己独特的看法,他不仅肯定了艺术模仿的对象——现实世界的真实性,而且认为文艺本身就揭示和体现着"可然律或必然律"的"普遍性",体现着高度的真实性。对这一点,他在《诗学》中曾作过较为明确的解释:"诗人的职责不在于描述已经发生的事,而在于描述可能发生的事,

---

[1] 亚里士多德、贺拉斯:《诗学·诗艺》,罗念生译,人民文学出版社 1962 年版,第 101 页。(引文"……"处为抄本残缺。——引者注)
[2] 范明生:《西方美学通史》第 1 卷,上海文艺出版社 1999 年版,第 511 页。

即按照可然律或必然律可能发生的事。历史学家与诗人的差别不在于一用散文,一用'韵文';西罗多德的著作可以改写为'韵文',但仍是一种历史,有没有韵律都是一样;两者的差别在于一叙述已发生的事,一叙述可能发生的事。因此,写诗这种活动比写历史更富于哲学意味,更被严肃地对待;因为诗所描述的事带有普遍性,历史则叙述个别的事。"①这就是说,历史中的事情未必揭示着必然性,而诗中写的虽是个别的人和事,但却是体现着普遍性的个别现象,是体现着真理的个别现象。柏拉图把哲学家视为理性和智慧的化身,就是因为他认为哲学家能够揭示世界的真实,能够把握真理。亚里士多德不赞成他的老师对文艺的诋毁,认为文艺"比历史更富于哲学意味",在古希腊哲学家看来,任何一种"富于哲学意味"的文化形式,都一定是体现和揭示真理的形式。亚里士多德说文艺是"富于哲学意味"的形式,是对文艺的可贵之处的褒奖,是对文艺的真实性的肯定。

二、悲剧观念

亚里士多德把文艺的本质定义为对真实世界的真实地模仿,是他关注个别事物、关注现象或经验世界的必然结果,他把模仿的对象定义为"在行动中的人",是他对古希腊的史诗和悲剧作品切实的总结,这既体现着他的人本主义观念,也是他所见到的史诗和悲剧必然为其解释者提供的思想内涵。《诗学》的主要笔墨都用在了讨论悲剧和史诗上,亚里士多德对悲剧和史诗的分析,一方面为他的文艺理论提供了现象支持,另一方面也较为细致地展开了他对悲剧和史诗等艺术样式的基本观念。这也正是我们对亚里士多德悲剧和史诗理论给予特别注意的原因所在。

(一)悲剧的含义

亚里士多德曾经给悲剧作过一个在世界文艺理论史中十分著名的描述,他说:"悲剧是对一个严肃、完整、有一定长度的行动的模仿;它的媒介是语言,具有各种悦耳之音,分别在剧的各部分使用;模仿方式是借人物的动作来表达,而不是采用叙述法;借引起怜悯与恐惧来使这种情感得到陶冶。"②"严肃"一语,把悲剧和史诗的题材与喜剧和讽刺诗的题材区别开来;"完整"一语是指情节和结构要有机统一;"有一定长度的行动"一语是指一个有价值的故事要具备被人容易理解和较为充分的艺术表现力的规模;"媒介"一句是指采用不同的节奏、旋律等,适当地在悲剧的各部分加以使用;"模仿方式"一句强调的是戏剧表演,

---

① 亚里士多德、贺拉斯:《诗学·诗艺》,罗念生译,人民文学出版社1962年版,第28~29页。
② 亚里士多德、贺拉斯:《诗学·诗艺》,罗念生译,人民文学出版社1962年版,第19页。

以便与叙事诗区别开来;"借引起怜悯与恐惧来使这种情感得到陶冶"一句是指在悲剧效果上,可以通过悲剧所体现的怜悯和恐惧使人原来的过强或过弱的怜悯和恐惧之情得到调整,从而达到适度和平衡。这就是说,悲剧在模仿的对象上与喜剧相区别,是由好人的严肃的行动所构成的完整的情节;在模仿的媒介上与绘画、雕刻和史诗相区别,使用的是被纳入节奏和旋律之中的语言;在模仿的方式上与叙事诗相区别,使用的是"动作"或"戏剧表演"的方式;在效果上是一种能够使人的情感达到纯正境界的被肯定的艺术形式。

(二)悲剧的情节

亚里士多德在其《诗学》中,对悲剧的情节进行了多方面的论述,他的观点归纳起来主要有这样几个侧面:

首先,他认为情节是悲剧模仿的主要目的。亚里士多德认为,"整个悲剧艺术包含'形象'、'性格'、'情节'、'言词'、'歌曲'与'思想'"。在这"六个成分里,最重要的是情节,即事件的安排;因为悲剧所模仿的不是人,而是人的行动、生活、幸福(幸福与不幸系于行动);悲剧的目的不在于模仿人的品质,而在于模仿某个行动;剧中的人物的品质是由他们的'性格'决定的,而他们的幸福与不幸,则取决于他们的行动。他们不是为了表现'性格'而行动,而是在行动的时候附带表现'性格'。因此悲剧艺术的目的在于组织情节(亦即布局),在一切事物中,目的是最关重要的"。① 这就是说,悲剧出于自身的目的,所模仿的是人的行动,而人的行动构成了一系列事件发展的过程,构成了悲剧的情节。情节是悲剧模仿的主要目的,而"在一切事物中,目的是最关重要的",因而,情节也就成了对悲剧至关重要的因素了。

其次,情节要完整统一。亚里士多德认为完整的情节才符合悲剧的要求,才符合美的规律。他说,"所谓'完整',指事之有头、有身、有尾。所谓'头',指事之不必然上承他事,但自然引起他事发生者;所谓'尾',恰与此相反,指事之按照必然律或常规自然的上承某事者,但无他事继其后;所谓'身'指事承前启后者。所以结构完美的布局不能随便起讫,而必须遵照此处所说的方式。"② 亚里士多德所理解的悲剧情节的完整统一性,不仅是要有头、身、尾,并由头、身、尾构成一个相对独立的整体,还在于情节内部的各个事件"要有紧密的组织",在完整性上不多不少,恰到好处。③

再次,情节要有适当规模。亚里士多德认为,与悲剧情节的完整性相并列的是悲剧情节的规模。用他的话说,"悲剧是对于一个完整而具有一定长度的行

---

① 亚里士多德、贺拉斯:《诗学·诗艺》,罗念生译,人民文学出版社1962年版,第21页。
② 亚里士多德、贺拉斯:《诗学·诗艺》,罗念生译,人民文学出版社1962年版,第25页。
③ 亚里士多德、贺拉斯:《诗学·诗艺》,罗念生译,人民文学出版社1962年版,第28页。

动的模仿"。他在《诗学》第七章中集中讨论的,就是有关悲剧情节的规模问题。他从人的知觉特征上,从人的审美规律上发现了悲剧行动的规模与能否给人美感之间的关系。他认为"一个非常小的活东西不能美,因为我们的观察处于不可感知的时间内,以至模糊不清;一个非常大的活东西,例如一个一万里的活东西,也不能美,因为不能一览而尽,看不出它的整一性;因此情节也须有长度(以易于记忆者为限),正如身体,亦即活东西,须有长度(以易于观察者为限)一样"①。这里所强调的是情节的展开规模,要以便于清晰而完整地进行审美感知为标准。

（三）悲剧性格

现代的作家和理论家们几乎都认为叙事性作品中人物性格是最为重要的,但几千年前的亚里士多德并没有这样看,相反他倒是坚持"情节乃悲剧的基础,有似悲剧的灵魂；'性格'则占第二位。"②尽管亚里士多德并不认为人物性格是悲剧的核心,但他也不认为人物性格在悲剧里是可有可无的,只是相对于情节,"性格"不显得那么重要,因而亚里士多德对人物性格还是给予了应有的关注。亚里士多德在《诗学》第十五章集中地提出了悲剧性格的四点要求,他说:"关于'性格'须注意四点。第一点,也是最重要之点,'性格'必须善良。一言一行,如前面所说,如果明白表示某种抉择,人物就有'性格'；如果他抉择的是善,他的'性格'就是善良的。这种善良人物各种人里面都有,甚至有善良的妇女,也有善良的奴隶,虽然妇女比较低,奴隶非常贱。第二点,'性格'必须适合。人物可能有勇敢的,但勇敢或能言善辩与妇女的身份不适合。第三点,'性格'必须相似,此点与上面说的'性格'必须善良,必须适合不同。第四点,'性格'必须一致；即使诗人所模仿的人物'性格'不一致,而这种不一致的'性格'又是固定了的,也必须寓一致于不一致的'性格'中。"如果我们能够联系《诗学》中亚里士多德对悲剧人物的全部看法来理解上述文字的话,主要有三个方面值得注意:

1. 在道德倾向上,亚里士多德认为"悲剧总是模仿比我们今天的人好的人。"③尽管亚里士多德说人物性格"必须善良",而这个"善良"并非很高的标准,而是一个相当基本的要求。这一点我们在《诗学》的第十三章里就可以看得较为清楚,如他说悲剧人物的最好的道德特点是"不十分善良,也不十分公正"。就是这种"不十分善良,也不十分公正"的"善良"人,因为他犯了错误而遭到厄运,才会让人怜悯,才会实现真正的悲剧效果。亚里士多德的这种看法被文论史家们称为悲剧的"过失说"。在他看来一个不好不坏的善良人才是悲剧人物性格的最佳选择。

---

① 亚里士多德、贺拉斯:《诗学·诗艺》,罗念生译,人民文学出版社1962年版,第25~26页。
② 亚里士多德、贺拉斯:《诗学·诗艺》,罗念生译,人民文学出版社1962年版,第23页。
③ 亚里士多德、贺拉斯:《诗学·诗艺》,罗念生译,人民文学出版社1962年版,第9页。

2. 要求人物性格的逼真可信。这里有两个方面的含义：一方面是性格的特点要与自身的身份相一致、相符合，这就是上述四点中的第二点要求；另一方面是性格特点要与欣赏者们相似，而不是超凡脱俗的人物，这样才能让观众对悲剧人物因自己的过失而遭受厄运的处境感到恐惧，这就是上述四点中的第三点要求。人物性格符合自身身份也好，相似于欣赏者也好，都在强调人物性格要具有看起来很真实、很可信的特征。

3. 要求性格一致。这是要求悲剧中的人物性格要有相对稳定的特点，这种性格特征不论在悲剧中的什么场合、什么时间里，都不能消失，都要以人物的主导性品格体现出来。

（四）悲剧的效果

关于这一点，为了方便起见我们把它留在下面的"文艺的心理和社会功能"这一大部分里来加以讨论。

三、文艺的心理和社会功能

亚里士多德和他的老师柏拉图虽然都认为文艺对人的品行的养成至关重要，但师徒二人的立场和观点却大不一样。除了少数的场合外，柏拉图几乎一生都把文艺视为人格塑造的洪水猛兽，他反复地从文艺的本质和文艺的社会功能这两个最关键的方面来证明文艺的虚幻性和社会罪过，并试图驱逐诗人、取缔文艺。亚里士多德不像他的老师那样主观，而是较为实际地分析了文艺对人格养成的积极价值。

首先，模仿的作品给人以快感。亚里士多德认为模仿的艺术是人的求知欲望的产物，这同时表现在文艺创作和文艺欣赏两个方面。"'模仿'，即再现，是人的固有倾向"[1]，是人的天性，因而模仿的艺术会给人带来精神愉悦。

在亚里士多德看来，人对模仿物的重视与对感觉的重视是相关联的。人正是在对感觉的关切中，积累了大量的经验，使自己变得更加聪明了，人类的美的艺术和各种实用技艺也是在这种感觉经验的积累中渐渐地产生的。古希腊的绘画和雕塑特别强调它的立体感，也关注它的透视技法，与当时的人们把绘画和雕塑这类模仿的艺术同知识联系起来关系很大。亚里士多德认为造型艺术（绘画和雕塑）是在人的求知欲望的推动下产生的模仿艺术，并把这种观念运用到音乐和诗歌中去，甚至认为音乐就是人心，"灵魂就是一支旋律"[2]。他认为人们需要文学，需要诗，其根本的原因就是人能够在模仿的同时满足求知的欲望，并能

---

[1] 鲍桑葵：《美学史》，张今译，商务印书馆1985年版，第91页。
[2] 亚里士多德：《政治学》，《亚里士多德全集》第9卷，中国人民大学出版社1994年版，第281页。

够在模仿的艺术中得到精神的愉悦。对于这一点,亚里士多德说:"一般说来,诗的起源仿佛有两个原因,都是出于人的天性。人从孩提的时候起就有模仿的本能(人和禽兽的分别之一,就在于人最善于模仿,他们最初的知识就是从模仿得来的),人对于模仿的作品总是感到快感。经验证明了这样一点:事物本身看上去尽管引起痛感,但惟妙惟肖的图像看上去却引起我们的快感,例如尸首或最可鄙的动物形象(其原因也是由于求知不仅对哲学家是最快乐的事,对一般人亦然,只是一般人求知的能力比较薄弱罢了。我们看到那些图像所以感到快感,就因为我们一面在看,一面在求知,断定每一事物是某一事物,比方说:'这就是那个事物'。假如我们从来没有见过所模仿的对象,那么我们的快感就不是由于模仿的作品,而是由于技巧或着色或类似的原因)。模仿出于我们的天性,而音调感和节奏感(至于'韵文'则显然是节奏的段落)也是出于我们的天性,起初那些天生最富于这种资质的人,使它一步步发展,后来就由临时口占而作出了诗歌。"①

亚里士多德在这段论述里提出了人们喜欢文学艺术的两个原因:一是人的模仿天性所致。由于作为模仿的艺术具有某种知识内涵,人们可以通过观照艺术作品而得到所需要的知识,所以人们见到艺术图像就会产生一种快感。这主要是指文艺作品的内容方面给人们带来的影响;二是艺术作品的着色、音调感和节奏感等形式方面的因素,也会与人的心灵产生积极的共鸣,使人在这种共鸣中获得令人快乐的形式感。亚里士多德所强调的这种形式感实际上是以和谐关系为基础的,因为只有着色,或者音调和节奏和谐地搭配起来时,它才会给人带来快感。

亚里士多德经常把快感作为文艺欣赏的直接目的,这种思考看起来很平常,却蕴涵着一个非常重要的观念,那就是对文艺的独特价值的肯定。同时,亚里士多德所说的快感来源是人的求知欲望和对和谐的追求的天性。人们所追求的知识是人类需要的价值,因而求知本身是一种人的善行;人们所渴望的和谐蕴藏着健康和理性的意义。因而,亚里士多德所谓"快感"并非是文艺欣赏中的纯形式感的描述,而是一个有丰富内涵的概念,有着重要的价值。用一位欧洲学者的说法,亚里士多德的这种文艺观"标志着从两种错误解脱出来的开端,这两种错误是:把美学判断和道德判断混淆起来的倾向,以及认为艺术是现实的复写或摄影的倾向"②。这是值得我们格外重视的。

其次,文艺能够让人实现心理的健康。亚里士多德在《诗学》第六章里给悲剧下定义时,把悲剧的社会效果描述为"借引起怜悯与恐惧来使这种情感得到陶冶"。在此我们首先遇到的是"怜悯"、"恐惧"这两个概念,那么,对"怜悯"和"恐惧"应该如何理解呢?亚里士多德说:"怜悯的定义可以这样下:一种由于落

---

① 亚里士多德、贺拉斯:《诗学·诗艺》,罗念生译,人民文学出版社1962年版,第11~12页。
② W. D. 罗斯:《亚里士多德》,王路译,商务印书馆1997年版,第320页。

在不应当受害的人身上的毁灭性的或引起痛苦的、想来很快就会落到自己身上或亲友身上的祸害所引起的痛苦的情绪。"① "恐惧的定义可以这样下:一种由于想象有足以导致毁灭或痛苦的、迫在眉睫的祸害而引起的痛苦或不安的情绪。"②在《诗学》第十三章中,亚里士多德更为简明地概括怜悯和恐惧说:"怜悯是由一个人遭受不应遭受的厄运而引起的,恐惧是由这个这样遭受厄运的人与我们相似而引起的。"这种"怜悯和恐惧"的情绪,就是"悲剧效果",是悲剧给人们带来的"快感"③。

罗斯说"我们可以区别悲剧直接的目的和间接目的"④,这就是说,悲剧的效果有两大层面,即直接效果与间接效果。由怜悯和恐惧带给人的审美快感是悲剧最直接的效果,而在这种直接效果的背后还有悲剧给人带来的间接效果,这就是"陶冶"所蕴涵的意义。

关于"陶冶",罗念生曾说"'陶冶',原文是'卡塔西斯'(katharsis),作宗教术语是'净化'('净罪')的意思;作医学术语过去一直认为只是'宣泄'的意思"。⑤ 历史上也正是围绕着这多种观点展开了许多争论。罗念生把"卡塔西斯"译作"陶冶",是因为他把"卡塔西斯"理解为人欣赏悲剧是养成适当的情感强度的习惯过程⑥。莱辛、黑格尔等都大体倾向于"净化"说,朱光潜采取了大多数西方学者的这种"净化"的观点,他根据亚里士多德的《政治学》中关于"净化"的阐释,说:"'净化'有译作'陶冶'的,不妥,因为:'陶冶'就是'教育',亚里士多德明明把'教育'放在'净化'之上。"⑦坚持"净化"说的人多认为"卡塔西斯"是指对人的情感中的非善因素的净除,但朱光潜并没有完全站在这种立场上,他对"净化"的理解是"使某种过分强烈的情绪因宣泄而达到平静,因此恢复和保持住心理的健康"⑧。另有一种解释就是"宣泄"说,如鲍桑葵的观点就很有代表性。他认为"卡塔西斯"应译为"得到宣泄而减缓下来",他所强调的是

---

① 亚里士多德:《修辞学》,罗念生译,北京三联书店1991年版,第89页。
② 亚里士多德:《修辞学》,罗念生译,北京三联书店1991年版,第81页。
③ 关于"悲剧效果"和"快感"的提法,见亚里士多德、贺拉斯:《诗学·诗艺》,罗念生译,人民文学出版社1962年版,第41~43页。
④ W. D. 罗斯:《亚里士多德》,王路译,商务印书馆1997年版,第312页。
⑤ 罗念生:《〈诗学〉译后记》,见亚里士多德、贺拉斯:《诗学·诗艺》,人民文学出版社1962年版,第116页。
⑥ 亚里士多德、贺拉斯:《诗学·诗艺》,罗念生译,人民文学出版社1962年版,第19页页下注。
⑦ 朱光潜:《西方美学史》,《朱光潜美学文集》第4卷,上海文艺出版社1984年版,第91页注①;朱光潜在这里说的"把'教育'放在'净化'之上"是指亚里士多德《政治学》中的"音乐应该学习,并不只是为了一个目的,而是同时为了几个目的,那就是:一、教育,二、净化(关于'净化'这一词的意义,我们在这里只约略提及,将来在《诗学》里还要详细说明),三、精神享受,也就是紧张劳动后的安静和休息。"参见《政治学》,《亚里士多德全集》第9卷,中国人民大学出版社1994年版,第284~285页。
⑧ 朱光潜:《西方美学史》,《朱光潜美学文集》第4卷,上海文艺出版社1984年版,第92页。

"激情的减轻,而不是激情的净化"①。对"卡塔西斯"的理解有诸多分歧,但我们应该看到各种说法有一种共同的认识,那就是使人的情感或情绪朝着积极方向转化,从而使人的心理达到或趋于健康的境界。

如果我们稍加注意,就会发现亚里士多德强调悲剧人物及其悲剧命运要与我们有关,不仅仅是出于这样能够产生"怜悯和恐惧"的悲剧快感。如果我们把它与亚里士多德的悲剧"过失"说联系起来,就可能意识到这其中还有某种有关道德劝诫的暗示。这并不影响亚里士多德对美的艺术的独立价值的认识,而且正好与他坚实的理性主义倾向构成相互的印证。亚里士多德既然不仅在《诗学》中把悲剧效果描述为"卡塔西斯",也在《政治学》中把音乐的效果描述为"卡塔西斯",而且史诗本身就具备悲剧那种能够引起怜悯和恐惧的情节,也应具有"卡塔西斯"的效果,就此而言,"卡塔西斯"在亚里士多德的心目中当有比悲剧功能宽泛得多的意义。

亚里士多德的文艺理论在西方文艺理论史上,具有十分突出的地位,他是古希腊美学和文艺理论的集大成者。这表现在他非但是苏格拉底和柏拉图文艺思想的直接继承者,而且从其思想中也能清楚地看到毕达哥拉斯学派以及具有鲜明的唯物论倾向的思想家赫拉克利特和德谟克利特的深刻影响。在西方美学和文艺理论史上具有科学体系的著作方面,他的《诗学》和《修辞学》显示出了开创之功。他批判了柏拉图的文艺模仿说,证明了文艺是一种能够揭示世界真实的模仿形式,肯定了文艺的积极价值,为后来的文艺的现实主义和典型理论奠定了重要的思想基础。他从美感出发,把美学判断与道德判断区别开来,坚持了文艺的独立意义,与此相关,他也拒绝了把文艺视为对现实的复写和摄影的倾向。

第三节 古罗马时代的文艺思想

一、贺拉斯和他的《诗艺》

贺拉斯(Quintus Horatius Flaccus,前65—前8)是罗马帝国时代的著名诗人和文艺理论家。生于意大利东南部,父亲是被释放的奴隶,颇有家产。贺拉斯青少年时期得到良好的教育,20岁以后又先后到雅典的几个著名学园学习哲学,晚年在别人送给他的庄园里写诗,公元前8年死于罗马。贺拉斯一生创作了多种诗歌,留下来多种书信,有人把其中一封书信定名为《诗艺》,流传至今。

《诗艺》等书信中所体现出来的文艺思想对后来的欧洲文艺界影响颇大。

---

① 鲍桑葵:《美学史》,张今译,商务印书馆1985年版,第86、87页。

如果我们认为古典主义专指17世纪流行在西欧、特别是法国的一种文学思潮的话,那么,贺拉斯的思想就是这一文艺思潮的重要理论依据;如果将贺拉斯的文艺观称作古典主义,那么17世纪西欧古典主义则被看做是复兴古典主义传统的新古典主义。总而言之,贺拉斯在古典主义上的贡献是极为突出的,用美国威斯康星大学文艺批评史家佛朗·霍尔的话说,"在整个文艺复兴和新古典主义时代,他是最有影响的批评家。亚里士多德可以供奉起来受人顶礼膜拜,但是人们经常引用的则是贺拉斯"。[1]《诗艺》体现出来的文艺思想与亚里士多德的文艺思想不尽相同,贺拉斯是一个诗人,他所能够关注的主要是些具体的主张而少有抽象的原理。大体上说,贺拉斯在《诗艺》中提出了如下原则:

(一)借鉴原则

他认为"诗神把天才,把完美的表达能力,赐给了希腊人"[2],作家们"应当日日夜夜把玩希腊的范例"[3],把希腊文学当作创作的样板,在创作题材的选择上,他甚至主张直接使用古典的题材。[4] 贺拉斯提倡学习希腊文学的精华,并不是要罗马文艺紧随希腊亦步亦趋,相反他所渴望的是创造出与罗马帝国一样辉煌的艺术。他的完整主张是在继承希腊经典艺术传统的同时,进行创新。所以说,贺拉斯向希腊人学习的主张不是"食古不化",而是为了创造出完美的罗马文学而进行的借鉴。

(二)理性原则

贺拉斯主张"把玩希腊的范例",是因为希腊文学已经经历了时间的磨砺和淘选,希腊文学中合于规范的作品所显示的特征就是合情合理,所以,与其说贺拉斯推崇希腊文学,不如说是在寻找合情合理的、接近完善的文学范例。贺拉斯特别强调文学创作中的理性的价值,他极力反对那些"疯癫诗人",劝告有理性的人远离他们以免被沾染。[5] 他提出"要写作成功,判断力是开端和源泉"。[6]这种判断力是指在创作过程中进行正确思考和正确选择的能力,其目的就是如何把作品写得"合情合理"。在他看来这种合情合理的创作不可能建立在个人意愿和自我表现的基础之上,而是从生活出发,在生活中寻找创作的资源,他说:"我劝告已经懂得写什么的作家到生活中、到风俗习惯中去寻找模型,从那里汲取活生生的语言吧。"[7]他对文学创作的理性要求,使得他特别重视作品对生活

---

[1] 佛朗·霍尔:《西方文学批评简史》,张月超译,南京大学出版社1987年版,第13页。
[2][6][7] 贺拉斯:《诗艺》,杨周翰译,人民文学出版社1962年版,第154页。
[3] 贺拉斯:《诗艺》,杨周翰译,人民文学出版社1962年版,第151页。
[4] 贺拉斯:《诗艺》,杨周翰译,人民文学出版社1962年版,第144页。
[5] 贺拉斯:《诗艺》,杨周翰译,人民文学出版社1962年版,第160~161页。

实际关系的揭示,重视作品的辉煌的思想和恰当的人物刻画。①

(三) 合式原则

合式原则与理性原则密切关联,前者关注的是文学的精神内涵,后者关注的是文学的形式技巧,二者在内在精神上具有一致性。关于合式原则,朱光潜的描述是恰当的,他说:"'合式'这个概念是贯串在《论诗艺》里的一条红线。根据这个概念,一切都要做到恰如其分,叫人感到它完美,没有什么不妥当处。这主要是对于艺术形式技巧的要求。"②合式原则主要体现在作品的整体统一、对创新的适度把握和有节制原则上。依据这一基本原则,贺拉斯提出一系列具体的规则,如:

1. 在类型关系中,他列举了帝王将相的业绩和战争诗与荷马史诗的格式;哀歌和感恩诗与长短不齐的"挽歌体叠句";喜剧和悲剧这类的富有激情的作品与"长短格";颂神诗与抒情诗中的各种格式等在配合上的合理性。③

2. 人物语言须符合人物的身份。他认为人物的身份、地位、职业、所属的民族和地域等的不同,说的话都会"大不相同"。④

3. "给不同的性格和年龄以恰如其分的修饰"。他提出儿童、少年、成年、老年在心理、价值观、行为表现等方面都应具有自身的特点,因而他提醒人们"不要把青年写成个老人的性格,也不要把儿童写成个成年人的性格,我们必须永远坚定不移地把年龄和特点恰当配合起来"。⑤

(四) 寓教于乐原则

贺拉斯说:"一首诗仅仅具有美是不够的,还必须有魅力,还必须能按作者愿望左右读者的心灵。"⑥这里的"作者愿望"是什么呢?贺拉斯的回答是:"诗人的愿望应该是给人益处和乐趣,他写的东西应该给人以快感,同时对生活有帮助。"⑦那么,所谓"益处和乐趣"具体指什么呢?《诗艺》提出了四个具体方面:1. 明确理法、规范行为、缔造文明;2. 张扬尚武精神,激发人们的雄心和士气;3. 沟通神与人、君王与臣民关系,以此获得神的旨意和帝王的恩宠,指示生活的道路;4. 给人们带来劳动后的欢乐。⑧ 从贺拉斯的这些观点中,我们可以看出他相信诗歌具有教化和愉悦方面的价值,但我们纵观《诗艺》的思想,贺拉斯对

---

① 贺拉斯:《诗艺》,杨周翰译,人民文学出版社 1962 年版,第 154 页。
② 朱光潜:《西方美学史》,《朱光潜美学文集》第 4 卷,上海文艺出版社 1984 年版,第 109 页。
③ 贺拉斯:《诗艺》,杨周翰译,人民文学出版社 1962 年版,第 141 页。
④ 贺拉斯:《诗艺》,杨周翰译,人民文学出版社 1962 年版,第 143 页。
⑤ 贺拉斯:《诗艺》,杨周翰译,人民文学出版社 1962 年版,第 145~146 页。
⑥ 贺拉斯:《诗艺》,杨周翰译,人民文学出版社 1962 年版,第 142 页。
⑦ 贺拉斯:《诗艺》,杨周翰译,人民文学出版社 1962 年版,第 155 页。
⑧ 贺拉斯:《诗艺》,杨周翰译,人民文学出版社 1962 年版,第 157~158 页。

诗歌的价值估量,显然不忽视文艺的愉悦意义,并认为这是不可或缺的,但他对文艺的教化意义则显示出了更大兴趣,把作品的精神内涵视为根本,把作品的教化作用看成是文艺价值的基础。这就形成了他的寓教于乐的文艺思想。

贺拉斯的《诗艺》是西方诗人而非哲学家论诗的第一部著作。它对优秀的希腊文学传统的高度尊崇,从罗马帝国的现实需要出发对文学的原则和规范的阐发,成为西欧17世纪古典主义所尊奉的理论和原则。它的寓教于乐的思想对西方的从文艺复兴到启蒙运动时期的文艺观念产生了重要的影响。由于《诗艺》中的文艺观念所具有的某种教条和僵化的倾向,与后来西方的浪漫主义文学思潮之间的对立,使《诗艺》的影响渐渐走向衰微。

二、朗吉弩斯和他的《论崇高》

朗吉弩斯(Longinus)一般被当作《论崇高》的作者,但《论崇高》的作者究竟是谁?朗吉弩斯究竟为何人?还有待证实。曾有人认为他是公元前3世纪雅典修辞学家,19世纪以后,一些学者对此提出了异议,并说《论崇高》的作者是公元前1世纪的一位修辞学家。这些说法至今无法确认。《论崇高》是罗马时代除了《诗艺》之外对后世影响最大、最广泛的一部文艺理论著作。在10世纪才被发现,略有散失,现存44章,17世纪法国古典主义理论家布瓦洛将其译成法文,此后引起广泛注意。由书信体写成,以崇高风格为中心讨论文学和修辞学问题。

什么是朗吉弩斯所说的崇高呢?在《论崇高》里,作者显然不是讨论一般意义上的崇高,而是把崇高置于诗文这样一个具体语境中来加以界定的,所以他关注的是崇高的风格。在朗吉弩斯看来,所谓诗文的崇高,就是在"措辞的高妙之中"展现一种"高尚的思想"所构成的"专横的,不可抗拒的"威力。朗吉弩斯坚信崇高的东西将会"使仅仅合情合理的东西黯然失色"[①]。这就是说,崇高的诗文在朗吉弩斯的心目中也是崇高的。

那么,崇高由哪些因素构成的呢?朗吉弩斯在《论崇高》的第八章中,指出了他称之为"主要来源"的五个因素:第一是"庄严伟大的思想"。这主要是指文学风格所显示出来的人的智慧、美好的心灵和高尚的人格。第二是"强烈而激动的情感"。这种感情是与崇高的心灵和人格相关联的,是对崇高的向往和强烈的热情。第三是"运用藻饰的技术"。第四是"高雅的措辞"。第五是包含上面四个因素在内的"整个结构的堂皇卓越"。构成崇高的这后三个因素主要是指构成风格的修辞和结构方面而言的。在语言和修辞方面,他提倡朴实、自然、恰当、高雅修辞。朗吉弩斯虽然说"在这全部五种崇高的条件中,最重要的是第

---

① 伍蠡甫、胡经之:《西方文艺理论名著选编》上卷,北京大学出版社1985年版,第115页。

一种"①,但他还说:"预先要假定已经有了这五个来源所共同依靠的先决条件:掌握语言的才能。"②这说明,在朗吉弩斯看来,"庄严伟大的思想"是崇高风格的核心,"语言的才能"是崇高风格的前提。

崇高与社会文化背景的关系,是《论崇高》所关注的又一个重要问题。朗吉弩斯认为"崇高可以说就是灵魂伟大的反映"③。这就是说崇高是高尚的人格的体现,诗文的崇高风格是伟大的人格的艺术流露。那么,一个高尚的灵魂、一个伟大的人格从哪里来呢?在《论崇高》中,朗吉弩斯认为有三个原因,即天赋、社会文化背景、自我克制和超越。朗吉弩斯承认天赋,但他同时认为天才也不过是一种有赖于后天的开发和展开的倾向,所以,天才的真正养成离不开适合的社会文化环境。朗吉弩斯曾引述一位哲学家的话说:"自由,据说,是全能的,能培养才士的大志,能引生希望,能保持竞争的火焰和争取高位的雄心。而且每一个自由的国家所提供的奖励足使其第一流演说家的精神由于经常锻炼而磨砺得锋利;他们好像为摩擦所燃烧着,而自然地发出光彩,因为围绕着他们是自由。"④这就是说,天才和伟大的灵魂只有在自由的社会文化环境中才能得以形成,得到伸展,专制和奴性教育"发展的只是诌媚的天才"⑤。朗吉弩斯认为这是一种合乎常情的看法。

然而,朗吉弩斯坚信某种社会文化背景虽是促成或限制高尚灵魂和伟大天才的重要条件,但却不是唯一的原因,有关天才养成的一个更为值得强调的依据是克制和超越自我。伟大的灵魂是诗文崇高的根源,对人生的物欲,"一个高尚的心灵就会鄙视它而绝不会赞美它"⑥。一个能够在诗文中显示为崇高的灵魂,就必须抵制物欲,对此他曾语重心长地说:"究竟天才的败坏是应当归咎于天下太平呢,还是更当归咎于我们内心的祸乱,那无穷无极的,占住了我们全部意念的内心的祸乱;并且更进一步归咎于今天围攻我们,蹂躏和霸占我们生活的情欲。难道我们不是为利欲所奴役,我们的事业为利欲所摧毁——利欲,那在我们内心疯狂地发作着而永不平息的热病,加上享乐的贪求——两种心病,一最能使人卑鄙,一最为无耻。"⑦这就是说,一个伟大的天才,一个高尚的灵魂必定是战胜利欲、克制和超越自我的结果,一种诗文的崇高风格必定是这种崇高的人格的艺术体现。

从《论崇高》的全部思想来看,它的理论特色是较为鲜明的。《论崇高》虽然也和贺拉斯的《诗艺》一样,具有尊重古代、相信普遍人性、强调"恰到好处"的节

---

①②③ 伍蠡甫、胡经之:《西方文艺理论名著选编》上卷,北京大学出版社1985年版,第119页。
④⑤ 伍蠡甫、胡经之:《西方文艺理论名著选编》上卷,北京大学出版社1985年版,第127页。
⑥ 伍蠡甫、胡经之:《西方文艺理论名著选编》上卷,北京大学出版社1985年版,第118页。
⑦ 伍蠡甫、胡经之:《西方文艺理论名著选编》上卷,北京大学出版社1985年版,第128页。

制和作品的有机整体感等古典主义倾向,但它的思想观念与贺拉斯的《诗艺》又有许多差别,如贺拉斯强调文艺的寓教于乐作用,而朗吉弩斯强调心灵的冲击力和鉴赏的情趣;贺拉斯强调冷静的理性原则,而朗吉弩斯则强调崇高的思想和强烈的激情等。由于《论崇高》的理论特色,使得它对西方的文艺理论作出了多方面的贡献,对欧洲的古典主义、浪漫主义等文艺思想都产生过深远的影响。而且,在一定意义上说,我们在《论崇高》对诗文语言和修辞的重视中,也会看到由亚里士多德开创的修辞学传统,经由朗吉弩斯、罗素,一直到西方20世纪"语言论"美学和文艺理论这一历史传统的渊源关系。

小 结

　　古希腊罗马时期的文艺理论构成了西方文论的源头,在某种意义上说,后来西方出现的各种文艺理论几乎都可以追溯到这里。古希腊罗马文论作为西方文论的源头,主要表现在它创造并拥有了一笔辉煌的理论财富,也是我们所知道的西方历史中最早的一笔文论财富。

　　古希腊罗马文论对后世的影响是十分深远的,西方世界中大多数文艺理论思潮都以否定或肯定的态度汲取了它的理论资源。贯穿于西方文艺理论领域的两条基本线索:注重逻辑和理性演绎的"理性主义"和注重感性经验的"经验主义",是在古希腊罗马时期就已经确立的两种文论传统。柏拉图和亚里士多德就是开创和缔造这两种传统的最好代表。柏拉图从他的理念论出发,把"绝对理念"作为"美本身",作为文艺存在的最终依据。他由理念论推导出现实世界是对理念的模仿,而文艺又是对现实的模仿,这就把文艺的本质定位在"模本的模本"上了。基于这种认识他认为传统文艺是远离真实的虚幻,因而对人的精神是有害的。这种思想很显然超越了感性世界,把他在理性逻辑中所把握的本体世界当作他全部理论的归宿。

　　亚里士多德虽然并不认同柏拉图的理念论,但在基本思想上,他仍然是一位理性主义者。可是,亚里士多德毕竟在理性主义的基本立场上,否认了本质与现象的分离,在许多领域特别关注经验世界,把感性事物视为一种真实的存在。所以他在《诗学》中关注人生、关心人的遭遇和处境。在思想方法上他是从大量的文学史的事实中对文学的本质和特征来加以阐释的。他的这种经验主义文艺观尽管不是他的文艺理论的全部内容,但他所坚持的经验主义倾向,奠定了西方经验主义文论的基点。

　　批判精神是西方的一个传统,在历史维度上他们走着一条否定主义的道路,这正像泰纳所说,一种新的形式"必须从前驱者的死亡中诞生"①。但西方的文化、思想、文艺理论却在事实上强有力地传承着它的传统,这大概就是黑格尔提醒人们不要把这种取代与被取代的历史流程完全看作是一种对立,而要"在看起来冲突矛盾着的形态里去认识其中相辅相成的环节"。② 如在创作上希腊的史诗和悲剧中所蕴涵的强烈的人文精神和由苏格拉底开创、由柏拉图和亚里士多德加以完善和发展的人文主义文艺思想始终在西方的历史中此起彼伏。从文艺复兴时期的反神学的人文主义开始,经17、18世纪的各种人道主义,一直到20世纪形形色色的人文主义文艺观,都直接或间接地体现着希腊罗马文论精神。

古罗马时代的贺拉斯和朗吉弩斯的共同主张,是以希腊的文艺传统为典范,从而形成了西方最早的古典主义思想传统。在某种意义上说,他们的文艺思想几乎成了17世纪西欧古典主义文艺思潮现成的理论原则和旗帜。甚至被人们视为20世纪崭新形式的修辞论美学和文艺理论,也是希腊罗马传统的延续和总结。古希腊时期就有相当发达的修辞学,尽管有柏拉图对它的强烈批判,但也有亚里士多德对修辞学地位的明确肯定。特别是朗吉弩斯的《论崇高》,在继承和发扬亚里士多德修辞学传统的基础上,把修辞看作诗文存在和价值的前提这样一种思想,在理解20世纪修辞论文论时更值得我们加以关注。

片面和偏激是任何一种有价值的理论都具有的瑕疵,这是人的绝对局限造成的,我们不能仅仅去挑剔他们,但有一点我们可能与他们不同,那就是柏拉图、亚里士多德们所缺少的历史感,我们则可能占有许多。

思 考 题

1. 柏拉图是如何阐释文艺与世界的关系的?
2. 柏拉图是怎样理解文艺的功能的?
3. 柏拉图为什么提出取缔文艺、驱逐诗人?
4. 柏拉图所说的诗人的灵感是怎样形成的?
5. 如何认识柏拉图的灵感说?
6. 亚里士多德是怎样理解文艺的本质的?
7. 亚里士多德是如何阐释文艺模仿的创造性的?
8. 亚里士多德是如何定义悲剧的?
9. 亚里士多德对悲剧性格提出了哪些具体要求?
10. "卡塔西斯"是什么意思?

---

① 泰纳:《〈英国文学史〉序言》,参见伍蠡甫、胡经之《西方文艺理论名著选编》中卷,北京大学出版社1985年版,第153页。
② 黑格尔:《精神现象学》(上卷),商务印书馆1979年版,第2页。

11. 贺拉斯在《诗艺》中提出了哪些具体的文艺原则？
12. 如何理解《论崇高》中的"崇高"？
13. 朗吉弩斯是怎样论述崇高的来源的？

第二章

中世纪文艺理论

引 论

从公元前476年西罗马帝国灭亡到1640年英国资产阶级革命,是西方历史上的中世纪时期。这一时期欧洲社会的主要特征是封建阶级关系逐步形成并得到确立和发展;社会生产力由奴隶制社会灭亡造成的废弛状态转入养息、复苏、发展和向近代形式转化;伴随着这一社会基础更替的是思想文化和一般世界观的变化。

在古代社会解体时期,罗马帝国残暴腐朽的统治、蛮族的入侵和被压迫民族的反抗汇成了洪潮,随着罗马帝国的土崩瓦解,古代社会千余年的文化成就也几乎尽遭涤荡。"帝国的崩溃正是教会的时机",这种现实使朴素的理性世界观及多神教信仰被方兴未艾的天主教信仰和神学文化所取代,人的主体地位被一神教的绝对神权所取代,于是,自公元1世纪开始出现的基督教终于在公元313年得到了罗马帝国的承认,反仆为主,宗教及其组织形式教会益发盛行起来。

教会以上帝在尘世的牧人的名义行使上帝的权威,不仅和世俗封建主一道改变了西方的生活景观(教堂如织,僧侣遍地,崇拜盛行),而且强有力地塑造了人们以上帝意志和《圣经》教条为核心的宗教意识。人人生而洗礼入教,死而忏悔归神,尘世有国王和领主,灵魂由上帝和神父主宰,中世纪的欧洲从此转向了一个新的历史方向。当然,这一转折是以大规模的历史倒退为前提的。

从宏观的社会发展规律来看,中世纪的出现实际上是在相对低下的生产力发展水平制约,奴隶制土崩瓦解的动荡形势下,人类依附神权、寻求神权庇护的倾向及其宗法社会形式对奴隶制社会形式及其意识形态的反拨,反映了信仰和社会制度曲折进步的必然运动。这一反拨带来的社会统治对人的主体力量产生了强烈的抑制作用,但它最终还是受到了中世纪生产力发展的冲击,受到了文艺复兴前后开始的近代化过程的再次否定。

从微观来看,中世纪的发展并不是始终如一的,其意识形态特别是宗教、哲学和美学的发展更是在古代社会瓦解之前就已显示出中世纪的特征,因此中世纪的思想进程呈现出先于一般社会进程的特征,它大致分为从教父时代到文艺复兴三个连续的阶段。

第一阶段是基督教逐步建立、发展为罗马帝国正统宗教,直到罗马帝国灭亡的时期,它是以希腊—罗马哲学美学思想的蜕变和新柏拉图主义、奥古斯丁主义的传播为标志的。其内在的发展逻辑表现为抛弃了自然哲学的朴素唯物论、柏拉图的心灵辩证方法、亚里士多德的经验实证方法、贺拉斯的古典主义理想和朗吉弩斯的人本主义的历史观,抛弃形式上的多神教、实质上的一元论世界观,把人从征服自然、维护尊严、畏惧命运的方向引导到信仰主义的方向去,把依靠国家生活维系着的社会关系引导到以上帝为核心的共同信仰所维系的关系上去。这是一种与人的积极主体、与人的实用或审美的创造行动相对立的神秘的抽象精神居绝对统治地位的方向,而这种抽象精神从根本上说是人的本质发生异化运动的产物。

第二阶段是从6世纪到11世纪东西方教会分裂期间的基督教巩固发展时期,这一时期是以对世俗文化和象征艺术以及异端进行压迫清洗为标志的。其间教会内部不同教派的斗争、教俗封建主争夺权利的斗争以及教俗文化间的斗争构成了社会政治和精神生活的突出内容,反映了二元性的社会体系和世界观的内在危机和调整。教会统治愈演愈烈,破坏偶像运动、宗教审判制度和新兴教团的出现反映了天国理想的迷狂及其对世俗要求的压制。

第三阶段从12到16世纪,是中世纪从内在对立走向全面式微、新的资产阶级社会因素成长壮大的时期,也是世界历史新形态取代旧形态的重要准备时期。生产力的发展、东西方交往的扩大和商业贸易的繁荣带来了城市的发达,也造成了庄园经济的危机,世俗的民族文化产生了思想解放的要求。在思想理论上的表现是经院哲学的兴起和人文主义在包括教会在内的各个领域的传播。教会权威力图压制异端,顽强抵制具有理性主义、清教主义和人文主义性质的思想,终于酿成了宗教改革和文艺复兴运动。

了解中世纪文化发展的起点和基础,对理解中世纪的文艺思想发展是非常必要的。古代社会末期,特别是基督纪元后数百年间的文艺、哲学、宗教的发展呈现出以下态势并给予中世纪思想以重要影响:

首先是社会的全面危机。包括罗马帝国统治的衰落,奴隶劳动的委顿,政治上阶级(包括统治阶级内部)和民族矛盾的加剧,思想观念的转变(国家民族精神转变为个人或小团体精神),异教和基督教的冲突以及悲观颓废情绪的蔓延等,这一切为中世纪的社会和文化发展奠定了基本方向,即封建社会关系和基督教体系的日趋发展。

其次,哲学的发展极其活跃。柏拉图、亚里士多德、斯多噶、伊壁鸠鲁等学说与怀疑主义等多种流派风行一时。值得注意的是在柏拉图哲学基础上发展起来的新柏拉图主义,它在适宜的社会形势以及斯多噶学说等思潮的推动下,经过普罗提诺、奥古斯丁等人的推动,成为中世纪宗教神学的主要理论基础。直到公元9世纪后,由于亚里士多德的逻辑学和阿拉伯哲学的传入以及唯名论与实在论的论争,主张绝对精神居于对现实世界的统治地位的新柏拉图主义才被注重绝对精神与主观精神相统一的经院哲学所取代。

这一时期,在文艺创作和批评理论方面,虽然出现了一些新的主题与样式,如赞美自然的诗篇、讽刺文学、小说和小品文等,朗吉弩斯、普鲁塔克、琉善等人的评论在前代批评家尚未触及的美学和批评领域也作出了独特的贡献,但在其艺术独创性和精神内涵的积极性方面都无法与古典时期的作家们相比。唯一突出的是教父们对《圣经》的研究和经院哲学家们对抽象理性的提倡促进了神学和象征主义艺术的繁荣。

在这些基础上形成的中世纪思想文化始终存在着内在的两个方向冲突,即宗教精神与世俗精神、信仰主义与怀疑主义、禁欲主义与自由主义、神秘主义与理性主义等构成的二元对立。这些冲突在理论上是传统的"德谟克利特方向"和"柏拉图方向"的冲突的延续,其冲突的焦点往往集中在本体论方面(上帝的存在与否及其地位,三位一体的内在关系等),而思想立场的差异又往往是与教俗势力的冲突相联系的。不同时代的思想家们通常也是在这些基本问题上分野,或站在王权一边,或站在教皇一边。

中世纪的美学文艺学思想并无典型的体系,但正如哲学家的体系中往往包含着审美问题的讨论一样,神学家的体系中也往往包含着对文艺和审美问题的看法,或间接地暗示着这类看法。因此,有必要从神学和哲学的论述中透视相关的艺术观念。

中世纪是基督教统治欧洲思想信仰的时期,因此,基督教的教义与精神改变了整个欧洲的思想面貌,使其无论处在哪个教派的教化之下——天主教、东正教、国教,都严格地以基督教的基本规范支配着精神生活的每个方面。

耶稣·基督(前8至4年—公元29年?)是基督教的中心形象,他生于巴勒斯坦南部犹太王国的伯利恒。基督教会通常将他视为上帝的人子,是拿撒路的木匠约翰的妻子——玛利亚神秘地孕育的。"耶稣"的意思是"耶和华拯救","基督"的意思是"受膏者",即"救主"。目前,学术界一般认为耶稣是实有之人。

他的传教时期,始于施洗约翰为他洗礼之后,历时并不很久。其主要的传教地在巴勒斯坦北部加利利湖附近和耶路撒冷附近,他的主要门徒有彼得等12人。他的主要教训见于"山上训众"等记载,强调的是诚信而非礼仪,即要与上帝达成神交,他所行的"神迹"使信徒剧增不已。因而遭到注重犹太法典的法利赛教派的嫉恨。

耶稣的传教活动由行动和话语构成,其行动主要包括经受考验磨难、治病救人、驱鬼除害、以身设喻等,其话语则主要为传道解惑和阐发信仰教训。由于他的话语是更直接的思想表露,因而比行动更有力地影响了中世纪欧洲的生活,特别是精神生活。我们把耶稣的话语当作一种宗教文学的文本,目的就是总结其中体现的审美观和审美方法,推究其独特地、美感地、劝喻地、关联着现实地表达出的思想情感。耶稣的话语和训诫通常都以比喻传达之,因此常引起理解的歧义和争论,从他本人的身份、神性、道成肉身、言行寓意,到他的箴规教训所包含的意义和所启示的神学,都是中世纪研讨不休的问题。

耶稣最常用的比喻方式是采用自然事物作喻体,深入浅出地传达教义。他用盐的味道比喻人的虔诚,用灯光比喻传教的人,用眼睛比喻身上的灯和心中的信,花朵比喻神恩,用坏果子比喻假先知,用撒种比喻信心的成长,用撒网比喻神对人的拣选……"这都是耶稣用比喻对众人说的话,若不用比喻,就不对他们说什么。这是要应验先知的话,说:'我要开口用比喻,把创世以来所隐藏的事发明出来。'"①

耶稣的比喻有明喻,有隐喻,有借喻,喻体多采用日常生活,自然现象,和信徒们的生活极为切近,既通过具体话语传达寓意,又通过全部行迹传达总体寓意;既有清新、圣洁、自然、恰切的风格特点,又有神秘、灵异、启示、教化的宗教色彩。这样一来,耶稣的话语、思想和表达隐喻方式就不仅对当时的门徒,而且对中世纪欧洲人的思想方式、表达形式、观念基础等发生了莫大的影响。为此,欲领会中世纪的文化艺术,首先应领会其宗教背景;欲理解其宗教背景,首先当把握耶稣在传教中采用的思维和表达方式,尤其是其中的艺术和审美的因素。这是我们理解《圣经》阐释学、中世纪宗教信仰和审美方式的便捷路径。

在如何看待欧洲中世纪的历史性质的问题上,始终存在着不同立场观点的分歧。根据历史发展的实际情形,应该看到,中世纪的出现是以生产力和思想文化遭到严重破坏为代价的,事实上它体现了古代社会严重危机带来的恶果。因此,"黑暗的中世纪"的存在,即经历一个恢复过程是必需的,在古代和现代之间的历史鸿沟也必然要由中世纪来填充。在古代社会的废墟上逐步形成的封建生产关系毕竟比古代社会有了很大进步,这就为社会的整体进步奠定了基础,使资本主义因素得到了孕育的条件。中世纪欧洲各主要民族国家的初步确立,特别是打着圣战旗号的封建战争对于沟通东西方联系,实现生产力的相互促进,工商业的发展和城市的普遍化具有重要意义。中世纪宗教统治的凛严和宗教文化的酷烈,固然极大地阻遏了健康思想文化的发展,造成了人类精神发展的重大歧

---

① 《马太福音》13章34-35节。

误,但由于占统治地位的宗教神学强有力地推进了人类形而上的思维能力,使人类对宇宙的普遍关系的思辨在异相的形式下得到了空前的深化,所以仍包含有精神主体自我探索的积极意义,它为近代人的精神能力的解放创造了重要条件。

第一节 圣·奥古斯丁的基督教文艺观

西方中世纪文艺思想是和基督教神学密切相关的,在很大程度上甚至是以基督教神学为思想基础的。在历史尚未进入中世纪之前,北非的教父学代表奥古斯丁就以系统的神学说教为中世纪大部分时期的文艺思想发展奠定了神学和美学基础,他死后正统思想家论及文艺和审美问题时总是不离其左右,因此,有必要首先对他的神学理论和审美观及其产生背景作一细致的考察。在此基础上,我们就容易理解奥古斯丁的文艺态度和文艺主张了。而且,了解了他的文艺思想,也就把握住了西方中世纪大部分时期正统神学和文艺思想的基本精神。

一、奥古斯丁的思想历程及背景

圣·奥古斯丁(Saint Augustine,354—430)是早期基督教神学的集大成者,是教父学的最后一位重要思想家。奥古斯丁生于北非的塔加斯特城(今阿尔及利亚的苏克阿赫拉斯城),其父为巴特利西乌斯,是普通市民,异教徒。其母莫尼卡,是虔诚的基督徒,对奥古斯丁影响极为深刻。奥古斯丁幼年未曾受洗,少年时在马都拉(今阿尔及利亚的末达乌路赫)和迦太基读书,喜爱古典文学和修辞学。19岁时开始热衷哲学,一度信从摩尼教。毕业后执教于末达乌路赫城,后在迦太基和罗马教授雄辩术。他在米兰的朋友曾建议他阅读希腊新柏拉图主义者的著作,这些著作和米兰主教圣·安布罗斯(Saint Ambrose)的讲道使他最后放弃了摩尼教。386年,他决定献身基督教,翌年接受了洗礼。嗣后他返归塔加斯特城组织了宗教团体。391年他来到希波城,当地教徒说服他留下,当年被任命为神父。从391年到死时止,他一直任希波(今阿尔及利亚彭城)主教,毕生著述近百部。

奥古斯丁所继承的基督教神学美学思想有一个逐渐形成和发展的过程。公元1世纪即已发轫的基督教组织及其神学观念在古代社会的后期逐渐由基督教传教士、长老及神学家创立起来,除了《圣经》之外,公元3世纪兴起的新柏拉图主义则是他们创立活动的主要思想依据。

从公元2世纪起,柏拉图的哲学及其变种便和基督教教义发生了交融。熟悉希腊哲学的基督徒为了宣扬教义和招徕信徒,曾将柏拉图主义当作利器,服务于一神论的基督教信仰,其影响一直持续到中世纪中期。最先利用希腊哲学为基督教寻求依据的是朱斯丁（Justin，165 年殉教），他极力排斥希腊多神教，倡导柏拉图主义神秘哲学，坚信它与基督教义的完美和谐，由此奠定了基督教柏拉图主义的传统。他的继承者是亚历山大里亚的克莱门特（Clement，150—215），以及既批判又继承柏拉图主义的亚历山大里亚教师奥里根（Origen，185—254）。后者把基督教和柏拉图主义结合在一起，成了第一位基督教柏拉图主义理论家。

新柏拉图主义是后人对该派创始者普罗提诺（Plotinus，205？—270？）及其追随者们所发展了的柏拉图主义的称谓，它在 3 世纪后逐渐成为各希腊哲学流派的中坚，并在 6 世纪异教徒教授哲学的活动终止之前，一直保持哲学意识形态的主导地位。因此，它是异教的希腊哲学的最后形式，标志着希腊罗马古典文化的终结。

普罗提诺大概生于埃及，生平不详，只有生命的最后 6 年经历见于他的学生波非利（Porphyry，232？—305）为他辑录的《九卷书》的序言。他在 28 岁时赴亚历山大里亚求学哲学，师从以神秘主义著称的阿莫纽斯达 11 载，这对他的超现实主义神学的形成有重大影响。史料记载他曾从军赴东方以接触印度等地的哲学思想，晚年久居罗马执教。主要观点是认为宇宙的唯一者——"太一"是一切真善美的本原，是生命的皈依。只有纯洁的灵魂希望回归到他的怀抱。这种回归是在神秘的情境下发生的，他本人就体验过这种回归。

普罗提诺提出了一个秩序化的存在图景。他把一切存在分成了等级，最高等级的真实是超现实的智慧，即太一（the One），超越时空的理式即存在其中。其次的等级是真实性较低的昏昧的灵魂。再其下是自然，是由黑暗的物质构成的世界。在这一切等级之下的是物质，普罗提诺称之为"非存在"、罪恶的渊薮。人类居于较低的等级，但渴望上升，归于较高的等级。正如每一等级的存在都力图摆脱来自下一等级的东西而上升到更高的等级，人类的灵魂可以离开肉体，进入智慧的、理式的神圣境界，从中找到自己的位置并获得永生。因此这一世界图景是充满流溢（从太一的源泉）和回归（自下而上）的运动的。这些思想一方面塑造了他在美学问题上的基本原则，另一方面也对奥古斯丁的宇宙本体论观念产生了重要影响。

普罗提诺从秩序化的世界图景出发建立了美的等级的观点，"美的物质的东西是靠了参加神所流出来的理性而产生出来的"，美出自理式并统一于理式，因而分享理式与否决定着事物的美丑，精神的美由于更加接近理式而高于物质的、肉体的美。而且，美是分成不同等级的，每个等级都依靠着上一级的美而存在。人唯有凭借心灵，摒弃俗世，拾阶而上才得见最高的美。很显然，这些思想源自柏拉图，以后又在奥古斯丁手里取得了新的意义。此外，对于美的成因，普罗提诺提出了美在于"具有生命的灵魂"所统摄的整体的看法，比前人的美在于和谐对称形式的理论有所前进。这种观点在奥古斯丁那里变成了"神圣的光耀",在黑格尔的美学中演变成了"灌注生气"。

值得注意的是,普罗提诺在总结前代文艺经验的基础上还提出了一些具有独创性的看法。例如,他在分析艺术创作过程中的主客观相互作用时提出,艺术美的创造是艺术家凭借"理念的美"克服物质材料的结果,从而触及了艺术创作的辩证规律。当然,他的"理念的美"还不具有唯物主义的现实基础,从根源上说是来自于神的赐予,因此,艺术家凭借理念创造出艺术美是和上帝凭借绝对的"太一"创造万物是一个道理。此外,他还强调了艺术表现抽象对象的功能,这就为后世的象征艺术提供了理论依据。他说:"我们必须承认,艺术不仅摹写可以看得见的世界,而且它还上升到自然所借以建立起来的那些原则;尤有进者,许多艺术作品都是有创造性的,因为它们本身具有美的源泉,可以弥补事物的缺陷。"①

普罗提诺以艺术宜于表现抽象精神的学说取代亚里士多德的模仿说,开创了象征主义的思想先河。他的"太一流溢"说强调的是绝对精神和由此统摄着的"分享",这种客观唯心主义的观念又是和他的统一世界图景和整体论美学的观点相伴随的,因而可以说,正如每个历史转折时期都会出现的那样,在普罗提诺身上,既有对古代传统的继承改造,也有生长着的新观念因素,突出地体现着从古代向中世纪转折时期思想文化的转型特征。

每个基督教柏拉图学说支持者都以自己的方式理解柏拉图的观念,但是没有任何人像奥古斯丁那样带着强烈的个性体验和独特思想继承并发展柏拉图学说,因而他不同常人地开创了一种奥古斯丁学说。他接受新柏拉图主义的影响远超过其他思潮的影响。他提出,灵魂高于和独立于肉体,肉体不能支配灵魂,因为灵魂高于外在的存在。这一信念影响到了他的伦理学和认识论,也影响到他的美学意识。

他还以过咎论和恩典论区别于其他思想家,他认为人乃至更高的精神载体(如天使)都是难免过咎的,因此上帝的恩典是每个人都需要的。他的核心思想是人的命运取决于对上帝、对基督的正当的爱。这些观点,主要见之于他的代表作《忏悔录》(398)。

奥古斯丁的另一重要著作是《上帝之城》(413—426),在这部著作中,奥古斯丁把人类历史描绘成住在城里的基督徒和住在俗世的异教徒之间的冲突。他预言城里的居民最终将赢得永久的拯救,而俗世的居民则将受到永久的惩罚。在奥古斯丁看来,教会就是上帝之城,它的国王就是上帝,基督徒与异教徒的战争象征着信仰与欲望之间的战争。这一描绘无疑打击了罗马的异教信仰,促进

---

① 普罗提诺:《九卷书》,伍蠡甫《西方文论选》上卷,上海文艺出版社1963年版,第140~141页。

了基督教的广泛传播。这一主题也表现了他的基督教社会历史观,影响极为深远。

奥古斯丁的认识论是新柏拉图主义的,他认为,上帝虽然高于人,人的心灵却可以感受到上帝的存在,因为人虽然无法通过感性把握到上帝的存在,上帝却可以直接影响到人的心灵(用他的光照耀人的心灵,或者用他的话语教诲人)。

与普罗提诺等人的形而上学的哲学理式的发展形成鲜明对照的,是教父们创立教会的实践活动及其精神影响,它们构成了奥古斯丁思想体系的另一产生背景。

二、奥古斯丁的文艺思想

奥古斯丁的文艺思想是与他的神学体系相一致的,其内容大体上可以分成以下要点。

(一)美的本体论

在奥古斯丁看来,上帝是永恒不变的至善至美的最高存在,拥有无限的权能。现实世界的创造和存在并非出自上帝的需要,但却有着回归上帝的倾向和需要。在这种基本关系支配下,现实世界的美从属并追随着天国的至美。

奥古斯丁《忏悔录》的最突出特点,就是在宣扬上帝至高无上、拥有绝对权威的同时,满腔激情、几近狂热地表白对上帝的崇拜,连篇累牍地引用《圣经》中宣示上帝绝对权威的告诫,贬抑人的价值和现实美的地位。他的结论是,上帝至善至美,人类只是需要拯救的戴罪之身,现实美如果不能昭示上帝的圣恩,就只能是诱人堕落的毒草。这种对上帝的绝对服从、膜拜已趋登峰造极的地步,在他看来,为了信仰和得救,一切尘世的追求都可以牺牲。

奥古斯丁作为教父神学的代表,把上帝作为绝对的、无上的存在,把自然和人类降为上帝卑微的仆从,其精神已与犹太教及其旧约《圣经》衣钵相承,已将早期基督教和新约《圣经》中尚存的朴素理性精神和人本意识抹杀殆尽,而且以情感的形式完成了中世纪神学理论的基础——上帝本体论。

人的主体地位既已被上帝所取代,人的认知力要全然用于追求上帝,人的审美行为自然也要以上帝为旨归了。实际上,奥古斯丁对美的本质的理解决定了他的艺术观,正如后来欧洲的各种意识形态尽皆成为宗教神学的仆婢一样,他的审美意识和艺术批评都是为宗教神学服务的,正因如此,他的美的概念常常是和善的概念并提的。

(二)艺术评价标准

奥古斯丁皈依基督教后,从内心痛彻地批判并否定了自己以往了解到的一切古典文化成果,表现出极端的否定世俗文艺的倾向。这一倾向不但与他的上帝本体论相一致,而且首先是符合他对宇宙秩序和审美秩序的理解的。他虽然承认世俗的财富、亲情、友谊、荣誉乃至生命都有某种美,但是和上帝的美善比起来就显得微贱不足道了。说穿了,他的观点乃是离开了上帝就谈不上美。而且,追求那些世俗的所谓美还会导致犯罪。

为了向上帝忏悔自己的过错,为了产生自信以求拯救,也是为了现身说法,奥古斯丁对自幼所习的世俗艺术大加挞伐,他不仅痛悔自己少年时代读维吉尔的《埃涅阿斯》并为殉情的狄多而洒同情之泪,而且还严厉地谴责荷马对神祇的描写不成体统,说他是在教唆人们犯罪。这一极端反艺术、反世俗生活的倾向为中世纪对艺术(有时甚至包括宗教艺术)的排斥打击开了先河。

无论是对世俗艺术、民间神话的责难,还是义愤填膺的激烈情绪,奥古斯丁和柏拉图都是不相伯仲的。如果说奥古斯丁对艺术的责难表明了宗教与艺术的深刻对立的话,那么他对自己幼年经验的反省更表明他自新之意甚笃,简直达到了同自然尖锐对立的程度。他在母亲怀抱的孩子身上寻找罪恶的证据,说道:"婴儿的纯洁不过是肢体的稚弱,而不是本心的无辜。我见过也体验到孩子的妒忌:还不会说话,就面若死灰,眼光狠狠盯着一同吃奶的孩子,谁不知道这种情况?母亲和乳母自称能用什么方法来加以补救。不让一个极端需要生命粮食的弟兄靠近丰满的乳源,这是无罪的吗?"

从这些话不难看出,他认为人活着便有罪,生命便是罪。这种对艺术的排斥,对本能直至对自然和人类感性生活的敌视,蔓延到中世纪,便酿成了反世俗艺术、破坏偶像和禁欲主义的潮流。我们说中世纪把历史拉回到一个倒退了的起点上,主要是就这类情形说的。事实上,这一切无非为了灵魂的得救和永生,最终还是出于恐惧和避免自己与别人的永久死亡,结果却在追求生命中扼杀了生命,扼杀了艺术的生机。在这一点上,古今的宗教信仰者们走的是同一条路。

(三)艺术功用论

奥古斯丁对艺术的功用采取宗教的实用主义态度,宣扬用宗教精神肃清世俗文艺。他试图论证人们在观赏戏剧时产生的情感反应是一种变态心理,因为人们把剧情引起的悲痛当作乐趣。很显然,他的这种审美反应理论是极为浅薄的。

在表面上,奥古斯丁承认戏剧引起观众的恐惧与怜悯(这是亚里士多德早已提出过的),但是他用神圣教义的原则置换了世俗的恐惧和怜悯,把艺术的审美改造成了宗教的体验,所以他说:"现在我哀怜那些沉湎于欢场欲海的人,过于哀怜因丧失罪恶的快乐或不幸的幸福而惘然自失的人。这才是比较真实的同情,而这种同情心不是以悲痛为乐趣。"

从否定戏剧、歪曲艺术功效进而发展到否定人的求知欲、好奇心直至人的官能活动,奥古斯丁从根本上否定了亚里士多德所开创的朴素唯物论的文艺观。

（四）美的特征

前面谈到奥古斯丁对人所持的虚无态度是经历了一个发展过程的。从他年轻时写的《论美与适宜》一书，我们得知他曾经专门探讨过美的概念，并在《忏悔录》中回顾了对美的本质特征作过的表述，即美是整体的和谐与适宜关系："美究竟是什么？什么会吸引我们使我们对爱好的东西依依不舍？这些东西如果没有美丽动人之处，便绝不会吸引我们。我观察到一种是事物本身和谐的美，另一种是配合其他事物的适宜，犹如物体的部分适合于整体，或如鞋子的适合于双足。""我的思想巡视了物质的形相，给美与适宜下了这样的定义：美是事物本身使人喜爱，而适宜是此一事物对另一事物的和谐。"

奥古斯丁后来显然抛弃了这些属于希腊罗马传统美学范畴的观点。上帝既然创造一切，美也就出自上帝，他把上帝作为无所不包的最高抽象的做法必然要导致神意预定论，把整个宇宙秩序说成是出自神意，而美也就体现在这种秩序中。于是，（上帝创造的）整体的美高于局部的美，精神的美高于物质的美，美的本质成了上帝的一部分，成了既是精神又是实践的最高主体——上帝的意志。

（五）审美主体论

尽管奥古斯丁极力贬低人的地位和价值，仍不免在自省和观察中领会到一定的审美经验和心灵活动规律，因而他承认："人真是一个无底的深渊！主啊，你知道一人有多少头发，没有你的许可，一根也不会少；可是计算头发，比起计算人心的情感活动还是容易！"他甚至从内心里发出呼唤："我的天主，记忆的力量真伟大，它的深邃，它的千变万化，真使人望而生畏；但这就是我的心灵，就是我自己！我的天主，我究竟是什么？我的本性究竟是怎样的？真是一个变化多端、形形色色、浩无涯际的生命！"

这种对人的心灵的博大精深、对人的记忆知觉的丰赡奇妙的肯定，一方面体现了奥古斯丁在心灵探索方面得出的认识（在一定意义上是对上帝的赞美），另一方面也显示了他对审美主体特别是审美知觉的深入思考，已经达到了较高的、近代的水平。当然，奥古斯丁的这些闪光的思想并不是没来由的，罗马帝国末期的社会动荡和个人在精神上的分化和解放，是产生与此类似的新意识的契机。

我们还须看到，奥古斯丁从对人的主体能力的朴素认知出发，进而描绘了人的奇异的记忆、知觉和想象力，尽管他为这一切感到惊异，但出于神学世界观的制约，他一直督责自己把这种能力奉献给上帝。

同他对生命的感受更加矛盾的是，奥古斯丁的世界观中的宗教神秘主义使他虽然认识到了某些包括审美活动在内的心灵活动的规律，但是却本末倒置，得出了颇为荒谬的结论，他认为人的认识是上帝通过人达成的上帝的认识，人所感受的美，是由于上帝认为那是美的，那美是来自上帝的。这样一来，上帝就成了真正的审美主体，人不过是他的工具，这样的认识论无疑是阻遏艺术进步的。

总之,奥古斯丁从上帝的三位一体论和上帝的自足性出发,所论皆不离其左右,故而他的思想体系只能是唯心的神学体系。奥古斯丁主义在中世纪始终处于发展变化中,特别是在中世纪后期,对圣芳济会的影响尤为重大。就其宗教思想家来说,则坎特伯雷的安瑟伦受其影响最深。

三、皮拉及乌斯与奥古斯丁在神学和文艺思想上的对立

关于皮拉及乌斯(Pelagius,354？—418？)的生平,人们所知不详,只知道他生于英格兰或爱尔兰一带(一说和奥古斯丁同年),卒于巴勒斯坦。公元380年,他作为普通僧侣来到罗马,很快成为教俗两界颇有影响的精神导师。他不齿罗马基督徒的道德观念和怠惰作风,厉行严格的禁欲主义。他的非正统的神学体系强调人的自由意志和在灵魂拯救中的独立能动性,很受时人欢迎,被称为皮拉及乌斯主义。

皮拉及乌斯主义对原罪的看法是,首先,亚当起初可能犯下罪过,也可能没有犯下罪过;其次,亚当即使有罪,也不能遗传给后人;再次,即便传给后人,也不是由于世代的遗传,而是由于世代之间的模仿行为。他的观点不仅动摇了基督教的根基,也为现实主义的艺术提供了理论依据。

皮拉及乌斯学识渊深,著述颇丰,但传世者少,且由于异端思想不见容于教会。他对圣保罗书信的注释曾风靡一时,在书中他否定了伊甸园的存在和原罪的说法,为此这本书成了教会定案"皮拉及乌斯异端"的主要依据。他坚持人的欲望的本能性,认为人的死亡是自然过程,而非原罪所致,世间的罪恶乃是人类模仿亚当过错的结果。他的思想无疑是要解除人类的禁锢。

他提出,只要人类凭借自己的道德和意志的力量,厉行禁欲,就能培养高贵的、美的品格,基督为人类赎罪是通过他的教诲和榜样行为,它们足以抵消亚当的不良榜样,所以人类不必依靠恩典,人的本性中即包含着克服罪恶,得到永生的能力。人依靠信念即可变为圣洁,而信念并不意味着灵魂要对神皈依。奥古斯丁针对他的观点辩驳说,人不能靠自己的努力而只能依靠上帝的恩典才能获得正义和美善。这种人性观的分歧具有普遍的理论意义,触及基督在宗教艺术和人在世俗艺术中的地位问题。

公元410年西哥特人攻陷罗马时,皮拉及乌斯移居非洲,遭到了奥古斯丁的反批评。奥古斯丁着重攻击皮拉及乌斯的人性善学说和旨在提升心灵的自觉禁欲学说。412年,皮拉及乌斯赴巴勒斯坦,为了反击奥古斯丁和《圣经》研究家哲罗姆的责难,他写了《论自由意志》(416)一书,结果导致非洲教会的指责并被逐出教门。但是,皮拉及乌斯的信从者们坚持与奥古斯丁和教会右翼势力抗争,直至6世纪中期才被压制下去。

皮拉及乌斯主义作为异端,主张人的本性是好的,人应当享有意志自由。皮拉及乌斯反对基督徒在道德上放松约束,力图通过自己的说教改进他们的精神面貌。他反对人因为软弱而犯有罪过的说教,主张上帝已把识别善恶的自由赋予了人类,人是在违背上帝约法的情况下,自主地犯下罪过的。他的追随者赛利司修斯(Celestius,活动于5世纪)更激烈地否定教会提出的"原罪"理论,反对洗礼制度。很显然,按照皮拉及乌斯的观点,人有权利成为艺术表现的主要对象,当然,这表现着人的艺术也就是世俗的人本主义的艺术,或至少是朴素的有神论的、注重教化的艺术。

回顾奥古斯丁对上帝权能的顶礼膜拜以及对人类尊严和地位的否定,可以看出,他不仅否定了人的认识能力、审美能力,也为基督教会对人民的统治提供了口实,是基督教的利益所在,因此,在他和皮拉及乌斯的论战中,教会和教皇都全力地庇护他,反对皮拉及乌斯。

皮拉及乌斯与奥古斯丁的神学和美学之争并不是偶然的,对神与人的关系问题的不同看法构成了基督教内外矛盾的焦点之一,这一冲突在后来的一系列异端运动中多次爆发。

第二节 托马斯·阿奎那的基督教文艺观

奥古斯丁所奠定的正统信仰主义神学传统具有极端的反现实、反理性、反人本主义的性质,而中世纪历时几个世纪的现实发展,从经济基础到思想文化(特别是世俗文化艺术的发展),直至教会内部的对立、危机和异端运动,都使长期占据统治地位的奥古斯丁主义受到严峻的挑战,加之以亚里士多德学说为代表的古希腊理性哲学被阿拉伯思想家传播到了西方,进一步危及教会势力。当时,无论是社会上的思想冲突,还是教会内的信仰基础,都需要在吸收亚里士多德哲学(也可称为向其妥协)的基础上推出新的神学体系,以支撑大厦将倾的宗教信仰。正是教会的这一需要促成了托马斯·阿奎那等新一代神学家的产生,其先锋则是中世纪经院哲学的创立者、意大利本笃会僧侣安瑟伦。

一、从安瑟伦的信仰主义先验论到阿奎那的《神学全书》

安瑟伦(Anselm,1033?—1109)是欧洲最早具体地论证上帝存在的本体论者,他的论据是,概念本身的存在就表明了概念所反映的事物的存在;他也是关于救赎的抵偿理论的提出者,其根据是按照受害人的地位进行合理抵偿的封建法理,万有的上帝是受害人,人类是损害者。

安瑟伦出身贵族家庭,1060年前后入修道院苦修,不久即因学识渊深、持心虔诚被选为修道院院长,曾先后在法国的柏克和英国的坎特伯雷两地任主教。1077年,他写了《独白》一文,阐述上帝的存在和属性不是像先前人们认为的那样见证于权威著作,而是见证于人的理性。他在《论道篇》一文中进而提出,即便是愚人,也知道存在着一个大于一切事物的对象。上帝所以存在,就因为大于他的对象是无法想象的,而且这念头本身就意味着他的存在。天上之物是可以想象并理解的,如果不仅可以理解,而且是实存的,这对象就更伟大了。安瑟伦自信他的这套心灵经验证神法足以证实正统奥古斯丁主义的上帝的存在,可实际上是混淆了主观精神与客观实存之间的界限。对于安瑟伦的主观先验论,当时就有法国马尔穆节隐修院修士高尼罗(Gaunilo)等人提出反驳,认为人心不足以证神。安瑟伦的本体论的荒谬,怀疑主义者对上帝本体论的诘难,都可从高尼罗的《以愚人的名义答安瑟伦的本体论》一文中见出。

关于上帝的辩论以文艺活动做例子并不是偶然的,文艺应该表现上帝或莫须有的对象,还是表现在艺术家心灵中具有现实基础的对象,代表着艺术发展的不同方向,信仰的基础建立在上帝抑或实存的对象上面也同样造成了审美活动的分野。

安瑟伦还在他的《上帝为何降临人间?》(1099)一书中提出了一种救赎的抵偿理论。按照中世纪的损害抵偿法,损害者要依据受害者的地位对受害者作出抵偿。例如,同样的损害,对国王的抵偿就要高于对男爵的抵偿。既然有限的人类对无限的上帝作出了损害(有罪),而人类又永远无法抵偿"无限的"上帝,那么人类只有被罚入永恒的死亡了。拯救人类、使人类和上帝和解的途径只能是信靠神人一体的基督,靠他的圣举人类才可望得到再生。

像奥古斯丁一样,安瑟伦是运用信仰和抽象理性(建立在主观经验基础上的)相结合来求索所谓的真理(即上帝之道和救赎之道)。信仰领先,抽象理性紧随其后,以基于主观经验的理性论证人们的信仰。他的门徒请他写出自己关于上帝的思考,一切都证之以理性,全然摆脱《圣经》的权威。安瑟伦便写了《独白》,引用了三件例证,皆与新柏拉图主义如出一辙。其一,善的事物形形色色,人们公认它们不同程度地分享或参与了同一个善,至善,那就是上帝。其二,对个别事物的存在有所体认时,人们会见出它们分享了最高的存在。其三,对于完美,可以证之以上述原理。就是说,包括美在内的完美,其存在也同样仰赖绝对的完美,分享绝对的完美。

安瑟伦调和信仰和理性的努力固然体现了天主教的信仰危机和近代化的理性要求,但他的理性意识不及信仰那样强烈,性质上也远非近代意义上的理性,他的综合也往往是牵强的,必然要在后来者中发生分化。

安瑟伦的理论是维护奥古斯丁的天主教正统地位的,他利用主观推理来说明信仰所接受的东西,"信仰寻求被理解"。先要信,再用理性来说明基督教信条的合理性:"你若不信,你便不懂。"他的另一格言是:"我相信我懂得的事理。"他的证神事业就是针对当时许多奥古斯丁主义者在上帝信仰方面存在的困惑的。他的努力从反面表明,他的时代已经产生了新的要求,即信仰需要理性的支持。

两个世纪后,另一位意大利人比安瑟伦走得更远,要在经验和理性的基础上论证上帝的存在,他就是圣·托马斯·阿奎那(Saint Thomas Aquinas, 1225？—1274)。

阿奎那于1224或1225年生于意大利阿奎诺(Aquino)附近的罗加斯加,父母拥有一处不大的庄园。他从小就被送进家乡附近的卡西诺修院,度过了9年宗教氛围浓郁的修院生活,因为家人希望他在教会中成长为院长。1239年他的父母因皇帝采取打击僧侣的政策将他召回,他进了皇帝在那不勒斯建立的大学,初次接触到从希腊和阿拉伯文译出的科学和哲学著作。他决定加入比传统教派更加民主且建立不久的多米尼教派,做一名贫穷的行乞僧,自食其力地传教授业。他的选择使他从出身的贵族之家和成长的修院生活跳出来,于是引发了家庭内部的戏剧性事件。他的父母派人在他去巴黎求学的路上将他绑架,可他在一年的囚禁中反抗父母,不改初衷,终于在1245年获释赴巴黎。

1252年阿奎那获神学学位和传教师许可,1256年开始在多米尼学院讲授神学。1259年他被任命为教皇的枢秘教师,此后他积极投身于繁忙的传教与写作中,并与历任教皇过从甚密。1274年1月,教皇格里高利十世召阿奎那到里昂参加宗教会议,以调节拉丁教会和希腊教会的纠纷。阿奎那途中染疾,病逝于弗斯诺瓦的西多宗修道院。

阿奎那生当希腊和阿拉伯哲学大量涌进天主教地区的时期,希腊文化和基督教文化第一次发生了冲突,基督徒和神学家面临着科学的理性主义的挑战。阿奎那当时以亚里士多德主义者著称,亚里士多德的学说在大学里日益受到重视。与神权统治相抵牾的经验唯物主义已传播到精神、习俗、政治等各个领域。赞美自然的诗歌、奥维德的《爱的艺术》风行一时,风雅的爱情成了13世纪文化的特色。

同时,技术的进步也要求人们从农业的自然经济转向笃实的行会经济,随之而来的是市场经济和社会化观念的普及。年轻一代,包括传教士在内,纷纷趋向理性以掌握自然,蔑视乃至反抗教俗传统观念。经院哲学的唯名论和实在论之争已成往事,新的意识形态正在孕育之中。当时教会多次企图以败坏青年为名杜绝自然科学和理性主义,阿奎那却不畏新学,研读亚里士多德并公开讨论之。

阿奎那在巴黎大学同阿拉伯哲学家阿维罗伊(Averroes, 1126—1198)等人的论战使他深入研究了亚里士多德的学说,他几乎对亚里士多德的所有著作作了注释,同时也形成了自己的神学方法论。

关于神学理论,阿奎那比安瑟伦进了一步。他认为基督教诸宗旨如三位一体、道成肉身、最后审判等虽可以用理性来证明,却主要是人们从启示中得到的。除此之外,他运用基于经验材料的理性来论证基督教基本信条,突破了安瑟伦的约束。他提出,依靠观察和推理,同样可以得出基督教信仰的教义。他的具体做法就是以经验证神的"自然神学"来阐释第一推动力的存在,阐述万物始因和主宰的存在,其目的即在于为奥古斯丁主义的正统神学注入理性依据。基于这一动机,阿奎那撰写了包容其理论体系的《反异教大全》(1261—1263)(此处的"异教"主要指伊斯兰教)以及更有代表性的《神学大全》(1265—1273)。

关于理性与信仰的关系,与阿维罗伊把理性与信仰对立起来的二元论哲学不同,阿奎那认为理性只能在信仰支配之下,只不过理性还有着自身的规律。上帝的奥秘在人类的语言中已经得到了表达,因而可以成为积极能动的探讨对象,理性在这一探讨中将受到信仰的指导。神学家应把权威著作和信仰作为出发点,利用理性论证出结论。他是第一个用这种观点对待神学的人,他为此遭到了所有神秘主义者的攻击。

关于自然,阿奎那致力于论证自然的合理性,认为自然有特定的法则,这一目标促使他建立一种合乎逻各斯(宇宙的合理结构)的科学体系(神学当时被视为科学)。这样,阿奎那就避免了用上帝的神迹和天意来神化自然力量的蒙昧主义倾向。他认为,超自然世界在人和万物上投下的影像混淆了人们的想象,处在纷乱现实中的自然应该恢复其宗教中的地位,应该从合理的途径归向上帝,而不是只作为超自然存在的影子。圣芳济教派对飞鸟、花草和太阳的赞美就体现了这一观点。阿奎那虽然也极力克服亚里士多德的异端思想,同时却认为人虽然承认自然有其目的,但应保持有理性地存在的地位。上帝虽然君临所造的一切,但他的安排是和创造的意图一致的,就是使每一造物按自己美好的本质生存。这种自主性在理性造物中有着最高的表现,人同上帝的关系不是破坏人的自由,而是保障人的自由。"从造物的完美中抽掉一些东西,就是从造物者的完美本身抽掉东西。"这个形而上的观点是把握阿奎那观念的契机。

阿奎那在和激进的阿维罗伊论争的同时,与基督教内保守的、主张人性堕落的奥古斯丁主义者的分歧也日益加深。他的一系列观点,如自然的本性决定自然的运动法则,哲学和神学不可等同,灵魂和肉体相依存且共同构成人的本质等,都遭到了非难。总的来说,阿奎那等亚里士多德主义者对柏拉图—奥古斯丁派建立在理式论基础上的理论持否定态度,也为此遭到了对方的反击。

双方的分歧是深刻的。所有的基督教哲学家固然都在宣讲物质和精神的区别,但在解释这种现象时分歧便出现了——有些人把物质世界视为自然的、生物的存在,是演出精神性的人的历史,演出人的文化发展,演出人的拯救和毁灭的舞台。物质世界和精神的进程无关,自然史只是偶然地成了精神史的背景,自然史只是循着自身的道路行进,人只是它的局外人,只在其中扮演一个短暂的角色,而且要尽快逃离这个世界,进入纯粹精神的世界,上帝的世界。

阿奎那却持不同看法。他在精神史中见出了自然史的价值和意义,反过来也见出了精神史对自然史具有的重要意义,人在本体论意义上处在这两个领域之间,"像肉体和精神的地平线"。人的内部不仅存在精神和自然的差别,而且存在两者内在的同一,这一观点具有深刻的理论意义。阿奎那借用亚里士多德的范畴论,提出灵魂作为形式,身体作为材料共同构成了人。

1277年,教会权威开始清算阿奎那的主张,谴责了阿奎那12条论题,这一举动的后果是导致了欧洲数百年的神秘主义唯灵论的盛行。

二、阿奎那自然神学的文艺观

阿奎那的文艺论述大多夹杂在他的神学论述中,与他的神学体系密不可分,所以,我们有必要从他的神学基本观点入手,对他的神学文艺观作一考察:

(一)关于上帝、神学和人的本体论讨论

这是阿奎那神学的基础理论,是其他理论的出发点。在"上帝是否存在"的论题下,阿奎那以五种类型的事实经验为依据,来论证上帝的存在,这是他的(也是后来相当长时期里教会的)神学体系的第一块基石。他说:

"第一也是最显著的例证是运动。一个事物不能同时是推动者和被推动者,即不能是自运动者。所以被推动必定是被某物所推动。如果推动者自身也在运动,那也是另有一个推动者,依次类推。但是,这种因果关系不是无限的,否则就不会有一个第一推动者,也不会有另一个推动者,可见一系列运动的事物之所以运动,乃是因为受到了第一推动者的推动,正如木棒的运动是持棒的手造成的。由此可知,有必要追溯到第一推动者,不被推动的推动者,这就是人所共知的上帝。"[①]

这就是阿奎那著名的第一推动力学说,他的另外四项例证就不赘述了。总之,阿奎那用自然现象论证上帝的存在,又将所用的逻辑衍生开去,将论理扩及自然、超自然、社会、人生等各领域,筑起了他的神学大厦。

既然上帝的存在已得到了证明,那么神学的地位自然也就得到了确立。阿奎那在"除了哲学的知识外,是否需要其他信条"的论题下,提出如此结论:"为了人类的得救,理应在人类理性所研究的哲学之外,设立一门神启的学问。"[②]在

---

① 阿奎那:《神学大全》卷1,安东·C.柏吉斯《圣托马斯·阿奎那导读》,美国兰登出版公司1948年版,第25页。
② 阿奎那:《神学大全》卷1,安东·C.柏吉斯《圣托马斯·阿奎那导读》,美国兰登出版公司1948年版,第4页。

他看来,神学不仅是独立的,而且是高于其他科学之上的。可见阿奎那的基本前提是教父时代即已奠定的神本论,与教父时代的思想家们不同的是,他承认万物存在的合理性和某种权益,只不过要把它们最终纳入上帝的轨道,使其成为可以理解的对象。

相对于神的存在,人的地位又如何呢?在"上帝是否具有知识"的论题下,阿奎那提出,一方面,上帝拥有最完善的知识;另一方面,人是有认知力的存在,他和无认知力的存在——人以外的生物的区别在于,"后者只掌握自身的范式,而前者则会自然地调整自己以便同时掌握其他存在者的范式,因为被认知的物类要被纳入到认知者中。由此可见,无认知力的存在的本质是更加狭隘、更加有限的;有认知力的存在的本质则是远为广阔丰富的。所以,亚里士多德说:'灵魂感知着所有的事物'(《论灵魂》第三卷)"。他还提出"一种范式的狭隘性是从物质中产生的,因此,就像前面说的,范式越远离物质性,就越接近无限。存在的非物质性显然是认知力的根源,认知力的状况就取决于非物质的状况,所以亚里士多德的《论灵魂》中说,植物由于其物质性而不具备认知力,但是感官由于能够从物质中自由地接受其他存在物而具有认知力;理性就更有认知力,因为它更加远离物质和单一性(正如《论灵魂》第二卷中说的)。由于上帝居于非物质的最高等级,所以如前所述,他在知识中也居于首位"①。

这段话的内在矛盾在于人的认知力的现实性与上帝的无上认知力的虚妄性的冲突。他的认识论的前提是客观唯心论的,但是,他对人的主观能动性的肯定是具有重大意义的,因为人类从中世纪的神权统治中解放出来就是从肯定人的理性力量为开端的。人有认识万物的能力,有掌握其他物类尺度的能力,正如古希腊哲学家普罗塔哥拉斯所说的,"人是万物的尺度",马克思说的"人也按照美的规律来建造"正是发展了这一思想。可见阿奎那对人类的本质的保守的认可,已经透露出了近代人文主义的思想萌芽。

(二)在认识论问题上,阿奎那论证了真理寓于人的理性和它的对象的一致中的观点

这对解决审美主体与审美客体作用的规律问题,解决美的本质与审美主客体的关系问题提供了一个契机。他说:"真理,妥当地说,只存在于理性之中,而且事物所以被称为是真的,是因为真理存在于理性中。因此,真理的变易要从理性的角度来判定,理性中的真理取决于理性和它所理解的事物的一致性。"他的这一观点虽偏颇,却道出了认识和审美须发生在主客体之间、艺术的真实也取决于审美主客体的契合的道理。

---

① 阿奎那:《神学大全》卷1,安东·C.柏吉斯《圣托马斯·阿奎那导读》,美国兰登出版公司1948年版,第127~128页。

此外,阿奎那还提出,事物本身的改变和理性自身的改变都会导致真理的改变,即由真变为假。但是,"如果说有一种理性,它的看法绝无改变,也绝不存在超出它的知识的事物,那么它里面就包含着不变的真理,如前所述,这种理性就是神圣理性。神圣理性的真理是不变的,但我们的理性中的真理却是可变的,这并非由于该真理自行变化,而是由于我们的理性从真理走向了谬误,所以说范式是可变的,而神圣理性中的真理却是全然不变的,正是凭借它,自然之物才被称为真的"①。

尽管把真理的标准寄托于神性是唯心的和错误的,但阿奎那的主客观相互联系的观点是具有合理性的,它把真理看作是对客观规律的主观化理解,这固然显出了强调主观的倾向,但若把上帝的理性理解为普遍的理性或抽象的理性,那么这种神学离泛神论就不远了,同时,他的观点也透露出了绝对真理与相对真理关系的答案。美的本质以及审美判断的标准,的确是不能脱离审美主体和审美对象的相互作用的,而且人的认识,包括审美掌握的活动,都只能是不断接近绝对的相对过程,其结果也必然是相对的。

(三) 关于人的制作活动和艺术创造

阿奎那的宗教神秘主义在这一点上露出了对艺术和人的自主要求的极端敌视态度。他在"创造活动是否只属于上帝"的论题下论证了人的创造活动,包括艺术创造在内,都是上帝这一本原的创造力活动的结果,造物本身是谈不上创造、也没必要创造的,因为创造的根源只能来自上帝。他的逻辑是"说什么一个人可以进行创造是极为荒谬的,因为创造就要触摸和动作,就要有先期存在的可触摸可动作之物,这就和创造的观念相抵触了"②。

这种从根本上否定人的自觉审美创造活动的观点,这种极端的反艺术倾向,明显地反映了宗教权威在自由主义神学思想和世俗文化的冲击下作出的抵抗,表明了教会和神学在人和上帝、自然和精神、世俗和宗教的关系上的形式上的二元论和实质上的唯心主义一元论。

(四) 关于美和善的联系和区别

阿奎那还结合宗教情感辨析了美和基督教伦理学中善的关系,在"善是否是爱的原因"的论题下,他提出,美与善是不可分割的,人们通常把善的东西也称为美的,但是美与善究竟有区别。善涉及欲念,是引起欲念的对象,而欲念就是达到某种目的的冲动。美却不然,它只涉及认识的功能,凡是一眼见到就使人

---

① 阿奎那:《神学大全》卷1,安东·C. 柏吉斯《圣托马斯·阿奎那导读》,美国兰登出版公司1948年版,第181~182页。
② 阿奎那:《神学大全》卷1,安东·C. 柏吉斯《圣托马斯·阿奎那导读》,美国兰登出版公司1948年版,第242~243页。

愉快的东西才叫做美的,所以美在于适当的比例。值得注意的是,他还指出,感官之所以喜爱比例适当的事物,是由于这种事物在比例适当这一点上类似感官本身。这一论述使我们想到一句名言:"如果眼睛不像太阳,就永远看不见太阳。"

阿奎那还探讨了审美知觉的独特官能基础,他说:"与美关系最密切的感官是视觉和听觉,都是与认识关系最密切的,为理智服务的感官。我们只说景象美或声音美,却不把美这个形容词加在其他感官(例如味觉和嗅觉)的对象上去。从此可见,美向我们的认识功能所提供的是一种见出秩序的东西,一种在善之外和善之上的东西。总之,凡是只为满足欲念的东西叫做善,凡是单靠认识到就立刻使人愉快的东西就叫做美。"[1]

很显然,阿奎那的观点启发了后来再次综合经验主义和理性主义的康德的"美引起无关功利的快感"的思想。他在这里把善和美的品格作了区分,断定善关乎欲念,而美消除欲念;美同感官有独特的联系(虽然并而非历史地形成的);感性的审美经验有助于理性的审美判断。这样他就在神学的前提下对美的重要本质作了暗示,尽管没有把美的认识从神学的阴霾中解救出来,但毕竟已露出了希望。

阿奎那把人的本性看成善恶共存的观点,也已不再是先前的视人的本性为堕落和罪恶渊薮的看法,而且,他并不把精神与肉体简单地分割开来,把它们看作相互对立、一善一恶的两方面,而认为他们是亦善亦恶的统一体。这样他就把长期以来流行的灵肉二元论的传统打破了,在一定程度上提高了人的地位和尊严。这在当时也许并不引人注意,但在其后数百年间却发生了很大作用,使新的人文主义的思想有了较宽松的生存环境。

从阿奎那的神学体系来看,其总体特征是把人和上帝的关系变得更为直接而密切了,上帝以各种方式,特别是理性的方式同人生社会关联在一起,人生的善恶和灵肉方面也不再截然对立,而是既对立又统一,可以互相转化。他的存在与本质的论述全面地推进了人类的本体论思想进程,虽然是以基督教神学为基础的,仍具有一定的进步意义。对于上帝与造物的关系,阿奎那也作了统一的理解,他把善恶美丑的终极原因和终极归宿都归于上帝,这样表面上是为上帝确立了绝对的主宰地位,但实际上却以客观唯心主义的名义为后来的泛神论和无神论提供了发展的契机。因而,阿奎那的神学体系虽有维护天主教的动机,却也有瓦解天主教一统天下、鼓励人的主体解放的因素。

尽管阿奎那在基本的文艺观念乃至思想方法上仍采取绝对维护基督教会权

---

[1] 阿奎那:《神学大全》卷2,第27论题,第11节,朱光潜译,北京大学哲学系美学教研室《西方美学家论美和美感》,商务印书馆1980年版,第67页。

威的立场,但他的理论中对人的理性和自然的重视、对人的存在与自主选择的探讨都是与保守派相抵触的,因而也就遭到了教会权威的攻击,他的调和唯灵论和经验论的努力也遭到了挫折,直到他去世二百余年之后,真正有力的一代人文主义者的创作和理论以及新兴世界观才把他的思想向着唯物论美学和哲学的方向进行了扭转和推进。

三、奥凯姆的经验论与阿奎那自然神学的对立

奥古斯丁宣扬上帝绝对权威的神学在欧洲宗教生活中影响最强烈的时期,正是教皇与教会最具有政治势力的时期。后来,这两者也是相伴随着走向没落的。这两者间惊人的平行关系是一个值得深思的现象。从13世纪起,它们同时受到了教俗两方面的威胁。在宗教和哲学领域,是由阿拉伯哲学家保存并传播的亚里士多德学说以新思想的形式闯进了奥古斯丁主义的一统天下,以及法国南部兴起的异端教派;在社会政治经济领域,是生产方式的变化(工商业的发展和庄园制消费型经济的式微)以及城市经济政治乃至军事上的壮大(欧洲城市已达数千个)。

在安瑟伦的时代,理性还明显地屈从于神的启示,其功用仅限于说明神启的意义。到了阿奎那的时代,理性已成为与神启分庭抗礼的势力。在接下来的世纪里,依据神启的信仰和依据理性的知识已被视为不同的两个领域。如果说阿奎那的神学体系推迟了理性和信仰的分道扬镳的话,那么奥凯姆(William of Ockham,1280?—1349?)及其追随者们的学说则断然地把理性和信仰分别开来,赋予了理性以独立的地位。

奥凯姆是中世纪后期经院哲学家,也是西方思想史上一位颇有争议的思想家。他生于英格兰萨里地区的奥凯姆村附近,据说曾就读于牛津默顿学院,年轻时即加入了圣芳济教团。他在1310年前后到巴黎求学,1320年前后任巴黎大学教师,1323年辞去教师职务以投身神职活动。

中世纪代表不同历史方向的斗争往往集中在教俗权力之争上面,而支持王权遏制教权的力量往往是有进步意义的。奥凯姆在教俗权力之争中站在王权一边,曾撰文参与论争。他的主要著作是以一系列问答形式写成的《对话》。尽管他在前言中一再声明所写皆他人观点,仍触怒了教会。1828年他在遭到阿维农教廷的传唤时,曾逃到巴伐利亚的路易的宫廷寻求庇护。他对路易说:"你用你的剑保护我,我用我的笔保护你。"

他在文章中态度鲜明地支持王权专制,否定教皇攫取世俗权利或以任何方式干预国家事务。他甚至袒护路易之子的淫荡行为,认为国家首脑为了政治考虑,有权作出这种行为。

在哲学领域，奥凯姆呼吁在方法和内容上改造经院哲学，他称自己的目标是推行"简化法"（Law of Parsimony），人称"奥凯姆的剃刀"，意在倡导怀疑主义性质的不信任，即对人的头脑能否得出哲学中最重要问题的明确答案表示怀疑。就是说，他在简化的过程中，驳斥对圣仪的烦琐附会，否定圣餐的目的性，否定烦琐的术语学的必要性，批判玄奥的神学论证风气。他还反对阿奎那对本质和存在的区分，纠正他的理性证神的倾向，认为人依靠理性既不能证实灵魂的不朽，也不能证实上帝存在和万有。这些"真理"只能靠启示才能被人了解，而教会的权威则只应限制在这类精神事务范围内。在道德论上他同样具有简化和相对主义的倾向，认为善恶的区别唯有根据上帝的意志来判断。他的理论主张反映了变革经院哲学的时代要求。

奥凯姆对于批判经院哲学的最大贡献是他建立在经验基础上的概念理论，他的观点属于改造过的唯名论（Nominalism），更接近概念论（Conceptualism）。他指出：一般"只是人心中的一种思想对象"，即概念。这是人们用来标志许多相似事物的共同特征的记号或"自然符号"。一般是后于个别事物并作为概念存在于人心中的东西，但又不是人心的虚构或任意创造。他认为，个别事物是感官的第一个对象，就知识的起源来说，个别事物才是首先被认识的东西。人类的全部知识都是从对个别事物的感性知觉开始，思维的头脑从中抽象出共同性或相似性，由此而形成概念。概念并不存在于现实，人是凭借直觉经验而不是凭借抽象能力来感知具体事物的，所以，普遍概念只是代表事物，并不真正存在于我们身外的现实中。但是，内在的概括者是理解过程的产物，它使头脑具有统辖具体事物的能力，是具体事物在头脑中的替代物，也是头脑用来思考对象的语汇。

这一观点不同于罗瑟林，即概念不仅是字词；也不同于阿伯拉尔，即不仅是语句中的字词；它是实在事物的精神代替者，是思考必需的语汇。为此他被称为"语汇主义者"（Terminist），以区别于唯名论和概念论。他的这一理论无疑澄清了名实之淆，论证了概念的客观依据，它不仅为科学的哲学思维方法奠定了健康发展的基础，而且对文艺思想和文艺实践的健康发展提供了理论依据。艺术是须臾离不开对个别事物的关注的，也离不开情感活动和形象思维，他对个别事物和感性知觉的真实性、首要性作出了确切的论断，无异于为艺术的本质特征作出了有力的辩护，也维护了艺术活动的重要基础。

奥凯姆对教会制度和当世哲学均持批判态度，因而被后人称为"第一个清教徒"。由于他把教会的权限固定在精神事务上，以及他对经院哲学的发难，他的学说早在他24岁时就被阿维农的教廷宣布为背离正统。1326年他的著作遭查禁，两年后他从阿维农逃避到了德国，把生命中余下的21年用于对抗正统神学，支持世俗领主抵制教皇的政治要求。

奥凯姆以经验主义的观点看待自然，依据的是对个别事物及其相互关系的考察,抛弃了对宇宙的形而上思考。这种经验主义的方法论从根本上否定了阿奎那式的从自然中选取证据、以推理证明上帝存在的割裂式的自然神学。按照奥凯姆的观点,凡是涉及上帝的问题就只是信仰的问题,中世纪神学中关于上帝存在和上帝权能的一系列教义就此被排除到理性之外。对上帝的确认只剩下了一条,就是上帝是一种绝对力量(潜在的),而且只限于信仰的领域。上帝的另一面是他的不可知性和不可预见性,他会随心所欲地作他要作的任何事情(这一观点暗示着人也拥有随心所欲的权利)。

这种理论把上帝摆在了什么位置呢?一位哲学家评论说:"理性终止之地才是上帝的潜在权能出现之处。这权能执掌着不可验证之事,显示着自身是多么神秘莫测,因此而消除了一切有效的判断准则。在这个意义上可以说,怀疑论者的上帝不再是传统的上帝了;这上帝是如此难以琢磨,以致他的权能在他的万有的光焰中烧得烟飞灰灭,只剩下一片模糊。"[1]

由此可见,他的观点对从宗教束缚下解放人的主体意识具有重大价值,正是由于他的主张,上帝才不得不给人的理性和世俗艺术的发展让出了一块地盘。

值得注意的是,奥凯姆并非不信上帝,信仰仍保持着自己的对象,对中世纪的人们来说,这个信仰对象的持久特征就是万有的权能。它从一个侧面反映出基督教神学的重心所在,当上帝的其他品格已经消失的时候,唯有这个品格保持下来,不肯退出人们的头脑,尽管它的存在仅限于信仰的领域。

奥凯姆的激进主张使他遭到了教会权威的极度仇视,坎特伯雷大主教托马斯·布拉瓦迪就称他为皮拉及乌斯主义者,理由是他的思想与近千年前皮拉及乌斯的主张相合,产生的结果相仿,并认为他否定了上帝为人类所作的一切,否定了上帝的恩典。而且,他所代表的对教会权威的挑战是和日益显露的社会动荡相呼应的。

第三节　基督教文艺思想的分野与但丁的文艺观

中世纪思想观念领域的斗争从教父时代直至文艺复兴之后,从未间断。站在正统神学和教会体系的对立面的,是教会内外具有异端色彩的怀疑主义、理性主义乃至倾向泛神论的神秘主义的神学和哲学家。他们不畏教会权威的打击迫害,用自己的思想理论抵制宗教对人的积极主体活动的压制,同蒙昧主义、信仰主义和教会腐败行为分庭抗礼,最终导致了宗教正统观念体系以及与之同命相连的封建主义的瓦解。这里选出的三位思想家厄里根那、阿伯拉尔和但丁便从

---

[1] G.列孚:《中世纪的思想意识:从圣奥古斯丁到奥凯姆》,英国伦敦出版公司1958年版,第290页。

不同方面体现着反对派的特征。

一、厄里根那的文艺思想

厄里根那(Johannes Scotus Erigena,810—877)是中世纪著名的神学家、翻译家和注释家,是最后一位新柏拉图主义者和最早一位经院哲学家,也是欧洲最大胆、最有独创性的思想家之一。厄里根那的早年经历不详,但他的名字(Erigena)意思是"生于爱尔兰",又由于他在当时才具卓著,于是被人称为"来自暗空的一颗流星"。他站在基督教立场,译介了大量希腊和新柏拉图主义作品,如公元858年,他应希腊国王密奇尔(Michael)的要求,将伪狄奥尼修斯①的部分著作译为拉丁文并加以注释,是第一个把新柏拉图主义引进西欧思想领域的人,这一引进对基督教神学发生了深刻而全面的影响。

中世纪经院哲学从形成时起,致力于求得"一切可能达到的真理"的哲学研究就把讲习基督教信仰纳入了自己的范围,经院哲学由此而形成了兼备神学的特征。虽然奥古斯丁和其他早期教父们都曾提出过哲学要以神学为首务,但真正对此作出明确表述的则是6世纪的波伊修斯,他作为"经院哲学的奠基者之一"说过一句话:"尽你的所能把信仰与理性结合起来。"这句话说的即是经院哲学的实质。

关于伪狄奥尼修斯的著作在9世纪被厄里根那译为拉丁文一事,本身就是一个值得注意的现象,它比作者的时代晚了400年,而且译者还是中世纪哲学的重要人物。那么,具有泛神论倾向的厄里根那怎么会重视宣扬至圣上帝的伪狄奥尼修斯呢?原来,厄里根那在他的《自然的分类》中以自己独特的方式发展了伪狄奥尼修斯的新柏拉图主义,事实上他是要在伪狄奥尼修斯的神秘主义基础上建立一个具有泛神论性质的思想体系,即借助来自东方的神秘主义思想提高自然的地位,削弱教会的作用。几百年之后,教会终于意识到了对自身构成的威胁,于是谴责了厄里根那的这一著作。

公元845年,厄里根那受西法兰克王查理一世之约,任王室学校督学,教授语法和论辩术。公元851年,他参加了兰斯大主教辛马尔同格特沙克就圣餐和神的预定问题展开的论战,他写了否定预定论、肯定自由意志的《论神的预定》

---

① 伪狄奥尼修斯(Pseudo-Dionysius THE AREOPAGTTE 约活动于公元500年)大约是叙利亚一僧侣,有一系列论文和书信传世,致力于新柏拉图主义和基督教神学的结合,在中世纪产生了持久的影响。其署名假托为圣保罗的门徒,历史学家们认为他是一谙熟新柏拉图主义的基督教徒。后又混同为法国的圣丹尼斯,但此说为皮特·阿伯拉尔所否定。主要著作有《论圣名》、《论神秘神学》、《论圣秩》等,强调上帝的超理性的性质,上帝以自身化入万物,但无定名,且无法称其名,只能用善、爱、美、生命、三位一体等来象征地称谓。

一书。

他指出,圣餐等基督教仪式是象征性的、纪念性的,因此不宜作为得救的根本途径,他认为,即便是《圣经》中上帝创造世界的叙述,也不能当作真实描写来理解,因为那是一种寓言化的、象征的叙述。他还提出了灵魂并不存在,那只是人的意志的内在状态。最主要的是,他提出人的命运不仅取决于神,因为人的自由意志也会决定其命运,所以人的得救也依靠人自身。此书使他遭到教会的多次谴责,其学说被称为"魔鬼的谬见"。

他的主要著作是《自然的分类》(On the Division of Nature,862—866),书中体现了他调和新柏拉图主义的流溢说和基督教的创世说的意图。该书将自然分为四类:1. 自身创造且不被创造的自然;2. 自身创造亦被创造的自然;3. 自身不创造却被创造的自然;4. 自身既不创造又不被创造的自然。其中第一和第四类是作为开端和终结的上帝,第二和第三类则是造物的两种形态,即能理解的和能感觉的。造物通过净罪、肉体死亡和再生向上帝回归。他认为,上帝是最高的存在,不可知也不可名,万物皆出自其中。他的思想超然物外,因而被称为超现实和超善恶,万物的创造是一个分化的过程,是万物产生于唯一体的过程。唯一体下降到各类造物之中,显示自己的存在。万物则要在时间的终结处,在万物归宗之时,以相反的运动回归所出自的本原。

这部著作的重要性在于,它发展了古希腊的德谟克利特的原子论,提出人是一个小宇宙,因为人有感性和理性,可以决定行动的动机,从事自主的行动。他认为人的本性是由神性和动物性一道构成的,人的罪是从动物性中产生的,而人的神性则可以通过恩典,使人重返上帝。他的"小宇宙"理论和人的善恶兼备论为艺术掌握人的本质创造了理论前提。

厄里根那坚持用理性解释世界的必要性,并力图把理性和信仰融合为一体,把上帝和造物的关系建立在理性的解释上。他的思想是泛神论、巫术意识和理性主义的综合体,他甚至试图说明罪的存在是由于意志被引向歧途,而存在和知性若是一致的话,那么上帝的理性中便存在着某种罪。他的这些提法在早期教会中传播颇广,对后来的思想界影响也极其深远,特别是对中世纪后期的神秘主义、现代早期的浪漫主义的影响都很明显。

二、阿伯拉尔的文艺思想

皮特·阿伯拉尔(Peter Abelard,1079—1142)是法国神学家和哲学家,以其唯名论和雄辩术著称于世,他的诗和与爱洛绮丝的爱情也萤声一时。

阿伯拉尔的生平从他写的自传《我的苦难史》中可以见出梗概。他生于法国卢瓦尔南部布列塔尼的一个骑士家庭,作为长子,他自愿放弃继承权和从军的前途,以便学习哲学和逻辑。他曾发起和自己的两位老师——罗瑟林(Roscelin)和基劳(Guillaume)的论战,伸张自己的概念论思想。罗瑟林是当时的唯名论者,认为抽象概念只是名词和"震动的声音"而已;基劳则坚持柏拉图的观点,认为抽象概念是另一世界中的实存之物。阿伯拉尔开创了新的语言哲学流派,通过实例论证了语言并不能揭示物理世界的真实。

阿伯拉尔在哲学上基本属于亚里士多德主义者,在神学上具有理性主义倾向,他在许多学校讲授过亚里士多德逻辑学。1113年前后他到拉昂跟从安瑟伦学习神学,旋即感到不满,返回巴黎授徒讲学。同时,他还与女弟子爱洛绮丝相爱,私订终身。他们的恋爱遭到爱洛绮丝的伯父、巴黎大教堂公祷师加农·福伯特的仇视,遭到毒害,被阉致残。事后他羞愤地退隐到巴黎附近的圣丹尼斯修道院,爱洛绮丝也无奈地做了修女。

阿伯拉尔曾经把研读《圣经》和教父著作的所得编为各家言论集《是与非》,并为之作序。他的第一部著作名为《神学》,1121年遭苏瓦松宗教会议禁毁,他对上帝及其三位一体的论析被视为谬论,本人也遭到了众主教的围攻和软禁。他回到圣丹尼斯修院后,又因论证圣丹尼斯真实身份一事与修院分裂,于是避祸到香槟的菲奥巴德公爵领地。从那里他又漂泊至布列敦修院,最后回到巴黎。

阿伯拉尔生在中世纪文化中心逐渐从修院转移到城市的时期,他作为天才的讲演家,毕生讲学不辍,从者如云。他对传统神学的批判曾引起圣维克多修院长、圣谢利的威廉及当时最负盛名的克莱瓦的伯纳德的攻击。他们批评阿伯拉尔肆意展开信仰问题的辩论,提倡一种神秘之爱的信条,使得神秘主义蔚然成风,影响达几个世纪。

1140年阿伯拉尔遭到教会权威及教皇英诺森二世的谴责。他为此退隐到伯良底的一所修院,未再复出。死后,他终于和爱洛绮丝合葬,墓碑上称他为影响时人和教导后世的重要思想家。

在《认识你自己》一书中,阿伯拉尔提出,人的行为在上帝眼里无所谓好坏,因为行为本身无善恶,上帝在意的是人的动机;人的罪不在于已做的事,而在于明知故犯。这种伦理学观念包含着主体自由意志的性质,是与基督教的"原罪"、"净罪"、"救赎"教义背道而驰的。他在《哲学家、犹太教徒、基督教徒三人对话录》等著作中,阐释基督一生事迹的意义,指示人们爱他的榜样而非后人的说教。他在自传《我的苦难史》中追述了他和爱洛绮丝的坎坷爱情经历和他的不平遭遇,同时,也表述了自己的哲学、神学和艺术观点。

首先,在哲学世界观上,阿伯拉尔既不同意把一般概念和普遍共相看作实存于个别事物和理性之外的实在论,也不同意否定一般概念和普遍共相的存在(即使在理性中)的极端唯名论,而主张先有个别事物,后有一般概念和普遍共相,后者只存在于人的理性中。这是一种温和的唯名论(又称概念论),是与他对感性生活的重视、对古典艺术的肯定相关联的。

在神学上,阿伯拉尔采取自由主义的态度,不肯屈就教会权威的教条主义和蒙昧主义。他在安瑟伦处学习神学的时候,曾提出学习神学的目的无非是为了灵魂的得救而已,他提出:"一个受过教育的人竟不能仅依靠注释、脱离开教师、全然独立地研究圣著,这可真是不合情理的事情。"①

摆脱神学教师和教会权威的要求反映了阿伯拉尔注重个人意志和理性精神的思想倾向,他在神学上的态度无疑是同他的哲学观念相一致的,显示了新的、变革宗教和神学观念的历史要求,这一要求的实现则是由后来的宗教改革运动来完成的。

在文艺问题上,我们看到,首先,阿伯拉尔比他的同时代人更强烈地承受着艺术和神学、世俗和宗教、自由和教条乃至灵魂与肉体的冲突,他在世俗的诱惑和教会的压制下,尽力保持着自己的独立意志和自由理性,不肯同中世纪的教会势力和意识形态和解。他在批判自己因年轻有为而产生的骄傲情绪时说:"我在讲授哲学和神学方面取得的成功越大,越是沾染生活中的不洁,远离哲学家的操行和神圣生活的精神。众所周知,哲学家,或者说所有献身于神圣事物的人们全都是格外追求圣洁之美的。"②

从这种检讨中可以见出,他所景仰的是古罗马的塞内加和哲罗姆等人的伦理哲学和人格美,但他所处的时代思想界的活跃,他所受到的亚里士多德的理性精神影响,都使他无法违背初衷和遏制激情。他的著作宣扬朴素的唯物论和独立的理性人格,他的遭遇则表明他追求与教会和封建势力相悖的个性解放和情感解放,可以说他是中世纪体系的内在冲突的人性表现。

其次,阿伯拉尔的一贯主张和行为,特别是同爱洛绮丝的恋爱悲剧都证明,他具有强烈的、与宗教禁欲主义和蒙昧主义针锋相对的艺术唯情主义倾向。他作的情歌脍炙人口,他写的书简感情真挚。他回忆同情人的交往时说:"没有哪种爱的体验不曾被我们的激情淹没,即使爱隐藏着某种尚无人知的惊喜,我们也都探取了。我们对爱悦的陌生使我们更加热烈地追求爱悦,因此至今我们相互的渴求仍未稍歇。"③

最后,在审美趣味和审美标准上,阿伯拉尔的选择是与封建主义和宗教教义背道而驰的,他的讲座总是以世俗艺术的讲授为最精彩,他不遗余力地劝勉聆听他的人们研读古典文艺,陶冶性情,培植理性。为此,他曾遭到苏瓦松宗教会议的声讨和惩罚。

---

① 阿伯拉尔:《我的苦难史》,美国自由出版公司1958年版,第11页。
② 阿伯拉尔:《我的苦难史》,美国自由出版公司1958年版,第14~15页。
③ 阿伯拉尔:《我的苦难史》,美国自由出版公司1958年版,第18页。

阿伯拉尔坚持人本主义性质的审美理想终生不渝,他独自建立的小礼拜堂名为"圣灵礼拜堂",教会权威攻击他说,从未有过献给圣灵的教堂,因此他的做法有违教义。他列举基督及其门徒对圣灵的论赞,大力提高圣灵在基督教中的地位,并答辩说:"谁不懂得,教堂所遵循的上帝祝福的圣礼应归于神圣恩典即圣灵的所为?所以说,我们在洗礼的水和圣灵中再生,而且从生命之始我们便如人人见到的,被造成为上帝的特殊庙堂。在连绵不断的圣礼中,融入了圣灵的七重圣恩,作为上帝特殊庙堂的人因此而成为美的,并且被奉献给神。"①

由此可见,在围绕三位一体的长久讨论中,存在着两种对立的思想路线。与坚决维护三者绝对统一的观点不同,对圣灵的突出赞美实际上是因为把人的理性、智慧、自由意志和进步精神理解为圣灵的恩赐,对圣灵的赞美在此已经含有明显的对人性,特别是人的主体性的赞美,因此也已经含有近代人文主义的思想萌芽,只不过这种赞美和萌芽还笼罩在宗教情愫之中而已。

三、但丁的文艺思想

在中世纪后期,长久的历史发展终于推动思想的长足进展,产生了全面批判中世纪乃至整个欧洲历史、启迪近代社会变革的代表作家,即但丁·阿里盖利(Dante Alighiere,1265—1321)。

但丁生于意大利北部城市佛罗伦萨的一个经商的小贵族家庭,当时的十字军东征使东西方交往频繁,商贾贸易日益兴盛,而北意大利地处欧亚非往来枢纽地区,工商业、原始金融业乃至思想文化的发展更是独擅一时,这种到处充满资本主义萌芽因素的社会形势显示出愈来愈尖锐的矛盾冲突,也给但丁以巨大的影响和创作动力。

但丁的少年时代是在孤独的勤奋自学中度过的,母亲早逝铸成了他的独立性格,家境的寒微特别是时事的激荡鼓舞了他的远大志向。孤独的少年时代使他没有机会接触纷繁的社会,却培养了他恣肆汪洋的想象能力,民间的生动俗语使他体会到了丰富的思想情感的内涵,他从青年时起便立志要用这种活泼的语言创造惊世骇俗的诗名。

但丁的主要作品除了寓言史诗《神曲》(Divine Comedy,1307—1321)之外,还有早年的抒情诗集《新生》(1292—1293)、论说集《飨宴》(1304—1307)、论著《论俗语》(1304—1305)和《论帝制》(1309)等。

但丁的生活经历中有两个值得注意的追求,那就是爱情和政治。他在少年时即热烈地挚爱乃至崇拜一位名叫贝娅德丽丝(Beatrice)的女孩,为她写下许多

---

① 阿伯拉尔:《我的苦难史》,美国自由出版公司1958年版,第57~58页。

优美的抒情诗。应该说,他的情怀不仅有典型的意义,而且关系到他的艺术理想和艺术创作,饱含着变革之志、新生理想和对真善美的追求,体现了女性追求与变革现实之间的联系。传记作家格兰金特在《但丁》一书中写道:"他热烈地崇拜贝娅德丽丝,但没有向她求爱……她对他来说,很可能既是真实的存在,又是一种象征;而她的象征性又逐渐地突出起来,使他对她的想象不断升华,直至她的形体最后成了抽象原则借以显现的有形的美。"①

在政治生涯中,但丁代表城邦进步势力同反动势力进行过顽强搏斗。当时的佛罗伦萨面临着独立发展资本主义性质的政治经济力量还是维护封建利益的选择,但丁虽有同情代表贵族利益的吉卜林党之处,仍投身到代表工商利益的贵尔夫党。在贵尔夫党分裂为黑白两派后,他又站在维护城邦独立的白党立场反对与教皇相勾结的黑党,为此他终于遭到依靠教皇势力左右佛罗伦萨政权的黑党的放逐,自1302年后,漂泊各地,奔走荒野,最后病逝于拉文那。他的遭遇、行动和所形成的思想体系,使他成了近代前夕第一个世界主义者,正如他自己所说,"他们若是剥夺了我最心爱的地方,/我不至于因我的吟咏失去一切地方。"②

但丁在政治上走过的道路,同样典型地体现了近代欧洲社会变革的历史逻辑,反映了近代新兴阶级必然经历的历史过程,具有重要的认识价值。

但丁的代表作《神曲》在风格上有两个重要特点,即现实主义和理想主义的结合(写的是来世,旨归今世)以及诗的象征表现形式。由于它们和作者的文艺观念直接相关,所以我们对此略作考察。

首先,他的主观审美理想和哲学世界观与针对现实的政治伦理态度相结合,熔铸在作品总体结构的构思中。《神曲》篇章形式的工整谐和体现着神秘主义形式观念和人文主义理想。《神曲》中由三、九叠进而至于完满的十、百的形式除了统一全诗的功能外,还体现着中世纪神秘数字的影响,具有宗教的神圣秩序和抽象、圣洁的审美趣味和象征意义。总之,但丁在长诗结构上的安排表现了一种精神追求(事实上,艺术就是帮助人类提升心灵和行为之物,只不过但丁的道路是引向至高的神而已)。

其次,整体上的象征和隐喻表现方法是全诗另一个突出特征,也是作家审美心理和艺术主张的体现。但丁对理性的肯定、对自然的尊重都是与上帝密切相关的,但是已非全然受上帝支配。上帝总理万机,但个别的存在又有自主的抉择和责任。

在但丁的观念中,上帝的绝对正义蕴涵着客观规律和人的理性,而规律和理性又包裹在上帝的权能中,两者统一在一起。对上帝的信仰和对教会的批判、对

---

① C. H. Grandgen, *Dante Alighieri*, New York: Duffield & company, 1921, p.5.
② 但丁:《神曲》"天堂篇",朱维基译,上海译文出版社1984年版,第141页。

信仰的坚贞和对理性的追求、现实的态度和象征的表现也类似地统一在一起。这种统一的主观基础正是纠缠着中世纪意识形态的二元论,即主观和客观、灵魂和肉体、象征和实体、信仰和理性、绝对和自由、救赎和罪恶、来世和此世等的二元对立及其调解。

这种二元对立的实质也表现在《神曲》的基于民间观念和基督教教义的灵魂观。但丁在诗中借助漫游贯穿起来的,基本上都是灵魂在此世的功过的神意奖惩,而这种在来世的处境又是以与此世经历反逻辑的形式来描写的,即此世贪婪的,来世则饥馁,此世谦卑的,来世则尊贵,皆同此类,构成了但丁的以灵魂生活为内容,以批判主题为宗旨的世界图景。

再次,但丁借助《神曲》对灵魂的追求和归宿的描写,表达了自己对历史的批判。人的存在既然出于上帝,上帝必然要给予灵魂以完满的结局(无论奖惩)。灵魂的独立生活始于肉体的死亡,在《神曲》中,对历史和时事的评价批判,主要是通过各个亡魂在地狱、炼狱、天堂中的位置和境遇来表达的。

在上述背景下,但丁通过《神曲》表达了下述艺术观点:

第一,古典的人本主义和基督教信仰相统一的原则。在艺术观念上,但丁赞赏古希腊创作并赞同亚里士多德的模仿论,但在精神的归宿方面,他却坚持基督教的戒律和原则。从但丁历史批判的主题来看,对古代历史的尊重和对古典文化的景仰,表明了他的历史意识和审美追求是人文主义性质的,是充分肯定古典的人本意识和人的创造能力的。因此,他奉维吉尔为指点迷津的导师,称他为"尊敬一切科学和艺术的你啊","诗人们的荣誉和光明!"

第二,倡导人的主体意识,以人的自由意志作为创造(包括艺术创造)的灵魂,但丁把这尚未注入具体社会变革内容的自由意志看做是上帝给人类的宝贵恩赐。

但丁肯定了自由意志和理性是人最可宝贵的品质,但是又将它们置于神格化的"更大的自然",也就是神之下,不过这"神"已经包含着自然规律的因素,必然的因素,从天国到自然再到必然,已经不很遥远,而且,人的自由是与所承担的责任和尊严联系在一起的,所以,但丁所弘扬的是一种时代在呼唤的自由的个性,是这个性在顺应自然规律中发扬光大的要求,因而正是引导到未来的宗教改革和文艺复兴的先声。

第三,但丁的思想中除了对理性和自由意志的张扬,也有看似与之矛盾的因素,我们在《神曲》中见到,他批评了靠理性认识上帝的意图。他对人类理性的限制要求,反映了一种自13世纪后出现的经院哲学的变化,即经院哲学家见到亚里士多德主义的广泛影响不可遏制,就转而利用亚里士多德学说中的有神论倾向,扭曲其理性的、逻辑的科学方向,以服务于神学目的论,这样就使古典的理性精神走上了歧路,演变成了张扬教义、湮闭理性的工具,而具有泛神论因素的神秘主义反而成了新的变革的力量。但丁在这里提出的抑制理性、保留神秘的观念便反映了克服这一逆流的历史要求。

第四，但丁以神秘的形式表述出了对世界秩序的看法，其中包含着深刻的艺术原理。他借贝娅德丽丝的口说：

"无论什么事物
都遵循一种相互的秩序，这就是
使宇宙和上帝相似的形式。
那些被提举到高处的造物
就在这上面看到'至尊者'的足迹，
设立这个秩序就是要达到这目标。"①

虽然带有神学目的论的痕迹，但这是《神曲》中最富于概括意义的段落，其中隐含着普遍联系的秩序和万物所依循的法则，隐含着发展的辩证法和变革的倾向，同时还暗示了一个重要的艺术原理，即人的认识和艺术的创造所借助的同构象征原理，一切艺术都是象征就是在这个意义上来说的。

第五，但丁把艺术和灵魂作了对比，从神学看是讲灵魂，从文艺学看则是讲艺术：

"确然如此，艺术的形式
往往不能符合艺术的意向；
因为那迟钝的材料不得心应手，
就像这样，有时候造物会离开
这条轨道，它虽被送上正轨，
却有力量向其他部分越轨而行……"②

如果说造物就是作品，这里就揭示了创作过程的一个重要规律，即艺术内容克服艺术形式的原理，说明但丁所意识到的从性质上来说是新的历史内容要努力寻找到相适应的艺术形式，这是艺术规律和历史要求的体现，一切变革的艺术家都将必然地向艺术作出如此挑战。

此外，但丁把美的存在分成不同的等级，居最高地位的美是属于上帝的，愈接近上帝的就愈是高级的美。在最高的美之下，有不经媒介的不朽的美（如天体构成的和谐的美），有天使和人的高级的美以及万物的美（包括民政和历史的正义的美，如但丁对罗马帝国的民政美和对耶稣为人类赎取原罪而被犹太人所杀，上帝又借罗马之手报复犹太人的正义美），美的程度取决于媒介和罪的多寡。这种观念正是文艺复兴时期对人的礼赞的先声。

---

① 但丁：《神曲》"天堂篇"，朱维基译，上海译文出版社1984年版，第8页。
② 但丁：《神曲》"天堂篇"，朱维基译，上海译文出版社1984年版，第9页。

上帝在天国,如同普照万物的太阳,被看做生命之源,因此,基督教像许多其他宗教一样,暗合人和自然的真实关系。但由于把美的抽象本质神格化并视为真实的存在,因此但丁遇到了这样的矛盾,即最高的美是无以表现的。他只能说:"但人们可以信它,让他们渴望它吧。"可见,神学是人类自身对自然史的超现实化整理描述过程,而神学的艺术规则是对自然史的超现实化审美认识,其内在的悖论是无法克服的。

除了《神曲》中表达的艺术观念和审美主张外,但丁在《飨宴》和《论俗语》两论著中还阐发了建设意大利民族语言、改造中世纪作为思维工具的语言并进而革新人们的思想观念的主张。他在《飨宴》中对此寄予了无限希望:"我凭借对于母语的天然感情走上这条道路……它将成为新的光源和新的太阳,在旧的太阳落下之时升起,照耀那些处在黑暗和迷雾中的人们,因为旧的太阳已经不能给他们以光明。"①

他的《神曲》即是由最初的拉丁文改为用俗语创作的。薄伽丘在说明但丁改变想法的缘由时说:"他采用佛罗伦萨语言……是为了使更多的佛罗伦萨人和其他意大利人能够读懂他的作品,因为他知道,如果像以往那样用拉丁诗律来写的话,他只能为有文化的人所读懂;但若用俗语来写,他就会在不妨碍文化人理解作品的同时,做出前人未践之事。"②

但丁倡导和捍卫俗语的做法带动了一场更大范围的倡导诗歌以及一切想象的艺术的运动,有力地扭转了自奥古斯丁以来的仇视艺术、否定象征文化的传统。在中世纪,教会继承柏拉图视文艺为败德坏神和奥古斯丁视文艺为诱人背离上帝的观点,排斥任何想象的艺术。但奥古斯丁却在反对非基督教文艺的同时,主张把《圣经》作为唯一可用象征意义加以解读的作品,他曾提出解释《圣经》时应贯彻一条原则,"文字致人死,寓意使人活。"从 6 世纪始,隐喻象征方法成了解读圣著(以及异教作品)的公认方法之一。但丁即接受这种方法,正如格兰金特在《但丁》一书中说的:"象征方法不止是一种文学手段,它代表一种思维的习惯,一种对神秘感受的信赖。"③

可见,象征艺术代表了中世纪典型的艺术形式是有其必然性和一定的保护文艺的积极意义的,当然,如果走向了极端,则同样会导致弊端,即对文本的以意逆志和宗教神秘主义。

---

① J. H. 史密斯、E. W. 帕克:《伟大的批评家》,美国诺顿出版公司 1960 年版,第 130 页。
② J. H. 史密斯、E. W. 帕克:《伟大的批评家》,美国诺顿出版公司 1960 年版,第 131 页。
③ J. H. 史密斯、E. W. 帕克:《伟大的批评家》,美国诺顿出版公司 1960 年版,第 132 页。

小　　结

经过以上的讨论,我们可以对整个中世纪文艺思想的发展逻辑作一理论的总结。

首先是罗马乱世为西方社会的思想分化和转向宗教信仰铺垫了道路,人类在社会的急剧动荡和严重混乱中体验到的是命运的无常和人自身的渺小,基督教的产生和作为普世宗教的传播恰好迎合了普遍的救赎情绪,由此引导欧洲的思想界全面转向了宗教意识形态,即发生了普遍的世界观形态变化,从古代奴隶制社会的朴素的主体意识和多神崇拜意识转变到了基督教的神本意识和封建伦理意识,其文艺思想观念也随之丧失了人本主义精神和现实旨趣,让位给了对天国上帝无限景仰而赞美、对人生深自忏悔而谦卑的宗教式表达。

但是,中世纪欧洲的文艺思想领域却并非基督教的一统天下,其中充满了各种思想倾向之间的尖锐冲突,普罗提诺完成了从古希腊罗马美学精神到推崇绝对美的新柏拉图主义的演变;奥古斯丁则运用新柏拉图主义的哲学论证基督教教义,把哲学和神学合为一体,从理论上为基督教确立了宗教世界观,特别是宗教伦理观,把教父哲学推向了全盛。在漫长的中世纪前期和中期思想史上,奥古斯丁的宗教至上主义作为教会意识形态的正统,发生了极大的消极作用。直到中世纪后期古希腊哲学复兴,欧洲思想界始释放出久受压制的理性精神。从罗马帝国末期与奥古斯丁进行激烈论战的皮拉及乌斯到中世纪中期以厄里根那为代表的具有泛神论倾向的经验主义哲学和美学思想,都为抵制取消人类的实践主体性、宣扬精神异化的教会意识形态的极端倾向作出了顽强的斗争。甚至被现代新托马斯主义奉为圭臬并因此而暴露出保守性,但在当时万马齐喑的时代里也不失为对人类主体能力的积极张扬,为冲决宗教意识观念对思想界的统治起到了推动作用。然而,由于受到基督教信仰主义和神秘主义情愫长期影响的世人还不能冷静客观地接受古典理性,所以在文艺复兴运动之前,神秘主义思想在继承了前代泛神论者厄里根那的思想传统的基础上,再次取代了在当时被认为是过激的理性主义。我们在但丁的包含着人文主义早期倾向的社会历史批判、思想文化批判乃至美学意识的革新中,仍然能够看到他对人的主体能力的保守态度,就是和这种社会思潮的出现分不开的。

总之,整个中世纪欧洲社会的历史和文艺运动就是由这样一种冲突和解决构成的;世俗的贵族和宗教的贵族及其所造的神对人的奴役和人首先是从教会统治下得到精神解放,其次是从封建制度下得到全面解放之间的冲突。这种冲突在思想文化领域最集中的反映在于哲学和神学之间的对抗,在于朴素的唯物论、唯名论和基督教神本论、教权至上论之间的对抗,在于代表着不同阵营和不同历史方向的思想家们的历次论战。从思想史的宏观历程来看,中世纪的宗教思想文化固然极大地阻遏了历史的进程,扼杀了进步思想的生机,但是也在客观上增强了全社会形而上的思辨能力,从精神的方面锻炼了社会主体的批判能力,包括文艺思索人类的终极和本质、表现心灵和精神对象的能力。从某种意义来说,近代崛起的唯物主义思潮作为资产阶级革命的巨大助力,也是在同宗教神学唯心主义的斗争中成长壮大起来的。而且,中世纪的历史迂回并不能从根本上扭转历史的基本方向,而是孕育了更壮阔的封建阶级和资产阶级之间的最初冲突,并导向了这一冲突的伟大解决——资产阶级革命。

思 考 题

1. 古代社会末期的哲学与宗教状况为中世纪神学审美观的形成准备了哪些条件?
2. 普罗提诺的美学观点是什么?
3. 奥古斯丁对美的本质是怎样理解的?
4. 奥古斯丁对审美主体的看法如何?
5. 阿奎那对美和善的区别是怎样理解的?
6. 阿奎那对真理的看法为什么有助于对审美规律的认识?
7. 奥凯姆的经院哲学批判对于世俗艺术的解放有何意义?
8. 厄里根那的"小宇宙"理论对世俗艺术的发展有何重大意义?
9. 阿伯拉尔的唯情论有何历史进步意义?
10. 但丁对古代诗人的尊崇表现出怎样的文艺价值观?
11. 但丁倡导意大利俗语有何重大意义?

第三章

文艺复兴至启蒙运动时期的文艺理论

引 论

　　文艺复兴是新兴的资产阶级思想家打着恢复古希腊罗马文化的旗号,在思想文化领域进行的一场大规模的反封建、反教会的思想文化解放运动。文艺复兴时期的文学艺术出现了前所未有的繁荣局面,产生了许多著名的作家、艺术家,创造了众多优秀作品。文学艺术的繁荣和发展,需要文艺理论的指导。这个时代的理论家首先从古希腊罗马的理论宝库中寻找武器,并对古代某些理论进行加工改造,使之适合时代需要,同时根据文艺创作遇到的现实问题,提出了一些新的理论观点,如高度肯定诗人的地位与诗的价值,探讨了艺术形象的创造规律,强调诗对人的娱乐和道德教化作用等。这样,在中世纪被神学湮没了的文艺理论也"复兴"起来了。

　　继文艺复兴之后,为了进一步反叛宗教神学,强化理性,推动历史进步,在法、英诸国,出现了以文艺理论家布瓦洛、戏剧家高乃依、诗人屈莱顿、文艺批评家蒲柏等人为代表的新古典主义文艺思潮。在不同国家和不同时期,新古典主义的具体观念并不统一,但它们却具有共同的基本主张,即"模仿自然"、"崇尚理性"、"严守规范"、"服从古典"等。由于新古典主义文论的哲学基础是唯理主义,所以对文艺复兴时期的文论既有继承又有反拨。就前一点看,它继续高扬人文主义和科学主义,以理性反对宗教迷信;就后一点看,它轻视感性、情感与创造性,把对古代文学遗产的继承借鉴推向极端,由此产生了严重的教条主义和形而上学的倾向。

　　启蒙运动是继文艺复兴之后的一次几乎遍及全欧的资产阶级思想文化运动。作为其中一个重要方面的启蒙主义文艺思想,是行将到来的资本主义革命对新文艺的呼唤。启蒙主义文论一方面继承了古希腊以来的传统理论,如强调艺术与现实的模仿关系,宣扬人性观、自然观、理性观,强调艺术的社会作用、艺术的真实性原则、艺术思维特征、作家和批评家的修养等;另一方面,对传统理论的批判继承又是立足于艺术应为现实服务,为艺术的发展服务,因而其创造性又多于继承性,如人物性格理论、形象思维理论、艺术情感论、作家论、艺术与现实的关系等。这些新的观点直接影响到了19世纪欧洲文论中的典型论、移情说和历史主义的方法论,为德国古典美学和后来的浪漫主义、现实主义的发展提供了理论根据。

第一节　文艺复兴文艺理论

14—16世纪发生在意大利、法国、英国、德国、西班牙等欧洲国家的文艺复兴运动是以复兴古希腊、罗马文化为标志而全面推行的一种新的人生观和新的生活方式,并引发了学术思想和艺术、美学观念上的全面变革。

"文艺复兴"一语,最早见之于意大利画家瓦萨利的《优秀建筑家画家雕刻家传》(1550年出版)一书。在这部著作中,瓦萨利高度肯定了当时意大利造型艺术模仿自然、表现人的生命个性、抒发人的思想感情的特点,并指出这是在复兴古代的审美标准。文艺复兴时期的文艺理论,正是以此为基点展开的,即力图以古希腊古罗马的艺术为准则,恢复亚里士多德开创的现实主义文艺传统,肯定世俗文艺的合法性,进一步反叛中世纪以来的宗教神学文艺观。当然,这样一种"复兴",并非是对古希腊古罗马文艺原则的机械照搬,而是包含着新兴资产阶级文化的萌芽,张扬的是具有重大历史进步意义的人文主义精神。

文艺复兴时期,文艺理论的建树是多方面的。在意大利,有但丁的"四义说"和民族语言理论,薄伽丘的诗论,达·芬奇的创造"第二自然"的理论,卡斯特尔维屈罗对《诗学》的诠释,以及文学体裁、类型的古今之争。在西班牙,有塞万提斯的小说理论,维加的戏剧理论。在英国,有锡德尼的《为诗辩护》,培根的诗是"虚构的历史"的理论,莎士比亚的文艺创作论等。

本节主要介绍的是英国诗人锡德尼、意大利画家达·芬奇及文艺理论家卡斯特尔维屈罗的见解。

一、锡德尼的《为诗辩护》

菲力甫·锡德尼(Philip Sidney,1554—1586)是文艺复兴后期的英国诗人和文学理论家。他出身于一个贵族家庭,父亲曾三度担任爱尔兰总督。他14岁入牛津大学,18岁游历欧洲,做过宫廷、外交、军事方面的官吏。32岁时死于左芬特战场。他一生虽很短暂,但在文学和文学理论上却很有成就。在文学上,他著有十四行诗集《阿斯特罗非尔与斯苔拉》和一部诗文合璧的传奇小说《阿刻底亚》,在文学理论上,他著有《为诗辩护》一书。

基督教神学否定文艺,教士们继承柏拉图的衣钵把文艺称作"弄虚作假"的骗子,"引人入地狱"的魔鬼。他们只容许以《圣经》为题材的艺术,不允许世俗的人的艺术。作为一位富于反叛精神的诗人,锡德尼曾站在时代的前列,一方面与中世纪神学权威观点进行了斗争,同时,又与一些保守派展开了论战。当时,英国一位清教徒作家斯蒂芬·高森写了一本题为《造谣学校》的小册子,并未经锡德尼同意即题献给了他。在这本书里,他重操基督教神学的思想武器,指责戏剧和一切世俗文艺都不过是虚掷光阴、孕育谎言、助长恶习。锡德尼于是写了《为诗辩护》作为回应,从人文主义的美学立场出发全面批驳了高森对诗的谴责。全书洋溢着人文主义者特有的热情与生气,尤其是他对诗人创造力的赞美和歌颂,对主观激情的肯定与重视,对人的主观能动性——创造性的推崇,都充分显示了人文主义者那种奋发向上热情乐观的人本主义新精神。《为诗辩护》不仅是英国伊丽莎白时代文学批评的最佳之作,也是西方文学批评史上的经典之作。可以说,此书在一定程度上可以视为英国近代诗学和美学的开端。

(一)诗人是预言家和创造者

在锡德尼看来,诗人是预言家,也是创造者。他引经据典论辩道:"在罗马人中间诗人被称为瓦底士,这是等于神意的忖度者,有先见的人,未卜先知的人。"①"希腊人称诗人为普爱丁(Poieten),而这名字,因为是最优美的,已经流行于别的语言中了。这是从普爱丁(Poieten)这字来的,它的意思是'创造'。在这里,我不知道是由于幸运,还是由于聪明,我们英国人也称他为创造者,这是和希腊人一致了。"②由此,他断定,诗人是配先于其他竞争者(包括天文学家、数学家、哲学家、史学家、军人等)而享有君王的权力的,应该把桂冠戴在诗人的头上。"我们的诗人是君王。因为他不但指出道路,而且给了这道路这样一个可爱的远景,以致会引人进入这道路。"③

针对自古以来谴责诗人是"说谎的母亲"、"腐化的保姆"的谬论,锡德尼批驳说:"在白日之下的一切作者中,诗人最不是说谎者;即使他想说谎,作为诗人就难做说谎者。"④因为说谎就是肯定虚伪为真实,然而诗人从不肯定什么。当然,诗人离不开想象和虚构,但"事实上他努力告诉你的不是什么存在着,什么不存在,而是什么应该或不应该存在。因此他虽然不叙述真实的事情,但是因为他并不当它真实的来叙述,所以他并不说谎。"⑤相反,天文学家和几何学家在确定恒星高度的时候,医生在断定什么有益于疾病的时候,史学家在断定历史真相的时候,都是难以逃避说谎的。由于人们未能把诗的滥用和诗的正当功能区别

---

① 锡德尼:《为诗辩护》,钱学熙译,人民文学出版社1998年版,第7页。
② 锡德尼:《为诗辩护》,钱学熙译,人民文学出版社1998年版,第9页。
③ 锡德尼:《为诗辩护》,钱学熙译,人民文学出版社1998年版,第28~29页。
④⑤ 锡德尼:《为诗辩护》,钱学熙译,人民文学出版社1998年版,第42页。

清楚,所以便谴责喜剧是传授色情的幻想,抒情诗是嵌满了热恋的短诗,伤感诗只是悲叹自己没有情妇,等等,并以此证明诗人是"腐化的保姆"。锡德尼尖锐地反驳道:"难道一件事物的滥用应当使它的正当使用可憎可恨么?"①锡德尼承认无论什么东西被滥用了,都会造成极大的损害,但是如果正当地使用它,就会产生极大的利益。他还进一步指出,说柏拉图把诗人驱逐出他的理想国是人们的一种误解,其实,柏拉图所防范的也是诗的滥用而不是诗本身。对于诗,柏拉图不但不驱逐而且给以应得的荣誉,他应当是我们的保护者而不是我们的敌人。

因此,他得出结论说:"诗人在才智方面确是应当超过一切别人的,因为他们的一切只是从他们自己的才智来的,因为他们真是自己的创造者而不是人家的剽窃者。"②他呼吁,让我们多种桂树来为诗人做桂冠。

(二)诗在人类文化中的地位及价值

在《为诗辩护》中,锡德尼论证得最为充分的是诗对人类文化的伟大贡献。

首先,从历史与人类文化起源的角度指出:"诗,在一切人所共知的高贵民族和语言里曾经是'无知'的最初的光明给予者,是其最初的保姆,是它的奶逐渐喂得无知的人们以后能够食用较硬的知识。"③"诗是一切人类学问中的最古老、最原始的;因为从它,别的学问曾经获得它们的开端;因为它是如此普遍,以致没有一个有学问的民族鄙弃它,也没有一个野蛮民族没有它。"④为了印证这个观点,锡德尼从希腊文化、意大利语言写作和英文写作的广大范围寻找证据。认为在希腊文化中找不出写在传说中最早的希腊诗人穆赛俄斯、荷马、赫西俄德之前的著作;在意大利语言中首先使意大利语言上升为学术宝库的也是诗人但丁、薄伽丘和彼特拉克;对英语的发展产生了重要影响的也是诗人高尔和乔叟。

其次,充分肯定了诗在怡悦性情与开发学术等方面的重要意义,认为"如果在什么时候学术会到他们中间来,它就必然要依靠诗所带来的甜蜜的怡悦来使他们的顽钝的头脑柔和起来,敏锐起来;因为对于不知知识益处的人,在他们从心灵的运用中发现乐趣之前,巨大知识的许诺,是没有多大说服力的。"⑤正因如此,希腊的哲学家如柏拉图、历史学家如希罗多德等都是借诗的形式和力量来进行他们的学术写作与传播的。如果不先行取得诗的伟大护照,他们便不能进入群众审定之门。

再次,从诗的形象结合了一般的概念之特征着眼,锡德尼强调诗胜过历史和

---

① 锡德尼:《为诗辩护》,钱学熙译,人民文学出版社1998年版,第44页。
② 锡德尼:《为诗辩护》,钱学熙译,人民文学出版社1998年版,第51页。
③ 锡德尼:《为诗辩护》,钱学熙译,人民文学出版社1998年版,第4页。
④ 锡德尼:《为诗辩护》,钱学熙译,人民文学出版社1998年版,第37页。
⑤ 锡德尼:《为诗辩护》,钱学熙译,人民文学出版社1998年版,第7页。

哲学。认为哲学仅提供一般的箴规,由于其知识是建立在抽象和一般化的东西上,所以难于使人了解更难于使人运用;而历史则局限于事物的特殊真实,而不知事物的一般真理,以致不能引生必然的结论。诗的妙处在于,能克服二者的局限而兼二者之长,给予人类一幅完美的图画。

总之,在锡德尼看来,诗是人类的文化之源,是学术之父。

(三)诗的目的与本质特征

1. 德行目的说。锡德尼所处的时代,使他尚不能对文学的自觉性产生明确的认识,所以,他对诗目的的看法还受到前代人的影响,由此导致他对诗的目的的一种坚定的看法——培育德行。"一切人间学问的目的之目的就是德行"①。使人们向往善行,"这是任何学问所向往的最高尚的目的"②。而在引人向善、导致德行上莫过于诗,"德行的受推崇,罪恶的受惩罚——其实这种赞美是应当属于诗的"③。诗"在吸引人向往德行方面是无与伦比的"④。按照后人对文学的认识,文学当然具有教育作用,但它并不具有明确的教育目的。所以导致德行的诗的目的说便显示了锡德尼文学观的时代局限性。但是,在注意到锡德尼德行目的说局限性的同时,我们也应该看到锡德尼对文学认识的视野还是相当开阔的,这主要表现为两点,一是诗除了具有教育作用之外还具有完善人的灵魂、智慧、勇气等作用,二是诗的教育作用的完成要依靠自身特点——怡悦性情。锡德尼写道:"我们通常称之为学问或博学的这种理智的洗濯,记忆的充实,见识的增长和思虑的开展,不论其在什么名目下出现,为什么直接目的服务,其最后的目的无非是引导我们,吸引我们,去到达一种我们这样带有惰性的、为其泥质的居宅染污了的灵魂所能达到的尽可能高的完美。"⑤而当我们在进行诗的活动的时候,"你会是最美好的、最富有的、最有智慧的、最富于一切的;你会居住在'最'上。这样做了。虽然你是一个释放了的奴隶的儿子,你会突然成为赫刺克勒斯的子孙,只要我的诗能有点作用。这样做了,你的灵魂会和但丁的贝雅特里齐和维吉尔的安喀塞斯在一起"⑥。这些论述已经显示出锡德尼对诗的无目的的整体作用的深刻认识。

2. 诗的本质特征。锡德尼在强调诗的教育作用时,总是联系到诗的一个突出特点——"怡悦性情",并由此出发,具体阐述了诗与自然的关系、诗的形象性、诗歌的创作规律及内容构成等。

---

① 锡德尼:《为诗辩护》,钱学熙译,人民文学出版社 1998 年版,第 16 页。
② 锡德尼:《为诗辩护》,钱学熙译,人民文学出版社 1998 年版,第 14 页。
③ 锡德尼:《为诗辩护》,钱学熙译,人民文学出版社 1998 年版,第 25 页。
④ 锡德尼:《为诗辩护》,钱学熙译,人民文学出版社 1998 年版,第 32 页。
⑤ 锡德尼:《为诗辩护》,钱学熙译,人民文学出版社 1998 年版,第 15 页。
⑥ 锡德尼:《为诗辩护》,钱学熙译,人民文学出版社 1998 年版,第 66 页。

自古希腊以来,诗与自然的关系往往被界定为模仿。受其影响,锡德尼自然也持模仿说的观点。他说:"没有一种传授给人类的技艺不是以大自然的作品为其主要对象的。没有大自然。它们就不存在,而它们是如此依靠它,以致它们似乎是大自然所要演出的戏剧的演员。"①在此基础上,锡德尼进一步强调说:"诗所隶属的那种模仿是一切模仿中最为符合自然的"②,能给人以"完美的图画"。在将诗与哲学作比较时,他指出诗能使人见到"善的形状",以至于人们不得不爱善,认为"一切美德、罪恶和情欲都是在它们的自然状况中揭示了出来,以至我们似乎不是听人叙述它们而是清清楚楚地看透了它们"③。非常明显,锡德尼在阐述诗对自然的模仿时,已经认识到诗所具有的感性形象特点。

更为值得注意的是,锡德尼虽承认诗与自然是一种模仿关系,但他又认为诗不是照搬实际存在的东西,而是模仿可然的和当然的事物,它能借助想象和虚构创造出比自然更好的、崭新的、自然中从来没有的形象,使自然升入另一种自然,并胜过自然。他曾明确指出,其他学问都只是记录下大自然所采取的秩序,并依靠它,遵循它,"只有诗人,不屑为这种服从所束缚……他与自然携手并进,不局限于它的赐予所许可的狭窄范围,而自由地在自己才智的黄道带中游行"④。这类看法,虽亦明显是受到了亚里士多德诗学的影响,但诗之超越自然并与自然并立的观点却是他独有的看法。

在诗的构成方面,锡德尼虽也重视形式因素,但他更看重内容因素。他肯定诗需要天赋:"一个诗人,如果不加上自己的天才,却并非勤劳所能造成。因此这是一句老谚语:演说家是造成的,诗人是天生的。"⑤他认为构成诗的并不是押韵和诗行排列。一个人,可以是诗人而没有写过诗行,也可以是个诗行的写作者而没有写过诗。他认为诗需要真情实感,有些诗之所以写得很夸张但不感人,其原因即在于忘掉了诗的基本特点而只是卖弄艺术技巧,以致造成滥用技巧。

总之,锡德尼在为诗所作的辩护中,既具有理性的力量,又充满了战斗的激情。《为诗辩护》所具有的意义正是在于,它首先给基督教神学否定文艺的思想以更为致命的打击,使诗学完全摆脱了神学的束缚;其次,它续接了希腊文艺思想的传统;再次,他的诗与自然并立的思想在很大程度上开启了19世纪浪漫主义诗学中以雪莱为代表的视诗人为立法者、预言家的传统,也反映了从彼特拉克和薄伽丘一脉而下的文艺复兴时代精神。更为重要的是,由于锡德尼人格上以

---

① 锡德尼:《为诗辩护》,钱学熙译,人民文学出版社1998年版,第9页。
② 锡德尼:《为诗辩护》,钱学熙译,人民文学出版社1998年版,第29页。
③ 锡德尼:《为诗辩护》,钱学熙译,人民文学出版社1998年版,第21页。
④ 锡德尼:《为诗辩护》,钱学熙译,人民文学出版社1998年版,第10页。
⑤ 锡德尼:《为诗辩护》,钱学熙译,人民文学出版社1998年版,第54页。

一种"骑士人文主义"为伊丽莎白时代民族精神大张的英国人树立了样板,他的《为诗辩护》的影响也超出了诗学而及于人生哲学。

二、达·芬奇的画论

列奥纳多·达·芬奇(Leonardo da vinci,1452—1519)是意大利文艺复兴时期最重要的艺术家和科学家。他出生在佛罗伦萨,早年被父亲送入名画家维罗丘的作坊学习绘画,此一时期绘制了《受胎告知》、《德·边溪肖像》等作品,显示出杰出的绘画才能。1482—1499 年,他担任米兰大公洛多维克·斯福查的宫廷画家和军事工程师,曾研制过飞机和降落伞,为格拉齐修道院绘制了《最后的晚餐》,在艺术和科学上皆获得丰硕成果。1499 年为避法王路易十二对米兰的入侵,达·芬奇回到佛罗伦萨,期间创作了举世闻名的《蒙娜·丽莎》。1506—1519 年,再次前往米兰,主要从事解剖学和植物学研究。1516 年受法王法兰西斯一世之邀,定居法国克鲁城堡,安度晚年,直至逝世。

达·芬奇一生不但创作了大量绘画,而且从 30 岁左右开始,就自觉记录自己的创作心得,广泛研究与绘画相关的解剖学、光学、透视学、色彩学等自然科学,准备写成绘画论、力学和解剖学三部著作,可惜未能实现。现存的《论绘画》,是后人根据他的手稿、笔记,整理编纂而成。这部著作不仅阐述绘画理论,而且也包含着达·芬奇重要的美学与诗学思想。

(一)镜子说

在文艺与现实的关系上,达·芬奇主张文艺模仿自然或再现现实,由此提出了著名的"镜子说"。他说:"画家的心应该像一面镜子,永远把他所反映事物的色彩摄进来,前面摆着多少事物,就摄取多少形象。明知除非你有运用你的艺术对自然所造出的一切形状都能描绘(如果你不看它们,不把它们记在心里,你就办不到这一点)的那种全能,就不配作一个好画师……画家应该研究普遍的自然,就眼睛所看到的东西多加思索,要运用组成每一事物的类型的那些优美部分。用这种办法,他的心就会像一面镜子真实地反映面前的一切,就会变成好像是第二自然。"[①]这种镜子说容易给人一种机械论的感觉,但实际上镜子之喻在达·芬奇那里有着多重含义。

一是艺术要师法自然。镜子说的基本精神是肯定自然和客观现实是文艺最根本的源泉,主张师法自然,这同样也是文艺复兴时代艺术大师们的行动纲领。达·芬奇具有明显的泛神论倾向,所以他推崇自然,热爱自然,把自然事物看作

---

① 达·芬奇:《笔记》,伍蠡甫、胡经之《西方文艺理论名著选编》上卷,北京大学出版社 1985 年版,第 161 页。

是有生命和情感的东西。他说:"自然是一切可靠权威的最高向导"。而绘画与自然则是一种模仿的关系,"绘画是自然界一切可见事物的唯一的模仿者。……是自然的合法的女儿,因为它是从自然产生的。"①所以,在他看来鄙薄绘画的人也就鄙薄了自然。在哲学上,达·芬奇是一个经验论者,他认为"我们的一切知识来源于我们的感觉"。在考察古罗马以来绘画发展的历史时,他注意到如果画家取法自然,绘画就昌盛,不取法自然,绘画就衰微。因此他说:"画家如果拿旁人的作品做自己的标准或典范,他画出来的就没有什么价值;如果努力从自然事物学习,他就会得到很好的效果。"②从以上的论述来看,所谓师法自然,首先是指自然作为文艺的对象和源泉,其次则包含了对自然这个对象的反映和模仿,其中不乏要求忠实于自然、惟妙惟肖地再现自然的原貌的意思。

  那么,应该如何模仿自然呢?由于达·芬奇不仅是一个艺术家,而且是一个科学家,并且他正处在科学萌发的时代,所以他把绘画看成是一门科学。他说:"绘画是从哲学角度细致入微地审度海洋、陆地、树木、动物、花草等一切形式的本质,即审度被阴影和光明所笼罩的一切。实际上,绘画乃是科学和大自然的合法女儿。"③正是从科学的角度,达·芬奇要求画家以镜为师:"镜子为画家之师:若想考查你的写生画是否与实物相符,取一镜子将实物反映入内,再将此影像与你的图画相比较,仔细考虑一下两种表象的主题是否相符。"④将镜子拜为老师原因在于,"在许多场合下平面镜子上反映的图像和绘画极相似。"⑤他的理由是,两者都体现了以平面表现对象的原理,画在平坦表面上的东西可显出浮雕,镜子也一样使平面显出浮雕;绘画只有一个面,镜子也只有一个面;绘画无以付诸触觉,一个看上去圆形的、突出的物体,无法用触觉去加以体验,镜子也有类似的情况。因而镜子与绘画是以同样的方式表现被光与影包围的物体,两者似乎是都向平面内伸展出很远。虽然达·芬奇在这里要求的是使绘画像镜子中看见的自然物,仿佛是在强调绘画对自然物的模拟,但是如果我们从他把绘画看作一门科学的角度来看,他的所谓以镜为师,其实是在强调画家应具有透视学、光影学、色彩学的理论知识,并以此来指导实践,不断提高和丰富艺术表达的形式技巧。他明确地讲,实践必须永远建筑在坚实的理论之上。如此一来,所谓模仿便涉及创作主体的主观认识,因而所谓镜子与其说在物不如说是在心,是心灵之镜。其实他一开始就说过"画家的心应该像一面镜子"。这样,镜子说在模仿之

---

  ① 达·芬奇:《画论》,伍蠡甫、胡经之《西方文艺理论名著选编》上卷,北京大学出版社1985年版,第163页。
  ② 达·芬奇:《笔记》,伍蠡甫、胡经之《西方文艺理论名著选编》上卷,北京大学出版社1985年版,第161,162页。
  ③ 奥尼相尼科夫:《美学思想史》,吴安迪译,陕西人民出版社1986年版,第78页。
  ④⑤ 戴勉编译:《芬奇论绘画》,人民美术出版社1986年版,第51页。

外便有了创造的意思。

二是艺术要超越自然。立足于镜子说,达·芬奇明确提出艺术是第二自然的学说,并要求画家与自然竞赛,以胜过自然。艺术创作的能动性和创造性是镜子说的第二层意思。此义从以下几方面可以见出。

他认为作为与自然万物相对的艺术家,不是仆人而是主人,是它们的主宰与创造者。画家有能力创造使他迷恋的美人、骇人的怪物、滑稽可笑的东西、动人恻隐之心的事物。"事实上,由于本质、由于实在、由于想象力而存在于宇宙间的一切,画家都可先存之于心中,然后表之于手。"①为了使艺术家真正处在创造主体的地位,他要求画家不仅依靠感官去认识世界,而且要运用理性去揭示自然界的规律。"那些作画时单凭实践和肉眼的判断,而不运用理性的画家,就像一面镜子,只会抄袭摆在面前的一切东西。却对它们一无所知。"②所谓理性就是具备透视学、光影学、人体解剖学等方面知识的科学性,而"绘画的科学性也就是神性,它转化画家的心智,使之相似于那神圣的心智。它以自由的神力,观照各式各样的动物、植物、果实、风景、田野、山坡,考究它们各不相同的性质。"③因此,所画事物便会激起欣赏者相应的情感体验。

对艺术创作的过程和方法,达·芬奇要求在搜集占有大量材料的基础上,通过艺术家心灵的思索、比较,找出具有普遍性的某一类型的特征,并把这些特征集中起来,创造出更集中地反映自然普遍性的第二自然。他劝告画家要发挥观察力搜集各种材料:"每逢到田野里去,须用心去看各种事物";然后独身静处,思索所见的一切,并运用想象力从中提取精华,把组成每一事物的类型的那些优美部分捆绑在一起。这些见解已经初步具有典型创造的思想了。

在论及人物画时,达·芬奇认为不但要形似,而且更重要的是神似。他说:"绘画里最重要的问题,就是每一个人物的动作都应当表现他的精神状态……一个优秀的画家应描画两件主要的东西:人和他的思想意图。"④他认为表现人物的内心激情是最重要的,它决定着绘画的成功与否,因而它也就更加困难。但是,他对形神关系的理解却是辩证的,即精神状态、思想意图必须借形体动作来表现。

师法自然与超越自然,模仿与创造,感觉与理性,形与神,两者之间的辩证互动,足可见出达·芬奇"镜子说"的整体含义。

---

①② 达·芬奇:《画论》,伍蠡甫、胡经之《西方文艺理论名著选编》上卷,北京大学出版社1985年版,第164页。

③ 达·芬奇:《论绘画》,转引自蒋孔阳、朱立元《西方美学通史》第2卷,上海文艺出版社1999年版,第420页。

④ 戴勉编译:《芬奇论绘画》,人民美术出版社1986年版,第169页。

(二) 诗、画之比较

从古代到文艺复兴时代以前,绘画的地位一直比较低微。古希腊时代绘画和雕刻被认为是贵族所不屑为之的"技艺"。罗马人认为诗歌音乐等是"自由艺术",比绘画高级,绘画被认为是一种手艺劳动。中世纪的经院哲学将这种鄙视手工劳动的观点继承了下来,到了文艺复兴时代初期,这种传统的见解仍然根深蒂固。达·芬奇反对这种传统观念,竭力为绘画的地位和价值辩护。于是,他把绘画与诗、音乐、雕塑进行比较,鼎力论证绘画是一门科学,是最为完美的艺术形式。在西方美学史上开创了在各门具体艺术之间进行比较研究的先河。其中,诗与画之区别的系统分析显示了他对诗的特性的认识。

从性质所属来看,诗是伦理哲学,画是自然哲学。他的理由是,诗描写心灵的活动,再现人文事件;画则研究这心灵活动如何显现于形体及其活动,再现上帝的作品即自然。"如果诗包容伦理哲学,绘画则研究自然哲学。假使诗歌描写精神活动,绘画则研究反映在人体动态上的精神活动。倘若诗以地狱的虚构使人惊恐,画的描绘也不在其下。假使诗人和画家较量,描写美人、丑物或是狰狞可怖的妖怪,让画家按自己的方式工作,随心所欲地变化形象,画家一定会更使人满意。"①

从所使用的媒介材料来看,诗的手段是语言文字,画的手段是逼真的形象。"在表现言辞上,诗胜画;在表现事实上,画胜诗。事实与言辞之间的关系,和画与诗之间的关系相同。"②他这里所说的"事实"指的是绘画运用色彩、线条、形体、明暗所构成的形似于自然事物形象。绘画能包罗自然的一切形态,诗人却只有事物的名称,而名称不及形象具有普遍性,绘画比语言更真实更准确地将自然万象表现给我们的知觉。由言辞和事实的区别,造成了诗的形象的间接性及绘画形象的直接性特点。达·芬奇把此特点称之为"想象与实在之间的关系"、"影子和投射影子的物体之间的关系"。"诗用语言把事物陈列在想象之前,而绘画确实地把物象陈列在眼前,使眼睛把物象当成真实的物体接受下来。"③他认为想象的所见及不上眼睛所见的美妙。达·芬奇所指出的诗与画的媒介区别及其形象特点是非常准确的,但是由此断定绘画高于诗则不能使人同意。因为形象的间接性恰恰为欣赏接受提供了更为广阔的想象空间。

从所诉诸的感官来看,诗是听觉的艺术,画是视觉的艺术。他认为"画是哑巴诗,诗是盲人画。"④"如果诗人通过耳朵来服务于知解力,画家就是通过眼睛

---

① 戴勉编译:《芬奇论绘画》,人民美术出版社1986年版,第22页。
②③ 戴勉编译:《芬奇论绘画》,人民美术出版社1986年版,第20页。
④ 戴勉编译:《芬奇论绘画》,人民美术出版社1986年版,第23页。

来服务于知解力。"①在视听觉之间,他认为眼睛是更为高贵和重要的感官,"眼睛叫做心灵的窗子,它是知解力用来最完满最大量地欣赏自然的无限的作品的主要工具;耳朵处在其次,它就眼睛所见到的东西来听一遍,它的重要性也就在此。"②因此他断定绘画高于诗,他举例说画家和诗人表现同一激烈的战斗题材,两人的作品同时向观众展出时,绘画将能吸引更多的观众,引起更多的讨论,博得更高的赞赏,产生更大的快感。

从时空角度看,诗在时间中逐渐展开,画在空间中同时出现。他把这种区别称之为"被肢解的身躯与完整的身躯之间的区别"。诗篇的辞藻按先后次序排成一维的时间序列,因而它只能零零碎碎地告诉你,一次只让你窥见一眉半眼的脸庞,不能显出整体的美。而达·芬奇的美学信念是美感完全建立在各部分之间神圣的比例关系上,各特征必须同时作用,才能产生使观者如醉如痴的和谐比例。而绘画则是二维平面上的艺术,加上透视和明暗就可以描绘三度空间的形体美,而且各个部分在同一时间组合而成,使眼睛看到一幅和谐匀称的景象。

达·芬奇对诗画的比较,当然有他的偏激与狭隘之处,这与他本身是画家而非诗人以及急于提高绘画的社会地位有关。然而,他的角度选得准确,揭示了诗的特征;而且他的分析是系统而全面的。这种各类艺术的比较研究启发了后人,18世纪德国美学家莱辛的《拉奥孔》就有对他的观点的继承与发展。

三、卡斯特尔维屈罗的《〈诗学〉诠释》

卡斯特尔维屈罗(Ludovico Castelvetro,1505—1571)是意大利文艺复兴时期著名的文艺理论家、研究亚里士多德的权威。他出身于莫登纳的一个贵族家庭。早年在博洛尼亚、帕多瓦、锡耶那大学学习法律。1529年在摩纳德大学讲授法学。1555年因异端罪遭教会迫害,长期流亡国外。他写过许多著作,但多已失传。卡斯特尔维屈罗的文艺见解,主要见之于他用意大利语翻译的亚里士多德的《诗学》中附有的《提要》和《注疏》(又称《亚里士多德〈诗学〉诠释》)。在这篇论文中,他主要是依据古希腊、罗马的文艺思想和创作经验来诠释亚里士多德的文艺思想,但在诠释的过程中能独立思考,对亚里士多德的理论进行了大量的个人发挥,提出了一些新的理论见解。

(一)诗的目的与功用

对于诗的目的和功用,当时的大多数人都受亚里士多德的"净化说"和贺

---

① 达·芬奇:《笔记》,伍蠡甫、胡经之《西方文艺理论名著选编》上卷,北京大学出版社1985年版,第160页。

② 达·芬奇:《笔记》,参见伍蠡甫、胡经之《西方文艺理论名著选编》上卷,北京大学出版社1985年版,第160页。

拉斯"寓教于乐"说的影响,强调文艺的功利目的和教育作用。而卡斯特尔维屈罗却独树一帜,舍"教"而取"乐",提出诗的目的在于娱乐听众,特别是没有文化的平民大众。他说:"诗人的功能在于对人们从命运得来的遭遇,作出逼真的描绘,并且通过这种逼真的描绘,使读者得到娱乐。至于自然的或偶然的事物之中所隐藏的真理,诗人应该留给哲学家去发现;哲学家和科学家自有一种给人娱乐或教益的方法,这和诗人所用的是迥不相同的。"①他在这里区分了诗与哲学、科学所具有的不同功能,哲学和科学的目的在给人以真理,诗的目的只在给人以娱乐。针对亚里士多德的悲剧净化说,他反问说"为什么不能丝毫不顾教益而主要地要求娱乐呢?"他认为诗人有两种选择,一是根本不应顾到教益,二是倘若做不到第一点,"至少也应该对教益顾到很少,以免要排斥凡是不会产生教益的其他类型悲剧,同时也应该把教益限于一种,即造成恐怖和哀怜的净化"②。

尤其值得注意的是,他把诗的娱乐的对象定位在没有受过多少教育的平民大众身上,强调"这娱乐和消遣的对象我说是一般没有文化教养的人民大众,他们并不懂得哲学家们在研究事物真相时,或职业专家们在工作时,所用的那种很远的、微妙的推理、分析和论证。向人说话时让他感到生气和感到不快,这是不相宜的,说话叫人无法听懂,这就自然要使人生气"③。由此足可见出卡斯特尔维屈罗美学观中的平民意识。从诗的唯一目的在于娱乐平民大众这一规定出发,他认为科学和艺术的题材不能作为诗的题材,诗的题材只应是一般人民大众所能懂而且懂了就感到快乐的事物。他对诗的题材的要求是要有新奇性。但是,在这里我们注意到,他所要求的新奇性有两方面的含义。一是事物本身的奇异,所谓"奇异之物";一是诗人创造的奇异,所谓"独出心裁"。正是在后一方面的意义上,卡斯特尔维屈罗强调艺术技巧、天才以及艺术劳动的重要性,以至于当代的一些理论家把他的这种观点与20世纪俄国形式主义的"陌生化"理论联系起来加以考察。

卡斯特尔维屈罗规定诗之目的为娱乐,且将民众视为娱乐对象,这不仅超越了贺拉斯"寓教于乐",也超越了亚里士多德的"净化说",显示了他反抗传统的激进姿态,正如吉尔伯特和库恩曾经评价的:"他这种主张,反映了他整个诗歌理论中的异端倾向,是我们所看到的当时最激进的诗歌理论。"④

---

①③ 卡斯特尔维屈罗:《亚里士多德〈诗学〉诠释》,伍蠡甫、胡经之《西方文艺理论名著选编》上卷,北京大学出版社1985年版,第168页。

② 卡斯特尔维屈罗:《亚里士多德〈诗学〉诠释》,伍蠡甫、胡经之《西方文艺理论名著选编》上卷,北京大学出版社1985年版,第169页。

④ 吉尔伯特、库恩:《美学史》上卷,夏乾丰译,上海译文出版社1989年版,第257页。

（二）诗的本质特征

卡斯特尔维屈罗认为诗是一种想象和虚构的创造，他说："'诗人'这个名词的本义是'创造者'，如果他希望担当这个称号的真正意义，他就应当创造一切，因为普通材料使他易于创造，他有可能做到。"① 诗人"具有超过凡人的神明的气质"。卡斯特尔维屈罗是从两个角度论证诗的创造特征的。就题材说，认为历史叙述的是曾经发生过的事，历史学家不能创造他的题材，而诗的题材是关于本来不曾发生过的事物，它由诗人凭他的才能去找到或是想象出来的，因而在愉快和真实方面并不比历史逊色。就这一点来说，它是对亚里士多德《诗学》中史与诗区别观点的继承，但是又有所发挥，即强调了诗的创造性。就语言或表现方面来说，认为历史学家的语言是一种推理的语言，而诗的语言是由诗人运用他的才能按照诗的格律创造出来的韵文。在题材和语言两者之间，卡斯特尔维屈罗更看重题材对于诗之所以成为诗的重要性。他说："如果诗人把别人所找到的并且写过的题材，可以说已经写入历史的题材，从科学或艺术那里借来，只在上面披上诗的辞藻，他就没有理由可以自夸为诗人了。"② 由此来看，他对诗的题材的规定有两个基本点：一是它是想象出来的，具有主观的规定，以此区别于具有客观规定的实际发生事件；二是这种想象的事件是诗人特有的才能使然，因而具有诗意的规定。正是这两重规定决定着诗之为诗，所以在他看来"像恩培多克勒、卢克莱修……之类韵文家，并不能站在诗人的行列里"③。因为他们是一些用诗的体裁写科学、哲学论文的古典作家，只是尽了一个好哲学家和好科学家的功能，并没有尽一个好诗人的功能。

卡斯特尔维屈罗强调诗的想象创造，但他同样要求其现实基础与合理性。他说，不能认为诗人"可以凭空捏造一些子虚乌有的城市、河流、山脉、国家、习俗、法律，并改变自然事物程序，在夏天下雪，在冬天收获，以及其他，等等"④。由此又可见卡斯特尔维屈罗诗学思想的辩证性。

（三）"三一律"的初步主张

卡斯特尔维屈罗并未明确提出"三一律"，但是他在对悲剧和史诗作比较研究时，透露出"三一律"的端倪。他的主张在亚里士多德和法国新古典主义之间起了桥梁的作用。

卡斯特尔维屈罗认为，悲剧和史诗在模仿方式和表现能力上有很大的不同，史诗可以在较短的时间里叙述漫长的事件，亦可在很长的一段时间里叙述转瞬即逝的事件，在表现方面较少受到限制。而悲剧必须考虑到实际的舞台演出和

---

① ④ 《古典文艺理论译丛》编写组：《古典文艺理论译丛》第6辑，人民文学出版社1963年版，第9页。
② ③ 卡斯特尔维屈罗：《亚里士多德〈诗学〉诠释》，伍蠡甫、胡经之《西方文艺理论名著选编》上卷，北京大学出版社1985年版，第168页。

观众,因而在时间和地点方面受局限较多。基于这种认识,他在事件、时间、地点三方面对悲剧提出了一些要求。事件"是在一个极其有限的地点和极其有限的时间范围之内发生的,就是说,这个地点和时间就是这个事件的演员们所占用的表演的地点和时间;它不可能在别的地点和别的时间之内发生"①。"事件的时间不应超过十二小时"②。表演的时间"和所表演的事件的时间,必须严格地相一致"③。不可能让观众相信过了许多昼夜,因为他们自己明明知道实际上只过了几个小时。事件的地点"必须不变,不但只限于一个城市或者一所房屋,而且必须真正限于一个单一的地点,并以一个人就能看见的为范围"④。他之所以对悲剧作出如上规定,是因为在他看来,在一个极其有限的时间和极其有限的地点之内完成的主人公的巨大幸运转变,比起在一个较长时间而范围较大的地点内完成的幸运转变来,要奇妙得多。应该说,他的这种看法,是符合戏剧艺术集中性、舞台性、直观性的特征的,有利于发挥戏剧之所长。

从这种主张的影响来看,它促使17世纪法国新古典主义把"三一律"确立为一种必须遵循的艺术法则。从其继承来看,他受亚里士多德《诗学》的影响,而又作了未必符合亚氏原意的新阐释。亚里士多德确实说过:"悲剧力图以太阳的一周为限"。悲剧应"环绕着一个整一的行动,有头、有身、有尾。"⑤但亚里士多德在这里并未对事件作时间和地点的规定,而"以太阳一周为限"更多的是指表演的时间,而不是指"事件的时间不超过十二小时"。

(四) 悲剧净化说新解

亚里士多德《诗学》对悲剧的定义,先是从事件、语言、模仿方式等方面入手,然后谈到悲剧的效果是:"引起怜悯与恐惧来使这种情感得到净化。"⑥"净化"在古希腊文中有医疗上的"宣泄"和宗教上的"涤罪"等含义,赫西俄德和毕达格拉斯都曾借用这个词谈到过艺术的净化作用,亚里士多德进一步把"净化"上升为一个重要的美学范畴。尽管亚里士多德并没有对其具体含义进行规定,但他的基本思想主要是指艺术经由审美欣赏给人一种"无害的快感",从而达到伦理教育的目的。

卡斯特尔维屈罗以他的娱乐说为理论根据,重新解释了悲剧净化说。他去掉了其伦理教育之义,而只强调其快感含义。按照他的理解,亚里士多德认为"快感是悲剧的唯一目的"。他说:"有人认为诗歌被创作下来,主要是为了教益,或者为了教益也为快感,这些人应当考虑到自己的意见和亚里士多德的权威

---

① ② ③ ④ 卡斯特尔维屈罗:《亚里士多德〈诗学〉诠释》,伍蠡甫、胡经之《西方文艺理论名著选编》上卷,北京大学出版社1985年版,第169~170页。
⑤ 伍蠡甫:《西方文论选》上卷,上海译文出版社1979年版,第56~57页。
⑥ 亚里士多德:《诗学》,罗念生译,商务印书馆1996年版,第63页。

是相冲突的。"①他对悲剧快感来源的解释虽完全同于亚里士多德,即来自一个由于过失、不善亦不恶的人由顺境转入逆境所引起的恐怖和怜悯,但他对"快感"的性质进行了新的阐释,即认为这是一种间接的快感,是类于治病先吃很苦的药然后得到健康所产生的快感。所以,他又把这种快感称为"实用","因为这是靠很苦的药剂得到的心情的健康"。由此看来,他虽仍将悲剧净化解释为快感,但一方面剔除了为教益的功利性,另一方面又把快感落实到实用因而又与为艺术而艺术论者划清了界限。

总的说来,卡斯特尔维屈罗借助对《诗学》的诠释所强调的文艺的创造性、想象性、娱乐性等,不仅更为正确地揭示了文学艺术活动的特征,同时也进一步批判、否定了压抑人性的基督教神学,传播弘扬了进步的人文主义精神。

第二节 新古典主义文艺理论

新古典主义是与古罗马的"古典主义"比较而言的。所谓"古典主义"是指对古代文学作品和文论的学习和发扬。自古罗马时代的贺拉斯和朗吉弩斯等人提出向古希腊借鉴的原则之后,后世文学史家就用"古典主义"来表达这一思想了。在17世纪,继文艺复兴运动之后,为了进一步反叛封建神学,强化理性,一些法国、英国的学者主张,文艺创作要以古希腊古罗马的作品为典范,文艺批评要以古希腊古罗马的文艺思想为理论根据,这就是"新古典主义"文艺思潮的由来。17世纪的法国,封建贵族和新兴资产阶级在中央集权的基础上相互妥协,笛卡儿的唯理主义哲学盛行,在这种政治背景和哲学基础上,新古典主义作为艺术流派很快形成,其重要的理论法典是布瓦洛的《诗的艺术》。英国新古典主义是在法国新古典主义的影响下形成的,其成就仅次于法国,兴盛于封建王朝的复辟时期。系统阐明英国新古典主义文论的是桂冠诗人、剧作家、批评家屈莱顿。英国的新古典主义在18世纪初仍盛行,其主要代表人物是蒲柏,他的《论批评》是英国新古典主义文论的代表作之一。新古典主义的基本特点是崇尚理性,模仿自然,尊重古典。本节重点介绍布瓦洛和蒲柏的新古典主义文论观。

一、布瓦洛的《诗的艺术》

尼古拉·布瓦洛·得卜勒奥(Nicolas Boileau-Despreaux,1636—1711),法

---

① 《古典文艺理论译丛》编写组:《古典文艺理论译丛》第6辑,人民文学出版社1963年版,第24页。

国文艺理论家、美学家和诗人,新古典主义理论的立法者和代言人。生于巴黎高等法院的一个书记官家庭,学过神学和法律,后致力于文艺创作。曾任王室史官,当选过法兰西学院院士。著有《讽刺诗集》《约贡德辩论》《诗简》等诗作,另有《诗的艺术》《朗吉弩斯〈论崇高〉读后感》《1770年给贝洛勒的信》等文艺理论著作。在《诗的艺术》中,布瓦洛以笛卡儿的哲学为理论基础,继承亚里士多德、朗吉弩斯,尤其是贺拉斯的文艺理论,总结了高乃依、拉辛、莫里哀等法国新古典主义作家的创作实践,集中、系统地阐述了新古典主义的理论原则和理想。布瓦洛在《诗的艺术》中提出的古典主义文论观,主要有以下几点。

(一)文艺创作的最高法则——崇尚理性

崇尚理性是布瓦洛古典主义文论的核心,也是贯穿《诗的艺术》的最高法则。"理性"也译为"义理"。17世纪欧洲所推崇的理性,既具有服从国家民族利益、服从君主专制的特定政治内容,又指个人不为情感欲望所惑,用自己心灵深处的理性(良知)来正确判断是非真伪的思想方式,如笛卡儿所言"善于判断和辨别真伪的能力——这其实就是人们所说的良知或理性——在一切人之中生来就是平等的"①。与中世纪宗教蒙昧主义相比,理性更注重人的自我意志和主体精神,从而否定神性;对文艺复兴以来所张扬的人文主义而言,理性又注重对自我感情欲望的约束,从而反拨个性的极端自由。布瓦洛认为理性是普遍人性的重要组成部分,因而在《诗的艺术》中,开宗明义,即强调:"首须爱义理;愿你的文章永远只凭着义理获得价值和光芒。"②

在艺术创作中,天才与技巧、形式与内容、情感与理智等诸要素相互依存又相互矛盾,如何凭理性使文章"获得价值和光芒"？在布瓦洛看来,一切因素都应遵循由理性规定的内在秩序。它表现为:第一,技巧服从于天才。"一个莽撞的作者休妄想登峰造极:如果他感觉不到吟咏的神秘异秉,如果星宿不使他生下来就是诗人,则永远锢闭在他那褊小的才具里"③。"纵然你激于冒进的热情,向往着文艺生涯","也该怕学诗不成,到头落得空欢喜"④。这也就是说,诗人是天生的,不可强求。不仅如此,他还认为,天赋有别,各有所长,"大自然钟灵毓秀,盛产着卓越诗人,它会把各种才华分配给每人一份"。如有人擅写爱情,有人长于讥讽,而正是才能决定技巧,所以诗人千万不要"错认了自家才调,失掉了自知之明"⑤。第二,音韵服从于义理。布瓦洛认为,尽管"情理和音韵永远地互相配合",但"音韵不过是奴隶,其职责只是服从","在义理的控制下韵不难

---

① 转引自朱光潜:《西方美学史》上卷,人民文学出版社1979年版,第183页。
② 布瓦洛:《诗的艺术》,任典译,人民文学出版社1959年版,第4页。
③ 布瓦洛:《诗的艺术》,任典译,人民文学出版社1959年版,第1页。
④⑤ 布瓦洛:《诗的艺术》,任典译,人民文学出版社1959年版,第2页。

低头听命,韵不能束缚义理,义理得韵而愈明。但是你忽于义理,韵就会不尽如人意;你越想以理就韵就越会以韵害义"。① 第三,情感服从于理智。布瓦洛指出,艺术创作虽然离不开感情,但在创作过程中,诗人要用理智驾驭情感,而不能任情感奔涌,随意想象。他告诫说,"你尽管欢笑,却不能得意忘形,切莫把上帝拿来荒谬地作为笑柄"②;要"专以情理娱人,永远不稍涉荒诞"③。第四,文辞服从于文思。在布瓦洛看来,在诗的创作中,思想的明晰性应是第一位的,语言的音乐性和优美是第二位的。如果文思模糊,构思不清楚,"语言的法程"自然也就混乱,作品也就背离了理性原则。总之,布瓦洛主张,艺术内部诸要素都有固定的主从关系,只有在理性的统摄之下,才能彼此和谐,构成统一的有机整体。布瓦洛从理性原则出发,重视事物之间的内在联系是合理的,但主张用抽象的原则来代替具体事物的表现,又必然会导致古典主义艺术创作概念化、公式化之类的不良倾向。

(二) 实现理性法则的基本途径——模仿自然

布瓦洛认为一切美的艺术作品都必须合乎理性,合乎理性所认知的真理。只有拥有理性,艺术才能获得"价值和光芒",即艺术的美。理性是绝对、普遍、永恒的,因而美也是绝对、普遍、永恒的。凡真理也都带有普遍性和永恒性,所以理性、美、真是同一的,即"只有真才美,只有真才可爱"④。那么什么是真?布瓦洛的回答是:"自然就是真实,凡人都可体验;在一切中人们喜爱的只有自然。"⑤因而,要求真、求美、实现理性原则,"常只有一条正路"⑥,这就是模仿自然,"永远也不能和自然寸步相离"⑦。

新古典主义的"自然",不是自然界和自然风光,甚至不包括现实感性世界,是人在现实生活中体现出来的常理常情,特别是永恒的人性,布瓦洛所强调的正是"你们唯一钻研的就该是自然人性"⑧。布瓦洛把自然人性作为艺术唯一的研究对象,是有重要意义的,因为艺术家只有通过揭示人性的奥秘,才能透视大千世界。

布瓦洛所说的模仿自然,主要包含以下几个方面的内容。

第一,凭理性来刻画自然人性,表现常情常理。布瓦洛认为,尽管"人性本

---

① 布瓦洛:《诗的艺术》,任典译,人民文学出版社1959年版,第3页。
② 布瓦洛:《诗的艺术》,任典译,人民文学出版社1959年版,第28页。
③⑦ 布瓦洛:《诗的艺术》,任典译,人民文学出版社1959年版,第57页。
④⑤ 布瓦洛:《诗简》第九章,转引自朱光潜《西方美学史》上卷,人民文学出版社1979年版,第187页。
⑥ 布瓦洛:《诗的艺术》,任典译,人民文学出版社1959年版,第4页。
⑧ 布瓦洛:《诗的艺术》,任典译,人民文学出版社1959年版,第54页。

陆离光怪,表现为各种容颜,它在每个灵魂里都有不同的特点"①,但每个人先天地都被赋予了一种一般的、永恒的、普遍的人性,这种人性无古今之分、地域之别,艺术就是要凸显人身上的这种共同的性质。与之相关,艺术家要有洞察"人情衷曲"的能力,要在风流、吝啬、老实、荒唐等人生表象中挖掘出经过理性净化的人的自然本性;艺术当然要多方位地具体描写多样的个性,以便将自然人性描绘得更真、更美,但更为重要的是要揭示共通的永恒人性,要用共性统率个性,用整体统率个别。否则,就不是自然。

第二,艺术要表现理想化的现实。布瓦洛认为,作品应该首先"像真情","切莫演出一件事使观众难以置信,有时候真实的事很可能不像真情。我绝对不能欣赏一个背理的神奇,感动人的绝不是人所不信的东西"②。作品必须真实,但这种真实绝非现实生活原封不动的照搬,和"真实的事"不能画等号,现实发生的事是个别的、偶然的,"神奇"却可能"背理",可能不可信,它就不能说是真实的。艺术的真是普遍的、永恒的,因而虚构但"像真情",就比现实更真实。其次,要把现实观念化。既然艺术真实高于生活真实,艺术就应该按照"像真情"来虚构,"所有这全盘虚构既华贵而又高妙,都是诗人的雅兴焕发为千般创造,他装饰、美化、提高、放大着一切事物,发现处处是鲜花,采起来得心应手"③。可见,布瓦洛所主张的将现实加以概念化,根本目的仍在于自然,在他看来,对于生活不加提炼概括的直观叙述,就是不自然。再次,艺术可以把现实化丑为美。他指出:"绝对没有一条蛇或一个狰狞怪物经模拟出来而不能供人悦目:一支精细的画笔引人入胜的妙技能将最惨的对象变成有趣的东西。"④这种观点,显然也不同于简单的模仿说。

第三,模仿自然,主要是认识都市、研究宫廷。布瓦洛主张艺术的理想化要以现实生活为依据,要观察现实,但却反对在艺术上表现"市井"和"村俗",而要求艺术家要"好好地认识都市,好好地研究宫廷"⑤,认为二者都是同样地经常充满着模型。布瓦洛的现实观与时代密切相关,在他看来,认识都市,熟悉都市的世态人情,就是了解资产阶级,就可以把他们作为喜剧的讽刺对象;研究宫廷,就可以揣摩贵族的审美趣味,把他们作为悲剧英雄予以歌颂。这类见解,也将艺术和现实的关系推进了一步。

---

① 布瓦洛:《诗的艺术》,任典译,人民文学出版社1959年版,第54页。
② 布瓦洛:《诗的艺术》,任典译,人民文学出版社1959年版,第33页。
③ 布瓦洛:《诗的艺术》,任典译,人民文学出版社1959年版,第42页。
④ 布瓦洛:《诗的艺术》,任典译,人民文学出版社1959年版,第30页。
⑤ 布瓦洛:《诗的艺术》,任典译,人民文学出版社1959年版,第55页。

(三)古典主义的创作模式——皈依古典

在布瓦洛心目中,古希腊罗马艺术是模仿自然人性最为成功的典范,他称颂荷马"令人倾倒是从大自然学来……他的书是众妙之门,并且取之不尽"①;认为模仿古希腊罗马就是模仿自然,希望诗人"紧紧追随陶克利特、维吉尔……应该爱不释手,日夜加以揣摩"②。在理论方面,主张要钻研古希腊罗马的理论名著,尤其亚里士多德的《诗学》和贺拉斯的《诗艺》,他本人的许多文艺观点便是对两位先辈观点的复述。布瓦洛正是在研究古希腊罗马的艺术实践和文艺理论的基础上,总结出一系列的创作规范和艺术表现原则。

一是人物定性化、类型化。布瓦洛坚信文艺具有永恒普遍的绝对标准,古希腊罗马文学塑造的人物多为类型化人物,他深受影响,以致将其作为范式普遍化、恒定化予以推崇。主张"写阿伽曼侬就该写他骄蹇而自私;写伊尼就该写他对天神敬畏之情。凡是写古代英雄都该保存其本性"③。创造新的人物"要处处符合他自己,从开始直到终场表现得始终如一"④,性格要与其年龄及身份相合,如"青年人经常总是浮动中见其躁急……中年人比较成熟,精神就比较平稳……老年人经常抑郁,不断地贪财牟利……你教演员们说话万不能随随便便,使青年像个老者,使老者像个青年"⑤。他告诫作者不要太风流自赏,不要将笔下的人物写得和自己一样,而必须依法则、按程式进行。布瓦洛虽也注意到不同国度、不同时期、不同习俗会影响人物性格的差异,但却忽略了即使同一时代、国度、气候、年龄条件下,人物的性格也会各个不同,因此,他所主张的类型化、定性化人物,必会缺乏性格本身的丰富性和发展变化性,使其很容易成为概念的传声筒。类型化人物当然有利于表达作者的理性主张,体现了古典主义者对人物性格的共性和普遍性的理性认识,也可以使人物某一属性鲜明突出,令人印象深刻,但类型化人物主张毕竟只是特定历史阶段的产物,不利于文学创作水平的提高,后来终为个性化典型理论所代替。

二是遵守"三一律"。"三一律"是指戏剧故事情节只有一个,矛盾冲突只能发生在一地,事件时间不能超过一昼夜,即二十四小时。亚里士多德在《诗学》中,对悲剧情节的完整性和演出时间等问题已有所提及,文艺复兴时期意大利文艺理论家卡斯特尔维屈罗曾加以发挥,指出行动、时间、地点一致的重要性。在《诗的艺术》中,布瓦洛则进一步将其确定为"三一律"法则,从而使之成为古典主义戏剧最为突出的标志。"三一律"可使戏剧结构严谨、冲突精练,既是对中

---

① 布瓦洛:《诗的艺术》,任典译,人民文学出版社1959年版,第50页。
②③ 布瓦洛:《诗的艺术》,任典译,人民文学出版社1959年版,第38页。
④ 布瓦洛:《诗的艺术》,任典译,人民文学出版社1959年版,第39页。
⑤ 布瓦洛:《诗的艺术》,任典译,人民文学出版社1959年版,第55页。

世纪漫无边际、情节庞杂的神秘主义戏剧的反拨,又推动了当时和后世戏剧的发展。但艺术是鲜活的,任何规范化绝对化,又都会造成对艺术创造的禁锢。"三一律"同样存在着如此的弊端,也终为后来的戏剧创作所突破。

三是重视形式技巧。布瓦洛在学习和模仿古希腊罗马艺术时,充分意识到了形式技巧的重要性,他不仅深入探讨了形式创造的规律性,同时还指出形式美对内容的产生具有积极作用。布瓦洛认为,从理性角度而言,作品内容是没有新旧之分的,艺术作品的新意主要在于好的表达方式,因此,他对体裁以及文章的开头、入题、布局、剪裁、结尾、如何修改等都进行了详细的讨论,作出了具体的规定。在形式技巧中,布瓦洛尤重语言,认为好的文学语言要"简洁"、"明晰"、"通顺"、"流畅"、"典雅"、"纯净",反对"浮词滥调"、"鄙俗卑污"、"骄矜虚饰"、"刺耳难听"、"迂滞难解"、"立异标奇";要表现真情实感,不能无病呻吟;要切合人物的性格、身份及在一定情境中的感情,不能随意而为。

(四)诗人的社会使命和人格修养——尊重道德

真、善、美相统一是古典主义艺术的最高理想,与之相关,布瓦洛强调诗人要负起社会使命,在作品中自觉弘扬道德,以发挥艺术作品的教育功能。历史上的许多著名作品,其价值正在于"载着古圣的心传","用诗来向人类心灵输灌"。"那许多至理名言能处处发人深省,都由于悦人之耳然后能深入人心"①。诗人要肩负起社会教育的使命,要通过作品对社会产生良好的道德影响,就必须加强自己的道德修养。因为"你的作品反映着你的品格和心灵,因此你只能示人以你的高贵小影"②。布瓦洛义正词严地抨击了那些攀附权贵、钻营取巧、在金钱上打滚、诌媚阿谀之徒。布瓦洛还劝告诗人不要"闭门隐遁",要结交朋友,接触生活,"善于处世,谈笑风生"。他说:"一个有德的作家,具有无邪的诗品,能使人耳怡目悦而绝不腐蚀人心;他的热情绝不会引起欲火的灾殃。因此你要爱道德,使灵魂得到修养。"③一个作家有德,才能创作出"无邪"的作品,而只有无邪的作品,才能带给读者审美的愉悦、健康的情趣。为此,布瓦洛在《诗的艺术》中号召艺术家要自尊自爱,从善如流,为光荣而努力。

布瓦洛提出的新古典主义文艺主张,由于对规则与典范的过分强调,早已为后世所诟病。17世纪末,法国就曾发生过以反对这些规范、教条为主要趋势的"古今之争"。但历史地看,其见解又是有合理性与积极意义的。不仅有澄清当时文坛的混乱之效,且在加强作家的人格修养,优化文艺作品的审美形式,提高文艺作品的创作质量等方面,至今看来,仍不无现实意义。

---

① 布瓦洛:《诗的艺术》,任典译,人民文学出版社1959年版,第68页。
② 布瓦洛:《诗的艺术》,任典译,人民文学出版社1959年版,第64页。
③ 布瓦洛:《诗的艺术》,任典译,人民文学出版社1959年版,第65页。

二、蒲柏的《论批评》

蒲柏(Alexander Pope,1688—1744),英国诗人,生于政治上受歧视的天主教家庭。12 岁患重病,从此健康受损,居家读书。16 岁开始写诗,23 岁发表成名作《论批评》(1711)。写有《夺发记》(1714)、《论人》(1733—1734)、《致阿勃斯诺特医生书》(1735)、《群愚史诗》(1743)等诗作,还翻译有荷马史诗。《论批评》中的主要论点来自于古罗马的贺拉斯和法国的布瓦洛,创新不多,但表达异常精辟机智,娓娓动听。全诗分为三部分,第一部分研讨了文学批评的重要性以及真正高明的批评家应如何培养;第二部分剖析了批评家存在的缺陷及其十个原因;第三部分论述了批评的正确原则,追溯了欧洲文学批评的历史。蒲柏的主要文论观点如下:

(一)追随自然,模仿古典,重视道德修养,建立新古典主义的批评法则

蒲柏在开篇即尖锐指出批评错误比写作拙劣更加贻害众人,批评品位像天才一样难得,批评家大多是无用的蠢材。他认为荷马、贺拉斯等古代先贤营造了批评的黄金时代,而如今艺术萎靡不振,主要原因在于批评家们的"自负"、"学识不足"、"嫉妒"、"心存偏见"、"立场多变"、"矫情立异"。因此,批评家的修身养性与艺术批评密切相关,批评家要具有"坦白"、"谦逊"、"诚实"的"良好的风度"。与之相关,蒲柏强调,要培养批评家健全的批评能力,"首先要追随自然,依自然作出你的判断,她是首始如一正确的规范:自然从无差错,永远灵光焕发,她是唯一、永恒、普遍的光辉,赐予万物力量、生命和美,她是艺术的源泉、目的和检验的标准"[①]。蒲柏特别指出,"自然"是指"规范化了的自然"[②],"荷马就是自然"[③],所以不仅要对自然进行筛选,而且还要对自然加以改善和提高。

(二)强调艺术创作和批评的错综复杂,使文论具有不确定性和多样性。

英国的古典主义不像法国那样整齐划一,呈现多种批评观点并存的态势。蒲柏善于同化综合,把某些外表相反或矛盾的观点加以调和、折中,并融入自己的感受和分析,如此一来,他的某些理论观点超越了他文学批评的既定框架,主要表现在:

一是"才情"和"判断力"的关系问题。"才情"在文中时常与创造力、想象力、才能等同义,它是诗人各种能力在创作活动中的作用,是"经过修饰而增色的自然"[④],是一种能够洞察和表现深远人生真理的一种创造力。同时代的批评

---

① 蒲柏:《论批评》,《柏拉图以来的批评理论》上册,北京大学出版社 2006 年版,第 298 页。
②③ 蒲柏:《论批评》,《柏拉图以来的批评理论》上册,北京大学出版社 2006 年版,第 299 页。
④ 蒲柏:《论批评》,《柏拉图以来的批评理论》上册,北京大学出版社 2006 年版,第 301 页。

家多主张"才情"必须由"判断力"加以控制。蒲柏却一再强调"才情"和"判断力"是同一才能的不同层面,无法截然分开,"就像妻子和丈夫",不是判断力或理智去控制"才情",二者共同构成诗的决定因素。在这里,他注意到了诗人的心理构成。

二是先天才能与后天努力的关系。新古典主义艺术家都承认天才,认为天才是绝对必要的,没有天资创作就难以企及巅峰。蒲柏同样如此,一方面说,诗人和批评家"都要分享上天赐予的灵光,生来就能批评和写作"①;同时又强调:"写作上真正的挥洒自由来自技巧而非出于偶然,正如那些练习跳舞的人动作最为灵便。"②在他看来,天才既是先天固有的,又是后天努力的结果。

三是艺术创作对种种法规的超越。新古典主义艺术创作和批评都要遵循种种法规,蒲柏却指出,艺术创作并不仅仅是理性的活动,作诗是不能通过传授来把握的,"某些美的事物绝非训诫所能断言,他们当中快乐和忧虑同在。诗与音乐彼此相似,无法形容的优美没有方法可以传授,唯有大师的妙手才能达其尽美"③。新古典主义文论家普遍认为灵感应该到自然与古典中找寻,蒲柏却说:"诗人获得灵感的捷径,就是大胆地偏离寻常的路途。大智者时常公然违反常规,即使有些瑕疵,真正的批评家也不敢贸然修正。以勇敢的无序超越庸俗的藩篱,攫取的优美属技巧所不及,无须判断,与心灵相接,瞬间臻达完美之境。"④

蒲柏在大胆与优雅之间、丰富与抑制之间总是谨慎地将彼此貌似矛盾的现象模棱两可或折中地显示出来。他说:"现代人,要切记!超越雷池就会违背你的目的,不到万不得已切莫为所欲为。"⑤"总体上就是既大胆又守规"⑥,"自然,如同自由,必须受到当初规定自身的那些法则的约束"⑦。他拒绝对艺术法规的单纯化和简单化,然而对立面的统一又潜藏着对新古典主义客观标准的破坏。所以有人评价说:"蒲柏仍是最重要的奥古斯都⑧作家,就因为他不纯粹是古典派。"⑨

新古典主义时期是继文艺复兴之后对古典文化的第二次复兴高潮,它关注的是被历史和新生活所忽略的秩序,秩序被当作是古典的真正价值所在。这个时代的旗帜是高扬理性,理性的外化便是秩序。新古典主义时期推崇的一些基

---

① 蒲柏:《论批评》,《柏拉图以来的批评理论》上册,北京大学出版社 2006 年版,第 298 页。
② 蒲柏:《论批评》,《柏拉图以来的批评理论》上册,北京大学出版社 2006 年版,第 302 页。
③④⑤⑦ 蒲柏:《论批评》,《柏拉图以来的批评理论》上册,北京大学出版社 2006 年版,第 299 页。
⑥ 蒲柏:《论批评》,《柏拉图以来的批评理论》上册,北京大学出版社 2006 年版,第 301 页。
⑧ 最初的奥古斯都时代指维吉尔、贺拉斯、奥维德所在的文学时代。当时的罗马皇帝是奥古斯都。18 世纪以来,这一名称也指英国大约 1700 年到 1745 年这段时期,这一时期的作家如蒲柏、斯威夫特、艾迪生等都十分推崇罗马奥古斯都时代的作家并刻意模仿他们。
⑨ 多米尼克·塞克里坦:《古典主义》,艾晓明译,昆仑出版社 1989 年版,第 77 页。

本原则,如和谐、明晰、严谨、庄重,强调形式规范,都是对古希腊罗马文化的一种理想化阐释和发挥。复古、崇古不是机械重复历史,每一个时代的人都是从自身需求、社会心态和审美观念的新动向出发来重新理解历史和阐释古典文化的,并从中发现前人未曾发现的东西,每一时代的文学理论就是在这种对"古典"一次又一次地突破和修正之中不断得到刷新和重建的。然而,新古典主义将古希腊罗马文学典范化、凝固化,把古代文学遗产的"流"当成文艺创作的"源",甚至错误地认为只要机械模仿古代作家就可以创造出不朽的作品。这种形而上学的模仿和盲从显然与艺术的发展、创新是背道而驰的。

第三节 启蒙运动文艺理论

发生在18世纪的欧洲启蒙运动,是一场巨大的思想解放运动。它既是文艺复兴运动的继续,也是后来法国资产阶级革命的思想准备。"启蒙"在英语、法语和德语等西方语言中,其含义都与"光明"和"照亮"有关。西方的历史学家往往把欧洲启蒙运动称为"光明观念"运动,意思是用理性的光明照亮人们思想的愚昧,驱散封建的陈腐观念,在人间建立一个"理性王国"。究竟如何来照亮人们被遮蔽的心灵呢?启蒙主义者相信知识可以使人增强理性,因此,启蒙主义者投入了大量的精力来编撰《百科全书》。他们试图借普及知识来打开人们的眼界,照亮人们的头脑。认为人们有了一定的知识,就有可能对事物有一种清醒的认识。人们有了理性的认识,社会就会一天天地趋于完善。就是在这个意义上,法国人把以达朗贝尔、霍尔巴赫和狄德罗等启蒙运动的倡导者群体叫做"百科全书派"。

由于启蒙主义运动是一场社会思想文化思潮,启蒙主义者便特别重视从人的心灵入手,来启发人的理性。他们深知文艺与人的精神世界的关系,相信文艺是推进启蒙运动的良好途径,于是,他们提出了许多有价值的文艺思想。这些文艺思想成了他们启蒙思想的重要组成部分。欧洲启蒙运动的发生和发展,是与各国的资本主义文明的程度相关联的。启蒙运动发轫于荷兰,在法国被推向高潮。由于17世纪航海业的发展,给荷兰带来了发展的好机会,使它成为当时欧洲经济发达的国家之一。荷兰的哲学家们在资本主义文明的激励下,写出了许多体现着启蒙主义思想的著作。在这些著作中,他们提倡泛神论,反对束缚人的思想的教会神学;提倡科学,高扬理性主义批判精神。这些主张为启蒙主义运动在欧洲的展开奠定了重要的思想准备。启蒙运动在英国的展开形成了一个唯物主义的哲学思潮,这一思潮直接推动了后来英国的产业革命。法国的启蒙运动是在英国的影响下产生的,法国的启蒙运动又传入德国,在德国形成了欧洲思想史上著名的"狂飙突进"运动,进而扩展为遍及全欧洲的思想文化运动。

欧洲启蒙运动中出现了众多的思想家,这些思想家也写出了许多著作,但考虑本教材的独特性,我们重点选择了法国的狄德罗和他的《论戏剧诗》、德国的莱辛和他的《拉奥孔》、意大利的维柯和他的《新科学》来加以讨论。

一、狄德罗的《论戏剧诗》

狄德罗(D. Diderot,1713—1784)是欧洲启蒙运动的重要代表。出身于法国朗格尔一个富裕的手工业者家庭。虽然他的父亲希望他能在神学和法律方面有成就,但他对文学和哲学表现出了更多的兴趣,于1732年获巴黎大学文科硕士学位。他精通希腊文、意大利文和英文,学习了当时的各种知识,后来被称为继亚里士多德之后一位学识更加渊博的学者。1746年发表第一部哲学著作《哲学沉思录》,尔后又发表《谈盲人的信》、《对自然的解释》、《关于物质和运动的哲学原理》等著述,明确表达了他怀疑上帝、指责上帝的立场和唯物论的思想。他发表的《论戏剧诗》、《绘画论》、《论天才》等,集中阐述了他关于艺术的看法。狄德罗不仅是一位思想家,而且也是一位出色的文学家,曾发表过《私生子》、《一家之主》、《拉摩的侄儿》、《修女》、《宿命论者雅克》等剧本和小说。狄德罗在1758年发表的《论戏剧诗》,又译《论戏剧艺术》,是他的剧本《一家之主》的附录。这部论著包含着他对戏剧艺术的主要看法。

对"严肃剧"的倡导,是狄德罗在戏剧理论方面的重要贡献之一。作为启蒙主义思想家的狄德罗,在戏剧方面,试图用符合资产阶级理想的市民剧来代替17世纪主要为宫廷服务的新古典主义戏剧。他"一方面肯定了高乃依和拉辛的卓越成就,另一方面也反对古典戏剧的矫揉造作和清规戒律"①。出于这种基本的认识,狄德罗的心目中产生了一种新的戏剧,这种新的戏剧应具备两个特点:一是要选择那些与社会人生关系密切的题材,从而实现戏剧的道德效果,通过戏剧的表演,使"坏人会对自己可能犯过的恶行感到不安,会对自己曾给别人造成痛苦产生同情,会对一个正是具有他那种品性的人表示气愤"②。二是为了实现道德效果,戏剧必须要打动观众的情感,为此戏剧就要创造逼真可信的想象中的情境,让观众产生身临其境之感。

狄德罗带着这样一种戏剧理想,来面对现实的时候,发现法国当时的戏剧不够自然、不够热情,不能给人一种可信的逼真感,因而也无法实现戏剧的社会效果。于是,狄德罗在英国感伤剧中获得了灵感和启发,构想出了一种被他称为"严肃剧"的剧种。所谓"严肃剧",就是介于悲剧和喜剧之间的剧种,类似于我

---

① 朱光潜:《朱光潜美学文集》第4卷,上海文艺出版社1984年版,第275页。
② 狄德罗:《狄德罗美学论文选》,人民文学出版社1984年版,第137页。

们现在所说的"正剧"。它以描写市民生活为主,又称"市民剧"。按照狄德罗的理解,"严肃剧"里面并没有使人发笑的字眼,因而不属于喜剧;也无恐怖、怜悯或其他强烈的情感,因而又不属于悲剧。令人感兴趣的是"任何戏剧作品,只要题材重要,诗人格调严肃认真,剧情发展复杂曲折,那么即使没有使人发噱的笑料和令人战栗的危险,也一定有引起兴趣的东西"。"由于这些行动是生活中最普遍的行动,以这些行动为对象的剧种应该是最有益、最具普遍性的剧种。"①那么,这种所谓的"最有益、最具普遍性的剧种"应该有哪些具体的特征性表现呢?

(一)要拥抱现实

作为启蒙主义者的狄德罗,他提出的"严肃剧"是要着重表现社会的实情。他把艺术的真实视为最高原则之一,如他说:"任何东西都敌不过真实。"②狄德罗所谓的真实,经常与自然相提并论,他相信"如果一旦你们的戏剧中最细小的情景都是自然和真实的,那么你们不久就会觉得一切和自然与真实相悖的东西都是可笑和可厌的"③。他所说的"自然",既指现实存在,又指与矫揉造作相反的本来样子,是"未经雕琢的自然"。可见他所谓的自然,是他心中的真实所具有的属性。他要表达的,即自然才让人感到真实,真实必须自然。因而他说:"一个民族愈文明,愈彬彬有礼,他们的风尚就愈缺乏诗意。""自然在什么时候为艺术提供范本呢?是在这样一些情景发生的时候:当儿女们在垂死的父亲床边扯发哀号;当母亲敞开胸怀,指着哺育过他的双乳恳求她的儿子;当一个人剪下自己的头发,把它撒在他朋友的尸体上;当他托着朋友尸体的头部,把尸体扛到柴堆上,然后搜集骨灰装进瓦罐,每逢祭日用自己的眼泪去浇奠;当披头散发的寡妇,因死神夺去她们的丈夫,用指甲抓破自己的脸;当人民领袖在群众遭遇到灾难时伏地叩首,痛苦地解开衣襟以手捶胸"④,等等。狄德罗举出了许多此种情景,来说明他心目中的自然和真实。我们从他所列举的事例中可以看到,他所谓的自然就是文化成规或世俗眼光中的粗野、随便和不加掩饰。事实上,狄德罗自己也承认"诗需要的是巨大的、野蛮的、粗犷的气魄"⑤。

然而,我们应该注意到,狄德罗在谈论真实的时候,把"文明"和"彬彬有礼"视为"自然"(真实)的敌手,很明显这并不是一种公允的判断。狄德罗之所以这样看问题,正是他批判精神的一种体现。面对法国古典主义文艺思潮的保守状况,出于资产阶级的启蒙主义立场,他要求戏剧远离国王、英雄和贵族,努力去表

---

① 狄德罗:《狄德罗美学论文选》,人民文学出版社1984年版,第90页。
② 狄德罗:《狄德罗美学论文选》,人民文学出版社1984年版,第131页。
③ 狄德罗:《狄德罗美学论文选》,人民文学出版社1984年版,第209页。
④ 狄德罗:《狄德罗美学论文选》,人民文学出版社1984年版,第205~206页。
⑤ 狄德罗:《狄德罗美学论文选》,人民文学出版社1984年版,第206页。

现普通市民,远离宫廷生活,努力去表现市民的家庭生活。这正是他要求戏剧接近现实,拥抱现实的艺术原则的集中体现,说明他的艺术真实观本身就包含着表现市民、表现市民平凡人生的现实主义理想。从上述情况看,他关于真实和自然的看法背后,包含着强烈的意识形态性质和鲜明的情感态度。

(二) 要有戏剧情境

狄德罗所说的情境,即指人物性格所处的境遇和生存的环境。狄德罗虽然也认为戏剧要刻画人物性格,但他同时坚信,人物性格要在与情境之间的关系中,要在情境中来加以刻画,用他的话说,"人物性格要根据情境来决定"①。可见,他把戏剧的情境看做是比人物性格更为重要的因素。狄德罗看重戏剧中的情境,怀疑以往一些戏剧用人物性格的对比来刻画人物性格的作法。他认为"性格和情境间的对比,利害和利害间的对比,却是随时都存在的"②,对比的手法更适合于性格与情境之间的关系。在另外的场合我们同样可以看到他这方面的观点:"今天,处境却应成为主要对象,性格只能是次要的。过去,人们从性格引出情节线索,一般是找些能烘托出性格的场合,然后把这些情景串起来。现在,作为作品基础的应该是人物的社会地位、其义务、其顺境与逆境等。依我看,这个源泉比人物性格更丰富、更广阔,用处更大。"③狄德罗突出强调戏剧情境的地位,与他的人生观和文艺观是相互联系的。他认为人首先是社会的人,人的性格是在其所处的社会关系中形成的。与此相关联,人的人格特征是在对社会的义务,对家庭的责任,对他人的道义中才能体现出来。在戏剧里,人物的德行只能在这样一些伦理关系中获得展开。在文艺观上,他基于"美在关系"的命题,认为在戏剧中,人物性格只有在环境中才能得到表现,在情境中才能被赋予生命的意义。

(三) 想象要遵循一定规律

狄德罗认为诗人是以想象见长的,但他同时反复强调,诗人的想象要有根据,如他说"诗人善于想象,哲学家长于推理,但在同一意义下,他们的作为都可能是合乎逻辑的或不合逻辑的。说他合乎逻辑,也就是说他具有了解诸般现象必然联系的经验"④。人们常说想象是艺术创作的翅膀,并十分推崇想象在艺术创作中作用,但狄德罗对想象的态度,更多的却是一种提醒,要人们注意想象的生活根据。他要求"诗人不能完全听任想象力的狂热摆布,诗人有他一定的范

---

① 狄德罗:《狄德罗美学论文选》,人民文学出版社 1984 年版,第 179 页。
② 狄德罗:《狄德罗美学论文选》,人民文学出版社 1984 年版,第 181 页。
③ 狄德罗:《狄德罗美学论文选》,人民文学出版社 1984 年版,第 107 页。
④ 狄德罗:《狄德罗美学论文选》,人民文学出版社 1984 年版,第 163 页。

围。诗人在事物的一般秩序的罕见情况中,取得他行动的范本。这就是他的规律"①。在他看来想象仍然是一种生活的真实,只是这种真实一般的人没有发现而已。所以他赞美想象给作品带来的"奇异"的表现,但他要求这种"奇异"在作品中当是"恰如其分"和"使幻象具有基础"②的奇异。

无论是对艺术想象的解释,还是对真实本身的认同,狄德罗总是把符合生活的逻辑作为一种基本的价值尺度。狄德罗提倡戏剧创作的"自然"风格,鼓吹诗人根据情欲来写作,体现出某种浪漫主义因素,正如鲍桑葵所说:"狄德罗可以称得起是浪漫自然主义的传道士。"③但狄德罗特别关注想象的依据,使我们不得不认为,他最基本的艺术观还是现实的和理性的精神,这大概也是一个启蒙主义者所应有的精神世界。正是他这种鲜明的审美观和艺术观,以及他在艺术理论和创作上的出色成果,给他带来了美学史、文艺理论史上的突出地位。他对"严肃剧"的倡导,以及围绕着"严肃剧"展开的有关戏剧的理论,不仅在当时从文艺的角度践履着"启蒙"的使命,而且在效果史的意义上,也为后来的严肃戏剧、"问题剧"或"近代社会剧"开辟了道路。

二、莱辛的《拉奥孔》

莱辛(G. E. Lessing,1729—1781),德国著名剧作家和文艺理论家。出身于德国的一个牧师的家庭。童年聪明好学,在古典学术、希伯来文、希腊文和拉丁文等方面都具有较深的造诣,曾广泛涉猎哲学、宗教、数学等学科,爱好希腊、罗马的古典文学和德国文学,这为他后来的成就打下了良好的基础。1746年入莱比锡大学学习,曾攻读过神学和医学,但他在戏剧和文学方面表现出了浓厚的兴趣。在离开莱比锡到了柏林之后,与一些启蒙主义者相识,发表了许多重要的文学理论著述。他的《关于当代文学的通讯》阐述了有关教育、翻译、诗律和语言等问题,对以高乃依和拉辛为代表的戏剧原则表示怀疑,提倡向莎士比亚学习。他著名的《汉堡剧评》一书是为汉堡国家剧院的演出所写的104篇评论,较为全面地论述了他对戏剧创作方方面面的观点,其中包含着明显的现实主义因素,而《拉奥孔》则是他具有启蒙思想的更为重要的文艺理论著作。

莱辛发表于1766年的《拉奥孔》的副标题是"论诗与画的界限",但由于是一部未完成的著作,从作者的笔记和遗稿看,他同样对诗与画的联系也持有很浓厚的兴趣。就现在的《拉奥孔》而言,莱辛除了讨论了美与丑、悲剧性与喜剧性,以及崇高等审美范畴之外,主要是由拉奥孔这座雕像本身的表现与维吉尔《伊

---

①② 狄德罗:《狄德罗美学论文选》,人民文学出版社1984年版,第163页。
③ 鲍桑葵:《美学史》,张今译,商务印书馆1985年版,第329页。

尼亚德》所描写的拉奥孔形象入手,讨论了诗与造型艺术的不同特点和规律。但是,莱辛在讨论审美和艺术问题的时候,却是以启蒙运动的基本要求作为动力的。

在法国启蒙运动的参与者以及狄德罗提出自由、平等、博爱等口号,倡导具有反封建、反教会意味的市民戏剧的时候,德国还存在着许许多多的封建割据的政权形式,因而,摆在德国启蒙主义者面前的首要任务是国家的统一。在他们看来,建立一种统一的德意志民族文化是实现民族统一的前提。文学是文化的最为重要的组成部分之一,因此,莱辛和德国一些启蒙主义者最为关心文学。莱辛、赫尔德、歌德和席勒都在文学上投入了大量的精力。莱辛所反对的是投合宫廷趣味和点缀封建贵族排场的文学,欢迎的是反映市民生活的文学和那些富有真诚和理性的文学。出于这种基本的目的,莱辛一方面在《拉奥孔》中将矛头指向了与封建制度有着密切关系的法国新古典主义戏剧;另一方面莱辛也反对新古典主义者温克尔曼和苏黎世派的文艺观。温克尔曼提出了审美上的"静穆"理想,这是对艺术情感进行节制的思想。莱辛认为这种"静穆"理想在造型艺术中是有积极价值的,但在诗歌中却是不可取的,诗歌要求的不是"静穆"而是"静穆"的反面。苏黎世派尽管在他们所提倡的描绘自然的诗歌中体现着市民情绪,但莱辛认为他们的诗歌那种阴郁感伤的情调和对描绘静态图景的特别关心不应鼓励,他希望诗能够表现奋发的情感,描绘世界的变化和发展。这说明莱辛与温克尔曼和苏黎世派都具有启蒙主义的思想和艺术倾向,但莱辛的审美观念中包含着明显的发展个性和改变现状的历史和人生观念。

莱辛在《拉奥孔》中着力分析的诗与画的区别,也主要是想通过这种分析在理论上批判温克尔曼和苏黎世派的审美上的静观意识和人生观上的逃避心理,同时也肯定了诗在树立人们的理性方面的有效性。

莱辛在《拉奥孔》中,清楚地划分了诗与画的界限,概括起来有以下几点:第一,媒介不同。在他看来,绘画是用线条和色彩等"自然的符号"来完成某种空间中的形体;诗所使用的是声音和语言等"人为的符号",在时间的关系中叙述事物。第二,题材不同。绘画由于是一种空间艺术,因而它适于表现空间中的一个或一组对象,适于表现看得见的静态的物体,如他说,"全体或部分在空间中并列的事物叫做'物体'。因此,物体连同它们的可以眼见的属性是绘画所特有的题材"[1]。诗是时间艺术,适于表现在时间维度上先后承续的动作,对此,莱辛解释说:"全体或部分在时间中先后承续的事物一般叫做'动作'。因此,动作是诗所特有的题材。"[2]第三,接受方式不同。绘画要借助视觉来接受,作品所表现

---

[1] 莱辛:《拉奥孔》,朱光潜译,人民文学出版社1979年版,第82页。
[2] 莱辛:《拉奥孔》,朱光潜译,人民文学出版社1979年版,第83页。

的物体可以通过视觉完全把握得到,想象在这里的作用很小;诗用语言来表现动作,语言本身是观念性的,先后承续的动作或情节,不是可以一目了然的,人们不会一瞬间就把握到诗中所表现的持续动作的整体,诗歌中表现出来的动作整体,要借助记忆和想象的途径才能完成。第四,艺术效果不同。莱辛认为,绘画的最高理想是表现物体的静态美,这是一种直观的视觉形式的美;诗歌的艺术理想则是要表现真情实感,这是通过想象而获得的一种生命真实所带来的美。

总的说来,《拉奥孔》是在比较诗与画的异同中,否定了新古典主义者所鼓吹的诗画一致的片面说法,同时,其字里行间也在强调着诗在艺术中的优越性。这或许是因为,诗歌的特性最能切近他的启蒙主义观念。莱辛的《拉奥孔》在德国思想界和文坛引起了深远的影响。这种影响不仅表现在它有效地打击了描绘风景的诗所体现的消极的创作风气,而且也表现于它在理论和思想上直接影响了许多思想家和关心社会思想和文艺的人们。

三、维柯的《新科学》

维柯(G. Vico,1668—1744),出生于意大利南部的那不勒斯城,父亲是当地的一个小书商,家境不富裕,幼年时在天主教会的小学读过书。自 1686 年开始,曾担任过一位侯爵子女的家庭教师,这段时期,他在学术研究上取得了重要的积累。1697 年以后,他曾担任那不勒斯大学的讲师、教授等职。他是个法学家,但对历史、宗教、神话、哲学和语言学的研究均有兴趣。主要著作有《君士坦丁法学》、《论我们时代的研究方法》、《新科学》等。

《新科学》被认为是西方近代历史哲学的奠基之作。书中广泛涉及哲学、历史、法律、语言、神话、经济、民俗、心理和美学等领域,亦堪称为 18 世纪西方人文社会科学的一部百科全书。维柯所谓的"新科学"是有特殊界定的。他认为意识的对象是事实,如语言学和历史;科学的对象是真理,如哲学。将语言学和历史等的实证研究与哲学的理性思考结合起来的研究,即谓新科学。深受维柯影响的 19 世纪意大利哲学家克罗齐曾称颂维柯的《新科学》是美学科学的开山之作,但从全书的内容来看,它主要还是一部"人类思想史,人类习俗史,又是人类事迹史。"[①]所以,一些美学史家对《新科学》表现出某种忽略,如鲍桑葵的《美学史》就没有讨论《新科学》。不过,克罗齐的判断也并非没有道理,《新科学》的确为我们提供了十分独特而宝贵的美学和文艺理论的思想。《新科学》中所包含的美学和文艺理论资源的丰富性和独特性,是我们在其他即便是专门的美学、文艺理论的著作中都很难发现的。其中,尤其是他关于"诗性智慧"的论述,从美

---

① 维柯:《新科学》,朱光潜译,人民文学出版社 1986 年版,第 156 页。

学和文艺理论的角度上看,是耐人寻味的。

维柯相信古埃及人的说法,认为全世界各民族的历史都经过了三个大的时代:神的时代、英雄时代和人的时代。神的时代是初民对外界的一切事物都不能作出正确解释的时代,所以他们把各种事物的原因都想象为神的力量。这个时代是人的想象力最强,而推理力最弱的时代。在这个时代里,人们具有充分的想象性创造力,维柯把这种想象性创造力称作"诗性智慧"。英雄时代是人已经意识到了自身的存在,以具有神性的人即英雄代替了神的地位。人的时代是平民对英雄的天然地位的怀疑,发现了自己与所谓的英雄具有同等的人性。这是一个理智的时代,人学会了抽象思维,良心、理性和责任感成为人们心中的法律。

维柯认为人类的普遍发展有着一种心理的功能作为基础,准确地说,人类的文明脚步与某种心理的功能有关,这种心理的功能就是前面提到的"诗性智慧"。他所说的诗性智慧的核心实际就是一种创造性智慧,对此他曾解释说:"诗性的智慧,这种异教世界的最初的智慧,一开始就要用的玄学就不是现在学者们所用的那种理性的抽象的玄学,而是一种感觉到的想象出的玄学,像这些原始人所用的。这些原始人没有推理的能力,却浑身是强旺的感觉力和生动的想象力。这种玄学就是他们的诗,诗就是他们生而就有的一种功能(因为他们生而就有这些感官和想象力),他们生来就对各种原因无知。无知是惊奇之母,使一切事物对于一无所知的人们都是新奇的。"①这就是说,诗性智慧是人类最初的智慧;是先于理性的抽象思维的形象思维,这种思维是与原始人的感觉力和想象力相联系的;诗性智慧来源于先民们的无知,无知是惊奇之母,惊奇推动了人们的想象。

从维柯的论述中,我们可以看到,诗性智慧体现着三个主要的思想特征:

(一)诗性智慧与理性的抽象思维有着明显的界限

维柯在他的《新科学》中,多次谈到有关诗人的诗性智慧与哲学家的抽象思维之间的差异。他认为"推理力愈薄弱,想象力也就成比例地愈旺盛"②。他还说,"按照诗的本性,任何人都不可能同时既是高明的诗人,又是高明的玄学家,因为玄学要把心智从各种感官方面抽开,而诗的功能却把整个心灵沉浸到感官里去;玄学飞向共相,而诗的功能却要深深地沉浸到殊相里去"③。这就是说,诗性智慧与抽象思维是相对立的,诗性智慧专注于具体个别的景象,抽象思维专注于普遍的概括。

---

① 维柯:《新科学》,朱光潜译,人民文学出版社1986年版,第161~162页。
② 维柯:《新科学》,朱光潜译,人民文学出版社1986年版,第98页。
③ 维柯:《新科学》,朱光潜译,人民文学出版社1986年版,第429页。

（二）诗性智慧实现的基本途径是以己度物的隐喻

维柯认为比喻是诗性智慧的表现，而其中最常用的又是隐喻。"最初的诗人们就用这种隐喻，让一些物体成为具有生命实质的真事真物，并用以己度物的方式，使它们也有感觉和情欲，这样就用他们来造成一些寓言故事"①。实际上，这种审美创造的方式在今天仍然是较为常用的。从表面上来说，是一种拟人化表现，但在本质上，这又是一种人的生命感的对象化，是人的情感的形式化。

（三）诗性智慧以"想象的类概念"来概括事物

诗性智慧不是一种抽象思维，所以它不可能对复杂或众多的事物和现象进行抽象的归纳和概括并形成普遍性概念。但原始初民却对一致性表现出浓厚的兴趣，渴望通过他们所熟悉的诗性思维来对外界进行类概念的表达，于是他们便用某个具体的人物来表现他们经验过的，甚至想象中的众多人物，原始的诗歌和寓言中的形象多数都是这种"想象的类概念"。维柯对此的解释是："凡是最初的人民仿佛就是人类的儿童，还没有能力去形成事物的可理解的类概念，就自然有必要去创造诗性人物性格，也就是想象的类概念，其办法就是制造出某些范例或理想的画像，于是把同类中一切和这些范例相似的个别具体人物都归纳到这种范例上去。"②维柯认为，荷马史诗中的阿喀琉斯代表着希腊英雄的勇敢和暴躁，奥德修斯代表着希腊英雄的有警惕性和有城府。可以看出，维柯的这种思想和我们现在的典型性格论在属性上有很大的相似性。

维柯的《新科学》在文艺理论上的贡献是不可多得的。他的思想在文艺的起源上给了后人十分独特的启发。他所提出的诗性智慧的思想，一方面高扬了诗人的崇高地位；另一方面是对想象力的一种解放，确立了想象力的独立价值，对后人从事的艺术思维的研究提供了宝贵的思想资源。同时，他在《新科学》中所实践的诗学研究的方法论，也有其历史和现实的意义。

小　结

文艺复兴至启蒙运动时期的文艺理论家们，在西方文艺理论史上的贡献是巨大的。在文艺复兴运动中出现的英国诗人锡德尼、意大利画家达·芬奇及著名学者卡斯特尔维屈罗等人的理论见解，反叛了中世纪以来的宗教神学文艺观，努力张扬那些关心人性欲求、强调文艺真实、重视文艺的社会作用的文艺观，力图以古希腊古罗马的艺术为准则，复兴亚里士多德开创的现实主义文艺传统，肯定世俗文艺的合法性。其中包含着新兴资产阶级文化的萌芽，张扬的是具有重

---

① 维柯：《新科学》，朱光潜译，人民文学出版社1986年版，第180页。
② 维柯：《新科学》，朱光潜译，人民文学出版社1986年版，第103页。

大历史进步意义的人文主义精神。至17世纪,继文艺复兴运动之后,在法、英诸国出现的以"模仿自然"、"崇尚理性"、"严守规范"、"服从古典"等为原则的"新古典主义"文艺思潮,更为彻底地反叛了封建神学,进一步推动了文学艺术的发展。至18世纪,在欧洲出现的启蒙运动,实质上是文艺复兴运动的继续,是一场更为深入的思想解放运动。启蒙思潮,在各个国家的思想倾向和表现形式虽不尽相同,但关注社会变革,呼唤人性解放,重视理性精神,坚持乐观主义的人生态度,是启蒙主义者的共同追求。表现在文艺领域,他们进一步宣扬人性观、自然观、理性观,强调作家和批评家的人格修养等,将人类的文艺思想推向一个新高度。

由于某些方面时代原因,这一时期的文艺思想中,当然也存在着应予反思的局限。如文艺复兴时期的文艺理论,主要追求是回归传统,尚未突破古希腊古罗马时期的文艺理论体系;强调思想明确、描写逼真、结构严谨、语言精练优美的新古典主义文艺理论,虽然促进了文艺创作水平的提高,也因过分注重法规,剥蚀了文艺本身所应该具有的生命属性,导致了文艺创作的日趋僵化,进而演变成为文艺创作和发展的某种桎梏。启蒙主义文艺理论的局限性也是较为突出的,如他们把文艺看作启蒙主义运动的宣传形式,自觉不自觉地忽视了文艺创作的独特规律与文艺作品的独特价值;又如他们强烈的批判精神也带来了思想上的偏激,像狄德罗对戏剧教育作用的过分强调,卢梭在反对古典主义的过程中竟然否认了人类的全部文艺和科学等。

文艺作品,是人类自由精神的结晶。创作水平的提高,必须以人性精神的自由解放为基础,但人类毕竟不同于动物,又是不可能彻底脱离理性规范的。目前,面对由来已久的非理性、反理性思潮所导致的文学艺术陷入的迷茫之境,文艺复兴至启蒙运动时期的文艺理论家们所张扬的理性精神、人文精神,是值得我们重新予以审视的,是应以科学的态度予以分析继承的。

思 考 题

1. 文艺复兴时期文论对古希腊罗马文论的继承与创新各表现在哪些方面?
2. 文艺复兴时期文论是如何认识文艺的自主性特征的?
3. 《为诗辩护》是从哪些方面论证了诗人和诗的地位及价值?
4. 达·芬奇的诗画比较意在抬高绘画的地位,但为什么却深化了对诗的认识?
5. 卡斯特尔维屈罗《〈诗学〉诠释》体现出的诗学思想是什么?
6. 为什么说理性是贯穿《诗的艺术》的一条基本原则?
7. 布瓦洛《诗的艺术》与贺拉斯的《诗艺》在文论观上有何异同?
8. 如何理解新古典主义的自然观?
9. 蒲柏新古典主义批评的内在矛盾性主要表现在哪些方面?

10. 什么叫严肃剧？
11. 狄德罗所倡导的严肃剧有哪些基本要求？
12. 莱辛在《拉奥孔》中，认为诗与画有哪些界限？
13. 什么是"诗性智慧"？

第四章

德国古典文艺理论

引　论

德国古典文艺理论,主要是指18世纪末到19世纪初,继莱辛之后,由康德、黑格尔、费希特、谢林、歌德和席勒等人,以德国古典哲学为基础创立的文艺学思想体系。从西方的历史进程来看,德国古典哲学是文艺复兴以来,欧洲资产阶级启蒙运动在德国的进一步发展,是在法国大革命的历史背景下形成的德国知识分子反封建的资产阶级革命哲学,因此马克思曾将其赞之为"是法国革命的德国理论";恩格斯也曾高度评价道:"在法国发生政治革命的同时,德国发生了哲学革命。这个革命是由康德开始的。他推翻了前世纪末欧洲各大学所采用的陈旧的莱布尼茨的形而上学体系。费希特和谢林开始了哲学的改造工作,黑格尔完成了新的体系。从人们有思维以来,还从未有过像黑格尔体系那样包罗万象的哲学体系。"① 从内在关联来看,德国古典文艺理论,实际上也是这一革命哲学的组成部分。

概而言之,具有革命意义的德国古典哲学的突出特点主要表现在两个方面,一是关注人类主体精神的解放,强调人的意志的自主性,主张道德自律与人格完善;二是打破了传统的主客二元对立的思维方式,弘扬发展了辩证法思想。而正是以此为理论基点,这一时期的德国理论家、作家们,创建了具有重大历史进步意义的文艺理论体系。

我们知道,在西方历史上,自文艺复兴以来,随着对中世纪宗教神学的批判,文学艺术虽然挣脱了神学奴婢的处境,获得了自身的合法性存在。但由于时代及文化视野的局限,致使许多作家、理论家,更注重的还是文学艺术服务于社会变革的现实功能,而对其自身构成及创作规律的论述,尚嫌浮泛与散乱。更为值得注意的是,由于片面强调理性,甚至导致了新的文艺束缚。而德国古典时期的

---

① 《马克思恩格斯全集》第1卷,人民出版社1956年版,第588页。

理论家、作家们,虽也强调理性,强调文学艺术的教育作用,表现出的却是更为深邃的艺术眼光和博大的理论气势。他们或从自己的哲学体系出发,或结合自己的创作实践,在系统总结古希腊以来欧洲文艺实践及理论发展的基础上,对文学艺术的本质、价值构成、思维特征等,进行了更为深入的探讨,提出了一系列独特的见解。这些论述与见解,既进一步揭示了人类文学艺术活动的独特奥妙,也开启了现代文艺理论的先河。本章主要介绍的是康德、黑格尔、歌德及席勒的文艺思想。

第一节　康德的文艺思想

伊曼努尔·康德(Immanuel Kant,1724—1804),出生于东普鲁士的滨海城市哥尼斯堡的一个小手工业者家庭,16岁考入哥尼斯堡大学,主要攻读自然科学、哲学与神学等。毕业后,康德先是做了9年的家庭教师,继而于1755年受聘重回哥尼斯堡大学,成为一名编外讲师。1770年始升任为编内正教授,主讲"逻辑学"与"形而上学"等课程。1788年曾被任命为哥尼斯堡大学校长,1794年曾被俄国当局聘选为彼得堡科学院院士。1796年退休之后,康德仍著述不辍,直到1804年去世。

根据德国学术界的看法,康德的学术研究大致可以1777年为界分为两个时期。前期主要研究自然科学,代表性成果主要有《自然通史与天体理论》、《对地球从生成的最初起在自转中是否发生过某种变化的问题的研究》。在这些论著中,康德提出了曾经受到恩格斯高度评价的"太阳系起源于星云状态的物质微粒"及"地球自转因潮汐摩擦而减慢"的两大假说。后期的康德,则主要转向了哲学研究,写作出版了著名的《纯粹理性批判》、《实践理性批判》与《判断力批判》。正是这些著作,确立了康德在西方哲学史、美学史及文艺理论史上的重要地位。

在康德之前的欧洲哲学界,占据主导地位的是理性主义与经验主义两大学派。理性派强调人的理性的至高无上的地位,康德将其称之为独断论;经验派则强调人的一切知识都是来自于感觉经验,康德将其称之为怀疑论、不可知论。从思想历程来看,康德最初是一位理性主义者,曾经相信理性的威力是无限的,后来读了休谟的《人性论》等著作之后,始对理性产生了怀疑,自称是"休谟使他从独断论的迷梦中惊醒过来",遂开始了对理性能力的反思,《纯粹理性批判》即这一反思的结晶。经过反思,康德认为,世界是由物自体与现象界两部分构成的,理性能力只能解决现象界的问题,而对物自体则无能为力。"物自体"是不可知的,只能按人的先天道德律令在实践中去信仰,这就是《实践理性批判》的主题。但这样一来,康德所划分的两个世界之间出现了断裂,呈现出自由与必然的对立,即人的理性渴望洞悉世界的一切奥妙,面对的却是不可知的物自体。正是为了消除这一对立,消除由于自然与必然的对立给人类带来的精神痛苦,康德写作了《判断力批判》,力图以审美意象作为沟通二者的桥梁。因此,《判断力批判》虽是康德哲学体系的必然构成,但探讨的则主要是美学、文艺学问题。康德的美学、文艺学思想,即集中见之于这部著作,其主要见解如下。

一、关于审美活动的特征

在《判断力批判》中,康德主要从质、量、关系、情状四个方面分析了审美活动及美感产生的特点,康德称之为四个契机。

从质的方面来看,康德认为审美不是联系到客体而求知,而是凭借想象力与悟性联系于主体的快和不快的情感。美感是一种快感,但这快感不同于官能快感(康德称之为"快适"),也不同于"依着理性通过单纯的概念使人满意"的快感(康德称之为"善"),而是一种不夹杂任何利害考虑与概念前提的愉快。快适与善,要受到某种功利欲求与知性概念的制约,面对的只能是一个"叫人偏爱的对象",而这样的对象是不能给我们自由的,因此是无美感可言的。

从量的方面来看,康德认为,由于审美判断内部没有任何的利害关系,找不到任何私人性条件为根据,它就必然要求对每个人都能适用,而不管客体是否存在普遍性。也就是说,审美判断与主观普遍性的要求联结着。如一个人判定某物为美的时候,不仅仅是为自己判断着,往往假定别人也同样感到这种愉快,"设想"这种愉快是"人人共有的东西"[①],要求着别人与他同意。而与利害相关的快适则不同,它只是局限于个人范围内;善的判断有时虽也有普遍性,但这普遍性不是主观感觉,而是需要经由概念予以证明的。康德说得很清楚,审美活动中量的普遍性、可传达性,其实只是审美主体的一种"设想"而已,而这设想正是由审美活动不以功利为目的、不以概念为前提的特点决定的。

从关系来看,康德认为,审美对象与审美主体之间的关系是"无目的的合目的性"。所谓无目的,是指审美活动中主体没有明确的预设目的;所谓合目的,是指审美对象的某些形式特点,不期然而然地合乎了主体的目的,这目的是通过反思而意识到的。比如赏月,主体预先并无从中看出什么的企图,却生出美感,通过反思可意识到,这或许是因为月之在长空中自由漫步的身影,温柔如水的光泽,恰好合乎了人们渴望自由,希望温情的心理欲求,令人不由自主地感到自己亦处于月之境界,美感于是缘此而生。

从情状来看,康德认为,审美判断既不同于认知过程中的或然性,也不同于

[①] 康德:《判断力批判》上卷,宗白华译,商务印书馆1964年版,第48页。

快适过程中的实然性,而是具有必然性的,即令主体感到美感似乎是不可抗拒的。其根本原因,同样也是由于审美活动中的非功利与非概念性特征。正是通过这一点,康德进一步说明了美感何以会令主体设想为具有"普遍有效性"。

总之,在康德看来,审美活动是一种与功利无关,不以概念为前提的"无目的的合目的性"活动。

在关于美的分析中,康德虽然一再强调审美与客体知识无关,但并没有否定美感产生的客观根据,他曾同时指出,美感是"主体因表象的刺激而引起"的"自觉",[①]是与对象提供的某种"暗示性"条件有关的。康德说,在审美活动中,"自然界至少要标示或给予一暗示,它内在自身里含有着任何一个理由,承认它的诸成品对于我们的摆脱了一切利益感的愉快有着一种合规律的协和一致"[②],比如"百合花的白色导引我们的心意达到纯洁的观念"[③]等。在这样的审美活动中,其审美对象实际上已是道德化人格化了的对象。康德正是据此又曾提出了"美是道德的象征"的重要见解。

此外,康德依据四个契机进行的"美的分析",论述的主要是纯粹的审美判断,探讨的是纯而又纯的美感,但在实际生活中,人们称作美的对象,有许多是不可能决然脱离功利因素的。康德无法回避这样的事实,故而又将美分为两大类,即自由美与附庸美。

自由美,又叫纯粹美、形式美,即前述与功利无关、不以概念为前提的美,康德列举的例子主要有花、鸟类、海产贝类等。附庸美,又叫依存美。与自由美相反,附庸美是以对象的完满性概念为前提的,实际上是善与美结合的产物,如一个人的美,一匹马或一座建筑物的美等。康德认为,一个完满的对象,与人的诸认识机能协调统一的时候,会使审美活动中的想象力更为丰富。康德还进一步指出,审美判断的客观法则是不存在的,最高的范本(或称鉴赏的原型),只能是主体内心里深藏着的一个观念,而正是一个符合观念的个体表象,构成了美的理想。而这符合主体内心观念的个体表象,显然只能是附庸美。可见,在康德的心目中,附庸美虽不如自由美纯粹,但因体现了美的理想,故而是高于自由美的。艺术美是人的内心观念的体现,自然属于附庸美,因此,在康德看来,艺术美也是一种更高级的美。康德关于艺术美的分析,与这一点是密切相关的。

二、艺术与非艺术的区别

何谓艺术?艺术的本质特征是什么?康德主要是通过艺术与自然,艺术与

---

① 康德:《判断力批判》上卷,宗白华译,商务印书馆1964年版,第40页。
② 康德:《判断力批判》上卷,宗白华译,商务印书馆1964年版,第145页。
③ 康德:《判断力批判》上卷,宗白华译,商务印书馆1964年版,第147页。

科学,艺术与手工艺的比较,作出了自己的回答。

(一)艺术不同于自然

康德认为,艺术不同于自然,二者之间的根本区别在于:自然活动与人的理性无关,而艺术则是人通过主体活动创造的成品,是人有意图的以理性为基础的创造物。康德举例说,蜜蜂造成的蜂窝,虽然看上去是合规则的,但不能将其称之为艺术品,因为那只不过是蜜蜂本能活动的结果;而当人们探查一沼泽时见到一块被削正的木头,尽管粗糙不堪,却已不再是简单的自然成品了,而是一艺术的产物,因为这块木头分明已是人出于某种理性意图的创造物。康德正是据此得出结论:"人们根本上所称为艺术作品的,总是理解为人的一个创造物,以便把它和自然作用的结果区别开来。"①

(二)艺术不同于科学

人的创造活动是多方面的,因此,仅仅从是否是人的创造物的角度,自然还不能真正揭示艺术的本质特点,故而康德在指出了艺术与自然的不同之后,又将艺术活动与人类的另一重要精神创造活动的科学研究进行了比较。认为科学活动的特点是:人们借助知识,能够学会作某些事情,且知道什么是应该作的,并充分地知道这欲求的结果。而艺术活动则不同,其特点是:尽管你知道了应该怎样作,却没有办法具备技巧立刻来从事。这就是说,艺术创作需要一种特殊的技巧,这种技巧不是明白了道理马上就能运用的。康德还从美的属性的角度,进一步指出了艺术与科学的区别,认为没有美的科学,只有美的艺术。他曾这样说过:"若作为科学而被认为是美的话,它将是一怪物"②,意思很清楚,就是说科学是无所谓美丑的,而艺术则是以追求美为重要目的的。

(三)艺术不同于手工艺

手工艺自然也具有一定程度的艺术性,与艺术较为接近,但在康德看来,二者同样存在着根本区别。首先,从动因来看,艺术活动是出自于艺术家个人的自由意愿,手工艺生产则是雇佣性劳动,生产者主要是缘之于工资之类的吸引;其次,从活动的性质来看,艺术创作类似游戏,自身是愉快的,后者作为劳动,则往往是被迫的、困苦的、无快乐可言的。因此,康德认为,是否出于自由意愿,是否伴随着快乐,也就成了衡量艺术活动与非艺术活动的重要标志。

此外,康德还将快适艺术与美的艺术进行了比较。康德所说的快适艺术,是指单纯以享乐为目的的艺术,例如人们在筵席间自由活泼、没有固定题目、不负任何责任的高谈阔论,以及为助兴而演奏的音乐,没有什么意图的游戏等。这类艺术只是为了欢娱消遣,只是为了叫人忘怀于时间的流逝。与此相反,美的艺

---

① 康德:《判断力批判》上卷,宗白华译,商务印书馆1964年版,第148~149页。
② 康德:《判断力批判》上卷,宗白华译,商务印书馆1964年版,第150页。

术，则是一种意境，它不是单纯为了追求官能感觉的快乐，而是拿反思着的判断力作为准则的，"永远先有一目的作为它的起因"①。康德还谈到，艺术活动中实际上也存在着某些强制因素，如诗艺里的语法规则、形式韵律等，但康德认为，"它在形式上的合目的性，仍然必须显得它是不受一切人为造作的强制所束缚，因而它好像只是自然的产物。"②总之，在康德看来，艺术是合目的性的主体自由创造的产物。

三、艺术美是审美观念的表现

审美观念，是康德的美学思想及艺术思想体系的中心概念之一。

观念的德文是"Idee"，又译为"理念"或"意象"。关于审美观念，康德自己的解释是："我所了解的审美观念就是想象力里的那一表象，它生起许多思想而没有任何一特定的思想，即一个概念能和它相切合，因此没有言语能够完全企及它，把它表达出来。"③从性质上来看，审美观念不同于理性观念。理性观念是抽象的概念，没有感性的形象与之相对应。而审美观念却离不开感性形象，它是依据现实的自然事物提供的素材，经由理性观念改造与想象而形成的"另一自然"。康德举例说："诗人敢于把不可见的东西的观念，例如极乐世界，地狱世界，永恒界，创世等等来具体化；或把那些在经验界内固然有着事例的东西，如死，忌嫉及一切恶德，又如爱，荣誉等，由一种想象力的媒介超过了经验的界限这种想象力在努力达到最伟大东西里追迹着理性的前奏在完全性里来具体化，这些东西在自然里是找不到范例的。本质上只是诗的艺术，在它里面审美诸观念的机能才可以全量地表示出来。"④可见康德所说的"审美观念"，虽然依存于社会生活与自然事物，但却不是客观现实的机械反映；虽然含有理性观念，却又不是简单的概念，而是某种包含了无限理性内容的意象。也就是说，审美观念实际上是感性形象与理性观念凝为一体的中介物。

康德指出，这样一种审美观念，实际上是想象力的创造物，"是想象力附加于一个给予的概念上的表象，它和诸部分表象的那样丰富的多样性在对它们的自由运用里相结合着，以至于对于这一多样性没有一名词能表达出来（这名词只标指着一特定的概念），因而使我们要对这概念附加许多思想上不可名言的东西，联系于它（这不可名言的）的感情，使认识机能活跃生动起来，并且使言

---

① 康德：《判断力批判》上卷，宗白华译，商务印书馆1964年版，第150页。
② 康德：《判断力批判》上卷，宗白华译，商务印书馆1964年版，第151页。
③ 康德：《判断力批判》上卷，宗白华译，商务印书馆1964年版，第160页。
④ 康德：《判断力批判》上卷，宗白华译，商务印书馆1964年版，第160～161页。

语,作为文学,和精神结合着。"①可见想象力之于审美观念产生的重要性。那么,何谓想象力?康德把它界定为是一种"先验诸直观的机能"②。康德认为,在审美活动中,正是这种先验直观机能,"通过一个给定的表象,无意识地和悟性(作为概念机能)协和一致,并且由此唤醒愉快的情绪,那么,这对象就将被视为对于反省着的判断力是合乎目的的。"③康德这儿说得非常明了,正是由于想象作用,对象的某些表象特征才无意识地契合了某些悟性概念,使人误以为对象是合目的的,从而产生愉快,导致审美观念的产生。如果没有这种想象的中介作用,表象特征与悟性概念之间永远呈一种割裂状态,就不可能生成人类的审美观念。这也就是说,没有想象就没有审美。在康德的哲学体系中,康德本来是力图通过审美观念,调和理性派与经验派哲学的对立,沟通他所划分的现象界与物自体。但康德同时意识到,这样一种审美观念的表现,也正是自然美与艺术美产生的根源。正是得力于这样的审美观念,艺术才"美丽地描写着自然的事物,不论它们是美还是丑。狂暴、疾病、战祸等作为灾害都能很美地被描写出来,甚至于在绘画里被表现出来"④。

康德认为,审美观念不仅构成了艺术美,而且标志着艺术美所达到的高度。一件艺术作品,只有具备了审美观念,才有了令人为之感动的"精神"与"灵魂",否则,就无美可言。康德举例说,某些艺术作品,尽管挑不出什么毛病,如一首诗看起来是可喜和优雅的,一个故事看上去是精确和整齐的,但却难以令人产生兴趣,关键原因即在于缺少由审美观念决定的"精神"与"灵魂"。

由想象力构成了审美观念,对象何以就会产生美感呢?在《判断力批判》中,康德又从主体生命的自由运动欲求以及主体精神的"心灵扩张"欲求等角度进行了深入探讨。康德认为,作为审美观念化的表象,由于已不再是概念意义上的"逻辑状形词",故而可以给人自由想象的余地,从而使人的生理与心理机能得以自由呈现,艺术作品的美感正是缘此而生。关于这一点,我们将在分析康德的"游戏说"时进一步予以阐释。

康德关于审美观念与艺术美之间的关系的看法,从根本上说,是抓住了艺术作品中感性形象与理性观念之间的辩证关系,即艺术作品既离不开感性形象,又要融入超感官、超知性的理性内容。这一见解,无疑是合乎艺术创作规律的。显然,在艺术创作活动中,只有注重于这样一种审美观念的把握,才能避免无意义的感性材料的堆积,也避免知性的抽象说教。

---

① 康德:《判断力批判》上卷,宗白华译,商务印书馆1964年版,第163页。
②③ 康德:《判断力批判》上卷,宗白华译,商务印书馆1964年版,第28页。
④ 康德:《判断力批判》上卷,宗白华译,商务印书馆1964年版,第158页。

四、艺术是自由的感性游戏

康德在《判断力批判》中论述艺术的特征时,明确强调艺术活动好像自由的游戏。在此后的其他相关论述中,他又曾反复使用过"游戏"这一概念,甚至曾径直断言:无论语言艺术、造型艺术还是其他艺术,都是"诸感觉(作为外界感官印象)的自由游戏"①。这就是在后来的文艺理论史上产生了重大影响的康德的"游戏说"。

康德"游戏说"所指的是文艺创作有着与儿童游戏相同的特点,是一种不受任何外在束缚的自由活动。康德认为,只有这样一种游戏性,才能使艺术家体验到美,才能创作出美的艺术。康德主要是从生理与心理学的角度,论述其中道理的。康德认为,生命的自由运动是人的天性欲求,只有在自由运动中,才能体现人健康的生命;只有在自由运动中,人才能领略到生命的乐趣。艺术创作过程中的想象,既不受感性欲求的束缚,也不受某些概念的支配,因而正是这样一种合乎人类天性欲求的自由活动。与之相关,艺术想象活动中产生的精神愉悦,既不同于受欲求束缚的"快适",也不同于受概念支配的"善"的满足,故而才有美可言。康德还指出,这种精神方面的自由想象活动,同时又可导致人体器官的内在自由运动。康德以"谐谑"为例说:"如果那假相(即谐谑唤起的一种自由想象——笔者注),化为虚无,心意再度回顾,以便再一次把它试一试,并且这样的通过急速继起的紧张和弛缓置于来回动荡的状态:这动荡,好像弦的引张,反跳急激地实现着,必仍产生一种心意的振动,并且惹起一与它谐和着的内在的肉体的运动。"②康德称这种"不受意志控制"的运动,可以引人精神兴奋,有一种"适于健康的效果"。这就进而从生理学的角度,揭示了自由想象导致美感产生的根源。在康德看来,正是不受感性欲求与概念支配的特征,使人类的艺术活动类乎儿童的"游戏"。

从思想根源来看,康德的"游戏说",显然也是他的哲学观的产物。如前所述,在哲学观方面,康德既不满于经验派的过分注重感性,也不满于理性派的片面强调理性。与之相关,在美学观方面,康德也不满于经验派与理性派各自将审美束缚于感性快感与理性概念的局限性,而将审美的本质归结为中介形态的情感判断。这种情感判断,与对象的存在及概念均无直接联系,却又合乎了某一方面的理性目的。康德认为,正是这种自由的合目的性,决定了审美活动是令人愉快的。文艺活动是重要的审美活动,因此,也必将呈现为这样一种自由性。由此

---

① 康德:《判断力批判》上卷,宗白华译,商务印书馆1964年版,第167页。
② 康德:《判断力批判》上卷,宗白华译,商务印书馆1964年版,第181页。

可以更为清楚地看出,康德正是抓住"自由"这一根本特征,视"艺术"为"游戏"的,正如朱光潜先生曾经正确评价的:"康德把自由看做艺术的精髓,正是在自由这一点上,艺术与游戏是相通的。"①

在我国学术界,康德的"游戏说"曾长期遭到指责,认为康德将艺术简单化地等同于无意义的游戏,忽视了艺术作品的内容,陷入了形式主义泥潭。实际上,这种指责是不切合康德文艺思想实际的。

首先,康德从来没有否认艺术创作的目的性,而是恰好相反,认为"天才作为艺术才能是以一个关于作品作为目的的概念为前提的"②。康德强调的只是,这目的性概念不是别人强加的,而是发自个人悟性的;不是直接表现,有意为之的,而好像是无意的,是与艺术活动自由自在地相会合着的。用康德自己的话说:"所以美的艺术作品里的合目的性,尽管它也是有意图的,却须像似无意图的,这就是说,美的艺术须被看作是自然,尽管人们知道它是艺术。但艺术的作品像是自然是由于下列情况:固然这一作品能够成功的条件,使我们在它身上可以看到它完全符合着一切规则,却不见有一切死板固执的地方,这就是说,不露出一点人工的痕迹来,使人看到这些规则曾经悬在作者的心眼前,束缚了他的心灵活力。"③如果只是服务于某一外在理念,或直接表现某种理念,形成的只能是"应用艺术"或"机械性的有意图的艺术"。康德说得很清楚:"没有这自由就没有美的艺术,甚至不可能有对于它正确评判的鉴赏。"④康德这儿强调的,归结为一句话就是:艺术要自由地、审美地表现目的。就其对艺术特征的审美把握而言,康德的这类论述,倒是颇合于我国古代"不着一字,尽得风流"的美学境界,这与恩格斯关于"倾向应该从情节和场面中自然而然流露出来"的主张也是相通的。

其次,即使对非人工的自然美,康德亦没有否定其内在意蕴,而是提出了著名的"无目的的合目的性"的论断。康德认为,自然事物本身,虽然无目的地呈现着,但在人类的具体审美活动中,又往往体现出某种"合目的性"特征,比如"百合花的白色导引我们的心意达到纯洁的观念,并且按照从红到紫的七色顺序,达到:1. 崇高,2. 勇敢,3. 公明正直,4. 友爱,5. 谦逊,6. 不屈,7. 柔和等观念。"⑤可见,即使对于自然美,康德也并非是从纯形式主义立场看问题的。

从"自由想象"这一艺术活动的本质特点出发,康德将艺术视为游戏的论断

---

① 朱光潜:《西方美学史》下卷,人民文学出版社1979年版,第35页。
② 康德:《判断力批判》上卷,宗白华译,商务印书馆1964年版,第164页。
③ 康德:《判断力批判》上卷,宗白华译,商务印书馆1964年版,第152页。
④ 康德:《判断力批判》上卷,宗白华译,商务印书馆1964年版,第203~204页。
⑤ 康德:《判断力批判》上卷,宗白华译,商务印书馆1964年版,第147页。

显然是有道理的。艺术活动,与有着明确的限定性目的科学及其他社会活动的根本区别正是在于:是一种个人性的自由创造活动,故而只有当想象呈现为自由状态,率性而为,近乎游戏时,才能扇动灵性的翅膀,才能创造出神采飞扬的艺术世界。人类艺术创作活动的实践表明,那些伟大的作品,正是这样一种源之于个人自由意愿、自由想象的产物。而一旦受制于某种外来理念,受制于某种外在的限定性的功利目的,只能窒息艺术家的灵性,导致艺术创作的失败。此外,我们还应意识到,康德的"游戏说"中,包含着对人的主体价值的高度肯定,切合了资产阶级启蒙主义思想运动的主旨,体现了进步的人性解放的要求。

五、艺术天才论

在文艺学研究中,艺术天才一直是一个玄妙莫测、众说纷纭的问题。主要形成了三种看法,一是否认天才的存在;二是虽然承认天才,但认为天才本身并不重要,重要的是后天的学习与训练;三是认为天才是一位艺术家必备的先天条件。康德是第三种意见的重要代表人物,认为与人类的其他活动不同,文艺创作离不开天才,美的艺术只有作为天才的作品才有可能。康德曾这样断言:"天才是天生的心灵禀赋,通过它自然给艺术制定法规"[①],并具体论述了艺术天才的有关特征。

一是独创性,即艺术天才不是一种能够按照任何法规来学习的才能,也不是模仿他人的才能,而是一种创造性的心灵禀赋。正是这种心灵禀赋,决定了天才之作是不可重复的,独一无二的。康德认为,一个人无论学习与模仿的能力多么高超,都无法成为艺术天才。正是据此,康德强调天才只体现于艺术活动,而不见之于科技。在科技领域,尽管也存在着发明创造,但如牛顿这样伟大的物理学家,也不能算是天才,因为"一切科技仍是人们能学会的,仍是在研究与思索的天然的道路上按照着法规可以达到的,而且是和人们通过勤恳的学习可以获致的东西没有种别的区分"[②]。艺术活动则不同,尽管有许多详尽的诗法著作和优秀典范可供学习借鉴,但人们仍不能巧妙地学会作出好诗。相反,一些创造了优秀作品的作家、艺术家,常常表现出不拘程式,大胆违犯常规的作法。在康德看来,这后者正是独创性天才应有的特征。康德还进一步指出:"属于天才本身的领域是想象力。因为它是创造性的,并且比别的能力更少受到规则的强制,却正因此而更有独创力。"[③]也就是说,艺术天才的独创性,最突出地体现于艺术创作过程中的想象活动。

---

① 康德:《判断力批判》上卷,宗白华译,商务印书馆1964年版,第152~153页。
② 康德:《判断力批判》上卷,宗白华译,商务印书馆1964年版,第154~155页。
③ 郑保华:《康德文集》,刘克苏等译,改革出版社1997年版,第552~553页。

二是典范性,即天才的作品不仅大胆冲破了既有规则的束缚,呈现出鲜明的独创性,而且还应是新的艺术典范。这典范本身不是某种既有规则的产物,而是为艺术提供了新的规则,为评判别人的作品提供了尺度与准绳;也不是模仿他人的结果,而是为后继者提供了学习模仿的范例,可以唤起别人对于独创性的感觉,以提高自己的创作水平。康德这儿所说的"典范性",实际上是对独创性的限定,意在强调独创性固然是艺术天才的首要特征,但仅是独创性的作品尚不一定是优秀之作。故而,真正天才的作品,除独创性之外,还应具备典范性。

三是不可传授性,即天才是受之于天的,是一个人在诞生之时,由上天赋予他的守护与指导的精灵。这样一种天才,自然是不可解释的,是神秘莫测的,是无法靠学习而获得的。表现在艺术活动中,这就是:天才究竟是怎样创造出它的作品来的,是难以描述的,是无法予以科学说明的,因而也是无法传授给别人的。康德曾明确声称:"既不是荷马,也不是魏兰能够指示出他们的幻想丰满而同时思想富饶的观念是怎样从他们的头脑里生出来并集合到一起的,因为他们自己也不知道,因而也不可能教给别人。"①

康德在论述艺术天才时,当然也没有完全否定理性及学习与训练。如前所述,康德认为艺术是审美观念的表现,而审美观念本身,既离不开感性形象,又要凝铸进超感官的理性内容。就艺术作品本身来看,也是艺术家依据现实的自然事物提供的素材,经由理性观念改造与想象的产物。在这样一种审美观念及典范性艺术作品的形成过程中,仅靠神秘莫测的天才显然是不行的,故而康德又曾强调:"每种艺术都需要一定的机械性的基本规则,需要使作品与配置给它的那个理念相适合,亦即需要在表现那被视为对象的东西时有真实性。这就是必须通过严格训练才能学到了。当然也是模仿的结果。""如果让想象力连这样一种强制也摆脱掉,让独特的才能甚至违反自然地、毫无规则地乱撞和东游西荡,那么这也许可以看作原始的狂乱,但绝不是典范式的,因而也不能被说成是天才。"②康德甚至提出过这样的主张,在艺术创作活动中,如果与悟性相关的判断力与天才形成对立,要牺牲其中之一的话,"那就宁可牺牲天才","宁可损及自由和想象力的富饶,而不损及悟性"③。

既强调天才的独创性,又承认天才需要规则的制约;既承认艺术创作需要天赋的才能,又认为离不开训练与模仿,康德的这些论述看起来似乎是自相矛盾的,但仔细分析便不难看出,康德这儿实际上是在力图将天才与才能进行区分。在康德看来,天才不等于才能。他所说的独创性、典型性、不可传授性之类,是仅

---

① 康德:《判断力批判》上卷,宗白华译,商务印书馆1964年版,第154~155页。
② 郑保华:《康德文集》,刘克苏等译,改革出版社1997年版,第552~553页。
③ 康德:《判断力批判》上卷,宗白华译,商务印书馆1964年版,第166页。

就天才而言的,而才能则不同,是可以说明解释的,是可以通过学习与训练拥有的。康德的这些见解,是与他对文学艺术的整体看法一致的,这就是"美的艺术需要想象力,悟性,精神和鉴赏力。"①也是与他的基本哲学立场一致的,这就是既承认理性原则的重要,又希望张扬与经验论哲学相关的想象、天才、自由等。

当然,从马克思主义立场来看,康德关于艺术天才的基本论断,是存在着唯心主义倾向的,将科学研究排除在天才活动之外,也是偏颇的。但他对艺术天才诸特点的论述,还是引人深思的。在人类的艺术活动中,的确存在着某些难以言传的规律,比如有的文艺爱好者尽管经年累月,长期钻研,刻苦用功,到头来很可能一事无成;有人虽初涉文坛,即显得才华横溢,与众不同,出手不凡。个中奥妙,是需要我们进一步探讨的。

第二节 黑格尔的文艺思想

格奥尔格·威廉·弗里德里希·黑格尔(Georg Wilhelm Friedrich Hegel, 1770—1831),是德国古典哲学、美学与文艺学的另一位重要代表人物。黑格尔出生于德意志西部符腾堡公国的首府斯图加特城,1788 年进图宾根神学院学习,主要攻读的是神学、哲学及自然科学。1793 年大学毕业后,先后担任过耶拿大学的编外讲师、纽伦堡文科中学校长等职。1816 年被聘为海德堡大学哲学教授,两年后又被普鲁士国王任命为柏林大学教授,主讲过自然哲学、法哲学、宗教哲学、历史哲学、哲学史、美学等课程。1829 年曾任柏林大学校长,1831 年曾荣获普鲁士国家三级红鹰勋章,同年 11 月 14 日,因染上流行性霍乱病而去世,终年 61 岁。

黑格尔是一位向往自由、崇尚理性、善于思辨、富有历史使命感与政治责任感的思想家,是德国古典哲学、美学与文艺学的集大成者。一生著述甚丰,生前出版的著作即有《精神现象学》、《逻辑学》、《哲学全书》、《法哲学原理》等;去世后,又由学生整理出版了《历史哲学》、《宗教哲学》、《哲学史讲演录》、《美学》,等等。黑格尔所建立的庞大哲学体系,从总体上来说,是对理念运动与发展过程的描述,主要由逻辑学、自然哲学、精神哲学三个部分组成。逻辑学描述的是理念在逻辑阶段的发展;自然哲学描述的是理念在自然阶段的发展;精神哲学描述的是理念在精神阶段的发展。黑格尔的文艺学思想,是其哲学体系中精神哲学的重要组成部分,主要体现于《美学》一书。在这部著作的"全书序论"中,黑格尔曾经点明:《美学》的正确名称应当是"艺术哲学",更确切地说,应称之为"美

---

① 康德:《判断力批判》上卷,宗白华译,商务印书馆 1964 年版,第 166 页。

的艺术的哲学"。正是在这部著作中,黑格尔从自己的哲学与美学观出发,对艺术美的本质特征、艺术发展的历史类型、艺术作品中的理想性格、悲剧冲突、艺术创造等重要问题进行了深入系统的探讨。

一、艺术美的本质特征

在《美学》中,黑格尔给美下过一个著名的定义:"美是理念的感性显现。"①黑格尔将自己的美学称之为艺术哲学,因此,这个定义,自然也是切合艺术美的。事实上,黑格尔正是据此论述艺术美的本质特征的:"艺术的内容就是理念,艺术的形式就是诉诸感官的形象。艺术要把这两方面调和成为一种自由的统一的整体。"②具体来看,黑格尔对艺术美的论述,主要包括以下三层意思。

(一)艺术作品的内容,既不是柏拉图所说的脱离客观存在的抽象理式,也不是亚里士多德所强调的"自然的模仿",而是"理念"

"理念"是黑格尔哲学体系的核心范畴,也是其文艺观的出发点。"理念"的内涵较难理解,极易与通常所说的"概念"相混淆,且艺术内容意义的理念与哲学理念也有差异。黑格尔本人显然清楚这一点,故而曾反复申明:他所说的艺术美的理念并不是专就理念本身来说的,也不是在哲学逻辑里作为绝对来了解的那种理念,而是与现实相符合的具体形象,是"与现实结合成为直接的妥帖的统一体的那种理念"。"理念就是符合理念本质而现为具体形象的现实,这种理念就是理想"。③"理念不是别的,就是概念,概念所代表的实在,以及这二者的统一。单就它本身来说,概念还不是理念,尽管概念和理念这两个名词往往被人用混了。只有出现于实在里而且与这实在结成统一体的概念才是理念"④。由此可见,黑格尔所说的理念,实际上是指人们对事物的不脱离具体感性形象的主体性把握,正是在这个意义上,黑格尔又将"理念"与"理想"等同视之,甚至干脆将其称之为"就是心灵","是普遍的无限的绝对的心灵",正是这绝对的心灵"根据它本身去确定真实之所以为真实。"⑤黑格尔认为,正是这种"心灵化"、"具体化"的"理念",构成了文艺作品的内容。

黑格尔所说的这样一种"艺术理念"的形成,实际上伴随着人的自由创造,正是根据自由创造的特征,黑格尔断言:"我们可以肯定地说,艺术美高于自然。因为艺术美是由心灵产生和再生的美,心灵和它的产品比自然和它的现象高多

---

① 黑格尔:《美学》第 1 卷,朱光潜译,商务印书馆 1979 年版,第 142 页。
② 黑格尔:《美学》第 1 卷,朱光潜译,商务印书馆 1979 年版,第 87 页。
③ 黑格尔:《美学》第 1 卷,朱光潜译,商务印书馆 1979 年版,第 92 页。
④ 黑格尔:《美学》第 1 卷,朱光潜译,商务印书馆 1979 年版,第 135 页。
⑤ 黑格尔:《美学》第 1 卷,朱光潜译,商务印书馆 1979 年版,第 118 页。

少,艺术美也就比自然美高多少。从形式看,任何一个无聊的幻想,它既然是经过了人的头脑,也就比任何一个自然的产品要高些,因为这种幻想见出心灵活动和自由。"与之相比,甚至连常常受到人们赞美的太阳这种自然物,本身也是无足轻重的,因为太阳本身不是自由的,没有自由意识的。① 由此可见,黑格尔的艺术理念论中,继承与张扬的正是文艺复兴以来对人的主体价值的尊崇与肯定。

(二)艺术作品的形式,是具体可感的形象,即"感性显现"的产物

根据朱光潜先生的解释,黑格尔"美的定义中所说的'显现'有'现外形'和'放光辉'的意思,它与'存在'是对立的。比如说画马只取马的外在形象,不把马当作实际存在的可骑行的东西来看待。如果舍形象而穷究'存在'的实质,那就成为哲学的抽象思考,就失去艺术所必有的'直接性'了。"②也就是说,黑格尔这儿强调的是:艺术作品的产生过程,就是理念通过恰当的形式,得以感性显现的过程。美和艺术的基本特质,便正在于这样一种形象的鲜明性与可感性。

如果仅就强调艺术形式的具体可感而言,黑格尔的见解也许并无独到之处。值得重视的是,黑格尔从人性哲学的角度,进一步论述了理念显现了感性形象,何以就会产生艺术美的原因。黑格尔认为,人是有自我意识的,与自然存在不同,还要意识到自己的存在。具体有两种方式:一是认识的方式,即从理论上思想上认识自己;二是实践的方式,即通过实践改变外在事物,在外在事物上刻下自己内心生活的烙印,以感到自己的存在。黑格尔举例说:"一个小男孩把石头抛在河水里,以惊奇的神色去看水中所现的圆圈,觉得这是一个作品,在这作品中他看出他自己活动的结果。"③艺术活动同样如此,是"人要把内在世界和外在世界作为对象,提升到心灵的意识面前,以便从这些对象中认识他自己。"④理念显现为感性形象,实际上也正是人通过改造外物,复现自己、认识自己、肯定自己,实现自我心灵满足的过程,因而显现了理念的感性形象,也就是美的了。

(三)艺术就是理念内容与感性显现的自由统一的整体

黑格尔认为,正因艺术美是理念的感性显现,因此,在艺术作品中,理念与感性形式二者之间的关系就显得特别重要。如果有丰富的理念而无得体的形式,或者有过于显赫的形式而理念内涵不足,都不能算是好的艺术品。在论述这一问题时,黑格尔强调艺术形式应该是"灌注生气"的形式,即"一种真实的也就是具体的内容既然应该有符合它的一种感性形式和形象,这种感性形式就必须同

---

① 黑格尔:《美学》第 1 卷,朱光潜译,商务印书馆 1979 年版,第 4 页。
② 朱光潜:《西方美学史》下卷,人民文学出版社 1979 年版,第 478 页。
③ 黑格尔:《美学》第 1 卷,朱光潜译,商务印书馆 1979 年版,第 39 页。
④ 黑格尔:《美学》第 1 卷,朱光潜译,商务印书馆 1979 年版,第 40 页。

时是个别的,本身完全具体的,单一完整的"①。同时又反对另一极端,即艺术的抽象公式化,认为"艺术作品所提供观照的内容,不应只以它的普遍性出现,这普遍性必须经过明晰的个性化,化成个别的感性的东西。如果艺术作品不是遵照这个原则,而只是按照抽象教训的目的突出地揭出内容的普遍性,那么艺术的想象的和感性的方面就变成一种外在的多余的装饰,而艺术作品也就被割裂开来,形式与内容就不相融合了。这样,感性的个别事物和心灵性的普遍性相就变成彼此相外(不相谋)了。"②

总之,在黑格尔看来,艺术应该是理性与感性、普遍性与个别性、内容与形式的完美统一。显然正是出于对艺术特征的认识,黑格尔在《美学》的"全书序论"中,曾首先对历史上出现的三类有代表性的"艺术目的论"进行了反驳。一是模仿说。在黑格尔看来,这种主张显然忽视了艺术家对事物的理念把握,只不过是一种"巧戏法"而已,是不可能创作出优秀作品的。二是激发情绪说。黑格尔认为,这种见解也是不可取的,因为情绪有好有坏,既可以强化心灵,也可以弱化心灵,甚至有可能把人引到最淫荡最自私的情欲。三是实体目的说,即认为艺术创作的目的在于净化人的心灵,或教训别人的手段。黑格尔认为,这种看法实际上否认了艺术活动自身的使命与目的。艺术应有自己的使命,这就是"用感性的艺术形象的形式去显现真实";艺术应有自己的目的,这就是"显现和表现。至于其他目的,例如教训、净化、改善、谋利、名位追求之类,对于艺术作品之为艺术作品,是毫不相干的,是不能决定艺术作品概念的。"③

就哲学认识论而言,黑格尔将"理念"视为"真实",当然是难以令人信服的,但在美学及文学艺术领域,黑格尔将"理念"视为"美"的本质,视为就是"艺术真实",则是有重要意义的。这一论断,既避免了从知性概念出发,将美与艺术视为抽象理式的偏颇,也避免了从经验主义哲学出发,将美与艺术视为仅仅是满足个人感官产物的缺陷。

二、艺术发展的历史类型

在黑格尔心目中,艺术的理想境界是理念与感性形象、精神内容与物质形式的统一,但他发现,在人类艺术发展的不同时期,艺术作品体现出来的二者之间的关系是不一样的。黑格尔正是以此为据,从历史发展的角度,将艺术分为象征型、古典型与浪漫型三种。

---

① 黑格尔:《美学》第1卷,朱光潜译,商务印书馆1979年版,第88页。
② 黑格尔:《美学》第1卷,朱光潜译,商务印书馆1979年版,第63页。
③ 黑格尔:《美学》第1卷,朱光潜译,商务印书馆1979年版,第68~69页。

（一）象征型艺术

黑格尔认为象征型艺术的根本特点是物质形式压倒理性内容、客体吞没主体，是人类艺术初创阶段所体现出来的特征。在这一阶段，由于理念尚处于发端时期，因而自身还是不确定的、模糊的，还未能找到显现自身的得体形象，往往还只是生硬地黏附于自然形态的物质外壳上，给人以"嵌合"、"拼凑"、"图解"的感觉。因此，严格地说，这一阶段的艺术，还不是真正意义上的艺术，而只应被视为艺术前的艺术。

黑格尔将建筑视为象征艺术的典型形式。在黑格尔看来，由于建筑艺术的素材主要是外在的物质，即受机械规律制约的笨重的物质堆；由于建筑的形式还没有脱离无机自然的形式，还只是按照凭知解力认识的抽象的对称关系之类来布置的，因而建筑艺术尚不能实现作为具体心灵性的理想，还不能使客观事物成为精神的绝对完满的表现，还只能是无机的东西勉强接近于精神的表现。总之，"这门最早的艺术所用的材料本身完全没有精神性，而是有重量的，只有按照重量规律来造型的物质"①。也就是说，建筑呈现出的正是客体吞没主体的象征型艺术的特点。

黑格尔当然意识到，建筑艺术本身也是在发展的。故而他所说的最能体现象征型特征的建筑艺术，实际上主要是指东方古巴比伦、埃及、印度等民族用以表达宗教观念的建筑。而至古希腊建筑，情况已有不同，虽仍具应用性，但已趋于精神观念与物质材料之间的完整统一。而至中世纪出现的哥特式教堂建筑，就更为不同了，其高飞远举的庄严气象，进一步显现了理念的上升，已体现出浪漫型艺术的特征。

（二）古典型艺术

黑格尔认为古典型艺术是"用恰当的表现方式实现了按照艺术概念的真正的艺术"②，也就说，古典型艺术已克服了象征型艺术物质形式压倒理念内容的缺陷，理念已自由地、妥当地体现于在本质上就特别适合这理念的形象，使理念内容与外在形式完满融为一体。

黑格尔将雕刻视为古典型艺术的典型形式，认为与建筑相比，雕刻的形象已摆脱了建筑所担负的任务——作为一种单纯的外在自然环境而服务于精神，凭它自己而独立地站在那里。"在雕刻里所看到的正是处在精神离开有体积的物质而回到精神本身的道路上。"③具体说来，雕刻艺术在两点上超出了象征型艺术，一是作为精神来掌握的内容已很明晰，二是它的表现方式和这种内容意义完

---

① 黑格尔：《美学》第 3 卷上册，朱光潜译，商务印书馆 1979 年版，第 17 页。
② 黑格尔：《美学》第 2 卷，朱光潜译，商务印书馆 1979 年版，第 157 页。
③ 朱光潜：《西方美学史》第 3 卷上册，人民文学出版社 1979 年版，第 109 页。

全吻合。总之,从理念与感性形式完满统一的程度而言,古典型艺术是最理想的艺术,是人类艺术发展至黄金时代的产物。

但就理念自身不断挣脱形式束缚的要求来看,古典型艺术又有很大的局限性,比如雕刻艺术,尽管"好像特别善于保持自然真相",但"这种通过笨重物质来表现出的肉体的外在自然面貌不能表现精神之所以为精神的本质。"①也就是说,古典型艺术中的感性形象仍在制约着理念极大程度的解放,心灵仍不能按照它的真正概念达到表现。正因如此,黑格尔又认为,与古典型艺术相比,浪漫型艺术才是最高级的艺术。正是浪漫型艺术,更多地表现了理念精神的胜利。

(三) 浪漫型艺术

黑格尔所说的浪漫型艺术的本质特点是:与象征型艺术中物质形式压倒理念内容的特征相反,理念内容压过了感性形式;与古典型艺术相比,浪漫型艺术又一次打破了理念与形式之间的统一,"在较高的阶段上回到象征型艺术所没有克服的理念与现实的差异和对立"②。黑格尔认为,显示浪漫型艺术特征的艺术门类是绘画、音乐与诗(即语言艺术)。在这几门艺术中,无论形式还是内容,都进一步提高了理念性。但在绘画、音乐与诗中,理念内容与感性形式之间的关系仍存在很大的差别,又正是缘此决定了这几门艺术各自的内在特征以及在人类艺术发展史上的地位。

按通常的看法,绘画与雕塑同属造型艺术,但在黑格尔看来,雕刻形象的躯体和感性外貌等,实际上既不宜于表现主体内心生活,又不宜于刻画个别事物的特殊面貌,而这种既能表达内心生活又能刻画个别事物特征的表现方式,按照造型艺术的规则来说,只能在绘画中表现出来,正是绘画"把形象的实在外表转化成为观念性较强的颜色现象,而且把内在心灵当作描绘的中心"③。这就进一步减少了外在物质因素对精神观念的束缚。

音乐是以无形的声音为材料的,因此,形成音乐内容意义的是处在它的直接的主体的统一中的精神主体性,即人的心灵,亦即单纯的情感。正是这种无形的声音性与单纯的情感性,使得理念内容在音乐艺术中得以极大限度的体现,使之成为最富于浪漫品性的艺术门类。但按黑格尔理性与感性完美统一的美学尺度衡量,音乐艺术的缺陷也是明显的,这就是音乐形象缺乏明确可感性,其内容是在音调中获得的一种象征式的表现,因而与音乐相比,最高境界的艺术还应是诗(语言艺术)。

黑格尔认为,相比而言,诗才是绝对真实的、精神的艺术,是把精神作为精神

---

① 黑格尔:《美学》第 3 卷上册,朱光潜译,商务印书馆 1979 年版,第 111 页。
② 黑格尔:《美学》第 1 卷,朱光潜译,商务印书馆 1979 年版,第 99 页。
③ 黑格尔:《美学》第 3 卷下册,朱光潜译,商务印书馆 1979 年版,第 3 页。

来表现的艺术。具体来说,诗是造型艺术与音乐艺术的优美的结合体,"一方面,诗和音乐一样,也根据把内心生活作为内心生活来领会的原则,而这个原则却是建筑、雕刻和绘画都无须遵守的。另一方面从内心的观照和情感领域伸展到一种客观世界,既不完全丧失雕刻与绘画的明确性,而又能比任何其他艺术都更完满地展示一个事件的全貌,一系列事件的先后承续,心情活动,情绪和思想的转变以及一种动作情节的完整过程"①。正因为诗是最高境界的艺术,故而"到了诗,艺术本身就开始解体。从哲学观点来看,这是艺术的转折点:一方面转到纯然宗教性的表象,另一方面转到科学思维的散文"②。在分析语言艺术时,黑格尔仍按理念内容与感性形象的差异,将诗分为史诗、抒情诗、戏剧体诗;又将戏剧体诗分为悲剧、喜剧与正剧。各自体现出来的不同特点是:在史诗中,由于以叙事为主,故感性形象大于理念内容;在抒情诗中,由于以抒情为主,故理念内容大于感性形象;而戏剧体诗体现出来的则是理念内容与感性形象的统一。至于戏剧体诗的几种类型,黑格尔的看法是,由于正剧的界限摇摆不定,有时有越出戏剧类型而流于散文的危险,因此,没有多大根本的重要性。悲剧是重要的,但悲剧须通过对矛盾双方片面性的否定达到最后的肯定,以显示永恒正义的胜利;而喜剧则不同,从喜剧人物自己的笑声中,我们就能看到他们富有自信心的主体性的胜利,就能直达对"永恒理念"与"绝对真理"的肯定。因而,从理念自身的发展来看,喜剧才是一切艺术的顶峰,而到了这个顶峰,"喜剧就马上导致一般艺术的解体"③。

综上所述,可以看出,黑格尔所描述的人类艺术发展的历史,是人的主体性不断得以提升的历史,是理念不断挣脱感性形式与形象的束缚,终于回归自身的历史,即"始而追求,继而到达,终于超越"④。在黑格尔的整个哲学体系中,理念超越了艺术之后,即演化为宗教,进而演化为哲学。正是从这个意义上,黑格尔说:"最接近艺术而比艺术高一级的领域就是宗教","最后,绝对心灵的第三种形式就是哲学"。⑤

黑格尔对人类艺术发展史及相关类型的分析,尽管存在着从先验理念出发的唯心主义倾向,将本应是与社会现实生活密切相关的整个人类艺术发展的历史简单地归结为理念不断寻求对感性形式超越的历史,但因他凭自己对各类艺术的深切了解,熟练地运用了历史与逻辑相统一的思想方法,发现的毕竟又是人

---

① 黑格尔:《美学》第 3 卷下册,朱光潜译,商务印书馆 1979 年版,第 45 页。
② 黑格尔:《美学》第 3 卷下册,朱光潜译,商务印书馆 1979 年版,第 15 页。
③ 黑格尔:《美学》第 3 卷下册,朱光潜译,商务印书馆 1979 年版,第 334 页。
④ 黑格尔:《美学》第 1 卷,朱光潜译,商务印书馆 1979 年版,第 91 页。
⑤ 黑格尔:《美学》第 1 卷,朱光潜译,商务印书馆 1979 年版,第 132 页。

类艺术发展的一条值得重视的规律。

三、理想性格论

在文学作品中,特别是在叙事性文学作品中,人物性格的成功与否,往往是作品成败的关键。黑格尔是充分意识到了这一点的,他曾这样指出:"性格就是理想艺术表现的真正中心,因为它把前面我们作为性格整体中的各个因素来研究的那些方面都统一在一起。"①并对理想性格特征进行了深入的探讨。

（一）人物性格的丰富性、整体性

作为理想性格,应是一具有性格的多面性的完满整体。黑格尔强调:"人不只具有一个神来形成他的情致;人的心胸是广大的,一个真正的人就同时具有许多神,许多神只各代表一种力量,而人却把这些力量全包罗在他的心里。"②认为只有多面性才能使性格生动有趣,同时,这种多面性又必须融于一个主体,而不是杂乱肤浅的东西的拼凑。只有这样,才能使作品中"每一个人都是整体,本身就是一个世界,每个人都是完满的有生气的人,而不是某种孤立的性格特征的寓言式的抽象品"③。黑格尔举例说,荷马笔下的人物,即体现为这样一种理想性格,如阿喀琉斯是个最年轻的英雄,但是他一方面有年轻人的力量,另一方面也有人的一些其他品质,荷马借种种不同的情境把他的这种多方面的性格都揭示出来了。

（二）人物性格的特殊性、明确性

理想性格不仅表现在丰富性与整体性,同时还必须有某种特殊的情致,为基本的、突出的性格特征,这样才能使人物具有鲜明的个性。同时,这种特殊性又不能限定得过分死板,致使人物成为某种情致完全抽象的形式,使之丧失生动性与完满性。因为"一个性格之所以能引起兴趣,就在于它一方面显出上文所说的整体性,而同时在这种丰富中它却仍是它本身,仍是一种本身完备的主体。如果人物性格没有见出这样的完满性和主体性,而只是抽象的,任某一种情欲去支配的,它就会显得不是什么性格,或是乖戾反常、软弱无力的性格"④。黑格尔认为,像莎士比亚笔下的朱丽叶这样的形象,就是合乎上述特点的理想性格。在不同的情境中,朱丽叶虽有不同的性格表现,但却始终只有一种情感,即她热烈的爱,渗透到而且支撑起她整个的性格。

---

① 黑格尔:《美学》第1卷,朱光潜译,商务印书馆1979年版,第300页。
② 黑格尔:《美学》第1卷,朱光潜译,商务印书馆1979年版,第301页。
③ 黑格尔:《美学》第1卷,朱光潜译,商务印书馆1979年版,第303页。
④ 黑格尔:《美学》第1卷,朱光潜译,商务印书馆1979年版,第302页。

(三) 人物性格的坚定性

人物表现出一种一贯忠实于他自己的情致所显现的力量和坚定性,是按自我性格发展的逻辑,根据自己的意志发出动作的,而不受其他因素的影响。否则,人物性格的复杂性就会是一盘散沙,毫无意义。黑格尔正是据此批评高乃依《熙德》中有的人物呈现出同一心灵的分裂性,时而由抽象的荣誉转到爱情,时而又由抽象的爱情转到荣誉,这样的翻来覆去,就违反了人物性格所必有的真正决断性与统一性;批评在某些德国作品中,人物常常表现出永无止境的忧伤抑郁,愤愤不平,悲观失望;强调"一个真正的人物性格必具有勇气和力量,去对现实起意志,去掌握现实"①。在黑格尔看来,真正值得肯定的还是莎士比亚的剧作,认为其特点"正在于他把人物性格描绘得果断而坚强,纵然写的是些坏人物,他们单在形式方面也是伟大而坚定的。哈姆雷特固然没有决断,但是他所犹疑的不是应该做什么,而是应该怎样去做"②。

与理想性格的创造相关,在《美学》中,黑格尔还进一步探讨了理想性格与环境之间的辩证关系。黑格尔认为:"人必须在周围世界里自由自在,就像在自己家里一样,他的个性必须能与自然和一切外在关系相安,才显得是自由的。所以一方面是人物性格的内在的主体的统一以及他的情况和动作,另一方面是外在的客观存在的客体的统一,这两方面不是彼此分离,漠不相关,而是显出协调一致和互相依存。"③在艺术作品中同样如此,要使某一个人物显得真实可信,必须要有两方面的条件,这就是带有主观性的人物本身和他的外在环境;艺术的高妙境界就是要创造出"一种主体与外界双方的共鸣,使它们融合为一个整体"④。黑格尔这儿所说的环境主要包括自然环境、人化了的环境及复杂的精神关系等三个方面。黑格尔具体指出,在艺术作品中,外在自然环境必须是真实的、明确的,而不是枯燥空洞、模糊不清。同时,还不应为妙肖自然而求妙肖自然,还要写出人化的自然。此外,还要注意将人物置于由国家的组织形式、宪法、法律、家庭、公共生活与私生活等多方面因素构成的复杂的精神关系网中予以把握。正是在这样一种人物与环境的密切关联中,人物的理想性格才能得以更好的体现。

黑格尔将富有个性的人物视为艺术描写的中心,且深入地探讨了理想性格的普遍性与特殊性、共性与个性以及理想性格与理想环境之间的关系,从而将西方文艺理论史上典型学说推进到一个新的阶段,并构成了后来马克思主义典型学说的理论前提。值得肯定之处还在于,黑格尔所强调的理想性格的主体性、坚

---

① 黑格尔:《美学》第1卷,朱光潜译,商务印书馆1979年版,第309页。
② 黑格尔:《美学》第1卷,朱光潜译,商务印书馆1979年版,第310~311页。
③ 黑格尔:《美学》第1卷,朱光潜译,商务印书馆1979年版,第322页。
④ 黑格尔:《美学》第1卷,朱光潜译,商务印书馆1979年版,第325页。

定性之类,表现了具有历史进步意义的积极向上的人文主义精神。

四、悲剧冲突论

英国学者布雷德莱曾经指出,黑格尔是自亚里士多德论述悲剧以来,以同样的独创性和探索精神来研究悲剧问题的唯一哲学家。① 这评价是有道理的。在分析艺术发展史的类型时,黑格尔虽然从理念挣脱外在束缚的程度,将喜剧看做是一切艺术的顶峰,但从理念内容与感性形象统一的艺术尺度出发,真正重视的还是悲剧。他曾联系西方文学史上许多悲剧作品,对悲剧冲突以及与之相关的悲剧作用等问题,进行了更为深入独到的探讨。

关于悲剧冲突,黑格尔认为最常见的有以下三种类型,并通过分析比较,提出了自己的见解。

第一,由物理的或自然的情况所导致的冲突。例如由自然所带来的疾病、罪孽和灾害等。这些东西破坏了人类生活的和谐,结果造成了矛盾冲突,造成了人生的悲剧。欧里庇德斯的悲剧《阿尔克斯提斯》即是以阿德默特的病为前提的;索福克勒斯的悲剧《斐罗克特》的冲突也是以身体上的灾祸为基础的。黑格尔认为,造成这类悲剧冲突的原因,还只是外在的自然力量,只是一些人力难以抗拒的可怕的偶然事件,故而只能作为单纯的原因而发生作用,本身实际上是没有什么悲剧意义的,还构不成真正有价值的悲剧冲突。

第二,由自然条件产生的心灵冲突。黑格尔这儿所说的自然条件,主要是指与人生命运密切相连的家庭关系、阶级出身、天生情欲等。以家庭关系来看,最突出的冲突是由王位继承权而导致的兄弟之间的仇杀,这从《旧约》里该隐杀他的兄弟亚伯就已经开始了,莎士比亚的《麦克伯》(又译《麦克白》)也是以这类冲突为基础的。黑格尔认为这种纠纷实际上是偶然的,本身并无绝对必然性,因而这种纠纷还必须有别的情况和更基本的原因才能构成悲剧冲突。以阶级出身、社会地位造成的对立来看,由于个人的自由意志被剥夺了,这种对立本身当然是不合理的,由此而造成的冲突,也是悲惨的、不幸的。但在黑格尔看来,解决这类冲突的方式应该是:个人必须凭他心灵方面的优点跳过这种自然界限,或凭内心的自由去反抗这种障碍,不受它的约束,或放弃合理的斗争,承认现实,以恢复主体自由的形式的独立自足性。如果将其直接体现于悲剧艺术,则是"违反审美性的,与艺术理想的概念是相矛盾的,尽管它是人们爱采用的而且用起来也是很容易的"②。从由妒忌、野心、贪婪、爱情之类天生情欲所引起的冲突来看,

---

① 参见汝信夏森:《西方美学史论丛》,上海人民出版社1963年版,第148页。
② 黑格尔:《美学》第1卷,朱光潜译,商务印书馆1979年版,第268页。

最典型的例子是莎士比亚的《奥赛罗》。黑格尔认为,这类天生情欲,仍属外在的自然力量,在心灵的旨趣和矛盾中仍不是本质的东西,故而只能构成悲剧冲突的基础和背景,不能构成本质性的悲剧冲突。

第三,由心灵性的差异产生的分裂。黑格尔认为"这才是真正重要的矛盾",才是最理想的悲剧冲突。具体又可分为三种情况。一是由无意识的行动导致的冲突,如索福克勒斯笔下的俄狄浦斯在无意之中杀父娶母,后来明白事情的真相后陷入的内心冲突;二是有意识的行动导致的内心冲突,如阿伽门农的儿子蓄意为父报仇,杀害自己母亲时的心灵冲突;三是行动本身并不引起冲突,而是由其他关系与情境所决定人物的内心冲突,如罗密欧与朱丽叶的恋爱本身并不破坏什么,只因双方家庭的世仇,使之造成冲突。黑格尔认为,"在这些事例的冲突中,要点在于当事人所争求的对象本身是道德的,真实的,神圣的"①。也就是说,就人物各自的立场来看,都带有理性或伦理上的普遍性,其行动都有正确的理由,但在现实生活中,某一理想的实现,又必然会破坏或损害其对立面,因而它们又是片面的,抽象的,不完全符合理性的。因此,这样的冲突,也就最能表现理念在自我发展过程中所遭遇的各种困难和斗争。黑格尔正是据此断言:"一方面须有一种由人的某种现实行动所引起的困难、障碍和破坏;另一方面须有本身合理的旨趣和力量所受到的伤害。只有把这两方面定性结合在一起,才是这最后一种冲突的深刻的根源。"②正是在这样的悲剧冲突中,个人的牺牲好像都是无辜的,但就整个世界秩序来看,就"永恒正义"的追求来看,主人公的苦难与不幸,往往又是罪有应得,是对其片面性的一种合理的惩罚。也就是说,在黑格尔看来,悲剧的真正意义不在于表现人间的苦难,而是通过具有某种片面性的悲剧人物的毁灭,伸张"永恒正义"。与之相关,悲剧的作用,也不再是亚里士多德所说的因"恐惧与怜悯"导致的心灵陶冶,而是因体味到"永恒正义"的胜利而引发的愉快和兴奋。

黑格尔关于悲剧冲突的见解,由于立足于抽象的"永恒正义"观,忽视了悲剧冲突的社会现实基础,取消了与社会历史发展相关的是非标准,当然也是有很大片面性的。但他强调的悲剧冲突不是人与自然,而是人与人之间的精神层次的冲突的见解,又是独到的、深刻的。这类冲突所造成的的确是人间更为深重的悲剧,是人类形成文明社会以来一直存在,以后恐怕永远难以解决的深层精神困境。从人类文学艺术史来看,在诸如《哈姆雷特》、《红楼梦》这样一类伟大作品中,无不蕴涵着这样一种更深层次的悲剧意味。而又正是这类伟大作品,在启示着一代一代的读者,正视人类的处境,思考人性的局限,不懈地探寻人类的精神

---

① 黑格尔:《美学》第 1 卷,朱光潜译,商务印书馆 1979 年版,第 272 页。
② 黑格尔:《美学》第 1 卷,朱光潜译,商务印书馆 1979 年版,第 271 页。

出路。

五、艺术创造论

作为一部系统的艺术哲学,黑格尔在《美学》中,对艺术创造活动的内在特征与外部条件也给予了充分的注意,提出了一系列值得重视的见解。

第一,艺术创作需要天才。与康德相同,黑格尔亦特别强调艺术创作需要天才,认为"天才是真正能创造艺术作品的那种一般的本领以及在培养和运用这种本领中所表现的活力"①。并将天才具体归结为想象能力,以及在使用传达技巧时所表现出来的轻巧灵活等。黑格尔曾断言"最杰出的艺术本领就是想象"②。这类想象,与人类的科学想象活动不同,它有一种本能式的创造力,它是以无意识的方式起作用的,所以必然要靠人类天生资禀来掌握。至于艺术家在创作时所使用的有关技巧,黑格尔认为也往往是来自一种天生自然的推动力,一种非要把自己的情感思想马上表现为艺术形象的直接需要,是可以毫不费力地在自己身上找到的。总之,"艺术创作,正如一般艺术一样,包括直接的和天生自然的因素在内,这种因素不是艺术家凭自力所能产生的,而是本来在他身上就已直接存在的"③。

第二,艺术创作需要主观努力。黑格尔同时又指出,天才之于创作固然重要,但仅靠天才同样无济于事,还需要艺术家本人多方面的主观努力。一是要运用理性能力,对生活予以深刻的把握。即艺术家不能只是满足于他所选择的为之感动的对象,还要对其本质的真实的东西加以彻底体会。关于这一点,黑格尔说:"没有思考分辨,艺术家就无法驾驭他所要表现的内容(意蕴)。"④并联系文学史的事实指出,每一部伟大的艺术作品,都会使人感到其中材料是经过作者从各方面长久深刻衡量过的,熟思过的,而不是轻浮想象的产物。二是要加强艺术技巧的训练,认为艺术家的许多才能,只有经过充分的练习,才能达到高度的熟练。三是要有丰富的生活阅历,即他必须看得很多,发出过很多行动,得到过很多的经历,只有如此,他才有能力用具体形象把生活中真正深刻的东西表现出来。故而"天才尽管在青年时代就已露头角,但只有到了中年和老年,才能达到艺术作品的真正成熟"⑤。

黑格尔还结合灵感问题,进一步说明了艺术家主观努力的重要性。黑格尔首先承认,艺术创作中的确存在着灵感现象,但这灵感不是凭空而来,而正是建

---

① 黑格尔:《美学》第1卷,朱光潜译,商务印书馆1979年版,第360页。
② 黑格尔:《美学》第1卷,朱光潜译,商务印书馆1979年版,第357页。
③ 黑格尔:《美学》第1卷,朱光潜译,商务印书馆1979年版,第361页。
④⑤ 黑格尔:《美学》第1卷,朱光潜译,商务印书馆1979年版,第359页。

立在对生活意义的理解,对艺术技巧的掌握等主观努力的基础上的,即"要煽起真正的灵感,面前就应该先有一种明确的内容,即想象所抓住的并且要用艺术方式去表现的内容"。否则,黑格尔讽刺说,即使"最大的天才尽管朝朝暮暮躺在青草地上,让微风吹来,眼望着天空,温柔的灵感也始终不光顾他"[1]。

第三,艺术创作需要与之相适应的外部社会条件。黑格尔认为,艺术创造活动的成功,除了艺术家的天才与本人的主观努力之外,还要受到"一般世界情况"的影响与制约。黑格尔所说的"一般世界情况",主要是指某一特定时期物质生活与文化生活的整体背景。黑格尔大致按照历史发展的过程,主要分析了以下三种情况。

一是"英雄时代"的情况,具体指的是在古希腊的荷马史诗之类作品中描写出来的"世界情况"。黑格尔认为,在这样的"世界情况"中,文化还处在生长期,虽已形成了一定的伦理规范及道德理想,但还没有僵化为刻板的法律秩序。与之相关,个人虽已属于某一群体,人与人之间虽有主奴之分,但基本上还是自由组合的。如荷马史诗中的英雄们,虽在追随他们的首领阿伽门农,但仍可随自己的意愿来去自由。也就说,在"英雄时代",个人虽已受到了社会规范的制约,但仍可凭自己的自由意志行事。黑格尔认为,这样的世界情况,最适于艺术的发展,辉煌的古希腊艺术,正是这一世界情况的产物。

二是"牧歌式的情况",黑格尔具体指的是西方自希腊罗马以来牧歌体诗人和作家们所描写的那种空想乐园的情况。在这种"世界情况"中,从自然方面来说,人们无须去费什么劳力,即可满足自己的一切需要;从人方面来说,在天真淳朴状态中他享受着诸如草地、森林、牲畜、小园、茅棚所供给的食住及其他可享受的东西,他还完全没有违犯人性尊严的求名求利之类的欲望。黑格尔认为,这种情况虽然可以使人有若干的"独立自足性",却很快就会使人厌倦;由此而形成的人物性格,也往往缺乏高尚的理想以及顽强性与坚定性,因而是不适于艺术发展的。

三是"散文气味的现代情况",这儿指的实际是资产阶级工业文明时期的社会情况。黑格尔认为,这种世界情况同样不适于艺术的发展,因为"现代生活的偏重理智的文化迫使我们无论在意志方面还是在判断方面,都紧紧抓住一些普泛观点,来应付个别情境,因此,一些普泛的形式,规律,职责,权利和规箴,就成为生活的决定因素和重要准则。但是艺术兴趣和艺术创作通常所更需要的却是一种生气,在这种生气之中,普遍的东西不是作为规则和规箴而存在,而是与心境和情感契合为一体而发生效用,正如在想象中,普遍的和理性的东西也须和一

---

[1] 黑格尔:《美学》第1卷,朱光潜译,商务印书馆1979年版,第364页。

种具体的感性现象融成一体才行"①。具体来说,在这种社会情况中,在大多数艺术门类里,比如在造型艺术里,艺术家常常是按雇主的订货条件而工作。艺术家们尽管也很用心去体验那种已定的内容,那内容对他毕竟只是一种材料,而不直接就是他自己意识中具有实体性的东西。这样一来,艺术家的才能,也就不再是自由心灵的体现,而是成了服务于另一种目的的工具了。黑格尔正是据此认为,这样一种"现代情况"是不利于艺术发展的。

黑格尔虽与康德相同,高度肯定了艺术天才之于艺术活动的重要性,但他同时亦强调了艺术家主观努力以及与之相适应的"一般世界情况"的重要性。这些见解,显然比康德要科学得多,辩证得多,亦更为合乎艺术创作的实际。此外,他对资本主义时代不利于艺术发展的分析,也是有重要启发意义的。这实际上是从另一个角度,即"世界情况"入手揭示了传统艺术正在走向"解体"的规律。黑格尔的这类分析,与他在分析艺术发展类型时谈到的"浪漫型导致艺术的解体"观相比,无疑是更有说服力的。后来,马克思正是受其影响,亦在相近的意义上提出了"资本主义生产就同某些精神生产部门如艺术和诗歌相敌对"②的见解。

第三节 歌德与席勒的文艺思想

在德国古典时期的文艺理论界,除了康德与黑格尔之外,歌德与席勒的文艺观也产生了重大的影响。与哲学家的康德、黑格尔不同,歌德与席勒是卓有成就的诗人、作家,因而,他们的文艺观主要不是来自于哲学思辨,而是结合艺术实践提出的。

一、歌德的文艺观

约翰·沃尔夫冈·冯·歌德(Johann Wolfgang von Goethe,1749—1832),德国最伟大的诗人、作家,代表作有《少年维特之烦恼》、《浮士德》等。其文艺观主要见之于《论德国建筑艺术》、《说不尽的莎士比亚》、《格言和感想集》、《诗与真》、《与爱克曼的谈话录》等。具体见解主要集中于以下几点。

(一)艺术家既是自然的奴隶,又是自然的主宰

自古希腊以来,艺术与自然的关系一直是西方文艺理论史上有争议的重要问题之一,大致形成了两种意见,一是强调文艺作品是自然的模仿,二是强调文

---

① 黑格尔:《美学》第1卷,朱光潜译,商务印书馆1979年版,第14~15页
② 《马克思恩格斯全集》,第26卷第1册,人民出版社1972年版,第296页。

艺作品是天才、灵感的产物。这两种见解，显然都是片面的。歌德较早正确地论述了二者之间的关系，认为文艺既是对自然的模仿，又是超越自然的伟大人格的主体创造。

歌德首先从艺术真实的角度，强调了文艺创作模仿自然的重要性，认为如果脱离了自然真实的基础，文艺作品将是虚伪的，矫揉造作的。歌德同时又反对单纯地模仿自然，认为艺术并不是在广度和深度上与自然竞赛，而只是将自然作为自己的材料宝库，要通过对自然正确而深入的研究，通过对形象的一览无遗的观察，把各种具有不同特点的形体结合起来加以融会贯通的模仿，这样才能企及艺术的最高境界。否则，如果只是仅仅于细节的描绘，而不向着整体的概念破浪前进，"就会一败涂地地失去了目标"[1]。他虽然强调艺术家在个别细节上都要忠实于自然，同时又指出，在艺术创造的较高境界里，艺术家可以挥洒自如，可以想象虚构。他所赞赏的荷兰画家吕邦斯的作品正是如此。在一幅风景画中，吕邦斯竟采用了来自相反两个方向的光，这本来是违反自然的，而歌德则正是从自己的见解出发，认为这是"大画师的大胆手笔"，体现了"画家的诗的精神"，艺术家正是"用这种天才的方式向世人显示：艺术并不完全服从自然界的必然之理，而是有它自己的规律。"[2]艺术，从根本上来说，就是要通过一种完整体向世界说话，但这种完整体不是他在自然中所能找到的，而应是艺术家自己心智的果实，是一种神圣精神灌注生气的结果。

总之，在歌德看来，艺术家对于自然有着双重关系，即既是自然的奴隶，又是自然的主宰。歌德还进一步指出，艺术家要成为自然的主宰，关键要有以深厚的文化修养为基础的伟大人格。他举例说，古希腊艺术家雕出了比现在地球上任何一匹马都更完美的马头，绝不要误认为这些艺术家是按照比现在更完美的自然马雕刻而成的，而是由于时代和艺术的进展，使艺术家们自己的人格得到了陶冶，"他们是凭着自己的伟大人格去对待自然的"。相反，有些人"凭着人格的软弱和艺术上的无能去模仿自然，自以为做出了成绩。其实他们比自然还低下"[3]。歌德还列举了另外一些事实证明："自然对人是鄙视的；她对有能力的、真实的、纯粹的人才屈服，才泄露她的秘密。"[4]歌德的意思很清楚，谁要想创作出伟大的作品，就必须首先提高自己的文化人格，只有如此，才可以像古希腊艺术家那样，把本来也许是猥琐的实际自然提高到他自己的精神高度，才能创作出高妙的艺术作品。歌德这儿的见解，与古罗马时代的朗吉弩斯所强调的"诗人

---

[1] 歌德等：《文学风格论》，王元化译，上海译文出版社1982年版，第3页。
[2] 《歌德谈话录》，朱光潜译，人民文学出版社1978年版，第136页。
[3] 《歌德谈话录》，朱光潜译，人民文学出版社1978年版，第174页。
[4] 《歌德谈话录》，朱光潜译，人民文学出版社1978年版，第183页。

要有伟大庄严的思想"是相通的。

（二）艺术的本质在于通过个别表现一般

歌德从自己的创作经验出发，进一步总结了艺术创作的规律，这就是，要从现实出发，通过描写个别表现一般。歌德这样明确讲过："诗人究竟为一般而找特殊，还是在特殊中显出一般，这中间有一个很大的分别。由第一种程序产生出寓意诗，其中特殊只作为一个例证或典范才有价值。但是第二种程序才特别适宜于诗的本质，它表现出一种特殊，并不想到或明指到一般。谁若是生动地把握住这特殊，谁就会同时获得一般而当时却意识不到，或只是到事后才意识到。"①歌德认为，这实际上是两种截然不同的创作方法，也是他与席勒在文艺观及创作实践方面的重要分歧。在歌德看来，席勒所坚持的即是"为一般而找特殊"的错误创作方法，结果只能导致作品的类型化、概念化，自己所坚持的才是正确的"在特殊中显现一般"的创作方法。而只有按这种正确方法，其作品的形象才能生动鲜明，为人所喜爱。也只有这样，一位艺术家才可以算是真正跨进了艺术"圣殿的大门"②。那么，怎样才能坚持这样一种正确的创作方法呢？对此，歌德又从以下两方面进行过具体细致的阐述。

一是首先要抓住个别，即创作要从个别出发，而不是从观念出发。歌德在与爱克曼的谈话中多次强调，艺术的真正生命正在于对个别特殊事物的掌握和描述，认为只有"到了描述个别特殊这个阶段，人们称为'写作'的工作也就开始了"③。他告诫爱克曼，在创作活动中，要"坚持不懈，牢牢地抓住现实生活。每一种情况，乃至每一顷刻，都有无限的价值，都是整个永恒世界的代表"④。"不用担心个别特殊引不起同情共鸣。每种人物性格，不管多么个别特殊，每一件描绘出来的东西，从顽石到人，都有些普遍性"⑤。歌德认为，只有这样从个别入手，才符合正常的创作规律，相反，如果从观念出发，只能导致创作中浪漫主义的"病态"。歌德以自己的《塔索》、《浮士德》等作品为例，说明他本人在创作中力避的正是这类弊端。他说："观念？我似乎不知道什么是观念！我有塔索的生平，有我自己的生平，我把这两个奇特人物和他们的特性融会在一起，我心中就浮起塔索的形象。"⑥当有人问及《浮士德》要体现的是什么观念时，歌德以讥讽的口吻反驳道："仿佛以为我自己懂得这是什么而且产得出来！从天上下来，通过世界，下到地狱，这当然不是空的，但这不是观念，而是动作情节的过程。""倘

---

① 朱光潜：《西方美学史》下卷，人民文学出版社1979年版，第416页。
② 歌德等：《文学风格论》，王元化译，上海译文出版社1982年版，第5页。
③⑤《歌德谈话录》，朱光潜译，人民文学出版社1978年版，第10页。
④《歌德谈话录》，朱光潜译，人民文学出版社1978年版，第12页。
⑥《歌德谈话录》，朱光潜译，人民文学出版社1978年版，第146页。

若我在《浮士德》里所描绘的那丰富多彩、变化多端的生活能够用贯穿始终的观念这样一条细绳串在一起,那倒是一件绝妙的玩意儿哩!"①从这些言论中可以看出,歌德的主张是,只要首先抓住了个别,艺术创作就有可能获得成功,因为个别中往往就已蕴涵着一般。

二是要在个别中显现一般。歌德当然清楚,并不是随意抓取个别,就能写出成功之作,因此他又强调,个别应是亲身体验过的,是由自己独特的文化眼光捕捉到的。这就要求一位艺术家,不仅要有描写个别的才能,还要有把握事物深层意蕴的足够智慧与高尚的思想情感。歌德认为,莎士比亚在剧作中,之所以写出了许多"巨人般的伟大性格",就是因为莎士比亚是以自己的智力,"吹醒了"这些人物的"生命";②高乃依等人的剧作,之所以在培育民族品格方面产生了那么大的影响,也是因为这些剧作家"同时具有创造才能和内在的强烈而高尚的思想情感,并把它渗透到他的全部作品里",从而使作品中所表现的灵魂变成了"民族的灵魂"③。此外,歌德还十分重视用合成的方式,使个别更富有普遍性。他曾结合自己在《少年维特之烦恼》中绿蒂这个人物的塑造总结说:"我写东西时,我没有忘记美术家有机会从对于各种美女的研究中,塑造出维纳斯的形象来,这是多么幸运的事。因此,我也把许多美女的容貌和特征,用来作为我的绿蒂的原型。虽然主要的特征,还是从我所最喜欢的女人那儿取来的。"④

在歌德所处的时代,由于柏拉图以来的"理式论"哲学的影响,从一般观念出发去寻求个别事物来表现一般观念的创作思潮较为盛行,席勒亦深受影响,结果导致了马克思后来所批评的"把人物当作时代精神传声筒"的弊端。此外,当时的文坛上也存在着"类型化"的"伪古典主义"倾向。歌德的有关论述,不仅影响后期的席勒克服了自己的缺陷,对"伪古典主义"的"类型化"也起了补偏救弊的作用。从西方文论发展史来看,歌德实际上是结合创作实践,进一步论证了亚里士多德在《诗学》中早已提出的"诗所描述的事带有普遍性"的见解,为后来别林斯基等人的现实主义典型理论打下了坚实的基础。

(三)文学是民族的,又是世界的

歌德生活的时代,德意志民族尚处于四分五裂的状态。为了民族的统一,建立民族文学,也就成了德国诗人、作家们异常关注的一个问题,歌德对此也进行过深入的思考。

歌德认为,民族文学的建立,离不开一定民族的生活土壤与文化传统。一位

---

① 《歌德谈话录》,朱光潜译,人民文学出版社1978年版,第147页。
② 伍蠡甫:《西方文论选》上卷,上海译文出版社1979年版,第456页。
③ 《歌德谈话录》,朱光潜译,人民文学出版社1978年版,第128页。
④ 蒋孔阳:《德国古典美学》,商务印书馆1980年版,第169页。

作家,只有抓住了自己同胞思想中的伟大之处,情感中的深刻之处,只有被其民族的精神完全渗透了,只有在汲取一切伟大的前辈与同辈人有益东西的基础上,且一心一意地埋头于文学事业,才有可能成为伟大的民族作家。他以古希腊的伟大作家为例说:"用正确的观点来看,我们更应惊赞的是使它可能产生的那个时代和那个民族,而不是一些个别的作家。"那些作家宏伟、妥帖、健康、人的完美、崇高的思想方式、纯真而有力的关照等特质,不是专属于某些个别人物,而是"属于并且流行于那整个时代和整个民族的。"①歌德对自己的创作,也是这样看的。他说:"事实上我们全都是些集体性人物,不管我们愿意把自己摆在什么地位。严格地说,可以看成我们自己所特有的东西是微乎其微的,就像我们个人是微乎其微的一样。我们全都要从前辈和同辈学到一些东西。就连最大的天才,如果想单凭他所特有的内在自我去对付一切,他也绝不会有多大成就。""我不应把我的作品全归功于自己的智慧,还应归功于我以外向我提供素材的成千成万的事情和人物。我所接触的人之中有愚人也有聪明人,有胸怀开朗的人也有心地狭隘的人,有儿童、有青年,也有成年人,他们能把他们的情感和思想、生活方式和工作方式以及所积累的经验告诉了我。我要做的事,不过是伸手去收割旁人替我播种的庄稼而已。"②歌德的这些言论,辩证地揭示了作家与人民群众、与民族生活之间的血肉关系。这些语重心长的论述,对一位作家的成长而言,至今仍是非常有益的。

在论及民族文学时,更为值得注意的是,歌德同时以广阔的文化眼光指出,真正民族的文学,并非仅仅属于某一民族所有,而应具有普遍性的世界意义。晚年的歌德,曾真诚地说:"我愈来愈深信,诗是人类的共同财产……民族文学在现代算不了很大的一回事,世界文学的时代已快来临了。"③他甚至曾这样断言:"并不存在爱国主义艺术和爱国主义科学这种东西。艺术和科学,跟一切伟大而美好的事物一样,都属于整个世界。只有在跟同时代人自由地和全面地交流思想时,在经常向我们所继承的遗产就教的情况下,它们才能得到不断的发展。"④他明确主张,不论什么时代,什么民族的作品,只要它还有可取之处,就应把它吸收过来。

正是在这样的思想指导下,歌德特别注意分析其他民族的长处,比如对中国人的文化与文学优势,歌德即曾给予了充分的肯定。认为中国人在思想、行为和情感方面,不仅与德意志人相似,而且比德意志人更明朗,更纯洁,也更合乎道

---

① 《歌德谈话录》,朱光潜译,人民文学出版社 1978 年版,第 142 页。
② 《歌德谈话录》,朱光潜译,人民文学出版社 1978 年版,第 250~251 页。
③ 《歌德谈话录》,朱光潜译,人民文学出版社 1978 年版,第 113 页。
④ 蒋孔阳、朱立元:《西方美学通史》第 4 卷,上海文艺出版社 1999 年版,第 544 页。

德。在文学作品中,往往"穿插着无数的典故,援用起来很像格言",而且这些典故,有许多"都涉及道德和礼仪"。歌德认为"正是这种在一切方面保持严格的节制,使得中国维持到几千年之久,而且还会长存下去"①。

而对本民族文化方面的某些不足,歌德亦不回避。他在与爱克曼谈话时提到,德国人往往"各按自己的心意行事,只求满足自己,不管旁人如何"②。认为德国人固然已受过一个世纪正当的文化教养,但是还要再过几个世纪,才会有足够多和足够普遍的精神和高度文化,"能像希腊人一样欣赏美,能受到一首好歌的感发兴起"③。因此,德国人更应该跳开周围环境的小圈子,向外面看一看,才能避免学究气的昏头昏脑,才能促进民族文化、民族文学的建设。

歌德这种超越狭隘民族主义立场的世界文学观,渴望不同民族文化之间相互沟通的文化观,对正在走向"地球村"时代的当今人类而言,其启示意义无疑仍是巨大的。

二、席勒的文艺观

约翰·克利斯托夫·弗里德利希·席勒(Johann Christoph Friedrich Schiller,1759—1805),德国著名诗人、剧作家、狂飙突进运动的主要代表人物之一。其代表性诗作有《欢乐颂》,剧作有《强盗》、《阴谋与爱情》、《威廉·退尔》等。其文艺思想主要见之于《论美书简》、《审美教育书简》、《论素朴的诗与感伤的诗》等。与歌德相同,席勒本人并没有完整的哲学体系,主要是在康德哲学思想的基础上,并结合创作实践阐发其美学、文艺学思想的。

(一)理想化艺术的探求

席勒是一位富有历史使命感与责任感的诗人、作家,如何通过理想化的文学艺术解决现实社会中人性的分裂,一直是他思考文艺学问题的出发点。他在著名论文《论素朴的诗与感伤的诗》中,力图探寻的就是这种理想艺术的创作之路。在这篇论文中,席勒将有史以来的诗分成素朴的诗与感伤的诗两类,认为这两类诗均有缺陷,而理想的艺术境界应是这两类诗质的结合。

席勒所说的素朴的诗与感伤的诗的主要区别在于:第一,从起源来看,素朴的诗源于诗人同自然(现实)的和谐一致;感伤的诗则源于诗人同自然(现实)的对立。第二,从历史演变看,素朴的诗是古代诗的形式,感伤的诗是近代诗的形式。第三,从内容来看,"素朴的诗"是"模仿自然的诗",即重在再现客观的自然(现实);"感伤的诗"是"表现主观理念的诗",即侧重于描绘诗人对自然(现实)

---

① 《歌德谈话录》,朱光潜译,人民文学出版社1978年版,第112页。
② 《歌德谈话录》,朱光潜译,人民文学出版社1978年版,第190页。
③ 《歌德谈话录》,朱光潜译,人民文学出版社1978年版,第143页。

的主观感受以及在心灵中引起的情感。第四,从创作特征看,素朴的诗是自然的恩赐,与思考无干;而感伤的诗则借助思考,努力使带有缺陷的对象完善起来。第五,从产生的效果来看,由于素朴的诗侧重于对客观现实的模仿,诗人与自然之间处于单一和谐的状态,因而作品也是叫人愉快的、纯洁的与平静的;而感伤的诗则由于侧重于对主观观念的表现,诗人时常处于感觉与印象的冲突之中,因而作品也往往唤起人们严肃、紧张、复杂的感情。换一个角度看,由于素朴的诗是生活的儿子,故而能够引导读者回到生活中去;由于感伤的诗是隐遁和静寂的产物,故而又招引读者求取隐遁和静寂。第六,从诗人与自然的关系来看,由于素朴的诗人热衷于对感性现实的模仿,因而总以愉快的态度面对现实;而感伤诗人则因迷恋于现实难以充填起来的超现实的观念,因而总是对现实生活感到厌恶。

对这两类诗,席勒虽然从总体倾向上肯定了源之于"自然人"的素朴的诗,贬抑了来自于"文化人"的感伤的诗,并接受了歌德的看法,认为素朴的诗是"健康的",感伤的诗是"病态的",但同时又清醒地意识到:"自然人是从绝对达到有限而获得他的价值,文化人是从不断接近无限的伟大而获得他的价值。由于只是后者才有等级,并且才有进步,所以遵循文化道路的人的相对价值是绝不能确实地加以决定的;虽然从事于文化的人,如果单独来看,比起自然在其身上发生完美作用的那类人来,一定居于不利的地位。但是,人类的最终目标只有依靠进步才能够达到,而自然人除了走上文化的道路,是不能够取得进步的。"[①]正是由此出发,席勒认为两类诗实际上各有优劣。素朴的诗虽然标志着人性的和谐与完善,虽然在从感觉上描绘具体对象方面占有上风,但因侧重于模仿自然(现实),当自然(现实)变得庸俗时,美的精神也就离开了素朴的诗,故而在素朴诗的杰作后面,往往紧跟着许多平庸无聊的东西。感伤的诗虽然存在着因沉溺于幻想而陷入空虚的不足,但作为近代"文化人"的产品,毕竟"以丰富的内容,以超出造形艺术和感性表现的界限的对象,总之,以称为艺术作品的精神的东西胜过了古代诗人"[②]。在这个意义上,席勒甚至认为"没有一个古代诗人,连荷马也包括在内,能够在近代诗人十分卓越的地方同他们较量一番"[③]。总之,从整体上来看,"不论素朴的性格或感伤的性格,如果单独来看,都不能完全包括美的人性这个观念,这个观念只有在两者的密切结合中才能产生出来"[④]。

席勒正是据此提出了素朴的诗与感伤的诗相结合的主张,认为这才是理想

[①] 伍蠡甫、胡经之:《西方文艺理论名著选编》上卷,北京大学出版社 1985 年版,第 475 页。
[②] 伍蠡甫、胡经之:《西方文艺理论名著选编》上卷,北京大学出版社 1985 年版,第 477 页。
[③] 伍蠡甫、胡经之:《西方文艺理论名著选编》上卷,北京大学出版社 1985 年版,第 476 页。
[④] 伍蠡甫、胡经之:《西方文艺理论名著选编》上卷,北京大学出版社 1985 年版,第 495 页。

的艺术境界。其理由是,第一,这是社会发展、人类进步的需要。在席勒看来,在人类的童年阶段,人与自然(现实)本来是和谐统一的,人性亦是完整和谐的,随着人类文明的发展,至近代社会之后,人与自然(现实)之间出现了对立,人性也被一分为二。人类社会的进一步发展,必然要求人性在更高层次上恢复为统一,而与古代与近代社会相对应的素朴的诗与感伤的诗,由于前者偏重感性,后者偏重理性,均无法满足这样的要求,而只有二者的结合,才有利于人性的解放,有利于人性的健康发展。席勒进而将这样一种结合寄希望于一个新的阶级的产生,认为人类社会中已经形成的劳动阶级偏重于物质,重视的是素朴的诗,知识阶级偏重于沉思,重视感伤的诗,而只有一个新的既不劳动却又能积极面对现实的阶级,才能集素朴性格与感伤性格于一身,才能保持人性美的统一,才能创作出素朴的诗与感伤的诗相统一的诗。他说:"在这一阶级(我在这里仅仅把它作为一种观念提出来,而绝不是指一个实际存在的东西)中间,素朴的性格同感伤的性格可以这样地结合起来,以致双方都相互提防走向极端,前者提防心灵走向夸张的地步,后者提防心灵走到松弛的地步。"①席勒认为,在他那个时代,这种理想形态的诗虽然尚未出现,但在歌德的《少年维特之烦恼》之类优秀作品中,已经表现出这种结合的迹象。从哲学上来看,席勒这儿思考的,实际仍是康德所孜孜以求的人的感性与理性的和谐统一问题,人类挣脱自由与必然的对立获得最大限度的人性解放的问题,因此,作为一种新的艺术形式,席勒自己的论述也许还是模糊的,但其追求,却是有积极意义的。

(二)进一步发展了康德的"游戏说"

康德在《判断力批判》中提出,人类的文学艺术,从其内在的自由活动特征来看,与游戏是相通的。席勒从自己的美学观与文艺观出发,进一步发展了这一见解。

席勒认为,人身上存在着感性与理性两种对立因素,以及与之相关的两种冲动,即感性冲动与理性冲动。"感性冲动"是由人的物质存在或者说是由人的感性天性而产生的,是人力图将内在理性变为感性现实的欲求;"理性冲动"(或称形式冲动)则是来自于人的理性天性,它竭力使人得以自由,是人力图使感性内容获得某种和谐的理性形式的欲求。就其理想的完整人格而言,两种冲动应是统一为一体的。即人既要意识到自己的自由,同时又要感觉到自己的生存;既要感到自己是物质,同时又要认识到自己是精神。人类的文明,应给予这两者同样的合理性,它不仅面对感性冲动维护理性冲动,也要面对理性冲动维护感性冲动。只有在这种情况下,人才能完全实现自己的人性。否则,"如果人仅仅是在

---

① 伍蠡甫、胡经之:《西方文艺理论名著选编》上卷,北京大学出版社1985年版,第495页。

感觉,他的人格或绝对存在对他就永远是个秘密,同样,如果人仅仅是在思维,他在时间中的存在或他的状态对他就永远是个秘密。"①也就是说,不论仅靠感性冲动还是仅靠理性冲动,人生都是不完满的,人还不能称其为完全意义上的人。

而在席勒看来,在已有的人类文明中,两种冲动尚没有在人身上获得统一,常常呈现为分离状态。感性冲动通过自然法则,从主体中排斥着一切自我活动和自由,理性冲动则通过精神法则,从主体中排斥一切依附性和受动。两种冲动都在强制着人心,都使人陷入了不自由的困境。正是面对这一困境,席勒提出,只有通过第三种冲动,才能消除感性冲动与理性冲动的对立,才能使自然的强制与精神的强制相互抵消,人的生存才能达到尽善尽美的地步。这种新的冲动即"游戏冲动"。席勒说:"说到底,只有当人是完全意义上的人,他才游戏;只有当人游戏时,他才完全是人。"②

席勒所说的"游戏冲动"实际上是指以美为对象的冲动。席勒认为,美是感性冲动与理性冲动的共同对象,也正是游戏的对象。席勒将游戏冲动与感性冲动、理性冲动进行了具体的比较,以说明游戏冲动的特点。这就是,感性冲动要求被规定,它要感受它的对象;理性冲动要求自己规定,它要创造它的对象;游戏冲动则既不同于感性冲动,也不同于理性冲动,它"力争要这样来感受,就像自己创造一样,力争要这样来创造,就像感官在感受一样"③。意思是说,正是在游戏冲动中,人既得到了感性冲动的满足,又伴随着自由创造的欣悦,这当然也就使之避免了自然法则与理性法则的强制,在精神方面和物质方面都获得了自由。席勒举例说:"当我们怀着情欲去拥抱一个理应被鄙视的人,我们痛苦地感到自然的强制;当我们敌视一个我们不得不尊敬的人,我们就痛苦地感到理性的强制。但是如果一个人既赢得我们的爱慕,又博得我们的尊敬,感觉的强迫以及理性的强迫就消失了,我们就开始爱他,就是说,同时既同我们的爱慕也同我们的尊敬一起游戏。"④席勒所说的这种自由创造的游戏状态,实际上正是艺术活动的本质特点。席勒还指出,感性冲动的对象是"生活",理性冲动的对象是"形象",游戏冲动的对象则是"活的形象"。"生活"指的是一切物质存在及一切直接呈现于感官的东西,"形象"指事物的一切形式特性以及事物对思维力的一切关系,"活的形象"则是指实在与形式的统一,偶然与必然的统一,受动与自由的统一。如果仅有"生活"而没有"形象",是纯粹的感觉;如果仅有"形象"而没有"生活",是纯粹的抽象。而只有二者的统一,才是"活的形象"。可见席勒所说的作为游戏冲动对象的"活的形象",指的正是审美形象,其中主要是艺术形象。

---

① 席勒:《审美教育书简》,冯至、范大灿译,北京大学出版社1985年版,第73页。
② 席勒:《审美教育书简》,冯至、范大灿译,北京大学出版社1985年版,第80页。
③④ 席勒:《审美教育书简》,冯至、范大灿译,北京大学出版社1985年版,第74页。

从将自由活动视为艺术的本质这一点来看,席勒的"游戏说"与康德的见解之间并无根本的区别,但席勒的见解显然更为系统化,也更为深入。此外,值得注意的是,席勒进一步阐述了人类"游戏冲动"产生的原因,这就是"剩余精力说"。席勒以动物为例说:"狮子在不为饥饿所迫,又没有别的野兽向它挑战的时候,它闲着不用的精力就要给自己创造一个对象;它那雄壮的吼声响彻沙漠,在这无目的的消耗中,它那旺盛的精力在自我享受。昆虫在太阳光下飞来飞去,自得其乐;就是我们听到的鸟儿发出的悦耳的啼鸣,也肯定不是欲求的呼声。无可否认,在这些动作中有自由,但不是摆脱了所有需求的自由,而是摆脱了某种特定的、某种外在的需要的自由。如果动物活动的推动力是缺乏,它就是在工作;如果这种推动力是力的丰富,就是说,是剩余的生命刺激它行动,它就是在游戏。"①席勒当然也意识到,人与动物不同,不仅有体力的"剩余",更有超出物质需求的精神力量的"剩余",正是这两种"剩余",促使人开始了"审美的游戏"。席勒这里实际上是从一个独特的角度,揭示了人类审美活动与艺术活动的起源。

(三) 提出了艺术审美教育观

席勒认为,人类社会进步的重要标志是人格的高尚化,而要实现这种高尚化,道德教育及法律制度固然不可缺少,但都不能从根本上解决问题,因为无论伦理规范还是法律制度,都束缚了人的意志,压抑了人的感性生命。因此,在席勒看来,使人格高尚化的最为重要的手段是审美教育,即主要是通过"活的形象"或"审美的外观",也就是美的艺术,来培育高尚的人格,用没有为现实玷污的理想与情感,来净化与教育人民。

在席勒看来,正因为"活的形象"是一种既摆脱了感性束缚也摆脱了理性束缚的自由创造,经由这样一种"活的形象"的熏陶,人性可以变得更加美好。席勒以人类社会生活中最为基本的两性关系为例指出,正是由于"审美外观"的作用,双方的眼睛脱开了阴郁的情欲的枷锁,使自私的交换快乐变成了宽宏大度的相互爱慕,使感官得到的卑下的好处受到蔑视,使之去争取更为高尚的战胜意志的胜利。这样一来,人性也就融化到了情欲的对象之中,情欲本身也就扩大提高为爱情。席勒进而强调,审美活动不仅如此解决了两性的永恒对立,且同时也能解决更为错综复杂的社会冲突。审美活动正是按照在男性的力与女性的柔和之间建立起来的自由结合的模式,来调和道德世界中一切柔和与强烈的事物,使柔弱的变为神圣的,使暴力变为耻辱,使仇恨化为宽恕。

此外,由于审美的艺术形象是感性与理性的和谐统一,故而只有审美活动才能把和谐带入社会,才能赋予人合群的性格,而其他不论感性活动还是理性活

---

① 席勒:《审美教育书简》,冯至、范大灿译,北京大学出版社1985年版,第147页。

动,作为孤立的活动方式都会分裂社会,分裂人。这是因为,第一,它们不是建立在人的本质中的感性部分,就是建立在人的本质中的理性部分。第二,它们不是完全与个别成员的私人感受发生关系,就是同个别成员的私人本领发生关系,也就是同人与人之间的区别点发生关系。第三,感性的快乐,只能由个人来享受,理性的快乐,只能作为排除了个体的族类来享受。而只有审美活动,既是感性的,也是理性的,是同所有成员的共同点发生关系的,是同时可以作为个体与族类来享受的,因而也只有审美活动,才能使社会成员之间更好地沟通。总之,"在审美王国中,一切东西,甚至供使用的工具,都是自由的公民,他同最高贵者具有平等的权利"①。

在建造这样一个审美王国的过程中,艺术家无疑承担着重要使命。这就要求艺术家本人,必须首先是一位具有高超的审美人格的人。席勒自然深明这一点,故而他曾这样指出:"艺术家固然是时代的儿子,但如若他同时又是时代的学徒或时代的宠儿,那对他来说就糟了。"并以诗意的想象,这样设想了一位艺术家的诞生及其应当承担的使命:"一个仁慈的神及时地把婴儿从他母亲的怀中夺走,用更好时代的乳汁来喂养他,让他在远方希腊的天空下长大成人。当他变成成人之后,他一个陌生的人又回到他的世纪,不过,不是为了以他的出现来取悦他的世纪,而是要像阿伽门农的儿子那样,令人战栗地把他的世纪清扫干净。""从他那超自然天性的净洁的太空,向下淌出了美的泉流;虽然下面的几代人和几个时代在混浊的漩涡里翻滚,但这美的泉流并没有被它们的腐败玷污。"②这无疑是对一位艺术家提出的高标准的要求,也是应有的要求。显然,只有这样的艺术家,才能创作出更富有审美价值的佳作。

席勒分明看到了随着资本主义工业文明的到来,人性呈现出的分裂与堕落,力图用审美教育的方式予以拯救,用意无疑是积极的、善良的。与之相关,他在西方美学史与文艺理论史上首次提出的"美育"命题,也是有重大贡献的。美育,的确是推动人类社会走向文明的重要方式之一,特别对于我国目前正在实施的美育工程来说,更是有其重要借鉴意义的。当然,我们也应意识到,由于席勒忽视甚至否定了实践改造社会现实的途径,其理论见解中,又有引导人们逃避现实的消极作用。事实上,如果脱离开科学的、政治的、道德的等多种方式的综合作用,希望仅靠艺术审美教育就可以建成人类的理想王国,也是不现实的。

---

① 席勒:《审美教育书简》,冯至、范大灿译,北京大学出版社1985年版,第153页。
② 席勒:《审美教育书简》,冯至、范大灿译,北京大学出版社1985年版,第45页。

小　结

　　以康德、黑格尔、歌德、席勒等人的理论为代表的德国古典时期的文艺思想，在整个西方文艺学思想发展史上，具有承前启后的重要地位。这些理论家、作家，以其深厚的学识与艺术修养，对诸如文艺的起源、文艺与生活的关系、文艺的构成、文艺创作的思维规律、文艺类型的历史演变、文艺的作用等一系列重大问题，均进行了更为深入系统的探讨，或是开创性的探索。这些思想见解，无论在当时还是对于后世，都产生了积极而深远的影响。

　　从主导倾向来说，这一时期的文艺思想，是欧洲启蒙运动的直接产物，是文艺复兴以来人文主义思潮的进一步发展，是在当时法国大革命的历史背景下，德国知识分子从新兴资产阶级的革命要求出发，寻求人类解放的特殊形态的思考。这些思想家、作家，尽管具体见解不同，但却有一个共同的逻辑起点，这就是消除感性与理性的对立，摆脱人的异化状态，实现人性的自由解放。正因为这样一种以人为目的，关心人类前途与命运的视点，使得德国这一时期的文艺思想，闪射出积极的人道主义的光辉。

　　与之相关，这一时期最值得重视的文艺主张是：艺术作品是感性与理性的统一体。在康德关于"艺术美是审美观念的表现"的命题中，在黑格尔关于"理想性格"以及艺术发展史类型的分析中，在歌德关于"艺术家既是自然的奴隶，又是自然的主宰的"的论述中，在席勒关于"理想化艺术"及"审美王国"的探求中，贯穿的都是这样一种辩证的思维方式，即既强调了文艺作品的感性根源，又高度肯定了艺术活动中作家的主体地位。从文艺理论本身来说，这类主张，有力地打破了欧洲文艺理论史上长期存在的感性派与理性派、模仿论与灵感论、再现说与表现说的对立，正确地解决了文艺与现实、文艺与作家的主体性之间的关系问题。从人文精神的深层意旨来看，这些见解，寻求的正是文学艺术在建构和谐统一的人格方面的积极作用。另如康德的"游戏说"、黑格尔的"悲剧冲突"论、歌德的"世界文学"观、席勒的"审美教育"观等，亦均是富有开创性的文艺理论学说。

　　在此后的西方文艺理论史上，德国古典文艺思想的影响一直昌盛不衰。在19世纪出现的浪漫主义文艺思潮中，在马克思主义的"异化"理论及现实主义典型学说中，在20世纪以来出现的以抗拒人性异化为主旨的形形色色的现代、后现代文艺思潮中，都可以看到德国古典文艺思想的意绪。从我国当前的文艺学建设来看，如何认识文学艺术的本质，如何正确地把握人类艺术活动的规律，提高艺术创作的质量，德国古典文艺思想，亦仍有重要借鉴意义。

　　当然，德国古典时期的作家、理论家们的文艺思想中，也存在明显的不足，如他们所关注的人性解放,还只是停留在精神领域。他们虽然重视了人的主观能动性,重视了文学艺术在人性解放中的作用,但却忽视甚或否定了更为根本的实践性改造社会的方式,并由此影响了后来的唯意志主义、形式主义、神秘主义等文艺思潮中的偏颇。这类不足,也需要我们站在科学的立场上,予以批判扬弃。

思 考 题

1. 康德是怎样论述艺术特征的?
2. 如何理解康德的"游戏说"?
3. 试评康德的"艺术天才论"。
4. 如何理解黑格尔所说的"美是理念的感性显现"?
5. 黑格尔是怎样论述艺术发展的历史类型的?
6. 如何评价黑格尔的"理想性格论"?
7. 试述黑格尔的悲剧观。
8. 黑格尔是怎样论述"一般世界情况"与文艺创作关系的?
9. 根据歌德的见解,艺术家与自然之间应是什么关系?
10. 歌德为什么强调艺术创作应在"特殊中显出一般"?
11. 试论歌德的"世界文学"观。
12. 席勒所说的素朴的诗与感伤的诗内涵是什么?
13. 比较席勒与康德的"游戏说"。
14. 试评席勒的艺术审美教育观。

第五章

19世纪主导文艺理论

引　论

　　对于西方文明史而言,伴随巨大的社会变革,19世纪成为一个思想活跃、多才多艺、名家辈出的时代,尽管它充满了动乱与残酷、流血和战争。这个世纪的西方社会,最主要的特征就是资产阶级政治秩序、经济体制、律法制度和相应的意识形态也即思想、文化、宗教、伦理等整套价值观念体系的确立、巩固及其发展。换句话说,自近代伊始成长并逐步壮大进而推动了历史前进的资产阶级统治的纪元开始了。这是一个改朝换代的世纪,是新旧势力为生死存亡而舍命搏斗的悲壮时期;也是个发展创新的世纪,是社会生产力、知识与财富、哲学和艺术得以空前解放及繁荣,显示了人类巨大能量的辉煌时代。

　　19世纪初叶的几十年,资产阶级夺取政权是它的主旋律。从1789年爆发的法国大革命开始,西欧资产阶级向封建统治发动了全面、彻底的进攻,经过一次次的铁血较量,包括拿破仑战争、各国在法国大革命影响下的民主和民族解放运动、复辟与反复辟等,终于在1830年左右完成了从封建制度向资本主义制度的过渡。这之后,伴随资产阶级的全面胜利,反封建的任务尽管仍不绝如缕,然而毕竟已不再是主流了。社会的主要矛盾发生了根本的变化,无产阶级脱颖而出,并且"被承认是为争夺统治而斗争的第三个战士"①。工人运动从自发到自觉,风起云涌,在这个基础上,马克思主义诞生。但是,进行了"巴黎公社"革命政权伟大尝试的无产阶级,要成为新世界的主人为时尚早,这个世纪还主要是资产阶级的纪元,资本主义的迅猛发展乃大势所趋,即使在封建势力比较强大且长期处于分裂状态的德意志和大部地区被奥地利统治的意大利,也相继完成、实现了国家的统一和独立,从而为资本主义的发展铺平了道路。此外还有处于封建农奴制统治下的俄罗斯和位于遥远边陲的北欧等落后国家,也纷纷改革旧制,向资本主义这艘庞大的舰船

---

① 《马克思恩格斯选集》第4卷,人民出版社1972年版,第246页。

靠拢。总之,虽说各国情况千差万别,阶级关系及其斗争远为复杂,却无不与资本主义发展的主题息息相关。当然它自身所固有的矛盾也日益暴露,其痼疾弊端恶性发展,突出表现即金钱控制一切的原则渗透到生活的各个角落,影响道德风尚,左右人际关系。而至19世纪后期,随着垄断组织在一些强大国家的出现,资本主义开始向帝国主义阶段迈进。诸如英、法、德、俄这些欧洲大国,疯狂地执行对外扩张政策,它们的殖民活动引起被压迫民族的激烈反抗,同时相互之间由于争夺国际市场引发的矛盾与危机错综复杂、与日俱增,为以后第一次世界大战的爆发埋下了祸根。

与纷纭迭生、惊心动魄的历史内容相辉映,在一向以活跃著称的西方思想文化传统的背景下,这个世纪的欧洲文论可谓百花齐放、异彩纷呈。首先,是浪漫主义文论,在以张扬个性、呼吁自由和离经叛道为特征的哲学、文艺等精神领域刮起的"浪漫"风潮中应运而生,其如脱缰野马一般独立无羁的品性首次给予西方文论两千多年的理性传统以强有力的质疑,某种程度上为这个世纪的理论趋向定了基调。如果从主流上看,接踵而来的是现实主义的文艺理论,它无疑是对激动过分的浪漫主义的一种纠正、遏制或者反拨,并且由于在创作实践方面的巨大成就而一度极享尊荣。与现实主义有某种联系的实证主义以及作为其变种的自然主义也于20世纪中后期接踵而出。此外,比浪漫主义的反理性倾向走得更远,或者说在更高程度上背离传统文艺思想的波德莱尔的象征主义理论,佩特、王尔德等人的唯美主义理论也接连涌现出来,且均在较为深刻的意义上产生了广泛影响。其实在这方面,较早出现的德国哲学家叔本华的悲观主义"唯意志论"乃为思想根源,它不但直接启发了尼采所谓生命之形而上冲动的文艺观,而且与柏格森非理性的直觉主义一脉相承,包括弗洛伊德的精神分析学派,以致反理性主义的文艺思想成了世纪后期西方文论界的一股洪流。最后,代表无产阶级艺术思想的马克思主义文论,作为一种全新的思想形态,也独树一帜,为这个世纪的文论史书写出亮丽的一笔。

本章主要概述和评介的是浪漫主义、现实主义与实证主义文论。

第一节 浪漫主义文艺理论

浪漫主义文论大致从18世纪末开始出现,至19世纪30年代接近尾声。

浪漫主义运动之在欧洲范围内的兴起有其深刻的历史原委。就政治因素而言,它与被革命、复辟、反复辟之类搞得摇曳动荡的时代特征十分密切;就经济关系来说,是对即将形成或业已形成的工业社会的拒斥或反拨;从思想背景上看,构成了对美学理性主义的彻底背叛;而就文艺或文论之流程的涌进而言,则是对新古典派的逆动,也是对卢梭主情观的极端化发展。总之,它意味着一个感情对理性、个性对逻辑、自然对书斋挑战的文化新时代的到来。

在西方文论史上,浪漫派非同凡响,不仅大为拓展了理论空间,尤其它的革命性与叛逆性激动了整个19世纪。浪漫主义文论家多是诗人与作家,而且往往是敏感者或者属于这一类的热血澎湃的青年人,他们富有才华、性格奔放;动荡的时代、苦难的现实驱使这些年轻而激荡的心灵倾向于浪漫的热诚,倾向于对公众舆论强烈的蔑视,倾向于崇拜天马行空般的奔放和放荡不羁的天才……或可说,浪漫主义代表了才智、青春与力量。浪漫派文论的主要特征,在于其主观性、主情性和大自然崇拜,在于尊重心灵和崇尚自由,它差不多是无拘束的,包括向淳朴的民间学习和鼓吹想象,营造哪怕是不真实的瑰丽奇特的梦幻气象。换句话说,它力图用审美的标准代替功利的标准,力图还原给艺术本真的性格,恢复它作为心灵表现的主体地位。

一、浪漫主义文论的由来与发展

浪漫派文论的思想历史根源,从哲学上说,主调乃唯心主义但包含辩证法的德国古典哲学,由于强调天才、灵感,重视人格、精神独立等而成了它的理论基础。如果从思潮自身的流变来看,则浪漫主义是对古典主义的反动,这有利于深刻理解它的旨趣。众所周知,从文艺复兴始,首先在意大利兴起了追随希腊罗马文明的风气,希罗古典无论内容还是形式对智慧、理性和秩序的强调,作为某种价值标准日益深入人心。所以到塞万提斯和莎士比亚之后的时代,崇古、好古、拟古、习古的热情非但方兴未艾,反而变本加厉,达到了极端化的程度。对亚里士多德的崇拜和对古典智慧的爱好导致抽象出像"三一律"之类的规则,而古典主义强调章法几乎发展为一种激情,甚至给体裁划分等级。与此同时,受人文主义个性解放意识的推动,这个世纪在哲学和科学方面所表现的才华横溢更令人惊奇,笛卡儿、莱布尼茨、牛顿、霍布士和洛克等智力巨人纷纷涌现,他们关于宇宙、社会、人之新理论的共同点,是以理性为前提的古典秩序观。世界按照它自己的逻辑井然有序地向前发展,就如各行星沿着不变的轨道绕日回转一样;这天然次第,甚至也成了"贤良政治的富有想象性的象征"①。感性与激情受到怀疑,机智与练达备受推崇,总之,一个理性主义的时代来临了。法兰西的路易十四王朝,像伯里克利治下的雅典一样是个优雅的时期,政治上拥护王权、思想上崇尚理性、艺术上模仿古人的所谓"新古典"称霸文坛。这是一种供特权或有闲阶级咀嚼玩味的宫廷文艺,宫廷不光是政治中心,也是社交和文化中心,至少上层贵族和文化圈内所追求的是言谈举止的风雅和文学艺术的完美。所谓完美,主要指形式上,主题的重要性常退居其次,特点是中庸、对称、适度、明晰、简洁、和谐。即使到了资产阶级意识形态完全成熟的启蒙时代,信守优雅趣味、以希罗古典为

---

① 罗素:《西方哲学史》下卷,马元德译,商务印书馆1983年版,第215页。

范仍是主流的艺术观。那时,科学与理性携手,使智力与情感的天平仍更倾向于前者。如此欠缺自然与民间气息而书卷故纸味浓的欧洲文坛,就不可避免地要经受一番冲击了。于是,蔑视权威、反对矫饰、倡扬自然和个性而破除观念羁绊与规则枷锁的一场文学革命终于席卷而至,这就是浪漫主义运动,它结束了称雄文坛200年之久的古典主义,把文艺女神请到了自由清新的天地之间。

浪漫主义运动及其文论于18世纪末首先在德国、英国和法国兴起,同时以这三个国家影响最大。随着浪漫派运动的不断深入,浪漫主义文论还传到了东欧、北欧、南欧甚至大洋彼岸的美国,在许多国家或不同的程度上,也引起持久而响亮的回声。例如俄罗斯的普希金、波兰的密茨凯维支,都写下过许多精湛深刻的文章,推动了那里的浪漫主义运动。特别值得一提的是美国的爱默生,他的被称为"超验主义"的理论体系,可谓欧洲浪漫主义在新大陆这块土地上开出的最地道和美丽的文论之花。

作为策源地,德国浪漫派人数很多,不过思想起点欠高,无论史称早期的耶拿派还是晚期的海德堡派,大多以赞美中世纪和基督教来寄托理想,甚至耽于梦幻、虚无和死亡。但它们却最早提供了典型的浪漫派文论及其创作,奠基者是属于耶拿派的弗利德里希·施莱格尔(1772—1829),他在《雅典娜神殿》(1798—1800)发表的《断片》,宣传与古典主义对抗的文学主张,认为浪漫主义包容万象,所有对立事物,自然和艺术、诗和散文、严肃和嘲笑、回忆和预感、生和死……无不密切地融合在一起,要打通文艺、哲学与雄辩术的界限,也就是置规则于不顾;声称"只有它是无限的,正如只有它是自由的一样;被认为是它的第一条法则的,是诗人的为所欲为、不能忍受任何约束的法则"[①]。弗利德里希的兄长奥古斯特·威廉·施莱格尔(1767—1845),也是耶拿时期重要的理论家,他尤其强调艺术或美的"无目的性",强调文艺批评的主动性、个人化与精神性,即心灵的自由活动——早期浪漫派的文艺理论来源于康德的美学,从这儿可以看得很清楚。较激进的文论家则是晚些时候的海涅,其《论浪漫派》成了浪漫派文论在德国浪漫主义理论中最进步和最有力的声音。

二、海涅的《论浪漫派》

亨利希·海涅(Heinrich Heine, 1797—1856),著名的民主主义诗人、政论家和文艺批评家。他出生于莱茵河畔杜塞尔多夫一个贫寒的犹太人家庭。其幼年时代拿破仑对德国封建专制制度的打击,使备受民族与阶级压迫之苦的犹太人颇感扬眉吐气,这也影响了海涅一生思想与创作发展的方向。青年时期由叔父

[①] 转引自杨周翰等:《欧洲文学史》下卷,人民文学出版社1979年版,第33页。

资助先后在波恩和柏林两所大学读书,听过施莱格尔和黑格尔的讲课,后在哥廷根大学取得法学博士学位。海涅20岁开始文学活动,写浪漫主义的诗歌;后游历德国、英国和意大利,以开阔社会视野,加深对现实的认识和理解,艺术观方面逐步摆脱了德国浪漫派的消极影响。19世纪30年代初为了躲避国内反动势力的迫害移居巴黎,40年代与马克思的结识使他成为一个思想上的激进派,但1848年革命的失败又使他变得消极起来,甚至一度乞灵于宗教。不过总体而言,海涅一生是积极向上的,他撰写了大量诗歌和政治、宗教、哲学、文学、艺术评论,贯穿民主革命的理想,表现出对德国封建专制的憎恨和对庸俗的资产阶级的厌恶。

海涅的文论或理论批评著作最主要的是《论浪漫派》(1833)和《论德国宗教与哲学的历史》(1834)。这两部论著都是在巴黎流亡时期为向法国人介绍德国文化状况而撰写的,内容十分博泛。后者将辉煌的德国古典哲学体系中隐藏的革命思想揭示出来,包括差不多引起了一场哲学革命的康德哲学的批判精神、意味着质疑上帝存在的费希特相对于"神"的"人"之自我强调学说以及"完成了它的巨大的圆运动"集大成的黑格尔体系。海涅深邃的历史洞察力在这部著作里得以淋漓尽致的展现,他称德国哲学乃"思想自由开出的重要的具有世界意义的花朵"①;德国哲学是革命的先导,其意义难以估量:"我们先完成我们的哲学,然后完成我们的革命……革命力量是通过这些学说发展起来的。"②

《论浪漫派》则从德国浪漫派与政治、宗教的关系中,剖析了这个沸沸扬扬热闹了几十年的文学潮流的主要特征,点评了在这场运动中德国文坛上那一个个风云人物。作者用犀利的言词批判它的病态、消极甚至反动,断言为"中世纪文艺的复活"。本书可以看作一部概略德国浪漫派形成、发展及衰落过程的文学批评史,也是战斗性极强的、被作者自称为"一根劈刺"的论文集。当时的德国,已不像耶拿派时期那样一片死气沉沉、整个意识形态领域耽于幻想和虚浮,相反,自由思想与爱国观念日益深入人心,以至浪漫主义文学思潮的内涵也发生了变化。《论浪漫派》所表达的思想正是其积极变化的反映。

该论著共三卷,集中表达了海涅的浪漫主义文艺观点。论著首先猛烈批判了以施莱格尔兄弟为代表的德国早期浪漫派无视现实、沉湎宗教、歌颂中世纪的病弱颓废特征。"诺瓦利斯连同他笔下的那些虚幻的人物,一直漂浮在蓝色的太空之中"③,所以他的作品"所呈现的玫瑰色泽,并非健康的绯红,而是痨瘵的红晕"④;至于霍夫曼作品中那燃烧的紫焰,也"并非天才的火苗,而是

---

① 《海涅选集》,张玉书编选,人民文学出版社1983年版,第236页。
② 海涅:《论德国宗教与哲学的历史》,《海涅选集》,海安译,人民文学出版社1983年版,第337页。
③ 海涅:《论浪漫派》,《海涅选集》,张玉书译,人民文学出版社1983年版,第113页。
④ 海涅:《论浪漫派》,《海涅选集》,张玉书译,人民文学出版社1983年版,第114页。

发高烧上火"①。他们是为过去而写作的"死亡的诗人",开的是历史倒车,"浪漫派顺着时代的潮流游泳,也就是说,顺着一股回向源头的潮流游泳。"海涅嘲笑在欧洲资产阶级革命大动荡的时期,企图向行将灭亡的事物寻求荫庇的荒唐可笑:"可怜的弗·施莱格尔看到我们这个时代的痛苦,并不认为这是新生的痛苦,却认为这是临死的煎熬,他并没有懂得,为什么庙堂的帷幔会撕裂,大地会震颤,岩石会崩毁。由于怕死,他逃进了天主教会的抖动的废墟。"②"他看见夕阳西下,便满腹哀愁地凝视着落日的去处,夜色四合,便悲叹黑夜的昏暗;他没有发现,一轮崭新的旭日已在相反的方向喷薄而出,光芒四射。弗·施莱格尔曾经把历史学家叫做'朝后看的先知',这个称呼用在他身上再合适不过了。"③一针见血地指出他们逃避现实的作品在政治上的坏作用,只能"危害祖国的自由和幸福",断言这种文学是没有任何出路的。

德国早期浪漫派的文学传统源于中世纪的基督教与基督教文学,所以海涅进一步从根源上加以探讨,指出:"这种文艺来自基督教,它是一朵从基督的鲜血里萌生出来的苦难之花。"④它的特征在于暗示"无限的事物,尽是些虚幻的关系,它们仰仗的是一套传统的象征手法,或者进行仰仗譬喻,基督自己就试图以各种各样的譬喻来阐明他的唯灵论思想。因而中世纪艺术品里充满了神秘的、谜样的和虚夸的成分……它凭空想出荒唐透顶的愚行。"⑤海涅认为,尽管也可以把中世纪的艺术看作浪漫主义,但这样的浪漫主义已完全失去了继承的必要,因为它已经属于过去,而"艺术是反映生活的镜子,天主教在生活里销声匿迹了,那它在艺术里就枯萎褪色。"⑥海涅还进而对麻痹人民斗志、为封建专制服务的宗教的虚伪性进行揭露:"宗教和伪善本来就是一对孪生姐妹"⑦;尖锐地讽刺其反动本质:"教训人们一切世俗的财富都是过眼云烟,做人应该具有狗样的谦卑、天使般的忍耐,这样,它就变成专制主义的最得力的支柱。"⑧而德国的浪漫派乞灵于基督—天主教,将其视为"最合适的避难所",沉醉于它的神秘之中而不能自拔,足见已不是时代所需要的文学,也不是民族所需要的文学,更不是人民所需要的文学。有人说,海涅用鞭笞回敬了他的老师,此话当真。

作为民主主义思想家和积极浪漫主义者的海涅,从理论上清算德国浪漫派的得与失几乎是必然的。事实上,当欧洲文坛被古典主义的陈规戒律所窒息,虽

---

① 海涅:《论浪漫派》,《海涅选集》,张玉书译,人民文学出版社1983年版,第114页。
②③ 海涅:《论浪漫派》,《海涅选集》,张玉书译,人民文学出版社1983年版,第70页。
④ 海涅:《论浪漫派》,《海涅选集》,张玉书译,人民文学出版社1983年版,第11页。
⑤ 海涅:《论浪漫派》,《海涅选集》,张玉书译,人民文学出版社1983年版,第20页。
⑥ 海涅:《论浪漫派》,《海涅选集》,张玉书译,人民文学出版社1983年版,第23页。
⑦ 海涅:《论浪漫派》,《海涅选集》,张玉书译,人民文学出版社1983年版,第72页。
⑧ 海涅:《论浪漫派》,《海涅选集》,张玉书译,人民文学出版社1983年版,第12页。

然德国浪漫派头一个伸出手松开那沉重的缧绁而带来勃勃生气,功劳是巨大的;但它那种走回头路,要把民主意识即将或已经深入人心的时代拖回到愚昧的中世纪的企图确实起了副作用,无论英国还是法国,较早兴起的浪漫派如湖畔诗人、夏多勃里昂等,无疑都受过其消极影响。就此而言,海涅的批判不仅必要,而且代表了历史发展的正确方向。在《论浪漫派》中,更显示作者作为先进文论的代表的,还不独表现于对保守理论的批判,更在于指出新的出路,他提出文学必须和生活结合,因为那才是诞生它的土壤和永不枯竭的灵感源泉。他以希腊神话阐明这个道理:"巨人安泰只有在脚踏着母亲大地之时,才坚强无比,不可征服,一旦被赫库勒斯举到空中,便失去力量;同样,诗人也只有在不离客观现实的土地之时,才坚强有力,一旦神思恍惚地在蓝色太空中东飘西荡,便变得软弱无比。"①

具体到德国文学的出路或者发展方向这个问题,海涅还通过对歌德与席勒的比较研究表述了他的观点。认为歌德抱有艺术至上的见解,即艺术是与宗教、道德不相干的第二世界。所以,尽管他"也歌颂过一些伟大的解放战争的史实,但是,他是作为艺术家在歌唱。"②然而现实世界才应该居于首位(第一世界),而席勒比歌德更靠近这个世界,他参加斗争,"为伟大的革命思想而写作,他摧毁了精神上的巴士底狱,建造着自由的庙堂"③,所以更应该受到赞美。海涅对歌德颇有微词,不过坚决反对恶意地贬低他;他指出歌德的伟大在于其笔下的一切全都完美无瑕,像荷马、莎士比亚等所有伟大人物的创作一样,看不出哪部分强哪部分弱,"每个人物一出场,仿佛便是主人公"④,尤其浮士德这个形象特别具有深刻的意义,不啻一个包蕴着丰富哲理的预言。不难看出,海涅对歌德的肯定侧重于他艺术上的完美,正如对席勒的肯定则侧重他为自由与正义而放歌和斗争的热情。如果将二者的优势结合起来,实际上也就构成了海涅为祖国文学的健康发展指明的方向。

《论浪漫派》结束了思想感情消极的德国浪漫派在文坛上的统治地位。尽管作者亦未能完全摆脱唯心主义神学观念的影响,但立足德国社会现实、鼓吹文学必须代表时代精神而前进的思想,在浪漫主义文论中卓尔不群、风采焕然。

三、华兹华斯的《〈抒情歌谣集〉序言》

英国的浪漫主义文论是从"湖畔诗人"开始的,其中具有重要意义的是华兹

---

① 海涅:《论浪漫派》,《海涅选集》,张玉书译,人民文学出版社1983年版,第113~114页。
② 海涅:《论浪漫派》,《海涅选集》,张玉书译,人民文学出版社1983年版,第54页。
③ 海涅:《论浪漫派》,《海涅选集》,张玉书译,人民文学出版社1983年版,第52页。
④ 海涅:《论浪漫派》,《海涅选集》,张玉书译,人民文学出版社1983年版,第59页。

华斯和柯勒律治(1772—1834)。柯勒律治追随耶拿派,使德国观点在英国土地上开花结果。他的主要著作是《文学传记》,另附《论诗或艺术》等,此外还有许多关于莎士比亚的演讲,开浪漫派莎评之先河。其观点可概括为:诗产生于诗的天才或诗才;诗才以良知为躯体,幻想为衣衫,运动为生命,想象为灵魂。想象可分为:属于知觉、理解的,乃第一性想象;属于自觉、意识的,为第二性想象;而二者的统一,则与诗才紧密相连。艺术家应把握自然的本质,在它和自己的心灵之间架起桥梁;艺术品是其内在天性和外在世界相调和的产物。意识印在无意识的物体上,如处于这物体之中,只有天才方能将二者联系起来。同时他注重感情,说"强烈的感情指挥着形象的语言","修辞手段起源于感情"[1],等等。他的理论兼顾主观与客观而本质上仍以前者为主,尽管如此,由于他强调想象,把想象视为使主客观统一的决定因素,所以有一定科学性,对研究形象思维不无启发。

　　湖畔派之后,不列颠文坛的上空闪现出三颗耀眼的彗星,这就是拜伦、雪莱和济慈,他们的思想与创作较其前辈远为激进,是自由民主理想坚定的鼓吹者和传播者,对浪漫主义理论大厦的建设也各作出了独特的贡献,特别是后二者更见突出。雪莱(1792—1822),除了写下包括抒情诗、长诗、诗剧在内的大量作品,以罕有的心灵真诚探索道德拯救人类的伟大主题,赢得几乎与拜伦等高的伟大诗名之外,一部才华横溢的《诗辩》(1821)还确立了他文论家的地位。雪莱受柏拉图的影响较深,十分强调灵感、天赋与直觉,《诗辩》的基本论点是,至高无上的创世主的心灵永恒而完美,包括人性中的诸种形态,其他一切心灵无不是这绝对心灵的丰富形象,人的精神反映上帝的精神,因为那是一切美之创造的源泉。所以,诗和诗人负有伟大的使命,乃神圣之存在,因为诗的创造再现了上帝的创造,透视出使美和善归于统一的上帝的性质,最终引导人走向至美、极乐与完善。诗反映的是永恒的真理和不变的人性,诗"唤醒心灵,并扩大心灵的领域,诗揭开帷幕,露出世界所隐藏的美……";而诗人,是祭司、是镜子、是言辞、是号角、是力量、"是世界上未经公认的立法者"[2]。虽然这些观点的唯心主义性质是明显的,而且未免夸大了诗和诗人的作用,但是,丰富的史料和雄辩的逻辑论证毕竟具有毋庸置疑的力量。他列数荷马、莎士比亚、但丁、弥尔顿等创造的英雄形象,作为榜样所产生的巨大教育功能以及改造社会的作用。雪莱带有神学色彩的诗论生动地表现了作为一个关注人类命运的浪漫诗人执著于真善美的热情和理想主义。济慈(1795—1821),其诗论散见于写得质朴而精湛的《书信集》中,同他的诗作一样具有唯美倾向,明确表示:美即是真,真也就是美;体现在艺术

---

[1] 伍蠡甫:《西方文论选》下卷,上海译文出版社1979年版,第31页。
[2] 伍蠡甫:《西方文论选》下卷,上海译文出版社1979年版,第54~57页。

中,便是所谓"艺术的纯美",它超越道德、利害、得失,而不赞同拜伦、雪莱那种表现出高度社会激情的文学观。他的创作似乎处处暗示出,感觉的生活和美的冥想本身就是自足的。济慈关于诗的纯美理论预示了世纪末"为艺术而艺术"的唯美主义。

威廉·华兹华斯(William Wordsworth,1770—1850)乃英国浪漫派文论的最重要代表,他是"湖畔派"的灵魂,典型的田园诗圣手,"自然诗人"的内涵从其可得以全面体现。他的一篇《〈抒情歌谣集〉序言》几乎囊括了浪漫主义诗论的主要观点,在文论史上享有很高地位。华兹华斯生于律师之家,13岁成了孤儿。少年时他就学于风光旖旎的霍克斯海德学校,寄居附近农家,同乡里的孩子为伍,时常游嬉于湖光山色之间,深得大自然陶冶。他17岁入剑桥圣约翰学院,大量阅读古典作品,颇受启蒙主义和感伤主义影响,向往唯情论,主张在平静中回溯,尤醉心卢梭之返回自然学说。1790年暑假他去法兰西及阿尔卑斯山地区作徒步旅行,此后又数次赴法并去巴黎,深为那里发生的革命风暴所鼓舞,使之创作了一些充满民主思想的诗篇。1791年大学毕业,获文学学士学位。由于雅各宾党的恐怖政策,还有英国对法国宣战等原因,导致他对法兰西革命的态度由支持到毁谤,政治上日趋保守。这招致后起诗人的訾议或嘲笑。1795年与柯勒律治相遇并成莫逆之交,1798年两诗人合作发表《抒情歌谣集》,标志着英伦诗坛浪漫时代的到来。两年后诗集再版,由华兹华斯执笔撰写长篇序言,阐明新诗理论的基础,提出了系统的诗学见解。这篇与古典诗学分道扬镳的文献成了英国浪漫主义文学的宣言。

《〈抒情歌谣集〉序言》有两个版本,即"1800年版序言"和"1815年版序言",另外在后来的历次再版时,例如第一篇序言的1832、1845年版,曾有过一些修订。本节的评介是将其作为一个总体对待的。

这篇序言对当时的英国读者来说,的确是完全崭新的,它涉及的几乎所有问题,例如题材、主题、语言以及诗人的观察、感受、沉思、想象、幻想、虚构、判断、描写等,被赋予的性质和在创作中的作用,无不与传统诗学也就是古典主义诗学背道而驰,它是继德国耶拿派浪漫主义文论问世之后,又一次表现了鲜明的革新倾向的诗学理论。

序言的主要观点,首先是改革或扩大诗的题材。古典主义一向不屑于表现所谓低贱的题材,由于其旨趣在追求崇高,故热衷古代、历史与英雄。但华兹华斯更重视普通人们的日常生活,明确指出:"我通常都选择微贱的田园生活作题材,因为在这种生活里,人们心中主要的热情找着了更好的土壤,能够达到成熟境地,少受一些拘束,并且说出一种更淳朴和有力的语言;因为在这种生活里,我们的各种基本情感共同存在于一种更单纯的状态下,因此能更确切地对它们加以思考,更有力地把它们表达出来;因为田园生活的各种习俗是从这些基本情感萌芽的,并且由于田园工作的必要性,这些习俗更容易为人了解,更能持久;最后,因为在这种生活里,人们的热情是与自然的美而永久的形式合而为一的。"①总之,卑微的民间与壮烈的古代一样存在着崇高,人民的欢乐和痛苦是没有理由漠视的。诗人非常重视题材,"我时常都是全神贯注地考察我的题材"②,惟其如此,主张扩大诗的表现领域其实并不意味着放任主题的选择,为此在谈及文坛上日益泛滥的夸张、疯狂和下流的小说、故事等不良创作倾向时,他不胜厌恶。一般来说,华兹华斯追求的是古朴、单纯、自然、"原始"状态的生活和情调,当然,这有回避现实矛盾的消极的一面。

与倡导表现朴野的自然和民间相适应,华兹华斯主张要大力解放诗的语言。在古典诗学中,诗的语言同格律一样是极其讲究的,词汇要精选,所谓不雅者或粗俗者是断然不能用来作诗的。诗人则"采用人们常用的语言"而尽量避免所谓"诗的词汇"③;为了合乎情理和不矫揉造作,宁可"丢掉许多历来认为是诗人们应该继承的词汇和词藻"④;并且同时解放格律,以民歌为借镜,丰富诗韵诗格节奏;在用词和文法上,甚至可以打破散文和韵文的界限,因为二者本质上并无差别;而且也不拒绝以生动的口语入诗。一句话,诗的语言和形式必须与生活保持密切的联系,同时又必须是真实思想感情的流露与载体,归根结底,它们要能够引起人们感情的共鸣,因为"诗人绝不是单单为诗人而写诗,他是为人们而写诗。"⑤

序言还重笔论述了诗、诗人的性质、功能和使命等。华氏亦如大多数浪漫派作家,视诗为宇宙精神的表现,是神谕之物,"像人的心灵一样不朽"⑥;其目的在于对自然和人性的赞美,在于探索人性的根本规律,挖掘和张扬其"天性的永恒部分",在于阐说宇宙的普遍而有效的真理,从而达到天人合一。还认为"诗是一切知识的起源和终结","是一切知识的菁华,是整个科学面部上的强烈的表情"⑦。那么诗人呢?诗人就如莎士比亚论及的人,乃"瞻视往古,远看未来"之士;"诗人是捍卫人类天性的磐石,是随处都带着友谊和爱情的支持者和保护者"⑧;"他是一个人,比一般人具有更敏锐的感受性,具有更多的热忱和温情,他更了解人的本性,而且有着开阔的灵魂……他还有一种气质,比别人更容易被不在眼前的事物感动,仿佛这些事物都在他的面前似的;他有一种能力,能从自己心中唤起热情……"⑨诗人与普通人的区别在于,后者落生后就脱开了上帝,

---

① 伍蠡甫:《西方文论选》下卷,上海译文出版社1979年版,第5页。
②③④ 伍蠡甫:《西方文论选》下卷,上海译文出版社1979年版,第9页。
⑤ 伍蠡甫:《西方文论选》下卷,上海译文出版社1979年版,第17页。
⑥⑦⑧ 伍蠡甫:《西方文论选》下卷,上海译文出版社1979年版,第15页。本节所引华兹华斯文句,均见《西方文论选》第5~29页,以后不再另注。
⑨ 伍蠡甫:《西方文论选》下卷,上海译文出版社1979年版,第11~12页。

随着俗念的侵袭还会离得更远;前者则因寄情反映着上帝精神的大自然而能保持神性。这些关于诗与诗人神圣性的论述,成为启发雪莱写作《诗辩》的灵感之源。

对情感的强调是浪漫主义美学的重要理念,华氏诗论也给予了特别关注。众所周知,情动于中而形于言,诗人在序言中说:"诗是强烈情感的自然流露"。① 他以十分明了的语言阐明了情感在诗歌创作中的地位:在诗歌中,是情感给予动作和情节以重要性而不是相反。诗人之所以是诗人,就在于他即使没有外界刺激也能更敏捷的思考和感受,并且把形成于内的思想情感淋漓尽致地表现出来。但诗人所表现的情感必须是真挚的,应尽力使之接近所刻画的人们的情感,绝不要虚假的描写,也不要做作的描写。

序言最具理论性的部分,是关于想象与幻想问题的论述。他认为想象力"是个更加重要的字眼,意味着心灵在那些外在事物上的活动,以及被某些特定的规律所制约的创作过程或写作过程。"② 它有"赋予的能力、抽出的能力和修改的能力",同时"也能造形和创造"③,"把众多合为单一,以及把单一分为众多"④。而幻想也是一种活跃的能力,同时也是一种创造的能力;其运作过程所遵循的规律,"是和偶然的事物一样变化多端的"⑤,它的效果令人惊奇和眼花缭乱,幻想的特征表现为"迅速和大量地散播它的思想和意象"⑥。比较而言,"幻想是在于激发和诱导我们天性的暂时部分,想象是在于激发和支持我们天性的永久部分。"⑦ 华氏从客观唯心主义出发,以对"天性的永恒部分"的想象的反映,作为诗歌创作的一种动力,作为诗艺术的终极目的。这虽然使之蒙上了一层薄薄的神秘主义色彩,但强调这种能力之于诗人的重要性,则无疑符合艺术创作的客观规律。

四、夏多勃里昂的《基督教真谛》

法国浪漫派运动及其文论也大体分为两个阶段,早些时候的作家和理论家,像德国的耶拿派一样较多表现没落贵族情绪和沉郁的宗教观念。这个阶段以夏多勃里昂为代表,他的《基督教真谛》在浪漫主义文论史上占有比较重要的一席之地。后一个阶段在 19 世纪 20 年代复辟与反复辟的思想政治背景下显示了更

---

① 伍蠡甫:《西方文论选》下卷,上海译文出版社 1979 年版,第 17 页。
② 伍蠡甫:《西方文论选》下卷,上海译文出版社 1979 年版,第 21 页。
③ 伍蠡甫:《西方文论选》下卷,上海译文出版社 1979 年版,第 24 页。
④ 伍蠡甫:《西方文论选》下卷,上海译文出版社 1979 年版,第 25 页。
⑤ 伍蠡甫:《西方文论选》下卷,上海译文出版社 1979 年版,第 26 页。
⑥ 伍蠡甫:《西方文论选》下卷,上海译文出版社 1979 年版,第 28 页。
⑦ 伍蠡甫:《西方文论选》下卷,上海译文出版社 1979 年版,第 29 页。

为旺盛的生命力,一大批沐浴了大革命民主思想和深受帝国时期英雄主义感应的文学青年登上文坛,给予古典主义的最后残余以及早期浪漫派的消极保守倾向以重重一击,逐渐廓清了那种毫无生气或悲观颓靡的文坛阴影。这个积极的浪漫主义新高潮的代表人物是维克多·雨果(1802—1885)。他不但是一位成就卓著的诗人、剧作家和小说家,而且是很彻底地表现了典型的浪漫主义观点的理论家,成为法国浪漫派的领袖、导师和主将。雨果的理论系统而完整,主要集中于《莎士比亚论》(1864)和《〈克伦威尔〉序言》(1827)。前者是他晚期的著作,凡14卷,结合莎翁剧作,盛赞莎士比亚善于把整个事件戏剧化的粗犷的诗才,旨在论证浪漫主义兼容并蓄的艺术观,包括美丑对照、善恶比并、雅俗结合、历史与现实交融,以及创造、情感、想象之类美学原则;后者是一篇针对古典主义的洋洋洒洒、词锋犀利的讨伐檄文,从理论上阐述了浪漫主义的根源、原则及手法,被公认为法国浪漫派的纲领和宣言。序言的主要论点,一是猛烈抨击古典主义的清规戒律,疾呼创作自由,扩大艺术表现的范围。他把人类社会分为原始、古代和近代三个时期,并各有相应的文学,"原始时期是抒情性的,古代是史诗性的,而近代则是戏剧性的。"既然支配世界的并非一种社会形式,那么也就不存在一成不变的艺术形式,因此,像古典派那样盲目模仿古代是极为荒谬的,新时代的艺术必须抛弃其陈旧法则的桎梏。二是针对古典文论把悲剧因素和喜剧因素、崇高优美与滑稽丑怪判然分开的做法,提出了一套以"对照"为中心的美学观。从基督教关于善恶构成基本人性的看法出发,认为自然界的一切事物都是通过不同要素对比的形式表现的,"丑就在美的旁边,畸形靠近着优美,丑怪藏在崇高的背后,善与恶并存,光明与黑暗相共。"[①]艺术的任务在于再现诸如此类的对比,古典主义却仅注重崇高文雅而忽略怪野不文,所以是严重违反自然。三是论证以"选择"为前提的创作论。认为艺术是自然的集中而强烈的表现,因而艺术真实不等于自然真实,它应当而且必须更高级。既然如此,那么艺术创作就必须是有选择的创作,不是选择美的东西,就是选择具有特点的东西。此外,序言还广泛讨论了自由、理想、天才这些浪漫主义最关注的理论范畴,提出了关于描写地方色彩、使用民间语言以及韵文与散文的优劣等问题。

夏多勃里昂(François René de Chateaubriand,1768—1848),法国浪漫派最早的代表人物,出生于没落贵族之家,从小受到耶稣会教士的熏陶,政治上是个彻底的保王派。大革命期间,为躲避革命的冲击,他于1791年曾到北美探险。1792年与兄长一起参加反动贵族的武装叛乱,负伤后辗转逃亡伦敦,1800年返

---

① 伍蠡甫:《西方文论选》下卷,上海译文出版社1979年版,第183页。

回法国。其时,执政的拿破仑正与教皇签订盟约,他写作出版《基督教真谛》迎合之,对复兴教会势力起了推波助澜的作用,一度得到重用。波旁王朝复辟时期尤为得宠,历任贵族院议员、内政大臣、驻柏林和伦敦大使、外交大臣等要职。王朝再次垮台后,流亡英国,以写作度过余生。

夏多勃里昂对法国浪漫主义文学影响巨大,性质也很复杂:他散布中古天主教的有害偏见,但却传播了中古文化艺术;他提出历史比较的文学方法,扩大了对大自然描写的范围,却塑造了代表病态意识形态的"世纪儿"形象。包括雨果在内,法国浪漫主义作家几乎都曾以他为偶像走上文学之路。

《基督教真谛》(1801)是他的代表作,同时也是一部性质比较复杂的书,混杂了神学、哲学、文学、艺术、美学等内容,还穿插着各种考证、旅行札记、小说、回忆录等。它有个副标题"宗教的美",全书四个部分:其一"教理和教义",以自然与宇宙的完美证明上帝的存在和人类信仰的必然;其二"基督教的诗意",阐释基督教作为文学的源泉而产生的巨大影响,还将其中篇小说《勒内》作为例证;其三"美术和文学",以音乐、哲学、教堂、造型艺术等论证"基督教的和谐",把另一个中篇《阿达拉》也拿来作为例证;其四"信仰",从传教活动到宗教仪式、从墓园到骑士团等等,内容驳杂。全篇主旨不外乎通过各种不同的途径来论证基督教的"真谛"和它诗意的美,从而使人热爱之、信仰之。

这部颇为奇特的书与其说是神学的,不如说是美学的,或者说披着神学的外衣阐发一套消极的浪漫主义文艺观。作者把宗教视为创作源泉,声言"基督教是最富于诗意的,最人道的,最利于自由和文艺的","欧洲的文明,一部分最好的法律,差不多所有的科学和文艺都来源于宗教。"[①]他说出了典型的浪漫主义观点:文学的任务在于表现人类的心灵,创造出"理想的精神美"。不过在他看来,多神教创造不出这种精神美,但基督教可以,福音书所宣扬的道德可使人越来越接近上帝与完美,所以这宗教最适合表现人的内心世界,表现理想的精神美。所谓"基督教的诗意",就在于用基督教义去描绘人的心灵和理想性格,文艺创作的成功与否完全取决于它,因为只有它,"促进了天才,使趣味纯净,发展了美好的情感,使思想充满活力,给予作家以崇高的形式,给予艺术家以完美的楷模。"[②]夏多勃里昂认为历史上的杰作无不体现了基督教精神,故而它应是衡量一切文学的唯一尺度。这种连文明源头的希腊作品的价值也给打了折扣的论调,虽然有反古典主义的一面,但如果作为一种文学史观,无疑是相当片面的。

在美学上,本书竭力宣扬的一种境界是神秘,神秘才为美,断言"除了神秘

---

①② 转引自柳鸣九:《法国文学史》中册,人民文学出版社1981年版,第98页。

的事物之外,再没有什么美丽、动人、伟大的东西了"。他论述道:"天真不过是无邪的愚昧,它难道不正是神秘事物中最为不可言传的吗?童年之所以如此幸福,正是因为他什么都不知道,老年之所以如此不幸,正是因为它什么都知道,幸而对老年来说,生命的神秘行将结束,而死亡的神秘正在开始。"① 至于宗教的神秘,则使我们思索现世与永恒,从而产生忧郁之情,忧郁是对神秘天国心向往之的表现。在作者看来,忧郁乃文学表现的第一要素,只有描绘出忧郁虚空情怀的作品才是美的和高贵的。惟其如此,他才不遗余力地鼓吹描写中古时代的衰朽事物,描写坟墓、废墟、迷梦、无常之类,从而构成其反映着没落贵族情绪的消极浪漫主义的题材理论。作为地道地表达了浪漫派文学主张的文献,《基督教真谛》是颇具开创性和颇有建树的,影响也相当深远;但作为为垂死的意识形态辩护乃至鼓吹的东西,它所起的作用远不是健康的,所以历来遭到进步人士的激烈批评。

第二节　现实主义文艺理论

　　大致从19世纪二三十年代开始出现现实主义文论,世纪中期达到鼎盛而一直持续到后期,并且绵延及于20世纪。

　　现实主义没有像浪漫主义那样经过一场轰轰烈烈的运动,大喊大叫地去反对它的对立面古典主义,然而作为一股生命力很强的文艺思潮之所以能够悄悄地浸润开来,同样依赖于合适的社会与文化土壤。资本主义高速发展造成的贫富分化,资产阶级价值观念无孔不入地渗透于各种社会意识,冷酷的利害交易原则和迅速形成的人与人之间赤裸裸的金钱关系巨大的腐蚀作用,使曾经被理想化的所谓"理性的王国"变得极其丑恶,人欲横流,导致社会政治制度遗憾地演变为"令人极度失望的讽刺画"。总之,个性自由蜕化为对物的普遍追求,由此产生的道德风尚和社会心理,都使得天生与时代共呼吸、人道主义良知难泯的作家艺术家,从狭小的内心天地或理想境界超脱出来,而转向对社会弊端的洞察及其抨击,于是以批判为特征的现实主义文艺思潮取代浪漫主义而成为主流。另一方面,德国古典哲学中费尔巴哈的唯物论、看重实验观察的法国哲学家孔德的实证主义,甚至法英的空想社会主义、功利主义,以及进化论、细胞论等,这些雨后春笋般涌现的哲学、科学与社会学说,提供了人们认识世界和分析社会的新方法,也改变了作家艺术地把握生活的态度与手段。这一切导致了研究社会问题、探讨社会出路的求实务实风气日占上风。此可谓现实主义的文学创作和现实主

---

① 转引自伍蠡甫:《欧洲文论简史》,人民文学出版社1985年版,第237页。

义文艺理论勃兴的思想与方法论基础。

一、现实主义文论的由来与发展

一般认为,对现实主义的理论阐述起源于希腊,这就是亚里士多德的"模仿说";而文艺复兴的"镜子说"乃其继承和发展,意思都是文艺为生活的反映。17世纪的新古典主义以希腊、罗马古典为范,其中也包含认识人生、刻画性格的内容,就是说具有现实主义的原则成分。启蒙时代,虽然有卢梭的唯情论,但崇尚自然和追求逼真的观点仍居统帅地位,狄德罗、费尔丁、莱辛、歌德等人的理论不失为成熟的现实主义阐述;而席勒,更是把这一术语用于他的理论著作。足见19世纪中期现实主义之成为艺术主流时,其理论准备早就完成了。现实主义文论的主要特征,在于主张客观性、写实性和描摹真切可信的典型性格,在于尊重事理和符合逻辑,它立足当代,差不多是一丝不苟的,包括再现琐碎的生活细节尤其普通人的辛酸;它力图揭示凡人世界的哲理,把文学视为透析社会的手段,探究世风日颓何以如此普遍并怎样加以规范。当然,作家们改革社会的信心还显得底气不足,因为资本主义势力及其意识形态的强大,导致多数人成为政治上的改良主义、思想上的悲观主义。总之,此乃与浪漫主义唱反调的文学观,至少从创作方法上看是这样。由于与浪漫主义的原则相反,它之于热情与幻想的关注降到了最低,这倒不是说缺乏豪迈和战斗精神,而是兴趣点转移罢了。惟其如此,它作为流派称雄文坛,才没有经过一番轰轰烈烈,据说用"现实主义"一词表述之其实是很晚的事[①]。实际上,浪漫派运动与现实主义潮流,不曾也不可能泾渭分明地划清界限,例如浪漫派文学在心理描写、大自然风光表现和历史题材处理上的戏剧化手法,差不多都进入了现实主义文学的艺术视野;而像斯丹达尔、巴尔扎克、福楼拜、狄更斯、果戈理这些现实主义大师们,至少在创作上似乎并没有打算与浪漫主义手法完全绝缘。

以揭露和批判社会黑暗为主要特征的19世纪现实主义文学,在法国、英国和俄国取得了最为辉煌的成就,不仅人数多、持续时间长,尤其创作起点高、质量好、影响广泛深远。但是在理论方面却表现出较大的差异:在英国,现实主义文学潮流几乎完全是自发的,所以见不到什么纲领或者宣言之类的文献,就连有意

---

① 根据有关资料辨析和判断,19世纪三、四十年代,欧洲文学批评界尚无用"现实主义"一词表述逐渐取浪漫主义潮流而代之的新的文学创作倾向者,尽管这个词据说早在中世纪就常见于哲学领域,而在文学方面,则最早见于启蒙时代席勒的论著。1850年,法国小说家尚弗勒里才初次拿这个词表述早已成为主流的新文学。1855年,注重写实的法国画家库尔贝因作品被官方沙龙拒绝,索性办起了个人画展,前言中也出现了该词。翌年,福楼拜的《包法利夫人》出版,一时被看做现实主义的典范,于是它便在文艺界流行起来,包括小说家本人也常使用。1892年,库尔贝友人卡斯塔纳勒在《沙龙》杂志撰文,阐明其含义。至于"批判现实主义"的概念,则是高尔基提出的。

识的阐述也不多见;法国的现实主义文学运动自觉程度较高,因此理论上也很有建树;俄国由于国情与西欧不同,如何结束专制农奴制而找到一条新的出路成了最为迫切的问题,这使俄罗斯的思想界异常活跃,大批革命民主主义的进步人士从意识形态的各条途径思考探索,在这样的背景下,一套完整成熟的现实主义文论体系得以建立,成为19世纪西方理论成果中十分令人瞩目的一枝独秀。

表现出鲜明的现实主义特征的文论是从法国开始的。19世纪20年代,当浪漫派同古典派进行激烈斗争时,被誉为批判现实主义文学奠基者的斯丹达尔就发表了令理论界刮目相看的论著《拉辛与莎士比亚》,被后人视为现实主义文学的纲领。30年代之后,以巴尔扎克为代表的法国现实主义文学渐入佳境,事实上已取代浪漫派而成为主流了。巴尔扎克(1788—1851),作为多达90余部小说在内的鸿篇巨制《人间喜剧》的作者,不仅代表了现实主义创作的辉煌实绩,而且,随着创作不断深入而形成的文学理论,证明他既是小说大师又是文论大师。他的观点散见于专论、序跋、书评、书简,而尤以洋洋万言的《〈人间喜剧〉前言》最为集中。其理论原则可概括为以下几点:第一,把小说创作提高到社会研究的高度,重视观察、比较、分析各种社会现象,并努力挖掘其中隐含的深刻意义亦即社会发展规律,从而使小说具有如同历史哲学那样的概括性。他说:"法国社会将写它的历史,我只能当它的书记……我也许能写出许多史学家没有想起写的那种历史,即风俗史……我也许能完成一部众人瞩望已久的描写十九世纪法国的作品"①。第二,塑造典型环境中的典型人物。他界定"'典型'指的是人物,在这个人物身上包括着所有那些在某种程度跟他相似的人们最鲜明的性格特征;典型是类的样本。"②同时十分注意典型人物和典型环境的依存关系,倡导要富有层次地表现人物性格的形成和发展,个性特征也应随环境的改变而改变。第三,注意细节描写,追求艺术真实性。巴尔扎克把真实性视为艺术的生命,尤看重细节真实,断言"小说在细节上不是真实的话,它就毫不足取了"③。他自己的小说可谓典范,包括烦琐的经济细节在内,将其融会于同人、事、环境、历史等有关的各种材料的缜密组织中,以获得某种无懈可击的真实性。当然,艺术真实并不等于事实真实,在这点上他也讲得很辩证。

巴尔扎克之后,福楼拜(1821—1880)把现实主义理论引入了一种新境界,通过他的理论,现实主义和实证主义乃至自然主义联系贯通起来了。福氏文学观(多见于他的书信)的最突出特点,就是强调真实性至于纯粹的地步,而成为极端的客观主义。基于此,他坚决反对作家在作品中流露主观因素,更不要说自

---

① 王秋荣:《巴尔扎克论文学》,中国社会科学出版社1986年版,第62页。
② 王秋荣:《巴尔扎克论文学》,中国社会科学出版社1986年版,第169页。
③ 王秋荣:《巴尔扎克论文学》,中国社会科学出版社1986年版,第68页。

我表现,当然也包括道德判断;一切应让位于事物本身,让位于事物自身的关联。他说:"艺术家不该在他的作品里露面,就像上帝不该在自然里露面一样。""至于泄露我本人对我所创造的人物的意见:不,不,一千个不!我不承认我有这种权利。"因为艺术只是展览而不是教诲,唯如实地描述才是科学的,也是公正的。有人把福楼拜的文学风格称之为"无我格"、"零度风格",意思就是见不出自我或者把主观成分降低到无。当然,他并非反对倾向性,而是主张把倾向寓于场面、情节和形象;其实这比浪漫主义式的直陈胸臆难得多,他深有感触地说:"我总是强迫自己深入事物的灵魂,停止在最广泛的普遍上,而且特意回避偶然性和戏剧性。不要妖怪,不要英雄!"真理虽然朴素,但绝非浮光掠影,对把握了生活本质者而言,其实无声胜似有声,他的真实主义艺术追求说得再透彻不过了。正因为如此,也把他看成"自然主义"文论家。此外,福楼拜还是个完美主义者,声称"我特别搜寻美";他力倡的"科学"方法在某种意义上指的不过是精当的语言描写,指出:严格地说,要表明某种事物,只有唯一的名词;若赋予其运动,只有唯一的动词;若确定其性质,只有唯一的形容词。他格外看重形式,视形式为艺术品的决定因素,不过也论证了形式与内容的统一:"我相信形式和内容是两种细致东西、两种实体,活在一起,永远谁也离不开谁。"①福氏文论具有鲜明的时代性,既是现实主义的深化,又反映了其他社会思潮的渗透。

二、斯丹达尔的文艺观

在 19 世纪,真正开创了现实主义文艺理论先河的当是法国作家斯丹达尔。斯丹达尔(Stendhal,1784—1842),本名亨利·贝尔,杰出的小说家和政论家,以名著《红与黑》而成为批判现实主义文学的奠基者。他传奇般的一生经历丰富,其思想具有形而上学式的玄奥,创作则凝结着冰冷的真实。求学时他对数学表现出特别的热忱,认为无可争辩的精确性及论证的真实性使之最少虚伪。他 17 岁投身军界,跟随拿破仑转战欧洲各地,成为皇帝的亲信和热烈的崇拜者。但帝国的倾覆结束了他的军人生涯,此后侨居米兰,研究意大利辉煌的艺术。1821 年因涉嫌参与意大利民族解放运动的烧炭党人活动而被迫回国,在巴黎过着自由文人的生活。七月王朝时期,他谋到一个较闲散的外交差事——驻意大利某小城领事,担任这个职务直到逝世。

由于其军事生涯,斯丹达尔从事文学活动较晚,不过初露头角就显得与众不同,可以说,从性格、思想到做派、文风,他都与 1815 年后政治上复辟势力猖獗、文坛多柔靡贫弱的风气格格不入。他不像当时的浪漫主义者,其心灵本质上乃

---

① 伍蠡甫:《西方文论选》下卷,上海译文出版社 1979 年版,第 210~216 页。

是理性的,所师承的是启蒙运动百科全书派的大师们。他的创作是战斗的、挑衅的,甚至写游记也从来不是描写的,写自传也从来不是抒情的。在还是浪漫主义盛行的时期,就形成了一套具有超前意识的文学观,这比较集中地体现在《拉辛与莎士比亚》中。

《拉辛与莎士比亚》是一部文论集,包括两部分,分别发表于1823年和1825年,为作者参与当时文艺界浪漫派和古典派论战的成果,也是一部立论新颖、论证精辟、词锋犀利的美学名著。19世纪20年代的法兰西文艺界,奇峰崛起的浪漫主义猛烈地冲击着已成末流的古典主义,后者当然不甘心退出历史舞台,于是浪漫派以莎士比亚为旗帜,古典派以拉辛作招牌,双方发生激烈论争。斯丹达尔毫不含糊地倡导前者而反对后者,不过他虽然以浪漫主义者自居,却有一套自成体系的解释,从该论著来看,两个词都有特定内涵,一般取的是广义。他认为古典主义即因循守旧、专事模仿,是为过去、为祖先而写作;相反,面对今天、表现当代,提供给今人以快乐就是浪漫主义。至于拉辛,因为他表现了17世纪法兰西风尚,所以对当时而言同样在面对今天,故也应像莎士比亚一样属于浪漫主义。可见他是把拉辛这样的经典作家排斥在古典主义之外的。总之,斯丹达尔针对古典主义及其模仿者的泥古保守倾向,反复强调文艺要适应时代发展,新文学的任务就是艺术地反映当前的社会生活。他讽刺亦步亦趋的古典主义者:"倘使没有荷马的诗句,或者没有西塞罗《论老年》中某一哲学论点暗中作为依据,他们是不敢前进一步的。"①可见因袭是最要不得的,即使对莎士比亚也不能盲目照搬,而要学习他观察体验自己时代的原则或者真实地描写生活细节、表现人物激情的方法。同样,当代作家哪怕是浪漫主义作家,如果逃避现实,老把眼睛往后看,那么也不是真正的浪漫主义者。例如夏多勃里昂就如此,他尖锐地批判了夏氏乞灵于没落意识形态的创作倾向。这部论集所阐述的文学观点或美学思想还远不能全部为作者的同时代人所领会,因为,它们虽然被名之为浪漫主义,但正如阿拉贡所言,实际代表的却是"现实主义的立场,而且……是我们今天所理解的现实主义。"②惟其如此,本书才被认为批判现实主义的第一部理论文献。

斯丹达尔把时代需要和反映人民生活看作文艺发展的根本动力,也是创作者灵感的源泉。为了突出现实感,他特别给刚刚封笔的小说《红与黑》加了一个醒目的副标题"1830年纪事"(同年出版)。他反复强调生活的重要性,强调作家和人民的联系,指出"天才永远存在于人民中间,就像火藏在燧石里一样,只要具备了条件,这种死的石头就能发出火花来。"③他继承古老的模仿说和镜子

---

① 斯丹达尔:《拉辛与莎士比亚》,王道乾译,上海译文出版社1979年版,第27页。
② 阿拉贡:《论司汤达》,盛澄华译,《阿拉贡文艺论文选集》,人民文学出版社1958年版,第211页。
③ 转引自伍蠡甫:《欧洲文论简史》,人民文学出版社1985年版,第243页。

说,认为文艺应该直面现实人生,敢于揭丑,就如敢于颂美一样。他在小说《阿尔芒斯》序言中写道:"丑恶的人在镜中掠过,这难道是镜子的错误吗?"《红与黑》中也表现了同样的观点:优秀的创作犹如一面照路的镜子,既能映出蓝色的天空,也能映出路上的泥泞,读者不应怪镜子上的污泥,该怪的是护路人没有尽到职责。明确表示揭露现实矛盾、剖析社会弊端乃为文学的使命,很显然,这已经是相当典型的批判现实主义观点了。

三、别林斯基的文艺观

俄国现实主义文学和文论与封建专制农奴制度的改革密切相关。在解放运动的第一个时期即贵族革命阶段过去之后,由平民知识分子领导的第二个阶段即资产阶级民主主义时期就轰轰烈烈地拉开了帷幕,其中文学创作与批评活动扮演了显要角色。作家评论家以巨大的政治热情,抨击沙皇封建暴政、揭露农奴制黑暗、反映重大社会问题,不断把现实主义推向高潮。革命民主主义者大致从19世纪30年代后期成为思想论坛和文学殿堂的生力军,并且决定了意识形态的基本走向。哲学上他们接受费尔巴哈的唯物论,文学上反对为艺术而艺术,以期刊作阵地,把批评当武器,团结大批进步作家,使俄罗斯的文艺事业成为解放运动的重要部分。其中最具代表性的人物是别林斯基、车尔尼雪夫斯基、杜勃罗留波夫这三大批评家。他们的文学观大体上是一致的,差别只是在侧重点方面。杜勃罗留波夫(1836—1861)是思想敏锐、见解卓越、才华横溢的革命民主主义者,在《现代人》杂志工作期间是车尔尼雪夫斯基的得力助手。他生命短促,几年中却写下了数十篇深刻的美学和哲学论文。杜勃罗留波夫发扬别林斯基、车尔尼雪夫斯基二人彻底的反沙皇专制的革命精神,主张为人生的美学思想和文艺观,进一步肯定俄国现实主义文学的战斗作用,反对脱离生活的"纯艺术"。认为文学必须回答当代的尖锐问题,文艺批评要与政治斗争相结合,艺术家应当是思想家。他说"文学的主要意义是解释生活现象",此外是"真实",失去了真实也就失去了意义,"甚至变得有害,因为它不能启迪人们的认识,相反,把你弄得更糊涂。"[①]杜勃罗留波夫注重文学的人民性,在《俄国文学发展中人民性渗透的程度》一文中系统论述了他的观点,人民性指的是体现人民大众的思想、感情和愿望,包括民风、民俗及最普通人的劳动。杜勃罗留波夫最著名的文论,是评述冈察洛夫、奥斯特罗夫斯基、屠格涅夫小说、戏剧作品的三篇文章,即《什么是奥勃洛摩夫性格?》、《黑暗王国的一线光明》和《真正的白天何时到来!》。作者站在时代的高度和激进的民主主义立场上,指出所论作品的社会价值、艺术形象

---

① 伍蠡甫:《西方文论选》下卷,上海译文出版社1979年版,第451页。

的典型意义与思想主题的革命性质,以站在时代前沿的一个真正理论家的洞察力,进行全新的内涵阐发,思想新颖,振聋发聩。

在丰硕的俄国现实主义文论成果中,现实主义小说大师托尔斯泰(1828—1910)的《艺术论》占有一席之地。本书写于1883—1898年之间,是其半个多世纪文学创作活动的经验总结,表现出比较复杂而矛盾的艺术观。一方面,他彻底否定了当时西方流行的具有颓废特征的所谓"世纪末"诸思潮,肯定艺术的人民性、坚持现实主义原则;另一方面,则从"永久宗教真理"出发把宗教视为文艺的基础和文评的标准,目的是培植人勿以暴力抗恶的"真挚感情",以建立博爱世界。但托尔斯泰揭露上层艺术之虚伪、贫乏与拙劣的那种一贯的批判精神仍使之充满了力量,他详尽地论证艺术感染人的秘密,强调情感在其中的作用。认为那既是艺术创造的原动力,又是艺术想象的推动力;既是艺术表现的对象,又是艺术品与欣赏者发生联系、产生共鸣的决定因素。托尔斯泰把感染性作为评价艺术的重要标准,将其视为"区分真正的艺术与虚假的艺术的一个肯定无疑的标志",并进一步论证决定艺术感染力强弱的条件,而其中"艺术家的真挚的程度对艺术感染力的大小的影响比什么都大。"[①]这些精辟的见解可以说触到了艺术的真谛,对掌握创作规律和指导创作实践不乏重要意义。托尔斯泰还展望了未来艺术的发展前景,认为那应该是全民的艺术,因为只为少数人服务的艺术必导致腐朽堕落;不过托尔斯泰所展望的未来艺术,同时也是一种传播宗教的博爱情感的艺术。

俄国现实主义文论的最主要成果是由两位伟大的革命民主主义者别林斯基和车尔尼雪夫斯基创立的。

维萨里昂·格利戈里耶维奇·别林斯基(Виссарион Григорьевич Белинский,1811—1848),伟大的民主主义者、杰出的美学家和文学批评家。他出身平民,在莫斯科大学修文学,因创作不合时宜的剧本被校方开除,之后开始文学评论活动。1839年起主持进步刊物《祖国纪事》的文评栏目,1847年转到《现代人》杂志,主要由于他的原因,这两家期刊成为40年代俄罗斯最著名和最进步的刊物。别林斯基的文字生涯大约15年左右,但以过人的敏捷和勤奋写下了浩瀚的论著,成为19世纪俄国第一个伟大的评论家。

别林斯基的思想发展大致分为两个阶段。19世纪30年代,曾一度受黑格尔唯心的"绝对理念"论影响,服膺艺术乃"理念的感性显现"的美学本体观,接受其"一切现实的都是合理的,一切合理的都是现实的"哲学命题,导致与专制制度的妥协态度,把社会改革的理想寄托在启蒙教育和道德修养上,宣称"诗应

[①] 伍蠡甫:《西方文论选》下卷,上海译文出版社1979年版,第438~440页。

描写诗人周围现实的合理性"、"与现实和解",否定文学批判现实的一面。40年代,由于受不断高涨的反农奴制运动的推动,他接受空想社会主义,哲学上完成了由唯心到唯物的转变,逐渐扬弃了黑格尔的艺术观,开始把斗争的矛头指向现实的黑暗,并日益显示出民主主义者的革命立场,成为俄国现实主义理论的奠基人。

前一阶段的评论主要探索18世纪以来俄国文学的发展道路,如《文学的遐想》(1834),指出俄国文学尚不成熟的模仿特征,倡导表现"人民性"(实际是比较抽象的民族性)。但别林斯基现实主义的理论框架已经形成。在《论俄国中篇小说和果戈理君的中篇小说》(1835)中,他把诗分为理想的和现实的两类,认为更符合时代需要的是现实的诗,"它的显著特色在于对现实的忠实",所以真实是这类诗的生命,它应该在全部赤裸裸的真实中再现生活。"我们要求的不是生活的理想,而是生活本身","在有真实的地方,也就有诗"①。应当说,忠实生活是现实主义的基本信条,也是别林斯基文学批评活动的出发点,不过该时期他有关现实主义的论述,总的来看比较笼统,在文学和政治的关系上采取的还是一种消极态度。后一个阶段他的文学评论进入成熟时期,接连不断写出的一系列有分量的论文例如《艺术的概念》(1841)、《乞乞科夫的游历或死魂灵》(1842)、包括11篇专论的《亚历山大·普希金的作品》(1843—1846)、《给果戈理的信》(1847)、《1846年俄国文学一瞥》(1847)和《1847年俄国文学一瞥》(1848)等,站在革命民主主义和批判现实主义的立场上,捍卫普希金、果戈理强有力地反映迫切的俄国社会问题的创作传统,给予反动文人的诽谤与诬蔑以迎头痛击。同时通过评述当代文坛动向,广泛深刻地阐述了他的愈来愈成熟的理论体系包括政治观点和文学原则。

纵观别林斯基的现实主义文论,比较突出的还有以下几点:

典型论。别林斯基精辟地论述了"典型"问题,认为"没有典型化,就没有艺术",唯通过典型化,生活真实才可能转化成艺术真实,所以塑造典型就成了"创作本身的显著标志之一"。那么什么是典型呢?典型就是普遍性与特殊性的统一。"在一位真正有才能的人写来,每一个人物都是典型,每一个典型对于读者都是似曾相识的不相识者。"②还有,典型是不能也无法脱离环境的,作家必须关注"时代的烙印"和"时代的要求";他说:"要评判一个人物,就应考虑到他在其中发展的那个情境以及命运把他所摆在的那个生活领域。"③别林斯基尽管尚无明确提出典型环境的概念,却无疑初步确定了它的内涵。此外,典型也包括反面

---

① 伍蠡甫:《西方文论选》下卷,上海译文出版社1979年版,第377页。
② 伍蠡甫:《西方文论选》下卷,上海译文出版社1979年版,第378页。
③ 转引自朱光潜:《西方美学史》下卷,人民文学出版社1979年版,第548页。

的典型,如果把反面人物简单化或漫画化,那是违反典型的个性化原则的,是不可取的。

形象思维论。别林斯基明确提出艺术是靠形象思维的理论,这即使在整个西方文论史上也是一个创举,他涉及形象思维的文章为数不少,而随着其哲学观的转变也日臻成熟。他指出:诗用形象思维,其性质在于显示真理而不是论证真理;艺术创作的本质就是它的形象性。他拿诗和哲学、科学等进行比较,认为诗歌和哲学的差别就像火和水、热和冷,"诗歌具有一种超凡的力量,通过崇高的感觉,把人类精神向上天提升,它靠一般美丽的、鬼斧神工的形象在人们心里唤起这种感觉";而哲学,则"靠对于一般生活法则的透彻的认识来唤起这些感觉"①。他还说:"艺术和科学不是同一件东西……它们之间的差别根本不在内容,而在处理特定内容时所使用的方法。哲学家用三段论法说话,诗人则用形象和图画说话,然而他们说的都是同一件事。"②这无疑相当准确和精辟地揭示了形象思维的规律,在一个半世纪前,实在难能可贵,所以对后世的影响十分深刻。

历史的审美的批评原则。别林斯基的文学批评密切联系着俄国的历史与现实。他十分关注具体的创作实况,包括作家的倾向、作品的主题、文坛的思想斗争,他的著作渗透着鲜明的时代感和论战精神,但同时又非常注意艺术审美判断。他说:"每一部艺术作品一定要在对时代,对历史的现代性的关系中,在艺术家对社会的关系中,得到考察;对他的生活、性格以及其他的考察也常常可以用来解释他的作品。另一方面,也不可能忽略掉艺术的美学需要本身。"③这一批评原则,纠正了在德国古典哲学影响下形成的批评为纯美学的批评和从理念出发的纯历史的批评两种偏颇,不仅理论上有所突破,还使其得以通过文学批评实现了对社会现实的批评,从而与革命民主主义的战斗需要相吻合。例如他针对斯拉夫派对《死魂灵》的歪曲所作的抨击,针对沙皇御用文人对进步文学的诋毁而提出的关于"自然派"的论述,针对果戈理晚年沉醉宗教神秘主义而进行的中肯和一针见血的批评,都是实践这一原则的光辉范例。

四、车尔尼雪夫斯基的文艺观

尼古拉·加夫里洛维奇·车尔尼雪夫斯基(Николай Гаврилович Чернышевский,1828—1889),杰出的革命民主主义活动家、卓越的现实主义美学家和作家。生于牧师家庭,中学和大学时期接触别林斯基、赫尔岑的著作,读黑格尔与费尔巴哈,接受空想社会主义理论,成为19世纪60年代革命民主主义

---

① 伍蠡甫:《西方文论选》下卷,上海译文出版社1979年版,第536页。
② 伍蠡甫:《西方文论选》下卷,上海译文出版社1979年版,第390页。
③ 《别林斯基选集》第3卷,满涛译,上海译文出版社1979年版,第595页。

运动的领袖。1850年从彼得堡大学毕业后,返故乡萨拉托夫当中学教师,1853年迁居首都,1856年成为《现代人》杂志(由于别林斯基的逝世其地位一度回落)主编,发表一系列美学、哲学、政治经济学著作,旋即恢复了它在俄罗斯期刊中的显著位置,使之成为不折不扣的革命民主主义的讲坛。他团结了一批政论家、进步青年和军官,与杜勃罗留波夫等人筹建革命组织,揭露1861年由上而下进行农奴制改革的虚伪性,忘我地投身到推翻沙皇封建专制的斗争之中。1862年杂志被停刊,车尔尼雪夫斯基遭逮捕,监禁甚至被处"假死刑"之后流放达27年之久,长期的摧残损害了健康,他于结束苦役、流放的当年逝世。

车尔尼雪夫斯基是个彻底的唯物主义者。大学时期即扬弃黑格尔的唯心论,成为费尔巴哈人本主义唯物论的忠实信徒。他的现实主义美学或文艺观均从他的唯物主义哲学前提出发,并且为现实斗争服务。车尔尼雪夫斯基美学与文论著作,最重要的是《艺术与现实的审美关系》(1855)、《俄国文学的果戈理时期概观》一至四篇(1855—1856)等。

《艺术与现实的审美关系》乃车尔尼雪夫斯基的硕士学位论文,也是阐述其美学观的代表作。它所涉及的美学问题非常广泛,例如想象问题、典型问题、崇高和悲剧的问题等,不过最主要的还是关于艺术的本质或者艺术与生活的关系问题。车尔尼雪夫斯基的立论是针对流行的黑格尔唯心主义理念论提出的,他力主把艺术与现实联系起来,"尊重现实生活",以"美即生活"这个鲜明的美学命题取代沉醉于主观心灵的超验理念论。他说:"任何事物,凡是我们在那里面看得见依照我们的理解应当如此的生活,那就是美的;任何东西,凡是显示出生活或使我们想起生活的,那就是美的"[①]。从这一观点出发,车尔尼雪夫斯基阐述文学的功能在于:第一,再现现实。"一切艺术作品毫无例外的一个作用,就是再现自然和生活。……艺术再现现实,并不是为了消除它的瑕疵,并不是因为现实本身不够美,而是正因为它是美的"。第二,说明生活。"艺术和一篇纪事并无不同,分别仅仅在于,艺术比普通的纪事,特别是比学术性的纪事,更有把握达到它的目的:当事物被赋予活生生的形式的时候,我们就比看到事物的枯燥的记述时更易于认识它,更易于对它发生兴趣"。第三,判断生活。诗人或艺术家对他所描写的事物,"不能不作出判断;这种判断在他的作品中表现出来,就是艺术作品的新的作用,凭着这个,艺术成了人的一种道德的活动"。总之,文学艺术应该发挥其特殊的作用,就像科学一样对人生有益:"科学和艺术(诗)是开始研究生活的人的'Handbuch'(德文:教科书)。"车尔尼雪夫斯基关于美的定义,点破了美的本质,肯定了它的客观性,亦即它不为人的意志为转移的客观事

[①] 伍蠡甫:《西方文论选》下卷,上海译文出版社1979年版,第409页;本节所引车尔尼雪夫斯基文句,均见该书405~424页,以下不再另注。

物属性;换言之,美存在于我们周围的世界,唯现实生活才是人的美感源泉,艺术之美取决于生活之美。这是唯物到近乎机械的文学本体观,是恢复或维护生活对艺术尊严的有力宣示,也是别林斯基"哪里有真实哪里就有诗"之理论的继承与发展,其进步性当是毋庸置疑的。另外,车尔尼雪夫斯基有关美之认识的复杂性问题的论述则不无辩证因素。例如,他指出不同阶级和社会集团关于美的标准相去甚远,在农民眼里,体格健壮结实的村姑那非常鲜艳红润的面色是美的,但弱不禁风的上流社会美人断然不漂亮;相反,在贵族看来,"苍白的面色、忧郁的征状,却更为可爱"。

但不可否认,车尔尼雪夫斯基在强调美即生活的同时陷入了偏颇,或者矛盾。民主主义革命家的信念使他要求艺术能积极地评价生活,然而却混淆了生活真实和艺术真实的本质及其辩证关系,导致不恰当地抬高生活,甚至把它绝对化;声称现实美高于艺术美,"艺术作品任何时候都不及现实的美或伟大"。这种矫枉过正似有形而上学之嫌的论点反映了作者在方法论上受费尔巴哈旧唯物论的影响有时确是负面的。

《俄国文学的果戈理时期概观》表现了视野更为广阔也更为具体的文学与文学批评观。他进一步批驳了"不是自欺,就是做作"的纯艺术论,强调文学介入生活并要成为时代精神载体的积极性。文学"不能不是时代愿望的体现者,不能不是时代思想的表达者";"在一切艺术中,只有文学单独保持它的雄伟有力和它的价值,因此也只有它才能够了解必须以时代的充满生气的鼓舞来使本身的力量清新起来"。以此为前提,车尔尼雪夫斯基把当代的俄国文学置于欧洲文学的大背景下,认为它"比随便哪一国文学"都负有更多的责任,起到更显著的作用,"我们的文学暂时几乎集中了人民的全部智的活动……到现在为止,还拥有一种百科全书的意义,而这却是更有教养的民族所已经失去的"。车尔尼雪夫斯基以革命家的敏锐目光,清楚地看到以果戈理为代表的进步文学在俄国解放运动中的巨大作用并给予热烈赞誉和鼓吹,他不无激情地写道:"也许,英国可以没有狄更斯和萨克莱也容易对付过去,可是我们就不知道,俄国没有果戈理怎么行。诗人和小说家在我们这里,是没有人可以替代的。除了诗人以外,谁还能对俄罗斯说到她曾经从普希金那里听到过的话呢?"车尔尼雪夫斯基提供了为现实和为人生的文学批评活动的光辉范例。

第三节　实证主义文艺理论

19世纪的实证主义文论大致从40年代的法国开始,不过其滥觞可追溯至世纪之初浪漫主义蓬勃时期,而及六、七十年代与自然主义合流,并在世纪中后期逐渐传播到欧美甚至亚洲国家。

一、实证主义文论的由来与发展

实证主义文艺理论是伴随实证主义哲学思潮的出现而兴起的。实证主义哲学肇始于法国哲学家孔德(1798—1857),继之广泛流行于英国,在英国的代表人物有斯宾塞和穆勒。作为创始者,孔德为实证哲学圈定了一个十分宽广的范围,就像他的著作那样,百科全书地包罗万象。这是个企图超越唯心和唯物两大阵营的综合体系,哲学是基础,政治是目的,所以联系着人的智能和社会同情。实证的含义在于,把现象规律的研究代替原因的探求,用怎样取代为什么。这基于如下认识前提:不存在现象以外的知识,即使关于现象的知识也是相对的,因为我们只能知道事实之间前后左右的关系也即它们不变的规律。因此哲学,只能是关于各门科学之相互联系的学问,传统哲学不过是玄学或形而上学而已,这样,他就改变了哲学的性质,开辟出科学哲学的道路。以实验求证是科学的特征,足见实证主义与科学之间存有内在的联系。事实上,当时欧洲思想界,科学主义的风潮方兴未艾,进化论的深入人心便是个有力的例证。一般的观念是把进化论同达尔文连在一起,其实启蒙时代的思想家洛克、爱尔维修、霍尔巴赫及以后的自然史学家们早就指出了人和动物相似、甚至一切生命形式共有一个有机起源的观点。1859年达尔文《物种起源》的问世只是使这一科学思想进一步巩固和普及罢了。进化论讲述了一个非道德的物竞天择的残酷法则,像哥白尼的天体论一样扰乱了西方世界的信仰,引发了许多新观念的产生。孔德哲学就有调和理性与信仰矛盾的倾向,他看到人类思想史所呈现出的即是进化趋势,因此把人类的认识发展分为神学、玄学和实证三个阶段:最早人的反应由权威即神来控制;随后人开始独立抽象思考,把宇宙的促动因素看成自然法则;最后,一切神秘甚至精明的玄学设想已经消失,所有现象的解释均依赖可论证的科学事实。在他看来,要确切了解社会习惯、环境、偏见或禁忌之类,非采取实验室式的精确研究不能奏效;不弄懂它们彼此的联系,人类将永远在黑暗中摸索(他由此被称为"社会学之父")。总之,实证哲学观认为人类生活的各种现象都奇妙地关联着——斯宾塞甚至还将这种观点发展为社会有机论,认为人类社会就如生物的有机体,受自身和环境的双重支配——因此必须关注影响它的一切因素。

在实证哲学的理论背景下,同时受进化论和科学主义思潮以及一些重大自然科学成果例如细胞学说、能量守恒与转化定律的影响、鼓舞和推动,以"科学"、"精确"自居的实证主义文学理论首先在法国文艺界脱颖而出。法兰西最著名的实证派文论大师就是孔德学派的两位高足圣·佩韦和泰纳,他们对实证的文艺观的理论构架和所实施的文学批评实践活动,确定了这一虽不能说全新但极富创见的学派的基本内涵和方法。实证主义文学理论的主要特征,在于主张科学性、验证性和几乎是拘谨的量化分析。它追求事实和令人信服的数据,尊重材料,避免凭空或想当然而妄下断语。尤其注意背景研究,包括作家出入的生活圈子或人文环境、作品所产生的时代特点及社会心理动机。它把观察和推理结合起来,或者借助自然规律,力图通过对文学现象的说明作出某种宏观的综合,例如把哲学和科学、政治与风尚、宗教及道德诸种因素的复杂交叉升华为有秩序的整体系统,从而给予文学、文学史、作家以恰当的评价。实证主义的批评理论与现实主义,甚或自然主义在追求客观真实性上似乎存在某些相通,实际上却是貌合神离。如果说现实主义的出发点及其指归是以极强的道德责任感揭示社会的本相和生活的真理,自然主义则是以社会病体解剖者的冷漠心情去发现病灶的话,那么实证主义的兴趣主要在于尽量准确地描述进入视野的现象的特征而已。但倘若讲相似,显然后两者更显著些,表现在:往往把社会现象与自然现象等量齐观,把艺术创作和科学实验混为一谈。

实证主义文学理论在法国的成就当然是无可比拟的。首先,法国是实证主义的策源地。其次,典型的实证理论家也几乎都是法国人。其实,在称为"实证的"哲学和文学批评诞生之前几十年,颇具有实证特征的文评观早已萌芽了,这就是帝国时期最知名的女学者、被视为浪漫主义先驱的作家和文化活动家斯达尔夫人在她对欧洲文学的研究中所表现出的一套较系统的观点,可以不妨将其看作实证主义文学理论的先驱。严格意义上的实证派文学批评从圣·佩韦(1804—1869)开始,他原是在浪漫派影响下从事文学活动的,一度与雨果过从甚密。他吸取自然科学的研究方法,尤其把实证哲学原理应用于文学批评,开辟了一条行之有效的新路径。圣·佩韦是法国第一位专业的也是影响最为深远的文学评论家,著述甚丰,代表作有《十六世纪法国诗歌和戏剧概貌》、《名女士肖像》、《当代人物肖像》、《文学家肖像》等。如前所述,实证论仅承认"实证的"或"确实的"事实,其注意力在观察表象而不在刨根问底。据此,圣·佩韦认为批评的任务主要是发现和梳理有关文学家、文学史的各种确定的事实、材料。譬如研究某个作家,最值得关注和考察的,是他所属的种族和国家、生活时代和成长环境、家庭熏陶和教育交游,以及成功与失败、肉体的和精神的特征等。他说:"不去考察人,便很难评价作品","关于一位作家,必须涉及一些问题,它们好像跟研究他的作品毫不相干。例如对宗教的看法如何?对妇女的事情怎样处理?在金钱问题上又是怎样?他是富有还是贫穷……每一答案,都和评价一本书或它的作者分不开"。[①]可见,他主张用传记背景作为支撑去研究作家,从而赋予自然、社会或人文环境以决定性意义;换言之,他特别重视的是关于作家主体的研

---

① 转引自伍蠡甫:《西方文论选》下卷,上海译文出版社1979年版,第195页。

究，批评家的目标不是作品而是它的创造者。文学研究工作应该像生物学家对动植物那样分门别类，把研究对象即作家的性格、气质，包括心理的"史实"在内，作为标本深刻分析，真切描绘，以精神的"博物学家"的职责，编写文学的"自然史"。圣·佩韦的贡献就在于大量的"标本"描述——对气质各异的古今名流传神写真、画肖像，亦即以传记的形式进行人的研究。这对勃兰兑斯产生了直接影响，即使20世纪的传记高手如莫洛亚、罗曼·罗兰、茨威格等的作品也不乏他开创的这种实证派印迹。

法国实证派文论最大和最典型的代表人物还是泰纳。于19世纪60年代法国文坛出现的自然主义，自诩是对现实主义的发展，其实主要是实证主义、生物进化论和自然科学原则的东西，如果把自然主义的文论看作实证派的一支也似无不可。从创作上看，龚古尔兄弟的小说侧重对人物进行病理分析，已经是典型的自然主义作品，他们的一些具有宣言性质的序跋类文章，则可谓这个流派之有意识地确立自身的标志。然而自然主义流派无论就理论还是创作，最有代表性的人物还是埃米尔·左拉（1840—1902），他自称泰纳的学生，一个典型的达尔文主义者，同时对孔德、马克思、生物学家贝尔纳也心驰神往。在《戏剧上的自然主义》《实验小说》等著述中，左拉把一套相当完整的所谓自然主义理论讲得头头是道，同时以多达20部的《卢贡—马卡尔家族》系列长篇小说来实践之。这套理论的核心是，抛弃理想和想象，回到人、自然和事实。他力主以具体代替抽象，以分析代替公式；排斥抽象人物性格的描写而立足真正生活中人的刻画。他宣称，一个自然主义小说家必须接受当代实验医学、生理学、遗传学以及有关环境的科学知识，通过观察、假设、实验，也就是从怀疑直到实证，来完成理解人、解释人这个过程，其中最关键的是实验这个环节。总之小说家应该成为一个实验室科学家，研究人对遗传与环境的反映，掌握经过实证的事实和规律，然后再以此作为解决那些尚未明了者的前提，以便投入新的假设，进行新的实验。这一理论反对主观性，主张真实性，似乎很科学，但是它走上了极端，以致把社会等同于自然界，把人等同于动物，结果就会忽视人的社会本质，也抹杀了人文因素之于环境的灵魂作用，其实是取消了艺术的本质真实，最终违反了科学。

实证主义文学批评通过圣·佩韦、泰纳等大师的卓越成就和巨大声望，在整个西方文论界都产生了深刻的影响，法兰西之外，最值得注意的当首推丹麦的勃兰兑斯（1842—1927），勃兰兑斯在哥本哈根大学修过哲学和美学，受的是德国式的经院味道浓厚的教育，19世纪70年代又回到母校讲授欧洲文学，讲稿后来整理出版，这就是他的洋洋百多万言的名著《十九世纪欧洲文学主流》，可谓实证派文学史研究的翘楚之作。勃兰兑斯受孔德、圣·佩韦、泰纳的影响至深，无论观点还是方法都同他们如出一辙，他曾说，是泰纳为其打开了被德国式教育和形而上学封闭了的才能。总起来看，他综合了圣·佩韦和泰纳理论的长处，即把作家生平和心理状态的研究与社会等外部环境的研究冶为一炉。他认为促使文学发展的力量,离不开种族勇气、自由精神、人的特殊气质以及特殊环境等条件。在这个理论基点上,他探讨了19世纪文学对18世纪文学反拨与超越的事实,分析名家辈出的英法各国文学的繁荣以及丹麦文学明显落后的现象。其文评虽然带有一些唯心主义观点,不过用大量文献和事实作论证支持的一系列见解,显出雄辩,令人信服。

二、斯达尔夫人的《论文学》

日尔米妮·德·斯达尔夫人（Madame de Staël Germaine, 1766—1817）,欧洲浪漫主义运动初期法国著名文化活动家、文论家和作家,不仅为浪漫派的先驱,而且是实证派文论和社会学批评的先驱。她出生在瑞士贵族之家,父亲曾是法王路易十六的财政大臣,她的丈夫同样出身名门,曾出任瑞士驻法公使。她早年接受启蒙思想影响,对卢梭的唯情论感应极深。她同情法国大革命,但在雅各宾党人实施恐怖专政时却吓跑了。拿破仑统治期间,因对拿破仑独裁说三道四,结果被驱逐出国,从此开始流亡生涯,周游欧洲各地。斯达尔夫人在政治上属于比较典型的资产阶级自由派,其摇摆性就很突出,她一度试图与第一帝国和解,甚至接受了天主教信仰,虽然拿破仑的垮台最终使之落空,但对波旁复辟王朝还是采取了反对态度,第七次反法联军进占巴黎的消息让她悲愤不已,说法兰西的不幸就是她的不幸,并终于在王朝复辟后不久逝世。

作为催生了浪漫主义文学成长和推动了19世纪文学批评发展的文论家,斯达尔夫人留名青史并且奠定了其思想家地位的,主要是两部论著《论文学》(1800)和《论德国》(1810)。

《论文学》的全称是《从文学与社会建制的关系论文学》,分为两编,首编"古代和现代文学"从西方文学的源头古希腊罗马时代论起,一直考察至18世纪,包括西欧各国的文学现象,旨在阐说文学发展和社会状况之间的相互关系。次编"法国学术的现状及其将来的发展"主要论述法兰西文学应该遵循什么道路。作者吸收了伟大的启蒙前辈孟德斯鸠所代表的社会历史研究中地理学派的原则,十分自觉地运用历史比较和社会分析的方法,强调从作品赖以产生的政治条件、文化环境去理解和说明其特征。她开宗名义地声明:"我的本旨在于考察宗教、风尚和法律对文学的影响以及文学对宗教、风尚和法律的影响。"[①]贯穿本书的一个基本思想,就是必须要把文学和创造了它的人民的社会与精神状态相联系,强调把它放到具体的背景中,否则将无以理解更不用说加以研究。特别有意

[①] 斯达尔夫人:《论文学》,徐继曾译,人民文学出版社1986年版,第12页。

义的是,斯达尔夫人在《论文学》第一编建立了一套文学史体系,这个体系将欧洲文学分为南方与北方两种类型,前者以法国为代表而以荷马为鼻祖,后者以德国为代表而以莪相(传说中的三世纪苏格兰行吟诗人)为渊源。南北之截然不同的地理、气候等自然条件形成了迥异的民族及其文学个性:南方多丛林溪流,空气爽朗清新,人们感情奔放,充分领略生活乐趣,大家不耐思考,男女交往很少约束,人人习惯了从自然和艺术美中尽情享受。在这种土壤里产生的文学,情调欢快,充满生活气息和时代精神。北方土地瘠薄,天气阴霾暗淡,极易引起人的忧郁和哲学沉思。这造成北方文学的特点:强烈的思想性和哲理性,对痛苦的深切感受,对意志、自由、乡间和孤寂的热爱,以及对女性的尊重等。这种环境决定论的分析从科学性的角度显然还欠缺严密,但不可否认也大致说中了欧洲文学的某些特质。

《论文学》对宗教与文学关系的探讨同样是很值得重视的一个问题。作者认为基督教(在北方占优势的新教)尤其有利于人性或人格的培养,在这方面宗教甚至起着决定作用。"福音书的伦理道德和哲学都一致宣扬人性。人们学会了深切地珍视人生的价值"①。"这部书的总精神是对不幸的人们的仁爱。"②"基督教把婚姻看成是一种神圣的制度,从而加强了夫妇之爱,加强了由此而派生的一切感情。"③基督教"深入北方民族的人心"④,成为塑造坚毅品格的动力。它兴起之前,例如拉丁文化的法兰西诗歌模仿希腊罗马,其想象和思想较为单纯;它兴起之后,例如日耳曼民族中不列颠诗歌是灵感的而不是模仿的,其想象和思想远为复杂,在颂扬上帝时,人物性格表现得更为强烈,比如莎士比亚。由此可见基督教的贡献非常巨大,而宗教思考"不管当它应用到什么方面,都发展了人们对科学、形而上学和伦理学的思维能力。"从《论文学》所表现的文学观来看,斯达尔夫人显然倾向于肯定甚至赞赏将理想和希望寄托于宗教的忧郁气质。

在《论德国》中,斯达尔夫人相当深入地介绍了德国的风俗习惯、文化艺术和哲学思想,进一步阐述了关于南方文学和北方文学相对立的观点(当然也包含着她的某些修正,例如在前面的概论中就是把欧洲文学作为拉丁民族、日耳曼民族和斯拉夫民族三大块而不是两大块来讲述的)。她以莱茵河为界分开了两个文化区域:南面,是追求世俗的法国文化与文学;北面,则是崇尚宗教的德国文化与文学。她本人更属意于北方文学,呼吁法国作家向莱茵对岸的歌德、席勒、

---

① 斯达尔夫人:《论文学》,徐继曾译,人民文学出版社 1986 年版,第 126 页。
② 斯达尔夫人:《论文学》,徐继曾译,人民文学出版社 1986 年版,第 115 页。
③ 斯达尔夫人:《论文学》,徐继曾译,人民文学出版社 1986 年版,第 113 页。
④ 斯达尔夫人:《论文学》,徐继曾译,人民文学出版社 1986 年版,第 110 页。
本节所引斯达尔夫人文句,均出自《论文学》,以下不再另注。

施莱格尔兄弟学习。总之,斯达尔夫人的文学批评及分析方法,兼有神学、人性论特别是条件决定主义的鲜明特征,这为社会学派泰纳的文学史观开辟了道路。

三、泰纳的《艺术哲学》

希伯利特·阿道夫·泰纳(Hippolyte Taine,1828—1893),著名史学家、实证主义文艺理论家、社会学派批评家。他出生于律师家庭,修业于巴黎名校国立高等师范,主攻哲学,对孔德的实证主义钻研尤深。他后来又到医科学校学习生理学,兼作解剖实习,毕业后先在中学任教。1857—1871年间周游英、比、荷、德、意等国,1864—1883年于巴黎美术学校教授艺术史与美学,1871年在英国牛津大学讲学一年,1878年被选为法兰西学士院院士。他的著作主要有:《拉·封丹和他的寓言诗》、《英国文学史》、《艺术哲学》、《19世纪法国哲学家研究》、《当代法国的根源》等。

泰纳是继斯达尔夫人之后,在孔德实证论和达尔文进化论原则与方法的基础上,将条件决定观点、实证哲学理论、自然科学精神融合起来,用于研究文学艺术及其发展史的社会文化批评的代表人物。泰纳理论体系的最大特点,在于强调包括文艺研究在内的精神科学与自然科学是相通的,所以对它们的研究,至少从方法论上,应该像后者那样从事实出发作客观描述与验证,也就是要"实证"经验现象与经验事实。为此,他主张评论家必须拥有丰富的经验和广博的知识,还要有不抱偏见的"科学"态度,所谓"对完全相反的形式与派别一视同仁"①,"不提出一套法则叫人接受,只是证明一些规律。"②

比较集中地阐释了他的理论并淋漓尽致地将之应用于文学艺术研究的是《英国文学史》(1864—1869)和《艺术哲学》(1865—1869)两部著作。在前者的序言里,泰纳重点说明其著名的"决定论"思想,即认为文艺创作及其发展取决于种族、环境、时代三种力量。种族,"是指天生的和遗传的那些倾向……这些倾向因民族的不同而不同。"环境,包括自然环境与人文环境,"人在世界上不是孤立的;自然界环绕着他,人类环绕着他;偶然性的和第二性的倾向掩盖了他的原始的倾向,并且物质环境或社会环境在影响事物的本质时,起了干扰或凝固的作用。"时代,"一个后天的动量",包含文化及传统的因素,是一种"精神气候",或可说制度、习惯与时代风尚之类,在向前发展的若干阶段相应产生出各种形态。可见,种族是内力,环境是外力,时代则是随后的推动力。"作家只有表达整个民族和整个时代的生存方式,才能在自己的周围招致整个时代和整个民族

---

① 泰纳:《艺术哲学》,傅雷译,安徽文艺出版社1991年版,第51页。
② 泰纳:《艺术哲学》,傅雷译,安徽文艺出版社1991年版,第50页。

的共同感情。"①就这样,三种原始性的力量的合力不但推动了艺术的发展,而且决定了它的特质。

《艺术哲学》是将"决定论"应用于艺术与艺术史研究的出色范例。泰纳发挥他无比丰富的史学和造型艺术知识,以中世纪的教堂建筑、文艺复兴时期的意大利美术、尼德兰绘画、古希腊雕刻及建筑等作例证,像一位博闻强记的博物学家和艺术考古鉴定学家那样,纵论解说证明上述规律,展示了实证艺术批评强大的说服力和魅力。

《艺术哲学》是泰纳在美术学校授课讲稿的要点辑录,它为作者赢得了文艺史家、理论批评家的辉煌盛誉。第一编"艺术品的本质及其产生"给予种族、环境、时代之艺术三要素理论作了补充说明,他开宗明义就讲他的方法的出发点在于认定一件艺术品不是孤立的偶然现象。它首先联系着作家的全部作品,其次联系着与作家同时同地的艺术家族,再次联系着该艺术家族所归属的社会。由此得出结论,要了解一件作品、一个作家或一个作家群体,必须设想时代精神和风俗概貌,因为这是决定一切的基本原因,是最后的解释。他拿植物与生长条件的关系作类比:"自然界有它的气候,气候的变化决定这种那种植物的出现;精神方面也有它的气候,它的变化决定这种那种艺术的出现。"②他认为:"美学本身便是一种实用植物学,不过对象不是植物,而是人的作品。……精神科学采用了自然科学的原则,方向与谨严的态度,就能有同样稳固的基础,同样的进步。"③总之,就如每种植物只能在适当的天时地利中生长一样,每一艺术的品种和流派也只能在特殊的精神气候中产生。古代希腊之所以有那么多完美无缺的人体雕像,正是由于希腊社会崇尚健美的体魄,"认为肉体自有肉体的庄严,不像现代人只想把肉体隶属于头脑。"④同理,中世纪欧洲之所以遍地拔起了无数怪异的哥特式教堂,乃是因为这个时代的野蛮停滞使绝望的人们需要走进宗教的避难所寻求一丝慰藉。而路易十四王朝法兰西的文学趣味所以那么极端的文雅,"雕琢文字的艺术从来没有讲究到这个地步"⑤,也完全是把繁文缛节发挥到极致的凡尔赛风尚所使然。可见艺术非得适应社会环境、满足社会要求不可,因为不如此就得遭淘汰。

作者在《艺术哲学》中还进行了关于艺术本质的探讨。他首先对三种通常被视为"模仿的"艺术即诗歌、雕塑与绘画的特征进行考察,"尽量正确地模仿"

---

① 伍蠡甫:《西方文论选》下卷,上海译文出版社1979年版,第236~241页。
② 泰纳:《艺术哲学》,傅雷译,安徽文艺出版社1991年版,第48页。
③ 泰纳:《艺术哲学》,傅雷译,安徽文艺出版社1991年版,第51页。
④ 泰纳:《艺术哲学》,傅雷译,安徽文艺出版社1991年版,第93页。
⑤ 泰纳:《艺术哲学》,傅雷译,安徽文艺出版社1991年版,第104页。

仿佛是它们的目的,那么其本质是否就在于此呢?通过分析意大利雕塑大师米开朗琪罗的风格发现,这位最伟大的艺术家的杰作并不逼肖自然,相反,他使自然屈从了情感的需要,"改变正常的比例,把躯干与四肢加长……肩膀上堆着重重叠叠的肌肉,背上的筋和脊骨扭做一团,像一条拉得太紧,快要折断的铁索一般紧张"。① 然而雕像却是那样地抓取人心,不会感到一点儿失真,相反,一切都惊人得恰到好处!现实中哪有此等原型?原来,典型"是在他自己的心中,在他自己的性格中找到的"。可见毫厘不爽的模仿不是艺术的本质,本质在于"表现事物的主要特征",也就是"某个凸出而显著的属性,某个重要观点,某个主要状态"。为什么应该是这样把特征表现得彰明昭著呢?"是因为现实不能胜任。在现实界,特征不过居于主要地位;艺术却要使特征支配一切"。② 此外,在泰纳看来,艺术表现事物的主要特征,还应与表现艺术家的观念情感统一起来。因为后者来源于对事物的观察,观察使之把握了特征,那上面打下了主观烙印,创作时必然重新处理"各部分的关系",该添的添,该删的删,该强调的强调,非如此不足以凸显特征。就此而言,所谓艺术的本质,既是客观现实的再现,又是融入了创作者观念的表现,再现与表现两者的统一。其结果,艺术反映了现实,却并未照搬现实,它比现实来得高、来得美、来得好。这实际上涉及了典型化的问题,《艺术哲学》第五编"艺术中的理想"就围绕着这些方面进行理论的和艺术史的考察,除了艺术理想的主题,还旁及许多重要课题诸如艺术特征、艺术效果、艺术价值之类,内容甚为博富,论述堪称精彩。

泰纳的实证主义批评理论,虽然有着思想上和方法上的渊源,算不上完全新鲜的东西,但是发展为系统的学说,并以大量的史料分析作为支持,从而赋予其广泛的历史内容,使批评这一科学获得比较客观而稳定的基础,则仍不失为一大功绩。惟其如此,其影响才深刻而且绵长,即使在"新批评"曾占主流的20世纪上半叶,多数批评家还是程度不同地或自觉不自觉地重复着他的原则或方法。泰氏批评的缺陷在于,虽则全力以赴地挖掘精神文化的构成因素,但却仅局限于上层建筑领域,而忽略了社会的基础,尤其是经济因素这个掌握着意识形态变化的无形的巨掌。

小　　结

19世纪的西方文艺理论,作为一笔丰厚的文化遗产,是人类值得骄傲的智慧成果。它在18世纪成熟的资产阶级意识形态的精神土壤中萌动出茁壮的幼

---

① 泰纳:《艺术哲学》,傅雷译,安徽文艺出版社1991年版,第63页。
② 泰纳:《艺术哲学》,傅雷译,安徽文艺出版社1991年版,第67页。

芽，又受到德国古典哲学和美学成分的慷慨滋养，经历着这个世纪波谲云诡的社会政治风暴的严酷洗礼，以出手不凡的大手笔谱写了多声部多主题多变奏的辉煌乐章。历史上还从来没有过在短短 100 年中那么多频繁出现的思潮、理论或流派，并接着跟上堪称一流的创作实绩，即使希腊文明的黄金时代也不曾给人留下如此深刻的印象。此外，鲜明的时代特征也成了 19 世纪西方文论一个颇让人注目的共同点，无论最先登场的浪漫主义，或者踵随其后的现实主义，还是晚些时候的实证主义、自然主义（包括与之联系密切而非本章叙述的象征主义、唯美主义、直觉主义等），都无不与当时社会发展的重要事件与典型特征息息相关。即使是彼此迥别的思潮或流派，在明显对立的立场与观点的前提下仍不乏相通之处。举例说，浪漫主义和现实主义，二者的区别诚可谓最分明、最显著，但在不满现实、高扬尊重人的尊严、反对资本主义制度对人性的压抑的人道主义方面，在通过个性创造实现作家自身内在心理机制的平衡、调节自我与外物的关系方面，却程度不同地存在着一致性。其实，就如人的精神由理性和情感所构成，文艺创造也离不开浪漫和写实这两种基本的方法，而艺术作品更无法摆脱掉这两种素质一样。注意到它们之间的联系，其意义并不亚于准确把握它们各自的特质。这两个流派的关系是如此，其他无论什么流派的关系亦然。

由于近代科学理性的发展，19 世纪的西方文论不可避免地浸濡了分析实证的色彩，这种尊重事实的批评倾向加强了人们关于艺术、艺术家、艺术作品和艺术史知识的积累，在传统的古典主义、浪漫主义、现实主义文艺观偏重认识论批评的定式走向下，向方法论范畴迈进了一步。另一方面，因为从来的文学理论差不多都以发生学的原理为基础，即把研究作品的来源及产生过程当成中心，从而对时代因素、作家经历及其思想个性倍加关注，对属于文化背景的哲学、历史、宗教，以至人种学、社会心理学等也格外留意。此种实证式的批评可以说是这个世纪文艺理论的主要特性之一，其对作家的重视超过了对作品的重视，对相关材料的研究超过了对文学本身的研究。这种情况实际上为"世纪末"和下个世纪的文论走势开辟了一个广阔的空间，原因很简单，人类精神活动需要不断超越，所以偏向文本研究和形式分析的文艺理论终于亮相，例如 20 世纪初出现的借助语法学研究或修辞学研究以期还给作品自足品格的俄国形式主义与英美"新批评"学派的出现及迅速传播，至少部分地改变了批评的方向。

另有一点，是 19 世纪文艺思想中的非理性因素之于现代文论形成的意义，更是不应该忽略的。这种非理性因素本来在浪漫主义体系中就非常明显——其实根源可一直追溯到肇始期的希腊哲学——那种蔑视理性与道德规范近于泛滥的情感至上论有时简直到了放纵不法的地步，世纪后半叶盛行的带有现代文论特征的象征主义和唯美主义等无不起源于对浪漫主义的发展或超越。此外，上述学派与叔本华、尼采等思想家的关系以及相互影响，无疑都是值得认真考虑的因素。谈及这些,不过为了说明一种认识,即19世纪文论尽管与后来的现代主义文论大相径庭,但其中却有着内在的一致性,人类思想史是一个整体,世上没有无源之水。

思 考 题

1. 简析浪漫主义文论的基本特征及其与古典主义文论的关系。
2. 概括海涅《论浪漫派》的主要思想观点。
3. 《〈抒情歌谣集〉序言》是怎样论述"想象"与"幻想"问题的?
4. 如何评价夏多勃里昂欧洲文明始源于基督教的文化史观?
5. 概述雨果的浪漫主义文学观及其对当时法国文坛的影响。
6. 简析现实主义文论的基本特征并比较其在西欧与俄国的异同。
7. 巴尔扎克与福楼拜的现实主义文学观有何差别?
8. 为什么称《拉辛与莎士比亚》为批判现实主义的第一部理论文献?
9. 概括并评价别林斯基的典型说和形象思维理论。
10. 谈谈车尔尼雪夫斯基"美即生活"美学命题的得与失。
11. 简析实证主义文论的哲学基础以及它的基本特征。
12. 概述自然主义文学理论的要点及其与实证主义的关系。
13. 斯达尔夫人在《论文学》中建立了一套怎样的文学史体系?
14. 解说并评价泰纳的"决定论"理论。

第六章

唯意志论文艺理论

引 论

19世纪末期以来,西方兴起了一股强劲的非理性主义思潮。这股思潮首先表现在哲学领域,继而对整个西方文化进行了全方位的冲击,文学理论、创作也受到了极其深刻的影响,并促成了现代主义文艺思潮的形成和形形色色的现代文艺理论、文学批评的产生。

非理性和理性是人类两种并存的精神功能,理性指人的逻辑思维、科学思考和理智,非理性指人的直觉、意志、种种盲目冲动、本能欲望等。人的意识活动是理性与非理性的统一。哲学上理性主义的使命是倡导科学精神,力图用理性的方式去认识世界的本质、揭示真理。非理性主义则赋予意志、直觉本体特性,视之为物质世界的本原和主宰,和理性主义形成对立关系。

理性的作用在启蒙运动中被推到极点。在启蒙运动之前,尤其是文艺复兴运动之前,神凌驾于人类之上,是主宰人的命运,规定世界和人的意义的无所不能的力量。在对神的敬畏和绝对的信仰中,人彻底放弃了主体性,神的权威在人世间得到普遍的认同,人的世界成了被神统治的世界。启蒙运动祭起理性的大旗,对神的存在提出了怀疑,对神的权威发起了攻击。在理性的朗照下,世界上的一切都变得澄澈分明。理性超越感性物质世界建立了形而上的精神世界,用规律性、同一性、必然性、体系等一系列形而上的法则为世界确定了明确的意义,为人生规定了整一化的价值体系。

对世界而言,理性具有一种超时空的绝对权威和万能的力量,人们否定了神,却又用理性的人占据了神原来的地位,理性取代神成了世界的主宰。在理性的辉耀之下,乐观主义成了西方文化精神中的主调,正如中世纪人们坚信神会将他们从苦难中拯救出来带向天堂一样,18世纪启蒙运动让人们坚信理性将带领他们到达一心向往的理想国。

19世纪末以来,理性的权威性在西方世界遭到普遍的怀疑。物质生产的恶性膨胀,导致了社会价值观念的极度功利化,也导致了人自身的日益物化,在种种愈演愈烈的社会矛盾和越来越深重的社会灾难面前,人感到面对着的社会是一个与自身为敌的恶势力的化身,自己成了被社会随意抛掷戏耍的玩物,由此,强烈的危机意识和悲观情绪弥漫了整个西方世界。在这种情况之下,理性的权威性在人们心中发生了根本的动摇,支撑人们的精神和维护世界秩序的一切价值体系全面崩溃,人们不得不用迷茫的眼光重新审视世界和人的生存意义,于是非理性主义得以在西方世界流行。

叔本华、尼采为代表的唯意志主义是西方非理性主义思潮的开端。当叔本华宣称"世界是我的表象","世界是我的意志"的时候,非理性主义哲学唯我主义本体论便正式确立了。叔本华把个体生命意志,那种盲目的、不可遏止的本能冲动视为世界的本原,从而否定了世界的本原是上帝的宗教哲学观念和世界的本原是绝对的实在的传统哲学观念。

唯意志论的本体论导致了认识论上的变化。非理性主义在认识上轻视理性的认识作用,将非理性的直觉、顿悟、体验作为认识世界本质的基本方法。它不像理性主义科学认识论那样按照逻辑、因果关系,在时间、空间中去考察事物,而主张超逻辑、超因果关系、超时空去直观本体。

非理性主义是一种典型的人生哲学,非理性主义理论家对人生的意义、生与死、道德、幸福、痛苦这些人们终极关切的问题从本体论、也就是从生命意志的立场上作了解说。就整体而言,非理性主义持一种悲观主义的人生态度,将人的生存世界视为毫无意义的"荒诞世界",也否定生命的价值和人生意义。非理性主义迎合了处于精神危机中的西方人的心理,影响了西方人对世界的认知方式。

哲学本体论和认识论上的转换导致了西方文学理论和文学创作的嬗变。由唯意志论发端的非理性主义成了19世纪末、20世纪初兴起的现代主义文学运动的理论基础,并通过现代主义文学运动强烈地冲击了传统文学的基本观念和审美价值取向,改变了作品的总体形态,更新了作品的作用方式和读者的接受方式。

唯意志文论直接源于唯意志论哲学,它在文艺的起源、作用与本质,及其与社会和人生的关系等方面都提出了不同于传统文论的观点,对现代文艺思潮的产生、发展有着不可低估的作用。

第一节 叔本华的文艺思想

德国哲学家阿尔图·叔本华(Arthur Schopenhauer,1788—1860)生于但泽一个商业旺族之家。其父是商业巨子、大银行家,1905年因疯狂而投水自杀。其母是当时颇有名气的小说家,她与施莱格尔兄弟、诺瓦里斯、蒂克等文学大师过从甚密,叔本华因此受过他们的熏陶。在弗里德里希·史莱格尔的影响下,他对印度哲学产生了浓厚的兴趣。

叔本华在青少年时期便有了进行学术研究的志向。1809 年叔本华继承了父亲留给他支配的那部分遗产，进入哥廷根大学学习医学和哲学。从大学二年级起，他在著名的哲学家苏尔策教授的指导下，开始研读柏拉图和康德的著作，这对他日后哲学思想体系的建构起了至关重要的作用。两年后，转入柏林大学研习哲学，同时学习自然科学。在柏林大学期间，他听过费希特的课，但对费希特的哲学思想基本上持否定态度。在康德哲学思想的影响下，叔本华于 1813 年写成了博士论文《充分根据律的四重根》，并获得耶拿大学的博士学位。在完成其一生中最重要的著作《作为意志和表象的世界》(1818)一年半后，他被聘为柏林大学哲学讲师。当时声名卓著的黑格尔也在该校任教。叔本华素来鄙视黑格尔哲学，他有意把自己的讲授安排在黑格尔授课的同一时间，欲与黑格尔一争高下，结果他备受学生冷落，惨败收场。不久就退出讲坛，离开学校，成了一名职业的哲学家。从 1832 年起，叔本华定居法兰克福，直到 1860 年 8 月 21 日去世。

除《充分根据律的四重根》和《作为意志和表象的世界》外，叔本华的著作尚有《视觉和色彩》(1816)、《自然界中的意志》(1836)、《伦理学的两个基本问题》(1841)等。叔本华活动在 19 世纪的上半叶，其主要著作出版于 40 年代之前，但当时他的哲学思想并未引起学术界和社会的关注，著作几乎到了出版商不愿接受，出版后无读者问津的地步。直到生命的最后 10 年，他才开始受到较为广泛的注意，而他的哲学思想真正对西方文化产生冲击性的影响是 19 世纪后期的事。

叔本华主要是一位哲学家，他的美学观、文艺观是在他的哲学著作中传达出来的，因此不了解他的哲学思想就很难理解他的美学观和文艺观。叔本华的哲学思想集中体现于"世界是我的表象"、"世界是我的意志"这样两个命题。

叔本华是从生命的内在意义出发去思考哲学问题的，他毕生关注的问题是生命、生存、人生。对世界的本原是什么这一哲学上称之为本体论的问题，叔本华作出了独树一帜的回答。在《作为意志和表象的世界》中，第一行便赫然写道："'世界是我的表象'：这是一个真理。"[①] 这个作为表象的世界，只对认识而存在，而且也只能在认识的过程中显现出来。叔本华认为，任何客体，整个客观的表象世界的存在必须以认识的主体作为基础，"没有认识，世界根本就不可想象。"[②] 认识的主体是什么呢？当然是人，也就是我，即生命个体。叔本华指出，每一个人既是主体，也是客体，当人认识着的时候，他就是主体，当他被认识的时候，他就是客体，人的身体就是客体，是表象。叔本华哲学思想中的世界是人生

---

① 叔本华：《作为意志和表象的世界》，石冲白译，商务印书馆 1982 年版，第 25 页。
② 叔本华：《作为意志和表象的世界》，石冲白译，商务印书馆 1982 年版，第 62 页。

世界,是在认识过程中显现出来的世界,也就是说,他将在时空中存在的外部世界视作依赖人的认识而存在的精神现象,这就是"世界是我的表象"的实质。叔本华在论及"世界是我的表象"这一命题的过程中,再三表明表象世界仅仅是世界外表的一面,表象世界不能直接显示世界的本质和内核,于是他提出了第二个哲学命题——"世界是我的意志"①。这是叔本华哲学的核心,也是他的美学观和文艺观的理论基点。他说:"一切表象不管是哪一类,一切客体都是现象,唯有意志是自在之物。"②在叔本华看来,表象世界不过是意志的客体化,是意志的外在显现形式,作为自在之物的意志才是世界的本原,才是世界最本质的内核。

叔本华所说的意志是一种没有目的,没有止境,不可遏止的冲动和生存的欲求,它是一种人的理性认识范围之外的非理性存在。这种非理性的意志是个体生命的支配力量,也是依赖认识主体而存在的表象世界的主宰。因为认识由意志而产生,它必然要为意志服务,它实现着意志的目的,所以归根到底"世界是我的意志"。

叔本华借用了柏拉图提出的理念这个术语来划分了表象世界。叔本华把表象世界划分为两种形式:一种是低级的,即在空间和时间中存在的各种事物,直接呈现在人们面前的那个世界,它不能直接传达世界的本质;另一种是高级的、基本的、普遍的形式,它能传达出世界的本质,这就是理念。

在柏拉图那里,理念是在客观世界和人的意识之外存在着的精神实体,它是制造具体事物的"原型",而具体事物只是他的"模本"和"影子"。在叔本华看来,理念也只是客体:"应该说理念只是自在之物的直接的,因而也是恰如其分的客体性,而自在之物是意志。"③理念作为意志的直接客体化,意志正是通过理念显示出了最本质的特征,也即显示了世界的本质特征。种种个别事物,种种社会和自然现象不过是对理念的复制,是作为理念的展开而存在的,这些复制品对于理念而言都是非本质的东西。

叔本华按照这样的模式:意志(自在之物、世界的本原)——理念(意志的直接客体化)——具体事物(意志的间接客体化,对理念的复制),建立起了唯意志论哲学体系构架。唯意志哲学将本体论的对象从传统的经验实在界转向了以人的生命意志为本原的世界。这种本体论上的变化导致了认识论上的变化:既然世界是以意志为本原的世界,人的认识就不该指向外部实在,而应该指向意志本身。叔本华的美学、文艺学思想,就是在此哲学基础上形成的。

---

① 叔本华:《作为意志和表象的世界》,石冲白译,商务印书馆1982年版,第27页。
② 叔本华:《作为意志和表象的世界》,石冲白译,商务印书馆1982年版,第164~165页。
③ 叔本华:《作为意志和表象的世界》,石冲白译,商务印书馆1982年版,第244页。

一、审美观审

叔本华认为理性认识和直观感性认识都由意志产生,都是为意志服务的工具。他并不否定理性认识的作用。理性认识认作是意志客体化到最高级别的产物,并指出理性构成概念的功能是人区别于动物的基本标志,人类好多地方要借助理性和方法上的深思熟虑才能完成。但他认为理性认识不能认识理念,不能达到对认识对象本质的把握。他说:"理性认识不过是把别的地方接受过来的东西又提到认识之前,所以它并不是真正扩大了我们的认识,只是赋予这认识另外一种形式罢了"①。叔本华认为要认识对象的本质,要把握真理,唯有靠直观,"直观是一切证据的最高源泉,只有直接或间接以直观为依据才有绝对的真理"②,而一旦理性、概念介入直观之中,认识就产生迷误。

重视直觉、悟性,贬低理性认识,是叔本华认识论的一大特点,也是非理性主义认识论的共同特点。叔本华把直观称作天才的、柏拉图式的观察方式。这种方式是超逻辑的认识方式,它抛开了理性的认识方法(叔本华称之为亚里士多德的认识方法)所依据的因果关系、偶然与必然关系、时间关系、空间关系等知性的认识法则,强调凭借悟性直觉超时空、超逻辑地去把握、去感悟世界的本原,即意志。

直观的最高形式是审美观审,它是感性个体认识世界和把握世界的根本方式。叔本华是一个十足的悲观主义者,对生命个体的否定是他哲学思想的一大特征。他认为作为世界本原的意志也是人生悲剧和人生苦难之源,因此审美观审的目的不光是要去认识意志,探究真理之源,更是要去彻悟意志,从而超越和弃绝意志,最终达到无欲无我的最高境界。要实现审美观审的目标,认识主体必须要抛弃理性的认识原则,摆脱意志的束缚,作为纯粹的观审主体进入审美观审的状态,"这种主体已不再按根据律来推敲那些关系了,而是栖息于、浸沉于眼前对象的亲切观审中,超然于该对象和任何其他对象的关系之外"③。在这种状态下,审美观审认识的已不是个别事物,而是意志的直接客体——理念,认识的是普遍永恒的形式。同时,在这种审美观审的过程中,摆脱了意志束缚的纯粹观审主体已"自失"于观审的对象之中,忘记了他作为个体的存在,成了"纯粹的、无痛苦的、无时间的主体"④只有在这种主客相融、陶然忘机的审美心境中,纯粹的认识主体才具有了"明亮的世界眼",才能够去认识理念;只有摆脱了"可耻的

---

① 叔本华:《作为意志和表象的世界》,石冲白译,商务印书馆1982年版,第93页。
② 叔本华:《作为意志和表象的世界》,石冲白译,商务印书馆1982年版,第114页。
③ 叔本华:《作为意志和表象的世界》,石冲白译,商务印书馆1982年版,第249页。
④ 叔本华:《作为意志和表象的世界》,石冲白译,商务印书馆1982年版,第250页。

意志的驱使"和欲求,纯客观地观审并了悟理念的人们才可能实现精神的解脱,获得审美愉悦,"这样,人们或是从狱室中,或是从王宫中看日落,就没有什么区别了"①。于是,感性个体便超然于意志之上,驻足于现象世界种种关系和利害之外,完成了精神的升华,实现了审美化的人格与审美心境的合一。

与此同时,叔本华指出当主体摆脱了个性、摆脱了主观性、摆脱了为意志服务的可能性,成为用"世界眼"观审对象的纯粹认识着的主体的时候,他就成了一切客观事物赖以存在的依据,成了大自然和被认识着的自身存在的依据。在叔本华看来,在观审中纯粹认识主体把自然摄入内心,使他感悟到"大自然不过是他的本质的偶然属性而已"②。他还引用了印度典籍《吠陀》中的一段话来使自己这一观点更加明确:"一切天生之物总起来就是我,在我之外任何其他东西都是不存在的。"③也就是说,表象世界依赖纯粹认识主体而存在。

总之,作为意志的世界和作为表象的世界是不可分割的。世界的本原是意志,意志获得客体性就成了表象,而理念则是意志直接的、纯粹的、完美的客体化,因此认识理念是审美直观的目的,也正是在实现这一目的过程中,主客相融,化而为一,"作为意志与表象的世界"向纯粹的认识主体展现了它的本质特征。在认识论上把审美观审,直觉悟性置于至高无上的地位,这是现代非理性思潮的基本特征,这一特征是由叔本华最早确定的。

二、艺术的宗旨——复制理念

叔本华主张用审美观审来把握理念,把握世界的本质,而审美观审中感悟到的理念必须要有一种载体来显现,这种载体就是艺术。同时,艺术考察世界的方式本身就是一种审美直观的方式,它直指理念,因此叔本华把复制理念视作艺术的宗旨、艺术的本质。他说:"艺术复制着由纯粹观审而掌握的永恒的理念,复制着一切现象中本质的和常住的东西……艺术的唯一源泉就是对理念的认识,它唯一的目标就是传达这种认识。"④"只有本质的东西,理念,是艺术的对象。"⑤

叔本华强调艺术复制理念,表现普遍永恒的世界本质,把形而上的理念视为艺术唯一的对象和源泉,这种艺术观念是对亚里士多德以来占据欧洲文论主导地位的"模仿说"的反拨。"模仿说"将外部具体的感性世界、具体的事件和物象当作艺术的源泉和表现对象,把反映和再现外部世界作为艺术的目的,把与现象

---

① 叔本华:《作为意志和表象的世界》,石冲白译,商务印书馆1982年版,第275页。
② 叔本华:《作为意志和表象的世界》,石冲白译,商务印书馆1982年版,第253页。
③ 叔本华:《作为意志和表象的世界》,石冲白译,商务印书馆1982年版,第58页。
④⑤ 叔本华:《作为意志和表象的世界》,石冲白译,商务印书馆1982年版,第259页。

世界本来面目酷似的真视为艺术要达到的最高审美境界。叔本华则将"模仿说"所看重的现象世界视为非本质、非普遍的存在,把它排斥在艺术表现的关注之外。他说:"当我以观审的,也即是艺术的眼光观察一棵树,那么我并不是认识了这棵树,而是认识了这棵树的理念……理念并不仅是摆脱了时间,而且也摆脱了空间;因为并非浮现于我眼前的空间形象,而是这形象表现的它的纯粹意义,它的内在本质,对我泄露它自己,向我招呼的内在本质才算真正的理念。"[1]叔本华认为,在人们的观审中自然和社会生活之所以会呈现出美感,就在于自然和生活中蕴藏着的理念在向观审者召唤;美不是来自事物的外形,而是存在于深藏在外形后的理念中,在艺术里有地位的只是内在的意义。在叔本华看来,表现了理念的艺术才是不朽的艺术,真正不朽的艺术作品是属于全人类的,因为它表现的是超越时空的、普遍永恒的人生世界的本质。轻视感性现象世界,将理念作为美和艺术的源泉,把认识和表现理念作为艺术的宗旨,由此叔本华将艺术的立足点和价值取向作了根本的转换。叔本华的这种艺术观念几乎被所有的现代主义文艺派别沿袭。

叔本华关于艺术复制理念的主张不同于柏拉图。柏拉图视理念为一种超绝的精神实体,把现实世界看做是理念的模本,而艺术模仿现实,不过是理念的"模本的模本","影子的影子",和真理隔了三层,柏拉图否定了艺术认识、把握世界的可能性。叔本华认为唯有审美观审才能认识理念,唯有艺术才能表现理念,所以艺术能够揭示世界内在的本质特征。他坚持认为,在对世界的认识和把握上,艺术高于理性,高于科学。

三、艺术的价值——对生命意志的短暂超越

叔本华哲学的第一个特点是唯意志论,第二个特点是悲观主义。他的悲观主义源于唯意志论,这两者又成为他文艺观的哲学理论基础。叔本华认为意志是世界的本原,也是人的精神活动和行为的本源,意志是盲目的,不可满足的欲求,"欲求和挣扎是人的全部本质";欲求的基础是需要,缺乏也就是痛苦,人摆脱不了欲求,也就摆脱不了痛苦,一个欲求满足了又会出现新的欲求,如此永无休止。如果人缺失了欲求的对象,可怕的空虚和无聊就会袭击他,"人的存在和生存本身就会成为他不可忍受的重负。所以人生是在痛苦和无聊之间像钟摆一样来回摆动着;事实上痛苦和无聊两者就是人生的两种最后成分"[2]。

叔本华认定痛苦无聊的人生是不值得留恋的人生,作为人生痛苦之源的意

---

[1] 叔本华:《作为意志和表象的世界》,石冲白译,商务印书馆1982年版,第292页。
[2] 叔本华:《作为意志和表象的世界》,石冲白译,商务印书馆1982年版,第427页。

志是应该弃绝的,基督教的禁欲主义是将人从意志的禁锢中永远解脱的根本途径,一切烦恼、无聊、痛苦也将随意志的消除、无欲境界的到来而化解。此外,叔本华指出传达出了理念的大师们的艺术作品也能够成为取消欲求的清醒剂,具有这种作用的作品就达到了一切艺术的最高峰。叔本华认为艺术的价值就在于使人摆脱生命意志的禁锢,将人的精神提升到无欲忘我的境界。他说:"只要纯粹的美感还在,我们的人格,我们的欲求及经常的痛苦都消失了。"①在艺术的价值观上,叔本华更倾向东方哲学和宗教的无我、无为、非动机、非意志。

叔本华秉承了康德关于审美判断无利害的主张,并将其延伸为非意志、非动机,把否定和超越意志作为艺术的最高境界和艺术的价值所在。他指出,艺术作品之所以能唤起美感,在于其反映了理念,更在于它能使创造者和观审者摆脱欲求、产生怡愉恬静的心境。他把艺术的美分为壮美和媚美。壮美是超然于个体生命之上,超然于意志所关心的利害之上的美感,叔本华认为表现出了壮美的艺术作品就是上乘的艺术作品。媚美是受意志、欲望驱使的美,能唤起食欲的静物写生画和能激起肉感的裸体画传达出的就是媚美。媚美不能促成人们对生命意志的超越,它旨在激发创造者和观赏者的欲求,因此媚美不配称为艺术。

虽然叔本华把超越个体生命意志作为艺术的使命,但他并不认为艺术真能完成这一使命。在他看来,各种艺术作品都只能表现一种为幸福而作的挣扎、努力和斗争,但绝不能表现出常驻的圆满的幸福。艺术只能使人暂时摆脱意志的桎梏,只能让幸福感充满生命的一些瞬间,不可能让幸福感充满整个生命。也就是说,艺术不可能帮助人们永远摆脱意志造成的人生痛苦和无聊,不可能永远把人带往无欲无我的寂灭境界。叔本华引述印度古典的"梵田"和佛教的涅槃,认为这是东方文化对"无"的回避。而他认为,唯有彻底的清心寡欲、彻底的否定生命意志,才可能真正摆脱人生的痛苦和无聊;对彻底摆脱了、否定了意志的人们"我们这个如此非常真实的世界、包括所有的恒星和银河系在内,也就是——无"②。叔本华这种寂灭论,与东方文化还是有别的,它的影响也是消极的。

四、对各种文艺样式的评判

叔本华既已将摆脱意志、认识和表现理念作为艺术的宗旨,那他必然会将摆脱意志的程度和传达理念的深浅作为评判各种艺术类别和文艺体裁高下等次的尺度。叔本华认为文艺(指文学)要高出造型艺术,因为"人是文艺的主要题材,在这方面没有别的艺术和文艺并驾齐驱,因为文艺有写出演变的可能,而造型艺

---

① 叔本华:《作为意志和表象的世界》,石冲白译,商务印书馆1982年版,第307页。
② 叔本华:《作为意志和表象的世界》,石冲白译,商务印书馆1982年版,第564页。

术没有这种可能"①。他指出了文艺不只能描绘人的体态和面部表情,还能描绘人的行动和思想感情,揭示人深刻的内在本质。叔本华对文艺和历史作了这样的区分:历史提供的是个别的、现象的真实性,文艺则是提供普遍的、理念的真实性,"在诗里有更多真正的、道地的内在真实性"②。他认为,诗人能够通过审美观审和艺术创造活动穿透世界晦暗不明的表象,直达理念,揭示出世界超验的本质意义。

叔本华按抒情诗和歌咏诗、田园诗、小说、史诗、戏剧这种由低到高的顺序把文学的各种体裁分出了等次。在他看来,在抒情诗中,诗人和歌咏者既是欲求主体又是纯粹观审主体,二者相互交错。主观的心境和意志感受投射到纯粹观审的对象中,由纯粹观审而得到的理念也杂入了主观的心境和意志之中,形成欲求和理念的交织。然而在抒情诗人和歌咏者意识中占主导地位的依然是本人的意志、欲求,他们没能在更高级别上表现理念,达到无我的客观性。因为"一切艺术的目的既然只有一个,那就是理念的表出"③。不能完美地表现理念的抒情诗和歌咏诗是最容易的诗体,因而不是高级别的文艺体裁。田园诗较之抒情诗和歌咏诗主观成分要少些(自我欲求减少,理念成分加重),因此要高于抒情诗和歌咏诗。叔本华认为长篇小说主观成分较少,而史诗几乎没有主观成分,戏剧则完全排除了主观成分,因此戏剧是文艺中最困难,也是最完美的一种体裁。

叔本华提出,长篇小说、史诗、戏剧这些较客观、较高级的文艺体裁最终目的是表现人的理念,而达到这一目的应通过两种方式:一是要深刻地写出有意义的人物性格,二是要将人物置于能够充分展示他们的性格和本质特征的情景中来表现。他说:"在史诗、长篇小说和悲剧中,都要把选择好了的人物置于这样的情况之中,即是说在这样的情况中人物所有的性格都能施展出来,人类心灵的深处都能揭示出来,而在非常的、充满意义的情节中变为看得见的东西。文艺就是这样使人的理念客体化了,而理念的特点就是偏爱在最个别的人物中表现它自己。"④叔本华强调,出现在文学作品中的情景不同于实际生活的情景,它具有直贯全局的关键性。叔本华这些观点在他1818年出版的《作为意志与表象的世界》一书中提出,在欧洲文论史上较早意识到艺术作品中人物性格与人物境遇之间的重要关系。

在叔本华的文艺观中,音乐居于各种艺术之首。追求诗歌的音乐意境,主张诗歌音乐化,把音乐的审美价值置于各种文艺形式之上,这是现代主义比较一致

---

① 叔本华:《作为意志和表象的世界》,石冲白译,商务印书馆1982年版,第338页。
② 叔本华:《作为意志和表象的世界》,石冲白译,商务印书馆1982年版,第340页。
③ 叔本华:《作为意志和表象的世界》,石冲白译,商务印书馆1982年版,第349页。
④ 叔本华:《作为意志和表象的世界》,石冲白译,商务印书馆1982年版,第350页。

的文艺观。叔本华是最早表现出这种文艺观念的美学家之一。叔本华认为一切艺术都只能通过一定的物质手段,用个别人和事物的表现引起人们对理念的认识,"一切艺术都只是间接地,凭借理念来把意志客体化了的"①。而音乐不依赖现象世界,也越过了理念,因而"音乐乃是全部意志的直接客体化和写照,犹如世界自身,犹如理念之为这种客体化和写照一样"②。在叔本华的文艺观中,音乐与理念处于平行的地位,同样是意志的直接写照,同样能直接传达世界的本质特征,因此音乐的艺术效果要比其他任何艺术形式要强烈得多,也要深入得多。因为音乐具有不依赖现象世界,不借助物质手段就能直接传达意志的功能,所以它高于一切其他艺术形式。叔本华甚至说,即使整个现象世界不存在了,音乐也还存在。对音乐审美效果的异乎寻常的强调,对音乐审美意境的竭力追寻,这种审美倾向的理论基础是对现象世界的轻视,对世界超验本体的倚重。

五、悲剧观

除音乐外,叔本华把悲剧视为文艺的最高级形式,因为悲剧艺术效果最强烈,创作也最困难。他的悲剧观与他的悲观主义人生观一脉相承:既然人生的基本成分是痛苦和无聊,那么表现人生的痛苦和无意义就应该是悲剧的目的。叔本华是这样说的,悲剧"以表出人生可怕的一面为目的,是在我们的面前演出人类难以形容的痛苦,悲伤,演出那邪恶的胜利,嘲笑着人的偶然性的统治,演出正直、无辜的人们不可挽救的失陷",并由此"暗示着宇宙和人生的本来性质"③。

写出人类巨大的不幸,被叔本华视为悲剧里唯一基本的东西。那种在悲剧中表现出来的巨大不幸来自三方面:第一是某剧中人极度的恶毒,如莎士比亚悲剧《奥赛罗》中的伊阿古;第二是盲目的命运,如古希腊索福克勒斯的悲剧《俄狄浦斯王》;第三是剧中人不同的地位和相互关系,如哈姆莱特与雷欧提斯,哈姆莱特与奥菲莉娅等。叔本华认为最后一类悲剧最有价值,因为它具有普遍性,能使每个人感到自己就处于能造成巨大不幸的复杂关系之中,自己随时可能成为这种巨大不幸的制造者或承受者。他说:"这样我们就会不寒而栗,觉得自己到地狱中来了。"④显然,叔本华认为悲剧的基本功能之一就是唤起人们对生存的恐惧。

叔本华称由悲剧产生的审美快感为"悲剧的喜感",并认为它是一种崇高感,一种高级的崇高感。在他看来,悲剧的真正意义是一种深刻的认识,即认识

---

① 叔本华:《作为意志和表象的世界》,石冲白译,商务印书馆1982年版,第356页。
② 叔本华:《作为意志和表象的世界》,石冲白译,商务印书馆1982年版,第357页。
③ 叔本华:《作为意志和表象的世界》,石冲白译,商务印书馆1982年版,第350页。
④ 叔本华:《作为意志和表象的世界》,石冲白译,商务印书馆1982年版,第353页。

到世界和人生的苦难本质和人的原罪。他十分赞同西班牙诗人卡尔德隆的诗："人生的最大罪恶就是：他诞生了。"叔本华指出悲剧的价值就在于让人们看到了人类的全部悲哀和失败，看到了与人的主观美好愿望截然相对的一面，并进而意识到造成世界和人生苦难的是生命意志。在叔本华看来，悲剧好似一剂清醒剂，它使人们在领略悲剧灾难的瞬间，明白了生活是一场噩梦，明白了必须抛弃苦难之源——生命意志，从噩梦中醒来。当人们在悲剧中感悟到这一切，就获得了欢喜感，也就实现了对意志及其利害关系的超越。叔本华把艺术的最终目标确定为弃绝生命意志，对于悲剧要达到的目标他是这样说的："给所有的悲剧赋予崇高的这种特殊的东西，就是对于世界与人生的觉醒。世界和人生不可能给我们以真正的快乐，因而也就不值得我们留恋。悲剧的实质就在这里，它最后引导到退让。"[1]叔本华这里所说的退让，就是对生命的弃绝。叔本华的悲剧观，既表现出对人生真相的深刻洞察，也存在谬误，这就是极端的悲观主义和反人生性质。

第二节　尼采的文艺思想

尼采（Friedrich Wilhelm Nietzsche，1844—1900）是一位深受叔本华思想影响的哲学家和对文学艺术有极深研究的美学家，是一位被同时代人冷落却在身后对西方文化产生了巨大影响的人物。他提出"重估一切价值"，否定了西方理性主义文化价值观念；他宣告"上帝已死"，给基督教道德观念以致命打击；他对后来风靡西方的生命哲学、弗洛伊德心理学和存在主义哲学都产生过直接而重大的影响。尼采美学思想主要体现在文艺方面。20世纪西方许多著名的作家和艺术家的人生观念、文艺思想和作品的思想内容都明显地留下了尼采的思想印记。

尼采出生于德国东部的吕茨恩市附近的村庄。他的祖父和父亲都是牧师。不到5岁，他父亲病逝。尼采自幼性格孤僻。14岁他进入文科预备学校学习，开始逐渐失去了对上帝的信仰，反宗教道德观念的思想开始形成。从童年时代直至生命的终结，尼采都醉心于音乐与诗歌，音乐与诗歌成为他感悟人生的基本手段。20岁，尼采进入波恩大学学习古典语言学，一年后转入莱比锡大学继续攻读古典语言学。大学毕业后，被瑞士巴塞尔大学聘为语言学教授。1879年因健康状况迅速恶化辞去教职，成了一名漂泊不定的哲学家和思想家。1889年，尼采患精神分裂症，1900年病逝于德国魏玛。

---

[1] 伍蠡甫：《西方文论选》（下卷），上海译文出版社1979年版，第336页。

在莱比锡求学期间,尼采在旧书摊上买到了叔本华的《作为意志和表象的世界》一书,从此被叔本华的思想所震慑。他最终成为叔本华思想的继承、批判、发展者。尼采和叔本华一样,一生关注的核心问题是生命的意义,但二人对此问题却有不同的见解。叔本华持一种极端的悲观主义态度否定生命的意义,尼采受叔本华的影响,认定现实人生是一场不可摆脱的悲剧,但他主张人不应该因此悲观厌世,应该热爱生命,为生命创造出一种意义来。1872年,尼采出版了他第一部美学著作《悲剧的诞生》,这部书是他整个美学和文艺思想的基点。在书中他从古希腊文学切入,融入经他改造的叔本华哲学,对艺术的起源、功能和人生的意义作了自己的阐释。这部书出版后,他和传统的古典语言学分手,成了一名哲学家和美学家。除《悲剧的诞生》外,尼采的主要著作有《季节的沉思》(1873—1876)、《人性、太人性的》(1876—1880)、《曙光》(1881)、《快乐的科学》(1882)、《查拉图斯特拉如是说》(1883—1885)、《善恶的彼岸》(1886)、《偶像的黄昏》(1889),以及他死后由他妹妹整理出版的《权力意志》(1885—1901)等。尼采的文艺思想主要体现在以下几个方面:

一、日神精神与酒神精神

文艺复兴之后,研究古希腊艺术成为西方美学界和文艺理论界的一个热点。德国启蒙时期的美学家文克尔曼及其继承人歌德和席勒用感性与理性的和谐和人与自然统一的观点来诠释了希腊艺术的产生与特性。文克尔曼以"高贵的单纯和静穆的伟大"概括了希腊艺术的基本特征。尼采一生醉心于古希腊人的生活,崇仰古希腊艺术,对前人关于希腊艺术的评判不以为然。他带着探究生命意义的热忱,用悲观主义哲学家的眼光去审视古希腊人的心灵世界和希腊文明,对古希腊艺术提出了迥异于前人的见解。在《悲剧的诞生》中,尼采阐释了艺术的起源、功能和生命的意义,提出了他美学和文艺思想中两个最重要的范畴——日神精神和酒神精神。

尼采提出,古希腊艺术并非产生于希腊人精神上的和谐与静穆,反倒是植根于他们意识到的人生的极度痛苦和难以遏止的冲突。尼采说,希腊人看到了生命的苦难本质,他们懂得酒神狄俄尼索斯的老师和养育者西诺勒斯的智慧——最好是不要降生,不要存在,成为虚无,次好是立刻就死——但是古希腊人并没有因为生命的悲剧性质而厌世,并没有因为存在的荒诞而陷入绝望和佛教弃绝意志的涅槃之中,他们用艺术来自卫,来为苦难的、悲剧性的生命寻找意义和存在的理由。尼采是这样说的:"希腊人知道并且感觉到生存的恐怖和可怕,为了能够活下去,他们必须在它前面安排奥林匹斯众神光辉梦境之诞生……为了能够活下去,希腊人出于至深的必要,不得不创造这些神。"①"在这些神灵的明丽阳光下,人感到生存是值得努力追求的。"②尼采指出了希腊神话产生的深层的心理根源,也即是指出了艺术产生的深层的心理根源。在尼采看来,艺术是作为诱使人活下去的补偿和促成生存的完成而出现的,人们通过艺术把人生和生命世界审美化,把现实的苦难化为一种生命的愉悦感,这样,生命的存在才有意义,"只有作为一种审美现象,人生和世界才显得是有充足理由的"③。

尼采认为,艺术的本质是对苦难人生的慰藉和拯救:"希腊人深思熟虑,独能感受最细腻、最惨重的痛苦……他们大胆的目光直视所谓世界史的可怕的浩劫,直视大自然的残酷,陷于渴求佛教涅槃的危险之中。艺术拯救他们,生命则通过艺术拯救他们而自救。"④尼采赋予古希腊神话中的日神阿波罗和酒神狄俄尼索斯两个形象象征意义,用他们来形象地阐释艺术的起源和本质,并将他们作为艺术分类的依据。酒神精神和日神精神是尼采美学和文艺思想中两个最重要的范畴。尼采把日神精神和酒神精神视为人充盈的生命本能的体现,确定它们是艺术产生的本源。

日神是光明之神,它用明媚的光辉使大自然呈现出美的外观。尼采用日神来象征人赋予世界和人生美丽外观的精神本能。日神精神是一种梦幻精神,它把人带入幻想世界,使人沉浸在美的外观中,从而忘却人生的苦难,无视人生的悲剧实质,不去追究世界和人生的本来面目,在梦境中去感受审美的愉悦,依据梦境来体味人生。尼采说,人为了能够生存"就需要一种壮丽的幻觉,以美的面纱罩住它自己的本来面目。这就是日神的真正目的。我们用日神的名字统称美的外观的无数幻觉,它们在每一瞬间使人生一般来说值得一过,推动人去经历这每一瞬间"⑤。日神精神的要义即是:它使人沉浸于梦幻般的审美状态中去忘却人生的苦难本质。

尼采关注的核心问题是生命的意义。日神精神将生命审美化,赋予生命存在的理由,但却未能回答生命的终极意义问题,因此尼采提出了酒神精神。日神精神表现为梦,酒神精神则表现为醉,酒神精神是人在一种酣醉狂放状态下体现出来的。在酒神精神的操纵下,人的原始激情奔涌,个体进入一种身不由己的自弃状态,在痛苦与狂喜的癫狂中,个体生命和个体意识逐渐化入一种浑然忘我之境,人由此解除了个体化的束缚,获得与世界本体相融合的愉悦。

---

① 《悲剧的诞生——尼采美学论文选》,周国平译,三联书店1987年版,第11页。
② 《悲剧的诞生——尼采美学论文选》,周国平译,三联书店1987年版,第12页。
③ 《悲剧的诞生——尼采美学论文选》,周国平译,三联书店1987年版,第105页。
④ 《悲剧的诞生——尼采美学论文选》,周国平译,三联书店1987年版,第28页。
⑤ 《悲剧的诞生——尼采美学论文选》,周国平译,三联书店1987年版,第108页。

这种世界本体就是叔本华说的意志。尼采接受了叔本华"世界是我的意志"这一观念,但加以改造。叔本华认为意志是生命苦难之源,应该弃绝意志,达到一种无欲无为的宁静心境。尼采则把意志视作一种生气勃勃的永恒的创造力量,视作推动大自然永恒生成变化的原动力,它不断创造又不断毁掉个体生命。世界的这种不断创造又不断毁掉个体生命的生成变化过程,在尼采看来是充盈的意志借以自娱的一种游戏,犹如儿童叠起又卸下石块,筑起又推翻沙堆。尼采以如是观将这种自然过程审美化,使之获得了审美意义。尼采称这种生命意志为"世界原始艺术家",而人们和世界是这位"艺术世界真正的创造者"的作品。当人们在酒神的魔力下陶然忘机,和这位"原始的艺术家"互相融合,就会超越个体生命,站在原始艺术家的立场上用审美的眼光欣赏生命世界生生不息的创造和个体生命不断的毁灭,并意识到生命意志的丰盈和不可毁灭,从而在心灵的最深处领略到"太一的极乐满足"。

　　酒神精神则破除外观的幻觉,超脱个体生命,与本体融合而直视人生的痛苦,在悲剧性的陶醉中化生命的痛苦为审美的快乐,进而使人的精神达于永恒。如果说日神精神的本质是用外观的美和梦幻来克服世界和人生的痛苦,那么酒神精神的本质是对生命的肯定。"日神通过颂扬现象的永恒来克服个体的苦难,在这里,美战胜了生命固有的苦恼,在某种意义上痛苦已从自然的面容上消失。在酒神艺术及悲剧象征中,同一个自然却以坦诚的声音向我们喊道:'像我一样吧!在万象变幻中,做永远创造,永远生气勃勃,永远热爱现象之变化的始母!'"①酒神精神是尼采美学和文艺思想中最核心的范畴,他称之为"永恒的本原的艺术力量"②。

　　神话、史诗、造型艺术被尼采确定为日神艺术。日神艺术呈现的是美的外观,在艺术上遵循的是适度的法则,"素朴"——人与自然的和谐统一——是日神艺术的最高境界,荷马史诗即是日神艺术的最高典范。日神艺术注重外观形象,包括形象最细致的特征,日神艺术家对外观有一种梦的喜悦。日神艺术深层的基础是人生和世界至深的痛苦和冲突,人们由此产生了通过幻觉和美的外观来求得解脱的艺术冲动。

　　音乐、抒情诗和戏剧被归为酒神艺术。酒神艺术是表现世界和生命本原的艺术,它使人们穿越现象,达到和生命本原的融合,获得一种对现实悲苦人生的形而上的慰藉,从而感悟生存的永恒乐趣。

---

① 《悲剧的诞生——尼采美学论文选》,周国平译,三联书店1987年版,第71页。
② 《悲剧的诞生——尼采美学论文选》,周国平译,三联书店1987年版,第107页。

二、音乐与诗歌

尼采称音乐为本原艺术,音乐在酒神艺术中占有最高的地位。尼采认为音乐孕育了抒情诗和悲剧两种酒神艺术。尼采认同叔本华关于音乐的观念,认为其他一切艺术都是现象的模本,而音乐本身是意志的直接写照,体现的是世界形而上的性质,不是现象而是自在之物。尼采把叔本华的这种音乐观视作"全部美学中最重要的见解",认为正是"由于这个全部美学中最重要的见解,才开始有严格意义上的美学"①。尼采把音乐看成是意志语言,说音乐提供了先于一切形象的至深内核,即事物的心灵。他指出音乐能激发想象力,塑造生动神秘的精神世界,表现世界和人生的原始情绪,同时音乐具有唤起形象的能力,并使形象有深长的意味。作为酒神艺术的音乐,它对日神艺术有双重影响,一是引起对酒神精神、世界和人生苦难的譬喻性直观,然后赋予譬喻性形象以形而上的深长的意味。尼采强调:"音乐在其登峰造极之时必定达到最高度的形象化,那么,我们必须认为,它很可能为它固有的酒神智慧找到象征的表现。"②这就是说,在音乐的作用下,酒神艺术可以用日神艺术的方式显示为一种可以直观的形象。据此,尼采指出音乐孕育了抒情诗和悲剧。

在叔本华划分的文艺品级中,抒情诗的地位是不高的。他认为抒情诗人倾诉的只是自我的情感,没有传达出普通永恒的理念。尼采认同叔本华关于艺术创作应摆脱主观性的主张,他说:"主观艺术家不过是坏艺术家,在每个艺术种类和高度上,首先要求克服主观,摆脱'自我',让个人的一切意愿和欲望保持缄默。没有客观性,没有纯粹超然的静观,就不能想象哪怕最起码的真正的艺术创作。"③但是,他不认为抒情诗人是主观艺术家,而认为他们是酒神艺术家。他指出,在现实中带着自己的愿望,追求着一己目的的抒情诗人,不是抒情诗的真正创造者,抒情诗不是他主观情感的倾诉。抒情诗人是在音乐情绪的激发之下进入创作状态的,在创作状态中的抒情诗人已经进入酒神的醉境,此时,他已不是经验现实的自我,而是融于永恒的本体中的自我。那个热情燃烧、爱着、恨着的抒情诗人,和世界的生命意志融为了一体,世界创造力借助这狂放的抒情诗人象征地说出了自己的原始痛苦。

尼采把抒情诗归于酒神艺术,还在于他认为抒情诗依赖的是音乐精神,他提出,应该"把抒情诗看作音乐通过形象和概念的模仿而闪射的光芒"④。尼采把

---

① 《悲剧的诞生——尼采美学论文选》,周国平译,三联书店1987年版,第67页。
② 《悲剧的诞生——尼采美学论文选》,周国平译,三联书店1987年版,第70页。
③ 《悲剧的诞生——尼采美学论文选》,周国平译,三联书店1987年版,第17页。
④ 《悲剧的诞生——尼采美学论文选》,周国平译,三联书店1987年版,第23页。

民歌和抒情诗归为一类,把旺盛的酒神精神看作民歌深层的基础和先决条件,同时,他认为是音乐、音乐的旋律这种最本原的酒神艺术直接导致了抒情诗和民歌的产生:"民歌首先是音乐的世界镜子,是原始的旋律,这旋律为自己找到了对应的梦境,将它表现为诗歌。"①抒情诗和民歌的语言竭力模仿着音乐的表达方式。在尼采看来,荷马史诗的语言模仿的是现象世界和形象世界,如果用叔本华的术语来说,那就是模仿的表象世界;抒情诗和民歌的语言模仿的是音乐世界,而音乐是不需要形象和概念的,是作为意志的直接客体化而存在的,这也是荷马史诗作为日神艺术,抒情诗与民歌作为酒神艺术之间的差异。

尼采指出,抒情诗人在用意志的形象解释音乐的过程中,倾注了全部的情感,在音乐精神的作用之下,抒情诗人的全部情感才得以审美化,抒情诗人也正是在观照情感与音乐合成的审美形象中才获得了对欲求的摆脱和精神上的超脱,变成了"纤尘不染的金睛火眼"。

抒情诗是用语言作媒介的艺术,尼采在论及抒情诗之时,把语言和音乐作了比较。他认为音乐象征性地关联到太一中心的原始冲突和原始痛苦,因此音乐超越一切现象,超越一切形象,在一种形而上的境界中被象征化了,而语言只是作为现象的器官和符号,它不能传达音乐至深的内容,只能传达出音乐的表层内涵,因此借助语言来表现艺术意境的抒情诗,不可能真正传达出音乐至深的意蕴。

三、悲剧观

在尼采看来,悲剧既是酒神又是日神的艺术。他认定"悲剧的本质只能被解释为酒神状态的显露和形象化,为音乐的象征表现,为酒神陶醉的梦境"②。这是尼采关于悲剧的基本观点,由此出发,他对悲剧的起源、快感和演变提出了自己的见解。

希腊悲剧是从祭祀酒神的颂歌中产生的,酒神颂歌中酒神的随从、半羊半人的萨提儿组成的歌队是悲剧的萌芽形式。对于此论,西方文论史上从未有过异议,尼采也持如是观,但他对酒神颂歌有自己的解说。他称萨提儿"是人的本真形象,人的最高最强劲冲动的表达……是宣告自然至深胸怀中的智慧的先知,是自然中的万能力量的象征"③。他把萨提儿歌队看成是酒神精神的充分体现,是具有酒神气质的希腊人的自我反映,酒神歌队唤起的是希腊人对现实世界的超越,传达出的是人最深层,最本真的生命冲动。酒神歌队的成员在酒神的陶醉中

---

① 《悲剧的诞生——尼采美学论文选》,周国平译,三联书店1987年版,第22页。
② 《悲剧的诞生——尼采美学论文选》,周国平译,三联书店1987年版,第61页。
③ 《悲剧的诞生——尼采美学论文选》,周国平译,三联书店1987年版,第29页。

仿佛变成了真正的萨提儿,从而产生一种幻象,而这种幻象便是酒神状态的日神式完成,"戏剧随着这一幻象而产生了"。尼采的意思是,人们在酒神式的迷狂状态中涌出一种创造性想象,从而将与自然的超验本体相融的生命体验,外化为一种可感的形象,由此形象构成戏剧产生的基础,尼采也因此断言:"戏剧是酒神认识和酒神作用的日神式的感性化。"①在戏剧中,舞台、悲剧人物、对白、情节、动作等要素都不过是酒神精神迸发出来的幻象——这便是尼采对悲剧起源的基本观点。同时,音乐作为酒神智慧的直接写照,在其高度形象化之后就会为酒神智慧找到象征表现,而悲剧和悲剧性就是由音乐精神产生的酒神智慧的象征表现。尼采说:"酒神冲动及其在痛苦中所感觉的原始快乐,乃是生育音乐和悲剧神话的共同母腹。"②"倘若戏剧不是孕育于音乐的怀抱,诞生于酒神的扑朔迷离之中,它此外还有什么形式?只有戏剧化的史诗罢了。"③

尼采的悲剧起源说带有十分浓厚的非理性主义色彩,而且对合唱歌队怎样演化为实际的戏剧形式,未作具体的论述。但是,值得重视的是,从一开始,尼采便将戏剧的产生作为一种审美创造过程来看待,他力图使人们相信,正是在人们对客观现实的审美超越中产生了悲剧,产生了艺术作品。他把舞台、人物、情节、对白、动作等戏剧要素视为表达审美化、音乐化的酒神精神的象征性手段,认为它们指向戏剧形而上的意境而非直观现实世界和某种明确的思想观念。这些主张显出了西方现代主义艺术观念的基本特征。

尼采把悲剧、悲剧性产生的快感称作形而上的快感,说这种快感"乃是本能的无意识的酒神智慧向形象世界的一种移置"④,并断定悲剧的功效是"用一种形而上的慰藉来解脱我们"⑤。他指出,当人们用理智和知识直视日常现实的真相时,他们便会洞察现实的荒谬可怕,于是弃志禁欲,悲观厌世的心情便会油然而生。在这种时候,包括悲剧在内的酒神艺术就成了救苦救难的仙子,它制服了日常现实的可怕,也解脱了人们对于荒谬的厌恶。悲剧主角是意志的一种外化现象,悲剧艺术在表现他的毁灭过程中揭示了意志的永恒生命,使人们感觉到,不管现象如何变化,世界的生命本体是坚不可摧的,它永远在创造着,永远生气勃勃,永远充满了欢乐。现实存在的一切,包括社会、人与人之间的裂痕都在一种强烈的统一感引导下,复归大自然的怀抱中,人在这种状态下超越了日常现实和生命个体,进入"酒神陶醉的梦境"中,悲观厌世、弃志禁欲的心情也就会在悲剧形而上的快感中荡然无存。悲剧,也就用形而上的慰藉来实现了对陷于厌世

---

① 《悲剧的诞生——尼采美学论文选》,周国平译,三联书店 1987 年版,第 33 页。
② 《悲剧的诞生——尼采美学论文选》,周国平译,三联书店 1987 年版,第 106 页。
③ 《悲剧的诞生——尼采美学论文选》,周国平译,三联书店 1987 年版,第 51 页。
④⑤ 《悲剧的诞生——尼采美学论文选》,周国平译,三联书店 1987 年版,第 70 页。

境地的人们的精神解脱。

尼采坚持认为"艺术不只是自然现实的模仿,而且是对自然现实形而上的补充,是作为对自然现实的征服而置于其旁的"①。从这一观点出发,他反复强调了悲剧形而上美化现实,对人们的精神世界作形而上的慰藉的功效。他指出,悲剧同样表现出日神艺术对外观和静观的充分快感,但同时否定这种快感,而从外观世界的毁灭中获得更高的满足。悲剧用受苦受难的英雄形象来展示现实世界的悲惨,来表现丑与不和谐,使这种现实的悲惨、丑与不和谐变成了一种审美现象。尼采说:"只有作为一种审美现象,人生和世界才显得是有充足理由的。在这个意义上,悲剧神话恰好要使我们相信,甚至丑与不和谐也是意志在永远洋溢的快乐中借以自娱的一种审美游戏。"②尼采一再表白了这样的意思:悲剧形象不是现实的直接写照,不只是在呈现现实的图景,而是一种超越表象的、充分体现出酒神精神中生生不息的创造力和不可遏止的快乐的审美形象。这种酒神式的审美形象能将审美观众带入酒神状态,并使之沉浸其中而超脱苦难的现实,悲剧艺术就这样达到美化人生、对人生作形而上的慰藉的目的。

尼采认为,自亚里士多德以来,所有的悲剧理论家都未能从纯粹的审美领域去探究悲剧的审美快感。诸种关于悲剧的意义和快感的观点,如英雄与命运的冲突中表现出献身精神,世界道德秩序的胜利,悲剧导致的情感宣泄作用等,被尼采全盘否定。他认为这些对悲剧快感的界说不能使观众去领略悲剧的艺术境界和审美事实,此类观点的提出者和拥护者对作为最高艺术的悲剧毫无感受,只是把悲剧当作医学现象或道德现象来对待,从而忽视了悲剧作为审美形态而存在的特性。在尼采看来,强调悲剧的道德感化作用和利用悲剧来进行民众教育的主张,违背了艺术的真正目的,直接导致对倾向的崇拜,从而使本应以强大的艺术魅力使观众愉快的悲剧变成了呼唤"道德世界秩序的手段",悲剧的价值因此而失落了。

在探讨悲剧的审美特性之时,尼采也关注了悲剧观众的欣赏倾向。尼采称,由于苏格拉底和亚里士多德这类"半道德半学理"的批评家的导向,一般观众养成了对艺术的肤浅理解,把艺术仅仅当作进行道德教育和反映生活外在事件的手段。为了迎合这样的观众,剧作家不得不利用戏剧去激发观众的宗教道德能力,或者把当代政治、社会和人们关注的倾向鲜明地搬上舞台,其结果是使悲剧背离了它的特性,背离了它作为艺术形态的审美宗旨。与"半道德半学理"的批评家和观众相对的是审美观众。审美观众在观赏戏剧时带着既要观看又想超越于观看之上的情绪,"以洞察的目光深入到它内部的动机世界中去",把戏剧表

---

① 《悲剧的诞生——尼采美学论文选》,周国平译,三联书店1987年版,第28页。
② 《悲剧的诞生——尼采美学论文选》,周国平译,三联书店1987年版,第105页。

现的直观形象当作譬喻性画面,用审美的目光穿越这些画面,去探究它包藏的至深的含义,去感悟它隐含的形而上的意境。悲剧的审美功能和艺术价值只会在这种审美观众的欣赏过程中得以实现。总之,照尼采看来,悲剧是满足人们审美需求的一种艺术形式,不应该从非审美的角度把悲剧当作实现某种社会、政治和其他直接的人生功利目的的手段。

尼采的文艺观中有明显的否定科学精神和理性主义的倾向。他认为希腊悲剧的毁灭,悲剧精神的死亡是由于悲剧中的酒神精神的消逝。他说:"希腊悲剧的艺术作品毁灭于苏格拉底精神。"①苏格拉底精神即是科学精神。在尼采看来,科学精神、知识和理性认识不可能真正地认识世界的本质,科学精神走到极限必定突变为艺术,而唯有酒神艺术、音乐精神才能传达出世界的本质。他指出,苏格拉底式的科学精神毁灭了神话,毁灭了悲剧,把诗逐出了理想的国土。尼采断定,希腊悲剧直接毁灭于悲剧家欧里庇得斯手中。他认为,欧里庇得斯是苏格拉底精神的体现者,他将悲剧的精髓——酒神因素——从悲剧中排除出去,将悲剧置于非酒神的艺术、风俗和世界观之中,从而使悲剧失去了本源,没有了根基。尼采指出,欧里庇得斯用冷漠悖理的思考取代了日神的直观,用伪造的炽烈情感取代了酒神的兴奋,也就是用非审美的思想和情感取代了日神精神和酒神精神,因此他的悲剧摆脱了酒神因素,又不能达到史诗的日神效果。尼采指责欧里庇得斯把悲剧变成了直接表现世俗生活的手段,把悲剧神话变成了日常生活图景的重现,抽去了悲剧的神话精神,给了悲剧致命的打击,因为神话是浓缩的世界图景,"没有神话,一切文化都会丧失其健康的天然创造力。唯有一种用神话调整的视野,才把全部文化运动规束为统一体"②。尼采还认为,欧里庇得斯摆脱了酒神精神便将悲剧推向了自然主义,使悲剧形而上的慰藉这种快感不复存在,悲剧因此也就失去了它的本质。

艺术不只是要模仿自然,更是要对自然作形而上的补充,其根本作用是要超越和征服自然现实——这就是尼采最基本的艺术观。他的悲剧观,他关于悲剧的毁灭的看法都是以此为逻辑起点的。尼采竭力突出悲剧的审美特性和对现实人生的超越提升作用,坚持把悲剧作为纯粹的艺术来看待,对悲剧的诞生和快感等问题都作了十分深入的思考,提出了独特的见解。但他将艺术思维,将悲剧精神,将作为艺术形式的悲剧与现实生活、与科学精神和理性思维截然对立,这就未免失之偏颇,表现出他悲剧理论中非理性主义的思想倾向。

---

① 《悲剧的诞生——尼采美学论文选》,周国平译,三联书店1987年版,第50页。
② 《悲剧的诞生——尼采美学论文选》,周国平译,三联书店1987年版,第100页。

小　结

　　唯意志哲学是唯意志文艺理论的思想基础,唯意志哲学的非理性倾向注定了唯意志文论的基本倾向。叔本华从哲学本体论上否定了直观物质世界的真实性,将世界的本原确定为意志,又把柏拉图提出的理念改造为意志的客体化,把表现意志视作文艺的宗旨,从而将文学艺术的认识和表现对象转向人的深层的精神世界和超验世界,这为西方现代主义文艺观确定了一个基点。在认识方法上,叔本华强调审美直观,重视直觉感悟,轻视理性认识的作用,这不仅成为20世纪以来西方现代主义各种流派的理论基点,还由此衍生出了多种现代主义直觉感悟式的表现方法。叔本华为西方现代主义文艺思想的非理性主义倾向提供了理论基础,同时他的文艺思想也是西方非理性主义文艺思想的重要组成部分,且影响很大,柏格森、弗洛伊德等人的思想观念明显留下了他的思想印记。叔本华是一个悲观主义者,他的文艺思想充满了浓厚的悲观主义色彩,他从悲观主义的角度解释了人生,也从这一角度探究了文艺的功用,这对于促进作家、艺术家对人生世相及生存状态的认识,加深文艺作品的内涵,是有值得肯定的意义的。但其见解中流露出的消极人生态度,也给后来的文论及文学创作以不良影响。

　　尼采的哲学和文艺思想都深受叔本华的影响,与叔本华相同,尼采亦过分倚重非理性的精神本能,表现出更为激进的反叛一切的非理性主义情绪。但不论哲学观还是文艺观,尼采与叔本华又有着根本性的不同。在哲学人生观方面,尼采超越了叔本华的悲观主义,而主张以积极的"超人"姿态面对人生,要将人生的悲剧演成壮剧。在文艺观方面,尼采用酒神精神和日神精神两个象征形象阐述了对艺术本质的认识,把艺术的起源归之于人的审美化人生和生命世界的本能,认为艺术不只是反映自然更是要超越自然,其本质是对悲苦的人生的形而上的慰藉和拯救。尼采以"非理性"为基点的哲学观与文艺观,自然不无偏颇,但他积极奋进的人生态度,他的人生审美化的主张,以及对文艺作品形而上意义的重视,还是应该给予充分肯定的。

思　考　题

1. 怎样认识唯意志哲学的非理性主义倾向?
2. 叔本华对理性认识和直观感性认识有哪些基本观点?
3. 如何评价叔本华提出的艺术复制理念的观点?
4. 叔本华认为艺术的价值何在?
5. 如何评价叔本华的悲剧观?
6. 怎么理解尼采提出的酒神精神和日神精神?

7. 评述尼采的音乐观。
8. 如何认识尼采的悲剧起源说？
9. 怎样理解尼采关于悲剧快感和悲剧功效的观念？
10. 什么是审美观众？

第七章

早期现代主义文艺理论

引　论

早期现代主义文艺理论,是与古典主义、浪漫主义、现实主义文艺理论相对而言,它所指涉的范围,主要是唯美主义、象征主义和直觉主义文艺理论等三大流派。我们之所以把唯美主义、象征主义和直觉主义叫做"早期现代主义文艺理论",主要出于如下两个考虑:

首先,唯美主义、象征主义是现代派文学在孕育期、肇始期所产生的文艺理论,这两种理论虽然不是正宗的现代派,却昭示并催生了现代主义这种文艺思潮的来临;直觉主义的产生,时间上似乎较晚一些,但其思想来源,却在叔本华的唯意志论那里,而叔本华的唯意志论,又是与唯美主义大体同时,甚至稍早产生的。

其次,唯美主义、象征主义和直觉主义是一种承上启下的过渡性理论。它像一个中介环节,向上反拨古典主义、浪漫主义和现实主义文艺理论,向下则勾连现代派文艺的各种主张。

因此,作为早期现代主义文艺理论代表的唯美主义、象征主义和直觉主义,既是现代派文艺理论的渊薮,又是现代派文艺的理论指导、理论前驱。

前期现代主义文艺理论主要表现出以下整体特点:

一、理论的前卫性

所谓"前卫性",是指早期现代主义文艺理论较早地从指导思想上确立了文艺的独立地位和超越性价值:美,为后来的现代派文艺创作提供了思想资源和进一步思考的出发点。古典主义、浪漫主义和现实主义把文艺的终极目的预设为理性、情感和现实(自然、社会),认为文艺自身没有什么独立的价值,它只是手段——表现或反映理性、情感和现实的手段;唯美主义、象征主义、直觉主义认为,文艺自身有独立的价值,文艺就是美,文艺也只为塑造美、呈现美服务,此外再无其他任何外在的目的。在此基础上,它们分别从形式、象征、直觉等角度,认真而且深入地探讨了美作为文艺最终旨归的现实性、可能性和可操作性。

二、表述的夸张性

所谓"夸张性",是指早期现代主义文艺理论为了说明美对于文艺的本体作用,为了论战的需要,尽可能在表述上大肆铺排,甚至不惜用奇谈怪论的方式,企图在让人惊讶的过程中接受自己的观点。这一点,在唯美主义者戈蒂叶、王尔德,象征主义者波德莱尔、兰波,直觉主义者柏格森、克罗齐等人的著作,乃至行为中,都有突出的表现,成为早期现代主义文艺理论的一大怪异之色。

三、观点的派生性

所谓"派生性",是指早期现代主义文艺理论中的主要观点,与其说是个人的经验之谈,不如说是从某些哲学、心理学的理论中引申出来的。在经验主义支配下,人们长期以来有一种比较片面的看法,认为凡文艺理论,必然是从文艺创作的实践中归纳出来的。这话只说对了一半。应该说,有一些文艺理论(特别是关乎创作或欣赏的技巧方面的东西),是从文艺创作实践中归纳出来的,另外一些则不是,它们是适应着特定的社会生活和历史环境,从某些人文学科和自然科学(尤为常见的是从哲学、心理学)中衍生出来的。早期现代主义文艺理论中的一些基本观点,就是如此。

早期现代主义文艺理论的哲学基础是康德哲学。在西方哲学史上,康德哲学被称为"哥白尼式的革命"。这一革命的意义在于,将认识的对象由自然外物转换为人类自身。物自体是不可知的,但人自身的精神构成及其内核却是可以探讨的。康德的三大批判便是从三个不同角度透视人类精神活动的鸿篇巨制。与此同时,康德又用"审美四契机"理论确立了美感的直觉性、穿透性和文艺的无功利性。这些理论,在当时被烦琐的经院哲学和狭隘的实证主义折磨得奄奄一息的欧洲思想界,不啻是一股新鲜而又和暖的春风。叔本华从中发掘出直觉理论,唯美主义从中找到了文艺的独立价值——美和审美,象征主义从唯美主义出发,专一强调美的象征性、暗示性,直觉主义再进一步研究审美的本质和特征。

在康德哲学的阳光照耀下,在早期现代主义文艺理论和煦春风的吹拂下,现代主义文学及其理论的园地苏醒了,各种文艺现象如奇花异草一样竞相生长、开放,各种理论如雨后春笋般的出现,20世纪文坛霎时进入了"柳暗花明又一村"的境地。

第一节　唯美主义文艺理论

唯美主义是从法国起源,但很快波及英国、意大利、美国,成为康德哲学影响下形成的一个具有世界性的文艺理论流派。这一流派最著名的标志,是提出了"为艺术而艺术"的口号,向传统的文艺理论展开了全面的挑战。

唯美主义在西方文艺理论史上起着转折点作用。它迫使西方文艺理论史的走向发生了改变。此后,文艺是否依赖于其他事物而存在,是否有独立的价值,文艺是什么,它与自然、社会、人生、艺术家到底是什么关系等问题,一直成为西方文艺理论讨论的中心。

唯美主义的蓬勃发展,不仅直接导致了象征主义、直觉主义、形式主义的出现,而且开现代派各色理论的先河,因此,唯美主义既是早期现代主义文艺理论的领头雁,也是西方古典、近代文论和当代文论之间起承转合的枢纽。

唯美主义产生的原因,可从如下两方面来理解。

首先,唯美主义的产生适应了当时法国的社会心理,即波旁王朝复辟和七月君主政体时代笼罩在法国青年人心头的绝望和反叛情绪的需要。这个时代的青年人,大都诞生于拿破仑革命时期,大都是英雄们的子孙或牺牲者的后代。他们渴望像父兄那样,奔赴疆场建功立业,又曾追随雨果,在《欧那尼》的演出中摇旗呐喊,向保守派示威。他们憧憬着轰轰烈烈的生活和美好的明天,但现实却是拿破仑失败后保守派的卷土重来,是精明老练、头脑狭隘、吝啬小气的资产阶级政客当政——这些人循规蹈矩,胆小怕事,平庸凡俗。现实和理想的巨大反差,使一种浓厚的绝望情绪滋生并弥漫在法国(乃至整个欧洲)青年人的心头。有些人得了消沉的"世纪病",有些人自我轻生,另有一些人则变得愤世嫉俗。[①] 既然如火如荼的革命落了个不光彩的结局,那么,除了对这种后果表示轻蔑,对把这种后果奉为至宝的社会加以嘲讽之外,还有什么更好的办法呢? 绝望是由怨恨引起的无可奈何,而怨恨意味着反叛。他们的父兄曾将热情投向军事、政治活动,而他们却要将自己的热情投向艺术活动,以浪漫的越轨和无法无天的行为与庸俗的社会现实相对抗,以头戴尖顶帽、身穿意大利强盗的那种长袍和奇形怪状、色彩妖艳的红背心来鄙视那些恪守资产阶级法规的良民,以追求艺术的纯美来映照现实生活的丑陋和凡庸。"对资产阶级的仇恨,成了当时一代的风气。"[②] 不管唯美主义后来走向什么道路,或者它给我们的印象是什么,从历史唯物主义角度看,它的产生及其初衷,与其说是逃避现实,不如说是反抗丑陋的现实。

---

① 可参看缪塞《一个世纪儿的忏悔》和冈特《美的历险》。
② 勃兰兑斯:《十九世纪文学主流》第5分册,李宗杰译,人民文学出版社1982年版,第8页。

其次,唯美主义产生的学理基础,是康德美学从德国向法国的传播。当康德在《判断力批判》中提出"纯粹美"和"审美无利害"等命题时,不管是他本人还是德国学术界,都没有预料到,这些命题竟会刺激邻邦法国青年人那充满绝望、忧郁又热情、奔放的头脑,使他们迸发出无穷的创造力,产生一种惊世骇俗的理论,进而在世界文坛引发了一场巨大的足以与拿破仑革命相媲美的文论风暴。法国文人康斯坦的《亲密日记》记述了康德美学如何"侵入"法国并形成气候的过程。史达尔夫人随着波旁王朝的复辟回到巴黎,其着重介绍和描述康德思想的著作《来自德国》便流传开来,又经过卡森及其学生的演讲,"审美自由"、"欲恶两忘"、"纯粹艺术"、"纯粹美"、"形式"、"天才"等康德美学特有的概念,已开始活跃在各种艺术沙龙的圈子里。由于上述观点正好可以被法国青年一代借用来作为反抗凡庸、鄙俗社会的武器,所以,当有人用准确而简练的语言把它凝结为一句话"为艺术而艺术"(法语:L'Art pour l'Art;英语:Art for Art's sake)并由戈蒂叶大加鼓吹的时候,这个口号立刻不胫而走,席卷并淹没形形色色的观点,迅速成为法国乃至欧洲文艺理论界的一股狂潮。

唯美主义的主要特点有三:其一,"为艺术而艺术",即为了艺术而呐喊、拼命、创作;其二,"形式"和"美"至上,即强调形式、美是艺术的根本目的,此外再无其他目的;其三,"批评家等于艺术家",即强调批评家必须要有感受形式、美的能力,否则便不懂批评、不能批评。

唯美主义的著名人物,主要有法国的戈蒂叶,英国的佩特、王尔德和意大利的桑克蒂斯。

唯美主义的发展,大体经历了三个时期。

上升期。19世纪30年代中期以后,以《莫般小姐》及其《序言》的发表为标志,戈蒂叶已经创造出唯美作品,写出唯美评论,且陆续受到比他更年轻的法国青年人(例如波德莱尔等)众星捧月般的拥戴和推崇的时期。

全盛期和衰落期,是唯美主义扩展到欧美(主要是英国)以后的事。

全盛期。19世纪70年代惠斯勒与罗斯金诉讼案的胜利,是唯美主义全盛期的突出表现。惠斯勒是从美国来到英国的唯美主义画家,他创作了一系列作品,其目的是让人们对美和形式发生兴趣,而不要将"对实物模仿得像不像"作为评判艺术的标准。罗斯金对此不满,发动了攻击。惠斯勒被迫向法庭提出诉讼,并以1/4便士的赔偿取得胜利。这一胜利的经济效益微乎其微,其历史意义在于,确立了唯美主义在文坛的地位,以及公众对唯美主义的认可和支持。

衰落期。19世纪90年代王尔德与昆斯伯里侯爵诉讼案的失败,标志着唯美主义衰落期的到来。这次诉讼案有三个特征:第一,与王尔德作对的不是艺术家,不是理论家,而是以侯爵为代表的整个资产阶级社会;第二,对方以道德问题而不是艺术问题为突破口,本来的原告反倒成为被告;第三,自以为胜券在握的王尔德却被送进监狱。这个悲剧至少说明两个问题:一是具有强烈反叛色彩的唯美主义运动迟早要被无情地扼杀;二是一旦将艺术的目的限制得纯而又纯,似乎与道德、功利毫不相干,这种理论也就走到了尽头。

唯美主义走向形式主义,是以直觉主义者克罗齐的老师维柯、意大利的桑克蒂斯和英国的克莱夫·贝尔为代表的。在桑克蒂斯那里,形式还包容着内容,而在贝尔那里,内容基本上被抽掉,差不多变成了"纯形式"。稍后,在遥远的俄罗斯一群文学青年手中,"形式"又被导演为一场有声有色的文学运动。

一、戈蒂叶"为艺术而艺术"文艺观

泰奥菲尔·戈蒂叶(Theophile Gautier, 1811—1872)是唯美主义的旗手。其生平有两大特点:一是从喜欢绘画转向喜欢文学;二是从浪漫主义转向唯美主义。他曾身穿"红背心",参加《欧那尼》演出,为浪漫主义战胜古典主义立下汗马功劳。不久,其思考越过浪漫主义樊篱而自出机杼。《诗集》(1830)、《阿尔贝图斯》(1832)、《青年法兰西》(1833)和《怪人集》(1833)等文艺作品集和评论集陆续出版,证明了他反抗流俗、不与资产阶级社会合作的勇气。以1834年和好友成立杜瓦延那文学社为标志,他彻底走向唯美主义,创建了一套独特的唯美主义理论。在《莫般小姐·序言》中,戈蒂叶曾宣言式地提出了这种理论的纲领并道出其精髓:"为艺术而艺术"。

(一) 文艺本质:无功利

无功利,是戈蒂叶文艺观的核心,也是19世纪唯美主义思潮的理论出发点。首先,艺术独立于道德和政治之外。资产阶级将道德作为评判标准,认为浪漫主义文艺败坏社会风气,对此,戈蒂叶巧妙地借用莫里哀予以批驳:"在莫里哀作品中,道德总是受到羞辱和沉重打击,正是道德戴上了绿帽子。"[①]又说那些要求模仿昔日古典主义的资产阶级道德的维护者,"在放纵和不道德方面大大超过了浪漫主义新人"。他指出,艺术与道德无关,艺术不但不对社会道德的好坏负责,相反倒是丑恶社会要对艺术负责。如果说真有什么不道德的作品,那是因为作品赖以产生的社会是不道德的。对于把资产阶级政治功利主义奉为圭臬的批评家,戈蒂叶也给予迎头痛击。他说,艺术不是铁路,也不是机器,对于资产阶级统治和资本主义社会没有任何实用性。艺术与政治无关,也与一切实用功利目的无关。

其次,有用的东西不是艺术,艺术是完全无用的。戈蒂叶指出:"一切有用的东西都是丑的,因为这表明了某种需要,而人的需要就像他那可怜的、残缺不

[①] 戈蒂叶:《莫般小姐·序》,《西方古今文论选》,伍蠡甫译,复旦大学出版社1984年版,第223页。

全的本性一样,是卑鄙无耻,令人恶心的。"①一幢房子里最有用的地方是厕所,但它不是艺术;脚上穿的臭鞋对人很有用,它也不是艺术。"任何美的东西都不是生活中必不可少的","毫无用处的东西才是美的",这就是艺术。

再次,艺术有独特的目标,就是艺术本身,与任何外在因素无关。戈蒂叶说,音乐不能当饭吃,绘画不能当茶喝,可是人们对莫扎特和米开朗琪罗的喜爱远远超过了白芥末的发明者。这说明艺术的存在有它独立的价值。"人们可以取消鲜花,世界并不会因此在物质上受到损害,然而谁愿意从此不再有鲜花呢?""我宁可不要土豆,也不愿放弃玫瑰花",宁可鞋子脱线,用头走路,"也不愿让我的诗句不押韵"。说到底,恰恰在摆脱了道德、政治、物质等一切实用主义的极限处,艺术找到了自身的价值。既然艺术的价值在于无用之用,在于自身,那么,"为艺术而艺术"就不是一个荒唐的口号,它顺理成章地成为唯美主义的最高理想。

通过上述论战,戈蒂叶以"艺术无功利"奠定了他的文艺本质论。

(二) 文艺目的:唯美是求

戈蒂叶说:"为了看到一幅拉斐尔的真迹或裸体美女,我会十分乐意地放弃作为法国人和公民的权利。"这措辞激烈的言辞,表现了对资产阶级鄙俗社会的轻蔑和对美与艺术一往情深的热切追求。

戈蒂叶曾提出一个有趣的问题,如果地震、火山爆发或海啸吞没巴黎,几千年后,人们在挖掘这个死城遗迹时,能发现什么是真正"不朽"的?他回答说,只有美和艺术。这种观点在《艺术》一诗中,有着更为形象而又明显的表述:"一切消逝了/——雄伟的艺术,巍然而独存/半身雕像,比城市更长生/一个农民,在地下发现的,简朴的勋章,显示出一个帝王/神们自己也将消亡/然而至高无上的诗篇,永留人间/比青铜更有力量。"一切皆过眼烟云,唯有美和艺术永恒,唯美主义在此得到了典型的体现。

美借助于艺术而显现,而流传艺术的使命就是塑造美、高扬美,美和艺术实际上是二而一的合体。在戈蒂叶看来,美和艺术是世间唯一能经受时间考验,也是唯一值得终身为之献身的东西。他说,最能表现美的艺术是绘画和雕塑,但它们依赖物质流传,迟早都有毁灭的危险;为了最大限度地表现美,又不至于毁灭,必须寻找一条途径,这就是用诗歌造型,把绘画和雕塑的效果融化在可以永久流传的语言中。语言既可造型,使美具有绘画、雕塑那样凸出、立体的效果,又可借口头流传获得不朽。用诗歌再现博物馆里名画、名雕塑之美的方式,由于是两种艺术类型的沟通和融化,戈蒂叶称之为"艺术品的移植",是极美。

---

① 戈蒂叶:《莫般小姐·序》,《西方古今文论选》,伍蠡甫译,复旦大学出版社1984年版,第220页。

为了追求美,追求艺术,戈蒂叶倾尽毕生精力,不仅在理论上提倡,而且亲自动手,予以实践。其诗集《西班牙》即是用诗歌对美景和名画的移植,而《珐琅与雕玉》则是对名雕塑的移植。对此,波德莱尔佩服得五体投地,对戈蒂叶来说,热爱美是一种命运,一种责任,一种固定观念,他简直成了美的奴隶。①

(三)"形式"及其内涵

戈蒂叶认为,他是以雕塑家的眼睛(即无功利、无欲望)而不是用情人的眼睛来观看外在世界的,所以,万事万物呈现在他眼中的唯有形式,而艺术的美也全在于形式的美。"我一生最感兴趣的是酒瓶的形式,而不是装在里面的内容。"

什么是形式?它是唯美主义最重要的概念之一。戈蒂叶认为,万事万物的美自会在艺术家感官中投射下一种印象,雕塑家用颜料、大理石或金属,诗人则用语言,将它们生动地、赤裸裸地再现出来,这就是形式。为此,诗人必须使语言产生光和色彩,把感官印象塑造成纯粹的语言图画或语言雕塑的样式,精彩地予以表现。戈蒂叶说:"诗中的感情……那是无关宏旨的东西,绚丽辉煌的词句、音韵和节奏,这些才是诗。"诗不证明什么,也不叙述什么,诗只描绘形式。

戈蒂叶对形式的最高要求有三:一是准确,把感官所捕捉的事物形状的轮廓精确地描写出来,能够"触摸到它们最难捉摸的隐微曲折处";二是给难以把握、甚至无法描写的美赋形;三是赏心悦目的色彩。在戈蒂叶看来,没有光和色彩的形式是不可思议的。在他的理论中,光、色彩几乎和美同义,"使我产生快感的三件东西是:黄金、大理石、猩红……我用它们建筑我全部的空中楼阁"。

必须指出,形式,在戈蒂叶这里,不是指事物的外在形状,而是指艺术家所感知到的主观样式,是事物在主体心目中所呈现的那个形状。事物可能是方的,但艺术家"看见"的却可能是圆的;事物可能是白的,艺术家感知到的却可能是紫的;事物可能是丑陋的,但艺术家察觉的却可能是美的。艺术所要再现的,不是物理世界那个方、白、丑陋的东西,而是心理世界中那个圆、紫、美的主观影像。

戈蒂叶描述形式的能力非常强,他认为,不能用语言描写的东西是不存在的。法国著名评论家圣伯夫曾说:"自从有了戈蒂叶,法国语言中就再也没有'不可表达'这个单词了。"波德莱尔把这种能力比作上帝"神圣的呼吸",具有点石成金、赋予形式以生命的作用,他把戈蒂叶的诗叫做"词典",认为状物表情,形、色、味一应俱全,极为准确,不可改易。

(四) 艺术与生命活动:艺术意味着自由、享乐、放浪

戈蒂叶不把艺术看作纯精神活动,而是看作生命活动。其意为,艺术是一种

---

① 波德莱尔:《论文选》,郭宏安译,人民文学出版社1987年版,第78页。

显示、释放并张扬人的生命力的活动,只有在艺术活动中,人才可能获得肉体放松和精神自由,进入潇洒的人生境界。

戈蒂叶认为,艺术不以诲人为目的,它独立于政治、道德和社会而"自治",它的对象是单纯的美和形式,因此追求艺术就是追求美、追求形式。对艺术家来说,这种追求意味着自由、享乐和放浪。由于美、艺术和形式三位一体,所以在艺术家眼中,人与事物,事物与事物之间的界限应该完全消解,留下的只是纯净的形式,纯净的美。艺术给人最高享受,所以,追求艺术就是享受生命。戈蒂叶把阳光、美女和骏马称为幸福三要素;把色彩、歌曲和诗歌称作人生三大欢乐。在此基础上,戈蒂叶进一步提出,"享乐就是生活的目的",应该给每一个能发明新的娱乐方式的人以"优厚的奖金"。

戈蒂叶强调艺术对生命活动的重要意义,是对的,用艺术的审美性、自由性对抗资产阶级道德、政治、社会的鄙俗性、平庸性,也有积极作用,但由此导致把艺术看作纯粹的享乐、放浪,显然又是偏颇的。这说明,戈蒂叶的思想是模糊的和矛盾的,在鼓吹艺术无功利的同时,又限定了它的某一方面功利(享乐)作用。戈蒂叶不以理论的缜密和雄辩的逻辑见长,而以充沛的激情和勇敢的抗俗精神使法国文坛耳目一新。他所提出的基本观点是唯美主义的滥觞和理论骨架,有些后来成为象征主义、直觉主义和形式主义继续探讨和发挥的问题。

二、佩特"艺术与生命体验"文艺观

瓦尔特·哈罗特·佩特(Walter Horatio Pater, 1839—1894)是英国唯美主义早期和最重要的代表。在戈蒂叶以《莫般小姐·序言》向法国资产阶级宣战的第5年,佩特于伦敦东区降生。为艺术而艺术,艺术居然可以和道德准则对立,甚至完全脱离,在维多利亚时代的英伦诸岛来说,简直是无法无天,而佩特提倡的就是这种理论。佩特之父是医生,早年亡故,佩特由母亲、祖母和姑妈照管长大。佩特少年早慧,身体较弱,任何体育、娱乐活动都不参加,最热衷圣徒命名日。这个虔诚地恪守宗教和道德法则的孩子,后来却成为唯美主义大师,主要是时代的影响。在牛津大学,他聆听过阿诺德的讲座,那关于真正的艺术批评应该是"超然无执"的、与政治"无关"的观点,给他留下深刻的印象;而促使他与唯美主义发生联系的是诗人史文朋和配恩。前者使他知道了风靡欧洲大陆的"为艺术而艺术"信条,[①]后者则使他洞悉了戈蒂叶"纯美"的含义。至此,佩特彻底皈依了唯美主义。佩特主要著作有:《文艺复兴:艺术和诗的研究》(1873)、《伊壁

---

① 佩特与史文朋虽然没有直接交往,但受过他不少影响。参见冈特:《美的历险》,中国文联出版公司1987年版,第69页。

鸠鲁学说的信徒玛丽厄斯:他的感觉和思想》(1885)。

(一)艺术感知:脉搏与刹那

脉搏与刹那,是佩特理论的核心概念。佩特认为,艺术美是脱离社会现实的、孤立的和独特的,所以是纯美;纯美主要体现在形式上,即赋予辞藻某种微妙的感受,借以表达"瞬间两种假设的永恒之间的对立"。这种解释本质上与戈蒂叶没有什么不同,但稍加琢磨,就会发现其间的区别:戈蒂叶主要从创作出发,强调用语言把万事万物投射在作家感官的印象生动地再现出来,而佩特主要从欣赏(但也不完全排除创作)出发,强调对纯美和艺术形式的瞬间感受。

所谓"刹那",是指人在感知自然或艺术形式时所获取的一个个零散的、瞬间的美感。佩特认为,对纯美或形式的感受是由无限多的印象组成的,可是每一个印象被时间所制约,不断产生又不断飞逝,全部印象永远都不可能同时出现,所以,任何美感"实际上存在的只是一瞬间,当我们试着去抓住它的时候,它就飞逝了;关于这种印象,与其说它'存在着',不如说它'已停止存在'来得正确"①。所谓"脉搏",是指在人生有限的时间应不断地感受美、获取美。

佩特认为,人生是有限的,而形式和纯美却是无限的;以有限追无限,就像蚂蚁追赶大象一样徒劳无益。与其如此,倒不如充分利用有限的时间,摆脱日常凡俗世界的喧嚣,而抓住每一刹那,去"关注"形式和纯美,以获取尽可能多的感官享受。这正是佩特告诉我们的脉搏和刹那的关系。

(二)艺术与生命本体:让强烈的宝石般的火焰一直燃烧

"火焰"是生命力的借喻。佩特说:"我们的生命是像火焰那样的;它们只是各种力的组合,这种力在中途或迟或早要离去"。"让火焰燃烧",就是不要让珍贵的生命平庸度过,而应该投入到追求形式和纯美的感官享受之中去。

在佩特看来,尽管抓住刹那的印象就可以获取尽可能多的脉搏,但人生毕竟短暂,因而脉搏的数目必然有限。怎样才能从一个印象跃到另一个印象,始终呆在纯美或形式的焦点中,让"最大数目的生气蓬勃的力量和十足的劲头结合在一起"呢?那就是"愉悦你自己",永远保持对形式和纯美的心醉神迷状态,让强烈的宝石般的火焰一直燃烧。能这样做,就是"人生的成功";否则便是人生的失败,"就等于在白昼短而下霜的日子不到黄昏就睡觉",无异于白白浪费生命。

可见,佩特把对形式和纯美的专注,看作是一种理想的人生态度和最高的生命境界。

(三)艺术批评:体验就是目的

佩特认为,艺术批评是一种只凭个人感觉而不重理性的心理活动。"批评

---

① 伍蠡甫:《现代西方文论选》,上海译文出版社1983年版,第22页。

家在理性上,不需获得抽象美的定义,他要的是某种气质,和对美的事物深深感动的能力"。艺术批评的途径是体验,但它追求的不是结果,而是体验本身。分析和批评存在于体验之中,要从事分析或批评,必须进行体验。

所谓体验,就是对自然或艺术中的纯美、形式产生感动,蓦然进入的心醉神迷状态。佩特说:"某一时刻,某一形态在手中或脸上越来越完美,某一色调越来越艳丽,某一热情或激情越来越骚动,那时,对我们来说,越具有不可抗拒的真实感与吸引力。"[1]这就是体验。为了体验,可以抛弃一切理论、概念、体系、信条,因为,它们不是"真正的感受",而且妨碍感受;人生如此短暂,对纯美和形式的享受一去难再,哪有时间去迎合或创造理论呢?

娱乐并放纵自己,抓住每一瞬间追求纯美和形式,获取感官享受,既是艺术欣赏和批评的目的,又是人生的要义,这是佩特理论一以贯之的线索。佩特一生在书斋度过,故其理论被称作"一株空中的植物"。他对艺术批评的看法,虽有与体验混为一谈的毛病,但强调"与理论、概念、体系、信条无涉",对王尔德、桑克蒂斯和后来的直觉主义有极大的影响。

三、王尔德"形式、纯美就是一切"文艺观

奥斯卡·王尔德(Oscar Wilde,1854—1900)是英国唯美主义小说家、戏剧家和理论家。父亲是医生,母亲爱写诗且小有名气,他从小生活在艺术氛围中。在牛津大学读书时,常跟佩特接触,受到唯美主义洗礼。在伦敦社交界,他以惊世骇俗的文学主张、奇装异服和机智锋利的谈吐,来反抗上流社会并展现唯美主义风采。其紧身上衣、长丝袜子和平绒灯笼裤,与戈蒂叶的"红背心"有异曲同工之妙,成为《笨拙》讽刺的对象,被人称为唯美狂。因此,他成为英国资产阶级社会嫉恨和打击的重点对象。他们迫使他走上法庭,再走进监狱。王尔德著述甚丰,最能反映唯美主张的有戏剧《莎乐美》(1893)、小说《道连·葛雷的画像》(1891)及其序言,和文艺评论《谎言的衰落》(1889)、《批评家即艺术家》(1890)等。

(一)艺术与自然:不是艺术模仿自然,而是自然模仿艺术

这是受惠斯勒启示而发挥的。《谎言的衰落》一开头就说,自然总有不完美的地方,它根本就不是艺术应该模仿的对象,相反,倒是自然应该模仿艺术,而实际上自然从来没有停止过对艺术的模仿。他说:

> 如果不是从印象派那里,我们又是从哪里得来那些缓缓降到我们街上,将瓦斯灯弄得模糊不清、把房屋变成可怕阴影的奇妙褐雾呢?如果不是归

---

[1] 戈蒂叶:《现代西方文论选》,伍蠡甫译,上海译文出版社1983年版,第22页。

功于他们和他们那位大师,指法国印象派绘画大师莫奈。我们又把笼罩在我们河上的那种可爱的银霭归功于谁呢?这种银霭赋予弯弯的桥梁和晃荡的驳船以消失中的美的模糊形式。而在过去10年间伦敦气候发生的非凡变化,完全是由于一个特定的艺术流派。你笑了。请用科学的或形而上学的观点来考虑这个问题,你会发现我是对的。自然是什么呢?自然不是生育我们的母亲,它是我们的创造物。正是在我们的脑子里,它获得了生命。事物存在是因为我们看见它们。我们看见什么,我们如何看见它,这是依影响我们的艺术而决定的。看一样东西和看见一样东西是非常不同的。人们在看见一事物的美之前是看不见这事物的。然而,只有在这时候,这事物方始存在。现在人们看见雾不是因为有雾,而是因为诗人和画家教他们懂得这种景色的神秘的可爱性。也许伦敦有了好几世纪的雾,我敢说是有的,但是没有人看见雾,因此我们不知道任何关于雾的事情。雾没有存在,直到艺术发明了雾。①

王尔德本来的意思是,人们对日常生活和自然现象,往往"视"而不"见",只有经过艺术家的发现,并把这种发现表现在作品中,被观众或读者欣赏以后,才知道美在哪里,为什么美,产生恍然大悟的感受。这就是说,艺术为大众提供了一种观察事物的新眼光、新角度。从这个意义上,说艺术高于自然,说艺术培养了人的审美感觉,使人感受到自然的美,是对的。但如果把审美感觉和一般感觉混为一谈,认为不具备前者,也就不具备后者,因而感受不到客观事物,甚至认为那客观事物不存在,则是明显错误的。

(二)艺术与人生:艺术不应模仿人生

王尔德认为,生活只能充当艺术的原料,而不能作为艺术模仿的对象。艺术不应该模仿人生,这是由人生的丑陋和艺术的本质决定的。

首先,人生是不完美的、丑陋的,不值得艺术进行描写。王尔德说:"人生是破坏艺术的毒剂,是毁灭艺术之宫的仇敌"。他认为,莎士比亚作品有些地方粗鲁、庸俗、夸大、怪诞甚至淫猥,就是因为他过于喜欢"直接走向生活"。

其次,艺术虽然采撷生活片断,但必须经过重新创造,使之成为新的优美的与生活无涉的形式。在这一过程中,想象力起主要作用。如果艺术只是模仿生活,那就与照相无异。

在此基础上,王尔德提出,艺术就是谎言、就是创造、就是形式。强调生活丑陋的一面,是王尔德厌恶资产阶级社会的表现,有一定的革命性;说艺术是想象力的创造,也有道理;但若把生活和艺术从根本上对立起来,在谎言和创造之间

---

① 赵澧、徐京安:《唯美主义》,中国人民大学出版社1988年版,第133页。

画等号,就未免太过于武断了。

(三)艺术与时代:艺术与时代相对抗

王尔德认为,艺术根本不反映时代,相反与时代相对抗。

首先,艺术不表现时代,只表现自身。艺术有独立的生命,完全按照自己的路线向前发展。在任何时代,艺术除了表现自身以外,不表现任何别的东西。王尔德说,在现实主义时代,艺术不一定是现实的;在信仰时代,艺术不一定是精神的。

其次,艺术所表现的,恰好与时代精神相反。王尔德说,从艺术史角度看,艺术有时重返过去的足迹,把几种古旧文体复活起来,有时艺术又完全走在时代前面,这一世纪的作品,到下一世纪才能被了解和欣赏。

因此,艺术根本不是时代的产物,也不再现时代。既然艺术和时代无关,要创造永恒的艺术,就必须摆脱时代纠缠。"每一位艺术家应该避免两件事:形式的现代性和主题的现代性;对生活在19世纪的人来说,除了我们的世纪之外,任何一个世纪都是适当的艺术题材。"①

强调艺术的独立性而贬斥时代的污浊,亦体现出鄙视资产阶级社会的勇气,但由此从根本上否认艺术与时代的天然联系,就不可取了。应该说,艺术有打起古人旗帜的时候,有超前的情形,有的还有遗世独立的永恒性,但这些都不能作为艺术脱离时代的论据,许多优秀的艺术,其价值恰恰在于巧妙而深刻地反映了时代。

(四)艺术与道德:艺术与道德无关

王尔德认为,艺术只有写得好不好,无所谓道德与不道德。其意为,艺术不依赖于道德而存在,也不仅仅为道德服务,艺术有自己的追求,那就是美,是形式,所以,艺术与道德无关。他在《艺术家即批评家》中把上述意思简化为一句名言:"一切艺术都是不道德的。""不道德"即非道德,换言之,即不是专为道德效劳的。既如此,艺术什么都可以表现,也都应该表现,"罪恶与美德,都是艺术的原料"。艺术家也不应该有伦理的同情。拿希腊悲剧来说,可以不管它里面是否有弑父或乱伦的内容,而只问它美不美。如果身为艺术家而有伦理的同情,就是不可饶恕的虚伪,它阻碍艺术的产生。

以艺术美对抗资产阶级道德法则,区分两者疆界,是王尔德的过人之处,但艺术与道德是否不相容呢?显然王尔德又走了极端。应该说,艺术可以不理睬旧道德,也可以用新道德反对旧道德,但很难完全脱离某种道德准绳。

---

① 伍蠡甫:《西方文论选》下卷,上海译文出版社1979年版,第117页。

(五)艺术目标:形式

王尔德认为,艺术就是形式,就是美。其意为,艺术所追求的是"美而不真"的形式,所以才与自然、人生、时代和道德有了区别。无疑,此点上承戈蒂叶、惠斯勒,但王尔德将其发挥为:"形式就是一切";"形式是生命的奥秘","从崇拜形式入手,艺术中就没有秘密不向你显露"。这就把形式摆到了最高地位。

王尔德把形式分为三个层次:最高形式是没有任何具体内容的抽象装饰;其次是由生活内容加工的形式,虽用生活素材,但经改造,已看不见痕迹而成为纯美了;最差的就是生活占了上风而将美挤出去的形式,即写实派作品——严格说,它们已不是形式,只能叫"颓废",因为这是艺术没落的征兆。王尔德说,艺术创作是从形式到思想、激情、再到生活的过程,反过来,当后三者在艺术中化为乌有时,形式才出现。王尔德直接开启了克莱夫·贝尔的形式论。

(六)艺术批评:批评家等于艺术家

警惕地守卫艺术批评边界,强调其体验性、创造性,使之成为主体心灵的表现,不让它异化为资产阶级政治、道德的工具,是所有唯美主义者的信念。王尔德亦如此。

王尔德认为,艺术家必须要有批评能力,才能从包罗万象的事物中从事选择,所以每一个艺术家都是批评家,但由于批评家是从艺术家已经选择过的材料再从事选择,因而批评的成果应该是另一种完美的艺术品。所以,批评不是理性的和判断的,而是体验的和创造性的。"最完美的批评,本质上是纯粹主观的。它要披露的,是自己的秘密,而不是身外的秘密"[1]。

唯美主义到王尔德时代,越发炉火纯青,王尔德对艺术与自然、人生、时代和道德关系的探讨,不仅在形式主义、直觉主义中常常作为主题出现,而且对20世纪的超现实主义和表现主义有重大影响。

四、桑克蒂斯"艺术即形式"文艺观

桑克蒂斯(Francesco De Sanctis,1817—1883)是意大利唯美主义向形式主义、直觉主义过渡的批评家。克罗齐说:"桑克蒂斯把艺术搞成纯粹的形式,即作为纯粹的直觉,他开创的批评是反对一切功利主义、道德主义和概念主义的。"[2]从政治活动到学者生涯,从语言学、美学研究到艺术批评领域,是桑克蒂斯的两大特点。如果说戈蒂叶等人是从康德获取灵感,那么桑克蒂斯则更多是借用黑格尔的学说来补充和完善"形式"这个概念的。桑克蒂斯主要著作有:

---

[1] 王尔德:《作为艺术家的批评家》,赵澧、徐京安《唯美主义》,中国人民大学出版社1988年版,第145~178页。

[2] 克罗齐:《美学原理·美学纲要》,朱光潜译,外国文学出版社1987年版,第220页。

《意大利文学史》(1870—1871)、《批评文集》(1866)、《论彼特拉克》(1869)、《批评文集新编》(1872)和后来由克罗齐汇编的《19世纪意大利文学史》(1897)等。

(一)艺术本质:形式的超越性存在

桑克蒂斯认为,任何概念、质料、丑等,只有圆融成一个形式,作为构成形式的因素,消融于形式之中,即形式征服了所有内容,成为一个活脱脱的,有着生命整体性的,独特呈现的东西,才是艺术。

桑克蒂斯先是对黑格尔的"理念"感兴趣,不久即变得厌烦:"诗人无意识地创作,看不到概念,概念包裹在形式里,几乎已经消失。"[①]他反对把形式看成内容的叠加物,把幻象消解为无足轻重的灰尘。认为如果把形式作为虚幻的不可确定的东西,而把概念、真、道德等作为艺术的主宰,是滑天下之大稽。他断言形式、幻象就是艺术本体、本质。只有形式征服了所有构成因素,成为一种超越性存在,才是艺术。形式不是其他,而是"有生命的东西"。丑也能构成形式,所以有独立价值。他幽默地说,过去有人总将丑作为美的反衬来欺骗公众,就像说"星宿在上是为了给地上以烛光"一样可笑。桑克蒂斯不把丑等于美,而是强调形式的重要。丑只要能赋予一个形式,它就是艺术。

(二)艺术目标:形式至上

形式是什么?桑克蒂斯说:"形式就是它自身,就像个人就是他本身一样……审美世界不是幻象,而是现实的东西。"其意有两层:第一,形式中有内容的因素;第二,形式就是现实世界。乍看,他似乎将内容、形式和现实同等看待,其实不然,后两者只是前者的构成因素,依赖于前者存在。桑克蒂斯说,形式虽从内容产生,但从形式把握到的,绝非朴素的内容,而是创造性的美,内容已经消逝。艺术不再是内容,而是完整的独特呈现的形式。内容的不朽仰仗于形式的永存。因此,形式至关重要。"如果要在艺术长廊里置一雕像,就在那里放上形式,盯住它,研究它,原理会从那里产生出来。在形式的前面,存在着创造之前的那个东西:混乱。""当形式出现时,美学才出现。"[②]没有形式,就没有艺术,没有美。

(三)艺术批评:意图与形式的矛盾

这种矛盾,是指艺术家意图与作品客观形式、客观效果之间的冲突。注重体验,注重批评家与艺术家统一,是从唯美主义学来的,但"意图与形式的矛盾",

---

[①] 克罗齐:《作为表现的科学和一般语言学的美学历史》,中国社会科学出版社1984年版,第201页。

[②] 克罗齐:《作为表现的科学和一般语言学的美学历史》,中国社会科学出版社1984年版,第205页。

钱锺书认为,却是桑克蒂斯的专利。桑克蒂斯说,艺术即形式,但创造形式的过程不能不受外界因素(社会的政治、道德、宗教、文化、文艺观点、大家关注的问题等)的干扰,它们往往不自觉地转化为艺术家的内在意图,影响形式的塑造。在艺术里,"作者意图中的世界和作品实现出来的世界,或者说作者的愿望和作者的实践,是有区分的"①。哪个世界更重要?当然是作品所呈现的世界,因为它是一个有机形式。桑克蒂斯说,大艺术家出现这一矛盾是必然的,"愈是小作家,愈能确切地表现出他意图中的世界",越不会出现矛盾。如何对待呢?他说,任随灵感流动不加约束,解除意图世界所加的桎梏。这个观点对新批评派"意图迷误"说的形成有直接影响。

桑克蒂斯对"形式"概念的阐述,后来也成为直觉主义(克罗齐)所注目的中心问题之一。

第二节 象征主义文艺理论

象征主义,是在法国兴起的文学思潮,用《美利坚百科全书》(1977)的话说,它是"欧美现代派文学中出现最早,影响最大的文学流派"。作为文学流派,象征主义的最高成就体现在诗歌创作中,但作为一种文艺理论,象征主义却以独特的创作手法"象征"得名。"象征"来源于希腊文 Symbolon,是一剖为二,各执一半,再次见面拼为一体,以示友好的木制信物,后来引申为某个观念或事物的代表,如十字架代表基督教,皇笏代表王权。象征与比喻不同,比喻只作间接修饰用,如以玫瑰比美女,喻体和本体未必有什么实质上的联系;象征中意象大于字面意义,要求体现本体的实质,如以"荒原"象征日趋没落的现代世界,含义比较深广。法文象征主义(Symbolisme)把象征这种手法上升为一种创作原则,一种文学精神,乃至一切艺术的本质。

"象征主义"作为一个概念,最早出现在莫雷亚斯《短歌集》序言(1886)里。同年9月,他又发表《象征主义宣言》,试图说明这个概念。他当时的定义是,象征主义力图"给理念裹上一层可感知的形式"②,但这形式并非是探索的目的,它既有助于表达理念,又从属于理念。这里,"理念"是在柏拉图意义上使用的,而"形式"则是指意象。这一定义虽抓住了精髓,但毕竟太宽泛了。

时隔100多年,今天仍很难给象征主义下准确的定义。尝试说来,象征主义是这样一种艺术主张,它强调表达个人的理念和感情,但不允许直接去描述它们,也不要求通过与具体形象明显的比较去限定它们,而是暗示这些理念和感情

---

① 《桑克蒂斯文论三则》,钱锺书译,见《文汇报》1962年8月15日。
② 查尔斯·查德威克:《象征主义》,周发祥译,昆仑出版社1989年版,第8页。

是什么,运用未加解释的象征,使读者在头脑里重新创造它们。

象征主义的主要特点如下:

第一,象征的世界观。在象征主义者看来,世界由两个层次组成,一是生灭无常、变动不居的物质世界、现象世界;一是不生不灭、永恒的精神世界、本体世界。这两个层次在时间上共存,在空间上相互渗透,而且这种相互渗透是广延的、普遍存在的。

第二,感应。由于两个世界的相互渗透是普遍的,所以,自然界的万物之间,自然与人之间,人的各种感官之间,以及各种艺术形式之间,都有着内在的、隐秘的相互联系,即感应。感应使世界成为一个整体,也使艺术的象征成为可能。象征,就是在两个世界之间寻找"感应"、"客观对应物",或者说,寻找一个意象来表述作者所发现的上述某一种或某几种联系。

第三,似非而是(Paradox)技巧①——暗示、通感、语言革新等——的综合运用。要沟通两个世界各种事物之间的关系,仅靠传统比喻是不可能的,由此,象征主义在实践中发展出一套非常实用的技巧。似非而是,表面看起来不像,仔细琢磨,却非常像,达到了神似境界。暗示,借助于象征物暧昧地展示或揭示被象征物。通感,沟通人各种感官的联系,或用此种感官的作用表达彼种感官的感受。语言革新,打破传统语言在句法、语义和语用方面的限制,使诗歌出现以奇制胜的效果。在这些技巧支撑下,象征主义成为名副其实的文学流派、理论流派。

象征主义的来源,可作如下理解:

首先,象征主义的直接来源是唯美主义。后者为前者提供了理论基础和进一步思考的出发点,或者说,前者是从后者分化出来的。唯美主义所廓清的一些文艺理论基本问题使象征主义者大开眼界,明确了艺术是与政治、道德、现实完全不同的另一范畴。象征主义的开山祖师波德莱尔早期就是一个唯美主义者,其《论泰奥菲尔·戈蒂叶》不仅是肯定、推崇唯美主义作品和理论的长篇论文,而且蕴藏着象征主义诞生的全部秘密。波德莱尔提出:"诗除了自身之外没有其他目的,也不可能有其他目的","诗不能等于科学和道德,否则诗就衰退和死亡"②,这些唯美主义观点是所有论点得以立足和展开的前提。由此,他陆续论述了艺术家的想象力、洞观力、心的敏感、忧郁,以及"立刻的、同时的、综合的感觉"等问题,而这些问题,都成为后来象征主义文学和理论不断探讨的基本问题。另外,美国最著名的唯美主义者爱伦·坡,也被法、美、俄等国的百科全书认

---

① 似非而是,不可译作"似是而非",其意为,表面上不像,实际上非常像。参见傅孝先:《西洋文学散论》,中国友谊出版公司1986年版,第156页。

② 黄晋凯等:《象征主义·意象派》,中国人民大学出版社1989年版,第5页。

为是对象征主义"影响最大"的一位作家。爱伦·坡主张绝对美,强调"为写诗而写诗",要求带有"伤感的痕迹"和音乐性,意象模糊不定等,都不同程度地成为象征主义的信条,波德莱尔也追求伤感美、模糊美和音乐美。

其次,象征主义的间接来源是对浪漫主义的反拨和继承,后者为前者提供了批判的理论之靶和参照、学习的对象。英国的柯勒律治、雪莱、济慈,德国的诺瓦利斯,法国的夏多布里昂、雨果等,都是象征主义吸取营养的来源。他们一边批判浪漫主义者模仿自然情感的基本理论和简单比喻的方法,一边肯定其运用想象,以抒发个性,尤其是忧郁、悔恨心情的主张,和将意象与音乐融为一体的富有感召力的技巧。浪漫主义作品的大胆想象,使象征主义者颖悟到各种艺术之间、人的各种感官之间的沟通,萌生了关于通感的最早想法。波德莱尔说,浪漫主义是"运用各种艺术可能提供的所有方法"①,来表现亲切感、精神性、色彩和对无限的追求。在《论维克多·雨果》中又说:"一切,形式、运动、数、颜色、芳香,在精神上如同在自然上,都是有意味的、相互的、交流的、感应的。"②

再次,象征主义的哲学基础是叔本华哲学。象征主义关于世界的两个层次的看法就来源于叔本华。按叔本华的观点,第一性的不是现象世界(物质、空间、时间、因果关系),而是构成物质的永恒形式以及理念的根本意志,即本体世界。但两个世界可以凭借艺术和直觉进行沟通,艺术是透过现象对永恒的理念形式加以直观和直觉的手段。音乐是艺术的最高境界,与其他艺术不同,它反映的不是理念,而是意志本身。叔本华的意思是,理性不能认识本体世界,只能凭借直觉,直觉的形式是艺术,艺术的特点是意象。其他艺术可通过意象来直观理念,音乐却可以直达意志。象征主义认为,日常生活深处隐藏着理性无法感知的奥秘,只有通过艺术,特别是音乐和使用音乐语言的诗,才能到达。诗歌最重要的特征,就是用意象暗示理念,进而直观地领悟那个本体世界,因而,具有音乐性的诗就应当是认识、理解世界的最高形式,相当于宗教,其创造者诗人也就应当具有无所不能的神力。诗的主要使命是发现和再现美的理念,从而揭示善的理念。叔本华自认为是康德最好的学生,所以象征主义与唯美主义一样,其哲学基础都可以归到康德那里。

象征主义的发展,大体经历了三个时期:

前期,指19世纪50年代中期到80年代末期,包括创立期和跟进期。创立期的理论著作以波德莱尔《1845年沙龙》、《1859年沙龙》、《论泰奥菲尔·戈蒂叶》、《论维克多·雨果》和一些随笔为代表。跟进期以魏尔伦《维凯尔〈在那美丽的树林里〉》、兰波《致保尔·德梅尼》和马拉美《谈文学运动》等为代表。这

---

① 伍蠡甫:《西方文论选》下卷,上海译文出版社1979年版,第228页。
② 黄晋凯等:《象征主义·意象派》,中国人民大学出版社1989年版,第18页。

一时期的突出特点,是提出了"感应"、"象征的森林"、"通灵人"、"暗示"等一些基本概念,初步创立并解释了用直觉的方式去感受世界,用意象的暗示,梦幻的象征去"辨认"世界,而不是用简单的模仿、比喻去反映世界的基本观点和方法论,从而掀起了象征主义的文学思潮,并受到公众的刮目相看。19 世纪 90 年代以后,象征主义在法国本土渐趋衰落,开始向欧、美、俄罗斯传播、扩散。

中期,主要指象征主义到达俄国以后产生的冲击波,时间大体包括 19 世纪 90 年代到第一次世界大战。主要代表人物和代表作有:勃留索夫 1894—1895 年发表的《俄罗斯象征主义》和《这是我》(1897),认为世界不过是造物主和诗人制造出来的表象;巴尔蒙特的《无边无际》(1897),重点讨论的是象征主义诗歌的技巧与结构问题;梅列日柯夫斯基的《象征主义》(1892),研究的是救世主和神秘主义。稍晚一些则有勃洛克、别雷等人,认为诗歌无非是心灵方面的感受。总体看来,俄国象征主义有如下特点:他们采用叔本华哲学,把创作视为一种宗教仪式活动;认为艺术是对世界的直觉理解,音乐的自然律动是生活和艺术的原始根基;他们偏爱诗歌和抒情体裁,在寻找世界的统一性时注意类比和"感应"。

后期,指象征主义在法国的二度勃兴以及英、美和其他国家(包括中国,容后叙)的呼应,时间大体包括第一次世界大战以后到 20 世纪 30、40 年代。瓦雷里代表着象征主义在法国的二度勃兴,其《纯诗》(1922—1923)上继魏尔伦,认为"纯诗"排除了非诗情成分,只剩下词的相互共鸣所形成的效果,以激起某种幻觉或对某种世界的幻觉。① 英国叶芝《诗歌的象征主义》(1899)有两大贡献:一是对情感象征和理性象征的区分,二是对象征起源"大记忆"的论述。生于美国,后入英籍的艾略特是后期象征主义的集大成者,这不仅是因为他在《论哈姆莱特》中对波德莱尔以来的各种"感应"理论重新做了比较准确的、散文式的阐述,提出了"客观对应物"的概念,更重要的是因他在《传统与个人才能》中提出了作为象征主义精髓的"非个人化"理论。② 后期象征主义在创作上也取得了不容忽视的成就。瓦雷里的《年轻的司命女神》(1917)、《海滨墓园》(1920,1922),奥地利里尔克的《豹》(1903)、《杜伊诺哀歌》(1923),叶芝的《基督重临》(1920)、《驶向拜占庭》(1928)和被称为"象征主义手法和意图总概括"的艾略特《荒原》(1922)等,都是不可多得的世界名作。戏剧创作方面则出现了比利时的梅特林克和德国的霍普特曼等著名作家。

象征主义的观念是神秘的,其作品是晦涩难懂的,按说很难推广开来,但由于有独特的象征手法和较为具体的表现技巧为基础——它们非常适合诗歌创

---

①② 黄晋凯等:《象征主义·意象派》,中国人民大学出版社 1989 年版,第 65~109 页。

作,甚至与中国诗论契合,再加上"世纪末"忧郁思潮的推波助澜,以及20世纪初两次世界大战灰色阴影的笼罩,致使它从法国迅速传播到欧洲、美洲,流风披靡,及于亚洲,成为一切现代诗的滥觞和一种世界性的文学和理论思潮。阅读或译解现代诗,不懂象征主义理论,简直是盲人瞎马,不知所从。

象征主义作为文学运动,可向前或向后作不同程度的扩展,但作为文艺理论思潮,却似乎只能定位在波德莱尔、魏尔伦、兰波和马拉美等主要人物身上,因为象征主义的基本概念和基本理论,在他们手中已大致完成。

一、波德莱尔的"感应说"

查尔斯·波德莱尔(Charles Baudelaire,1821—1867)是象征主义文艺理论的创立者、实践者和奠基人。他6岁父亡,次年母亲改嫁,由此变得忧郁、孤独、多愁善感。中学开始写诗,毕业后放弃去外交部任职的念头。被继父送去印度旅游,他中途返回巴黎。参加过二月革命,失败后更加消沉。此后终生写作,在痛苦与绝望中挣扎。波德莱尔早年推崇唯美主义,同时萌生新想法,这些都表述在1845年、1846年两本《沙龙》和论文里。1852年始,在译介爱伦·坡作品中,找到共鸣,越发肯定自己想法的正确。1855年、1857年、1861年连续三次以《恶之花》为总题,发表和出版丛诗,虽受到谴责,但也赢得声誉。其文艺理论代表作有:《浪漫派艺术》(1868)、《美学探奇》(1868,含《沙龙》)和《恶之花》中的一些诗作。

(一)艺术与自然:放弃自然,反对复制

自然,在波德莱尔这里,不仅指自然界、人类社会,更指人本身的自然肉体,肉体的自然性。他说,自然强迫人睡眠、饮食,强迫人类自相残杀,互为虐害,对这样的自然,必须放弃,没有复制、描写的必要。古典主义、现实主义把自然看作善和美的基础、根源和典型,提倡师法自然,是完全错误的。"我认为再现任何存在的事物都是没有好处的、讨人厌的,因为没有一个存在的东西能使我满意。自然是丑的,我宁可要我所设想的怪物,也不要那些肯定使人感到厌烦琐碎的东西"①。

(二)艺术与道德、科学:道德、科学都不是艺术

波德莱尔认为,道德求善,是宗教的事,科学求真,是哲学的事,而艺术是求美的,所以,道德和科学虽没有什么不好,但都不是艺术。他并不排斥道德、科学进入艺术,但认为只能像大气潜入万事万物之中一样,是艺术材料中的一些因素,而不是艺术的目的。② 诗人可能成为不自愿的道德家,不自愿的科学家,但

---

① 伍蠡甫:《西方文论选》下卷,上海译文出版社1979年版,第231页。
② 黄晋凯等:《象征主义·意象派》,中国人民大学出版社1989年版,第22页。

道德、科学绝不可能成为艺术的本体,它们不但不能为艺术增色,相反"败坏最美的诗"。"艺术越想达到哲学的明晰性,便越降低了自己,回到象形文字的幼稚状态;反过来说,艺术越摆脱教训,便越取得公正无私的纯粹之美……诗不可同化于科学和伦理,一经同化便是衰退。诗的目的不是真理,只是它自己"①。

(三) 艺术本质:美与忧郁、不幸

拒绝了自然、道德、科学之后,艺术是什么? 波德莱尔说,艺术是美。将艺术等于美,是唯美主义看法,波德莱尔独创之处在于,给美一个象征主义定义:"美是这样一种东西,带有热忱,也带有愁思,它有一点模糊不清,能引起人的揣摩猜想。"②美有愁思,就暗示着忧郁、疲倦和厌腻之感。波德莱尔说,美固然包括热情、欢悦、美妙,但那是次要的和"最庸俗"的,真正的、纯粹的美,是"忧郁"和"不幸"。他说:"忧郁是美的灿烂出色的伙伴","我几乎不能想象,任何一种美会没有'不幸'在其中"。他举例说,从现代城市生活的丑、恶现象概括出的人物,如伏脱冷、拉斯蒂涅、比洛多等③,比希腊史诗的英雄更美,后者不过是"一群侏儒"。其名著《恶之花》的寓意,就是"恶之美"、"病态之美"。

(四) 艺术感知:想象力

波德莱尔认为,要从事创作,必先学会感知,艺术感知就是洞悟宇宙、人生的奥秘。认为宇宙万物之间,人生百态之间,宇宙万物和人生百态之间,都受"普遍相似性"支配。一切都是象形的,所有明喻、隐喻和形容之间,无不数学般准确地对应于客观现实。诗人作为辨认者、翻译者,就是辨认事物之间的象征关系,并用音乐或雕塑语言表述出来。如此,诗人必须得有想象力。想象力会不可抗拒地把诗人引向无限的各种象征,海洋、天空、古老的洪荒时代、巨人、勇士、动物、植物……纵情于由地上和天上的生活展示的无穷场景所暗示的梦幻。

什么是想象力? 波德莱尔说,它是"向所有的精神生动地说话的创造力"④。其最大特点是,驱动各种官能,使难分彼此,但又始终是它自己,所以,想象力是"各种官能的皇后"。又说:"想象力是一种敏感","第一次教给人们以形、色、声、香的道德意义的,便是想象力"⑤。可见,想象力就是促动诗人发生感应的能力、前奏。

(五) 艺术思维和创作:感应与象征

感应(Correspondences),又译应合,它曾作为一首14行诗的名称出现在《恶

---

① 伍蠡甫:《西方文论选》下卷,上海译文出版社1979年版,第226页。
② 伍蠡甫:《西方文论选》下卷,上海译文出版社1979年版,第225页。
③ 伍蠡甫:《西方文论选》下卷,上海译文出版社1979年版,第230页。
④ 黄晋凯等:《象征主义·意象派》,中国人民大学出版社1989年版,第20页。
⑤ 伍蠡甫:《西方文论选》下卷,上海译文出版社1979年版,第232页。

之花》里,影响深远,被称为"象征派的宪章"。

　　自然是一座神殿,那里有活的柱子
　　不时发出一些含糊不清的语音;
　　行人经过该处,穿过象征的森林,
　　森林露出亲切的眼光对人注视。

　　仿佛远远传来一些悠长的回音,
　　互相混成幽昧而深邃的统一体,
　　像黑夜又像光明一样茫无边际,
　　芳香、色彩、音响全在互相感应。

　　有些芳香新鲜得像儿童肌肤一样,
　　柔和得像双簧管,绿油油像牧场,
　　——另外一些,腐朽、丰富、得意扬扬。

　　具有一种无限物的扩展力量,
　　仿佛琥珀、麝香、安息油和乳香,
　　在歌唱着精神和感官的热狂。①

　　此诗描绘人类倘徉于与生存环境颇为相似的"象征森林"的情景,并提出两种相互关联的"感应"形式:1. 垂直感应,指由物质客体以及引起的感觉层面到抽象观念和个人情愫层面的运动。所谓垂直,指感应物处在不同层次或不同平面上,诗人从表层感应物向深层下潜,以沟通浅层感觉与内在精神、情感、情操的联系。借诗中的话说,即"仿佛琥珀、麝香、安息油和乳香/在歌唱着精神和感官的热狂",从对琥珀的视、麝香的嗅、安息油的触等感觉,到可以意会的乳香的虚昧,再到灵魂深处缥缈的精神意义,逐层下潜,最后把这一切融为一体,直到无限玄虚的境界。2. 水平感应,指由一种实在的感知到另一种在同一层面的感知的运动。如自然中的万物之间,各种艺术形式之间,人的各种感觉之间等。水平感应主要指各种感觉之间的感应。所谓水平,指感应物处在同一种类、同一层次上。诗人从这个感应物向那个游动,以沟通不同感觉之间的联系,即通常说的"通感"。用诗中话,即"芳香、色彩、音响全在互相感应","有些芳香新鲜得像儿童肌肤一样/柔和得像双簧管,绿油油像牧场……"。芳香的嗅觉,分别与儿童肌肤的触觉、双簧管的柔和的听觉、绿油油牧场的视觉相沟通。波德莱尔认为,

---

　　① 有不同译法,此处借用钱春绮译文,见黄晋凯等:《象征主义·意象派》,中国人民大学出版社1989年版,第228~229页。

两种感应都是强调诗在不同之间把握相似,在无关之间抓住关系的能力。它们各有特点,但又互相渗透,其目的都是通过意象及其累积,在读者身上再次引发诗人体验过的感情。

波德莱尔反对复写自然,坚持艺术的独立性,强调官能、想象力,把忧郁、不幸看做是高于欢悦的美的特征,并提出感应理论,影响颇巨。梁宗岱说:"后来的诗人、艺术家与美术家,没有一个不多少受他的洗礼,没有一个逃出他的窠臼的。"

二、魏尔伦"音乐,至高无上"的诗歌革新主张

保尔·魏尔伦(Paul Verlaine, 1844—1896)是与兰波、马拉美齐名的法国象征主义三主将之一。生于麦茨,父亲是军官,退役居巴黎,他得以读波拿巴中学,毕业后任小职员,同时写诗。很难说魏尔伦是一个自觉的象征主义者,因为成名之后,有人问象征主义是什么,他回答说:"象征主义?没听说过!大约是个德国字吧!"正如《20世纪世界文学百科全书》所说:"魏尔伦既非一位天生的理论家,也非一位观念诗人,然而他将诗歌与音乐融为一体,这本身便是一个奇迹。"[1]强调诗歌的音乐性,并把颓废、忧郁和痛苦作为描写主题,是魏尔伦两大特点,也是他被看做象征主义的原因。其代表论著是:《厄运诗人》(1884—1885)和《今日作家》(1885—1893),但最重要观点却是用诗歌《诗艺》道出的。

(一) 土星情结

土星,即人生是忧郁、痛苦、不幸的隐喻。这是魏尔伦诗歌主题的来源和理论基础。他说,每人降生都有天上一颗星作征兆,而在土星征兆下降生者尤要经受不幸和烦恼。第一部作品取名《土星人诗集》,就是此意。诗重点描述巴黎人的灰色生活,有浓厚的忧郁和颓废情调,激荡着孤独无力的哀吟,虽有帕那斯派痕迹,但总体气质却与象征派先驱波德莱尔沟通。"土星"理论支配了魏尔伦一生,晚年谈《平行集》(1889)时,他仍直言不讳地说,《土星人诗集》是"容纳我所能表达的一切'恶劣'情感的阴沟和粪池"。

(二) 纯诗

它是魏尔伦最早在评论别人作品时提出的[2],以肯定波德莱尔"象征森林"的看法,并表达自己"诗传达心情而非描述心情"的观点。他说,自然是诗人心灵的象征性森林,应热爱、领略、洞悟它,以写出意在言外、有"轻松自如节奏"和"绝对形式"的"纯诗"——像晨风中薄荷与麝香草的芳香一样转瞬即逝,难以捉

---

[1] 黄晋凯等:《象征主义·意象派》,中国人民大学出版社1989年版,第725页。
[2] 黄晋凯等:《象征主义·意象派》,中国人民大学出版社1989年版,第27页。

摸。"自然为想了解它的人献身/我已领略了它身上的柔情/它眼底闪烁着碧蓝的清晨/它嘴里的玫瑰吐露着温馨。"魏尔伦不是理论家,"纯诗"概念没有严格限定和完整体系,但启发了瓦雷里,成为后期象征主义的重要概念。

(三) 音乐至上

即要求诗歌具备音乐性。《诗艺》阐述此观点,被称为"象征派宣言"①。包含如下内容:1. 音乐至上,即诗歌所有因素中,音乐性最重要。音乐,指字词搭配要"精选",不要"轻率随便",以造成音乐般流动的效果。2. 提倡"奇韵诗"。就是以奇数为音节的诗,用5、7、9、11等奇数音节代替通常6、8、10、12等偶数音节。3. 不要色彩,只要色调。即不要像浪漫主义那样去描述景色,而应当用音乐的语言表现感情那朦胧、模糊、梦幻般的色调,"只有色调才能使梦与梦相连,使笛子与号角相连"。4. 反对讽刺、雄辩,主张把诗歌从理性束缚下解放出来。宣称要"远离刺人的讥诮,残酷的幽默和不义的嘲笑",要"抓住辩才,掐断他的脖子"。

强调音乐性,力图打碎作诗枷锁,是魏尔伦革新诗歌理论和创作的主要贡献,但其诗缺乏象征主义的超验性而趋于浅显,这是与波德莱尔相比的不足处。

三、兰波的"通灵人"理论

阿瑟·兰波(Arthur Rimbaud,1854—1891)是法国象征主义三主将之一。这是"一个早熟的神童",生于沙尔维尔,父亲是军官,但管束不了他的神异诗才。他10岁写诗,15岁获科学院颁发的头奖,16岁诗情泛滥,现存22首。17岁是他的生命辉煌期。1871年生日写《醉舟》,被称为象征主义"翘首"之作。诗中奇异的韵律、对陆地和大海所作的梦幻般的描述,绚烂的色彩、激情与宁静的交替变化,对创世纪各种意象的运用,妙龄少年清新的感受同启悟景象的有力融合,成为"19世纪最值一记"之作。1871年2月作巴黎之游,5月写"通灵者的信"和《母音》,8月给魏尔伦写信并成为同性恋人。19岁被枪伤,写出《地狱的一季》。21岁写成《灵光集》。此后流浪、冒险,39岁死亡。其平生有三部大作:《诗集》(1870—1871)、《地狱的一季》(1873)和《灵光集》(1886)。其文论观点见之于《通灵人的信》和《母音》。

(一)"他"者理论

"他",指从旁观察自己的"我"。诗人之"我",应是一个"他"。其意为,诗人必须作为一个他者,站在旁观的位置上,观察、揣摩并洞悟自己思想、情感、精神的活动,然后参与进去。"我是一个'他'","我目睹我思想的孵化,注视它,倾

---

① 黄晋凯等:《象征主义·意象派》,中国人民大学出版社1989年版,第237页。

听它;我射出一箭,交响在深处震颤,或从舞台上跃出"①。兰波认为,诗人首先不是观察世界,而是内视自身,这是作"通灵人"的第一步。

(二)"通灵人"理论

通灵,就是在各种感觉之间沟通、渗透和游动。兰波认为,诗人应是一个通灵人。要做通灵人,1. 必须让感觉经历长期、广泛和有意识的"错位",经历各种爱情、痛苦和疯狂;2. 必须坚信自己与众不同,是伟大的病夫、罪犯、诅咒者和至高无上的智者;3. 必须陷入迷狂,从有知到达未知;到达未知,才可能重新有知。"失去视觉之后,却看到视觉本身"②。总之,诗人只有封闭理性,用直觉沟通各种感受,才能颖悟宇宙人生。

(三)音、色、声相通论

兰波《母音》(又译《彩色14行诗》)写道:
  黑A、白E、红I、绿U、蓝O,母音们,
  我几天也说不完你们神秘的出身:
  A是围绕着恶臭的垃圾嗡嗡叫的
  苍蝇身上黑绒绒的紧身衣;

  E是蒸气和帐篷的洁白,高傲的冰峰,
  白色的光线,伞形花微微地颤动;
  I是咳出的鲜红的血,怒火中烧
  或深自忏悔时美丽双唇的笑;

  U是涟漪,绿海的神奇的颤动,
  放牧着牛羊的草原上的安宁,
  炼金术学者额上的皱纹的安详;

  O是号角的刺耳的奇怪的响声,
  被天体和天使们划破的寂静,
  她眼睛里发出紫色的柔光!③

兰波企图给声调染上色,又使色彩带上音乐,实现色彩、音乐、声调三者的转换,沟通普通视觉、听觉和审美视觉、听觉,使形、色、味、响、动等因素融合起来,增强象征性。这就是音、色、声相通论。此论引起很大轰动,被奉为实践波德莱

---

① 黄晋凯等:《象征主义·意象派》,中国人民大学出版社1989年版,第33页。
② 黄晋凯等:《象征主义·意象派》,中国人民大学出版社1989年版,第34页。
③ 转引自张英伦等:《外国名作家传》(下),中国社会科学出版社1980年版,第343~344页。

尔"感应"论的典范与奠基石。

兰波出色地完成了波德莱尔和魏尔伦提出而没有具体化的任务,使象征主义成为可以理解并操作的诗歌流派。

四、马拉美的"超验象征主义"理论

斯特凡·马拉美(Stephane Mallarme,1842—1898),超验象征主义代表人物。生于职员家庭,4岁丧母,父亲再婚,外祖父抚养长大。常受人讥嘲,性格比较孤僻。中学写过许多诗。毕业不久,转作中学教师。他推崇戈蒂叶、波德莱尔和爱伦·坡——为此学会英文。1862年发表《太空》、《回春》、《恶运》、《苦恼》等,游荡着这几个人的魂灵。1875年迁居巴黎,住所成为沙龙。其美学受叔本华影响。他诗歌不多,仅60几首,但闻名遐迩,例如《海洛狄亚德》(1869)、《牧神的午后》(1876)和《骰子一掷绝不会破坏偶然》(1898)。其文论代表作是《谈文学运动——答儒勒·于莱问》(1891)等。

(一)艺术目的:理念

马拉美认为,诗人作用在于超越现实,看到理念世界的本质,而诗歌目的在于巧妙地改造现实,创造现实以外的世界。他声称,象征主义所要表现的不是个别的花,而是尘世上不存在的、带有本质性的花,即花的理念。他说:"我说,一朵花!于是,任何花束中都不存在的那朵花,即作为某种东西(但绝不是尽人皆知的花萼),音乐般地升起于我的声音不曾留下任何痕迹的遗忘之外,这是美妙观念本身"①。

(二)艺术主体:虚无化、纯粹化

马拉美认为:理念隐藏于空虚,无限包含于虚无。虚无,是唯一纯洁、超越人世的境界。因此,诗人应割断同现实的一切联系,在自己身上创造虚无,使理念流入其中,并具体化。他在《海洛狄亚德》中说:"我死了。"其意为,此诗取消了个人抒情成分,成了"纯粹客体"(叔本华语)。这可由他给朋友的信得到阐释:"我已失去了个性;我不再是马拉美,只是一种精神世界通过曾经是'我'的事物借以变得可见、得到发展的能力。"这见解与兰波的"他"论相似,不同之处只是在于兰波是站在一旁,让杂乱无章的幻象潮水般涌入脑海,而马拉美却有意扫光头脑中那些扎根于现实的意象,以树立不存在的花和纯粹理念。

(三)艺术象征:暗示

马拉美认为,美是神圣的,一切神圣都是神秘的,美的诗也应是神秘的。他说,诗不是叫人理解,而是触人心弦、引人共鸣、供人推测。为此,作神秘的诗,必

---

① 查尔斯·查德威克:《象征主义》,周发祥译,昆仑出版社1989年版,第5页。

须"暗示",不能指明对象。如果指明对象,"就等于取消了诗歌四分之三的趣味,这种趣味原是要一点一点儿去领会的"①。什么是暗示?暗示就是用彼代此,逐个类推。意象不是按情理排列,而是用一个唤起并暗示另一个,受类推法制动,这一个个意象好似从阴影中涌现出来,给人以源源不绝、层出不穷之感,进而形成整体意象,以表达某种象征。他说,暗示就是"一点一滴地去复活一件东西,从而展示某种精神状态,或者选择一个意象,通过一连串疑难的解答,去揭示其中的精神状态"②。暗示,就是"我们的理想"。

(四) 艺术形式:字的组合

马拉美认为,象征诗的最好形式,是字的组合,即让字按诗人内心想法,在大小、层次、间隔的规范下,曲折有序地排列在纸上,像星星撒落在太空一样。他说,这种组合形式,具有乐曲的结构,加上暗示的效果,可使诗在空间和时间上深化,与各种感觉沟通,并达到"完全的理解"。马拉美认为,对诗来说,最有表现力的是一张白纸,白纸是虚无,富于张力,最有潜力,也最适于表达"不可言说的东西"。作诗,就是让字划破虚空,占领空间。字本身是美,但仅此而已,没有其他含义。让字占领空间,就是把一个个"美字"组合成一种形式,以暗示出除美以外的其他意义。由于白纸是虚无,是字赖以存在的空间,而字的组合只能存在于、并借助于白纸才能"生"出意义,所以,字的空间越小,虚无的空白(又叫"博学的空白")越大,其象征意义就越强。马拉美《骰子一掷绝不会破坏偶然》,就是按此理论写作的。每个字都经过数小时思考,诗中文字大小不一、深浅不同,以乐谱形式排列,诗页留下大片空白。诗题被拆开,用最大号字拼成单词散入诗中,全诗如同"星座",给人以"波形运动感",成为法国诗歌史上空前的巧构。

在兰波试图沟通音乐、色彩、声音的联系之后,马拉美又想从字的排列形式上沟通诗的音乐美和绘画美的联系,想法很好,可惜没有成功。

第三节 直觉主义文艺理论

直觉主义,本义是强调无意识的直觉和艺术的独立性,以与理性、道德、生活、功利、科学相区别。

直觉主义文艺理论继承的是唯意志主义和唯美主义衣钵。直觉,源于叔本华,指直观的认识,亦即"观审"。观审,是主体放弃自我,不借助于理性,迷失于对象,洞悟其本质。此时,主体摆脱了功利性而成为"纯粹主体"③,客体也丧失了

---

① ② 黄晋凯等:《象征主义·意象派》,中国人民大学出版社1989年版,第41页。
③ 纯粹主体,叔本华概念,指主体摆脱功利性后,可客观、公正地看待事物和自身。

个别性而成为"永恒形式"。叔本华说,艺术是运用直觉从事思维的最好体现。形式,源于康德美学,指艺术的一般样态或样式;唯美主义把它变成艺术的唯一目标、最终旨归:艺术等于美,美等于形式;形式不依赖其他事物,可以独立存在。

直觉主义文艺理论在继承中又有变化。首先,直觉不仅属于认识论,且被上升为本体论。何谓直觉?柏格森说:"指那种理智的体验,它使我们置身于对象内部,以便与对象中那个独一无二、不可言传的东西相契合。"[①]一般认识是围着对象,用个人眼光观察之,直觉却钻进对象,从对象角度看。以橙色为例,直觉不是从外观看,而是进入其中,从内部体验,好像处于红、黄之间,上下都是一片混沌的无限的绵延,不知何处为始,何处为终。物质、自我消泯了,只剩下绵延。直觉就是那绵延,世界也是那绵延。其次,形式不再是审美感受和理性构思的成果,而是直觉的结果。柏格森说,直觉进入对象,就等于与之契合,对象那独一无二、不可言传的东西呈现出来,就是形式。真正的形式都是独特的、不可重复的。克罗齐说,直觉所呈现的表象,就是形式。形式就是表象、表现、抒情。

直觉主义的主要特点是:艺术是直觉;艺术独立于道德、功利、理性、科学之外;每件艺术品都是独特的、不可重复的形式。

直觉主义的代表人物是柏格森和克罗齐。

一、柏格森的直觉理论和戏剧理论

亨利·柏格森(Henri Bergson,1859—1941)是直觉主义美学家。生于巴黎,就读于巴黎高师,毕业后执教中学和母校。1900年受聘法兰西学院,1928年获诺贝尔文学奖。柏格森从研究自然科学转向哲学,从教师生涯转到书斋,他对生命、物质和时间的广延性进行了深入思考。柏格森认为,实在,就是"绵延"或"生命冲动",只能用直觉把握,因为理性是知觉形成的一层壳,阻碍人的认识。其文论代表作是三篇论文编成的《笑之研究》(1900),另外在《创造进化》(1907)里也谈到艺术问题。

(一)艺术本质:直觉

柏格森说,艺术目的是认识实在,但只有借助直觉才能做到,所以艺术本质就存在于直觉之中。1. 艺术目的是让人理解宇宙、人生,但理性做不到,其任务只好由直觉承担。直觉能"突然地看到对象后面生命的冲动,看到它的整体,哪怕只是一瞬间"。因此,无论绘画、雕塑、诗或音乐,都要清除现实世界和我们隔开的一切东西以直观世界。2. 艺术思维是实现艺术目的的工具,但理性"在大

---

① 洪谦:《西方现代资产阶级哲学论著选辑》,商务印书馆1982年版,第137页。

自然和我们之间,在我们和我们的意识之间,垂下一层帷幕"①,隔着它,我们只能看到"事物的标签",看不到本质。"就连我们精神状态当中亲切的、个人的、他人所未曾体验过的东西,也不能察觉",要掀开帷幕,抓住本质,只有艺术思维能够做到,因为这是一种敏锐的直觉力。艺术直觉来临时,感官似乎没有参与,但结果却以童真的方式呈现出来。

(二)艺术种类:感觉与媒介

柏格森认为,艺术种类就是由直觉中某种特殊禀赋、感觉与特殊媒介相融合所形成的某种东西。他说,艺术家禀赋是有限度的,即使是天才,"自然也只是偶然为他揭开那层帷幕的一角",由于直觉的每一个方向相应于我们所谓的一种感觉,所以艺术家禀赋也限于一种感觉,这就是艺术多样性的根源。有人通过色彩和形式感把生命状态显示出来,他就是画家、雕塑家;有人用语词感再现原始情绪状态,他就是诗人;还有人用节奏、旋律感传达生命冲动,他就是音乐家。

(三)艺术特征:独特、个别、不可重复

柏格森认为,艺术不是一般事物,而是"以个人直觉为对象"的符号。画是画家某时某刻在某地点看到别人以后再也看不到的色彩,诗是诗人的某一精神状态,戏剧家搬到舞台的是自己的心灵活动,是情感和事件有生命的组合,它们都不会重现。这种不可重复的个别性,就是艺术的特征。艺术描写的虽是独一无二的个别,但效果却有普遍性。因为,个别包含着实在和真理,艺术的永恒性就在这里。

(四)戏剧理论:悲、喜剧比较

柏格森认为,悲剧使人感兴趣,与其说是谈别人之事,不如说是看到了自己——那些可能在我们身上出现而没有发生的事情;它好像唤起了隔世遗传的记忆,如此深不可测,以致反倒觉得现实含有某种不真实。在现实下寻求实在,揭示隐藏的部分,是悲剧的目标。悲剧包孕的实在和真理越多,效果就越可靠,越带有普遍性。普遍性对悲剧是存于效果,而不是原因之中。

喜剧却不是这样。1. 从内容看,喜剧不写个性,只写类型、相似性,以提供把人装进去的"现成框子"。它是以一般性为目标的艺术,普遍性不是作为效果而是作为内容出现的。2. 从创作看,悲剧诗人写他自己,无须观察别人。同一作家写出不同个性,仍是他自己。因为"一个人可能有多种人格"。喜剧却以观察别人为对象,不能穿透由理性构成的硬壳。作者所做的,只是类似于物理学家整理事实寻求平均数的工作。3. 从效果看,悲剧无功利观念,它捕捉潜藏于现实之下的生命冲动,让人穿透帷幕去了解实在。喜剧的效果是笑,笑有明显的功

---

① 马奇:《西方美学史资料选编》下,上海人民出版社1987年版,第883页。

利目的,并以社会生活表层为内容。由此,"喜剧是界乎艺术与生活的中间物"。若从本质说,喜剧迎合生活,甚至"与艺术是背道而驰的"。

(五)喜剧因素:笑与滑稽

关于笑,柏格森说:1. 笑与情感水火不容,它诉之于理智,一旦引起同情、怜悯或恐惧,人就笑不出来。2. 笑不是纯粹乐趣,而掺和着羞辱并纠正人的秘密意图。3. 笑不是公正无私的,而是自然和生活习惯产生的,它摧毁一切,包括无罪的人。笑的对象是类型和相似性。笑的心理基础是,以缓和紧张为前奏,而以自我发现后的悲哀为结果。

关于滑稽,柏格森说:滑稽具有两重性,既不完全属于艺术,也不完全属于生活。一方面,只有站在旁观者角度才能体验滑稽,另一方面,作为滑稽结果的笑又有功利作用。滑稽因素有三:1. 以僵硬心阻止同情心,否则笑不出。2. 把注意力导向姿势而不是行为,姿势包括态度、动作和言语,例如虚伪的人双眼向天,说虔诚的话。3. 机械作用,即心不在焉,喜剧人物机械完成的动作——不自主的姿态、无意的话、心不在焉的姿势等,都让人发笑。

柏格森强调艺术与科学、功利之别,有合理成分,戏剧理论也有不少洞见。但把直觉、绵延看作宇宙本体,鼓吹艺术直觉而排除社会生活,就太偏颇了。

二、克罗齐的"直觉即表现"论

本尼迪托·克罗齐(Benedetto Croce,1866—1952)是提倡直觉主义的意大利文论家。出身富豪,不为生计操心而潜心学术。曾因拒绝效忠法西斯,被撤销教育部长一职,并被意大利学院除名,表现了正义之气。他剪裁康德、叔本华,把物质作为心灵附属物看待,认为物质无所谓存在,是随主体赋予形式后才开始存在的。其文论代表作是《作为表现的科学和一般语言学的美学》和《美学纲要》等。

(一)艺术本质:直觉

克罗齐认为,"艺术就其'观照'的原意来讲,同'认识'是一回事"[①]。直觉是认识过程获取观念之前只有表象或幻象的那一阶段,是感性认识的最低阶段。艺术就是幻象或直觉,"当谈到艺术时,直觉、幻象、凝神观照、想象、幻想、形象刻画、表象等词,就像同义词一样"。直觉的最大特征是意象性,"这个特征把直觉和概念区别开来"。由于艺术是直觉,直觉是幻象,所以,艺术是幻象。为此,克罗齐又从否定意义上提出四个判断:1. 艺术不是物理事实;2. 不是功利活动;3. 不是道德活动;4. 不具有概念知识特性。

---

① 克罗齐:《美学原理·美学纲要》,外国文学出版社1987年版,第211页。

（二）艺术发生：直觉＝表现，表现＝形式，形式＝抒情

艺术怎样发生？克罗齐通过考察直觉与表现、形式、抒情的关系来阐释。他说，"每一个真直觉或表象同时也是表现"，"心灵只有借造作、赋形、表现，才能直觉"。可见，直觉＝表象＝表现。形式和抒情呢？克罗齐说，形式是我们内在常驻不变的心灵活动①，未经直觉时，物质（材料、情感等）是无形式的、机械的和被动的，经过直觉，它们被赋予形式，直觉就是形式获取过程，形式以情感为基础，所以凡直觉都是抒情的。上述等式又扩展为：艺术＝直觉＝形式＝抒情。

必须指出，在克罗齐这里，形式（即意象、表象）的浮现，就是直觉的完成，也是表现的完成，因而直觉不是艺术的一个步骤，而是其全过程。"当艺术家在心灵中创造出一个完整形式时，艺术活动就停止了。""艺术总是一种自我表现的形式，而且总是内在的"②。至于艺术形式外化时艺术家所从事的绘画、雕刻和写作，都不是必需的，那是脱离艺术的另一码事。

（三）艺术批评：再造

判断一个艺术品美还是丑，批评家必须站在艺术家立场，借助于艺术家所提供的物理符号和自己的想象力，循原来的程序走一遭，就是再造。可见，克罗齐提倡批评遵循艺术的内在规律，提倡批评家与艺术家的统一，与唯美主义文艺理论相同。再造有两个困难：一是原艺术品的变动；二是时代和个体心理的变动。克服方法是：修补还原、历史阐释。至此，他又发挥说，批评应该既是审美的，又是历史的。这样，克罗齐把论述直觉时所排除的社会生活内容又引了进来。但克罗齐的历史，是"从属于整个心灵"的历史，所以，绕了一个弯，还是回到唯心主义。

（四）艺术地位：独立

艺术地位指艺术在人类心灵和现实社会的地位。克罗齐认为，艺术不是伦理学的女仆，不是政治学的部长夫人，不是科学的翻译，艺术有自己的独立性。他说，如果一种活动依赖于其他活动，它本身就不存在。艺术独立性何在？克罗齐说，在于作为直觉，艺术是不同于物质世界，又区别于实践、道德和概念的一种心灵活动。尽管生活内容"可能存在于艺术之中"，但只是诱发直觉、抒情的材料。艺术永远而且也只能是纯粹的直觉，即心灵活动。艺术家不进行其他活动，只是"作诗、作画、唱歌，总之，只表现他自己"。因此，艺术最有独立性。

克罗齐对艺术发生持直觉主义观点，对艺术本质、艺术地位持独立性看法，对艺术种类持无法分类之说，对艺术批评持与艺术相统一原则，上述都有合理或过人之处，但颠倒物质与意识，混淆普通直觉与审美直觉的界限，又是其致命伤。

---

① 它类似于康德的先验综合能力。
② 佛朗·霍尔：《西方文学批评简史》，南京大学出版社1987年版，第168页。

小　　结

早期现代主义文论由三流派构成,对它的评价、影响等,也应由此入手。

首先,唯美主义故意走极端,颠倒艺术领域的基本关系,有许多不足之处,但其强烈的批判性,对资产阶级的鄙视态度和对纯美的渴望,令人钦敬。它的诞生,在一定意义上标志了"文学艺术自觉时代"的到来。唯美主义重视艺术本身、重视形式、重视纯美,排除外部因素的干扰和侵略,在西方文论史上第一次将话题引向艺术本身。它将观察焦点凝聚在对美的异常体验上,提倡用光和色彩从平凡、怪诞、丑陋中表现美,直接引发了印象主义、象征主义。而要求捕捉独特形式,贬斥内容因素,将纯美放置在首要地位,又使之走向形式主义,进而导入直觉主义,开了现代派各色理论(如超现实主义、表现主义、未来主义等)的先河。

唯美主义被引进中国与五四新文学同步。王尔德对美的追求,被群起仿效。其《少奶奶的扇子》1918年和1919年有沈性仁与潘家洵译本和洪深改编本。《莎乐美》有田汉译本。两剧都在舞台演出过。穆木天译其童话,杜衡译其小说。一时掀起"王尔德热"。理论上,郁达夫1922年译《道连·葛雷的画像》序,郭沫若译佩特《文艺复兴》序,沈泽民、张闻天和汪馥泉先后编写王尔德评传,茅盾、成仿吾、郑伯奇、梁实秋也用译介、论文加以呼应。创作上,闻一多、徐志摩、陈梦家、邵洵美的诗,郭沫若、郁达夫的小说,田汉的戏剧,都受浸染。追求象征主义的李金发、王独清,追求意象主义的戴望舒,新感觉派小说家刘呐鸥、穆时英、施蛰存等,也被熏陶。唯美主义的传播有两个特点:一是其反叛性和纯美追求适应了青年知识分子的心态;二是被穿插在整个新文艺思潮(即广义的现代主义)中流传的。

其次,从唯物主义观点看,象征主义世界观是荒唐的,但其"感应"论和"似非而是"手法,在西方文论史上却前所未有。思想上,它对资本主义揭露得鞭辟入里;理论上,波德莱尔和马拉美使之有了安身立命的基本观点,而魏尔伦和兰波则奠定了方法论;创作上,他们用巨大的创造力和实绩,让象征诗"花苞绽开"(莫雷亚斯语),为后世垂典。意象主义、超现实主义、未来主义、意识流小说、荒诞派等思潮,无不直接或间接地受益于此。

象征主义向中国蔓延,亦与五四同步。周作人《小河絮语》(1919)曾提到波德莱尔,最早介绍其理论的是《少年中国》。不到两年时间(1920.3—1921.12),译介和评论就达十多篇,范围涉及波德莱尔、魏尔伦、马拉美、梅特林克等八九人。茅盾译梅特林克《圣东安的显灵》(1919),鲁迅译安德烈耶夫《默》(1909)、《勃洛克论》(1926),予以呼应。创作上,有李金发、王独清、穆木天、冯乃超等。李金发因《微雨》(1925)被朱自清称作象征主义"第一人";王独清以《圣母像前》(1926)独立于世,且有独特理论:诗=(情+力)+(音+色)。另外,鲁迅《野草》(1924—1926)也不能说未受象征主义恩惠。

再次,直觉主义者最大缺点是把心灵活动直觉作为宇宙本体,而把物质作为附属品,但其高尚人格令人钦敬,柏格森、克罗齐都为反法西斯立下汗马功劳。其理论深藏反传统、反庸俗化精神,反对艺术从属于功利,反对机械模仿论,争取艺术的独立性,推崇形式等,有许多合理之处。其影响简述如下:直觉、生命冲动、意识绵延等内容,对文艺心理学、意识流等理论产生直接影响;对宇宙、人生的思考,经由存在主义、弗洛伊德主义等,对现代派各种思潮发生深远作用;反现实主义、反自然主义的内核与唯美主义形式论结合,给形式主义、符号学以深刻启示;柏格森戏剧论至今仍有参考作用。

直觉主义比较契合中国古代诗论,给五四知识分子以很大影响。《民铎》1921年2月第3卷第8期出过"柏格森专号"。其生命冲动论经厨川白村影响了鲁迅等人,使"宣泄"成为现代文论的重要概念;而克罗齐"形相(象)直觉"论则是中国美学、文艺心理学之父朱光潜的四大理论支柱之一。

早期现代主义是西方文论史的中介和转折。古典主义经由它走向现代主义,现代主义则从它那里捡拾有用之物,生发新流派。没有早期现代主义,这一切都是不可思议的。不了解早期现代主义,就无法了解当代西方文论丰富多彩的底蕴。

思考题

1. 戈蒂叶如何论述艺术的"无功利"本质?
2. 戈蒂叶对"形式"的要求是什么?
3. 如何理解佩特的"刹那"和"脉搏"?
4. 如何评价王尔德对艺术与自然、人生、时代、道德关系的看法?
5. 试比较王尔德与戈蒂叶在"形式"问题上的异同。
6. 如何看待桑克蒂斯"意图与形式矛盾"的观点?
7. 波德莱尔如何看待艺术本质?
8. 波德莱尔"平行感应"和"垂直感应"指的是什么?
9. 魏尔伦"音乐至上"包含哪些内容?
10. 兰波"通灵人"是什么意思?
11. 如何理解马拉美的"暗示"理论?
12. 如何理解柏格森关于"艺术特征"的论述?
13. 柏格森如何分析"笑"?
14. 试理解克罗齐"艺术=直觉=表象=表现=形式=抒情"的观点。
15. 克罗齐的"再造说"是什么?
16. 克罗齐如何看待艺术的独立性?

第八章

精神分析批评与原型批评文艺理论

引 论

精神分析批评与原型批评是西方现代文论与批评中两个有着重要影响的流派,因其对人类文化尤其是古代文化的深层心理动机的共同关注,本书将它们列为一章来加以讨论。在精神分析与分析心理学之前,虽然也有不少西方美学家、文艺学家试图从主体心理的角度来研究文艺,如哈特曼、里普斯、谷鲁斯、布洛等人都有过这方面的论述。但是,由于那时作为独立学科的心理学还没有从哲学中分化出来,因此,他们对文艺心理或审美心理的研究还带有哲学思辨或感性直观的性质。特别是他们对艺术审美心理的研究还局限于经验和意识的层面,因而对文学研究并未起到真正革命性的突破作用。真正自觉地把文艺学与心理学尤其是深层心理学结合起来,并由此形成崭新的文艺理论与批评模式,还是精神分析心理学及分析心理学兴起以后的事情。由于精神分析心理学和分析心理学对人类文化和行为的极为复杂的前意识或潜意识动机的深刻揭示,从而使人们对文艺的深层审美奥妙有了新的认识。本章主要讲述备受以上两种深蕴心理学理论影响所形成的文艺理论,即精神分析批评与原型批评。

第一节 精神分析批评

精神分析批评是伴随着精神分析心理学的兴起而兴起的,其创始人是奥地利精神病医生、心理学家西格蒙德·弗洛伊德(Sigmund Freud, 1856—1939)。弗洛伊德出生于捷克的一个犹太商人家庭。1873年进入维也纳大学医学院学习,1881年获该校医学博士学位。此后长期从事医疗、教学和研究工作。

精神分析学不是有控制的实验室实验的产物,而是弗洛伊德在长期对精神病人的临床诊治过程中确立的。弗洛伊德首创了被称为"自由联想法"的心理疗法,即让患者躺在床上,鼓励患者随意地与医生交谈,不管谈话的内容多么荒唐,多么令人难为情。通过这种自由交谈,把被压抑在无意识而被遗忘的并且是引起病人异常行为的原因引向意识领域,从而宣泄病人内在的苦楚,使病人得到康复。弗洛伊德从大量的临床观察中发现,引起精神病的原因大都是病人童年时代的创伤经验,并且大多与性有关。弗洛伊德高度重视他的这一发现。自1897年起,弗洛伊德便开始了"自我分析"的工作,他花了大约两年多的时间研究自己的梦。1900年,弗洛伊德主要的代表作《梦的解析》问世。该书宣称,梦在人的精神生活中具有重大意义,人们在醒时不能满足被压抑的欲望,就部分地以伪装的、曲折的形式在梦中表现出来,以获得间接形式的满足。《梦的解析》一书大体上构造起了精神分析学的理论框架,标志着精神分析学已由单纯的精神病医疗学上升为一种心理学理论。以后,弗洛伊德的研究范围日益扩大,把精神分析学引向了日常生活以及哲学和社会科学各个领域。弗洛伊德广泛地研究了人的行为与文化动机,研究人的日常生活中的行为方式,如过失、失言、笔误、遗失、误置、玩笑、幽默等背后的深层心理动机,探索了人类的宗教、道德、哲学、科学以及文学艺术等多种文化的动机和起源问题,其理论视野差不多包括西方文化的所有领域。他一生写了五十多种著作,对西方现代文化理论产生了广泛的影响。1939年2月,弗洛伊德因患口腔癌逝世,享年83岁。

一、精神分析学理论概要

弗洛伊德的精神分析学理论具有丰富的内容,主要包括以下三个方面:

(一) 潜意识与心理结构学说

弗洛伊德通过自己的研究,断然否定"心理的即意识的"这一传统心理学的偏见,把人的心理结构划分为意识、前意识和潜意识(或称无意识、下意识)三个层面。弗洛伊德认为,在他之前,心理学家们大多关注人的意识,而他则认为,心理学的研究对象主要是潜意识。"潜意识"一词并非弗洛伊德首创。在他之前,许多诗人和哲学家都曾提到过潜意识。弗洛伊德与前人的不同在于,他把潜意识看得比意识更为重要,认为心理或精神过程主要是潜意识的,至于意识的心理过程则仅仅是整个心灵分离的部分和动作。他认为"潜意识乃是真正的精神现实",并且运用一套独特的方法对潜意识作了新的解释。

弗洛伊德认为,"意识"即"自觉",凡是自己能察觉的心理活动是意识,它属于人的心理结构的表层,它感知着外界现实环境和刺激,用语言来反映和概括事物的理性内容。"前意识"则是调节意识和无意识的中介机制。前意识是一种可以被回忆起来的、能被召唤到清醒意识中的无意识,因此,它既联系着意识,又联系着无意识,使无意识向意识转化成为可能。但是,它的作用更体现在阻止无意识进入意识,它起着"检查"作用,绝大部分充满本能冲动的无意识被它控制,不可能变成前意识,更不可能进入意识。"潜意识"则是在意识和前意识之下受到压抑的没有被意识到的心理活动,代表着人类更深层、更隐秘、更原始、更根本的心理能量。"潜意识"是人类一切行为的内驱力,它包括人的原始冲动和各种本能(主要是性本能)以及同本能有关的各种欲望。由于潜意识具有原始性、动物性和野蛮性,不见容于社会理性,所以被压抑在意识阈下,但并未被消灭。它无时不在暗中活动,要求直接或间接的满足。正是这些东西从深层支配着人的整个心理和行为,成为人的一切动机和意图的源泉。因此潜意识在人的整个心理结构中是起决定作用的,是人的心灵的核心。所以,精神分析心理学被称为"深蕴心理学"或"深度心理学"(depth Psychology)。

1923年,弗洛伊德发表《自我与本我》一书,进一步完善了他的潜意识理论,早期的"意识"、"前意识"、"潜意识"的心理结构被表述为"本我"(id)、"自我"(ego)、"超我"(superego)组成的人格结构。人格结构的最基本的层次是"本我",相当于他早期提出的"无意识"。它处于心灵最底层,是一种与生俱来的动物性的本能冲动,特别是性冲动。它是混乱的、毫无理性的,只知按照"快乐原则"行事,盲目地追求满足。在弗洛伊德看来,婴儿的人格完全属于"本我"。最上面一层是"超我",即能进行"自我批判"和"道德控制"的理想化了的自我,它是儿童在生长发育过程中,社会尤其是父母给他的赏罚活动中形成的,换言之,是父母作为"爱的角色"和"纪律的角色"的赏罚权威的内化。它主要包括两个方面:一方面是平常人们所说的"良心",代表着社会道德对个人的惩罚和规范作用,另一方面是"理想自我",确定道德行为的标准。"超我"的主要职责是指导"自我"以道德良心自居,去限制、压抑"本我"的本能冲动,而按"至善原则"活动。"超我"代表着一个力求完善的维护者,被描述为人类生活的高级方向。中间一层是"自我",它是从"本我"中分化出来是受现实陶冶而渐识时务的一部分。"自我"充当本我与外部世界的联络者与仲裁者,并且在"超我"的指导下监管"本我"的活动,它是一种能根据周围环境的实际条件来调节"本我"和"超我"的矛盾、决定自己行为方式的意识,代表的就是通常所说的理性或正确的判断。它按照"现实原则"行动,既要获得满足,又要避免痛苦。本我诱使自我满足它的欲望,超我约束自我压抑本我的欲望。因此,自我要调节本我,知觉现实,寻找一种能够满足需要的适当客体。上述本我、自我与超我三者经常互相矛盾、斗争,特别是"超我"和"本我"经常处于不可调和的对抗状态,因为超我与自我不同,超我不仅延迟本我的满足,而且根本使它不能得到满足。晚年,弗洛伊德又把"本我"修正为两类,即"生存本能"(life instinct)和"死亡本能"(death instinct 或 Thanatos)。前者是同维持个体生存及绵延种族有关的最广义的性本能,它是人类作为生命存在的创造力的基础。后者是一种回归无机状态的倾向,常常表现为破坏和毁灭的冲动、表现为自虐或攻击的冲动。生本能和死本能都是人类本能的表现,两者之间处于不停的搏斗中,一同构成人类行为的内驱力。

（二）泛性欲说

弗洛伊德精神分析理论的另一个重要基石是他的泛性欲说。弗洛伊德把无意识主要归结为性本能。性本能被压抑、包裹在潜意识或本我之中，成为决定人行为的巨大心理能源或能量，即"力比多"（Libido），它是人类一切活动的真正原动力或内驱力。弗洛伊德把"性"或"性欲"解释成一个内容极为宽泛的概念，不仅包括生殖行为，而且包括一切器官的快感，甚至包括一切欲望冲动。这种性的本能冲动无时无刻不在起作用。一个人从出生到衰老，一切行为无不带有性的色彩。在弗洛伊德看来，"力比多"倾向于维持在一种令人舒适的紧张水平，"力比多"或"性的能量"的增加会导致难以忍受的紧张和焦虑，故需要运用各种方式表现出来。由于意识或"自我"和"超我"的作用，人们常常倾向于以一种社会可以接受的目标来替代性欲的直接满足。

弗洛伊德认为，人格的发展过程其实就是性心理的发展过程。他强调，孩子一降临到世上就有性的冲动和行为，而要通过许多重要的阶段发展才能成为所谓成年人正常的性欲。具体地说，儿童的性心理要经过口唇期、肛门期、男性生殖器崇拜期以及生殖期，它们分别以来自身体的某些特定部位的兴奋为标志。性心理的成熟意味着把原来一切性的局部本能都统一于生殖机能，意味着整个人格发展的成熟与完善。否则，如果长期停留在"生殖期"以前的早期阶段，便叫"执著"；若是返回早先某个阶段，便是"倒退"。执著和倒退都会造成病态人格。

弗洛伊德还认为，人在儿童时期稍懂事起，便因社会的压力，力比多冲动不能得到随时满足，常常被压抑，在无意识中形成"情结"。这是一种带有情感力量的无意识集结。所有的男孩都有恋母嫉父、弑父娶母的心理倾向，即具有"俄狄浦斯情结"（Oedipus complex），又称"恋母情结"；而所有的女孩都有爱父妒母的心理倾向，即具有"埃勒克特情结"（Electra complex），又称"恋父情结"。由于"俄狄浦斯情结"等对每一个人都有极重要的作用，社会因而制定了禁忌、法律、道德等对它们加以规范。除了俄狄浦斯情结之外，每一个儿童都有程度不同的"自恋"①倾向，即对自身的爱恋，他成为他自己的第一个与最后一个爱的对象。这是人类从另一个视点揭示，人类与生俱来的"力比多"，需要在机体外部找到一个出口，由于最初找不到这个出口，以致被迫滞留在内部，形成"自恋"。俄狄浦斯情结和自恋倾向得不到合理解决，常常会导致心理失常或精神疾病。

力比多为了找到一个更好的宣泄途径，常常转移到其他各种活动上，如做

---

① "自恋"一语来自希腊神话：那喀索斯（Narcissus）是一位美少年，因爱恋自己在水中的影子而憔悴致死，死后化为水仙。弗洛伊德认为，迷恋自己，正是婴儿的一种生活表现；并且，实际上，人就像神话中的那个美少年那样，一直难以放弃对自身那个珍贵倒影的眷恋。

梦、失言、笔误、开玩笑等,更会升华到各种物质和文化的创造活动中去。例如,幽默、风趣、机智的言谈或玩笑即是以一种社会可以认可的节约方式使"力比多"得以释放。

(三) 梦的学说

弗洛伊德对梦的分析是建立于他的无意识论和泛性论基础上的。他认为,凡梦都是欲望的满足。梦是一种(被压抑、被压制的)欲望(以伪装形式出现的)满足。这种欲望大都与性有关。人在清醒时往往因为这些欲望与道德习俗所不容而将其压抑为无意识。当人们进入睡眠状态,这些欲望就趁前意识检查作用不严,戴起各种离奇古怪的假面具,偷偷地溜进意识领域,这就成了人们常说的梦。人不仅夜间会做梦,白天精神疲倦,注意力涣散时,一些幻想也会涌现于脑际,这种幻想与夜梦没有本质区别,故称之为"白日梦"。

弗洛伊德认为,成人的梦大多是象征的、经过化装的。象征的用意在于逃避检查。我们梦中的所见所闻都是梦的化装,而不是梦的真面目。梦的化装称为"梦的显相";而潜藏在梦的意象、情景后面的真实欲望则是"梦的隐义"。把梦的隐义化装成梦的显相是"梦的工作",而从梦的显相中寻找出梦的隐义则是"梦的解析"。

梦的工作方式主要有四种,即凝缩(condensation)、移置(displacement)、意象化或象征化(Symbolization)和二级加工(secondary elaboration)。凝缩即多种隐义通过一种象征暗示出来,这样梦中的意象比较简单,好像是隐义的一种压缩体似的。移置是指通过意象材料的删略、变更或重新组合,用无关的或不重要的情景替代隐义。感官意象是指把抽象的观念和欲望敷衍成具体可见的视觉形象。二级加工则是指通过修饰、润色,使混乱的、不够一致的材料进一步条理化,其结果是梦的显相发展成为某种统一的、近于连贯的情节,梦境变得更加完整生动,而梦的隐义则更加隐蔽。因此,必须剥去梦的各种伪装形式,挖掘梦的深层的象征隐义,才能真正洞悉人的心灵世界。弗洛伊德以梦的工作方式来解释文艺创作过程,用梦的解析方法来破译文本形式背后的深层意蕴,分析其中隐藏的艺术家的无意识动机。

总之,无意识理论、泛性欲理论和梦的理论,是弗洛伊德整个精神分析学体系的三大支柱。

二、弗洛伊德"精神分析批评"的主要观点

弗洛伊德的文艺观是他的精神分析学理论体系的重要组成部分。弗洛伊德始终对文艺怀有浓厚的兴趣。早年就熟读过许多文学名著,20世纪20年代后,与当时许多名作家有过交往。他用精神分析学来研究文艺现象,同时又以这种

研究为例证,支持他的精神分析学理论。弗洛伊德的主要文艺论著有:《作家与白日梦》(1908)、《达·芬奇和他童年的一个记忆》(1910)、《米开朗琪罗的摩西》(1914)、《歌德在其〈诗与真〉里对童年的回忆》(1917)、《陀思妥耶夫斯基及弑父》(1928)等。弗洛伊德对文艺的一系列问题发表了自己的看法。

(一) 文学是性欲的升华

弗洛伊德认为,人的精神过程主要是无意识的,人的一切行为最终都是由性本能所驱使的。力比多欲望好比一股潜流,有三条基本出路:第一条是通过正常的性行为得到宣泄。第二条是倒流或固着,形成病态的情结或者说受压抑而引起精神病。第三条就是转移和升华。这是一种调和折中的办法,即把力比多转移到社会道德所容许的有价值的创造活动中去,使之得到解放。文学艺术便是这种创造活动之一。弗洛伊德明确指出:

> 我们相信人类在生存竞争的压力之下,曾经竭力放弃原始的满足,将文化创造出来,而文化之所以不断地改造,也由于历代加入社会生活的各个人,继续地为公共利益而牺牲其本能的享乐。而其所利用的本能冲动,尤以性的本能为重要。因此,性的精力被升华了,就是说,它舍却性的目标,而转向他种较高尚的社会目标。[①]

在弗洛伊德看来,作家、艺术家都是性本能冲动异常强烈的人。他说,艺术家"是一个被过分嚣张的本能需要所驱策前进的人",同时又是"一种具有内向性格的人",他们"与神经病患者相差无几"。作家、艺术家普遍存在的个性特征是:第一,压抑力量的松弛;第二,超乎平常人的强烈的性本能欲望;第三,异常巨大的升华能力。正是最后一种特征,使作家、艺术家有别于一般的正常人和真正的精神病患者。精神病患者也是被过分嚣张的本能欲望所驱遣的人,他被无意识冲动所控制,不具备对现实的辨别和适应能力,他与现实生活的关系是失调的,总是生活在自己的主观世界里。艺术家虽然也受强烈的性欲所激动,也无法在外部世界得到满足,也会中断与现实世界的联系而转向内心世界,但艺术家同时还能找到一条与现实协调起来的道路,他们通过艺术创造的方式获得本能欲望的替代性满足,同时也获得社会的尊重和赞扬。因此,弗洛伊德指出:"艺术家本来是这样一个人:他从现实中脱离出来是因为他无法在现实中满足与生俱来的本能欲望的要求。于是,他在幻想的生活中让他的情欲和雄心勃勃的愿望充分表现出来。但是,他找到了一种从幻想的世界中返回到现实的方式:借助于他的特殊的天赋,他把他的幻想塑造成一种新的现实;人们把它们作为对现实生

[①] 弗洛伊德:《精神分析引论》,高觉敷译,商务印书馆1986年版,第9页。

活的有价值的反映而给予公正的评价。"①例如,弗洛伊德在他的《达·芬奇和他童年的一个记忆》一文中,用性欲升华理论分析了画家达·芬奇及其《蒙娜丽莎》等作品。达·芬奇是一个私生子,弗洛伊德认为,他之所以创作《蒙娜丽莎》,是因为蒙娜丽莎这位少妇唤醒了他对母亲那充满情欲的微笑的回忆。弗洛伊德进一步指出,鉴于达·芬奇的许多作品都以女性谜一般的微笑为特征,因此,可以断定,正是达·芬奇的母亲过早地激起了他的性欲冲动,正是这种性欲冲动激起了达·芬奇巨大的创作热情,因此,性欲本身已经由艺术创造而获得了象征性的满足。②

总之,在弗洛伊德看来,"艺术的产生并不是为了艺术,它们的主要目的是在于发泄那些在今日大部分已被压抑了的冲动"③,文学艺术的起源和本质在于力比多的升华。

(二) 俄狄浦斯情结与创作动力

如果说"性欲升华理论"只是概括地阐释了文艺的起源和实质,那么,弗洛伊德在这里进一步指出,俄狄浦斯情结是作家、艺术家从事艺术创作的原始动机。弗洛伊德认为,每一个男孩都有爱母恨父的感情,这在作家艺术家的童年时代表现得更加明确。《俄狄浦斯王》与《哈姆雷特》都是俄狄浦斯情结的表现,所不同者,"《俄狄浦斯王》中,作为基础的儿童充满欲望的幻想正在梦中展现出来,并且得到实现。在《哈姆雷特》中,幻想被压抑着。"④弗洛伊德断定,莎士比亚创作《哈姆雷特》是出于俄狄浦斯情结,并认为,哈姆雷特之所以为父报仇时再三延宕,也是出于恋母情结:

> 哈姆雷特可以做任何事情,就是不能对杀死他父亲、篡夺王位并娶了他母亲的人进行报复,这个人向他展示了他自己童年时代被压抑的欲望的实现。这样,在他心里驱使他复仇的敌意,就被自我谴责和良心的顾虑所代替了,它们告诉他,他实在并不比他要惩罚的罪犯好多少。⑤

后来,弗洛伊德还把这种俄狄浦斯情结动力说加以扩展,用于很多艺术家身上,认定他们的创作动机都是出于俄狄浦斯情结。比如,米开朗琪罗创作《摩西》,是由于要表达对专制的教皇既憎恶又不得不妥协的心情——仇父心理的变形;陀思妥耶夫斯基创作《卡拉马佐夫兄弟》这样的巨作,也是出于俄狄浦斯情结而反抗父亲或父权的表现。弗洛伊德甚至认为,现代人的俄狄浦斯情结因

---

① 弗洛伊德:《关于精神功能两个原理的理论》,转引自马新国:《西方文论史》,高等教育出版社 1994 年版,第 425~426 页。
② 《弗洛伊德论美文选》,张唤民等译,知识出版社 1987 年版,第 57~102 页。
③ 弗洛伊德:《图腾与禁忌》,中国台湾志文出版社 1985 年版,第 116 页。
④ 弗洛伊德:《梦的解析》,《弗洛伊德论美文选》,张唤民等译,知识出版社 1987 年版,第 17 页。
⑤ 弗洛伊德:《梦的解析》,《弗洛伊德论美文选》,张唤民等译,知识出版社 1987 年版,第 18 页。

压抑的加重而形成了分裂的人格,《卡拉马佐夫兄弟》就突出地表现了这一点。小说描写的卡拉马佐夫的四个儿子——弑父者、精神病患者、诗人和宗教伦理家,实际上是陀思妥耶夫斯基四重人格的写照。

弗洛伊德进一步指出,《俄狄浦斯王》《哈姆雷特》《卡拉马佐夫兄弟》这三部世界名著,分别出现于不同的时代和国度,可反映的主题都是一个,即"为一个女人进行情杀",也即恋母仇父、弑父娶母的俄狄浦斯情结。可见,在弗洛伊德看来,俄狄浦斯情结不仅适合于说明每一个作家的童年经验及其与文学创作的关系,同时,俄狄浦斯情结对于说明整个人类童年时代的普遍精神倾向也很有意义,人类的一切文化创造无不发源于俄狄浦斯情结。弗洛伊德在《图腾与禁忌》一书中宣称:"我可以肯定地说,宗教、道德、社会和艺术之起源都系于伊底帕斯症结(俄狄浦斯情结的另一译法——引者注)上。"①他认为,正因为伟大的艺术作品表现了人类普遍存在的俄狄浦斯情结,所以能感动千千万万的不同时代和民族的欣赏者,引起他们的强烈共鸣。

(三) 创作与白日梦

弗洛伊德认为,艺术创作的原动力是艺术家被压抑的种种本能欲望,尤其是他童年时代被压抑的俄狄浦斯情结。在这个意义上,艺术家的艺术创作活动与普通人的白日梦或幻想非常接近。每一个常人在儿童时代都爱做游戏,游戏给孩子们带来了一种在现实世界中无法获得的满足。孩子长大成人了,不再做游戏了,于是改做白日梦,在幻想中实现种种被禁忌的欲望。艺术家也在自己虚构的艺术世界中赢得他从前的梦想:荣誉、权力和女人。因此,艺术家犹如白日梦者,艺术创作仿佛是白日做梦。

弗洛伊德发现,白日梦者的幻想与艺术家的艺术创作有许多相似之处:首先,艺术家与白日梦者一样都不是乐天派;其次,白日梦者的幻想起于现实中不能获得满足的愿望,每一次幻想就是一个愿望的满足,而艺术创作起于艺术家无意识领域种种受到压抑的欲望冲动,艺术活动是这种种欲望的替代性满足;再次,白日梦者的幻想与时间有着极密切的关系,它游移于过去、现在和未来之间,也就是"利用目前的一个场合,按照过去的格式,来设计出一幅将来的画面"②,而艺术创作也与三种时间有着密切的联系,即目前的强烈经验,唤起了创作家对早先经验的回忆(通常是孩提时代的经验),这种回忆产生了一种愿望,这愿望在作品中得到了实现。因此,"一篇作品就像一场白日梦一样,是幼年曾做过的

---

① 弗洛伊德:《图腾与禁忌》,中国台湾志文出版社1985年版,第192页。
② 弗洛伊德:《创作家与白日梦》,伍蠡甫《现代西方文论选》,上海译文出版社1983年版,第143页。

游戏的继续,也是它的替代物"①。文学作品总是表现艺术家自己的幻想,是"内心生活的外表化"。艺术家"自我"就是"每一场白日梦和每一篇故事的主角"。弗洛伊德把作家分为"像古代抒情诗人和悲剧作家那样收集现成材料的作家"与"用自己的经历为素材进行创作的作家"两大类,认为后者的作品作为白日梦的特征更具典型,因为其作品的主人公实际是以"自我"为中心的。作家通过自我观察,将"他自己精神生活中冲突的思想在几个主角身上得到体现"②。当然,前一类作家的作品也仍与梦有相通之处,因为即便是写史诗和悲剧的古代作家,看似接受现成的神话材料,"但是像神话那样的东西,很可能是所有民族寄托愿望的幻想和人类年轻时代的长期梦想被歪曲之后所遗留的迹象"③。总之,文学与梦和幻想密切相关。

但是,从儿童的游戏,到成人的幻想,一直到艺术家的创作,毕竟发生了某种变化。白日梦者小心翼翼地在别人面前掩藏起自己的幻想,即使他把幻想告诉了我们,他这种泄露也不会给我们带来愉快。而艺术创作作为艺术家心迹的吐露,却能给广大读者带来艺术快感和审美体验。这其中最根本的原因就是艺术家运用艺术技巧克服了读者心中的厌恶感:"作家通过改变和伪装来减弱他利己主义的白日梦的性质,并且在表达他的幻想时提供我们以纯粹形式的,也就是美的享受或乐趣,从而把我们收买了。"④总之,艺术创作活动远远高于一般人的幻想的水平,幻想或白日梦只是一种属于个人的纯粹的欲望满足,而创作活动的结果却是可以与别人分享的,是具有社会文化价值的。对此,弗洛伊德在《精神分析引论》一书中再次予以强调:

> 一个真正的艺术家有较大的主动性。首先,他知道如何去加工他的白日梦,从而使之失去令人刺耳的带有个人印记的声音,为别人提供欣赏的可能性;他也知道如何有效地掩饰它们,以使它们那受到压抑的源泉的起源不易察觉。此外,他拥有处理他所独有的材料使之忠实地表达他的幻想中的观念的非凡能力。⑤

因此,艺术家又不完全等同于白日梦者,艺术创作也不完全等同于白日梦。由于艺术家的作品获得了广大读者的感激和赞赏,这样,他通过幻想赢得了他以

---

① 弗洛伊德:《创作家与白日梦》,伍蠡甫《现代西方文论选》,上海译文出版社1983年版,第146页。
② 弗洛伊德:《创作家与白日梦》,伍蠡甫《现代西方文论选》,上海译文出版社1983年版,第145页。
③ 转引自马新国:《西方文论选讲》,辽宁大学出版社1987年版,第382页。
④ 弗洛伊德:《创作家与白日梦》,伍蠡甫《现代西方文论选》,上海译文出版社1983年版,第147~148页。
⑤ 弗洛伊德:《精神分析引论》,高觉敷译,商务印书馆1986年版,第301~302页。译文稍作改动。

前只能在幻想中获得的一切:荣誉、权力和女人的爱情。

(四) 作品是"经过改装的梦"

弗洛伊德认为,一部文艺作品就像一个经过改装的梦,了解"梦的工作"过程有助于说明文学作品的产生,而懂得"梦的解析"方法,也有助于分析文学作品的意义。在弗洛伊德看来,梦和文学作品之间有着明显的一致性。首先,梦和文学作品都源于受到压抑的儿童时期的欲望。梦和作品都是这种受到压抑的欲望的一种替换形式。做梦者通过他的梦幻,作家通过他的艺术作品,使各自的欲望满足成为可能。其次,梦和文学作品都是对现实的某种脱离。做梦者与作家艺术家都超越了他们的日常环境,创造了一个虚构的世界,并都在一定的时间里生活在这个虚构世界中。再次,梦和文学作品一样,都有着表层的显在的层面和深层的隐在的层面。梦的表层是梦的显像,深层是梦的隐义,而文学作品也有感性的象征形式和潜在的主题意蕴。最后,梦和文学作品的形成都要经过一系列象征、变形和改造的过程。梦的形成要通过凝缩、移置、视觉意象、二级加工等方式才能把梦的隐义改装成梦的显像,文学作品的形成也有赖于语言、文字、意象乃至各种象征手法,从而把种种被压抑的欲望化为文学作品中的人物、事件、情节和其他因素。因此,文学作品与梦有着惊人的相似性。

然而,梦与文学作品之间有一个显著的不同点,那就是,无论是梦的内容还是梦的工作,都是无意识的,而文学作品虽由无意识欲望所决定,但作家、艺术家在创造艺术作品时,对于艺术媒介、艺术技巧、艺术手段的选择以及对于艺术材料的加工等,都是有意识地自觉地进行的。文艺作品的产生比梦的形成经过了"更为严格的检查与筛选"。弗洛伊德指出:"从认识的观点看,文学家不得不受制于某些条件。他们在影响读者情绪的同时,还必须挑起智性的与美学的快感。因此他们不能直言无讳;他们不得不分离真相的某些部分,割离一些与之有关的扰乱成分,再填补空隙,粉饰全局。"[①]

因此,文学作品比梦更加隐晦曲折,需要经过精细的阅读,运用更仔细的方法加以解析。批评家要努力透过作品表层的种种象征和伪装,破译其背后的隐藏的意义,寻找艺术家的无意识冲动。弗洛伊德本人正是这样做的,他运用精细的精神分析方法,分析了索福克勒斯、莎士比亚、歌德、易卜生、陀思妥耶夫斯基、达·芬奇、米开朗琪罗等艺术大师的作品。例如,弗洛伊德在分析莎士比亚的《威尼斯商人》时,注意到了作品中的一个重要情节——求婚者在金、银、铅三个匣子之间作出选择,并把它与希腊神话中帕里斯在三位女神中作出选择、《李尔王》中李尔王在三个女儿中作出选择等情节联系起来,认为它(她)们分别象征

---

① 弗洛伊德:《爱情心理学》,林克明译,作家出版社1986年版,第121页。

了三种形式的母亲,即自己的生身母亲、所依恋和共寝的妻子、所回归的大地母亲等,因而从这些文学作品的伪装形式背后,破译出它们所表达的潜在主题,即古老的俄狄浦斯情结。

三、精神分析批评的影响及简要评价

弗洛伊德的精神分析学问世以来,在西方受到褒贬不一的评价。精神分析学问世之初,不少人因为精神分析理论的无法实验和实证以及缺乏精确表述而怀疑其科学性,也有人因其泛性论而指责弗洛伊德有主观性和庸俗化之嫌,弗洛伊德的一些学生也因此而与他分道扬镳。直至当代,美国著名心理学家马斯洛仍坚持认为弗洛伊德以"残缺的、发育不全的、未成熟的和不健康的样本"为研究对象,因此只能产生出一种"残缺的学说"。更多的人则充分赞扬了弗洛伊德精神分析学对人类潜意识的发现和强调,如美国心理学家波林即认为弗洛伊德是"一个具有伟大品质的人","是一个思想领域的开拓者,思考着用一种新的方法去了解人性。尽管他的概念是从文化的潮流中取得的,他仍然是这样的一位创始人,他忠于自己的基本概念而辛勤工作了五十年,因此他对于自己的观念体系不惮修改,使它趋于成熟,为人类的知识作出贡献"[①]。波林把弗洛伊德的贡献与达尔文相提并论,认为"如果弗洛伊德窒死于摇篮之中,时代将可能产生出另一个弗洛伊德"。有人甚至把弗洛伊德称作影响了整个人类思维的三个犹太人之一(另外两个是马克思与爱因斯坦)。总之,弗洛伊德的理论如今已广泛地渗透于西方的学术思想和日常生活之中了,其影响可谓无孔不入。弗洛伊德对西方现代文学创作的影响也是巨大的,超现实主义、意识流小说、后期象征主义、表现主义、存在主义、心理现实主义等现代主义文学流派都直接得益于弗洛伊德的理论。弗洛伊德对现代西方文学批评也有重大影响。这里,就弗洛伊德对现代西方文学批评的影响略作评论。

弗洛伊德的精神分析理论被许多批评家继承、发挥或修正,被广泛运用于文学研究与批评实践。例如,玛丽·波拿巴蒂(Marie Bonaparte)直接运用其师弗洛伊德的恋母情结理论对爱伦·坡的生平及其创作尤其是爱伦·坡的短篇小说《猫》进行了有名的分析,认为小说中主人公对两只猫的态度实为作者对母亲既恨又爱的情结的表现。恩斯特·琼斯(Ernest Jones)也用恋母情结理论说明了"哈姆雷特的延宕"这一文学史难题,认为哈姆雷特之所以迟迟未能痛下决心,动手杀死他的仇敌叔父克劳狄斯,乃是因为哈姆雷特本人也有弑父恋母情结,这种情结终于把他束缚得失去了行动的能力,他对叔父的复仇行动的犹疑延宕乃

---

① 波林:《实验心理学史》下册,高觉敷译,商务印书馆1982年版,第813~814页。

是对自我本能的认识和态度的表征,即他深感自己其实并不比他要惩罚的那个罪犯更好。诺曼·霍兰德(Norman Holland)在《文学反应的动力学》等著作中也运用精神分析理论对艺术欣赏进行了独到的研究。霍兰德认为,文学文本是欣赏者的欲望和幻想的转换者,文学作品经由迂回的艺术形式把欣赏者的深层焦虑和欲望转变成社会可接受的意义。欣赏者面对文学作品时,由于有了艺术形式的体面的遮掩,从而能够解除自我的潜意识的羞耻感,并使自我的人格模式得到认同。并且,欣赏者的防御机制也在起作用,他也能够依照自己的个性做改造工作。他以自己的个性来积极转换文本的意义,将欲望和幻想改造为一种可为社会接受的审美经验,从而通过作品来象征并最终再现我们自己。尤其法国的雅克·拉康(Jacques Lacan,1901—1981),将弗洛伊德的精神分析的基本原理与现代西方结构主义和解构主义的语言学哲学相结合,极大地发展了弗洛伊德所创立的经典的精神分析批评,被称为结构精神分析批评或后精神分析批评。拉康对弗洛伊德的经典精神分析理论进行了结构主义语言学和符号学的再阐释。对拉康来说,精神分析或话语分析的真正主体是无意识本身,而不是弗洛伊德后期著作中所说的"自我"。拉康没有把无意识看做一种具体或格式化的"东西",而认为是"非实体、非整体,非连续性的话语结构"。拉康提出,"无意识是他者的话语","无意识的结构与语言的结构类似"。拉康在文艺批评方面的主要著作有《符号在无意识中的作用》(1957)、《〈失窃的信〉解读》(1957)等,前者阐述了无意识符号链或能指滑动的思想,后者对美国作家爱伦·坡的短篇小说《失窃的信》进行了别开生面的分析。

应该承认,弗洛伊德精神分析的学术贡献是多方面的。弗洛伊德是第一个明确地把现代心理学与文艺学结合起来的心理学家,开文艺心理学研究风气之先。他关于作家、艺术家深层的无意识创作动机的研究,极大地拓宽并加深了文艺学的研究领域。他关于文学与梦的关系的看法,抓住了文艺创作的一些重要特点,为解释文艺作品提供了一个新的视角。他的性欲升华说,充分估计到了性对文化创造的重要意义,对研究文艺的本质和功能有一定的参考价值。正是鉴于精神分析批评所产生的重大影响,美国著名文论家雷·韦勒克在为《二十世纪世界文学百科全书》撰写的"文学批评"条目中赫然写道,精神分析批评、神话—原型批评和马克思主义批评是"真正具有国际性的文学批评"①。

但是,弗洛伊德的精神分析学理论及其文艺观的缺陷也是明显的,这就是过分夸大了无意识和性本能欲望在文艺创造活动中的作用,忽视了丰富多彩的社会生活内容对文艺的决定性影响,从而难以真正全面而深刻地解释文艺现象。

---

① 傅修延等:《外国现代文学批评方法论》,江西人民出版社1985年版,第579页。

此外，弗洛伊德对艺术形式缺乏足够的重视，不能为艺术的完美性提供一个有说服力的标准。

第二节 原型批评

"原型批评"是20世纪西方文论史上出现的研究文学与神话等原始文化关系的一种文学批评模式。"原型批评"在国内外学术界并没有一个公认的统一的名称，最初流行的称谓是"神话批评"，弗莱开始使用"原型批评"这个术语。也有不少研究者将这两个概念合称为"神话—原型批评"。本书则统一将它们简称为"原型批评"。主要介绍荣格与弗莱的原型批评观。

一、原型批评兴起的历史文化背景

原型批评的兴起，源于当代人对人类的早期文化和原始思维以及人类的共同心理结构的研究。神话传说等早期文化本来是人类童年时代的产物，但随着科学的兴起，神话衰微了，从古希腊哲学家，一直到启蒙运动初期，神话都被认为是非逻辑、不真实的谎话而受到贬斥。然而，自近代意大利学者维柯对神话和原始人类的诗性思维的研究开始，西方浪漫主义诗人以及尼采等哲学家又开始对神话表现出浓厚的兴趣。他们认为，神话作为一种思维方式，并不与科学的真理或历史的真理相背离，而是对它们的补充，甚至比后者更接近真理。只有复兴神话思维，才能带来文艺的繁荣。20世纪以来，西方的文学艺术和人文科学更是出现了一种回归原始的倾向。在现代西方艺术家和人文学者看来，现代科学技术的进步和经济的增长，并未给现代人带来真正的福音，相反，技术统治和理性异化造成了人性的"残缺"和"萎缩"。为了拯救现代人的灵魂，他们向人类的早期文化发出了呼唤，主张用神话和诗来医治现代人的心灵痼疾，以求得人的非理性与理性、无意识与意识、想象和幻想与实用工具理性的平衡。原型批评正是在上述时代精神感召下，在现代文化人类学、深层心理学、结构主义语言学和象征符号哲学等催生下所形成的。

弗洛伊德的精神分析理论是原型批评所超越和扬弃的对象。但是精神分析努力探讨作家作品深层的无意识动机，又认定这种动机是许多作家作品所共有的，因此，这种深层心理学其实必然导向宏观的原型批评。弗洛伊德对神话传统也很有兴趣，认为它们表现了人类童年时代的集体梦幻，他还把索福克勒斯、莎士比亚、陀思妥耶夫斯基等不同时代作家的创作动机统统归之于俄狄浦斯情结，这些作法实际上与原型批评有相通之处。

对原型批评产生直接影响的是以弗雷泽为代表的文化人类学家。詹·乔·弗雷泽（J. G. Frazer, 1854—1941）是英国著名的人类学家，剑桥大学社会人类学教授，以对古代文化的研究而蜚声学林。弗雷泽一生著述甚丰，其中尤以12卷本的巨著《金枝》影响最大。《金枝》一书的理论核心是"巫术——宗教——科学"的思想进化论，认为人类的思维和文化经过了一个由象征性的征服（巫术）到顶礼膜拜（宗教）再到实践性征服（科学）这样一个历程；另一方面，人类早期的巫术思维与文化在后来的高级思维与文化中仍然保有痕迹。这部以巫术和原始宗教仪式为主要对象的研究原始文化习俗的人类学专著，被誉为文化人类学的百科全书，对20世纪的西方文学创作和文艺理论有广泛影响，特别是对原型批评有直接而深刻的影响。

《金枝》一书是从讲述一个古老的习俗开始的，罗马附近的内米湖畔，阿里奇亚的丛林中，有一座森林女神狄安娜的神庙。按照习惯，这座神庙的祭司由一名逃亡的奴隶来担任，这名逃奴一经当上祭司，便不再受到追究，而且还有一个显赫的"森林之王"的头衔。然而，他并不轻松，他手持利刃，时刻守护着神庙附近的一株高大繁茂的圣树，因为其他任何一名逃奴只要能够折取这棵树上的一截树枝①，就可以获得同这位祭司进行决斗的权利，如果在决斗中能杀死这位祭司，他就可以取而代之，从此成为新的祭司和"森林之王"。针对这一古老习俗，弗雷泽提出了两个问题：

第一，为什么阿里奇亚的祭司在就任这一职位之前必须先杀死他的前任？

第二，为什么在杀死他前任之前要折取一截被称为"金枝"的树枝？

为了回答上述两个问题，弗雷泽在研究世界各民族古老习俗的基础上，依据泰勒的万物有灵论，提出了交感巫术原理，并认为上述有关金枝的两个问题可由交感巫术原理得到解释。

弗雷泽认为，原始人所信奉的交感巫术原理基本上可分为两种。一种是所谓"同类相生"或称"同果必同因"，第二是凡接触过的物体在脱离接触以后仍然可以继续相互发生作用。前者称之为"相似律"，后者则称之为"触染律"。根据相似律，通过模仿就能够实现他想做的事。根据触染律，只要某物体曾被某人接触过，那么该物体就会对此人施加影响。在此交感巫术原理基础之上，弗雷泽解释说，上述习俗中的第一个问题与相似律有关，即决斗中胜者为王。第二个问题与触染律有关，即折取金枝意味着扼住了森林之王命运的咽喉。

依据这种巫术和仪式原则，弗雷泽进一步考察了世界各地的古老神话传说，揭示它们的来源和实质。弗雷泽指出，由于四季更替与植物荣枯关系最为明显，

---

① 这截圣树上的树枝，即所谓"金枝"，就是弗雷泽这部著作书名的由来。

因此,此类神话最为普遍,如埃及和西非的奥锡利斯、塔穆兹、阿多尼斯和阿蒂斯以及古希腊罗马时代的许多著名神话,它们所表达的都是先民们对四季的循环、植物的荣枯、人与万物的生死繁衍之间的类比与联想。此外,弗雷泽还在希腊神话同西亚的阿多尼斯仪式的关联中找到了基督教核心观念——耶稣的死而复活——的历史渊源。

弗雷泽的《金枝》一书揭示出西方文化和文学起源于巫术仪式,发现了在西方文化和文学中一些极为普遍的原型(如"死而复活"、"替罪羊"等原型),这为原型批评提供了理论基础和方法启迪。正是由于《金枝》一书对古代文化的独特研究,使该书成为后来的原型批评的奠基之作。正如加拿大学者弗莱所说:"《金枝》本来是人类学著作,但它对文学批评的影响比在它自己的领域中的影响还要大,因而也确实不妨把它看作一部文学批评著作。"[①]

除了深受弗雷泽的文化人类学的影响之外,德国哲学家卡西尔的《象征形式哲学》、法国哲学家列维·布留尔的《原始思维》、列维·斯特劳斯的《野蛮人的心灵》等著作对原型批评的发展和成熟都起到了积极的推动作用。尤其是卡西尔在《象征形式哲学》等书中提出"人是象征的动物"的命题,他认为,人类的一切精神文化形式都是象征活动的产物。作为一种象征形式的神话思维,其实质即隐喻思维。诗和神话一样都是隐喻,在古代为神话,在近代则为诗。这一思想深刻地启迪了原型批评家。

总之,原型批评自 20 世纪初孕育以来,发展到五六十年代,已成为一种包含着许多学派、与众多人文学科交叉的文艺批评模式。原型批评在北美论坛上更有声势,它结束了新批评在美国文坛的统治地位,成为现代西方最有影响的文艺批评模式之一。

二、荣格的分析心理学及其原型批评

卡·古·荣格(Carl Gustav Jung,1875—1961),瑞士著名心理学家,苏黎世联邦技术大学教授。荣格早期属于弗洛伊德学派,后来由于学术分歧而与之分道扬镳。荣格开创了新的派别"分析心理学",以示同弗洛伊德精神分析学相区别。二者的主要分歧为:一是关于"力比多的实质问题。弗洛伊德主要把力比多理解为性爱,荣格则把它看作普遍的生命力,性爱只是其中的一部分"[②]。二是对无意识结构的不同理解。弗洛伊德认为无意识主要为个人童年生活中受压抑的性本能欲望,而荣格则认为,弗洛伊德只发现了属于表层的"个人无意识",

---

[①] 弗莱:《批评的解剖》,普林斯顿大学出版社 1957 年版,第 109 页。
[②] 舒尔茨:《现代心理史》,杨立能等译,人民教育出版社 1981 年,第 358 页。

但这种个人无意识还有赖于更深一层的、由先天或者说由遗传得来的"集体无意识"（又称种族无意识）。个人无意识主要是由各种"情结"构成的，集体无意识的内容则主要是"原型"或称"原始意象"。

荣格认为，原始意象或原型对所有民族、所有时代和所有人都是相通的。它们是人类早期社会生活的遗迹，是重复了亿万次的那些典型经验的积淀和浓缩。原型是人类心理活动的基本范型，是一种先天固有的直觉形式，它决定着人类知觉、领悟、情感、想象等心理过程的一致性。原型与人类特定的存在模式或典型情境息息相关。他指出："原型是领悟的典型模式，每当我们面对普遍一致和反复发生的领悟模式，我们就是在与原型打交道。"① 又说："人生中有多少典型情境就有多少原型，这些经验由于不断重复而被深深地镂刻在我们的心理结构之中。"② 荣格分析和描述了众多的原型，如出生原型、死亡原型、再生原型、力量原型、英雄原型、儿童原型、骗子原型、上帝原型、魔鬼原型、智叟原型、救星原型、大地母亲原型、巨人原型以及许许多多自然的原型等，其中，以对人格面具、阿妮玛与阿尼姆斯、阴影、自性等原型的分析尤为独到。荣格认为，集体无意识原型普遍地存在于原始人的生活经验之中（或者说就是他们的生活经验本身），保存在他们的神话、巫术和传说之中。如今，原型被变形为理性概念，几乎难以让人认出，但仍然在发挥着深刻的作用和影响。由于丰富多彩的原型被还原为少数几个理性概念，造成了现代人的心灵畸变和灵魂丧失。由于神话曾完整地保存了人类童年时代的集体无意识的梦幻，因而神话不仅成为一切文学艺术的起源，同时也为现代人提供了得以返回的精神家园。

如果说弗洛伊德的个人无意识理论主要是在对精神病患者的诊治实践中建构起来的，那么，荣格的集体无意识及其原型、原始意象理论则主要是靠包括神话、传说在内的原始文化和后代文学艺术所支撑的。因此，荣格理论中包含着更为丰富更为直接的美学和文艺学思想。其中，较为重要的有以下几点。

（一）艺术与集体无意识

荣格不同意弗洛伊德关于"艺术是艺术家个人被压抑的欲望的升华"这一看法，认为文艺创作的根源和动机来自超个人的集体无意识。艺术所表现的就是这种集体无意识及其原型，艺术家本人不过是这种集体无意识的工具、俘虏或代言人。荣格指出："艺术是一种天赋的动力，它抓住一个人，使他成为它的工具。艺术家不是拥有自由意志、寻求实现其个人目的的人，而是一个允许艺术通

---

① 荣格：《荣格文集》，转引自《心理学与文学》一书的"译者前言"，冯川等编译，三联书店1987年版，第5页。
② 霍尔等：《荣格心理学入门》，三联书店1987年版，第44页。

过自己实现艺术目的的人。"①艺术创作就像柏拉图所说的"神灵凭附"、"迷狂"一样,是一种不由自主的传达集体无意识的行为。集体无意识通过艺术家的笔自发地喷涌出来,成为伟大的艺术作品的源泉。在荣格看来,艺术好比由人类祖先预先埋藏在艺术家心中的一粒种子,艺术家个人的生活,不过是它赖以滋生的土壤,甚至时代的风雨,也不过是它赖以成长的气候条件,它们至多只能有利或不利于艺术的创作,却不能根本改变艺术的性质。总之,"一部真正的艺术作品的特殊意义正在于:它避免了个人的局限并且超越于作者个人的考虑之外"②。到艺术家的私生活中寻找艺术产生的根源和动机,如同缘木求鱼。只有到超个人的集体无意识及其原型中才能发现艺术的奥秘。对此,荣格以《浮士德》为例作了说明:

> 伟大的诗篇从人类生活汲取力量,假如我们认为它来源于个人因素,我们就是完全不懂它的意义。每当集体无意识变成一种活生生的经验,并且影响到一个时代的自觉意识观念,这一事件就是一种创造性行为,它对于每个生活在那一时代的人,就都具有重大意义。一部艺术作品被生产出来后,也就包含着那种可以说是世代相传的信息。因此,《浮士德》触及了每个德国人灵魂深处的某种东西。③

具体地说,《浮士德》作为一种象征,表达了根深蒂固地存在于德国人心灵中的"人类导师"或"医生"的原始意象,进而言之,也即表达了人类文化开创之初就蛰伏在人类集体无意识中的智者、救星和救世主原型。

(二) 艺术家是"集体人"

弗洛伊德曾把艺术家比为精神病病人,称艺术家无一例外地都是具有俄狄浦斯情结或自恋倾向的人,也就是说,是一些发育不全的具有童年创伤或自恋病症的人。荣格认为,这种说法用来解释艺术家的某些个人癖性,或解释仅仅属于个人的"艺术",或许有几分道理。但是如果用这种对待精神病人的分析来说明艺术家的本质及其艺术作品,那就必须予以坚决否定。由于艺术品的本质在于它超越了个人生活领域而向全人类的心灵说话,因而渗透到艺术品中的个人癖性,无助于说明艺术的本质。相反,作品中个人的东西越多,反而越不成其为艺术。实际上,艺术家是客观的和非个人的,甚至是非人的和超人的,因为作为艺术家,他只能是他的作品而不是指个人。因此,荣格主张要区分"作为个人的艺术家"(the artist as a man)和"作为艺术家的个人"(the man as an artist)。所谓

---

① 荣格:《心理学与文学》,转引自《心理学与文学》,冯川等编译,三联书店1987年版,第141页。
② 荣格:《荣格论分析心理学与诗歌的关系》,转引自《心理学与文学》,冯川等编译,三联书店1987年版,第110页。
③ 荣格:《心理学与文学》,转引自《心理学与文学》,冯川等编译,三联书店1987年版,第138页。

"作为个人的艺术家",指的是艺术家在个人生活中的现实人格。艺术家在现实生活中也许是市侩、庸人、极端利己主义者、精神病患者、傻瓜或罪犯。由于艺术家的个人生活对他的艺术是非本质的,因而这种种不良癖性并不能解释作为艺术家的他。所谓"作为艺术家的个人",指的是受集体无意识驱动从事神圣的艺术创作的人格:"他作为个人可能有喜怒哀乐、个人意志和个人目的,然而作为艺术家他却是更高意义上的人即'集体的人',是一个负荷并造就人类无意识精神生活的人。为了行使这一艰难的使命,他有时必须牺牲个人幸福,牺牲普通人认为使生活值得一过的一切事物。"①艺术家身上的两种人格的冲突表明,艺术家的生活即便不说是悲剧性的,至少也是高度不幸的。艺术家个人生活中的种种缺陷和不良癖性,尽管是令人遗憾的,但也是难以避免的,因为艺术创造汲取了艺术家个人的大部分心理能量,使之在个人生活方面幼稚无能。"也就是说,从出生那一天起,他就被召唤着去完成一种较普通人更伟大的使命。特殊的才能需要在特殊的方向上耗费巨大精力,其结果也就是生命在另一方面的相应枯竭。"②艺术家作为个人的种种不良癖性虽然令人同情,却不应带进艺术创作中来,否则就真的该被当作神经病看待了。用荣格的话来说,就是:"个人色彩在艺术中是一种局限甚至是一种罪孽。"③"他的作品比他个人的命运更具有意义。"④既然诗人本质上是他的作品的工具,因此"不是歌德创造了《浮士德》,而是《浮士德》创造了歌德"⑤。作为艺术家的歌德和尼采,我们除了把他们视为写了《浮士德》、《查拉斯图拉如是说》的德国人之外,不能把他们想象成别的人。

(三)"心理的"与"幻觉的"两种文学模式

荣格认为,人的意识仿佛处在两面受敌的地位,它既受外部现实的影响,又受内部无意识心理现实的影响,据此,文学创作方式或者说文学作品类型可分为"心理的"和"幻觉的"两种。心理的文学创作模式加工的素材来自人的意识所经验的外部现实,这一类作品多得不可胜数,如许多爱情小说、环境小说、家庭小说、犯罪小说、社会小说以及说教诗等。荣格对这一类作品不甚关心,认为在这一类作品中,作家的意图明白无误,无需心理学家作补充。他重点分析的是幻觉型作品,即背向现实、从潜藏在无意识深处的原始意象中寻找材料的作品。他指出,为幻觉式的作品"提供素材的经验已不再为人们所熟悉。这是来自人类心灵深处的某种陌生的东西,它仿佛来自人类史前时代的深渊,又仿佛来自与黑暗

---

① 荣格:《心理学与文学》,转引自《心理学与文学》,冯川等编译,三联书店1987年版,第141页。
② 荣格:《心理学与文学》,转引自《心理学与文学》,冯川等编译,三联书店1987年版,第142页。
③ 荣格:《心理学与文学》,转引自《心理学与文学》,冯川等编译,三联书店1987年版,第140页。
④⑤ 荣格:《心理学与文学》,转引自《心理学与文学》,冯川等编译,三联书店1987年版,第142~143页。

对照的超人世界。"①这个神秘的超人世界即集体无意识领域,它超出了人类日常意识的理解力,要求作家具有另一类与日常经验不同的才能方可创造出来。换句话说,它有赖于艺术家的神秘的内心体验和幻觉能力,因为幻觉表现出一种比人们日常情感更为深沉更为难忘的原始体验。《浮士德》第一部和第二部之间的深刻区别,就标示出"心理式的文学模式"与"幻觉式的文学模式"的区别。

荣格认为,幻觉式作品所表现的原始幻觉体验不同于精神病人在精神错乱状态下的幻想,后者被称为反常和病态,而前者则是一种真正的原始经验。它不是某种外来的、次要的东西,不是别的事物的病兆。它是真正的象征,是对某种有独立存在权利,但尚未完全为人知晓的东西的表达。它究竟是另一个世界的幻象,是黑暗灵魂的梦魇,还是人类精神发端的影像?它究竟是物理的、心理的还是形而上的?对此我们不必忙于下结论。我们只需强调幻觉作为原始人曾真正经历过、如今又普遍地积淀在人类心灵中的真实体验,其真实性不亚于物理的真实性。它是艺术创作真正的源泉。艺术创作的真正奥秘就在于从无意识中激活原始意象或原始幻觉,并对它加工造型、精心制作,使之成为一部完整的作品。通过这种造型,艺术家把它翻译成了我们今天的语言,并因而使我们有可能找到一条道路以返回生命的最深的源泉。我们在《赫尔麦斯的牧人》、在但丁的作品、在《浮士德》第二部、在尼采的《勃勃生气的狄奥尼索斯》、在瓦格纳的《尼伯龙根的戒指》等幻觉式作品中,都可以发现这样的创造。除了伟大的艺术家创造了幻觉艺术之外,先知们、预言家们、领袖们和启蒙者们也同样接触到了人类内心体验的神秘之处,接触到了生活中的黑夜的一面。

(四) 艺术的魅力和功能

荣格认为,由于艺术是集体无意识的表现,是人类集体心灵的回声,是原始意象和原始幻觉的象征。因此,当我们阅读这种艺术品的时候,就好像回到了某种原型的情境。而"一旦原型的情境发生,我们会突然获得一种不寻常的轻松感,仿佛被一种强大的力量运载或超度,在这一瞬间,我们不再是个人,而是整个族类,全人类的声音一齐在我们心中回响"②。伟大的艺术家是用原始意象说话的人,伟大的艺术作品中回荡着千万个人的声音。因此,伟大的艺术超出了个人的、偶然的和暂时的意义,进入了永恒的王国,它把我们个人的命运转变为人类的命运;它在我们身上唤醒了所有那些仁慈的力量,正是这些力量,保证了人类能够随时摆脱危难,度过漫漫长夜。荣格认为:

这就是伟大艺术的奥秘,也正是它对于我们的影响的奥秘。……艺术

---

① 荣格:《心理学与文学》,转引自《心理学与文学》,冯川等编译,三联书店1987年版,第128页。
② 荣格:《论分析心理学与诗歌的关系》,转引自《心理学与文学》,冯川等编译,三联书店1987年版,第121页。

的社会意义正在于此:它不停地致力于陶冶时代的灵魂,凭借魔力召唤出这个时代最缺乏的形式。艺术家得不到满足的渴望,一直追溯到无意识深处的原始意象,这些原始意象最好地补偿了我们今天的片面和匮乏。①

荣格指出的是,在当今这个理性排斥想象、意识压倒无意识、科学代替了神话的时代,文学艺术代表着我们这个时代生命中的自我调节过程,它有助于改变我们这个时代精神的偏见,恢复这一时代的心理平衡,维护现代人的完整人性。

荣格集体无意识理论及其文艺观在现代西方文学史和文论史上占有重要地位。荣格的学说对现代主义文学有重要影响,艾略特、叶芝、乔伊斯、劳伦斯等作家对古代神话、古代文学和原始的"血缘意识"的兴趣,艾略特提出的"非个人化"的文学主张等,显然都与荣格学说有关。荣格把艺术家和批评家的视野从表现个体日常心理引导到关注社会文化心理,这大约是他对文艺创作和文艺批评的最大贡献。荣格对人类集体无意识的关注,对促进批评家深入研究文学的原型,也有突出贡献。他对人类集体无意识的重视,也有助于人类文化和精神生态的平衡。但是,荣格的学说带有神秘色彩,他的"原始意象"、"原型"、"幻觉"等概念含混不清。他夸大了集体无意识在艺术创作的作用,把艺术创作看做是集体无意识的表现,作家个人不过是集体无意识的"工具",不能控制创作反而被创作所控制,这些都带有片面性。尽管如此,荣格的理论对现代西方文艺理论和批评仍有深远的影响,尤其是对神话原型批评家们的影响更为直接。

受荣格理论的直接影响,在 20 世纪三、四十年代,西方批评界出现了一个用原型理论来研究文学创作和欣赏中的内在心理反应的"荣格学派",其中引人注目的是剑桥大学教授 M. 鲍特金(Maud Bodkin, 1875—1967),她是一位心理学家和文艺理论家,早年曾在苏黎世听过荣格的分析心理学讲座。她带着荣格学说的深刻影响开始了文学研究生涯,一生有多部著作,其中以《诗歌中的原型模式:想象的心理学研究》(1934)影响最大。该书一开始就提出这样的问题:像《俄狄浦斯王》这样的古典悲剧为什么能经久不衰地打动一代又一代的观众呢?她认为,《俄》剧表现了一种原型性的冲突,即遭受瘟疫的社会群体与导致这场瘟疫的主人公个人之间的冲突,这种冲突是每个人在心理发展过程中都要经历的本人的自我形象与群体的自我形象之间冲突的外化表现。悲剧冲突的解决在观众心理中引起某种释放感,它在心理功能上十分接近宗教上的净化和赎罪。欣赏悲剧使观众直接参与到由伟大的悲剧性神话故事所传达的道德的、心理的传统中去,获得某种集中的精神体验。除了对悲剧的艺术魅力提供了新的解释之外,鲍特金还将原型心理研究扩展到戏剧以外的其他文学领域,用贯穿于西方

---

① 荣格:《论分析心理学与诗歌的关系》,转引自《心理学与文学》,冯川等编译,三联书店 1987 年版,第 122 页。

文学的一些基本原型(如死而复活、英雄与恶魔、天堂与地狱等)去分析柯勒律治的《古舟子吟》、艾略特的《荒原》、弥尔顿的《失乐园》、歌德的《浮士德》、但丁的《神曲》等许多文学名著,试图从原始文化心理和深层审美心理角度发掘作家和读者对潜藏在素材或作品背后的原型内容的认同感。

三、弗莱的原型批评理论

诺思洛普·弗莱(Northrop Frey,1912—1991),加拿大著名文学理论家,多伦多大学文学教授,一位深受基督教影响的学者,著有《威严的对称》(1947)、《文学的原型》(1951)、《批评的解剖》(1957)、《同一的寓言》(1963)、《受教育的想象力》(1963)、《自然的幻境》(1965)、《英国浪漫主义研究》(1968)、《世界之灵》(1976)、《伟大的代码》(1982)等多部著作。其中以《批评的解剖》最负盛名。这是一部浓缩的百科全书式的理论著作,被公认为当代西方最有影响的文学理论和文学批评著作之一。在这部著作中,弗莱综合了弗雷泽学派与荣格学派的主要观点,并广泛吸收了当代心理学、人类学、文化学、语言学及符号学的成果,建立了一个纵贯古今、包举宇内的原型批评体系,该书因而被誉为原型批评的"圣经"。该书由四篇组成,即第一篇,历史批评:模式理论;第二篇,伦理批评:象征理论;第三篇,原型批评:神话理论;第四篇,修辞批评:文类理论。由于该书内容宏富,这里只能介绍其主要观点。

(一) 文学是"移位的神话"

这是弗莱对文学的总的看法。弗莱认为,文学并非作家个人的独创,相反,文学与神话密切相关。神话表达了原始人的欲望和幻想,换句话说,神的为所欲为的超人性只是人类欲望的隐喻性表达。随着科学的兴起,原始人的欲望幻想受到压抑,神话趋于消亡,但它"移位"(即变形)为文学而继续存在①,神也相应变成了文学中的各类人物。在考察西方文学发展史的基础上,弗莱把包括神话作品在内的整个文学系统分为五种模式,即:1. 主人公在类别上高于我们常人和自然环境,这就是超人的神。关于他的故事是神话。2. 主人公不是在类别上,而是在程度上高于他人和他所处的环境,这就是童话人物或传奇英雄。自此开始,神话被置换了,我们离开了神话,进入了各种浪漫的传奇、传说、民间故事、童话等文学领域。3. 主人公在程度上高于他人,但并不高于他的环境,也就是,他的力量比我们常人强大,但仍要服从自然法则,这就是人间英雄或领袖人物。有关

---

① 弗莱认为,神话与现实主义分别为文学形态的两极,神话是一个完全隐喻的世界,现实主义则是一个明喻的世界或干脆说是只注重内容而忽视形式的文学世界。二者之间是各种暗示的含蓄的浪漫传奇故事。从神话到现实主义的演变规律近似于弗洛伊德所说的"梦的工作方式"中的"位移"或曰"置换变形"。

他的故事,就是大多数史诗和悲剧,弗莱称之为"高级模仿形式"。4.主人公既不高于他人,也不高于环境,而是与我们类似的普通人。大部分喜剧和现实主义小说讲述的都是这类常人的故事,弗莱称之为"低级模仿形式"。5.主人公在体力和智力上都不如我们一般读者,以致我们读者感到自己是在居高俯视一个受束缚、受挫折或荒诞的场面,这便是反讽文学模式。弗莱认为,上述五种模式中,神话是最基本的模式。神话是所有其他模式的原型,其他诸种模式都是神话的变异,所以说,文学是"移位的神话"。

弗莱认为,文学上的这五种模式不仅是一种逻辑上的分类,而且是欧洲文学发展史的运动轨迹,欧洲文学恰好走过了上述五种模式,经历了从神话到反讽文学的发展变化。现代西方文学正处在反讽模式阶段,卡夫卡、乔伊斯、福克纳、海勒都是典型的例子。弗莱指出,上述五种文学模式是循环往复的,反讽文学是由现实主义模式向神话回归的过渡阶段。卡夫卡的《变形记》、乔伊斯的《尤利西斯》等小说,仅从篇名就能见出与古希腊罗马神话的联系,其中的内容也明显地含有神话因素,这表明现代反讽文学呈现出越来越重的神话倾向。

(二)原型意象与作品的基本类型

弗莱极为注重从整体上把握文学类型及文学史的普遍性,他认为文学最基本的共性在于对"原型"的摹写。"原型"就是文学作品中"典型的即反复出现的意象",也即文学作品中所包含的神话象征。弗莱认为,文学固然离不开作家的个人创造性,但这种创造性主要不是个性化的创新,而是对神话原型的发现和模仿,揭示神话原型中潜藏的人类深层愿望。他指出,原型作为文学中可传播和交流的单位,是构成人类整体文学经验的一些最基本的因素,它们体现了人类集体的文学想象,因而在文学中反复出现。正是原型使一部作品能够突破作家个人的因素,而与人类的文学经验相联系。弗莱指出,原型"把一首诗同别的诗联系起来,从而有助于把我们的文学经验统一成一个整体"[①]。用原型意象做纽带,各个作品之间就可以相互关联,文学类型的共性及其演变就可以显出清晰的轮廓和规律。弗莱认为,原型意象由三大意象群组成,即神启的意象、魔幻的意象、类比意象。其中,类比意象又分为天真类比的意象、自然和理性类比的意象、经验类比的意象。神启的意象世界是直接源于神话的未经置换的世界,魔幻意象则是一个痛苦、愚昧、废墟和堕落的世界,适用于后来的反讽模式,同时又正返回神话,故均属于"非移位"的神话。二者之间的类比意象则是神启的意象和魔幻的意象置换与类比的产物。弗莱认为,每一个意象世界都对应于一种文学类型。神启的意象世界犹如宗教里的天国,它隐喻性地表达了人类的愿望和幻想

---

① 弗莱:《批评的解剖》,普林斯顿大学出版社1957年版,第99页。

的世界。其中,人的理想与所创造的环境完全一致。神启意象适用于神话模式。与神启世界相反,魔幻世界则隐喻性地表达了一个完全违背人类意愿的世界,对应于但丁笔下《地狱》所描写的冥界,它展现的是一个梦魇和替罪羊的否定性世界,是对人有威胁的自然力量或不可测度的命运的拟人化,也是一个人的想象力未经加工整理过的原始世界。魔幻意象适用于反讽模式。神启意象与魔幻意象之间的辩证作用和置换变形,造就了三种中间形态的类比意象世界。天真类比的意象提供了一个理想化的世界,显现为神启世界在人间的对应物,浪漫传奇模式属于天真类比世界。反之,经验类比的世界与魔幻世界有对应关系。低级模仿属于经验类比世界。介于二者之间的是自然和理性的类比世界,与高级模仿对应。

上述三大类的五种原型意象世界是文学作品的基础,因其趋向理想或趋向现实的不同,它们之间又是可以替代和转换的。这种替代和转换主要表现在三个中间阶段。神启的世界和魔幻的世界表明了某种永恒不变的东西,正如上有天堂,下有地狱。天地之间是宇宙自然的秩序与循环。自然循环的上一半是传奇和天真类比世界。因此可以得出几个主要的运动类型,即传奇中的上下运动和经验中的上下运动。向下是悲剧的运动,向上是喜剧的运动,于是我们有了文学中的四种基本的神话原,即喜剧、传奇、悲剧和反讽。弗莱认为,整部西方文学发展史,就是这些意象世界和神话原的延续和变化。

(三) 神话原:神话的叙述模式

神话原(Mythoi)①是在文学意象世界循环运动中凝成的基本要素,它们是在逻辑上先于体裁的文学叙述程式、叙述结构或叙述模式。神话原决定了文学的类型及演变。弗莱认为,文学的叙述模式从总体上看是对自然界循环运动的模仿。自然界最显著的运动变化就是循环周期,如四季更替、日出日落、潮流涨落、月轮盈亏等,这些循环在原始人眼中对应于神或英雄从诞生、历险、胜利、受难、死亡到复活的生命周期。考察喜剧、传奇、悲剧、反讽等四种神话原或叙述模式的循环置换,有助于进一步理解"文学是移位的神话"这一基本命题,因为这四种神话原代表着主要的神话运行方向。

弗莱把四种神话原(或叙述模式)与文学的四大类型统一起来,即:1.喜剧是春天的神话原,讲述神或英雄的诞生和复活,其基本意象为春天、黎明、日出、生命的萌发。2.浪漫传奇是夏天的神话原,讲述神或英雄的成长、胜利和结婚,其基本意象为夏天、正午、日中、生命的繁盛。3.悲剧是秋天的神话原,讲述神或英雄的末路与死亡,其基本意象是秋天、黄昏、日落、生命的衰亡。4.反讽和讽刺

---

① Mythoi,英文字首,表"神话的"之意,有多种中文译法,不同的译者分别把它译作"神话原"、"神话的故事情节"、"叙述模式"、"套式"、"惯例"等。

是冬天的神话原,讲述神或英雄逝去后的世界,其基本意象为冬天、夜晚、黑暗、生命的解体。上述四种神话原或叙述程式伴随着整个文学进行循环运动。因此,关于神由生而死而复活的神话,已经包含了文学的一切故事,正如弗莱所赞同的格雷夫斯的一首诗所说:"有一个故事而且只有一个故事/值得你细细地讲述。"各类文学作品都讲述这同一个故事,或讲述这个故事的某一部分。

弗莱认为,西方文学的发展,是从神话发端的,然后相继转化为喜剧、浪漫传奇、悲剧,然后是处在秋去冬来的季节,属于反讽和讽刺的阶段。在英雄已逝的现代西方文学世界,人们看到的尽是"荒原"中的"反英雄",如福克纳笔下的白痴等。但人们不必为此担忧和悲观,因为这个阶段的西方文学已出现了返回神话的趋势,西方现代文学正在借助重建神话而回归生命的源头,如卡夫卡、乔伊斯等人的小说,都与古代神话有一定联系。当然,现代作家借用神话、创造神话并非为了重演古老的故事,而是借非理性的外观传达高度理性化的思考,对现代文明发展的畸形和弊端作出反讽性的对比与批判。

(四)"向后站"的批评

弗莱认为,一部文学作品既是独一无二的,又是与之相似的那一类作品中的一部。弗莱更为强调的是后者,显然更重视文学传统、惯例及文化语境的作用。弗莱指出:"诗只能从别的诗里产生、小说只能从别的小说里产生。文学形成文学,而不是被外来的东西赋予形体:形式不可能存在于文学之外,正如奏鸣曲、赋格曲和回旋曲的形式不可能存在于音乐之外一样。"[①]因此,批评家不仅要细读一部文学作品,更要在整个文学的系统关联中研究作家作品。这好比观赏一幅画,赏画可以近观,细辨画家的笔触和调色的细节。这大致相当于文学批评方面新批评派对作品的修辞学分析。离画面稍远一些,便能够清晰地看到构图,这样观察到的是表现的内容。从某种意义上来说,这是在读画。这是欣赏荷兰写实派绘画的最佳距离。再远一点儿,就愈见其整体构思,从而达到对一幅画总体轮廓的整体把握,如远观一幅圣母像,人们的注意焦点只是圣母原型画面上的一大片蓝色所烘托出的中央位置。在文学批评中,批评家也时常需要从诗歌"向后站",以便清楚地看到它的原型组织。因此,弗莱主张用"向后站"的办法远观一部文学作品,从大处着眼,以发现这部文学作品与其他作品的联系,找出其中带普遍性的原型因素。例如,如果我们从《哈姆雷特》第五幕的开始"向后站",我们看到舞台上一个坟墓正被打开,主人公、他的敌人以及女主人全跳入墓穴,接着是上层世界的一场关键搏斗。主人公下墓穴前后判若两人。这一举动显然表明了某种"生命仪式"的作用。作为一个"替罪羊"形象,哈姆雷特这一举动是神

---

① 弗莱:《批评的解剖》,普林斯顿大学出版社 1957 年版,第 97 页。

话"死而再生"原型的象征性表现。欣赏悲剧作品正是如此:"凡习惯于从原型方面考虑文学的人,都会在悲剧中见出对牺牲的模仿。"①甚至如果我们从一部现实主义小说如托尔斯泰的《复活》或左拉的《萌芽》"向后站",我们也可以发现那些书名所指的神话般的构思。

《批评的解剖》问世后,为弗莱及其原型批评带来了世界性的学术声誉。这部书被广泛誉为西方自浪漫主义时代以来文艺理论和批评所取得的最主要的成果,堪与黑格尔《美学》相媲美,但也遭到了不少指责,有人谴责他过于系统化,而结构主义者又嫌它不够系统化。

小　结

精神分析批评和原型批评在西方文论史上占有重要地位,魏伯·司各特在《西方文艺批评的五种模式》中,曾将其列为当代西方最有影响的两种批评模式(另外三种是:道德批评、社会批评与形式主义批评)。关于精神分析批评的意义及影响,前文已作详细评价。与精神分析批评相比,在西方文论史上,原型批评无疑更为新颖独到,更具启示意义。原型批评对"新批评"局限于单个作品琐碎的细读式批评是一个有价值的反拨,结束了"新批评"独霸欧美文坛的局面。原型批评把文艺学与现代心理学、文化人类学、结构主义语言学和哲学及其他人文学科融会在一起,极大地拓展了文艺研究的思维空间,开创了西方文学理论和文学批评融合现代学科知识综合发展的新局面。原型批评家注重从深层的社会文化心理角度研究文学的产生和发展规律,研究文学创作和欣赏的奥秘,显示出比弗洛伊德的精神分析批评更深更广的理论视野。原型批评家重视文学研究的宏观性、远观性和系统性,突破了文艺研究的狭小空间,有助于说明文学创作与文学传统、文学创作与人类文化之间的广泛联系。原型批评对文学传统、文学惯例以及文化语境的重视甚至与西方后结构主义批评的思路有冥合之处。原型批评对文学史上一些重要形式、类型、原型、主题的发现和重视,对揭示文学嬗变的艺术规律以及文学深层的审美奥秘,也提供了富有启发性的思路。对文学批评这一学科本身的发展而言,原型批评的崛起也大大提高了文学批评在整个人文学科中的地位与价值。此外,在一些具体的作家作品研究中,原型批评家也取得了令人瞩目的实绩,像美国新近的原型批评家费德莱尔(Leslie A. Fiedler,1917—2003),他对现代美国文学中普遍存在的男性儿童之间的无邪的男性之爱原型进行了分析,揭示了美国当代社会的种族歧视等社会问题,其视野之开

---

① 弗莱:《批评的解剖》,普林斯顿大学出版社1957年版,第214页。

阔、结论之有说服力,令人折服。

但是,原型批评家企望用原始文化和原始人的思维与现代科技文明和现代理性观念抗衡,表现出一种浪漫主义的怀古心理,这种价值重建的学术取向和学术志向虽然可贵却至今仍未奏效。原型批评家声称文学是神话的"移位",虽有一定启发价值,但从根本上抹杀了后代文学与早期神话二者的差异性。就文艺批评自身而言,原型批评长于宏观研究而失之粗略,长于共性研究而短于个性考察,对文艺的审美特性,对作家艺术家的个人独创性估价甚低,难以有效地解释色彩纷呈各具个性的艺术品的审美价值。原型批评的文学史观虽然对描述西方文学发展的历程不无启迪意义,却限于简单的历史循环论,并且其循环的文学史观念往往捉襟见肘,不少牵强附会之处。① 原型批评把西方现代文学阐释为向神话的简单回归,则表现出对古代神话与"现代神话"的本质区别认识不足。原型批评过于强调原型或模式的作用,而忽视了文学丰富的意识形态内涵,暴露出某种形式主义的倾向。原型批评家把人类的诗性思维的非理性一面强调到极端的做法,也失之偏颇。另外,把文学的来源归之于原始文化心理或文学文化传统,难免呈现神秘主义和主观主义色彩,与"文学源于社会生活"这一马克思主义文艺观和美学观相距甚远。尽管如此,原型批评仍是最受中国学者欢迎的西方文学批评模式之一,从老一代的闻一多等到年轻一代的大陆和台湾学者,不少人运用这一批评方法研究中国古代文学艺术,并取得了相当可观的成果。

思 考 题

1. 辨析"个人无意识"、"集体无意识"、"俄狄浦斯情结"、"原型"等概念。
2. 举出精神分析批评与原型批评的主要代表人物与代表作品。
3. 简述弗洛伊德精神分析学的几个主要观点。
4. 试评述弗洛伊德的文艺观。
5. 谈谈原型批评的理论渊源及其发展进程。
6. 荣格是如何论述艺术、艺术家、艺术创作及艺术功能的?
7. 谈谈荣格文艺思想对西方文艺创作及批评的影响。
8. 试述弗莱"文学是神话的移位"观点的基本内涵。
9. 试述弗莱的"原型意象"的内容。
10. 谈谈弗莱的"向后站"的文学批评观。

---

① 例如,原型批评声称喜剧先于悲剧,这显然不符合希腊文学的发展实际,也不符合近代作家莎士比亚的创作实际。

第九章

形式主义文艺理论

引　论

在 20 世纪西方文论史上，文学研究的视角发生过重大转折，这就是由以作者为研究中心转向以作品研究为中心，以外在研究为中心转向以内在研究为中心。其见解集中见之于俄国形式主义、英美新批评、法国结构主义三个文论学派。

产生于 20 世纪初的俄国形式主义，是这一重大转折的开端。这一学派的理论家们，一反传统文学研究专注于作家及作品内容的视角，以"文学性"为出发点，提出了一系列新颖独特的见解，认为文学是一种特殊的语言组织，一种写作方式，而不是某种观念的媒介，也不是社会生活的反映。与之相关，文学研究是一门独立的系统科学，而不应是其他学科的附庸。兴盛于 20 世纪四五十年代的英美新批评，进一步强调"文学本体论"研究，即把文学作品看成独立的、客观的，与作者、读者及其他社会因素绝缘的自给自足的有机体，强调文学批评的任务就是对作品的技巧、手法、语义进行分析。其理论主旨，与俄国形式主义相近，故新批评派的理论家中，也有人自称之为"形式主义批评"。20 世纪 60 年代以来，在法国兴起的结构主义，同样强调文学研究应从作品本身入手，反对借助于历史条件、生平传记、社会背景等外部材料。但与力图确立稳固的文学评价尺度的新批评不同，结构主义特别注重于对作品的语言组合及内在结构模式的研究，且注意考察作品与作品之间的联系，注意将文学作为一个总体性封闭系统进行研究。在结构主义基础上出现的以反逻各斯中心主义为宗旨的解构主义，从思想特征来看，是对结构主义的否定与反拨。结构主义设想有一个超然结构决定符号的意义，并力求对这个结构作出客观描述。解构主义则认为作品文本是一个"无中心的系统"，找不到终极意义。作品文本是由各种语言符号组成的一个网状系统，其中隐含着意义阐释的多种可能性。但在本质上，结构主义与解构主义又是相通的，这就是都反对形而上本体一元论，都反对旧修辞学驾驭语言的绝对信心。由其内在关联可见，解构主义实际上是结构主义进一步发展的产物。

上述三个文论学派,以其相近或相通的理论主张,形成了20世纪西方文论史上日趋高涨的形式主义浪潮,极大地开拓了文学研究的视阈,为文学研究带来了新气象,有力地促进了文学理论的发展。

第一节 俄国形式主义

1914年什克洛夫斯基(В. Б. Шкловский)发表《词的复活》标志着俄国形式主义文艺学思潮的出现,而1930年的反省文章《一个学术错误的纪念碑》,宣告了形式主义学派(Формальная школа)在苏俄的终结。所以,形式主义学派只风光了十多年,但开创了文学形态研究的先河,其成果在西方长期受到文艺学界乃至语言学界的重视。

一、形式主义学派的形成与代表人物

形式主义学派是个非正式名称,指由两班人马结成的一个学术团体。一班人来自1915年成立的"莫斯科语言学小组",雅柯布逊(Р. О. Якобсон)、维诺库尔(Г. О. Винокур)、伯恩斯坦(С. И. Бернштейн)、勃加特廖夫(П. Г. Богатырёв)是它的成员;另一班人来自1916年建立的"诗歌语言研究会",成员有什克洛夫斯基、艾亨鲍乌姆(Б. С. Эйхенбаум)、勃利克(О. М. Брик)、托马舍夫斯基(Б. В. Томашевский)、波利瓦诺夫(Е. Д. Поливанов)、雅库宾斯基(Л. П. Якубинский)、特尼亚诺夫(Ю. Н. Тынянов)。日尔蒙斯基(В. М. Жирмунский)与维诺格拉多夫(В. В. Виноградов)等人处于形式主义学派的外围,是"准形式主义者"①。两个团体接近并结合的基础是对语言的爱好以及研究语言艺术的形式主义方法,后者渊源于19世纪末20世纪初的俄国形式主义语言学,现代语言学奠基人之一、喀山—彼得堡形式主义语言学学派的领袖博杜安·德·库尔特奈(Бодуэн де Куртенэ)"实际上是整个形式主义的鼻祖……什克洛夫斯基是他的直接弟子"②。

形式主义文艺学思潮是对19世纪俄国文艺学界过分强调思想内容的最激进的反叛,它与俄国未来主义流派平行发展,是学术领域里的先锋派。形式主义是从哪里来的?托马舍夫斯基答道:是从安德列·别雷的文章中,从文学史专家温格罗夫(С. А. Венгеров)的研讨班上,从博杜安·德·库尔特奈主持的未来派

---

① 张冰:《陌生化诗学——俄国形式主义研究》,北京师范大学出版社2000年版,第59页。
② 钱中文:《巴赫金全集:卷五》,河北教育出版社1998年版,第423页。

喧闹的聚会里走出来的①。如何说明文艺学的特点？怎样研究文学作品及其形态？解决这些问题是形式主义学派整个活动的意义所在。形式主义者将文艺学理解为"关于文学的科学"，但不涉及文学本质的问题，而是为其限定了形式研究的方法。托马舍夫斯基曾打比方说，人们并不需要弄明白电到底是什么而去研究它，方法是把灯泡拧上它就会发亮。研究文学现象时用不着去先验地界定本质问题，关键在于辨清这些现象的表现形式，把握它们的相互关系。形式主义者正是把文艺学当成了研究文学表现形式的"科学"，于是建立一门自足的学科，像索绪尔把"内部语言学"独立为自足的语言学那样，就成了他们的主要任务。"在文学理论中我从事的是其内部规律的研究。如以工厂生产来类比的话，则我关心的不是世界棉布市场的形势，不是各托拉斯的政策，而是棉纱的标号及其纺织方法。"②

热衷于"自足文学科学"的形式主义学派感兴趣的课题是十分广泛的，他们建立情节与体裁理论，研究小说，成功地揭示做诗技巧，利用自然科学式的精确方法解析韵律和句法、分析语音重复，还编制出普希金与莱蒙托夫诗歌的诗格辞典，关心讽拟手法、民间文学、电影艺术、文学进化和传记问题，等等。

二、早期形式主义学派的理论特征

什克洛夫斯基是早期形式主义学派的最重要代表。他研究文学作品，是把作品当成一部汽车，可以把它拆散后再组装，是把作品当成一副象棋，人物像棋子那样机械地履行着各自的功能。

这种方法最适合于分析大众化文学作品。譬如，什克洛夫斯基曾经分析柯南道尔《福尔摩斯探案集》里的华生在小说布局中的功能，他写道："华生扮演着多重角色。首先是他向读者讲述福尔摩斯的故事，并且他必须向读者转述出他所期待的福尔摩斯的决定，他本人不参与福尔摩斯的案情推理，福尔摩斯只是偶尔同他分享一下细节性的推断……其次，华生是始终作为一个'傻瓜'被需要的，华生不会正确地理解罪证的意义，因此为福尔摩斯的正确分析提供了机会……第三，华生的作用在于……像一个小男孩在陪福尔摩斯练球。"③应该说，把大众文学体裁的作品作为自己严肃的研究对象，是形式主义学派的重要贡献之一。

---

① 尽管博杜安·德·库尔特奈对此类聚会很反感，但正如什克洛夫斯基所说，这位语言学家无法想象出诞生于这类聚会的语文学新流派与新语言学有多么接近。参见维克托·什克洛夫斯基：《汉堡账单》，苏联作家出版社1990年版，第11页。
② 维·什克洛夫斯基：《散文理论》，刘宗次译，百花洲文艺出版社1994年版，第3页。
③ 维克托·什克洛夫斯基：《论散文理论》，根据莫斯科"联邦"出版社1928年版重印，第129页。

对形式主义者来说,最重要的范畴是手法(приём)。文学即手法,是什克洛夫斯基《作为手法的艺术》这篇纲领性文章的基本思想。托马舍夫斯基在《文学理论》课本中,也阐述了手法的绝对重要性:"每部作品都可有意识地分解为几个组成部分,在作品的建构中可以区分出同类建构的各种手法,换言之,是区分出把语言材料连接成为一个言语整体的各种方法。这些手法就是诗学研究的直接对象。"①其中最著名的是奇异化或陌生化(остранение),即表现事物时要让人觉得是第一次出现。艺术手法的具体运用,是"使一部作品成为文学作品的东西"②,即文学性(литературность)的能量的释放,因而构成整个语言艺术的基础。比之实用语言,文学语言不仅制造奇异化,而且本身就是奇异化的产物。

在情节研究方面取得巨大成就的是普罗普(В. Я. Пропп)。他虽未加入过形式主义学派,但同样始终坚持形式主义方法原则。在《童话形态学》与《神奇童话的历史渊源》中他认为,神奇童话里人物们的所作所为基本上是雷同的,这就决定了变量与不变量的关系,人物们的各种功能处于不变量的位置上,而其他的一切皆为变量。譬如,1. 沙皇派伊凡去找公主。伊凡去。2. 沙皇派伊凡去寻稀罕之物。伊凡去。3. 姐姐叫弟弟去找药。弟弟去。4. 继母叫养女去找火。养女去。5. 铁匠派仆人去找牛。仆人去。派遣和去寻找是不变量;派遣者与出发者、寻找的理由等,则是变量。

形式主义学派建立了诗语理论。例如,特尼亚诺夫对诗歌语言与散文语言作了区分。特尼亚诺夫认为,由语义来改变语音是散文的结构原则,由语音来改变语义是诗歌的结构原则,语义和语音这两种对立要素的部分变换,则既是散文也是诗歌的主导因素。在《诗歌语言问题》一书中,特尼亚诺夫提出"诗行紧凑性与整一化"的假设:在不同的诗格下,音节数与重音各异的词语具有不同的组合能力,譬如在入三音步抑扬格的诗句里,不可能出现"пришли люди(人们来了)"或"белое вино(白葡萄酒)"的词汇组合。

特尼亚诺夫的分析比什克洛夫斯基等人更精细,甚至更深入,但常常"混淆"——超出形式主义研究的范围。不过从另一种角度看,他这是在把形式主义诗学推向成熟阶段。特尼亚诺夫善于由小见大,从"显微镜"下分析大问题,概括出具有普遍意义的结论。而且,"他的概括包括了文艺学中最高深、最后的一个领域,这就是关于诸如文学事实、体裁、文学进化概念这类问题的领域(《文学事实》,1924;《论文学的进化》,1927)。"③可以说,在形式主义学派内部,正是

---

① 鲍·托马舍夫斯基:《文学理论》,根据列宁格勒国家出版社1925年版重印,第6页。
② 罗·雅柯布森:《语言学与诗学》,载《结构主义:赞成与反对》,莫斯科进步出版社1975年版,第194页。
③ 鲍·艾亨鲍乌姆:《论散文,论诗歌》,"文学"出版社列宁格勒分部1986年版,第196页。

特尼亚诺夫最先把目光转向了文学与其他社会活动的联系上,他的研究对形式主义学派而言虽已是余晖残照,但给人的启发是巨大的。

三、晚期形式主义学派的理论特点

自克罗齐(Benedetto Croce)把作为亚里士多德主义范式残留的体裁观"一概推翻"①以来,西方文艺学界避开"类型发展"的传统长达半个多世纪。采用描写法研究文学进化与体裁问题,是形式主义学派的又一大贡献。在20世纪二三十年代西方学术界看重文本中的词语的研究时,形式主义者已开始把词语放在体裁中来探讨了。雅柯布逊曾打过一个比方来说明体裁中言语成分的功能:

一个传教士责备他的教民(非洲人)赤身裸体。教民指指他的脸反问:"可你自己不也有一个地方裸露着吗?""但这是脸啊!"土人答道:"我们浑身都是脸。"在诗歌中也是这样,每个言语成分都变成诗语的修辞格。②

这是对体裁与语词关系的一种静态描述,也是对文学性或诗歌性的形象性概括。体裁是言语的体裁,言语则必定是某种体裁的言语,用特尼亚诺夫的术语讲,就是任何体裁都具有特定的言语取向(речевая установка)。然而,体裁与体裁话语(词语)始终处于动与静的相互作用中,所以体裁也意味着是进化中的言语结构,最终是意味着整个文学的进化。不妨举例说明。

彼得好,那么让我用舌剑唇枪杀得你们抱头鼠窜。有本领的,回答我这一个问题

悲哀伤痛着心灵,

忧郁萦绕在胸怀,

唯有音乐的银声——

为什么说"银声"?为什么说"音乐的银声"?西门·凯特林,你怎么说?

乐工甲　因为银子的声音很好听。

彼得　　说得好!休·利培克,你怎么说?

乐工乙　因为乐工奏乐的目的,是想人家赏他一些银子。

彼得　　说得好!詹姆士·桑德普斯特,你怎么说?

乐工丙　不瞒你说,我可不知道应当怎么说。

彼得　　啊!对不起,你是只会唱唱歌的;我替你说了吧:因为乐工尽

---

① 朱光潜:《西方美学史》下卷,人民文学出版社1995年版,第650页。

② 罗·雅柯布逊:《语言学与诗学》,载《结构主义:赞成与反对》,莫斯科进步出版社1975年版,第228页。

管奏乐奏到老死,也换不到一些金子。①

　　对形式主义者来说,语言既是创作的材料,其自我反映也是创作的对象。语言的自我反映发生在传来朱丽叶死亡假信的悲痛时刻,本应为朱丽叶之死痛哭流涕,这里却被关于诗语性质的争论所替代。彼得和乐工们争论的其实只是作为"隐喻性修饰语"的一个词语,争论的焦点是如何进行比较。隐喻性修饰语是特定思维类型的标志,体现人们思维上的差别,它可以被人不理解甚至曲解,可以使人产生奇异化印象。隐喻性修饰语在文艺复兴晚期的莎士比亚悲剧中获得了新的评价,它一方面带有时代特色,同时首先是作为商籁体(十四行诗)语汇出现的。商籁体言语取向就是隐喻化的话语。围绕演不演奏《心里的安乐》展开的争论,实际上是一场关于时代诗语风格的争论。

　　乐工甲的回答令彼得满意,因为答语中具有隐喻的伴随联想:乐声如银声般美妙;银制乐器与银币。由此,奏乐与酬劳在"银子"身上合二为一。乐工乙的回答没有隐喻带来的双关特征。但彼得更高一筹,认为隐喻含义尚未穷尽,还能就谈话主题继续拓展它的联想。金子的出现借助了否定"银声"寓意的方法:银声无法同金声媲美。这样,在人们的联想中,乐工的辛劳就换不到金子这么高的报酬,而这意味着得不到任何的奖赏。金子由"银声"这个隐喻联想逻辑暗示出来,倏忽间降低了该隐喻的规格,仿佛一下子把"银声"变成了一个普通语汇"金钱",金子的喻义也由此局限在了乐工无法拿到本想得到的报酬上。②

　　其实,莎翁描绘这场争论,旨在更新悲剧言语的风格,即在悲剧言语结构中引入商籁体话语。在《罗密欧与朱丽叶》中这种例子不胜枚举。商籁体的联想一开始就作为诗语形式的一个因素或修辞风格渗透到了悲剧的言语结构中。如开场合唱诗,从诗行数量与韵脚配置看都属于商籁体,但越具有这些形式特征,越反衬出非商籁体的特性。关键性的商籁体语汇"fair"就是如此表现的,它集"善"、"美"与"美女"含义于一身,作者却竭力规避它的"美好"意义(修饰一座城市),打破习以为常的概念联想。故意使"fair"失去商籁体色泽,是为了同第二幕的开场诗形成对照。第二幕开场合唱也使用了商籁体,但诗行获得了新品质:语调活泼富有情感。作者借"fair"一词联想含义的宽泛潜能,赋予它双关蕴意:自从见到朱丽叶,罗密欧先前所爱的"美艳情人"便黯然失色。此时合唱的言语风格仿佛在暗示悲剧话语已逐渐驾驭了商籁体话语,并且正在改变自己体

---

① 莎士比亚:《罗密欧与朱丽叶》,载《莎士比亚全集》第8卷,朱生豪译,人民文学出版社1978年版,第98~99页。以下所引均出自该版本。

② 莎翁常常从日常口语化的成语性语汇的直义中获得灵感,塑造自己的隐喻形象,但在这里正好相反,先出现了隐喻形象本身(银声与金声),尔后才由银子与金子回转到日常生活中的指物含义(金钱)。

裁的言语性质。在第一幕中,许多诗行就其语汇而言,已不受诗行数量与总体情调的左右,基本上变成了商籁体诗行,特别是罗密欧的话语表现得最明显。罗密欧来到凯普莱特家,见到朱丽叶之后,说出了这样的诗句:"她是天上明珠降落人间!/瞧她随着女伴进退周旋,/像鸦群中一头白鸽翩跹。"诗句在形式上并没有商籁体的痕迹,但内在风格却是商籁体的,在同朱丽叶第一次交谈时,这一内在风格完全获得了商籁体特征:"要是我这俗手上的尘污/亵渎了你的神圣的庙宇……"

隐喻的"眼光"开启了以比较为言语取向的爱情主题,此处商籁体诗即由这种"眼光"引发。像一谈及罗瑟琳,罗密欧会爆发出商籁体风格的灵感那样,现在朱丽叶成了商籁体话语的激发者。不过,此时商籁体话语又有些变化,对罗瑟琳说的话语是假定性的爱情宣言,对罗密欧说的话语则是实实在在的。在第二幕第二场,罗密欧深夜潜入凯普莱特家的花园,碰见朱丽叶并互诉衷肠时,朱丽叶几乎每次都打断罗密欧说话,动情的大白话与激情满怀的隐喻性诗语相映成趣,构成了一幅爱情降临现实的画面。

分析到这里我们可以看出,关于"银声"含义的争论,并不是给朱丽叶的悼文,而是标志着一种特定情感的结束,表现出的则实际上是体裁与其语词的动态关系,在例中这就是一种体裁(商籁体)正在结束,确切地讲,是正在被悲剧体裁所并吞,因为我们感觉得到纯商籁体的言语取向在这里显得紧紧巴巴,它那些清晰可辨的风格特征已被放到一个新的体裁空间,但由这些特征混合而成的整体,"却获得了异样的色彩,增生出别的一些特征,丧失自己原有体裁的性质,进入了其他的体裁中,换言之,它的功能发生了改变"[①]。另一方面,商籁体特征融在了悲剧之中,但悲剧并未消除隐喻,而是在隐喻身上增添了一种新功能——戏剧功能。正是在悲剧的言语结构中,商籁体话语变成了人物的性格特征,大而言之,是人的意识的特征,乃至时代情感与文学风貌的特征。

四、俄国形式主义评价

形式主义学派成员们的学术命运各不相同,但都对世界语文学的发展作出了贡献。什克洛夫斯基后来撰写了列夫·托尔斯泰传和一些很有趣的散文;特尼亚诺夫创作出《普希金》等一系列长篇小说,成为20世纪俄罗斯著名作家;普罗普的一些论著被认为是现代叙事学的奠基之作;雅柯布逊是20世纪国际学术界的一棵常青树,1929年用结构主义(structuralism)一词概括当时人文科学研究

[①] 尤里·特尼亚诺夫:《作为演讲体裁的颂诗》,载《诗学论文集》第3卷,列宁格勒国家出版社1927年版,第102页。

的总体特征,一生致力于语言学与文艺学的联姻。

形式主义学派的某些思想为俄罗斯国内外的许多研究者所接纳,对法国结构主义符号学派、英美新批评派、塔尔图—莫斯科历史文化符号学派等,都产生了不同程度的影响。

形式主义学派率先把刚从语文学之下获得独立的现代语言学理论同文艺学结合起来,深入地分析作品的语言艺术,这样的研究彻底改变了当时文学反映论的统治地位。什克洛夫斯基与其同道们出色地理解了理论在积累事实材料时的重要作用:没有理论就没有历史体系,因为没有理论,对选择和思考各种事实而言也就意味着是没有原则。这一思想恰好呼应了当代的科学学:观察始终是在理论烛照下的观察。

但形式主义方法的缺陷是很明显的:为了突出文学是一门语言艺术,过分地强调了以建立科学的理论为基础的文学形态学的一面,而抛开了思想内容和文学与其他社会活动的关系。从形式的角度研究文学艺术,这很重要,但首先要摆正形式研究和对文学艺术的整体研究的关系,亦即小世界与大世界之间的关系。其实,任何领域里的研究,都会自觉不自觉地采用形式方法。但若将形式方法拔高为一种世界观,使之成为普遍的形式主义方法原则,并试图把以此制定的理论充当一般理论,那就会削足适履,最终陷入死胡同。

文化是个整体,任何一种文化现象,任何一个文化领域,都是在这个整体中相互"搭界";语言艺术作为文化的一个组成部分,不可能是自足的;从理论上来揭示其活动规律,不能忘却它首先沐浴在文化整体的阳光下,因此研究者须站在这个文化领域的边界上考察它的特征和规律。当然站法是可以选择的,可以由外及内、自上而下地站在边界上,也可以由内向外、自下而上地站在边界上。如果说形式主义者早期也曾注意到了边界问题,那么他们的兴趣只在于确定文学研究的界线(文学性),把文学独立成为一个自足的客体。不过,形式主义学派晚期终究也认识到了站在边界上的重要性,遗憾的是,这种研究刚出现萌芽就被扼杀了。

第二节 巴赫金的文艺思想

巴赫金(М. М. Бахтин,1895—1975),苏联思想家、文艺学家,在哲学、美学、文艺学、语言符号学等领域均有建树。1918 年毕业于圣彼得堡大学。1919 年发表短文《艺术与责任》,讨论了艺术与生活应该相互承担责任与过失的问题,为作者早期学术研究定下了哲学—美学的基调。写于 1920 年前后的《论行为哲学》,考察了生活世界与文化世界彼此脱节的原因,提出了艺术家、研究者应把自己的审美行为、学术行为统一于对生活的责任中的主张。同期完成的

《审美活动中的作者与主人公》则从美学的角度论证了《论行为哲学》中提出的哲学命题。1924年的长文《文学作品的内容、材料与形式问题》试图从普通美学的角度阐述文学问题,认为俄国形式主义者把内容当成形式要素,而形式又是作家如何驾驭语言的技巧,所以他们的诗学理论只不过是一种"材料美学"。

巴赫金是"涅维里哲学小组"的核心,成员们在学术创作中颇为"亲密"的关系导致了"著作权有争议文本"的产生。1929年年初,由于参加宗教哲学聚会和私下讲授康德唯心主义哲学"毒害青少年",巴赫金被捕入狱,在朋友的多方营救下,又因本人右腿患有严重的骨髓炎(第二次世界大战时因炎症加剧而截肢),他才获较轻的刑罚——流放哈萨克斯坦边远小镇6年,从此被长期打入另册。在羁押期间,专著《陀思妥耶夫斯基创作问题》问世,书中提出了"复调小说"的理论。1935年在流放地完成《长篇小说的话语》一文,之后两年间写出了有关歌德的教育小说的专著,后因第二次世界大战爆发,手稿被出版社遗失。1940年前后,完成学位论文《现实主义历史上的拉伯雷》以及三篇有关长篇小说体裁的论文。

20世纪50年代末60年代初,巴赫金的名字在学术界消失近30年后再度出现在苏联出版物上,此后论陀思妥耶夫斯基的专著再版,1965年学位论文经修订并更名为《拉伯雷的创作及中世纪与文艺复兴时期的民间文化》得到出版,存放于储藏室的上述哲学、美学、文艺学手稿也被发掘出来并陆续发表。50年代着手研究言语体裁问题,发表了一篇论文并留下了大量的笔记性准备材料。晚年致力于思考哲学—人类学与人文科学方法论的问题,写下了各种笔记,后人为这些笔记取名为《文本问题》、《人文科学方法论》、《1970—1971年笔记》等公开发表。巴赫金的文艺思想丰富,涉及问题很多,这里仅介绍"复调小说"与"狂欢理论"问题。

一、复调小说

在《陀思妥耶夫斯基创作问题》中,巴赫金借用音乐术语"复调",形象地说明了陀思妥耶夫斯基的小说创作特色。

1. 作者赋予主要主人公以极强的自我意识与主体能动作用,作者"声音"相对于主要主人公"声音"并不具有优越性;
2. 主要主人公大都是"思想家"式的人,且喜欢思考一些终极问题;
3. 以上两点为以复调形式展现主人公思想奠定了基础,作者让各种思想存在于不同主体相互作用的共同地带,使思想的表达成为两个或几个意识(声音、主体、主人公)相遇的对话点上演出的生动事件;
4. 相应的,巴赫金把复调小说与独白小说对立起来,认为在后者那里作者

"声音"具有绝对的优越性,其哲学根源是用意识的统一性偷换存在的统一性。

作者之所以能给予主人公以自由的个性和独立的自我意识,是与他对主人公的独特的创作立场密切相关的:

> 陀思妥耶夫斯基对主人公的兴趣,不在于他是现实生活中具有确定而稳固的社会典型特征和性格特征的人,不在于他具有由确定无疑的客观特征所构成的特定面貌(这些特征总起来能回答"他是谁?"的问题)。不是这样,陀思妥耶夫斯基对主人公的兴趣,在于他是对世界及对自己的一种特殊看法,在于他是对自己和周围现实的一种思想与评价的立场。对陀思妥耶夫斯基来说,重要的不是主人公在世界上是什么,而首先是世界在主人公心目中是什么,他在自己心目中是什么。①

巴赫金还独创了超语言学,从话语的对话关系的角度分析陀思妥耶夫斯基的语言,认为在他的作品中不同指向的双声语占据明显优势,这种语言对实现复调目标所起的主要作用,在于能够促进主人公的自我意识产生对话化的效果,亦即促进主人公变成真正的交谈主体,是不能被背靠背地议论而只能与之平等交谈的主体,"人类心灵的隐秘"、"人身上的人"正是在这种对话交谈中才得到了充分的呈现。

1963 年论陀思妥耶夫斯基的专著再版时,巴赫金增添了复调小说体裁特点的第 4 章,指出欧洲小说发展史上狂欢体线索中的"苏格拉底对话"与"梅尼普讽刺"两种庄谐体文字,是陀思妥耶夫斯基复调小说体裁的主要来源。

二、狂欢理论

在《现实主义历史上的拉伯雷》学位论文答辩会上,巴赫金指出,倾心研究拉伯雷,是因为他是民间诙谐(笑)文化的最清晰的表达者,然而,"我的著作的主人公并不是拉伯雷,而是这些民间的、节日的、怪诞的各种形式,即在拉伯雷的创作中向我们展示、阐明的传统"②。这既是文化的传统,也是诗学的传统。对文艺学来说,狂欢理论的最大特点在于揭示了民间诙谐文化与某些文学创作之间的紧密关系。有关这种关系的论点,散见于《长篇小说的话语》、《小说的时间形式与时空体形式》、《长篇小说话语的发端》、《史诗与小说》、《陀思妥耶斯

---

① 钱中文:《巴赫金全集》第 5 卷,河北教育出版社 1998 年版,第 61 页。后面出自该全集的引文均随文标出卷次与页码,不再详注。
② 转引自潘科夫:《巴赫金:狂欢概念的早期版本》,载《文学问题》1998 年第 2 期。这个思路显然与论拉伯雷专著中"我们直接研究的课题不是民间诙谐文化,而是弗朗索瓦·拉伯雷的创作"(第 6 卷第 68 页)的说法不同,但读者能看出,巴赫金先有民间诙谐文化与文学创作相互关系的观点,然后用它来阐发拉伯雷创作的特点,或者是用拉伯雷的创作来佐证自己的上述观点,而选取拉伯雷,主要原因是"他与民间源头的联系比其他人更紧密、更本质"(同上第 2 页)。

基诗学问题》、《果戈理之笑的历史传统和民间渊源问题》、《长篇小说理论问题·笑的理论问题》、《论马雅可夫斯基》等论著和笔记中,但在《拉伯雷的创作及中世纪与文艺复兴时期的民间文化》连同《〈拉伯雷〉的补充与修改》中得到了详尽、系统的阐发。

民间诙谐文化有三种基本的表现形式:

1. 各种仪式—演出形式,譬如各种狂欢节类型的节庆活动、各类诙谐的广场表演等;

2. 各种诙谐的语言作品,包括戏仿体作品,譬如各种诙谐的口头作品和书面作品、拉丁语作品和各民族语言作品等;

3. 各种形式和体裁的不拘形迹的广场言语,譬如骂人话、指天赌咒、发誓、民间褒贬诗等。

巴赫金认为,各种民间节庆形式都带有狂欢色彩,但只有狂欢节相对更好地保存着古代民间节日的形式特点,它吸纳各种已衰亡或蜕化的民间节日形式的一系列因素,因此在基督教征服罗马的过程中出现的狂欢节,就成了巴赫金说明民间节日本质特征的重要概念。在上述三种民间诙谐文化的形式中,作为仪式—演出形式的民间节庆活动具有本源地位,其他形式都是在狂欢式(即一切狂欢节式的庆贺、仪式、表演、形式的总和)的辐射中形成的,譬如第二种形式的诙谐文学,经常洋溢着诸如酒神节、农神节、狂欢节等民间节日的自由精神,广泛运用民间节日的形式和形象,因此出现了文学的狂欢化,即狂欢式转化为文学语言而使作品渗透着狂欢的世界感受,而第三种形式则与狂欢节广场上形成的人与人之间的亲昵关系和新型交往形式有着紧密的联系。所以,这三种文化形式,种类不同,但相互联系、彼此交织在一起,尤其是都反映出看待世界的统一的诙谐的观点,民间狂欢式的笑(诙谐)是它们最深刻的共同特征。

狂欢式的笑具有三个基本特征:1. 全民性。即每一个人都在笑,这是"大众的"笑。2. 包罗万象性。这种笑针对的是一切事物和所有的人,笑的主体和客体之间没有明确的界限,换言之,整个世界都可以从笑的角度、从其可笑的相对性的角度来感受和理解。3. 双重性。即这种笑既是欢乐的、兴奋的,同时也是讥笑的、冷嘲热讽的,它既否定又肯定,既埋葬又再生。

从起源上看,狂欢式的笑与上古时期部落群体参加的宗教仪式上笑的各种形式联系密切,后者同死亡和复活、同生产现象、同生产力的象征物联系着,它是针对太阳活动中的危机、天神生活中的危机、世界和人们生活中的危机(如葬礼上的笑)而发的,融合了讥讽和欢欣。中世纪的狂欢节名义上是基督教的一个节日,但实际上也是民间节日,它自身还保存着多神教时代的神话观念,其中最重要的一种是农业崇拜。为了使种子发芽、成长并长出果实,种子就需要象征性地死亡一回,狂欢活动中诅咒人去死的骂人话也具有类似的双重性,即"回到母亲的子宫再获新生"、返回具有生产能力的物质躯体的下身(大地)重获新生。装扮死人并复活、抢假死人的民间活动,丑角国王的加冕与脱冕,假孕妇当街分娩等,都可以被看做是"双重性相互转化"观念——相互对立的两种意义相互转化的思想的表现形式。狂欢式的笑也针对崇高事物,指向权力和真理的交替、世界秩序的嬗变、新旧事物的更替等,笑声里有死亡与再生、否定(讥笑)与肯定(欢呼之笑)的结合。

  对民间诙谐(笑)文化理解最透彻的当推拉伯雷。《巨人传》广泛使用民间诙谐文化所特有的一系列形象。巴赫金认为,这种形象观念是关于世界的特殊审美观念——怪诞现实主义审美观念的遗产。怪诞现实主义的主要特点是降格,即把一切高级的、精神性的、理想的和抽象的东西贬低化、世俗化,其途径是转移到作为不可分割的整体的物质—肉体的层面、大地和身体的层面。在怪诞现实主义中宇宙、社会、肉体构成了一个活生生的、欢快安乐的、幻想的整体,因此物质—肉体因素在这里就具有全民性、节庆性、乌托邦性,用通俗的话说,就是个人的肉体有生有死,但全民的肉体代代相传、繁衍不绝。"拉伯雷式的笑"首先表现在用极度夸张化的怪诞方式展现生活的物质—肉体因素,使传统上联系着的各种崇高的东西分割开、传统上崇高与低俗分割着的东西接近(譬如谈到教皇时不评论他的神圣的一面,而讲他的"那个东西"(生殖器),从而恢复了"古代阶级前综合体"中的毗邻关系。① 这是通过组织各种不同系列的形象实现的,这些系列可归纳为:1.解剖和生理角度的人体系列。2.人的服饰系列。3.食物系列。4.饮酒和醉酒系列。5.性系列。6.死人系列。7.大便系列。其次具有本体论意义,事物的上述组合表现出人的生命、与人体相关的肉体—物质世界的复杂性和深刻性,人体在现实时空世界里获得了新的意义和新的地位,成为世界的测量尺度、判定世界对人具有何种现实分量和价值的衡量标准,从而围绕人体建立起一个新的世界图景,其特点是以体魄与精神浑然一体的人为中心的在时间中不断地向前运动,于是否定了静止的、垂直的不以人为中心的价值等级观。中世纪以空间价值重心为特征,"由下而上的空间阶梯与价值阶梯严格对应",文艺复兴时期的重心是由前向后的物质运动,也就是说,"宇宙沿着时间的水平线从过去向未来的向前运动"②。拉伯雷使人的肉体在中世纪严格的等级制之外获得了自己的意义,恢复了人所固有的未完成性和不可完成性的特点(在复调小说中这个特点表现为精神个性之间永恒的对话,在拉伯雷那里则指人类永恒的肉体)。《巨人传》借助狂欢节笑文化的诸种形式,在中世纪的世界图景中引入永恒的物质—肉体,使静止的垂直的等级体系发生相对化,从而击碎作为绝

---

① 钱中文:《巴赫金全集》第3卷,河北教育出版社1998年版,第404~424页。
② 钱中文:《巴赫金全集》第6卷,河北教育出版社1998年版,第424页。

对、永恒与唯一的宗教理念。

文学的狂欢化促成了欧洲小说发展的三条线索之一——狂欢体文学。民间笑文化的文学与哲学功能表现在:1.摆脱神话与传说的束缚,使有意地依靠个人的经验(即使是不成熟的经验)和自由的虚构成为可能。2.摆脱史诗、悲剧、庄严的雄辩、抒情诗的修辞单体性的束缚,克服横亘于各种文学体裁、形象、语言风格之间的彼此隔绝,大而言之,是各种艺术思维体系之间的壁垒,借助地形学意义上的上下移位复现文化意义的双重性,用修辞学术语讲,是戏(讽)拟的双重性。3.摆脱看待世界的正统的观点,摆脱各种陈规虚礼,摆脱通行的真理,摆脱普适的、习见的、自明的观点,使之能以新的方式看世界。4.使人能够感受到一些现存事物的相对性,感受到出现完全改观的世界秩序的可能性。

古希腊、罗马时期,在民间狂欢文化的影响下文学中已形成庄谐体文字,如苏格拉底对话、筵席交谈文学、早期回忆文学、田园诗、抨击性文学、梅尼普体讽刺文学等。正是古代的庄谐体文学成为了以后欧洲长篇小说狂欢体分支的最重要源泉。到了中世纪,几乎所有严肃的官方节日都带有民间广场节庆形式的一面,大量的讽拟性文学或与狂欢节本身有关,或与愚人节等其他狂欢活动有关。如果说在中世纪与官方生活相对立的广场狂欢活动有时间限制(节期),那么文艺复兴时期狂欢激情经常冲破时间的障碍,"侵入"官方生活和世界观的许多领域,最终导致了文化意识狂欢化的高昂。之后出现了笑的弱化阶段,有些狂欢生活逐渐退出广场,流变成诸如假面舞会等封闭的宫廷性节庆活动,或与固定的剧院演出合在一起,演员与观众、笑者与被笑者出现了严格的分界。启蒙运动以来,笑的功能也发生变化,笑逐渐失去双重性,变成纯批判性讽刺,即居高临下地揭露和鞭笞什么的讽刺。自17世纪后半期开始,对文学产生影响的不再是狂欢活动本身,而是苏格拉底对话、梅尼普体讽刺等早期的狂欢体文学。

三、巴赫金文学理论的评价

巴赫金一生命途多舛,然而他又是幸运的,生前就被学术界"发现",从此世界范围掀起了一场"巴赫金热"。哲学家哈贝马斯正面肯定他的语言哲学和狂欢思想[①],美学家尧斯高度评价他的美学理论[②],文艺学家普罗普认为狂欢节式的笑对官方权力与禁欲主义道德确实起到了反抗作用[③],符号学家克丽斯蒂娃

---

① 哈贝马斯:《我们的访谈:哲学家——自己时代的诊断家》,载(莫斯科)《哲学问题》俄罗斯科学院哲学所1989年第9期。
② 尧斯:《论对话理解问题》,载《巴赫金研究文集》第3辑,莫斯科迷宫出版社1997年版,第182~197页。译自 Dialogizität / Hrsg. von Renate Lachmann, München: Wilhem Fink Veralg, 1982, S.11–24。
③ 普罗普:《滑稽与笑的问题》,杜书瀛译,辽宁教育出版社1998年版,第155页。

借鉴对话与"双重性相互转化"的思想建立了互文性理论①,历史学家古列维奇则对时空体理论赞赏有加②。时至今日,巴赫金"在西方批评家当中已无须介绍,在意识形态领域,从旧式人文主义者到结构主义者再到后现代主义者,都在文学和文化批评中征引他的名字"③,他对世界三大符号学派——巴黎结构主义—后结构主义符号学派、英国功能主义符号学派与莫斯科—塔尔图历史—文化符号学派,产生了和产生着影响,对话主义思想正为心理咨询理论和新闻传媒理论所吸收,关于狂欢与民间笑文化的思想则为女性主义、史学等研究提供了启发。

巴赫金以丰富的知识涉足众多的学科领域,建立了为不同领域的人文学者或称道或批判的各种专门性理论,这是因为他能独具慧眼地窥探到各个人文学科的内在的本质联系,而之所以能发现这种本质联系,归功于他对人的存在问题及思维问题的哲学思考。正是有了高屋建瓴的哲学眼光,使他既能限定自己的考察对象,也能不拘泥于它,论及哲学问题时能把思想的火花点燃于具体学科的细微之处,提出各种新的问题,也能在把目光聚焦在某一点的时候达到哲学的境界,返回根本性的哲学构思,继而反过来再深入到人文学科的专门领域。

当然,巴赫金的学理不可能是完美无瑕的,尤其是最有创新性的复调小说理论与狂欢理论,受到了各种各样的质疑、批判乃至诘难。譬如,复调小说中主人公可否分享作者那样的主体积极性?狂欢理论从史学角度看能否站住脚?从创作思维的角度看,作者在审美活动中采取对话的姿态可以使主人公获得相对独立的主体意识,这与采取独白的姿态不让主人公有独立的主体意识(如成为作者的传声筒)的道理是一样的。采取对话立场,赋予主人公以相对独立的主体地位,用巴赫金早期的哲学—美学术语讲,是从形式上完成主人公的具有"未完成性"的个性,体现出作者不把他人物化、不把他人看作作者意识的客体,而是看作另一个意识的创作态度。只抓住作者必须从形式上完成主人公这一点,得出任何主人公只是作者的客体的结论,就会忽视审美活动中作者从形式上完成主人公时,既可以采取独白的立场,也可以采取对话的立场。批评者的有些观点很有道理,如民间文化与官方文化虽有区别但并不截然对立。笔者认为,在陀思妥耶夫斯基的创作中复调特点确实比较明显,但同时也应看到,它同样不缺乏独白因素。至于长篇小说体裁的三种来源(史诗、雄辩术与狂欢节)以及与此对应

---

① 克丽斯蒂娃:《巴赫金:词语、对话与小说》,载《莫斯科大学学报(语文学卷)》1995年第1期。译自 Kristeva, Julia. Bakhtine, *le mot le dialogue et le roman*. Critique, T. 23, 1967, No239.

② 古列维奇:《中世纪的世界:沉默的大多数人的文化》,莫斯科艺术出版社1990年版,第116页。

③ Emerson, Caryl. *The First Hundred Years of Mikhail Bakhtin*. Princeton: Princeton University Press, 1997, 封二。

的欧洲小说发展史上的三条线索(叙事、雄辩与狂欢体),界限过于分明、绝对了,由此得出的民间狂欢文化是庄谐体文学的唯一来源这个结论也走向了极端。当然,发现民间笑文化与文学的关系问题本身就具有重大的学术价值与开创性意义。

对开拓性的专题研究来说,限定对象无可非议,但抓住一点而不及其余的做法,难免会有以偏概全之嫌。不过,巴赫金采用哲学、文化学与语文学的交叉视角,提出审美活动中作者与主人公相互关系、复调艺术思维、民间笑文化与文学创作相互关系、时空体、言语体裁等课题,足以给人文科学研究者提供诸多启示。

第三节　英美新批评

新批评这一文学理论流派于 20 世纪 30 年代形成于美国,40 和 50 年代在美国文论界占统治地位,但是它的源头却在英国。

"新批评"这一名称取自美国批评家约翰·克娄·兰色姆(John Crowe Ransom,1888—1974)的著作《新批评》(1941),由于它主要盛行于英国和美国,所以又称之为"英美新批评"。在这一流派的形成过程中,一些学者力图冠之以其他名称,如"本体论批评"、"语境批评"、"文本批评"、"诗歌语义学批评"等,但最终还是称之为"新批评"。实际上这个名称很不严谨,因为任何一种新近产生的批评都属于"新"批评。

一、新批评派的代表人物

英美新批评作为一个流派大约持续了 40 多年,大致可分为三个时期①。

第一个时期,大约为 1915 年至 1930 年,主要在英国,代表人物是 T. S. 艾略特(T. S. Eliot,1888—1965)、I. A. 瑞恰兹(I. A. Richards,1893—1979)和威廉·燕卜荪(William Empson,1906—1984)。实际上这三位诗人兼批评家当时并无意于形成一个什么流派,他们只是用自己的批评实践和批评理论探索着从新的角度进行文本解读。后来以兰色姆为代表的一批美国诗人发现了他们的批评理论和批评方法,开始进行研究,并冠之以"新批评"这一头衔。

把艾略特归于新批评创始人之一实际上很牵强,事实是他的"非个性化"理论和他对 17 世纪玄学诗的重新研究对后来新批评派的产生有一定的影响。正像后人也把美国诗人庞德(Ezra Loomis Pound,1885—1972)推为"新批评派"的远祖一样,只因为庞德关注诗歌的意象和语言技巧,这影响到英美现代文论对语

---

① 赵毅衡:《新批评——一种独特的形式主义文论》,中国社会科学出版社 1986 年版,第 5 页。

言研究的重视。

瑞恰兹的一些理论和他在剑桥大学讲授古典名著的方法倒可算得上具有"新批评"的特色。他的文学批评富于科学精神,力图削弱主观主义的成分和实证主义的传统。他一生著述甚丰,在语义批评方面较有影响的主要有两部著作:一是与奥格登合著的《意义的意义》(1922),书中提出了语言的符号功能和情感功能这样一个命题。二是《文学批评原理》(1924),提出了语言有科学用法和情感用法这样两种用途。这进一步引起后人对语言进行研究的兴趣。他的《实用批评》(1929)一书是批评实践的总结,他倡导的"细读法"在书中得以体现。

燕卜荪的《含混七型》(又译《朦胧的七种类型》,1930),对新批评派的形成产生了直接影响。燕卜荪是瑞恰兹的学生,1925年考入剑桥大学,酷爱数学和文学,成绩优异。他的青年时代是在写诗与解数学题中度过的。在瑞恰兹的启发下,他完成了《含混七型》一书。含混(ambiquity,又译朦胧),燕卜荪定义为:"当我们感到作者所指的东西并不清楚明了,同时,即使对原文没有误解也可能产生多种解释的时候,在这样的情况下,作品该处便可称之为朦胧。"[①]从这个定义可以看出,燕卜荪说的朦胧指的是作品文本的某处意义模糊,可以有两个以上含义。这种含混的产生可能是作者创作时有意为之,也可能是读者阅读时注入了自己的情感而得出的新认识。

书中燕卜荪对250多个诗节进行分析,详细阐述每个诗节为什么含混,有几种含义,等等。他把含混分为七大类。他所采用的批评方法是从老师瑞恰兹那里学到的语义分析批评法。燕卜荪所列举的诗节及其分析有一定道理,但有相当一部分很牵强。有些例子很晦涩,加之他的七种类型有所交叉,引起读者的指责。但无论如何,他的批评实践在当时是一个创举。

燕卜荪1951年发表的《复杂词的结构》是一本较为成熟的批评论著,书中运用的是"词义分析批评法"。

第二个时期大约为1930年至1945年,这是新批评派的形成期,主要代表人物是美国的约翰·克娄·兰色姆(John Crowe Ransom,1888—1974)和他的三个学生艾伦·退特(Allen Tate,1888—1979)、克林斯·布鲁克斯(Cleanth Brooks,1906—1994)、罗伯特·潘·沃伦(Robert Penn Warren,1905—1989)。

兰色姆是新批评派承上启下的关键人物,他"把新批评建立在明确的文本中心论基础上"[②]。他的重要著作是《诗歌:本体论笔记》(1934)和文集《世界的肉体》(1938)。他把"本体论"这个术语引进文学批评并赋之以新的含义。兰色姆强调文学作品的本体存在,把作品看做是封闭的客观存在物,认为文学批评就

[①] 燕卜荪:《朦胧的七种类型》,中国美术学院出版社1996年版,第4页。
[②] 赵毅衡:《新批评——一种独特的形式主义文论》,中国社会科学出版社1986版,第10页。

应该研究作品的内在因素而不是文学与各种社会现象的联系。

退特的论文《论诗的张力》(1938)提出了"张力"等新概念。他认为,诗歌语言中有两种经常起作用的因素,即外延(extension)和内涵(intension),把二者词头省略,剩下的"tension"就是"张力"。外延是词的"词典意义",内涵则是指"暗示意义",是附属于语词的感情色彩。"在终极内涵和终极外延之间,我们沿着无限的线路在不同点上选择的意义,会依个人的'倾向'、'兴趣'或'方法'而有所不同","所能获得的最深远的比喻意义并无损于字面表述的外延作用,或者说我们可以从字面表述开始逐步发展比喻的复杂含意"[①]。文学既要有明晰的概念意义,又要有丰富的联想意义,张力指的是这二者之间的关系。

《怎样读诗》(1938)是布鲁克斯和沃伦合作为大学文学系编著的教材,在当时影响最大。

这一系列著作已形成了一个具有鲜明特点的文论体系,新批评派的主要观点基本上都已提出,但此时它还没有一个正式的名称。直到1941年,兰色姆出版了《新批评》一书,"新批评"这个名称就正式流行开来。尽管兰色姆等人对这个名称并不满意。

第三个时期大约为1945年至1957年,是"新批评"的极盛期,这个时期的代表人物主要是威廉.K.维姆萨特(William K. Wimsatt,1907—1975)和雷内·韦勒克(Rene Wellek,1903—1992)。第二次世界大战以后,新批评派在美国极其盛行,一大批文学评论家采用了新批评的方法,成果丰硕,而且几乎所有的大学文学系都开设此课。

韦勒克和奥斯丁·沃伦合著的《文学理论》(1949)是一部较成熟的理论著作。书中区分了"内部研究"(又译"内在研究")和"外部研究"(又译"外在研究")。作者认为,那些对文学的外在因素进行研究的方法属于外部研究,如关于文学的背景,作者传记,作者心理,作品的思想性,文学的社会价值,文学和其他艺术的关系的研究等;文学的内部研究是指"解释和分析作品本身"[②],如关于文学作品的存在方式,文体学,文学语言的谐音、节奏和格律,意象,隐喻,象征,文学的类型等方面的研究。韦勒克认为,新批评是一种典型的"内部研究"模式。韦勒克的这种划分表面看来似乎很明确,什么是内部研究,什么是外部研究,一目了然,但实际上他把复杂的文学批评活动简单化了。

布鲁克斯和维姆萨特合著的《文学批评:简史》(1957)一书"使新批评理论更加系统化、体制化了,却也使新批评形式主义的狭隘性暴露无遗。"[③]20世纪

---

① 赵毅衡编选:《"新批评"文集》,中国社会科学出版社1988年版,第117页。
② 韦勒克、沃伦:《文学理论》,刘象愚等译,三联书店1984年版,第145页。
③ 赵毅衡:《新批评——一种独特的形式主义文论》,中国社会科学出版社1986年版,第16页。

50年代末,结构主义文学批评从法国传到美国,此后,美国的文学批评领域花样翻新,新潮迭起,新批评派一家独尊的局面宣告结束。

二、新批评派的主要理论见解

新批评派最主要的一个特征就是关注文本,通过"细读"进行文本解读。在这个主要特征之下,新批评派的理论有些散乱,其批评方法也因人而异。这里只能做概要论述。

其一,提出文学本体论。他们认为文学是一个独立的和独特的世界,不依赖于客观世界而存在,是一个完整的、封闭的客观实体。文学作品一经产生,就成为独立于作者和读者的经验和意识之外的自足的实体。他们从意图谬见、感受谬见①等诸多领域研究文学的本质问题。

其二,倡导"内在批评",对"外在批评"持否定态度。一般说来,每一种新的文学批评流派的产生都是基于对当时流行的批评模式的不满,新批评派的产生也是如此。20世纪初期,在英国流行的是实证主义批评、印象主义批评、新人文主义批评和马克思主义批评。实证主义批评过分依赖于考证等自然科学的方法;印象主义批评带有强烈的主观色彩;新人文主义批评则从道德伦理的角度看待文学;马克思主义批评把文学与社会关系放在一起加以研究。新批评派对这种"外部批评"表示不满,他们提出,文学批评的焦点应该是作品本身,即"内在批评",新批评派是内在批评的发明者和倡导者。

其三,把语言的功能分为科学性和情感性两种。新批评派认为,语言具有两种功能,一是用于指称事物,主要见之于科学性语言;二是用于表达情感和态度,主要见之于文学性语言。科学性语言必须精确、明晰,只有外延,没有内涵,在语言与它所指称的事物之间是一对一的关系。文学性语言则是"含混"的,语义复杂,在内涵与外延之间存在一定的"张力",有时甚至是"反讽"的、"自否"的,在字面意义之外还会有更深的含义,或言外之意。

其四,对"有机论"展开讨论,丰富了诗歌结构的理论。兰色姆提出了"构架——肌质"二元论,认为一首诗可分为构架与肌质两个部分,构架是使作品的意义得以连贯的逻辑线索,是能用散文加以转述的东西;肌质则是非逻辑的部分,包括作品中的丰富情感和深刻内涵。兰色姆的学生们则反对老师的二元论,他们各自提出了一套自己的观点。布鲁克斯偏向于"整体论",他的重要论点是:局部美相加不等于整体美。维姆萨特承袭了传统的"内容与形式"有机结合的观点,认为诗的内容与形式是无法脱离的。沃伦则认为,与内容相比,诗的形

---

① 新批评派提出了许多新的术语,在本教材中不作为教学重点,故不展开讲授。

式更为重要。

他们从不同角度探讨内容与形式的关系,局部与整体的关系,从而使"作品结构"成为新批评派所关注的问题之一。人们把新批评归入形式主义批评之列,这是原因之一。

其五,倡导"细读"。新批评认为,作品中蕴涵着丰富的意义,要揭示其中的复杂意义,其方法只能是细读文本,仔细推敲。瑞恰兹发明了语义分析批评法,燕卜荪完善了词义分析批评法,他们力图通过揭示语义的含混性和词义的复杂性来说明作品含义的丰富性。不难看出,新批评所倡导的是一种"分析性批评",他们反对单纯的"欣赏性批评"。

其六,认为具有一定复杂性的作品是成为好作品的前提。韦勒克指出,作品的意义绝不是它那个时代的人所能穷尽的,否则我们就没有必要再研究莎士比亚了。作品的意思是所有时代对它的认识的总和。因此,具有一定复杂性的作品是成为好作品的前提。同时他们也相信,好的作品具有超越历史的共同特征,因而,也一定存在着相对统一的评价标准。新批评在继承前人的评价标准的基础上,提出了"复杂性"和"统一性"相结合的标准。

三、新批评派的批评实践

新批评派的主要贡献不在于理论,而在于其批评实践。

瑞恰兹在剑桥大学任教时曾做过这样一种批评实验:他把一些诗发给学生,略去作者姓名,也不讲诗的创作年代,让学生仅对诗作本身进行分析和评价。从学生所交的作业来看,他们对著名诗人的杰作否定意见多一些,对二流诗作的肯定意见反而多一些。这个实验的结果也许并不重要,重要的是瑞恰兹的做法很有启发性——他让学生关注作品本身的优劣,而不是作者名气的大小,从而避免了先入为主和人云亦云,培养了独立判断的能力。

燕卜荪在《复杂词的结构》①中所采用的批评方法是一种典型的新批评的方法。书中他用"词义分析批评"的方法对蒲柏的诗、弥尔顿的《失乐园》和莎士比亚戏剧进行了仔细的分析,他的批评是通过"关键词"入手的。

确定"关键词"的方法。在一部很长的作品中选出一个关键词并非易事。燕卜荪的选择方法主要有以下几种:1. 出现频率,在作品中出现频率较高的那个实词被选中的可能性大一些,如"all"(全部、全体)在《失乐园》中出现了612次,因此被定为关键词。2. 与作品主题相关。燕卜荪在《奥瑟罗》中选择"honest"(诚实、忠贞)为关键词,因为这个词正好能揭示作品中"忠诚"与"伪忠诚"

---

① William Empson, *The Structure of Complex Words*, Rowman and Littlefield, 1979.

之间的较量与斗争。3. 与人物形象的品格有关。燕卜荪在《李尔王》中选出"fool"（傻）为关键词，因为这个词是剧中众多形象的共同的品格特征。4. 能体现作品的喻义。燕卜荪选择"dog"（狗）为《雅典的泰门》的关键词，他用"狗"比喻那些"食客"，揭示出食客的不同嘴脸，在泰门有钱时，他们像哈巴狗；当泰门向他们借钱时，他们像看家狗；泰门发现黄金后，他们则像猎狗。

对关键词进行分析。在找出作品的关键词以后，燕卜荪即对关键词进行深入的分析，并在这个过程中揭示作品的丰富内涵。分析关键词的方法包括：1. 在词典中查找词义。每个词都有几个乃至几十个义项，义项多，词义复杂，这正是一首诗含义丰富的前提。2. 考察词义的历史演变。有些词在使用过程中，词义由单一变得复杂起来，比如"fool"一词，在古代不含贬义，只是到了16世纪以后才有了侮辱与轻视的含义，那么当代读者阅读古代作品时对这个词的理解与古代读者的理解一定会有很大差异。3. 凭借语境揭示词义。怎样确定作者所选用的义项，怎样区别本义、引申义和言外之意，燕卜荪认为主要靠语境①。4. 凭借语气揭示词义。燕卜荪认为，在欣赏文学作品的时候，不论是默读还是朗读，或者是听别人朗诵，整个欣赏过程都有"语气"的参与，所以，语气可以帮助读者确定词义。这同样表明，不同的语气可能导致不同的理解，不同的理解必然会有不同的语气。

燕卜荪对《李尔王》的分析。燕卜荪认为，莎士比亚在《李尔王》中成功地塑造了李尔王和弄人这样两个形象，二人形成鲜明对比，代表着两种不同类型的傻瓜，一种是"悲苦的傻瓜"（bitter fool），一种是"快乐的傻瓜"（sweet fool）。燕卜荪就从"fool"这个关键词入手，对《李尔王》进行解读。他深刻地指出，莎士比亚用这两个词区别李尔王与弄人的目的是为了进一步用这类概念区别李尔王的前期之傻与后期之傻，而李尔王实现这种转变在很大程度上是因为弄人的存在，是弄人帮助李尔王完成了他的人生转折。

在第一幕第一场，李尔王把财产和权力分给了长女和次女。在第一幕第四场，他成了没用的老头，大女儿高纳里尔开始刁难李尔王，这时弄人（名字叫Fool）上场。弄人与李尔王之间有这样一段对话：

  弄人：你知道傻瓜是有酸有甜的吗？
    （Dost thou know the difference, my boy,
    between a bitter fool and a sweet fool?）
  李尔：不，孩子；告诉我。
  弄人：听了他人话，

---

① 语境是一个很有研究价值的课题。语境包括很多类型，如段落篇章语境、（专业、行业）话题语境、地域语境、阶级语境、时期语境等。本教材不展开论述。

> 土地全丧失；
> 　我傻你更傻，
> 　两傻相并立，
> 一个傻瓜甜，
> 　一个傻瓜酸；
> 一个穿花衣，
> 　一个戴王冠。

　　李尔：你叫我傻瓜吗，孩子？
　　弄人：你把你所有的尊号都送了别人，
　　　　　只有这一个名字是你娘胎里带来的。①

弄人一出场就向读者和观众揭示了两种傻瓜的不同。

	悲苦的傻瓜	快乐的傻瓜
外表	戴王冠	穿叫花衣
地位	威严的国王	卑微的穷人
语言	一言九鼎，命令式	疯言疯语，嘲讽式
行为	把权、财、尊号都送给别人	乞讨
"头脑"	糊涂、轻信	清醒、有主见
"顶着没有思想的头"		

　　第三幕第一场描写李尔王在荒郊野外被暴风雨袭击的场面。弄人陪伴在李尔身边，时时指点他，疯话中带着真理，真情中掺着嘲讽。李尔王在打击面前开始思考，开始转变。但究竟往哪里转，还是未知。他仍停留在"给予回报"的思维之中，他还是在指责他人。弄人进一步启发他："只怪自己糊涂自己蠢，嗨呵，一阵风来一阵雨，背时倒运莫把天公恨，管它朝朝雨雨又风风。"②

　　在第三幕第四场，李尔开始进行自我反省，他对自己的过去进行了严肃的解剖。被他放逐的肯特和逃避追捕的爱德伽等"叫花子"的存在使他看到了穷人的不幸，他也开始关心他人。

　　李尔：（向弄人）进去，孩子，你先走。你们这些无家可归的人——你进去吧。……（弄人入内）衣不蔽体的不幸的人们，无论你们在什么地方，都得忍受着这样无情的暴风雨的袭击，你们的头上没有片瓦遮身，你们的腹中饥肠雷动，你们的衣服千疮百孔，怎么抵挡得了这样的气候呢？啊！我一向太没有想到这种事情了。安享荣华的人们啊，睁开你们的眼睛来，到外面来体味一下穷人所忍受的苦，分一些你们享用不了的福泽给他们，让上天知道

---

① 莎士比亚：《李尔王》，朱生豪译，外文出版社1999年版，第315页。
② 莎士比亚：《李尔王》，朱生豪译，外文出版社1999年版，第387页。

你们不是全无心肝的人吧!①

李尔的这段话受到历代文学批评家的重视,批评家一致认为,这段话标志着李尔王的转变,至此李尔王完成了自我转变,成为全新的形象。但是,关键的问题在于,"全新的形象"究竟是什么形象?是从昏庸变为清醒?是从昏君变成了明君?还是从国王变成了平民?历代评论家众说纷纭。

燕卜荪认为,李尔在暴风雨中的自我反省像是一条"鸿沟"(gulf),将李尔分成两种社会角色,此前的他是一个"悲苦的傻瓜",此后的他是一个"快乐的傻瓜"。

> 弄人:这一个寒冷的夜晚将要使我们大家变成傻瓜和疯子。②

弄人的话预示着李尔的转变方向——变成傻瓜和疯子,李尔后来的言行证明了这个预见。

例证之一:李尔脱下衣服,松开纽扣,露出人类"赤身裸体"的本来面目。

例证之二:转变后他的语言颠三倒四,时而理智,时而糊涂,比如他说:"让我先跟这位哲学家谈谈,天上打雷是什么缘故?"

例证之三:李尔与弄人等玩了一个游戏,他们像儿童一样扮成法官,对他的女儿进行审判。审判的语言时而是游戏的,时而是嘲讽式的。

李尔王完成了向"快乐的傻瓜"的转变,他已具备了弄人的一切特征:衣衫褴褛,一贫如洗,疯言疯语,但疯话中有一定的思想,成为社会的嘲讽者。李尔王开始以超然的态度对待人生,不再是扭转乾坤的英雄。

在第三幕第六场,弄人和李尔王最后有一段对话。

> 弄人:老伯伯,告诉我,一个疯子是绅士呢还是平民?
> 李尔:是个国王,是个国王!
> 弄人:不,他是一个平民……一个气疯了的平民。③

弄人给转变后的李尔王下了一个定义:"气疯了的平民"。至此,弄人对李尔的心灵导师的作用就完成了。"审判"游戏结束后,弄人说:"我一到中午可要睡觉哩。"说完,下场,从此从剧中消失。在以后的几场戏里,李尔承担起弄人的角色,身上插满野花,在社会底层流浪,帮助其他受苦的人们,嘲讽社会弊端,评论"谁失败,谁胜利,谁在朝,谁在野"。李尔王成了平民,很快乐,有点疯,有点傻,又充满智慧。

燕卜荪的分析从一个角度回答了这样一些历来争议很大的问题:一是李尔王转变后究竟变成了什么形象?二是弄人的作用是什么?三是弄人为什么中途

---

① 莎士比亚:《李尔王》,朱生豪译,外文出版社1999年版,第390页。
② 莎士比亚:《李尔王》,朱生豪译,外文出版社1999年版,第391页。
③ 莎士比亚:《李尔王》,朱生豪译,外文出版社1999年版,第397页。

消失？燕卜荪紧紧抓住"fool"这个关键词,从一个全新的角度阐释《李尔王》,不失为一种有意义的尝试。

在美国,众多的文学批评家和大学里讲授文学课的教授都采用新批评的方法对文学作品进行解读,有许多实例,如布鲁克斯对济慈的《希腊古瓮颂》进行的文本解读就是很好的例子。此外,布鲁克斯和沃伦对T.S.艾略特的《阿尔弗瑞德·普鲁弗洛克的情歌》、对威廉·福克纳的《纪念爱米丽的一朵玫瑰花》、对海明威的《杀人者》等作品所作的分析,也充分体现了新批评的精神。

四、英美新批评评价

新批评作为一种批评方法,它具有很强的实用性,但作为一个文学流派,它也有一定的局限性。

在传统的外在批评占主导地位的情况下,新批评倡导内在批评,这在当时是很有意义的,对文学批评的发展有一定的促进作用,功不可没。但是由于新批评过分强调文学的内在因素,而对文学的外在因素不予理睬,割裂了文学与作者、文学与社会历史、文学与现实生活的联系,因此具有狭隘性和局限性。

英美新批评虽然没有完整的理论体系,但却创造或借用了许多术语,这些术语给人以启发,也令人眼花缭乱。在流传过程中,这些术语必将经历一个大浪淘沙的过程。

新批评作为一种批评方法,是任何其他批评方法所不能替代的,但同样,由于它局限于文本细读,所以它也不能替代其他的批评方法。

英美新批评作为一个流派已走向衰落,但新批评的批评方法将会永远存在下去,其原因在于:其一,是由文学的本质决定的。文学作品一经产生,它就是一个相对完整的自足的客观实体,可以不依赖于其他物质世界而独立存在,那么文本研究就是可能的。其二,是由文学的特性决定的。文学是语言的艺术,那么对词义和语义进行分析就是天经地义的事。其三,是由文化传播决定的。随着信息工程和互联网的发展,文化传播日益迅速,不同文字间的互译将更加频繁,这一切都离不开对文本内涵的正确理解和揭示。

第四节　结构主义与解构主义

结构主义(structuralism)是20世纪50年代以后在人文科学的某些领域,如语言学、人类学、哲学、心理学、文艺学等学科中盛行起来的一种认识事物、研究事物的新方法,新观念。它认为每门学科、每件事物都存在着一个内在的体系,这个体系是由组成事物的各要素按照一定的规律组合成的完整的整体,在这个体系里能够找出解释说明自己的原因,这个原因就是系统自己的结构。结构展示了该系统的特征和意义,结构中任何一个成分的变化都要引起其他成分的变化,因此寻找到了某个系统的普遍结构就知道了该系统的意义。总之,结构主义的核心观念就是从事物的整体上,从某个系统内部各个组成部分之间的关系中寻找这个系统里存在着的某种普遍的、恒定的关系模式和法则,从事物混乱的现象背后找出一个稳定的秩序来。文学研究不可避免地也受到这一思潮的影响,许多理论家纷纷借用结构主义方法与观点研究文学艺术作品的构成及相关的活动规律,从而形成了独具特色的结构主义文论。

一、从结构主义到解构主义

最早用结构的观点从事研究工作的是瑞士语言学家索绪尔。他把语言作为一个整体来研究,提出了语言研究中的共时性概念,也就是从构成某一语言现象的各种成分的相互关系中,而不是从它们的历史演变中去考察语言。第二次世界大战后法国哲学家、人类学家克洛德·列维-斯特劳斯在南美调查了当地土著居民生活情况后,发表了一系列有关人类学的文章,提出了用结构的观点分析人类社会的主张。其后,俄国学者普罗普开始用结构模式的方法来分析俄国的民间文学故事,开始了结构主义的文学研究。普罗普对大量俄罗斯民间故事进行分析后提出,尽管它们的形式多种多样,但它们却有着某种共同的规律,即这些故事都有一个共同的人物关系的模式。其后巴尔特、热奈特、格雷马斯、托多罗夫等人纷纷用结构模式的方法进行文艺研究,使结构主义文学批评兴盛起来。当结构主义文学批评达到高潮时,对这种普遍模式的质疑也随之产生了,德里达、后期巴尔特、美国"耶鲁学派"的学者都强调没有一个稳定不变的结构存在,"差异"和变化是绝对的,主张对那种完整而宏大的结构进行拆解,结构主义因此而走向低潮,解构主义思潮兴盛起来。从以上的简单叙述中我们可以看到,结构主义文论的发展大致可以分为三个阶段:即酝酿阶段、兴盛阶段和衰落阶段。

(一) 酝酿阶段

在酝酿阶段主要的代表人物有索绪尔、雅柯布逊、穆卡洛夫斯基以及列维-斯特劳斯等人。

索绪尔(Ferdinand de Saussure,1857—1913)是一位语言学家。先后就读于日内瓦大学、莱比锡大学和柏林大学,1880年获莱比锡大学博士学位,他死后学生将其讲稿整理成《普通语言学教程》出版。虽然索绪尔主要研究领域是语言学,但他的语言学著作《普通语言学教程》所表达的新的对语言的认知思想和他的研究方法却对本世纪以来的哲学、美学、文艺学等各个领域都产生了巨大的影响,远远超出了语言学本身的范围,是20世纪思想领域内一次巨大的变革,以至人们称其为"哥白尼式的革命"。索绪尔首先把语言和言语这两个概念做了区分,他认为人们日常具体的说话,语言活动实际上只是一种个体性的言语活动,而并不是语言本身,语言是一个独立的系统,有着自己稳定的结构。同时索绪尔认为语言是形式,思想是内容,语言是为了交流思想的一个体系和结构。语言作为一个符号系统,其目的在于表达思想。语言符号由两部分组成:即语音形象和它所指的概念内容,语言的外在声音文字的形式,索绪尔称其为能指,能指所表达的概念内容就是所指。他说:"语言可以比作一张纸:思想是正面,声音是反面。我们不能切开正面而不同时切开反面。同样在语言里,我们不能使声音离开思想,也不能使思想离开声音。"①

同时索绪尔还进一步认为语言的特点并非由语音和意义本身所构成,而是由语音和意义之间的关系所构成。能指和所指所组成的符号具有任意性特征,比如说同样是"书"这一概念(所指),它的能指可以是"书"(汉语),也可以是"book"(英语),也可以是"livre"(法语),还可以是"Buch"(德语)。这种能指和所指之间的联系具有偶然性,但在某一语言系统内能指和所指之间的联系却是固定的,约定俗成的。一个能指在与另一个能指的区别中显示出它自己独特的意义。同时索绪尔还提出了语言与言语、共时与历时等区分系统集体与个别语言习惯的概念。强调研究语言横向共时性的结构比研究语言纵向历时性结构更为重要。认为语言是相互差异的符号系统,而言语则是语言的个人声音表达。

索绪尔对结构主义的巨大影响至少表现在如下几个方面:一是他研究重心的转变,对语言形式本身的重视,使得本世纪产生了学术研究上所谓的语言学的转向,许多文艺理论家也开始对语言本身产生了极大的研究热情;二是索绪尔对事物进行表层、深层的区分研究,力图通过表层去分析它的深层意义和本质,找出事物外在表层与其深层之间的关系,这种二元对立层层深入推进的研究方法对以后的结构主义文论家具有很大的影响;三是索绪尔对构成事物各个要素间的横向的相互关系即共时关系的研究比对各要素自身发展演变的历史研究要重视得多的思想也对结构主义文论产生了重大影响。

直接承袭索绪尔对语言的重视,把语言研究作为自己文论研究基础的结构主义早期大师是俄国学者雅柯布逊(R. Jakobson,1892—1968)。雅柯布逊作为结构主义语言学大师,对结构主义的发展和兴起有着非常重要的作用。他是一位贯穿结构主义运动发展史的核心人物,他早期是俄国形式主义文论流派的领袖人物之一,继而又成为布拉格结构主义学派的创始人,最后又通过对列维-斯特劳斯和巴黎"太凯尔"组织,直接影响和推动了法国结构主义的兴起。恰如

---

① 索绪尔:《普通语言学教程》,商务印书馆1980年版,第158页。

J. 布洛克曼曾经指出的:"在自莫斯科学派以来结构主义思想发展的整个时期,罗曼·雅柯布逊在这些领域里都进行了基本的与平行的研究。"①因而他是结构主义学派里举足轻重的人物。

雅柯布逊的主要观点表现在他1923年发表的《论捷克诗》和1929年为布拉格语言学派第一届斯拉夫语大会制定的语言学派纲领的提纲里。在《论捷克诗》里,他对诗的分析证明了诗歌语言中音素成分的关系,指出这些成分能使人们区分词义,强调具有辨义功能的音位学成分所起的重要作用。在以后的作品里他又明确提出文学和语言作为系统有自己的内在结构规律。在他制定的提纲里,语言被表述为功能系统,它需要运用功能方法进行研究。在作为系统的语言中,共时与历时两种方法需结合起来。雅柯布逊概括了音位学系统的结构主义原理,认为"诗歌作品形成了一个功能结构,它的各个要素只能在此统一的框架之内才能理解。"强调某个系统之内寻找理解、解释事物的原因,这种原因在于构成事物本身的各个要素之间的关系,各个要素各自所承担的功能的不同。系统、构成系统的成分、要素、要素担当的功能、要素之间的关系,雅柯布逊的这些概念成了结构主义"结构观"的基本内涵。

随着结构主义研究越来越深入和普遍,结构主义就不再仅仅只是研究语言文学的一种方法了,毋宁说成了一种普遍意义上的方法论了,这一点结构主义早期代表人物穆卡洛夫斯基曾在其《论诗学》一书中指出:"结构主义既不是一种存在于经验材料界限之先或超越这一界限的人生观,又不只是一种方法(即一系列只能用于一种研究领域里的研究技术)。宁可说它是一种今日实行于心理学、语言学、文学理论、艺术理论和艺术史、社会学、生物学等学科中的理智原则"②。结构主义成了一种超越语言文学界限的普遍的方法论、哲学观。穆卡洛夫斯基就把俄国形式主义只关心文学和文学理论的理论视野拓宽到美学,由此还建立起个人与社会、文学与社会之间的功能—结构观。穆卡洛夫斯基认为,结构是一系列各种成分的集合,这些成分的内在机构是互相矛盾的,因而导致整体的永恒运动。文学艺术作为一种符号系统,与其他符号的区别就在于,它不仅表示一个特定的意义,而且要把感知者的注意力吸引到这一意义产生的整个过程中来。

应用结构主义思想进行文化艺术研究具有巨大影响的另一位大师是法国著名的人类学家、社会学家,结构主义奠基人克洛德·列维-斯特劳斯(Claude Levi-strauss,1908—)。他把结构主义的思想用来进行神话学的研究,认为神话的意义不是存在于构成神话的各种孤立的要素之中,而是存在于这些要素的组

---

① J. 布洛克曼:《结构主义》,商务印书馆1980年版,第8页。
② 胡经之、王岳川:《文艺学美学方法论》,北京大学出版社1994年版,第226页。

合方式之中,而且这种组合方式的转换就会导致其意义的转换。列维－斯特劳斯认为我们可以把神话分割成一些尽可能小的"单位",尽管每一单位都是一种关系,但神话的真正组合单位不是这些孤立的关系本身,而是一束束的这种关系,只有作为成束的关系,他们才能发生作用并组合起来产生意义。神话研究中划分出来的这种最小单位就是"神话素",它就像语言中的音位一样。通过这样的分析,他发现世界上各个不同时代、不同民族的不同样式的神话却都可以简化为一些大致相同的重复发生的要素,这些要素具有构成新的不同结构的潜质并由这种不同的结构方式带来神话的可能不同的意义。这种通过分析、编配等步骤来建立一个普遍理论和解释某个事物的普遍原则的研究方法成了结构主义的一个典型的方法。这也标志着结构主义走过了萌芽酝酿阶段而走向繁荣兴盛的时期。

(二) 发展兴盛阶段

结构主义的发展兴盛阶段主要是指20世纪60年代以来在法国出现的以一批法国结构主义文论家的崛起为代表的阶段,主要包括巴尔特的结构主义研究以及以后期雅柯布逊等为代表的结构主义诗学,以格雷马斯、普洛普、托多罗夫、热奈特等为代表的结构主义叙事学理论,还有福柯的结构主义社会学、拉康的结构主义精神分析学、戈德曼的发生学结构主义理论等。这一时期,结构主义的理论家不断涌现,结构主义的理论作品不断面世,引起了人们极大的关注和热情,从而逐渐成为一种世界性的思潮。

在20世纪60、70年代结构主义思想的繁荣时期,结构主义的基本方法被应用到各个研究领域,比如法国年轻学者拉康就应用结构主义的方法深入研究了人的无意识活动,认为无意识结构和语言结构相类似,强调无意识就是主体与他者的交流;这一时期的阿尔都塞把结构主义的方法用于研究马克思的著作,对马克思主义作了结构主义的解释,认为马克思主义在经济、政治、文化等方面有结构的因果性,因而主张用多元决定论来代替马克思的一元论;瑞士著名的儿童心理学家、哲学家皮亚杰则把结构主义的方法用于研究人的认知发展,认为人的心理发展过程是一个内在结构的连续的组织与再组织的过程,强调认识结构的流动和发展。由此我们也可以看出结构主义思想在当时的广泛影响。结构主义在文艺理论领域里的成就则主要体现在巴尔特的结构主义功能理论、后期雅柯布逊的结构主义诗学和托多罗夫、热奈特、格雷马斯等人为代表的结构主义叙述学等。这一阶段主要理论家的理论我们将在后面专门来讨论。

(三) 结构主义的衰落阶段:解构主义的兴起

结构主义的普遍特征是强调整体性研究而不是对单个事物进行个别的研究,强调通过模式认识事物的内在结构。而随着结构主义的发展,人们对这种普遍稳定的结构、严密的整体性已经产生了怀疑和反驳,于是,结构主义作为一个强大的世界性思潮运动走向了低潮,走向了它的反面——解构主义思想的阶段。就在结构主义还普遍被人们所接受的20世纪60年代后期,法国学者德里达就发表了他的论文《人文科学话语中的结构、符号和游戏》,宣称结构主义已经走到了它的尽头,解构主义的时代来到了。德里达强调绝对的"差异"和个性,认为想要寻找到那种完整而宏大的普遍模式是不可能的,而人们之所以要这样做,是西方几千年来形而上学思想在人们头脑中作怪的结果。他认为实际上并没有一个永恒不变的普遍结构存在,一切都是变动的,不稳定的,那种完整的结构在德里达那里被拆解得支离破碎,解构主义思想由此兴起。后期的巴尔特、美国的"耶鲁学派"都是解构主义的著名人物,随着他们思想的传播,解构主义引起越来越多人们的关注和讨论,解构主义成了一种世界性的思潮,它的详细情况我们也将在后面再作介绍。

二、结构主义文论的主要见解

20世纪60年代以来许多文论家纷纷用结构主义的方法来研究文学作品,如罗兰·巴尔特、热奈特、格雷马斯、托多罗夫等,结构主义的文艺理论一时蔚为大观,主要有如下一些观点。

(一)把文学符号看成是一个"功能"系统

这种观点的主要代表人物是法国的结构主义文论家罗兰·巴尔特(Roland Barthes,1915—1980年)。巴尔特是结构主义思潮中最活跃、最富于创新精神、最著名的代表人物。巴尔特认为文学是一个功能系统,一个指向自身的符号"代码"系统。他认为文学远不是一种单纯的对于"客观"的反映,而是我们用以加工世界,创造世界的一种代码,一种符号,是一种具有自我包含性质的符码,所以文学并不指向它自身以外的世界,而是指向自身。巴尔特曾明确声称:"我主要关心的是文本,也就是构成作品的能指的织体"。巴尔特认为作品是这个功能系统中的一个环节,是固定不变的,而这个系统中的另外两项读者与世界却是变化不定的,读者随时在变,不同的读者都会把自己的经历、思想、语言等带入作品里,但作品本身却是一个固定的存在。作品里有作品意义之所以产生的固定的结构存在,我们应该努力去找到这种结构。所以巴尔特认为结构主义并不是一个学派或某个运动,也不是一套新词汇,它本质上就是一种活动,一种寻找的活动。当然,这种活动不是通常人们所说的那种一般的活动,而是想要凭借这个活动去有目的、有规律地重建出一个虚拟的"客体"世界,即某种普遍的结构规律,通过这种"结构"活动,把原作品里不可见、不可理解的东西揭示出来变成可见、可理解的东西。这种构拟活动不是重现世界原来的印象,而是制作一个与原来世界相似的一个世界。但这种相似不是表面上的相似,而是在功能类似基础上的构拟,因而这种构拟活动就是有目的地显示某些部分或显示这些部分的某些联系方法来进行的一种制作。恰恰是这种制作赋予被制作者以新的东西,因而这种制作作品的技巧和原则是最重要的,结构主义就是寻找"结构"作品原则的活动。

在具体的"结构"步骤上,巴尔特认为这种重新构拟可以分为两步:第一是分割,然后是重组。先把要构拟的对象分割成各个最小的部分,虽然这些被分割出来的每个小的部分本身没有意义,但它们在结构中最微小的变动比如各自位置的细微变化也能引起整体的变化。分割出来各个细小的要素以后,结构主义的任务就是把这些部分重新组合起来,在这个组合的过程中发现它们重组的原则。由此,巴尔特认为结构主义不是企图去把结构者发现的完整的意义给予客体,而是去了解意义是如何可能的,即意义是如何产生的。

(二) 认为文学作品体系内部存在着普遍的叙事法则

这种普遍叙事法则研究的主要代表人物是法国文论家热奈特、托多罗夫、格雷马斯等人。他们侧重于对小说叙述结构的研究,兴起了一股结构主义"叙述学"的热潮。

对于叙事特性及其一般属性的研究较为深入的是法国著名学者热拉尔·热奈特。热奈特(Genere Genet,1930—)对结构主义叙事学的最大贡献是他在《叙述的方式》一书中建立的叙事"关系学"。他把语言学方式运用于叙述文体,大量采用了语法修辞的现成术语,重新改造和界定,把语法学上关于动词的时态、语态、语气这样的范畴也纳入到他的叙事模式研究。在具体的分析活动中,热奈特主张将整个叙述文本分为三个层次:1.叙述呈现的表层,2.没有经过叙事安排的故事内容层,3.整个叙事行为层。对这样的叙事现象的探讨,热奈特又是将其归入到下面几个主要范畴来进行的。第一是"时间"范畴,即区分"故事"里的时间与"叙述"层上的时间的异同;第二是"方式"范畴,处理对现实模仿的形式以及其中涉及的观点问题;第三是所谓的"声音"范畴,处理叙事者与所叙述的内容两者之间的关系以及叙述者与读者地位差异的问题。热奈特认为真正的叙事必然要显示三方面的内容:叙述活动、叙述方式和叙述内容。这三者是相互制约、相互联系的,每一内容都以另外两大内容的存在为前提。但相对来说他更加注意的是叙事者的问题。他认为叙事者在叙述作品时所选择的视角对一部叙事作品来说极其重要,这种视角又主要可分为三种类型:第一种是"非聚焦或零聚焦"的叙事视角,即叙事者所说的比任何人知道的都多。这种叙述者就像一个无所不知的上帝,他的眼睛无处不在,历史未来任何人的心理活动对他来说都没有任何秘密可言,叙事者是一个全知全能、无所不知、无所不晓的人。叙事者的第二种类型是所谓的"内聚焦"型,这种内聚焦又有三种形式:固定内聚焦、不定内聚焦和多重内聚焦。第一种形式的叙事角度一直不变,如《二十年目睹中国之怪现状》,一直保持一个固定的叙事视角;第二种形式是叙事角度随着作品人物的变换而变化,各个人物看到和讲述的是不同的事件,比如福克纳的《喧哗与骚动》;第三种形式也是随人物的改变而改变,只是不同的人物视角叙述的是同一件事,不同的人看同一个事情,完全不同的视角因而导致不同的事件描述,合起来使事件更加完整丰满,更有立体感、层次感。第三种叙事视角类型是"外聚焦"型,即叙述人物有自己的言语与行为,但不进入人物意识,也根本不对他所见所闻做什么解释,这种近似客观的外聚焦叙述方式在西方现代小说中较多。热奈特认为这种叙事方式、视角绝不是一个简单的形式问题,它的变化影响作品的结构及其美学效果。

对结构主义叙事学研究有重要贡献的人物还有普罗普、托多罗夫、格雷马斯等人。

俄国普罗普的《童话形态学》对结构主义的叙事学有重要影响。普罗普(Vladimir propp)对神话故事的研究主张系统研究而不像过去传统方法那样重视起源探索,而且他对民间童话故事的研究也摆脱了传统民俗研究以孤立的主题进行分类的方式,而是以功能作为民间故事的基本单位,从组成民间故事的各因素在体系中所占地位来考察童话的基本形态。普罗普通过一百个俄国童话故事的研究,发现童话常常将同一个行动分配给不同的人物,在童话中的人物可以是多变的,但这些人物在故事中的功能却是不变的和有限的。例如在"龙王劫走国王的女儿"这样的故事中,"龙王"这个邪恶者可以是一个巫婆或其他任何名字的一个邪恶者,国王也可以是任何一个别的名字命名的一个长者,女儿也可以换成其他可爱的被劫者或宝物。所以无论将这些人物换成什么角色,他们各自的功能总是不变的,因此基本故事结构也总是不变的。构成童话的各个要素在童话中所处的地位和作用就是各要素在这个童话系统中所担负的"功能"。普罗普对俄国100个童话的细致分析,总结出童话共有31种功能,而且每个童话总是包含这31种功能中的某一些。而且普罗普还归纳出与这些功能相适应的七种人物角色,即:反角、施主、帮助者、公主(被寻找的人)和她的父亲、发送人、英雄(主人公)、假英雄(假主人公)。那么在所有的故事中,每个人物既可以是一个以上的角色,一个角色也可以由多个人物来承担,但他们的功能和行动的范围却是固定不变的。普罗普用这种功能研究,着眼于叙事作品自身内在形式特点,试图抽象和简化出一种基本的结构功能模式,这种模式正是结构主义文论关注的重心之一。

其他结构主义叙事学的学者还有托多罗夫、格雷马斯、列维-斯特劳斯等。列维-斯特劳斯认为神话研究应该去探寻各种神话之中的永恒普遍法则,而非个别的神话分析。托多罗夫(Tzvetan Todorov,1939—)认为作为一切语言基础的"普遍语法"也是叙述的"语法",一个叙事故事就像一个大的句子,与一个句子具有相同的普遍"语法"规则,他认为语法结构和世界本身的结构是相同的,叙事世界的结构就是语法的结构,语法的结构也就是世界的结构。他把叙述分成三个方面:语义方面、句法方面和语词方面。托多罗夫的兴趣则是研究叙事的"句法"方面,即以研究一个句子"句法"的方式来研究一个完整的叙述,形成了他自己独特的叙事语法学研究。他的著作主要是《〈十日谈〉的语法》。比如关于《十日谈》中下面一个故事的研究,托多罗夫是这样进行的:

故事:修女伊萨贝拉与情人幽会被发现,另外的修女去请女修道院长惩罚她。正与男修道院长同床的女院长慌乱之中将情人的短裤当成头盖裹上,被伊萨贝拉在将要被罚时当众揭露,伊萨贝拉被免于惩罚。

托多罗夫把故事抽象成这样的句法结构:

X 违犯戒律——Y 必须惩罚 X

X 设法免受惩罚

Y 也违犯戒律

Y 没有惩罚 X

通过这种简化,托多罗夫发现故事的叙事结构有两个基本单位,即陈述与序列。陈述是叙事句法的基本单位,相当于语言中的"词类"相对应的实体,序列则是指构成一个完整故事的各种陈述的汇集和排列,它相当于语言中的句段。在陈述与序列中,陈述主要由名词(人物)、动词(人物的行为)、形容词(人物的特性)组成。这样每个故事的叙述便大致上可以被看成一个放大了的句子结构,通过句子结构的分析,可以找到支配陈述(词类)和序列(句段)的组合规则(语法)。托多罗夫就是按照这种方法,对《十日谈》的叙事特征作了细致的描述和研究。

在这一时期格雷马斯(A. J. Greimas,1917—1992)应用结构主义的方法对叙事语义作了严谨、全面的分析,提出了著名的"角色模式"和"语义方阵"等理论,使结构主义叙事学蔚为大观。

格雷马斯在普罗普的基础上,直接引入索绪尔的语言学理论,寻找故事叙述的"词法"和"句法"因素,试图通过这种分析,描述出在语义过程中产生的叙事结构。他认为人类对于对立物的感觉是人类符号指示的基本结构的基础。比如人们对外在事物的认识总是以"高、低","前、后","上、下","冷、热","男、女","垂直、水平","黑暗、光明"等对立性的样式去认识,这种对立差异在语言中形成一种"语义素"的差异,并成为语言结构的基本形态。这种对立差异图如图(见图 9-1)所示。

格雷马斯把这种符号矩形图看做是构成我们语言的要素、句法和经验的基础,是形成行动模式的根基。人类语言结构必然要影响到人们叙事结构,因

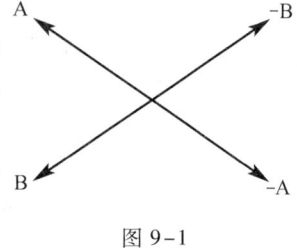

图 9-1

此,上述语义素的差异必然借助叙事形式表现出来。同时,格雷马斯相信,叙事作品虽然千差万别,但就结构而言,它们却有着某种共同性,格雷马斯称之为共同的"语法",在此,语法结构已经等同于叙事结构了。格雷马斯便是以这种对立模式的思想来进行结构研究的。

在这种思想指导之下,他把普罗普所简化出来的反面角色、施予者、助手、被寻者和他父亲、送信者、英雄、假英雄这样七种人物角色予以重新调整、重新组合,把它们简化成了三种互相对立的基本的语法模式:

1. 主体与客体。"英雄"相当于主体,被寻者相当于"客体",他们就构成了以寻求或希冀为主要内容的一类故事。

2. 送信者和受信者。普罗普模式中的第 5 类角色模式相当于"受信者",这样对立要素形成的故事是那种所谓"交流"型的故事。

3. 助手和敌手。这一组要素相当于普罗普的"施予者"、"助手"、"反面角色"以及"假英雄",所有故事中起辅助作用的角色都可归入这一要素中。

格雷马斯把故事模式大大简化,主体与客体相当于一个句子的主语与宾语,其他两项相当于句子的修饰成分,定、状、补之类的。这样所有的故事都成了一个大的句子,对叙事故事的分析就成了对一个句子的"语法"分析,以此找到所有叙事故事的普遍结构。这种最简化的普遍模式的寻找是格雷马斯语义叙事学批评的核心。

(三)对文学作品语言本身的结构分析

这种结构主义理论的主要代表人物是俄国文论家雅柯布逊。

雅柯布逊用结构主义的方法研究文学作品主要是在作品体系内部对作品的语言本身的属性和语言成分之间的关系进行分析研究,包括对作品语言的功能分析、音位分析、对等原理分析、语法格的分析、隐喻换喻的分析等,以此来发掘作品的意义。由于音位、语法格等分析更多地属于语言学的范畴,所以我们在此不作详细说明,只简单给大家介绍一下雅柯布逊对隐喻和换喻的研究,看看他研究的一般面貌。

本来隐喻和换喻在语言学中只是两种基本的修辞方法,但雅柯布逊把他们作为语言运行的一种基本的、最典型的模式,认为这种二元对立模式也是了解人类行为的基本模式,也是诗学分析的基本模式。隐喻与换喻恰好体现了人类在语言运用上的两种基本的向度,那便是隐喻性的选择与换喻性的组合。其基本样式如图(见图 9-2)所示。

隐喻主要是就其在语言词汇中的相似性而言的,有很多意义相近的词语,在一个特定的运用中,我们要从这些相似的词汇中选择一个出来;换喻是就其组合性而言的,选择出来的各个单个语词需要前后有机地组织起来,这种组织就是所谓的换喻。比如这样一句话:"战士死了。"那么,就其隐喻来讲是指我们从战

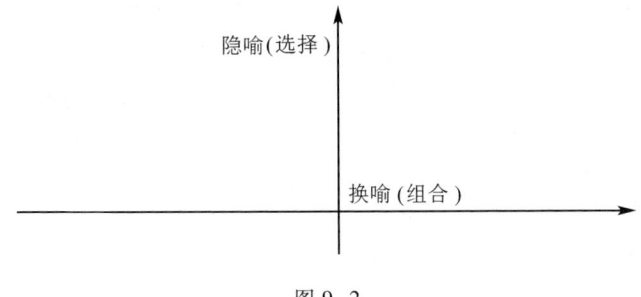

图 9-2

士、士兵、打仗的人,死了、牺牲了、战死了、光荣了等相似的词汇中选出相应的确定的一个词来,而换喻是就这几个语词的前后组合,是"战士死了"还是"死了,战士",这是换喻。那么选择不同的词(隐喻)或者这些词的不同组合都会影响意义的表达。比如:"战士死了"和"战士牺牲了"有不同的审美意义;而另一方面换喻也会带来意义的变化,比如:"战士牺牲了"和"牺牲了,战士"。所以,雅柯布逊认为文学作品中诗的功能就是把对等原则从选择轴投影到组合轴上,这是语言诗功能的鲜明标志,即他所说的相似性附着于毗连性上,这样使得复杂性、多义性、朦胧性等成了诗歌的一个特征。

　　文学是语言的艺术,那么语言的这种隐喻、换喻原则必然要对文学艺术产生深远影响,要在艺术作品中鲜明的表现出来。比如,特定的作家诗人在隐喻、换喻的应用上会有自己独特的偏好和趣味,也因此会形成自己独特的风格。像现实主义的诗人作家比较注重换喻的采用,而浪漫主义的诗人作家则十分注重隐喻的采用。在其他艺术中也是如此,比如绘画中的立体主义流派的画家则有比较明显的换喻倾向,超现实主义的画家则有明显的隐喻倾向。雅柯布逊认为在诗歌中处于支配地位的是相似性原则,散文则以毗连性为主。因此,诗歌注重隐喻,散文注重换喻,艺术作品的艺术特性就在语言本身这种隐喻和换喻的不同关系的处理中显现出来,因而诗学研究的任务也就是应用隐喻和换喻原则来建立起诗学分析的普遍原则,这样,雅柯布逊把文学作品的研究分析和语言学的结构功能分析紧密结合在了一起。

　　虽然结构主义文论家们的观点不尽相同,但我们可以发现结构主义的文学理论具有以下几个基本的共同特点。

　　1. 采用语言学的方法

　　深受现代语言学的影响是所有结构主义文论家最明显和突出的特点,索绪尔的语言学成了结构主义的前提和基础,所有结构主义的文论家们都特别重视语言的独特功能和特点,往往以语言作为自己理论的突破口,比如雅柯布逊、托多罗夫、巴尔特、德里达等,他们的理论起点都是语言学,使得语言学研究和文学研究紧紧地结合在了一起。就像 J. 布洛克曼曾经指出的,对于结构主义来说,首先就是语言学,要是离开了语言学,譬如说,无论是拉康的精神分析学还是罗兰·巴尔特的文学批评都是不可想象的。他认为对结构主义而言,现代语言学所起的作用,某种程度上相当于一种数学的作用。语言学成了结构主义的基础,他们相信那些语言学的概念,不但可以用于阐明语言学的问题,而且还完全可以用于阐明哲学、文学和社会科学的问题,以及与科学理论有关的问题。

巴尔特曾经说过结构主义是一种分析文化现象的方式,这种方式起源于当代语言学的各种方法。托多罗夫也说,作家所做的无非就是研究语言,文学是自足地显示语言的系统性的一个体系。他们否定了把作者和现实世界作为解释文艺作品的起点,他们关注的是能指而忽视所指,关心产生意义的方法而不是意义本身。他们突出了作品本身,突出了文学语言本身的价值,赋予语言在文学中以至高无上的权力。在他们那里,文学问题只是一个以语言形式出现的问题。所以,巴尔特曾断言:"把语言学本身作为叙事作品结构分析模式的基础,看来是合乎情理的"。

2. 对结构的寻求是他们共同追寻的目标

对结构的确信是结构主义者理论活动的起点,对结构的寻找是他们理论活动的归宿,共同的结构观是结构主义的又一明显特征。

结构主义者都相信所有的事物内部本身都存在着一个足以解释自身的结构,需要人们去发现。所以他们认为给外在事物找到的结构并非强加给它的,而只不过是把这种结构模式发现出来,复制出来。对结构中的各个组成部分不看它的内容有什么不同,只注重这些成分在结构中所担负的功能,只要这些成分在形态营构上的功能类似,那它们就是同构关系。所以,结构主义者把社会结构、语言结构、文学结构,甚至世界本身的结构都视为相同的结构,并以语言结构为基本模式推而广之去推导社会结构、文学结构等。

3. 都表现出明显的符号学特点

结构主义把语言学作为其理论活动的基础和起点,而他们对语言的认识又都是以索绪尔对语言的认识为基础的。索绪尔就是把语言学作为符号学的一个分支来看待语言学的,提出要建立一门符号学。认为每个符号都由一个能指和所指构成,它们之间的关系是一种任意关系,符号被解释为能指与所指的统一体,非常重视语言的符号特性。

结构主义者继承了索绪尔对语言符号特性的重视,把语言艺术自觉地当成一种符号系统来研究,这成了结构主义的又一个共同特点。比如雅柯布逊曾经明确地指出,每一个信息都是由符号构成的,因此也十分重视符号学的研究。其他结构主义者如巴尔特等人都非常重视符号学,对符号学美学的发展作出了重要的贡献。巴尔特认为符号是能指和所指二者间关系的产物,并认为语言虽然是一种重要符号,但在人类语言之外,还存在着大量的其他符号系统,他认为符号学应该应用到非语言学的对象上去。在《符号学美学》一书中,巴尔特把人类活动的任何方面都看作符号,认为人类的各种感官、嗅觉、味觉、触觉、听觉、视觉等都可以在符号化的过程中发挥作用,认为人类一方面是符号的制造者,另一方面又是符号的接收者,把符号学作为一种普遍的理论来思考,从而推进了符号学的发展。

三、解构主义文论的主要见解

解构主义的主要代表人物是后期巴尔特、德里达以及美国"耶鲁"学派的四位批评家。他们思想侧重点虽然各不相同,但他们解构的原则却是一致的。

巴尔特对于"可读的"作品与"可写的"作品的区分与强调标志着他对结构主义思想的突破。巴尔特认为尽管文学写作是一个符号化的过程,它的最后结果是由于"代码"的作用而生成的一种具有"自我包容性质"的符号,但是文学写作中确实存在着两种不同类型的作家和两种不同的写作方式。一类是以写实为主的作家,他们把一切描绘得清清楚楚,使读者产生一种真实的假象,由此将读者引向文本以外的世界,以这种写作方式写成的作品即是"可读的"作品。"可读的"作品把一切说得清清楚楚,剥夺读者参与文本进行创造的权力,读者只能"要么接受","要么拒绝"。另一类作家则正好相反,他们的兴趣在于写作本身,他们只是在创造文本而不是要把读者从文本引入另一个世界,这样的写作便是"可写的",这样读者便不再是一个被动的消费者,这样的作品要求读者去参与文本的自由创造,欢迎读者的任意发挥,对文本作出自己的贡献。这样的作品鼓励批评家去分割、拆散作品,把它们改写成不同的话语,甚至任意制造与作品自身相抵牾的文本意义。这样,作品就从一个具有确定意义的封闭实体转向为一个多义的、不可穷尽的开放的东西,文学作品的研究批评也不再是忠实地描述作品,而是彻底地改写作品,甚至使其面目全非,无法辨认。批评也就成了一种新的写作,作者已经不再对批评者有什么作用了,作者已经死了。文本的一个普遍"结构"已经变成了活动的、开放的多个"结构"了,结构主义由此走向了解构主义。

后来巴尔特还在他的《文本的快乐》一书中进一步阐述了读者创造性阅读文本的喜悦。他把读者阅读作品的快乐分成两种,一种是他所谓的快乐,另一种便是极乐。快乐是直接从阅读过程中得来的感受,而极乐则是文本先把一种失落感强加于人,使读者感到不舒服,扰乱读者既有的历史、文化、心理的各种前提,与读者既有的习惯的价值观、审美趣味不相符,使读者不得不积极地直面这些文本,参与这些文本,思考这些文本,创造这些文本而不是被动的接受这些文本。在这种创造性阅读中克服刚开始的不舒服而得到一种更大的愉悦,一种多义创造的极乐。对永恒、唯一、普遍和整体的中心结构的抛弃,对多元、变化创造和差异的肯定使得巴尔特的思想走上了解构主义的道路。

德里达(Jacquees Derrida,1930—2004)认为人们对那种恒定唯一结构的追寻导源于西方固有的思维模式。他们先验地设置了一个处于中心的、不变的、确定的结构,形而上学地承诺了一个永恒的意义,这是人们先验地追求统一性、同一性和确定性的结果。因此,实际上结构主义是以其对中心性的追求拒斥了差异性,以整体性排斥了局部性,以同一性排斥了矛盾性,于是认为整个世界的结构可以被最终把握,对任何谜底的把握与译解就成了一种结构的内在模仿,这实际上是把一个已经预先确定好的真理先验地塞到待解释的文本中去,是一种意义的透支。德里达认为并没有一个先验不变的中心和意义存在于一个文本里,意义实际上是一条随时变化的河流,是一条"意义链"。

大家知道,结构主义的理论基础实际上始于索绪尔的结构主义的语言学理论,因此德里达对结构主义的解构也便是从解构索绪尔的语言学开始的。索绪尔认为语言能指与所指之间的联系具有任意性特征,这说明一定的符号(能指)与一定的意义(所指)之间的联系不是必然的,而是一种破裂的、后天组合的关系,那么一定符号和它所对应的意义便不是一成不变的,而应该是随时可能变化的,因此那种寻求固定不变的永恒结构、唯一标准、"普遍语法"的活动也是不可能的。德里达正是以符号同一性的破裂、能指与所指永难弥合,结构中心性颠覆为差异性作为自己的理论基础推演出自己的解构主义理论。认为意义得来的过程实际上是一个语言符号"分延"(在选择轴上意义相近、相似的词汇中的区分与在组合轴上组合过程的时间延搁的一种双重运动)、"播撒"(意义的传达不是固定的,而是像撒种子一样零乱播撒的)、"替补"(词汇在意义上的代替和补充)而最后形成的一个意义"踪迹"的过程。德里达以此消解了意义的恒定性,开创了一个多元的意义随时变化的世界,形成了一种新的意义观。

德里达用他的解构观来看待文学活动时便形成了自己独特的解构主义文论观。他认为作者写作实际上也就是一个制造踪迹的活动,写作并不必然表明作者的意图,文本与作者想说的东西往往存在着距离,那种将文本看作作者原意的表达并对文本加以神化的做法是一种先入之见的主观臆断的单方面的美好愿望。传统的艺术作品观认为作品就是我们通常所说的书籍表征出来的实体,是一个自足的意义系统。而在德里达那里,文本只不过是语言活动的领域,文本之外别无他物,文本是一个自我指涉的体系,在与其他文本的交互中显示其意义,终极的意义是不存在的。传统的文艺观把作者看成作品之父,而按解构主义的说法,文本与作者无关,作者的写作也是一种阅读,阅读就是所谓的误读。文本是一切的出发点,是语言的游戏,是令人欢欣激越的一种创造性的活动而不是亦步亦趋地死死寻找作者原意的僵化的活动。传统的文学作品观认为作品总是要表达某种理念、真理欲望或情感,而在解构主义那里,文本就是一个符号的海洋。文本要表达什么意义并不重要,重要的是言说行为本身。传统理论认为作品是作者思想的外壳,作品就是作者思想的容器,而在解构主义这里,作品却并不是作者思想的容器而只是语言自己的游戏,它并不与现实有什么对应关系。消解中心性、确定性与所谓唯一不变的结构和意义,强调差异性、不确定性与变化性等,是解构主义的思想主线。

当解构主义思想在20世纪70年代成为一股声势浩大的世界思潮时,在美国有了它的积极响应者,那就是美国耶鲁大学的四位教授哈特曼、布鲁姆、米勒和保罗·德曼。这几位学者将解构思想应用于对欧美文学的批评分析,形成了独特的"耶鲁"派的解构主义文学批评。他们认为文本除了是一个叙述以外不是任何事物,文本是一个所有意思和特性都在其中消解的纯粹差异性的领域。所有的语言,由于它们都是符号,因此,实际上都是一种替代物,也因此它们在其终极意义上都是任意的和虚构的,不具有严格的实指意义。所以任何一个单独的文本都是不确定的,一个文本与其他文本总是交相关涉的,在文学文本中总是存在着对于先前文本的模仿、借喻,在相互关系中显出其各自的意义。米勒就说文本既是"寄主"者,又是"寄生"者,既寄寓着别的文本的意义又从别的文本中得来自己的意义。因此,先前的文本既是新文本的基础,也是新文本必定予以消灭的东西。这样,实际上一切文学文本都表现出一种自我消解的性质,文本自身的建构过程也就是一个无穷无尽的自我消解过程。在具体的文学批评实践过程中,"耶鲁派"学者的理论侧重点又各不相同。

德曼(Paul de Man)在自己的《盲视与洞见》一书中就阅读文学作品,获取作品意义过程中出现的解构问题进行了独特的研究。德曼指出在阅读接受作品过程中,由于接受者无意的移置中心,在接受中往往容易形成一种意义前后矛盾的现象,这种矛盾德曼称之为"盲视",而接受者或批评家又往往只能借助于某种盲视才能获得洞见,这种矛盾就是一个解构。比如卢梭的《忏悔录》,我们认为这是卢梭的自我反思和忏悔,实际上是盲视,因为卢梭实际上是想用某种堂皇的理由和美妙的文辞为自己辩护,这才是我们应该从那种盲视中获得的洞见。因此,德曼的解构批评就是不断发现盲视,然后从这种盲视中发现新的洞见来证明自己先前阅读接受的盲目,从而认为阅读其实永远都是一种"误读"。德曼还指出,文学是一种运用语言修辞的艺术,由于语言本身的歧义不明,故而从根本上说人们对作品的阅读是一种"误读",即所谓"修辞的误读"。德曼强调误读,解构了文学作品唯一确定的意义。德曼认为这种解构并不是我们给文本加进去的东西,因为作品本身就是一个不断解构过程的结果。另一位解构主义批评家布鲁姆也从"误读"现象来解构作品唯一的确定不变的意义的观念,不过他的侧重点又与德曼不同。

布鲁姆(Harlord Brum)认为后代作家总是受着前代诗人的影响,生活在前代作家的阴影之下,总是想怎样超越前代的作家,因而对前代作家的影响有一种焦虑。在这样的焦虑心情影响之下,后代作家对前辈作家的作品往往并不是一味地接受,相反常常怀着一种"防御"心理。在这种心理支配之下,对作品的解读就常常不可避免地会产生出一种新意或歧义,就不可避免的是一种对作品的"误读"。布鲁姆进一步认为一切阅读都是误读,正读也只不过是一种特殊的误读,或者只是一种相当于"强误读"的弱误读罢了。因此所谓权威的、正确的唯一"正读"是不存在的,这就进一步解构了传统的阅读意义观。

米勒(J. H. Miller)是解构批评中的另一位中坚人物,他坚信文学批评中的所谓稳定性、确定性、秩序性等都是僵化的、死板的,只有不确定性、变化性才是有生命力的。米勒认为任何文学文本都不可穷尽,都是许多意义的集合体,这些意义之间甚至可能是完全相反的、矛盾的。文本不可能只有唯一的解释,它的意义是不确定的。他认为存在着两种文学批评观,一种是重视"稳定、延续、空间"的传统批评观,一种是重视"变化、断裂、时间"的解构批评观。他说前者是以科学的方法演绎作者的原意,以便找出作品的中心论点或者终极意义,而后者则大胆想象,发挥作者自己的主观能动性,不受作品的钳制,从作品中不断开发出完全崭新的意义来。总之,解构批评是对任何统一性、整体性、权威性的解构,认为文学作品绝不仅仅只有一种解读法,也不可能只有一种所谓的意义。相反,任何解读的洞见本身就包含了排斥其他洞见的一种盲视。因此,意义的多样变化是绝对的,解构和消解所谓中心是解读任何文本的必然要求。

四、结构主义与解构主义理论评价

对结构主义的认识,我们应首先把它放到整个西方近百年来的文艺思想的大背景中来考察。我们知道在现代西方思想界实际上存在着两种主要的思想观念,即所谓人本主义的思想和科学主义的思想。像叔本华、尼采为代表的唯意志主义思想、弗洛伊德的精神分析学说、柏格森的直觉主义思想、萨特为代表的存在主义思想等强调每一个人自身绝对的自由,强调个体的直觉、本能、意志等,是一种人本主义的思想潮流。而与这种人本主义思想交错的便是一种科学主义的思想潮流,比如以孔德为代表的实证主义、以罗素等为代表的逻辑实证主义、以索绪尔为创始人的结构主义等以实证科学为基础,强调精密、单一、准确、客观,而且把理性限制在经验范围之内,想寻找解释事物普遍的模式和原因。结构主义正是西方这种科学主义思想观念一种表现形式。

而西方现代文论所体现出来的价值取向也基本上是科学主义和人本主义这两种价值观念。比如以戈蒂耶、王尔德为代表的唯美主义文论,以波德莱尔、马拉美等为代表的象征主义文论,以萨特、马尔库塞、阿多尔诺等为代表的西方马克思主义文论,以尧斯、伊瑟尔等为代表的接受美学等文艺美学理论流派所体现出来的主要是一种人本主义的思想价值取向。而俄国形式主义、英美新批评和结构主义文论表现出来的主要是一种追求精确的、公式化的、确切唯一的研究方向的价值取向。

从文艺理论体系本身的情况来看,结构主义文论也有其自身的可取之处与不足之点。美国学者艾布拉姆斯曾经指出一个完整的文学活动常常应该包括这样几个部分:作家、作品、读者和世界。他说一个完整的文学理论体系一般来说应该对这四个方面各自的关系都去考察,但现代西方文艺理论的实践却是一个理论家或者一个理论流派往往只从其中的一个因素出发来建立自己的文论体系。传统文艺理论强调文艺与现实世界、外在生活的关系,注重对现实生活的真实反映或者模仿,另一类传统文论特别重视作品与作家本人之间的关系,把作家的生平、思想、经历环境等与作品中的内容对应起来考察,以此去解释文学作品的意义。我们可以看出结构主义是从作品本身出发,只注重文本本身的内在结构,以文本本身去决定它的意义而不是外在的作家或者现实生活等。而且我们应该注意的是结构主义所寻求的作品结构、叙述模式等,并不是单个作品的结构或者模式,而是多个作品之间共同存在的一种一般规律。这是文学研究的一种新的理路,新的观念,拓宽了文学研究的领域和范围,对人们深入认识文学作品本身做了有益的开拓,具有重要的贡献。

结构主义使得人们对文学与语言间的紧密关系有了更深刻的认识,但是结构主义文学批评所强调的文学和语言密不可分的重要性并不同于过去一些理论家所注重的文学语言的修辞研究,而是通过对大量诗歌作品和叙事作品语言选择与组合的分析,发现语词在语音、语法、语义等方面具有的独特的结构特点,这些难以被一般人发现的特点确实是文学作品审美效果的重要源泉,可以启发人们重新去认识语言的魅力。

但是,我们同样应该看到结构主义的一些偏颇之处。结构主义只注重文本本身,忽视了作家以及当时历史时代环境对作品意义的影响,认为制造作品的方法比作品意义本身更重要,这又走向了另一个极端。因为作品只是文学活动中的一个环节,作家、读者以及环境都会影响作品的审美意义。而且结构主义把语言模式作为一个普遍有效的模式去研究一切事物,这本身也是不科学的。对于文学作品来说,虽然它确实是语言的艺术,但文学作品的艺术性却绝不仅仅是由语言产生的,比如读者的审美心境等都会影响到作品的艺术效果。

解构主义理论以其决绝的态度消解、颠覆人们久已习惯的对唯一中心意义,确定秩序和体系权威的追求,打破了传统二元对立的思维模式,以拆解为务,以多元、差异为标准,与人们传统的思维方式大相径庭,表现出一种叛逆的精神,给人们极大的震撼和启迪。但我们也应注意到解构方法在对传统文学研究方法进行解构时采取的是一种全盘否定的态度,把一切都变成相对的了。"怎样都行"的原则使得他们在意义观上又陷入了一种虚无主义的泥潭,这种"颠覆"的负面影响也是需要我们予以清醒认识的。

小　结

在西方文论史上,出现于20世纪的俄国形式主义,英美新批评、法国结构主义等文论思潮,是有重大贡献的。它们对文学本体的关注,特别是从语言组合、写作技巧、结构模式等方面对文学作品形式问题进行的深入探讨,大大开阔了文学研究的视野,弥补了传统文论忽视文学作品形式重要性的不足。

这些学派提出的许多具体理论见解,也是发人深省的。如俄国形式主义提出的"文学的科学性"及相关的"陌生化"主张;英美新批评所提出的"意图谬误"、"感受谬误",以及对文学语言的"含混"、"张力"、"悖论"、"反讽"之类特征的研究等,对我们深入认识文学本身的特性,理解"文学是语言的艺术",均是有重要启发意义的。结构主义则从能指与所指关系入手,进一步发现了文学作品构成的本质特征,即文学作品的意义是本身的结构意义,而非作者赋予的一成不变的意义,从而揭示了文学作品意义的多元性。同时,结构主义所注重的对于文学作品的系统性、整体性的结构模式研究,也克服了一般形式主义琐屑、孤立的文本研究之不足,有助于我们宏观地认识文学发展的规律。解构主义则进一步开拓了文字符号与文本的功能空间,更为彻底地冲击了源于传统形而上学的一元推理的单向思维方式,不仅为开放性的阅读、多元性地阐释文学作品提供了理论依据,也有利于社会进步和人类思想的解放。

但形式主义文论的不足也是明显的,如它们在强调绝对的"文本中心"的同时,往往切断了文本与作者、读者及社会生活之间的联系。在分析作品共性模式的同时,忽视了作家创作活动过程中的个性创造与主体价值。在关注文学作品独立的形式价值的同时,排斥了应有的社会文化眼光,忽视了文学作品的整合价值。这在一定程度上,又势必影响了对文学作品内涵的理解与意义的评价。至于像解构主义那样,力图打破所有的中心,否认任何意义的建构,也就难免陷入相对主义与虚无主义的迷途。

思　考　题

1. 简述俄国形式主义早期的主要理论见解。

2. 简论俄国形式主义晚期的主要理论贡献。
3. 什么是复调小说?
4. 简述狂欢理论对文学研究的主要贡献。
5. 简述新批评派的主要理论见解。
6. 简论"内在批评"与"外在批评"二者之间的关系。
7. 结构主义文论的主要见解有哪些?
8. 结构主义文论的研究方法有什么特点?
9. 试论德里达的解构文论观。
10. 如何评价结构主义及解构主义文论?

第十章

现象学与存在主义文艺理论

引 论

现象学和存在主义文论是西方现代文论中最具影响力的文学理论。要了解现象学文论当然应该先知道什么是现象学。作为哲学的现象学(Edmudphanamenologie)是由德国哲学家胡塞尔(Edmund Husserl,1859—1938)在20世纪初正式建立起来的。进入20世纪,由于科学技术的高度发展,西方社会产生了理性危机。自欧洲启蒙运动以来,理性和科学被置于至高无上的地位。不可否认理性与科学曾极大地推动了社会的进步,但是,与此同时它也暴露出自身的致命弱点。一旦理性成为终极真理,它也就无法超越自身的历史局限性,就会反转过来成为束缚人们思维的新教条。胡塞尔正是以他新的哲学体系来摆脱这一困境。

胡塞尔主张清除对理性的盲目崇拜、迷信,要按照事物本身呈现给我们的事实来描述它们。他在《纯粹现象学通论》(1913)中开卷即申明现象学是"本质上全新的科学",他把自己的"现象学"区别于"关于心理'显相'或现象的心理学,关于物理'显相'或现象的自然科学"[①],他提出"回到事物本身"的口号。这里的"事物"(sache)不是指的客观存在的客体,而是人所意识到或者说呈现在人意识中的东西。胡塞尔规定"现象学"是把作为意识内容的"现象"作为研究的出发点。他所说的"现象"既非康德的物体本身,也不是黑格尔的"绝对精神"的显现或表象,也不是自然科学(即实验心理学)意义上的事实、感觉或事件,而是按特定方式可以把握到的观念实体。总之,他在哲学上反对"心"、"物"二元论而探求绝对的确定性。他反复强调的是主客体的统一和不可分割,是包括主客观的"中性认识",是具有第一性的新客体。他不否定客体的存在,但是,他对客体的独立自在性问题以"存在的悬置"(epoche)的态度搁置起来;他又针对相信历史给予的观念与思想的可靠性的"历史的态度"以同样态度给予"悬置"。

---

① 胡塞尔:《纯粹现象学通论》,李幼蒸译,商务印书馆1998年版,第42页。

同时，胡塞尔还主张要摒除一切经验之外的东西，把事物"还原"为我们的意识内容。换言之，一切外在事物都必须转化为纯粹的意识对象，这种转化过程他称作"本质直观"。

而且，他还提出"意向性"概念，即指意识的客体的关联性。认为意识总是指向外在事物，以其为对象和目的。意识的意向性本质具有建构意识对象的功能，意向性投射活动也就是构建对象的过程。

对什么是现象学，有的当代西方文论家说得比较明快。美国批评家詹姆斯·艾迪认为："现象学并不是纯粹研究客体的科学，也不是纯粹研究主体的科学，而是研究'经验'的科学。现象学不是只注重经验中的客体或经验中的主体，而是要集中探讨物体与意识的交接点。因此，现象学要研究的是意识的意图性活动，意识向客体的投射，意识通过意图性活动所构成的世界。主体和客体在每一个经验层次上（认识和想象等）的交互关系才是研究的重点。这种研究是超验性的，因为它所揭示的是纯属意识、纯属经验的种种结构；这种研究所表现的是构成神秘的主客体关系的意识整体的结构。"[①]

在文学批评领域里，现象学对存在主义和俄国形式主义都产生了某些影响。由于胡塞尔把真正的客体"悬置"起来，这一方法应用到文学批评之中必然对文学作品的真实的历史背景、作品所产生的条件、读者均不重视，"现象学批评重视的是一种完全'于意识之内'的对原文的理解，丝毫不受外在事物的影响"[②]。这种操作即把文本浓缩成作者意识的体现，要了解它，只能依赖作品本身所表现的那些有关作者的意识。此外，还要关心这种精神的"深层结构"，"这可以在反复出现的题材和意象形式里发现；而在抓住这些的同时，我们也就会抓住作者经历他的世界的方式，抓住作为主体的作者和作为客体的世界之间的现象学关系"[③]。

胡塞尔的现象学对日内瓦学派产生过深刻影响，如比利时的乔治·普莱（Georges Paulet）、瑞士批评家让·斯塔罗宾斯基（Jean Starobinsvki）、让·卢塞（Jean Rousset）、法国批评家让·皮埃尔·理查（Jean-pierre Richard）、美国批评家希利斯·米勒（Hillis Miler）、法国文论家罗兰·巴尔特等。在现象学的影响下日内瓦学派的批评目标在于对文本进行全然"内在"阅读，把文本还原为作者意识的纯粹体现。

在现象学文论家中作为法国阶段的重要代表人物还应当了解梅洛·庞蒂（Maurice Merlean-Ponty，1908—1961）和杜夫海纳。梅洛·庞蒂早期从事格式

[①] 詹姆斯·艾迪：《什么是现象学》，转引自王逢振《意识与批评——现象学、阐释学和美学的意思》，漓江出版社1988年版，第5页。

[②③] 特里·伊格尔顿：《当代西方文学理论》，王逢振译，中国社会科学出版社1988年版，第92页。

塔心理学研究,后来转入"知觉现象学"研究。其主要著作有《行为的结构》(1942)、《知觉现象学》(1945)、《符号》(1960)、《可见的和不可见的》(1964)等。"梅洛—庞蒂的知觉现象学把知觉作为人的反省的基础,而将肉体升华为世界中的存在并生成为世界的一部分"①,正是从这一思想出发,他探讨了"语言"问题,强调"母语"是一个人的生命之根,是人的身体的衍生运用,是思想和文化精神的呈现物。他对笛卡儿、胡塞尔、海德格尔、萨特的理论有吸收,有扬弃,如对人的自由的问题,迥别于萨特,认为人是相对自由的。他力图通过艺术揭示哲理中最深的道理,为此被看做"真正的哲性诗人或者诗性哲人"②。

存在主义文论是现代西方文论的重要组成部分。"存在主义"作为一种哲学思潮曾受到现象学的很大影响,有的评论家甚至把它说成是"现象学的分支"③。最早使用"实存"(Existenz)这一概念,并把它作为人的存在,并以此作为哲学研究的核心问题的是19世纪上半叶的丹麦神学家克尔恺郭尔(Kierkegaard,1813—1855)。他认为人的"实存"才是最真实可靠的存在。但是,每个人在他的存在之中,都要在上帝面前对自己的未来进行"自我选择"。克尔恺郭尔这一思想成为存在主义的理论基础。

尽管后来的存在主义理论纷纭斑杂,但是无论是德国存在主义哲学家雅斯贝尔斯(Karl Jaspers,1883—1963),还是海德格尔和法国存在主义者萨特,他们都突出宣扬以人的存在为本,不是本质先于存在,而是存在先于本质,其目的是强调人的尊严与价值,强调人的主观意识。

正如其他西方现代思潮一样,存在主义也产生在西方思想危机的土壤之中。"冠以'现代派'术语的各个文学流派从总的来说都产生于资本主义危机的土壤之中。"④存在主义对东方的影响亦更证明这一点。在第二次世界大战结束后,在日本曾出现过"萨特热"(在20世纪30年代西田几多郎等成为日本存在主义先驱),许多人在书店前彻夜排队竞购萨特著作,其原因在于"战争的失败,对已往信念的丧失,重新探求人生是什么的人们争先恐后的阅读(萨特)哲学著作"⑤。

存在主义哲学理论是以批判、颠覆西方传统哲学的面貌出现的。以柏拉图、亚里士多德为始建立起来的西方哲学的主流是把主体与客体、思维与存在、现象与本质对立的二元论思维模式的产物,它被存在主义称之为"本质主义"。存在

---

① 王岳川:《现象学与解释学文论》,山东教育出版社1999年版,第87页。
② 王岳川:《现象学与解释学文论》,山东教育出版社1999年版,第108页。
③ 艾耶尔:《二十世纪哲学》,李步楼等译,上海译文出版社1983年版,第243页。
④ 杰维列夫:《美国文学中的现代主义》,苏联科学出版社1979年俄文版,第3页。
⑤ 安井源治:《让·保尔·萨特》,见《二十世纪的文艺》,早稻田出版社1973年版,第97~98页。

主义哲学反其道而行之,存在主义的本质论即是存在论。无论是海德格尔还是萨特等人,他们的存在主义理论都是由此出发的。

首先他们重新认识人的存在状态。存在主义把人的存在称作"实际状态",所谓"实存",亦译作"生存"或"存在"。正如萨特否定先验的"人性"的存在,存在主义者认为人从本质上不是既定的事实性存在,他的本质的存在是一种"能在",人的本质取决他的不断选择,而且人的存在表现为个体的唯一性、不可重复性和不可替代性。

同时,从这一观点出发存在主义者就必然从本体论的高度强调人的自由,强调"人就是自由"。人的自由先于人的本质。所谓人的自由即选择的自由,是自己塑造自己的自由。这显然是对西方人精神危机一种极限性的拯救。

而且,对人的在世关系的论述也是存在主义的一个重要内容。由于存在主义从个体本位主义出发,必然认为孤独的个人是真正的存在,而社会、群体乃是抽象的集合,而且个人与他人、与群众的关系是互为障碍,是异己。

存在主义最主要的代表人物有克尔恺郭尔,他的主要著作有《或此或彼》(1843)、《恐惧与颤栗》(1843)、《哲学片断》(1844)、《哲学片断的非科学的最后附言》(1846)等。除海德格尔、萨特(见专节)外,重要的存在主义代表人物还有卡尔·雅斯贝尔斯,他的主要著述有《世界观的心理学》(1919)、《哲学》(1931,三卷本)、《生存哲学》(1937)等。阿尔贝·加缪(Alben Camus,1913—1960)虽然他自己否认是存在主义者,但是,他的许多哲学著作和文学作品亦被认为是存在主义代表作,如《西绪福斯神话》(1942)、《局外人》(1942)等。萨特的终身伴侣西蒙娜·德·波伏娃(Simone De Beauvoir,1908—1986),亦是重要的存在主义代表人物,她的《论人》(1944)、《第二性》(1949)等都是重要著作。

第一节 英伽登的文艺思想

罗曼·英伽登(Romam Ingarden,1893—1970)波兰哲学家、文论家,现象学文论的代表人物之一。他生于波兰的克拉科夫,曾在波兰和德国研究哲学与数学,先后师从特瓦尔多夫斯基和胡塞尔。他于1918年以《柏格森的理智与直觉》的论文获博士学位。以后曾于波兰从事哲学教学。他的主要著作有《文学的艺术作品》(1931,德文版)、《对文学的艺术作品的认识》(1937,波兰文版)、《艺术本体论研究》(1962)、《经验、艺术作品与价值》(1969)等。

英伽登虽然师从胡塞尔,接受了胡塞尔的意向性、现象学还原法等学说,但他又力图抛弃胡塞尔的先验原则,不同意胡塞尔用"悬置"法,不去关注被意向的客体本身,认为这实际是变相否认客体存在。主张确立独立于意识的存在,在意识与实在之间建立以实在为基础的对应性关联,以实在论的常识性信念来匡正现象学的一些偏颇、片面之处。他建立的是由物质、形式、存在三个方面组成的本体论。他的文论具有自己独到的见解,对后来的新批评派和接受美学理论都产生了很大影响。他的主要文艺理论如下。

一、文学艺术本体论

1931年英伽登的《文学的艺术作品》(德文版)出版,英伽登在他的著作里探讨了文学艺术作品的存在方式,他的文学理论中占有突出地位的是他对文学作品本体和文学作品具体化的区分,对文学艺术本体论的论述。他认为文学作品是在物质性基础上的客体,它既不是实在的客体,也非观念的客体。它必须依赖人的意识的意向投射活动才能产生、存在、发展,实现自身特性。换言之,文学作品是种纯粹的意向性客体,然而它并不完全依赖主体而存在。作品源于作者的意图而产生,但是它在两种受外界支配的领域内也有继续存在的基础,即一是在作者语句现实了的理想概念或表现内容,二是构成文本的文字符号。

英伽登在《文学的艺术作品》一书中提出了文学作品的基本结构,因为正是这一基本结构决定了文学作品的存在方式,并构成同一性之基础。他把文学作品划分为四个层次,即1.语词声音层次,或语音层次。2.意群层次或语义层次。3.由事态、句子的意向性关联物投射的客体(或叫再现的客体层次)。4.再现客体(或叫图式化外观层次)。英伽登认为,字音与高一级的语音组合是与阅读者相关的,是变化的,而字音则是能"携带意义"超越于个人阅读行为的东西,它是"典型的语音形式",是独立于个人言说与阅读而客观存在于主体间的语言本体,这一层次为其他三个层次的物质基础。

在他看来,意群单元层次在文学作品结构中起决定性作用,它是第三、第四层次的基础。英伽登在《文学的艺术作品》中用了大量的篇幅阐述这一问题,意群层次不是像观念那样独立存在,它依赖读者的意识的意向性投射,但它亦不等同于人所感受到的心理内容。英伽登既批评把文学作品等同于它的物理基础(例如纸上的墨迹)的这种新实证主义的还原观点,同时亦抨击把文艺作品同有关它的心理经验等同的心理主义观点,"如果这种观点是正确的,那就意味着艺术作品是一个独一无二的、短暂的和不可重复的对象"①。一个字的意义是把这个字通过人的意向性所指称的客体,它与该字的字音结合在一起成为"意向性对应物"。在文学作品中,我们所体会到的同一个字,"意义"相同,但在不同场合会有不同用法,一个句子也是如此。文学作品的魅力亦在于此。英伽登是从

---

① 鲁恩·克劳利等:《〈对文学的艺术作品的认识〉,英译本序》,见罗曼·英伽登《对文学的艺术作品的认识》,陈燕谷等译,中国文联出版公司1988年版,第5页。

作者、作品、读者的整体出发阐释了这一层次的关键性。"正是意群层次使得作者有可能使一部文学的艺术作品充满他的意向,而又使读者有可能重新意向一部作品的意义。"①

被表现的对象层(再现的客体层次),指作者在文学作品中虚构的对象,这些虚构的对象组成一个想象的世界。英伽登认为文学作品所描写的对象是以作品所表现的客体对象为基本组成部分,它们与现实存在的事物有本质的一致。但是,它们之间又有本质差别,它们进入作品后已不具有时空的确定性和对象性,给予人们的只是现实的假象。"若没有在理解句子意义的基础上对事态进行客观化的综合活动,读者就不能同作品世界建立直接的审美联系,因为作品是一个图式化构成,所以就要求读者填补再现客观中的不定点。"②英伽登认为,这些"不定点"是再现客体的重要特点,正是基于此作品才需要读者去"填充",将它们具体化,作品才能完成表达形式意向。如果不是这样就不会出现一千个读者会有一千个哈姆莱特形象。英伽登在这里揭示了文学作品的丰富性的真谛。

对作品中图式化外观层次(或称轮廓化图像层次),英伽登认为,"在阅读过程中图式化外观的现实化和具体化发生的方式,对于文学的艺术作品的审美理解有着极大的重要性。"③他指出,在作品中这种图式化外观"只是处于潜在的待机状态",这就意味着"读者必须在生动的再现的材料中创造性地体验直观外观,从而使再现客体直观地呈现出来,具有再现的外观"④。读者先将"图式化外观"通过阅读转变为"具体化外观"。英伽登举罗曼·罗兰的小说《欣慰的灵魂》中的巴黎街道为例,指出对其熟悉者和不熟悉者自然会有不同的"具体化"。有某种生活经验的人和无这种生活经验的人对相同作品提供这方面的"图式化外观"具体化肯定是不同的。只有这样,读者才能在阅读文学作品中如见其人,如闻其声,甚至自己处于同样感受到作品主人公的情绪的状态。这种"外观"也就是客体向主体显示的方式,实在的客体向主体显示(被主体知觉为客体的外观内容)。

在论述"图式化外观"这一因素时,英伽登还强调了再现客体与真实客体具有不同的时空观。实在的客体的时间是物理客体中得以再现的顺序,过去、现在、将来可以随意安排,所说"打乱时序"来组合。时间顺序,是以现实为基准来度量的。但是,在再现客体的空间既不是几何空间也非不同质的物理空间,它相等于一种方位性空间,为此它的中心叙述者随不同作品可以变换,叙述形式的多

---

①② 鲁恩·克劳利等:《〈对文学的艺术作品的认识〉,英译本序》,见罗曼·英伽登《对文学的艺术作品的认识》,陈燕谷等译,中国文联出版公司1988年版,第9、11页。
③ 英伽登:《对文学的艺术作品的认识》,陈燕谷等译,中国文联出版公司1988年版,第56页。
④ 英伽登:《对文学的艺术作品的认识》,陈燕谷等译,中国文联出版公司1988年版,第36页。

样性即产生于此。

同时英伽登既强调读者在"待机状态"的具体化,同时亦不抹杀图式化外观的相关因素,如果缺少这些因素作品中的人会成为没有生命的"纸人"。这也从另一面控制了读者离开作品的随意具体化。

英伽登强调这四个层次是有机整体,不能分割、机械地对待,这对我们理解文学作品是很有启发的。

二、现象学阅读理论

1937年英伽登出版了用波兰文写成的《对文学的艺术作品的认识》,如果说在《文学的艺术作品》中重点确立了他的艺术本体论,那么本著作则探讨了文学认识论。作为现象学文论家,他反复强调把文学作品与文学作品的具体化区别开来,未经阅读的作品是"潜在的存在"、"可能的存在",只有通过阅读,这种"具体化"才是"作品被理解的具体形式"。在这里他着重阐释的仍然是现象学的本质直观活动。

英伽登从现象学出发对阅读作了全面考察与阐释。他认为这是"对作品描绘的客体进行意向重构和认识"[1]。

首先他把阅读区分为普通的、纯粹消极的(接受的)阅读和积极阅读。虽然每种阅读都是人的有意识的活动,但是这两者有很大区别。消极阅读中没有"发生同虚构对象的任何交流"[2]。为此,这种阅读是机械的,理解的范围也只限于所读的句子本身。而积极阅读是"人们不仅理解句子意义,而且理解它们的对象并同它们进行一种交流"[3]。英伽登是按照胡塞尔的观点来表达这一思想的,他认为"意义只是人们为达到意指对象所经过的通道……意义根本不是对象。因为,如果我们积极地思考一个句子时,我们构成和实现了它或在它之中确定所思考的东西"[4]。

同时,英伽登细致地分析了读者在阅读中的客观化的过程。他指出:"客观化可以在简单的想象中不自觉地完成"[5]。然而,在实际的文学作品阅读中是不大可能详尽无遗地完成文本的现实化。尤其是在一次阅读中,更不能穷尽"可允许的客观的方向和方式的全部丰富性"。这一点可以通过我们阅读一些世界文学名著的经验来充分证实。近年在理论界再次探讨"重新阅读"并非新题,联

---

[1] 英伽登:《对文学的艺术作品的认识》,陈燕谷等译,中国文联出版公司1988年版,第36页。
[2] 英伽登:《对文学的艺术作品的认识》,陈燕谷等译,中国文联出版公司1988年版,第36~37页。
[3] 英伽登:《对文学的艺术作品的认识》,陈燕谷等译,中国文联出版公司1988年版,第37页。
[4] 英伽登:《对文学的艺术作品的认识》,陈燕谷等译,中国文联出版公司1988年版,第39页。
[5] 英伽登:《对文学的艺术作品的认识》,陈燕谷等译,中国文联出版公司1988年版,第43页。

系英伽登现象学理论可以理解得更清楚。他认为,"一部并且是同一部作品可能的现实化的范围在不同的阅读和不同的读者中有着显著的变化。所以,一部并且是同一部文本可以导致以不同方式客观化的客体,从而使所描绘的世界呈现出不同的面貌①"。这也正是在作品阅读中见仁见智,不断有新收获的原因所在。

英伽登还指出"为了使描绘世界获得它的独立性,读者必须完成一种综合的客观化。把各个句子投射的各种细节聚集起来并合成一个整体"②。只有这样再现客体才对读者呈现出它们自己的"拟实在性"。这就告诉我们阅读中的再现过程不是机械相加,而是一个复杂的整体创造过程,只有整体把握才能理解阅读的真谛。

三、关于文学作品的艺术价值和审美价值的区分

英伽登认为文学作品既具有自身艺术价值,又有经过读者具体化过程中产生的审美价值,二者是不同的。他认为这二者都是超验的,审美价值的实现是以读者的审美经验为基础,而艺术价值的实现不依赖审美经验,在前审美意识中分析出来。这两者的关系是"艺术价值即作品中存在着某种特性,这种特性在作品具体化过程中构成审美价值产生所必需的潜在基础。艺术价值是另一种与其本质相异的价值—作品具体化过程中产生的审美价值的实现不可缺少,我们不妨说,艺术价值是一种手段,一种工具价值,这一手段或工具价值在有利的情况下具有产生审美价值的功能。"③

对于这一区分可以帮助我们对阅读和批评的全面认识。英伽登强调了读者素质和审美创造力对产生审美价值的重要性,同时指出文学作品的文本所体现的艺术价值具有一定的质的规定性,读者的审美价值建立在忠实于这一基础之上。"我们对文学研究也不必要求更多;问题仅仅在于把我们的论断尽可能牢靠地放在给定材料的基础之上(即在文学的艺术作品及其重构的基础之上)。"④然而,事实上,不同的读者,包括专门从事研究的读者,他所创造的审美价值也不可能与作品的艺术价值等同,如果等同,作品就会失去魅力。为此,一些作品总是在人们的不断阅读、创造中产生出新的审美价值。他的这一提法与结构主义提出的文本中的结构有相通之处。

---

① 英伽登:《对文学的艺术作品的认识》,陈燕谷等译,中国文联出版公司1988年版,第45页。
② 英伽登:《对文学的艺术作品的认识》,陈燕谷等译,中国文联出版公司1988年版,第47页。
③ 转引自郭宏安等:《二十世纪西方文论研究》,中国社会科学出版社1997年版,第171页。
④ 英伽登:《对文学的艺术作品的认识》,陈燕谷等译,中国文联出版公司1988年版,第365页。

四、对文学作品的审美经验的探讨

英伽登通过分析人的阅读行动,比较对文学作品和对其他艺术品的鉴赏过程,揭示了文学的审美经验的复杂性。可以说通过这一研究从另一个重要方面认识文学作品的生动性、丰富性。

英伽登认为只有作品中"出现了某些一致的审美相关性质,或者同作品某些审美相关性质构成一个质的和谐,审美对象这才会产生①"。英伽登把产生这种情况称作产生"原始审美情感"。所谓"原始审美情感"是指"首先造成以前经验的'正常'过程以及针对现实世界中围绕着他的对象的行为方式的某种停顿。他在一刹那之前所热衷的事情立即丧失其主要性,变得兴味索然,成了一个无关紧要的东西②"。如在山穷水尽疑无路的状态,突见柳暗花明又一村的惊喜。

英伽登从作品方面分析说"在一部文学的艺术作品中,审美相关性质的和谐可能来自于作品某一层次的全部性质的审美理解,而其他层次在这方面只有中性价值。或者它可能以作品不同层次甚至所有层次的审美价值质素作为基础③"。这就揭示了审美价值的多样性。英伽登提出在审美具体化构成的方式中的"质的和谐"。它取决于作品本身,更取决于读者的能力和审美的文学经验。"读者一方面要发挥文学的艺术作品的认识中所有各种功能(如果可能的话),同时,要尽量开拓他全部的艺术能量,在作品的基础上使其各层次中所有的审美价值质素现实化④"。当然他在这里是从理论上讲的,在实际操作上很难办到,一部作品,特别是经典作品,把它全部的价值质素发掘出来几乎是不可能的,审美价值也是随历史的发展而不断变化的。

英伽登又把文学与音乐、绘画、建筑作对比,指出文学作品"只能在持续若干阶段的审美经验中理解,在其中作品相续部分必须一个接一个地重构,整个作品不可能在这个经验的任何一个阶段中一下子就在其现实性中被理解"⑤。在这一点音乐与文学差别很大。英伽登认为一般说来音乐作品以前被理解的部分对以后部分的理解仍然有着重要影响的领域,不像在文学作品中那么大和复杂,对音乐作品已理解部分的记忆比在文学作品中消失得快一些。而建筑则与文学作品相似,为了把握总体,人们总需从若干方面来观看、鉴赏,虽然作为总体是同时存在的,但不可能在同一时间一起呈现出来。

---

① 英伽登:《对文学的艺术作品的认识》,陈燕谷等译,中国文联出版公司1988年版,第233页。
② 英伽登:《对文学的艺术作品的认识》,陈燕谷等译,中国文联出版公司1988年版,第201页。
③ 英伽登:《对文学的艺术作品的认识》,陈燕谷等译,中国文联出版公司1988年版,第234页。
④ 英伽登:《对文学的艺术作品的认识》,陈燕谷等译,中国文联出版公司1988年版,第235页。
⑤ 英伽登:《对文学的艺术作品的认识》,陈燕谷等译,中国文联出版公司1988年版,第236页。

区别文学的审美经验和其他审美经验的另一个重要因素是"文学的审美经验绝不可能像某些音乐作品那样是非理性和纯粹情感的"①。即使在纯粹情感的抒情诗中,这种理智因素也不仅存在着,而且排除或减弱它们就会对抒情诗内容或审美对象的其他因素造成有害的影响。

另一点是"能够在审美具体化中现实化的审美相关性质,在作品的审美理解过程中可以构成和谐体的性质的异质性和丰富性,是文学的审美经验及其意向性关联物的特有特征"②。

同时英伽登还区分了文学艺术作品与科学著作之异同,这对全面认识文学作品也很有启发。

第二节　杜夫海纳的文艺思想

米凯尔·杜夫海纳(Mikel Dufrenne,1910—1995),法国当代著名现象学美学家。主要美学著作有《审美经验现象学》(1953)、《诗学》(1963)、《美学和哲学》(3卷本出版时间分别为1967、1976、1981年),它们比较全面而系统地反映了杜夫海纳的现象学美学思想。

诚如杜夫海纳本人所言,他所接受的现象学哲学并非纯粹胡塞尔与海德格尔意义上的,而是被梅洛·庞蒂和萨特"法国化"的现象学③。因此,现象学四大家胡塞尔、海德格尔、梅洛·庞蒂和萨特的哲学思想共同构成了杜夫海纳美学理论的哲学基础。从美学思想的渊源看,杜夫海纳除了受上述四位影响外,还受到了英伽登的主要影响。此外,康德的哲学与美学思想也对杜夫海纳的美学理论产生了深刻影响。

一、审美经验理论的主要内容

杜夫海纳不仅是法国第一个把审美经验作为探究焦点的现象学家,而且还是整个现象学审美经验理论的总结者。现象学美学在研究审美经验时与此前的一些理论流派的本质区别在于:第一,既不单纯从主体的某种心理和特殊的情感状态,也不单纯从客体对象的某一属性来探讨,而是在审美经验和审美对象的相

---

① 英伽登:《对文学的艺术作品的认识》,陈燕谷等译,中国文联出版公司1988年版,第239页。
② 英伽登:《对文学的艺术作品的认识》,陈燕谷等译,中国文联出版公司1988年版,第241页。
③ Mikel Dufrenne, *The Phenomenology of Aesthetic Experience*, Northwestern University Press, Evanston, 1973.

互联系中来探讨,认为"审美经验揭示了人类与世界的最深刻和最亲密的关系"①。第二,把读者的审美经验作为探究的视角与切入点。这种选择体现了现象学理论与方法的必然性:现象学是关于意识对象的现象学而不是意识活动的现象学,如果从艺术家的角度出发,必然牵涉到具体的心理活动,这样无法保证不陷入现象学所反对的心理主义,因此现象学各家在分析审美经验时,都从读者的审美经验这一视角切入。这一理论精神在审美经验领域中具体体现为,从审美对象而不是从审美知觉出发来探究审美经验的本质。就现象学内部来看,虽然各家对此问题都有所论述如盖格、英伽登等,但是论述的还不够系统与完整,而且范围也过于狭窄,只集中在对文学的审美经验的探讨上。

杜夫海纳在审美经验的现象学研究中有以下两方面的突出理论贡献:他拓展和深化了审美经验的研究领域和范围。当代研究审美经验的一个显著特征就是以艺术作品为主要对象,杜夫海纳则把审美经验由艺术领域拓展、延伸到自然领域和社会生活领域。② 在他看来,艺术领域的审美经验揭示的是人与人之间的主—主关系,体现了交往、对话与平等的现代人本精神。自然领域的审美经验揭示了人与自然相互守护的关系,以往的理论只强调人借对象展示自身,反观自身,强调人借助自然使自己最本真的层面得以感性的呈现,杜夫海纳则强调自然也通过人来展示自己的瑰丽、神奇,两者之间是双向的对等关系。社会生活领域的审美经验揭示了人与他的实用对象尤其是技术对象相亲相融的亲密关系。同时他对审美对象与审美知觉的关系尤其是对审美对象作了深刻论述。

二、审美对象论

杜夫海纳认为艺术的审美经验是人类最典型、最纯粹的审美经验,而审美经验又首先与审美对象有关,因此他就把审美对象探讨的重心放在艺术作品上:"艺术作品是最好的审美对象"③。在长达600多页的《审美经验现象学》中,关于艺术作品的审美对象的论述就几乎占据了一半的篇幅。

---

① 杜夫海纳:《美学对哲学的贡献》,《美学与哲学》,孙非译,中国社会科学出版社1985年版,第3页。
② 《审美经验现象学》探究的是人对艺术作品的审美经验,《自然的审美经验》探讨的是人对"非人工化"的自然的审美经验,《技术对象与审美对象》探讨的则是人对自己所制造的技术对象的审美经验,《自然的审美经验》和《技术对象与审美对象》请分别见杜夫海纳《美学与哲学》。
③ Mikel Dufrenne, *The phenomenology of Aesthetic Experience*, Northwestern University Press, Evanston, p.72.

（一）在艺术作品与审美对象的关系问题上，杜夫海纳认为"审美对象丝毫不是别的，只是为了自身的缘故而被感知的艺术作品"①

这是否意味着艺术作品与审美对象是等同的？回答是否定的。首先是事实上的原因，即从审美对象系统来看，艺术作品并不涵盖全部审美对象，它只构成审美对象的一个部分，其他如自然对象、技术对象等都可以成为审美对象。其次是逻辑上的原因，审美对象只有参照审美经验才能界定自己，而艺术作品在审美经验之外，只是诱发审美经验的东西。换言之，艺术作品是审美对象的永久性结构基础，仅仅是潜在的审美对象，把艺术作品与审美对象区分开，实际上是把创作出来的作品和被审美感知到的作品分开，也就是说，进入审美经验这一活动中的艺术作品才能称之为审美对象。需要特别指出的是，杜夫海纳与英伽登在艺术作品与审美对象的关系问题上存在着明显的理论差异：英伽登认为审美感知是一种意义的创造，审美对象的内涵总是多于艺术作品的内涵，杜夫海纳认为审美感知是一种意义的显现，审美对象总是等于艺术作品的内涵，艺术作品与审美对象的区别仅仅在于"隐蔽"与"显现"而已。

（二）艺术作品的审美对象是一个准主体

杜夫海纳认为艺术作品的审美对象区别于生命对象、实用对象、能指对象等的最本质特征就在于它是一个准主体，国外一些学者认为这是他对美学研究所做的最卓越的贡献之一②。在我们的习惯中，有审美主体就必然有相应的审美客体，杜夫海纳把艺术作品的审美对象看作一个准主体的原因何在？艺术作品的审美对象之所以是一个准主体，是因为它揭示的是人与人之间的关系，是人在向人打招呼，这是艺术作品区别于自然的审美对象和技术对象的审美对象的根本所在。它"双重地与主观性相联系。一是与观众的主观性相联系：它要求观众去知觉它的鲜明形象；二是与创作者的主观性相联系：它要求创作者为创作它而活动，而创作者则借此以表现自己，即使——尤其是——创作者并没有这样的明确想法。那就应该说，它表现了一个自为（unpoursoi）的效能，它是一个准主体。"③它为什么是一个准主体而非主体？杜夫海纳指出，这是因为我们毕竟面对的是具有物化形态的审美对象，而不是一个真正的像自我一样的主体，因此两者之间的对话与交流只是一种虚拟性的、单向性的，而不是真实的、双向的问答，因此这样的审美对象只能是一个准主体而不是主体。

---

① Mikel Dufrenne, *The phenomenology of Aesthetic Experience*, Northwestern University Press, Evanston, p. 16.

② *The Cambridge Dictionary of Philosophy*, First published 1995, by the press syndicate of the uiversity of Cambridge, p. 200.

③ 杜夫海纳：《美学与哲学》，孙非译，中国社会科学出版社1985年版，第57页。

三、审美知觉论

(一) 审美对象的存在方式

杜夫海纳运用现象学的意向性理论对审美对象的存在方式做了独到的理论分析,他认为,审美对象不是一种物质的或精神的,主观的或客观的实体性存在,而是一种超越了物质与精神、主观与客观二元对立的、非实体性的、意向性的存在,这种意向性存在是一种蕴涵着意义与价值的关系性存在。究竟如何界定审美对象?杜夫海纳认为审美对象既不是康拉德的观念对象、英伽登的意向对象,也不是萨特的想象对象,而是知觉对象。他认为,知觉意向不仅是所有意向行为的奠基行为,而且是连接主体与客体的首要方式:"如果在某种意义上,客体的客观性和主体的主观性都是不可还原的,那么,结合这二者的联系又建筑在什么基础之上呢?……意向性的思想不是导向主体与客体间的一种原始交流的思想吗?"①基于此,他认为审美对象是一种知觉对象,意味着审美对象是"自在"、"自为"、"为我们"的层级性存在。从"自在"角度看,审美对象首先是一种感性的存在,这种感性存在具有一种外在的强制性、优先性,"自为"不仅需要它来支撑,而且"我们"也为它而存在。从"自为"角度看,审美对象是主体性的情感特质的拥有者,不仅"自在"的感性外观只有依靠它才能获得丰富与充实,而且"我们"要听从它的召唤。从"我们"的角度看,"自在"与"自为"的种种特性只有借助审美知觉才能实现,审美知觉既是感性存在的确证者又是自为世界的见证人,从这个意义讲,"自在"与"自为"又为欣赏者而存在。

(二) 审美知觉的三个阶段

杜夫海纳认为,"审美对象实质上是知觉对象,这就是说,审美对象是奉献给知觉对象的,它只有在知觉中才能完成。"②他把审美知觉划分为三个阶段:呈现、再现与想象、反思和情感。在呈现阶段,知觉者与被知觉者浑然一体,没有随后出现的截然分明的二元场景,类似于梅洛·庞蒂所说的前反思的、身心合一物我不分的整体性境况。根据现象学意向性理论,感知意向所把握的只是对象的某一部分,与此同时,对象的其他部分则需要另一种直观行为即想象来再现,因此想象是连接呈现与再现的桥梁。杜夫海纳在这一阶段着重讨论了想象在审美知觉中的作用,同时对萨特的现象学想象理论提出了尖锐的批判。在知觉与想象的关系问题上,杜夫海纳限制经验想象在知觉审美对象时的功能。萨特强调欣赏者豪情与想象的运用,杜夫海纳则强调欣赏者不仅要控制想象的烈马,也要

---

① 杜夫海纳:《美学与哲学》,孙非译,中国社会科学出版社1985年版,第55页。
② Mikel Dufrenne, *The phenomenology of Aesthetic Experience*, Northwestern University Press, Evanston, p.218.

抑制自己过于澎湃的激情,因为审美对象的情感是对象化了的情感,需要知觉者忠实客观地把它呈现出来,如果听任激情澎湃的想象随意而为,审美对象就会成为欣赏者膨胀的主体性的跑马场。反思和情感构成了审美知觉的第三阶段,也是审美知觉的最高点。杜夫海纳受康德区分决定判断力与反思判断力的启发,把思考分为与对象隔离的思考与依附于对象的思考。后者正是审美知觉中的思考,杜夫海纳称之为交感思考,这种思考最本质的特征就在于它不脱离感性且有情感充盈,"思考首先培养情感,然后阐明情感;反过来,情感首先诉诸思考,然后指导思考。思考和情感的交替构成审美对象愈益充分理解的、辩证的前进运动"①。

第三节　海德格尔的文艺思想

马丁·海德格尔(Martin Heidegger,1889—1976),德国哲学家,"存在主义"的主要代表人物。生于德国巴登—符滕堡州黑森林地区的默斯基尔希,父为教堂执事,家庭具有浓厚的宗教气氛。他曾在弗赖堡大学攻读神学、哲学、人文科学、自然科学。1914 年获哲学博士学位。大学毕业后任教于弗赖堡大学、马堡大学,后在弗赖堡大学任教授。他曾师从胡塞尔,1928 年在弗赖堡大学继任胡塞尔退休后空缺的哲学讲座教授。1933 年纳粹上台,他表示支持希特勒,曾任弗赖堡大学校长,但 10 个月后辞职。战后,因此事受审,一度不能从事教职。1951 年恢复教职,1957 年退休,以后一直在黑森林地区过半隐居生活,专事著述,他的主要著作有《存在与时间》(1926)、《康德和形而上学问题》(1929)、《荷尔德林与诗歌的本质》(1937)、《论人道主义》(1947)等。

论述西方现代现象学、阐释学文艺观都离不开海德格尔,但是,海德格尔作为存在主义创始人之一的地位和他的存在主义文艺观更应作为重点,基于这种考虑,本书侧重于阐述海德格尔的存在主义文艺观。

海德格尔对文学艺术的观点是建立在他的存在主义哲学基础上的。他把文学艺术问题还原到存在的维度来进行思考。他认为诗与艺术问题不是传统意义上的"文艺理论问题"或"美学问题",不是游离于生存之外与存在无关的"游戏",海德格尔把它作为人的存在的根本方式来思考。

海德格尔的存在论是对西方传统的形而上学的批判。他从《存在与时间》开始,就展开了与形而上学的斗争,并由此进入了对整个西方文明的反思。他认为从柏拉图、亚里士多德以来,西方哲学始终把"存在是什么"作为哲学的核心

---

① Mikel Dufrence, *The phenomenology of Aesthetic Experience*, Northwestern University Press, Evanston, p. 423.

问题来探讨,以此创建"本体论哲学"。他指出这种将主观与客观截然分开的形而上学观点混淆了"存在"与"存在着",是把存在当作一种"现成地存在着的东西"的误解。海德格尔认为:"你们用'存在着'这个词的时候,显然你们早就熟悉这究竟是什么意思,不过,虽然我们也曾相信领会了它,现在却茫然失措了。"①他以援引柏拉图话的方式,申明他"要具体地探讨'存在'意义的问题"②。海德格尔认为哲学的思考核心不应当是"存在是什么",而应当是"存在为什么存在"、"存在是怎样存在的",即探讨的不是"存在着",而是存在本身。因为"不可把存在当作一切存在者那里抽象出来的某种东西——存在既非抽象出来的,也非某种东西"③。海德格尔的"存在"不同于汉语中的"实际存在",它在德文中是"sein",在英文中为"being",是主语、谓语间的系语的名词化,它表示的是主语和表语之间的意义关联。

海德格尔的存在主义哲学观是视主客一体的,他反对把人看做是与客观世界对立的存在者,为此,他把人称作"此在"(das ein)。他认为人从根本上说是一种历史或时间中的存在,是由历史和时间构塑而成。当然作为特殊存在者的人是种尚待规定的存在者,是能决定自己存在方式,追问自己为什么存在,探讨存在的意义的存在者。"这种存在者,就是我们自己向来所说的存在者,就是除了其他存在的可能性外还能够发问存在的存在者,我们用此在这个术语来称呼这种存在者"④。海德格尔的哲学建立在这一基础上,他的文艺理论也是从这里出发的。

我们可从以下几个方面来探讨海德格尔的文艺观。

一、海德格尔对艺术本源的认识

1935年,海德格尔作过题为《艺术作品的本源》的系列讲演,同年在罗马又作过《荷尔德林与诗的本质》的讲座。在1936—1937年又针对尼采的美学发表了一系列文章,从中可以了解海德格尔一系列的文艺观点,特别是对文艺本源的认识。

他认为艺术作品的本源即是"存在之真"置入作品。他说:"作品存在就是建立一个世界","真理的创造性保存于作品之中。艺术因而是真理的生成和发生"⑤。海德格尔否定从亚里士多德开始的"艺术是现实的模仿"的理论,他说:"我们是否认为,这幅画(指凡·高的《一双农鞋》)把现实之物描画下来并使之

---

① ② 海德格尔:《存在与时间》,陈嘉映等译,三联书店1987年版,第1页。
③ 陈嘉映:《海德格尔哲学概论》,三联书店1995年版,第44页。
④ 海德格尔:《存在与时间》,陈嘉映等译,三联书店1987年版,第10页。
⑤ 海德格尔:《诗·语言·思》,彭富春译,文化艺术出版社1991年版,第67页。

成为进入艺术家制造的产品中去呢？绝对不是。"①"艺术品绝非是对那些在任何给予的时间里显现的个别存在物的再现,相反它是物的一般本质的再现。"②海德格尔并不否认文学艺术作品的物质性,"当一作品从这种或那种作品材料（石头、木头、金属、色彩、语言、音响）中显现出来,我们也说它们得到创造,从中显现出来"③。但是,这种物质性并非艺术作品的本质。同时,海德格尔也批判了流俗的浪漫艺术观即认为作者是艺术的本源的观点。他强调"艺术"才是艺术家、作品的本源。"在作品中,如果存在者是什么,如何存在这一点被加以揭示了,那么作品的真理也就出现了"④。在这里,海德格尔所说的真理,不是我们从一般意义上理解的概念,他说,"古希腊人称存在者的显露为 aletheia。我们称为'真理'"⑤,"如果在作品中发生了一特别存在者的显露,它的为何和如何的显露,那么,艺术中的真理便产生了和发生了"⑥。

为了让人们具体地了解他的这一观点,他以凡·高的名画《一双农鞋》为例作了深入浅出的分析。《一双农鞋》是广为人知的世界名画,画面上只是一双农妇穿的鞋,而且几乎没有什么背景,可是,凡·高的名画中的"鞋"已不是穿穿而已的器物,在观赏者——"此在"的投入中,有那么多的丰富内涵显现出来,"在作品的亲近中,我们突然处于另一天地,与我们平常习惯的存在迥然不同"⑦。海德格尔以他存在主义哲人的目光洞察了另一天地。他看到"在艺术品中,存在者的真理将自身置入作品。'设入'此处意味着,即置放在显要位置上,一个存在者,一双农鞋,进入作品,处于其存在的光亮之中,存在者的存在的显现恒定下来"⑧。为此,从凡·高的这双农鞋,海德格尔洞察了一位农妇生存的世界,她的艰辛与喜悦,步履的坚韧与滞缓,无怨无艾的焦虑,面对死亡的战栗……总之"这器具（农鞋）归属大地,并在农妇的世界得到保存。正是在这种保存的归属关系中,产生器具自身居于自身之中"⑨。在海德格尔看来,在凡·高的《一双农鞋》里,揭示了农妇此在的本身状态,我们甚至可以设想,如果这幅画标作《无题》,似乎可以更好地展示以"无"中生出"有"的生生不息的世界。

同时,海德格尔揭示了在作品中展示的世界与大地的冲突,即真理与非真理的冲突。海德格尔存在主义哲学中的"世界"不是天然的自然界,它是"天地人神"四重组合的创造,"我"参与了这个世界,介入"我的世界"的创造。而"大地"是"由此而产生的一切回归于此,并隐蔽一切自行涌现之物",它相当于自然、宇宙。大地与世界相对照,大地无意、神秘、沉默,自我隐匿,人通过建立"世

---

①②④⑤⑥⑧　海德格尔:《诗·语言·思》,彭富春译,文化艺术出版社1991年版,第37页。
③　海德格尔:《诗·语言·思》,彭富春译,文化艺术出版社1991年版,第45页。
⑦　海德格尔:《诗·语言·思》,彭富春译,文化艺术出版社1991年版,第36页。
⑨　海德格尔:《诗·语言·思》,彭富春译,文化艺术出版社1991年版,第35页。

界"的方式将大地"世界化"(意义化,实际上是文化),通过对万物命名赋予它们以意义,使它们从隐匿的大地进入世界的敞开。被世界之光所照亮的万物得以彰显,在世界之光中出场的万物得到彰显并支撑照亮它们的世界。但是,在世界之光中出场的万物仅仅构成世界的图像,而不是万物本身的显示,它自身无意义,在本性上拒斥意义,摧毁世界,不断回归于世界所源出的大地。这就是海德格尔对艺术的存在主义演绎。作品居于自身的静止因而使自身在抗争的亲密中现身。而艺术作品的存在就在于世界与大地的抗争、搏斗之间。抗争的搏斗是作品的不断夸大的聚集。

二、海德格尔的存在主义语言观

海德格尔从人本主义语言观出发,认为事物的本体存在是虚妄的,没有意义的,只有语言才是"存在之家"。他针对形而上学对语言的误解,要把语言"从逻辑中解救出来",把对语言的探索再次复位于源初的生存论基础之上,即把语言作为此在(人)的敞开自己的基本方式来看待。他认为表达形式不是对客观现实的严格的对应和忠实的摹写,而是表达主体的内在意识活动的构成的产物和结果。海德格尔是通过对古希腊文献的考察入手来探讨语言的实质的,他说:"希腊人的日常活动主要在于交谈;虽然他们'有眼'能看,但是他们无论在前哲学的此在解释中还是在哲学的此在解释中都把人的本质规定为言语的动物(Zoon Logosexon)。"① 海氏指出,后来的西方哲人们把 Logos 解释为"理性",于是把人界定为"理性的动物"。他又具体地、形象地探讨了人类言谈的过程。他认为,"甚至在明确地听他人言谈之际,我们首先领会的也是所云:更确切地说,我们一开始就同这个他人一道寓于言谈所及的存在者。而非反过来我们首先听到说出的声音。甚至于说话说得不清楚或说的是一种异族语言,我们首先听到的还是尚不领会的语词而非各式各样的声音资料"②。

海德格尔对于"闲谈"的阐释使我们深刻认识到作为语言建构的文学作品开放体系的本质。海氏认为"闲谈"是以一种"平均的可领会性"取代了此在已领会的语言,"闲谈"对语言的延扩,即为"公众意见"敞开了大门,这就避免了对语言始源根据的"封锁"。语言成为"存在之家",它并非仅仅是交流的工具,也并非是那种仅有词而没有言的"字典式"的词。海德格尔的"语言是存在之家"的观点被伽达默尔发展为"能理解的存在就是语言"。

---

① 海德格尔:《存在与时间》,陈嘉映等译,三联书店 1987 年版,第 201 页。
② 海德格尔:《存在与时间》,陈嘉映等译,三联书店 1987 年版,第 200 页。

三、海德格尔的存在主义"理解"与"解释"

海德格尔在 1927 年写有《理解和解释》,颇为充分地表述了他的存在主义"理解"观和诠释学。首先他指出"意义是此在的一种生存论性质,而不是一种依附于在者、躲在在者'后面'或作为中间领域漂浮在什么地方的属性"①。从中我们可以体会到海氏在于破除形而上地看待人与"世界"(物)的二元论,旨在破除那种把"意义""看做是一种客观存在"的静止观点。将"人"置于整个世界之中来思考"理解"问题,即"在对世界的每一次理解中,生存都被一起理解了,反过来也一样"②。这样"理解"就是生存本身,它不应脱离开存在而被孤立地对待。

同时,海氏的诠释理论把人与人、人与世界看成一个动态的网络,这就为后来的结构主义、后现代主义的互文性、"文本间性"提供了重要的理论依据。海氏提出"先把握"这一概念,"把某某东西作为某某东西加以解释,这在本质上是通过先有、先见和先把握来起作用"③。这是从人的存在出发的思考,一切解释都活动在前已指出的"先结构"中。对理解有所裨益的任何解释无不已经对有待解释的东西有所理解。中国古代文论中有"互文见义"其实已揭示了这一道理。任何理解绝非孤立存在。即都是"有典可稽"。这就将文本阐释变成一个开放的体系。

四、海德格尔与中国道家文化的对话

海德格尔对中国道家文化,对老子、庄子学说的关注始于 20 世纪 30 年代。在德国纳粹失败投降后,海德格尔处于思想极端苦闷、尴尬的境地。在这时他更潜心研究老子《道德经》,并试图与中国学者合作将其译成德文。他在心灵上与中国道家文化的对话也反映在他的文艺观里。他结合荷尔德林、里尔克等诗人的作品,指出诗歌的对立面并非散文,纯粹的散文如同任何诗歌一样是诗意的。思想之音必须是诗意的,因为诗歌是真理的言说,"是存在物敞开的言说"④。海德格尔认为"诗是一个历史、民族的原初语言"。他的这些论述揭示了人类的"归家"—"回归意识"。这不禁使我们感到这一思想与老子的"道可道,非常道;名可名,非常名。无名天地之始,有名万物之母"的思想。海德格尔在《存在与

---

① 洪汉鼎:《理解与解释——诠释学经典文选》,东方出版社 2001 年版,第 121 页。
②③ 洪汉鼎:《理解与解释——诠释学经典文选》,东方出版社 2001 年版,第 122 页。
④ 海德格尔:《诗·语言·思》,彭富春译,文化艺术出版社 1991 年版,第 2 页。

时间》里说过:"存在的他者是虚无。"①海德格尔同样重视"无",从无才能产生有。在海德格尔思想中的"存在"与老子的"道"(海德格尔自译 saying 为"道")非常接近。海德格尔提出,"至上无言"、"沉默是金",认为日常语言是"用竭了的诗",这和道家所说的"不以言为主","不以名为常"(《老子指略》)十分相通。他揭示了人类把握世界的直觉方式,认为那不是以二元论的思维方式主体对客体的认知,而是通过人的中介让事物澄明、显现、敞开而形成世界。"语言召唤存在","诗就是以词语的方式确立存在。"诗的命名性言说,召唤物本身的到来,就是对大地的守护,真正的诗人,像荷尔德林等就担负着这样的使命。

这种思想与老子思想中的人类回归意识是相通的。道家文化作为中国母系社会文化的承继,在社会发生大变革时期,面对社会的纷争、人心不古,产生了强烈的回归意识,显示了对人类原初时代的依恋。正像亚当夏娃因有智慧被驱逐出伊甸园一样,人类的进步使自己远离心灵的故乡,越是在科技高度发展的时代这种回归意识就愈强烈,这一思想也反映在海氏的文艺观里。这种回归意识亦表现为与中国古代道家文化的一种对话。

第四节 萨特的文艺思想

让-保尔·萨特(Jean Paul Sartre,1905—1980)是法国哲学家、文论家、作家,存在主义的主要代表人物。

萨特生于巴黎,父亲是海军军官,在萨特两岁时患病去世,萨特随母亲到外祖父家生活,萨特中学毕业后考入巴黎高等师范学校攻读哲学,钻研过笛卡儿、斯宾诺莎、卢梭等人的哲学著作,在文学方面尤其喜欢司汤达的作品。1933 年赴德国研修克尔恺郭尔、黑格尔、胡塞尔、海德格尔哲学,完成《胡塞尔现象学的一个基本思想意向性》的论文。他的主要著作有《存在与虚无》(1943)、《辩证理性批判》(1960)、《什么是文学?》(1964)等,同时他还写有大量富有存在主义哲理的文学作品,如思辨小说《恶心》(1938)、剧本《苍蝇》(1942)、《禁闭》(1943)、《死无葬身之地》(1946)、《恭顺的妓女》(1946)、《肮脏的手》(1948)、长篇小说《自由之路》(1945—1946)等。萨特的存在主义哲学和文学理论对欧美和亚洲许多国家都产生过较大影响。

萨特的文艺观建立在他的存在主义哲学基础上,同时他的文学作品、文论也都成为反映他的存在主义哲学的重要组成部分。

他称自己的存在主义"是一种使人生成为可能的学说"②。萨特存在主义的

---

① 海德格尔:《存在与时间》,陈嘉映等译,三联书店 1987 年版,第 84 页。
② 萨特:《存在主义是一种人道主义》,载《萨特哲学论文集》,安徽文艺出版社 1998 年版,第 109 页。

要点是"存在先于本质,或者不妨说,哲学必须从主观开始"①。因为,在萨特看来:"首先有人,人碰上自己,在世界上涌现出来——然后才给自己下定义。"②萨特否定所谓"人性"的存在,他说:"因为没有上帝提供一个人的概念。人就是人。"③"人只有企图成为什么时才取得存在。"④为此,萨特认为人的本质是自由。"人是自由的,人就是自由。"萨特存在主义重视"处境"问题,即"一切早先就规定了人在宇宙基本处境的一切限制"⑤。同时萨特强调人的"自我选择",即认为人是自己塑造自己,人的选择规定自己的本质。而且,萨特的存在主义哲学还强调"他人"问题,即认为人是"孤独"的存在,都是被莫名其妙地抛入一个荒诞的世界,认为人与他人之间都是互为障碍的,甚至说"他人就是地狱"。在 1960 年以后,他曾对这一表述作过修正,但总的说萨特的"他人"观点在本质上所强调的仍然是存在主义的"他人"观。了解以上观点对于理解萨特的存在主义文论是必要的。

一、文学作品只有一个题材:自由

萨特深受现象学影响,他虽然肯定文学作品的物质性,但是认为它是特殊的对象。他批评康德的"没有明确目的而却有符合目的性"的提法不当,因为"这一说法指的是审美对象只在表面上具有符合目的性,它只限于引起想象力的自由的、有规则的游戏。"萨特认为:"这样说就忘了观赏者的想象,不仅有调节功能,还有构成功能;它并非在做游戏,它只是被吁请越过艺术家留下的痕迹,重组美的对象。"⑥为此,他认为书与工具不一样,这不是为某一目的提供的手段,它是作为目的被提供给读者的自由。

萨特还以人们看风景为例描绘说:"当我欣赏一处风景的时候,我很明白不是我创造出远处风景来的,但是我也知道,如果没有我,树木、绿叶、土地、芳草之间我眼前建立起来的关系就完全不能存在。""只有当存有在那儿的时候,我才能使它有"⑦。萨特认为客观世界在进入人的意识之前,是"自在的存在",进入人的意识即成为"自为的存在",于是"人是万物借以显示的手段",换句话说,只有人才能揭示出存在的意义,从这个意义上讲,人对于存在来说具有本质性。"是我们使这一棵树与这一角天空发生关联;多亏我们,这颗沉寂了几千年的星,这一弯新月和这一条阴沉的河流得以在一个统一的风景中显示出来;是我们

---

① 萨特:《存在主义是一种人道主义》,载《萨特哲学论文集》,安徽文艺出版社 1998 年版,第 111 页。
②③ 萨特:《存在主义是一种人道主义》,载《萨特哲学论文集》,安徽文艺出版社 1998 年版,第 112 页。
④ 萨特:《存在主义是一种人道主义》,载《萨特哲学论文集》,安徽文艺出版社 1998 年版,第 117 页。
⑤ 萨特:《存在主义是一种人道主义》,载《萨特哲学论文集》,安徽文艺出版社 1998 年版,第 126 页。
⑥ 柳鸣九编选:《萨特研究》,中国社会科学出版社 1981 年版,第 10 页。
⑦ 柳鸣九编选:《萨特研究》,中国社会科学出版社 1981 年版,第 13 页。

的汽车和我们的飞机的速度把地球的庞大体积组织起来;我们每有新举动,世界便被揭示出一种新的面貌"①。

萨特是将这一"本质性"作为人与自然界关系的出发点,同时,也是他把握作者—作品—读者关系的出发点。他是从存在主义本体论出发来认识文学的。他认为人"需要感到自己对于世界而言是本质性的",因此人就需要文学创作,是人们意识到自己对世界具有主导地位的产物。这就是为什么他在《为什么写作?》一文开宗明义地阐释人可以各有各的观点,但对存在主义来说,如上所述,体现人的自由的本质才是目的。

正是基于这一点,萨特突出了文学创作中的"想象"的作用。萨特认为:"人之所以能够从事想象,也正是因为他是超验性自由的。但是,反过来说,曾经成为一种心理和经验的功能的那种想象,却又是世界当中的经验的人的自由的必要条件。"②他认为文艺作品不是一种现实的客观对象,"而是一种非现实(an unreality)"。他举查理八世的肖像为例论述这一观点,虽然查理八世是一客体,"但这一客体跟画面与画布这两种客体又有明显的区别。"③只因为这画面上的查理八世与一个产生想象的意识的意向活动互相关联,成为一种非现实,才成为我们的审美对象。他反对把艺术的非现实性与现实混为一谈的说法。他认为从一幅画来说现实的客体只是画面上的笔触,画面上的黏性和纹路以及色彩的光泽。这些决非人的审美对象,而审美对象是种"非现实的东西"。

有鉴于此,萨特认为美的本质只能由想象来界定。萨特从画家创作过程入手揭示这一点。他认为,画家作画根本不是把自己头脑中的意象原封不动地搬到油画上,而是靠"想象"来实现。"他只是创造出了这意象的物质模拟物"④。由于画家在作画时每一笔都是用实在的色彩构造一个整体,为此"这个整体使那非现实的意象得以表现"⑤。

萨特又以小说、诗歌、戏剧创作、演出进一步阐释这一问题。他认为演员在演出过程中,都不同程度地在舞台上实现一种非现实的转化。"演员通过其扮演角色被非现实化了"⑥。这正如一个出色的乐队在演奏贝多芬名曲时,就在自己演奏的名曲中隐匿自己。这也就是萨特说的:"审美快乐是实在的,但是审美的目的并不是去获得似乎是由实在的色彩所造成的快乐本身。"⑦为此,他从这

---

① 柳鸣九编选:《萨特研究》,中国社会科学出版社1981年版,第2页。
② 萨特:《存在主义是一种人道主义》,载《萨特哲学论文集》,安徽文艺出版社1998年版,第133页。
③ 萨特:《想象心理学》,褚朔维译,光明日报出版社1988年版,第281页。
④⑤⑥ 萨特:《审美对象的非现实性》,蒋孔阳《二十世纪西方文论选》下,复旦大学出版社1988年版,第225页。
⑦ 萨特:《审美对象的非现实性》,蒋孔阳《二十世纪西方文论选》下,复旦大学出版社1988年版,第228页。

里导出审美经验的非功利性。

总之,萨特强调"实在的东西永远也不是美的,美是只适用于想象的事物的一种价值,它意味着对世界的本质结构的否定"①。

二、文学是介入的文学

萨特把作者与读者看作一个有机整体,辩证地看待文学的本质。他说:"作家作出的选择是召唤其他人的自由;他们各有要求,通过这些要求在双方引起的牵连,他们就把存有的总汇还给人,并用人性去包笼世界。"②

作为读者来说,他一旦打开书就是在与作者合作,共同创作,共同介入。"阅读是作者的豪情与读者的豪情缔结的一项协定:每一方都信任另一方,每一方都把自己托付给另一方,在同等程度上要求对方和要求自己。因为这种信任本身就是豪情……这是他们双方作出的自由决定"③。从上述可见萨特的"介入"文学观基于存在主义的"自由观"。

萨特的介入文学观具体表现为:他所创作的作品和包括对他作品的主人公的评价体现了"自由选择"的根本属性。萨特的小说和"境遇剧"中塑造了一批不断地进行"选择"的人物,他们用自己的行动来塑造自己。如在《死无葬身之地》中的人物,像希腊神话中的西绪弗斯一样,面对失败、死亡却"精神昂扬",矢志不移地"前行"。因为在萨特看来,越是在逆境中人就越自由。萨特笔下的世界是荒谬的,但他不承认写出这一点就是悲观主义。虽然生活像"章鱼和烂泥塘"一样叫人恶心,但是,他作品中的人物仍然不断地进行选择。特别是由于萨特有反法西斯纳粹的经历,作品中的人物的自由观也具有具体性。

另外,萨特的介入文学观是有鲜明政治态度的,且有对资本主义社会的尖锐批判性。萨特说:"文学并不是一首能够和一切政权都合得来的无害的,随和的歌曲;它本身就提出了政治的问题;写作就是为一切人要求自由;如果作品不应该是愿意被其他自由所承认的自由的行为,那么作品不过是一堆卑鄙的无聊话罢了。"④而且萨特的文学介入理论也体现在他对资本主义世界"异化"的深刻认识和批判上。"异化"问题是许多西方现代主义文学流派关注的焦点,也是存在主义批判的核心问题。正如萨特在《恶心》中借主人公的话所说:"对我来说,

---

① 萨特:《审美对象的非现实性》,蒋孔阳《二十世纪西方文论选》下,复旦大学出版社1988年版,第230页。
② 柳鸣九编选:《萨特研究》,中国社会科学出版社1981年版,第18页。
③ 柳鸣九编选:《萨特研究》,中国社会科学出版社1981年版,第16页。
④ 萨特:《词语》,潘培庆译,三联书店1989年版,第207页。

既没有星期一,也没有星期日,只是一大堆日子乱七八糟地拥挤着前进。"面对这一世界,就想呕吐,这就是恶心。萨特认为这样的世界是人被异化的环境,人在这种环境中被扭曲了,成了金钱、权力、物的奴隶。作为文学理所当然地要揭示这一事实,发挥"警世"的作用。

萨特的文学观中介入文学的理论有过分夸大文学作用之嫌,不过他本人在不同时期曾做过自我调整。他甚至主张在用批判的武器不顶用时号召人们把它与武器的批判结合起来。他说:"用笔杆子保卫它们还不够,有朝一日笔杆子被迫搁置,那个时候作家就有必要拿起武器。"①

三、强调文学作品的读者接受作用

有的文论家把存在主义与接受美学同视,毫无疑问这二者是相通的。但是,萨特的这一文学观主要是建立在他的存在主义"自由观""他人"理论上的。

他认为任何文学作品都是一种召唤,写作乃是为了召唤读者以便使读者把我借助语言着手进行的揭示转化为客观存在。萨特说:"作品从来就不是一个天生的未知数,而是一个要求,一个奉献。"②他把这一思想具体化,认为"如果人们把这个世界连同它的非正义行为一起给了我,这不是为了让我冷漠地端详这些非正义行为,而是为了让我用自己的愤怒使它们活跃起来,让我去揭露矛盾,创造它们,让我连同它们作为非正义行为、即作为应被取缔的弊端的本性一块儿揭露并创造它们"。同时萨特从存在主义的"他人"观出发指出:"只有为了别人,才有艺术;只有通过别人,才有艺术。"③

萨特从作者、作品、读者三个方面作统一整体来把握读者的作用。他在阐述作者与读者关系时谈到:"作者与读者的自由通过一个世界彼此寻找,相互影响,我们既可以说作者对世界某一面貌的选择确定了他选中的读者,也可以说他在选择读者的同时决定了他的题材。"④这种对作者与读者之间的辩证关系的阐述无疑是正确的,这正如人们所熟知的作家在创作作品时的"读者意识"。这一观点也影响了后来的接受美学和读者反应批评。

另外,萨特也从作者角度来谈读者的作用。他强调任何作者都不能把作品强加给读者,书搁置在桌子上,读与不读,是读者的自由,包括如何理解、评价一本书的方方面面也是读者的自由。"写作既是揭示世界又是把世界当作任务提

---

① 柳鸣九编选:《萨特研究》,中国社会科学出版社1981年版,第24页。
② 《萨特研究》,中国社会科学出版社1981年版,第21页。
③ 《萨特研究》,中国社会科学出版社1981年版,第6页。
④ 转引自郭宏安等:《二十世纪西方文论研究》,中国社会科学出版社1997年版,第97页。

供给读者的豪情"①。他把这种心态称作"自由的情感",即不使他的作品成为一种说服读者,简单说教的东西,把作品变成"作为目的被提供给读者的自由"。

从读者一方来说,他应该信任作者,读者的阅读也应承担责任。他通过法国文学史来揭示作家与读者的关系。他认为在中世纪(12世纪)的欧洲教士为教士而写作,把书籍仅仅作为保存传递基督教思想的手段,付出的代价是"文学的死亡"。在17世纪的法国读者群也十分有限,满足的也只是有限的读者。只有在18世纪,当作家表现出拒绝接受统治阶级的思想时,他们才拥有了广阔的读者群。他特别强调持有不同意见的"两个读者群"的存在对文学发展的重要性。

总之,从实质上讲,阅读是一种人类对自身的超越性行为,人类的审美情感即产生于此,他提出"自由是通过一种超越性的要求显求自身的。自由辨认出自身便是喜悦"②。这就是萨特基于人道主义的自由观的审美情感,或者被称作萨特的"接受美学"。

综观萨特的文艺观我们可以看到有许多可资借鉴之处,他的"想象论"、"介入"理论和强调作者、读者之间的辩证关系等都对20世纪后半文艺理论产生很大影响,对资本主义社会的批判有其独特的深刻与尖锐性。毋庸讳言,萨特文艺观正如他的哲学理论也不无偏颇之处,他的"介入"理论过分强调了文学的作用(他本人亦修正过),对于"他人"的论述虽然经过修正,但总的影响片面性仍很大。在1965年在灌制《禁闭》这出剧时有段录音(载《费加罗文学报》),萨特说:"这根本不是我的本意,'他人就是地狱',这句话总是被人误解,有人以为想说的意思是我们与他人的关系时刻都坏透了的,总是地狱般的关系。然而要说的是:如果与他人的关系被扭曲、被败坏了,而且这永远是难以沟通,那么他人只能够是地狱。"他接着又强调改变自己行为的重要,争取自由的重要。他强调的是"他人是我们身上最为重要的因素"③。这一修正显然对于全面理解萨特存在主义"他人观"及在文学中的体现很重要。

小　结

现象学与存在主义文论都对20世纪西方文论产生了深刻影响。我们把这两种文论合在一章里阐述,在于它们都明确地对传统的西方文论提出了挑战,由胡塞尔的"回到事情本身"开始,他们共同进行了一场旨在对西方沿袭日久,业已僵化的形而上的思维模式的批判。对文艺的研究,这些文论家主张通过"本质直观"、关注"事物的显现方式",从"存在"入手来把握,突破把文学作品简单

---

①② 柳鸣九编选:《萨特研究》,中国社会科学出版社1981年版,第20页。
③ 萨特:《词语》,潘培庆译,三联书店1989年版,第208页。

地当成一个客体来对待的陈旧模式,对其研究不能仅仅围绕社会问题、作家创作心理、作品结构分析等层面上,而把文学作品作为一种特殊对象来把握,对文艺的本质结构、文艺的本体论、文艺的创作意识、语言存在等一系列重大理论问题都做了创造性的阐述。

英伽登的现象学文论,在作品艺术本体论、阅读理论、艺术价值与审美价值的区分、审美经验的探讨;杜夫海纳提出的诗学与现代艺术、审美对象与知觉理论等问题,都丰富了现代文论。

存在主义文论(以海德格尔与萨特为代表)秉承了现象学,他们在对艺术本源、语言观亦多有创见,他们洞悉西方现代社会的精神危机,跟随时代的发展,力图构建起迥别于西方传统的文论框架,与人的异化、世风日下作斗争,突出人的本质。在这些方面很有深意。海德格尔已显示出与我国传统文化对话的趋势,这也是值得注意的。

当然无论是现象学还是存在主义都不可能把几千年西方传统文化沉积形成的弊端清理掉,在他们的理论中也充满了矛盾。这表明只有东西方文化的进一步融合才能更好地解决一些东西方都关注的重大理论问题。

思 考 题

1. 试述英伽登提出的文学的艺术作品的基本结构及关系。
2. 怎样理解英伽登的阅读客观化?
3. 英伽登如何界定艺术价值、审美价值,有何启发?
4. 阐述杜夫海纳审美经验论的主要观点。
5. 杜夫海纳如何论述审美的三个阶段?
6. 海德格尔艺术本源论(结合他对凡·高《一双农鞋》的评述)的内容是什么?
7. 怎样理解海德格尔的"语言是存在之家"?
8. 谈海德格尔的存在主义"解释"观。
9. 怎样理解萨特对于"想象"的论述。
10. 萨特"介入文学"理论内涵及局限。
11. 萨特文论中的"他人"观与读者的作用。

第十一章

文艺阐释学与接受理论

引 论

随着文学创作流派呈现多元状态,20世纪的西方文学理论也色彩纷呈。如果说形式主义批评、"新批评派"、结构主义是对只重视作品外在因素的批评范式的反拨,那么文艺阐释学、接受美学和读者反应批评则体现了从本体美学向接受美学,从对文艺自身存在方式的单一研究向文艺总进程的全方位、综合性研究的变化。

阐释学(hermeneutics,又作"释义学")一词虽然在古希腊时期就有了,中世纪也已经有了较为成形的阐释《圣经》的"释义学"和考释古典文献的"文献学",但它们还是把自身当作一种读解文本的"工具"来理解,对"解释"自身缺少理论的阐释,缺少理论的自觉,因而还算不上一种哲学解释学。人们的一般看法是,西方的哲学解释学是从19世纪上半叶的德国宗教哲学家施莱尔马赫的解释学开始的。施莱尔马赫认为,由于时间距离和历史环境的变化,解释者与作者对文本的词义出现了不同的理解,读者与作者的心理沟通也会出现障碍,误解便会从这里产生,因而解释者的任务就是设法透视到原作所体现的历史情境和作者的心理个性,实现对文本原意的理解。施莱尔马赫在传统解释学上的贡献,并非是他对文本意义的客观主义态度,而是表现在他不再把文本作为研究的中心,而是反过来特别重视理解本身这样一种认识论倾向上,这一点对西方哲学解释学的影响和贡献是显而易见的。

生活在19世纪末20世纪初的又一位德国哲学家狄尔泰,受到了施莱尔马赫的解释学理论的深刻影响,并且创造性地发展和拓展了施莱尔马赫解释学的认识论倾向。狄尔泰坚持把文本视为人类过去生活的记录和生命的足迹。他认为解释学的任务不是把历史流传下来的文本仅仅作为文本来解释,而是要透过历史流传下来文本,发现它所象征的原初的生活世界,在与作者的心灵交流中体验到当时人们的灵魂世界。正是基于这样一种思考,狄尔泰认为艺术是人对自己的历史处境的体验结果,艺术问题与人生问题是相互联系的,因而他强调应该从人的生活经验出发来解释艺术。狄尔泰在西方哲学解释学上的贡献,在于他把人对历史的或艺术的文本的理解作为人对自身、对人的生活的理解,这样,狄尔泰的解释学已经不是像过去那样,把解释学作为解释文本的理论、原则和技术,而是作为认识和把握人和人生的基本途径,使他的解释学变成一种真正意义上的认识论和方法论的思想。

当阐释学被20世纪的存在主义大师海德格尔所注意的时候,西方的阐释学便孕育着一个革命式的转型。这种革命式的转型来自于海德格尔对世界和存在这样一些哲学问题的十分独特的看法。他认为理解是"此在"的基本方式,也就是人的存在的展开方式。这样,理解便不是某种认识对象和把握对象的方法和途径,不是一个认识论或方法论问题,而是一个存在的真实问题,或者说是一个本体论的问题,于是,人对对象的理解和解释就被赋予一种本体论的意义。海德格尔的这些思想便包含了解释的历史性、解释的本体论意义以及把真理视为主客体的原始统一等观念。正是这些哲学思想深刻地影响了伽达默尔的哲学解释学。

海德格尔虽然提出了现代阐释学的重要观念,但他并没有建立起类似于伽达默尔那样的较为系统的阐释学理论。作为海德格尔哲学的信徒,伽达默尔在海德格尔的存在主义哲学中找到了他的阐释学的理论原点,那就是理解是"此在"的存在方式。伽达默尔在他的阐释学中始终强调科学在人类生活中的界限,与此相关,他也在寻找超出科学方法论控制范围的对真理的经验,这些经验就是艺术的经验、历史的经验和语言等。但由于他认为艺术经验是在所有的真理存在方式之中的一种最有效的方式,因而,伽达默尔特别关注艺术经验问题。伽达默尔认为艺术理解是一个本体论的问题,艺术只有在理解中才能实现它的存在。按照伽达默尔的分析,艺术的存在不是指艺术家的创作本身,也不是艺术作品的原型(生活经验),而是指艺术家的创作与解释者的相遇,是解释者与作品进行对话的过程。由于他不把作品的存在定义为作者的原意,所以他也不认为历史中流传下来的艺术文本与解释者之间的时间距离是理解的障碍,相反,他认为时间距离可以使解释者有可能摆脱现实的功利关系,展开作品真理。艺术文本与解释者在这种时间距离中相遇的最终意义,并不是解释者对文本意义的揭示,而是文本和解释者在其对话和攀谈中建构了一种新的构成物,在这其间文本与解释者都将超越自身。这种不断在相遇中建构新的构成物的过程,就是他所谓的"视阈融合"和"效果历史"的思想。伽达默尔的解释学完全走出了施莱尔马赫和狄尔泰的解释学的认识论和方法论定位,把理解视为存在的方式,把解释学作为对世界本体的研究。

伽达默尔的解释学的独特性,在西方理论界引起过褒贬不一的反响,并引起持续多年的理论论争。伽达默尔与贝蒂、赫施在作品的客观性问题上的论争,与哈贝马斯和利科在传统、权威和方法论等问题上思想交锋,以及与德里达的那场有意义的辩论,使伽达默尔对真理问题有了更加深入和全面认识,并使他后期的思考兴趣渐渐地由解释学向现实社会和实践哲学的话题转移。

接受美学产生于 20 世纪 60 年代。以新批评派为代表的文本批评学派对于冲破实证主义和囿于作品外部因素来研究文学的模式曾起过积极的作用,但是,这一范式无视作品具有与历史,与作者—读者的事实上的联系的偏颇,也必然会产生新的局限。20 世纪 60 年代在西方世界产生的规模浩大的学生运动,促使文学家们对政治、社会加以关注,为此,这种纯形式主义的文学批评范式必然受到批评与否定。1966 年联邦德国五位青年文学理论家沃尔夫冈·伊瑟尔、曼弗莱德·福尔曼、汉斯·尧斯、沃尔夫冈·普莱森丹茨和尤里·施德里德聚集于康士坦茨大学,他们对过去的文学理论发出挑战,提出了迥别于只重文本的批评范式,把批评的焦点转移向读者,这五名学者被称作"康士坦茨学派",虽然他们的理论各有千秋,但被统称为"接受美学"、"读者反应批评"。

接受美学的产生并非偶然,它受到了现象学、俄国形式主义、布拉格学派结构主义和伽达默尔阐释学的影响。现象学否定了传统的主客二元对立的思维模式,把人对外界事物(包括文学作品)的把握看做是人的认识的投入、创造,无论是英伽登所提出的在阅读中的"未定性"和"具体化",还是布拉格学派(穆卡洛夫斯基为代表)把文学作品看作一个动力的符号系统,还是伽达默尔阐释学的"先在结构"、"理解视野",都具有接受美学的基本内涵,存在主义文论中其实也体现了以读者为中心的文论观。俄国形式主义虽然着重在文本形式的研究,但是,由于这一流派提出了构成文学艺术本质的是感觉,文学是通过"陌生化"复活人们习以为常、视而不见的感觉,这实际上也为接受美学提供了借鉴。

尧斯从文学史研究入手来进行接受美学的建构,伊瑟尔则秉承现象学,从对"新批评派"和叙述理论批评入手来构筑自己的理论体系。

接受美学理论始于德国,作为这种理论的延伸是在美国得到发展的读者反应批评。同样,在美国的读者反应批评也不是划一的理论体系。这一流派最著名的文论家有斯坦利·费什(见专节),还有米歇尔·里法泰尔、乔纳森·卡勒、诺曼·霍兰德、戴维·布莱奇等人。

里法泰尔作为符号学家,他的读者反应理论关注的是让读者把主要的语言特征具体化。他在《诗的符号学》里指出:"读者,只有读者,才使文本、符号释义和互涉文本之间产生联系,只有在读者思想里从符号到符号的意义转换才能完成。"[①]

---

① 郭宏安等:《二十世纪西方文论研究》,中国社会科学出版社 1997 年版,第 483~484 页。

另一位文论家乔纳森·卡勒所关注的是支配阅读行为的读者的潜在能力。卡勒认为批评的注意力应着眼于"文学能力"(Literary Competence)、读者的"阅读行为"(即阐释的过程)以及读者用以理解和阐释文本的一整套约定俗成的程式(Conventions),卡勒强调的是,"文学作品之所以有其结构的意义,是因为读者以一定的方式阅读它",读者在阅读一部文学作品之前,头脑里并非一片空白,毫无预想,他总要把某种应该如何阐释文学话语的思想准备带入阅读过程,它将告诉读者应该从作品中寻找什么,"这种隐而不宣的思想准备就是文学能力"①。

另一位文论家诺曼·霍兰德则着重从精神分析学角度来从事读者反应批评。他"试图运用精神分析学的理论来分析阅读过程和文学反应的原动力,以解决读者与文本之间的关系问题。他认为读者与文本的关系是一种本我幻想与自我防御的关系,也就是说,文学作品把读者的潜在愿望和恐惧转变成了社会可以接受的内容,因而可以给读者带来快乐"②。本章重点讲述伽达默尔、尧斯、伊瑟与费什的理论。

第一节 伽达默尔与文艺阐释学

伽达默尔(Hans-Georg Gadamer,1900—2002)是德国哲学家、现代解释学代表人物。生于德国马堡。父亲是一位热衷于自然科学的教授,也希望伽达默尔能对自然科学产生浓厚兴趣,但伽达默尔所喜爱的却是文学等人文学科。青年伽达默尔先后在波兰的布雷斯劳大学、德国的马堡大学、弗赖堡大学和慕尼黑大学学习,攻读德国文学、艺术史和哲学。1922年他以撰写的博士论文《柏拉图对话中欲望的本质》获得博士学位。1929年在马堡大学取得教授资格,1937年晋升为编外教授。1939年在莱比锡大学获正式教授职位,1945年任该校哲学系主任,1946年任该校校长。1947年转校到法兰克福大学任首席哲学教授。从1949年起任教于海德堡大学直至退休。自1940年起相继任莱比锡、海德堡、雅典和罗马等科学院院士和波士顿美国艺术和科学研究院荣誉院士。

伽达默尔是一个著述颇丰的哲学家,主要著作有《柏拉图的辩证伦理学——〈费利布篇〉的现象学解释》、《柏拉图与诗人》、《赫尔德思想中的民族与历史》、《歌德与哲学》、《论哲学的本源性》、《真理与方法》、《历史意识问题》等。其中《真理与方法》是他投入精力最多、造成影响最大的著作,它是当代哲学解释学的经典著作,它标志着一种新的哲学解释学的诞生。这本书的影响力,使它

---

① 盛宁:《二十世纪美国文论》,北京大学出版社1994年版,第176页。
② 蒋孔阳、朱立元:《西方美学通史》,上海文艺出版社1999年版,第292页。

先后再版多次,并从 70 年代起被译成多种文字在许多国家出版。

一、艺术经验的真理问题

西方哲学一直关注真理问题,伽达默尔也不例外,他同样把对真理的揭示和把握作为他的学术和思想的追求,但他对真理的理解却与大多数的西方哲人颇为不同。他不把真理视为超越时间的、与主观对立的客观精神,而是把真理理解为一种此在的、正在被主体(人)体验和解释着的经验方式,一种存在着的真理。显然,这种真理观是对西方公认的真理观的一种深刻的反思。这种反思构成了伽达默尔解释学的一种初始动力。由此出发,他探讨了真理的存在本性,也探讨了艺术经验和历史本身的真理意义。在这些问题上,他主要有两方面的思考:

(一)批判科学方法

伽达默尔几乎一生都在呼唤着真理返回家园,真理的家园正是艺术经验等方式,而确立艺术经验的真理问题,又是在清算科学的不当扩张,批判科学方法的工作中起步的,因而,我们如果要了解伽达默尔的解释学是如何把解释作为一种经验形式的艺术对真理的展开问题,就必须首先在一定程度上了解伽达默尔是怎样对科学方法进行批判的。

在伽达默尔看来,前人是把真理视为通过科学方法获得的结果,而这种科学方法的局限必然造成对真理理解的错误认识,所以,伽达默尔首先对科学的方法进行了深入的批判。他始终认为科学的真理并非普遍适用,因为科学经验并不能解决人生在世的根本问题。他在《〈真理与方法〉导言》中曾说:"本书探究的出发点在于这样一种对抗,即在现代科学范围内抵制对科学方法的普遍要求。因此本书所关注的是,在经验所及并可以追问其合法性的一切地方,去探寻那种超出科学方法论控制范围的对真理的经验。这样,精神科学就与那些处于科学之外的种种经验方式接近了,即与哲学的经验、艺术的经验和历史本身的经验接近了,所有这些都是那些不能用科学方法论手段加以证实的真理借以显示自身的经验方式。"①伽达默尔的这段表述,在某种意义上说,是他批判科学方法论的一个宣言,他的特别追求就是"探寻那种超出科学方法论控制范围的对真理的经验"。

这里的"科学方法"主要指自然科学的方法,但伽达默尔并非一概地否定科学方法在自然科学领域的积极意义,而是要"在现代科学范围内抵制对科学方法的普遍要求"。当他把某种真理定义为"此在",即活生生的经验方式时,就必然否定科学方法在各个领域都有效、都适用的那样一种思想的成规,所以他的主

---

① 伽达默尔:《真理与方法》(上),洪汉鼎译,上海译文出版社 1992 年版,第 17~18 页。

攻目标就集中在自然科学方法论对其他精神科学的侵犯上。

既然伽达默尔把事物的本体或真理看做一种正在经验的形式,那么,他就自然反对把事物的本体或真理界定为某种抽象或静止的东西,反对把主体与客体、人与对象置于某种对立的关系之中。也就是说,如果真理是一种活生生的此在,那么它就一定不是抽象或静止的普遍概念;如果真理只是在于人的经验方式,那么,它就既不是孤立的客观存在,也不是孤立的主观意识。基于这样一种认识,伽达默尔相信那种由特殊推到一般的归纳法和由一般推到特殊的演绎法非但不能发现存在的真理,反倒会使人类的生活经验发生异化,导致生活经验的本来状态被人为肢解。他认为在科技昌盛的今天,科学方法不仅体现为对自然的控制,而且也在试图主宰人的生活,这便意味着使人由人异化为物。在这种被异化的方法论框架中,真理已不体现为人的存在和人的意义。这里的控制又只能凭借方法,方法是造成这种生活经验出现异化的直接原因,因此伽达默尔极力在他的解释学中,说明方法与真理的分离,并告诉人们方法不能使人获得真理。

伽达默尔批判方法的动机主要有三点:一是提出这样一种主张,即反对人为地异化真理的本来样子,反对以主、客二元对立的认识模式把原本是经验方式的存在真理抽象为静止不变的概念的科学方法;二是提醒人们要在科学给人带来巨大影响的现在不要盲目地相信科学方法,不要认为科学方法能够解决人的价值危机、信仰危机等人生所有的问题;三是要建立一种哲学解释学体系,从中还原真理的本来面目,使久已被人们异化了的真理重新返回主、客体的原始统一上来。要实现这个他一生都在追求的目标,他认为必须对科学方法进行清算,因为"方法"必然割裂主、客体,必然异化经验的真理。

然而,我们应该注意到,伽达默尔并不是笼统地反对科学方法,他不过是对科学方法的意义做些可能性界限的划分,这正如他自己所说:"诠释学反思并不把科学研究视为自身目的,而是用它的哲学提问使科学在整个人类生活中的条件和界限成为主题。在科学日益强烈地渗入社会实践的时代,只有当科学不隐瞒它的界限和它自由空间的条件性时才能恰当地行使它的功能。对于一个对科学的信念业已达到迷信的时代,这只有从哲学方面才能解释清楚。以此为根据,真理和方法之间的对峙就具有一种不可消除的现实性。"[①] 显然,这里提出了两个问题:一个是承认科学对人类生活有意义,但这种意义是有范围和界限的,而不是放之四海而皆准的"绝对真理";另一个是要明确科学的界限,要找到科学以外的真理,就必须清理科学的方法对于对它来说本是无能为力的领域的侵犯。尤其是在我们这个科学已成为一种迷信的时代。

---

① 伽达默尔:《真理与方法》(下),洪汉鼎译,上海译文出版社1999年版,第734页。

按伽达默尔自己的说法,他的解释学反思不仅不是对科学方法的无理攻击,而且还是对更为深刻和更为本质的科学精神的一种捍卫,对此,他曾说:"如果有人因本书的书名《真理与方法》而抱怨说这里忽视了现代科学的方法严格性,那么这显然是一种浅薄的误解。诠释学所作的是完全不同的工作,但它同最严格的科学习行决不对立。任何有创见的研究者都不可能从根本上怀疑这一看法,即,虽说科学的方法纯洁性是不可或缺的,但是与仅仅应用习惯的方法相比,倒是对新方法的寻求——它的动力是研究者的创造性想象——更构成一切研究的本质。这一点并非仅仅适用于所谓精神科学的领域。"①这就是说,与一味地沿用旧有的科学方法相比,探索一种新的方法,以及作为探索某种新方法的内在动力的创造性想象则更能体现出科学的真正精神。

(二)认为艺术也是一种认识方式

伽达默尔在他的解释学中始终强调明确科学在人类生活中的界限,与此相关,他也在寻找"超出科学方法论控制范围的对真理的经验"。那么,在科学方法论控制之外的真理的经验是什么呢?他认为那就是艺术的经验、历史的经验和语言等。在这些经验中,由于科学方法的霸权,"艺术形成了一个在养尊处优的科学方法面前遭到明显的贬值的范围,同时,艺术领域也是这种方法的缺憾表现得最为明显的领域。于是乎,艺术成了伽达默尔最感兴趣的哲学领域"②。这就是说,伽达默尔不仅认为艺术经验是真理的主要显现方式之一,更是他最感兴趣的真理的经验形式。

伽达默尔在批判康德美学的基础上,在试图"克服随着康德的'审美判断力批判'而开始的审美特性的彻底主体化倾向"③的过程中,提出了艺术经验也是一种独特的认识方式的命题。康德认为艺术中没有知识和真理,这种结论是建立在他对真理的认识基础之上的。而伽达默尔的真理观并不同于康德,相反,他认为艺术经验的真理才是真理本身。于是,他便对康德的观点发出了一连串的质疑:"在艺术中难道不应有认识吗?在艺术经验中难道不存在某种确实是与科学的真理要求不同、但同样确实也不从属于科学的真理要求的真理要求吗?美学的任务难道不是在于确立艺术经验是一种独特的认识方式,这种认识方式一方面确实不同于提供给科学以最终数据、而科学则从这些数据出发建立对自然的认识的感性认识,另一方面也确实不同于所有伦理方面的理性认识、而且一

---

① 伽达默尔:《真理与方法》(下),洪汉鼎译,上海译文出版社1999年版,第733~734页。
② R.C霍拉勃:《接受理论》,周宁、金元浦译:《接受美学与接受理论》,辽宁人民出版社1987年版,第318页。
③ 伽达默尔:《真理与方法》(上),洪汉鼎译,上海译文出版社1992年版,第125页。

般地也不同于一切概念的认识,但它确实是一种传导真理的认识,难道不是这样吗?"①既然伽达默尔认为真理不是抽象的,而是具体的和经验化的,真理是主客体的原始统一,真理是未经科学方法进行概括和抽象的、活生生的生活经验的真理。那么,在一部艺术作品中所经验的真理,在艺术经验中所获得的真理,才是其他方式所无法达到的真正的"生活世界"(胡塞尔语)和"在世"(海德格尔语)的真理本身。

伽达默尔所说的"认识方式",实际上是建立在与真理的密切关系之上的,换句话说,只有承认了艺术作品本身就展示着真理的时候,才能涉及认识真理的问题,从而才能够得出"艺术也是一种认识方式"这样一个结论。伽达默尔以大量的文字来证明艺术也是一种认识模式的目的,是要扭转在科学认识论的霸权之下,艺术被真理拒之门外这样一个让他十分不满的事实,是要还艺术经验的本体论地位。

二、作品的存在问题

伽达默尔所讨论的艺术经验的本体论,是关于艺术的存在问题,按照他关于存在的观点,艺术的存在不是指艺术家的创作本身,也不是艺术作品的原型(生活经验),而是指艺术家的创作与解释者的遭遇,是解释者对作品进行参与的当下,作品才真正存在着。对此,我们可以从以下三个侧面来理解:

(一) 作品在理解者的参与中存在

伽达默尔为了更为明了地阐释作品的存在问题,他引入了"游戏"这样一个概念。伽达默尔笔下的"游戏"实际上具有某种泛化的倾向,他的所谓"游戏",既指儿童游戏、扑克、球类等体育游戏,也指宗教仪式等"神圣游戏",还指戏剧和音乐的表演及诗歌的朗诵等艺术游戏。

要使游戏成为一种现实的存在,必须有游戏者来进行游戏。当游戏者参与了游戏,游戏才被赋予了一种生命,游戏才成为实在的游戏。诚如伽达默尔所说:"游戏者好像在每一种游戏里都起了他们的作用,而且正是这样游戏才走向表现。"②但是,伽达默尔并不认为游戏者是游戏的唯一参与者和表现者,他曾反复强调,观赏者在把握游戏的整体意义上比游戏者更具有优先性。于是,他具体地就戏剧游戏补充说:"对于游戏者来说,这就意味着:游戏者并不像在每一种游戏中那样简单地起着他们的作用——游戏者其实是表演他们的作用,他们对观赏者表现他们自己。游戏者参与游戏的方式现在不再是由他们完全出现在游

---

① 伽达默尔:《真理与方法》(上),洪汉鼎译,上海译文出版社 1992 年版,第 125 页。
② 伽达默尔:《真理与方法》(上),洪汉鼎译,上海译文出版社 1992 年版,第 141~142 页。

戏里这一点决定的,而是由他们是在与整个戏剧的关联和关系中起着作用这一点来决定的,在这整个戏剧中,应出现的不是游戏者,而是观赏者。这就是在游戏成为戏剧时游戏之作为游戏而发生的一种彻底的转变。这种转变使观赏者处于游戏者的地位。只是为观赏者——而不是为游戏者,只是在观赏者中——而不是在游戏者中,游戏才起游戏作用。当然,这倒不是说,连游戏者也不可能感受到他于其中起着表现性作用的整体的意义。"① 这里主要表达了两个意思:一是观赏者和游戏者都是游戏的参与者,游戏在他们的共同参与下才获得了充分的表现,才成为一种经验,一种当下的存在。对此,有人曾做出这样一种较为恰当的描述:"一件艺术品要求一个解释者,艺术品并非一个固定不变的存在物,它本身并不会实现自己,只有进入审美理解中,文本才会变成活生生的意象,产生富有生命力的意义。"② 二是虽然游戏者和观赏者都会在其游戏的参与活动中领略游戏的整体意义,但相比之下观赏者掌握着更多的优先性,因为游戏者也是为了观赏者而在游戏中来表现游戏的。

伽达默尔和他的老师海德格尔的心目中都存在着一种倾向,即只有当作品的意义实现的时刻,作品才真正存在。而实现作品的意义又一定是作品的"游戏者"和"观赏者"参与的结果。换言之,只有当"游戏者"或"观赏者"参与了作品的时刻,作品才得到了富有生命的表现,作品也才构成了他们所谓的存在。

(二)作品本身对作品的存在有着制约作用

伽达默尔认为艺术作品是在参与者的参与中才实现其存在的。这其中,艺术游戏的游戏者和观赏者的重要性是显而易见的。那么,伽达默尔是不是与历史和现实中的那些主体论文艺观一样,极端强调接受主体对文艺作品的主宰作用呢?是不是强调接受主体对作品表现的随意性和自由性呢?事实上,伽达默尔虽然承认作品是借助"游戏者"和观赏者才获得当下的表现的,但他却不相信参与者在介入作品时具有独立的主体自由和霸权,相反,他认为主体的审美意识会在参与作品表现的时刻消融在作品的存在之中,参与者的主体独立和自由会受到来自作品的有效的制约。也就是说:"如果我们把表现中可能出现的变异视为任意的和随便的,那么我们就忽视了艺术作品本身的制约性。实际上表现中出现的可能变异全都服从于'正确的'表现这一批判性的主导标准。"③ 所谓"'正确的'表现"既包含艺术家创造的作品(文本)所规定下的艺术形象及其意义,也具有能够沟通历史和现代的传统的生命力。

艺术作品和游戏一样,在其流传的历史中将会在游戏者和观赏者的参与下

---

① 伽达默尔:《真理与方法》(上),洪汉鼎译,上海译文出版社 1992 年版,第 141~142 页。
② 王岳川:《现象学与解释学文论》,山东教育出版社 1999 年版,第 222 页。
③ 伽达默尔:《真理与方法》(上),洪汉鼎译,上海译文出版社 1992 年版,第 153 页。

反复获得表现,作品每一次存在的实现也都会因参与者的不同而有所不同。尽管伽达默尔把这种不同的表现称为"再创造",但他对作品参与者在作品表现中的再创造有自己独特的理解:"解释在某种特定的意义上就是再创造,但是这种再创造所根据的不是一个先行的创造行为,而是所创造的作品的形象,解释者按照他在其中所发现的意义使这形象达到表现。"① 可见,这种再创造的使命仅仅是使作品的自身形象得到表现。因而,伽达默尔一再地用他的"游戏"概念来说明游戏的真正主体不是游戏者,而是游戏本身。游戏吸引游戏者卷入到游戏之中,并将游戏者束缚在游戏里。② 戏剧的表演和观看、音乐的演奏和欣赏、诗歌的朗诵、小说的阅读,使这些艺术游戏得到了表现、达成了存在。

(三) 作品的每一次当下的存在都是一个表现自身的新的构成物

伽达默尔认为游戏或艺术存在的主体是它们本身,参与者的中介活动只是对原作的表现、去蔽(去除遮蔽)和解救的活动,并不是主体的自由创造活动。然而每一次原作重返的时刻,每一次作品重新成为存在的时刻,参与者对于"重返"和"存在"的意义都是至关重要的,而且每一次作品达成存在之时都是不尽相同的,这说明参与者本身就具有存在的意义。所以,游戏的主体是游戏本身的命题,还另有根据。

按照伽达默尔的理解,作品是在参与者的参与下才得到表现、才构成一种存在的,而这种作品之所以被称为存在,正是因为它有参与者的参与,那么这种存在就成为包括参与者在内的艺术经验整体。游戏的游戏者或作品的参与者,实际上包含着所有的直接介入作品存在的人,这里不仅指使原作获得当下表现的表演者和观赏者等,也指作为创造者的艺术家,因为伽达默尔已经明确地告诉我们:"诗人或作曲家都可以算作游戏者之列。"③ 然而,这些参与者在作品成为一种当下的艺术存在的时刻,谁都不是这种艺术存在的主体,当我们站在这个艺术存在的整体角度来看待这种存在的时刻,参与者只是这种存在的构成因素,他们被最终作品的存在所淹没,剩下的只是由他们介入的作品本身。

伽达默尔心目中的作品的存在不是仅仅指艺术家创造的"原作",而是指由"原作"与参与者共同构成的、新的"构成物"。参与者只有忘却了自己而把自己作为新的"构成物"中的一个角色,一个因素,并完全专注于实现这个角色的使命时,他才能在新的"构成物"中自由地充分地表现自身,即所谓"游戏的人好像只有通过把自己行为的目的转化到单纯的游戏任务中去,才能使自己进入表现

---

① 伽达默尔:《真理与方法》(上),洪汉鼎译,上海译文出版社1992年版,第155页。
② 伽达默尔:《真理与方法》(上),洪汉鼎译,上海译文出版社1992年版,第137页。
③ 伽达默尔:《真理与方法》(上),洪汉鼎译,上海译文出版社1992年版,第144页。

自身的自由之中"①。这时的"游戏者"的确自由地与正在展开的游戏、与新的构成物融为一体了,但与此同时,参与者变成了新的"构成物"的某个因素,于是自然不能行使作品存在的主宰权,而只能承担这种新的"构成物"某一角色的任务。从这个意义上看,作品的存在既不取决于"历史流传物"(文本等)本身,也不取决于后来的任何参与者,而是取决于由解释者与文本的相遇、参与者与历史流传物的攀谈所构成的新的存在着的作品整体。这样既重视了作者、读者,亦不抹杀文本,把文学作品看成一个统一的整体。

三、时间距离与视阈融合

伽达默尔把作品的存在视为解释者与原始文本的相遇,参与者与历史流传物的攀谈,因而,就很容易涉及时间距离与视阈融合的问题。

时间距离,就是指解释者所处的时代与原始文本所产生的时代之间,存在的长短不等的历史跨度。可以说,传统解释学和伽达默尔的解释学都承认历史流传物与现实的参与者之间的这种时间距离的存在,然而,他们各自对"时间距离"的理解和价值判断则是不同的。

传统的解释学认为,文本的真正意义在文本所产生的时候就已经确立了,此后的任何一个解释者的最高使命,是发掘出那种业已是一种客观存在的文本的意义。那么,要想全面、准确地了解文本的那种客观意义,理解者就应该对文本产生时的情境设身处地,就是使自己的理解立场和眼光回到文本产生的时代和作者思考状况之中。于是,解释者对作者的理解程度如何,就决定着他对文本的意义把握的程度。理解和误解也就在这其中诞生。在这种逻辑中,离文本产生的时代和离作者越近就越容易理解文本的产生情境和作者的创作思考,理解者越是距文本产生的时代久远就越是难以理解文本的真正意义。因此,时间上的距离,便成为理解历史上流传下来的文本的障碍。

伽达默尔并不这样看。首先,他认为时间距离提供了一种积极的富有创造性的可能性。他说:"时间距离并不是某种必须克服的东西。""事实上,重要的问题在于把时间距离看成是理解的一种积极的创造性的可能性。时间距离不是一个张着大口的鸿沟,而是由习俗和传统的连续性所填满,正是由于这种连续性,一切流传物才向我们呈现了出来。"②他这话说得很明白,时间距离非但不是一种理解过去的艺术文本的绊脚石,相反是一种具有积极意义的创造性空间。伽达默尔把这种时间距离视为一种有积极价值的东西,理由有两条:一是伽达默

---

① 伽达默尔:《真理与方法》(上),洪汉鼎译,上海译文出版社1992年版,第138页。
② 伽达默尔:《真理与方法》(上),洪汉鼎译,上海译文出版社1992年版,第381页。

尔确信时间距离是历史流传物或艺术文本获得真正表现的唯一途径,只有当解释者远离了艺术文本现实情境,从而不被那种现实的关系所左右时,艺术存在的本性才能真正显现出来。① 解释者与艺术文本产生了一定的时间距离,就容易摆脱与文本相关联的功利关系,就能够更加具有较为清醒和理性的态度,具有更广阔的视野,从而使作品的真正意义得以充分的表现。二是这种由时间距离所构成的创造性空间不是某种空白,而是由携带着"理性"的传统和习俗在原始文本与当下解释者之间架起的一座桥梁。解释者在与原始文本产生了时间距离时,与流传物息息相关的文化传统和习俗并没有出现间距,文化传统和艺术传统将是一条伴随着历史过程的奔流不息的大河。② 就是这种传统使当下的我们有了与时间另一端的历史流传物或艺术文本进行"攀谈",以及在这种攀谈中共同创造新的作品存在的可能性和作品存在的基础。

其次,他认为由这种时间距离构成的作品意义展现过程是永无止境的。他曾说:"时间距离除了能遏制我们对对象的兴趣这一意义外,显然还有另一种意义。它可以使存在于事情里的真正意义充分地显露出来。但是,对一个文本或一部艺术作品里的真正意义的汲舀是永无止境的,它实际上是一种无限的过程。这不仅是指新的错误源泉不断被消除,以至真正的意义从一切混杂的东西中被过滤出来,而且也指新的理解源泉不断产生,使得意想不到的意义关系展现出来。促成这种过滤过程的时间距离,本身并没有一种封闭的界限,而是在一种不断运动和扩展的过程中被把握。"③这说明,时间距离不是静止的,而是变动不居的。这里也有两层含义:一是在时间距离两端的一端即解释者是不断变化着的,解释者与文本在时间距离中所构成的关系,在实质上不是静止的,而是变动的。一个文本在历史的流传过程中,有无数的处在不同历史处境的解释者在接近它、理解它,与它对话、与它攀谈。二是所谓的时间距离并不是一种定量的时间长度,而是相对于文本与解释者所构成的时间距离的不断变化和延伸而变化和延伸着的。基于这样两点认识,时间距离的变动自然带来文本的"真正的意义"不断被发现和被过滤出来,同时在新的历史处境中的解释者与文本的攀谈,还会构成某种新的意义关系,并使"新的理解源泉不断产生"。

在这样一种变动不居的时间距离中,在越来越多的、历史视野越来越开阔的、处在不同历史处境中的解释者对流传物和艺术文本进行理解时,会过滤出更加多的、更具有真理价值的"真正意义"是不难理解的,然而,在这种时间距离中,为什么会有"意想不到的意义关系展现出来"、"新的理解源泉不断产生"呢?

---

① 伽达默尔:《真理与方法》(上),洪汉鼎译,上海译文出版社1992年版,第382页。
② 伽达默尔:《真理与方法》(上),洪汉鼎译,上海译文出版社1992年版,第361页。
③ 伽达默尔:《真理与方法》(上),洪汉鼎译,上海译文出版社1992年版,第383页。

只要我们能够回忆一下前面讲过的伽达默尔关于艺术作品存在的思想,就能够得到答案。如前所述,伽达默尔认为作品的存在既不是原始文本,也不是解释者,而是由文本和解释者的相遇所形成的新的构成物,而这种新的构成物将表现着新的作品意义,它同时超越了艺术文本和解释者。这种在时间距离中产生的新理解和新的意义,就是视阈融合的具体体现。

视阈融合是伽达默尔在《真理与方法》一书中提出的一个解释学概念,主要是指多种视阈在相遇中形成某种更高的、更大的视阈的不断循环的过程和现象。要具体了解视阈融合,首先要了解视阈,用伽达默尔的话说,"视阈就是看视的区域,这个区域囊括和包容了从某个立足点出发所能看到的一切"。伽达默尔同时说:"视阈概念本质上就属于处境概念",而这种处境概念则"表现了一种限制视觉可能性的立足点"[1]。处境在某种意义上说是有界限的,每个人都有自己的处境,不同时代的人也有不同处境。这种处境构成了我们各自的文化积累和文化观念、生活态度和艺术思想等。在伽达默尔看来,我们的处境带给我们的这些东西,就是一种前见,"这些前见构成了某个现在的视阈"[2]。尽管视阈概念在伽达默尔之前,就由尼采和胡塞尔引入了他们的哲学之中,但伽达默尔对视阈的理解则明显地体现着他的解释学的思想。

首先,视阈的融合是视阈的必然本性。伽达默尔认为,构成我们的现在视阈的前见,是要不断加以检验的,而这种检验的重要部分就是与过去、与传统接触,就是与历史流传物所展现的过去的视阈的相遇。[3] 从而"这些视阈共同地形成了一个自内而运动的大视阈,这个大视阈超出现在的界限而包容着我们自我意识的历史深度。事实上这也是一种唯一的视阈,这个视阈包括了所有那些在历史意识中所包含的东西。"[4]这里告诉我们两个十分重要的观念:一个是一种视阈只有在与其他视阈的融合中才能得到检验,从而超越自身,使自身在视阈融合中实现更大的现实有效性;另一个是视阈本身就是一种融合的结果,由视阈融合而形成的"大视阈"才是一种"唯一的视阈",才是一种真正的视阈。

其次,视阈不是孤立封闭和固定不变的。伽达默尔一方面说有"多种视阈融合",另一方面又说融合后的"大视阈"才是"唯一的视阈"。这在表面上看起来是自相矛盾的,这种表述可能在事实上也是含混的,但伽达默尔在非常明确地强调一种思想,那就是视阈不是一个孤立封闭的和固定不变的东西,而是一种永不停息的融合之流。这种思想本身就在说明视阈是开放的、没有本质界限的。

---

[1] 以上均见伽达默尔:《真理与方法》(上),洪汉鼎译,上海译文出版社1992年版,第388页。
[2] 伽达默尔:《真理与方法》(上),洪汉鼎译,上海译文出版社1992年版,第392页。
[3] 伽达默尔:《真理与方法》(上),洪汉鼎译,上海译文出版社1992年版,第392~393页。
[4] 伽达默尔:《真理与方法》(上),洪汉鼎译,上海译文出版社1992年版,第391页。

如他在讲到作为体现着某种视阈的艺术品与作为解释者的我们相遇的情景时说:"艺术品和我们之间根本不存在距离,而我们同艺术品打交道就好像是同我们自己打交道一样。"① 这就是说,这种相遇,不是两个完全不同的视阈,不是把对方视为异己,把自己视为"他在"的各自独立视阈的接触,而是这些视阈本来就是相通的。② 在某种意义上讲,对于任何一部作品都不存在所谓的"盖棺论定"。

同时,更为重要的是,伽达默尔把这种视阈融合看成是一个历史的过程,而把这一过程称为"效果历史"。对此,他曾说:"历史视阈的筹划活动只是理解过程中的一个阶段,而且不会使自己凝固成为某种过去意识的自我异化,而是被自己现在的理解视阈所替代。在理解过程中产生一种真正的视阈融合,这种视阈融合随着历史视阈的筹划而同时消除了这视阈。我们把这种融合的被控制的过程称之为效果历史意识的任务。"③ 这里的"历史视阈"简单说就是过去的视阈,"理解过程"实际上就是我们的现在视阈与历史视阈相遇的过程,过去的视阈在与现在的视阈的汇合中同时消失在新的现实视阈里,这种新的现实视阈在与某种历史视阈相遇时,还会出现与上一个循环相类似的融合、消失和新生。这是伽达默尔所反复强调的,也是我们把视阈融合描述为"一种永不停息的融合之流"的理由所在。

第二节　尧斯的接受美学文论

汉斯·罗伯特·尧斯(Hans Robert Jauss,1921—　)(又译作姚斯)为德国文艺理论家,接受美学的创始人之一。生于巴登—符滕堡州的格平根,1945年入海德堡大学攻读罗曼语文学,1952年以《马塞尔·普鲁斯特的〈追忆似水年华〉中的时间与回忆》获博士学位。尧斯是作为法国文学专家而走上文艺理论研究领域的,1966年被聘为康士坦茨大学教授,与伊瑟尔等人创立"康士坦茨学派",提出接受美学纲领。《文学史作为向文学理论的挑战》(1970)等系列文章汇集为《论接受美学》,代表了尧斯第一阶段的文艺思想。1979年出版《审美经验与文学阐释学》代表了他第二阶段的文艺思想。

正如有的评论家所说,尧斯"对接受理论的贡献来源于解释学对不同历史期待视野统一关系的质疑"。尧斯是从重新研究文学史,提出"文学史悖论"入手构

---

① 伽达默尔:《哲学解释学》,夏镇平、宋建平译,上海译文出版社1994年版,第96页。
② 伽达默尔:《真理与方法》(上),洪汉鼎译,上海译文出版社1992年版,第392~393页。
③ 伽达默尔:《真理与方法》(上),洪汉鼎译,上海译文出版社1992年版,第394页。

建自己的接受美学文艺理论的。他的目标是重建一个连续性的文化传统。①

在后一阶段,他又深入探究了审美经验历史、范畴和内涵,系统地阐述了他的理论观点。他的接受美学文论主要内容如下:

一、重构文学史与接受美学

尧斯是以对过去文学史的挑战的姿态来建构他的接受美学理论的。他认为"文学史日益落入声名狼藉的境地","日趋衰落",它作为一个"静态的考察系统"已自身难保。他尖锐地批评客观主义的实证文学史观。"文学史仅仅依据总的趋势、类型以及各种属性来安排材料,搞一个编年史一类的事实堆积"。②这种直线型地排列资料,仅仅遵照作者生平、作品来评价文学的做法,使得文学史把过去描述成一个封闭的过去,搞得文学史无处容身。

尧斯肯定了形式主义在打破"把文化现象简化为经济、社会或阶级的相等物"③的桎梏,争取独立的研究对象的地位所作的贡献,确认了文学不仅是共时性,也是历时性的,开辟了一条从文学类型和形式的系统演变的角度来理解文学历史的途径。但是,形式主义文论同样"没有重视读者、听者、观者的接受因素"。"形式主义学派需要的读者不过是将其作为一个在文本指导下的感觉主体,以区别(文学)形式或发现(文学)过程。"④尧斯批评这种文学观仍然是封闭的,是把文学发展仅仅归结为形式自身的发展,割断了文学与社会、与其他思想文化形态的密切联系。

尧斯通过分析具体的事实指出:一部文学作品的历史生命如果没有接受者的积极参与是不可思议的。为此,文学与读者关系有美学的,也有历史的内涵。一部文学史在尧斯看来就是作品问世及进入读者世界之后的一个不间断的变化的接受链条。"第一个读者的理解将在一代又一代的接受之链上被充实和丰富,一部作品的历史意义就是在这过程中得以确定,它的审美价值也是在这过程中得以证实"⑤。尧斯认为"人类感官的知觉并不是人类学上的某种常数,而是随着时间的流逝而变化的;艺术的功能之一便是在变化着的现实中发现经验的新类型,或者是对变化着的现实提出不同的解决办法"⑥。从尧斯的论述我们可以认识到他所首肯的"文学史",而真正的文学史是作者、作品和接受者三者之间的关系史,而绝不是

---

① 马克·昂热诺等:《问题与观点——20世纪文学理论综述》,史忠义等译,百花文艺出版社1999年版,第331页。
②③ 尧斯:《接受美学与接受理论》,周宁等译,辽宁人民出版社1987年版,第5、14页。
④ 尧斯:《接受美学与接受理论》,周宁等译,辽宁人民出版社,1987年版,第23页。
⑤ 尧斯:《接受美学与接受理论》,周宁等译,辽宁人民出版社,1987年版,第25页。
⑥ 尧斯:《审美经验与文艺解释学》,顾建光等译,上海译文出版社1997年版,第93~94页。

文学事件、事实和作品的编年史式的罗列。在传统文学史中不间断增长和延续的作家和作品的序列只是被积累、被分类的接受结果,"所以绝不是历史而是伪历史"。①

尧斯重视审视文学史的多方面功能。他提出:"艺术作品的历史本质不仅在于它再现或表现的功能,而且在于它的影响之中。"这实际上就表明:"只有当作品的连续性不仅通过生产主体,而且通过消费主体,即通过作者与读者之间的相互作用来调节时,文学艺术才能获得具有过程性特征的历史。"②在尧斯看来,文学的历史首先是作品问世后读者阅读的历史,离开这一点而谈文学史则是本末倒置,尧斯的接受文学理论就是从这里出发的。

二、期待视野:接受美学方法论的顶梁柱

尧斯在从文学史切入阐释他的理论后又深入地探讨了人类审美的历史过程。他借用曼海姆和波普尔的"期待视野"的概念来阐述读者的阅读与创构文学史的关系,"期待视野"是尧斯接受美学论中的非常重要的概念,被称之为接受美学方法论的"顶梁柱"。尧斯说:"一部文学作品,即使它以崭新面目出现,也不可能在信息真空中以绝对新的姿态展示自身。但它却可以通过预告、公开的或隐蔽的信号、熟悉的特点或隐蔽的暗示,预先为读者提示一种特殊的接受。它唤醒以往阅读的记忆,将读者带入一种特定的情感状态中,随之开始唤起'中间与终结'的期待,于是这种期待便在阅读过程中根据这类文本的流派和风格的特殊规则被完整地保持下去,或被改变、重新定向,或讽刺性地获得实现。"③简言之,所谓"期待视野"显然是指一个超主体系统或期待结构,一个所指系统,或一个假设的个人可能赋予任一文本的思维定向。"期待视野"是由读者自己的文化、兴趣、经验、学识、经历、年龄、性别等诸多因素综合形成的一种对文本的潜在准备,是读者参与创造的原动力。

尧斯认为期待视野分为两大形态:其一是既往的审美经验(对文学本身的综合经验),即"较为狭窄的文学期待视野",其二是既往的生活经验,即"更为广阔的生活期待视野"。这两种视野交融而形成具体的阅读视野。

尧斯提出了建立视野的三条普遍途径:"首先,通过熟悉的标准或类型的内在诗学;其次,通过文学史背景中熟悉的作品之间的隐秘关系;第三,通过虚构和真实之间,语言的诗歌功能和实践功能之间的对立运动来实现。第三种途径对于那些将阅读作为比较的反思性读者尤为适用。"④

---

① 尧斯:《接受美学与接受理论》,周宁等译,辽宁人民出版社,1987年版,第27页。
② 尧斯:《接受美学与接受理论》,周宁等译,辽宁人民出版社,1987年版,第19页。
③ 尧斯:《接受美学与接受理论》,周宁等译,辽宁人民出版社,1987年版,第29页。
④ 尧斯:《接受美学与接受理论》,周宁等译,辽宁人民出版社,1987年版,第31页。

我们知道,一部文学作品的阅读,总是对其"第一读者的期待视野"的满足、超越、失望或反驳。尧斯从这一规律出发论述了文学作品的通俗性与经典性。他说:"期待视野与作品间的距离,熟识的先在审美经验与新作品的接受所需求的'视野的变化'之间的距离,决定着文学作品的艺术特性。"① "接受意识无须转向未知经验的视野,作品就更能接近'通俗'艺术或娱乐艺术。"② 根据我们的阅读、观赏经验,那些"通俗"作品容易以熟知的趣味标准来接受,实现人们的期待视野的满足。反之,经典作品的艺术特征都是"以它与第一位读者的审美期待相对立所造成的审美距离决定的,那么,这种首先作为愉快的或疏离的新角度经验的距离,对于后来的读者会随之消失。作品的独创性的否定已经变成不证自明的,并且已经进入未来审美经验的视野中,因而成为一种熟悉的期待,所谓经世名著的古典主义特征就属于第二视野的改变"③。正如尧斯在注释中所引用的别的学者的话,"天才的出现总是伴随一场文学革命"。一度革新、独创的东西会过时,后继者也会抛弃同时代人的趣味。文学作品的更新、经典作品的形成离不开这一规律。我们从文学史上可以看到所谓经典作品在开始问世时并非就是"经典"之作,随着阅读史的展开,它也会发生从通俗向经典的转移,中外名著都有这一经历。换言之,"一部伟大的作品往往违反了其时代的期待视野;在打破期待视野的同时,它导致了该视野的持久性变化"④。

尧斯辩证地论述了作者—作品—读者之间的关系。他说:"文学和读者间的关系,并不仅仅是每部作品都有其自己的特性,它历史地、社会性地决定了读者;每一个作者都依赖于他的读者的社会环境、观点和意识。"⑤ 这是解释为什么有些古典作品能够在时间的淘汰中仍葆青春以及一些作品在不同时代会有不同的接受状态的原因。尧斯举了福楼拜的《包法利夫人》和费多的《范妮》为例。当初《范妮》是大红大紫之作,而《包法利夫人》初问世时,"只有一小圈子的慧眼之士将其当作小说史上的转折点来理解、欣赏,而今它却享有了世界声誉"⑥。同样,我们对五四时期一些作家、作品的评价不是也经历了很大变化吗? 即使同样一位作家在不同国度的评价也有很大差异。尧斯将这些归之为"视野的改变",只有这样"文学影响的分析才能达到读者文学史的范围"。⑦ 尧斯还论述了"文学演变"问题。众所周知,一部文学作品的艺术特点在其初次显现的视野中不可能被立即感知到。它的首次感知与其本质意义有着距离,甚至很大,因

---

① 尧斯:《接受美学与接受理论》,周宁等译,辽宁人民出版社1987年版,第31页。
②③⑤⑥ 尧斯:《接受美学与接受理论》,周宁等译,辽宁人民出版社1987年版,第32页。
④ 马克·昂热诺等:《问题与观点——20世纪文学理论综述》,史忠文等译,百花文艺出版社1999年版,第332页。
⑦ 尧斯:《接受美学与接受理论》,周宁等译,辽宁人民出版社,1987年版,第33~34页。

此,需要很长一段时间人们才会理解一些曾被误解的旧形式。尧斯以"文艺复兴"为例,论证了文学传统往往不是靠自身延续的,"一种过去文学的复归,仅仅取决于新的接受是否恢复其现实性,取决于一种变化了的审美态度是否愿意转回去对过去作品再予欣赏,或者文学演变的一个新阶段出乎意料地把一束光投到被遗忘的文学上,使人们从过去没有留心的文学中找到某些东西"[①]。为此,新就不是超越历史的绝对的新,新也是一个历史范畴。这一论述对于我们认识传统、文学作品形式的演变等都很有启发。

尧斯认为:"文学的历史性在历时性与共时性的交叉点上显示出来,因而它也就能使某一特定历史时刻的文学视野得以理解:与同时出现的文学相联系的共时性系统能在非同时性的联系中获得历时性的接受,作品也因流行与否,诸如时髦的、过时的或经久不衰的,成功早或滞后的而被人接受。"[②]这种观点是把每部作品都置于与其他各部作品、过去、现在、未来联系起来的系统之中来把握,是一个全方位的动态过程。读者的阅读参加文学史的创造即是这一动态过程的体现。

三、审美经验:创造、感受、净化

尧斯后期着重于对审美经验的探讨,这是对他前期从文学史入手建立接受美学文论的深化。在他看来,以艺术经验为主的审美经验是接受和接受史研究的核心,是其接受美学文论的基础。

他对阿多尔诺的遗著《美学理论》(1970)的"否定性"社会批判美学根本取消审美经验、贬斥审美享受的观点进行了批驳,并由此展开他的审美经验论。

尧斯对阿多尔诺的批评着眼于证明"审美经验的合理性"。以阿多尔诺为代表的文论家支持较高层次的审美反思,忽略或者压抑审美经验的诸种初级形式,尤其是审美经验的交流功能。阿多尔诺显然忽视或抹杀了由于社会发展而变化的审美经验,"阿多尔诺还是艺术哲学中一种传统的继承者。这种传统退回到审美对象的本体论,意欲摈弃有关审美经验的实践问题,而沉湎于规范的诗学和情感心理学"[③]。尧斯认为他的这种观点是在泼洗澡水时连同孩子一同泼出去的做法。人们对于审美经验的研究必须顺应时代的发展。换句话说即是对传统的阅读文化的推陈出新和对当代艺术接受的新方式的正视和总结。

尧斯提出了审美愉悦的三个基本范畴,即创造(poiesis)、感受(aisthesis)和净化(catharsis)。他认为这三个范畴从审美经验的生产方面、接受方面、交流功能方面,动态地构成了审美经验的整体内涵。

[①] 尧斯:《接受美学与接受理论》,周宁等译,辽宁人民出版社1987年版,第44页。
[②] 尧斯:《接受美学与接受理论》,周宁等译,辽宁人民出版社1987年版,第46页。
[③] 尧斯:《审美经验与文学解释学》,顾建光等译,上海译文出版社1997年版,第28页。

尧斯对"享乐"(或称作愉悦)的重新认识很具时代性,他是针对现代人文化艺术的生活实际的考察而作出的结论。尧斯引述歌德的《浮士德》中的一句话:"凡是整个人类所分享的东西,我都想在自己的内心加以品尝。"这种"享乐"观曾被指责为"仅仅是为了满足消费和低级趣味的需要"。然而,正如尧斯所指出的,"同志"(Genosse)一词却来自于"享受"(Genosse),并且最初指的是在同一块草地上放牛的人们。① 由此可见"享乐"是文艺有史以来就存在的审美实践。

尧斯强调文学艺术的"享受"实践并不是忽视、否定文学与社会的密切关系。阿多尔诺认为只有当艺术获得自主时,它才能获得其社会地位,即只有当艺术否定所有的社会联系时,它才具有明显的社会性。尧斯承认只有借助审美形式的规则,艺术才得以保持与社会现实相对的外表。但是,尧斯指出:"也正是出于这一事实,艺术才得以代表某种社会真理。在这种社会真理面前,社会境况中一切假象、不真实的东西以及不和谐的东西必将暴露无遗。"② 尧斯认为阿多尔诺的这种"否定性"来自艺术乌托邦形象。

尧斯历史性地分析了审美愉悦的三个"基本范畴",即创造、感受和净化。

(一) 创造

它是指审美经验的生产方面,即从一个人自身创造能力的发挥中得到愉悦。他从考察诗的最初含义入手,指出"诗(Poiesis)作为生产活动在古代和中世纪的世界中仍隶属于实践活动或实际生活实践(Praxis)"。当然它是日臻完善的能力。现代世界观的改变伴随诗概念的改变。"诗不再指一部作品的创造,本身就能产生完善的或起码是完成的美的表象(Schonev Schein)能力。"③ 诗则成为"依赖于我们能力和行动的形式的认识,将这种行动的形式付诸实验,理解和生产才能融为一体。"④ 诗的概念的变化也同样证实了接受美学的历史性。

(二) 感受

这是尧斯提出的第二个范畴,属于审美经验的接受方面。

尧斯考察了感受(Aisthesis)所含有的愉悦感觉等义。尧斯认为从彼得拉克可以看到新的愉悦形式的萌芽:一方面是灵魂的内在作为,另一方面是自然世界的美,审美经验的接受方面越来越重要。整体把握自然的功能已非美学莫属。尧斯认为在现代社会,"愉悦层次上的审美经验肩负着一个反抗愈演愈烈的社会存在的异化的重任"⑤。正如霍拉勃所指出的,尧斯认为愉悦功能艺术与艺术产生的审美经验不仅包括一个内在的社会批判要素,还联络了与其自身的经验

---

① 尧斯:《审美经验与文学解释学》,顾建光等译,上海译文出版社1997年版,第29~30页。
② 尧斯:《审美经验与文学解释学》,顾建光等译,上海译文出版社1997年版,第19页。
③ 尧斯:《接受美学与接受理论》,周宁等译,辽宁人民出版社1987年版,第358~359页。
④⑤ 尧斯:《接受美学与接受理论》,周宁等译,辽宁人民出版社1987年版,第361页。

疏离的社会。为此"愉悦提供了一个共同的感知,从而成为现代技术性世界中,使彼此分歧最大、最受疏落的因素团结起来的黏合剂。"①

(三) 净化

净化(Atharsis)属于艺术作品主人公与接受者(读者)之间进行交流方面。净化对接受者心灵的解放与升华,尧斯在审美经验的五种互动模式中有详细论述。

四、审美经验的互动模式

尧斯认为,在理解与认识、欣赏与解释的后面还隐藏着一种关系,这即是他在后期着力探讨的原初的审美经验同第二级的审美反射之间的相互关系。他从文学史和人们的阅读实践中揭示出在审美交流过程中,具有审美自由的接受者与他的阅读对象(作品的主人公)之间是互动的,在这种互动中他总结出交流结构的五种模式,这五种模式为联想式、钦慕式、同情式、净化式、反讽式(见表11-1)。我们有必要进行一一阐释。

所谓联想式认同,尧斯指出它是"通过在某一戏剧行为的封闭的想象的世界里充当某一角色而十分清楚地实现自身的那种审美行为"②。尧斯从历史考察入手,认为联想式认同可追溯到基督教宗教剧滥觞的时期,并表现在旨在连接舞台与观众的舞台剧或"机遇剧"之中。"这两种戏剧的目的都是要引导观看的人摆脱自己的思考距离"③。其实这种交流还可以追溯到了人类农耕社会时代的祭祀活动。狩猎社会是基本没有剩余物,人们处于平等状态的社会,当人类进入农耕社会之后,开始产生剩余,于是有了贫富差别,作为对这种差别在物质与精神上的调整,产生了祭祀活动。在祭祀活动中,参加者可以把在社会中实际的一切颠倒过来,在"衣、食、住、行等这些人的根本欲求方面,与日常生活完全相反的行动受到奖励"④。这种"狂欢"就取消了接受者与对象之间的距离。这种艺术交流在现代社会也仍然有相应的表现。

钦慕式认同"是指以榜样的完美来界定的审美态度,而不涉及悲剧效果或者喜剧效果的区分"。"钦慕要求审美客体通过自身的完美来超越期望,朝着理想化的方向发展,从而激起一种'新奇感消退后依然存在'的惊讶。"⑤这种审美交流实际上是把历史上不断增长的个人楷模加以浓缩,将它们一代一代传下去。

---

① 尧斯:《接受美学与接受理论》,周宁等译,辽宁人民出版社1987年版,第361页。
② 尧斯:《审美经验与文学解释学》,顾建光等译,上海译文出版社1997年版,第250页。
③ 尧斯:《审美经验与文学解释学》,顾建光等译,上海译文出版社1997年版,第253页。
④ 上田纪行:《宗教危机》,岩波书店1995年版,第113页。
⑤ 尧斯:《审美经验与文学解释学》,顾建光等译,上海译文出版社1997年版,第255页。

表 11-1　与主人公认同的互动模式

认同模式	所涉对象	接受定位	行为或态度规范 （＋＝进步）（－＝倒退）
联想式	游戏/竞赛 庆祝仪式	把自己置于所有其他参与者的角色中	＋自由生存的快感（纯社交性） －适度的超越（退回古代礼仪）
钦慕式	完美的主人公（圣徒、贤哲）	钦慕	＋竞赛 －模仿 ＋示范 －启迪/从超乎寻常中得到快乐（解脱的需要）
同情式	不完美的主人公	怜悯	＋道德兴趣（准备行动） －感伤（对痛苦的体会） ＋对具体行为的同感 －自我肯定（慰藉）
净化式	受难的主人公	悲剧情感/心灵与头脑的解放	＋非利害的兴趣（自由反省） －忘情入迷（迷狂） ＋自由道德判断
净化式	受困扰的主人公	同情的笑/心灵与头脑的喜剧性获释	－嘲笑（笑的仪式） ＋反应性创造
反讽式	失去主人公气质的或反传统的主人公	异化（挑衅）	－唯我论 ＋感知的提炼 －有教养的厌倦 ＋批判性反思 －漠然处之

（选自尧斯《审美经验与文学解释学》，顾建光等译，上海译文出版社 1997 年版，第 235 页。）

但是这种英雄楷模式人物是具有历史演变的特点的。正如尧斯举例说的在卢梭的《新爱洛绮思》中,年轻人中有些人早先追求酒鬼和流氓的名气,而后来却希望被人们看成是恋人了。

同情式认同"是指将自己投入一个陌生自我的审美情感。也就是这样一种过程,它消除了钦慕的距离,并可在观众和读者中激发起一些情感,这些情感导致观众或读者与受难的主人公休戚相关"①。人们在阅读中如果执著于完美无缺、传奇性人物,就会产生可望而不可即之感,人们很难达到"圣人的完美境界",为此寻求一种使人怜悯的人物,他们与接受者相近,这也是必然。

净化式认同"是指已被亚里士多德描述过的那种审美态度。它把观众从他的社会生活的切身利益和精神纠葛中解放出来,把他置于遭受苦难和困扰的主人公的地位,使他的心灵与头脑通过悲剧情感或者喜剧情感获得解放"②。西方文论家早就认为人类阅读中净化的目的在于将心灵与头脑从情感中解放出来。实现净化交流的条件是观众有能力从直接的认同中解脱出来。对呈现在眼前的东西进行判断和思索,可以说这是阅读交流中的理性的思考,实际上这是对读者地位的提高。

反讽式认同指的是"一种意料之中的认同呈现在观众或读者面前,只是为了供人们拒绝或反讽。这种反讽式的认同程序和幻觉的破坏是为了使接受者对审美对象的不加思考的关注,从而促进他审美的和道德的思考"③。在文学史上,这种反讽式认同以中世纪针对骑士文学的英雄或理想主义的反权威面貌出现。《列那狐故事》(1176)的主角被认为是"现代一切'反英雄'人物的最为重要的先驱"④。同时,我们所熟知的塞万提斯的《堂·吉诃德》则把史诗的理想和小说家的现实思想之间的反讽关系加以突出。正如尧斯指出的,堂·吉诃德"原本是一个最优秀的读者,这位读者再也不满足于他的接受角色……他作为天才的解释家,知道如何在现实拒绝遵从他的期望和欲望时,用自己的创造性的想象来医治贫乏的现实"⑤。

尧斯提醒人们,他提出这五种互动模式是"历史性"的,人们在接受过程中这五种模式并非是截然分开的,它们之间是互为交叉、联系的,他甚至强调这五种模式可能过于"狭窄"。对此我们应该结合阅读实践来活用他的这一理论,不可把它当作僵死的教条。

---

① 尧斯:《审美经验与文学解释学》,顾建光等译,上海译文出版社 1997 年版,第 255、262 页。
② 尧斯:《审美经验与文学解释学》,顾建光等译,上海译文出版社 1997 年版,第 271 页。
③ 尧斯:《审美经验与文学解释学》,顾建光等译,上海译文出版社 1997 年版,第 277 页。
④ 尧斯:《审美经验与文学解释学》,顾建光等译,上海译文出版社 1997 年版,第 281 页。
⑤ 尧斯:《审美经验与文学解释学》,顾建光等译,上海译文出版社 1997 年版,第 283 页。

第三节　伊瑟尔、费什的文艺思想

伊瑟尔和费什侧重研究读者的阅读活动。伊瑟尔在现象学的视阈中以"文本的召唤结构"、"隐在读者"等术语探讨了在阅读中读者与文本的辩证关系,费什则以"解释团体"、"情势"等概念提出了读者反应批评的方法。

一、伊瑟尔的文艺思想

沃尔夫冈·伊瑟尔(Wolfgang Iser,1926—　),出生于德国玛林堡,曾获海德堡大学哲学博士学位,在担任康斯坦茨大学英国文学及比较文学教授时,与尧斯等学者创立"康斯坦茨学派",是著名接受美学与读者反应批评理论家。

伊瑟尔深受胡塞尔现象学影响,他的理论亦被称作"阅读现象学"。伊瑟尔的理论阐释了读者在阅读中被动与主动互动的辩证关系。读者通过阅读过程,与文本诸层面所包含的"指示总体"碰撞、交流,进行积极、主动的创造,形成新东西,即意识内容,同时阅读也创造了读者。总之阅读是一个网状、主客浑融的动态过程,生生不息,永无停止。

（一）伊瑟尔的读者反应批评突出了阅读中的关系性、互动性

他所关注的不是既带普遍性又具个性的"解释",而是先于解释之前的阅读过程,即读者的"反应"。反应即是"事件",是一张动态的网。读书既是读者的行为亦是新的东西在读者那里产生的过程,读者也在意味构成的关系中被创造出来。

伊瑟尔严格区别"意味"和"意味构成"这两个概念。他认为在读书过程中,通过读者内心活动,有意识无意识形成的东西之总体就是"意味",而"意味内容"则是"意味"与特定的指示对象建立关系之产物。正因为伊瑟尔重点研究的是"意味构成"的过程,他把文本的结构与读者意味构成行为结合统一起来考虑。他通过细读萨克雷的《名利场》具体地论述了这一点。他提出"隐在的读者"(implizi ereer laser)这一概念,这是他的理论关键词之一。"隐在的读者"包含着文本潜在意义、结构和阅读过程中读者的具体化这两个方面意义的结合。它是一种文本结构,期待着读者出现,它预先解构了每一位接受者的角色,设置了一个召唤反应的结构,读者在反应中构建意味,这两者结成互动关系,构成了阅读的动力过程。伊瑟尔说,在文本中"作者通过各种暗示引导读者作出他们

期望的反应"①。伊瑟尔将 18 世纪的小说与现代小说作了对比:"18 世纪小说的结构形式大多是通过作者与读者所希望进行的对话而确定的。这种对话在小说的叙述者与读者之间制造出一种虚假的同一性,使二者能够通过人类经验的现实凸现达到某种默契的谅解。"②但是,由于"文学"观念的变化,小说由消遣或提供享受的手段而成为一种经验方式在社会的内部结构中发挥作用。这样 20 世纪的小说就改变了自身结构,引导读者自己去发现作品的意图,"他们必须努力去发现通向往往是错综复杂的结构迷宫的途径,致使理解失去了他们所期待的单一性和明确性"③。但是,这一变化是渐进的,伊瑟尔选择的萨克雷的《名利场》(1847—1848)则是这一过渡期的代表性文本。因为在这里"读者虽然必须自己去发现作品的意图,但作者的指引仍然是明确的"④。我国的文学史家也敏锐地发现了这一点,指出《名利场》的叙述人"不断改变身份",萨克雷迥别于狄更斯,"他的叙述人从来不会像狄更斯那样居高临下,将读者不由分说地卷入他的叙述洪流,而是采取低姿态",使读者"既接受指点,又牢牢抓住判断的自由"⑤。显然《名利场》的文本结构导致了文本与读者的互动关系的变化。

(二)伊瑟尔揭示阅读中的复杂的动力关系,指出这一动力网络是由"选择"与"结合"两种操作介入而形成的

伊瑟尔把在阅读中成为选择对象的诸要素称作"保留节目",结合的技法称作"策略"。与策略联系的结构,伊瑟尔称作是主题与视野的关系。被选择的"保留节目"具有不同视点结合在一起的特征,任何一个实际的读者在阅读过程中,都不可能在某一瞬间一览所有视点的内容(犹如我们看一个建筑物),而只能暂时选取其一,不断转换。正如一位日本研究者所说:"读者现在所读部分成为了主题,刚才所读的其他片断即成为视野。主题与视野的关系是不断转换的,读者在每一次转换中变换看法。"⑥这就是说读者面对文本总是处于"取"与"留"(舍)的动态过程,而且它们是可以互相转换的,在"取"中产生主题,其余的则成为"视野"。伊瑟尔认为只有摸索到这种结构,读者才能构成意味。"如果说文本是因读者在完成构成意味中才得以完全的话;那么,读书过程填补文本结构的对应物、相关体则在读者中成立。读者移动视点,修正期待,变更记忆,多

---

① 沃尔夫冈·伊瑟尔:《作为现实主义小说结构之一的读者》,王逢振等《最新西方文论选》,漓江出版社 1991 年版,第 37 页。

②③ 沃尔夫冈·伊瑟尔:《作为现实主义小说结构之一的读者》,王逢振等《最新西方文论选》,漓江出版社 1991 年版,第 38 页。

④ 沃尔夫冈·伊瑟尔:《作为现实主义小说结构之一的读者》,王逢振等《最新西方文论选》,漓江出版社 1991 年版,第 39 页。

⑤ 李赋宁:《欧洲文学史》第 2 卷,商务印书馆 2001 年版,第 274 页。

⑥ 小森阳一等:《岩波讲座·文学》第 14 卷,岩波书店 2004 年版,第 84 页。

次综合。相关体具有一贯性"①。但是这反复的综合,在伊瑟尔看来并非是有意识的过程。读者是进行"被动的综合"(伊瑟尔语)。所谓相关体具有一致性,我们可以把它理解为文本是作者给读者设定的一个活动的对话场域。它既因有读者才能成立,但是自身也具有某种规定性。从这个意义上讲阅读不能被认为是随意性的。当然,伊瑟尔充分肯定阅读是创造,肯定读者在接受中的积极、主动性。他从人类的"会话"、"交际"本性入手来切入这一问题。他认为"空白"(Leerselle)与否定(Negation)是文本未定性的两个基本结构。伊瑟尔指出"空白"产生于片断的连接处,它制造了读书的句法之轴,它引起主题与视野的互相转换。而读书的范式之轴即"否定",它和"保留节目"的选择密切相关。从我们的读书经验可以理解这一点,面对文本,我们不断充填,有赞同,有反对,与文本进行永无休止的对话。我们常说留给读者更大空间,令人"回味"的作品才是优秀的,这和伊瑟尔所说是相通的。伊瑟尔通过以上理论旨在把文本与读者动态地结合在一起。伊瑟尔显然在这里借用了俄国形式主义"陌生化"理论。"陌生化"揭示了作者为了调动读者阅读中的创造力,增加了文本的曲折性,增强难度的本身在于满足读者的创新欲望,这就是阅读享受。同样,伊瑟尔揭示对空白的补充,对文本的否定,就是通过读者对话、交流的形式介入,这种介入既是积极的,也是多层面的,是互相的,一定程度上克服了形式主义的单项的思考模式。

(三)伊瑟尔强调读者的作用既是历史的也是个人的

这也是读者在阅读中的辩证关系的另一面。"读者的角色,因历史和个人差异而产生出来"。因此既承认它的社会性,亦应承认个人性,伊瑟尔称之为带有超越论的特点。所谓超越论特点,即指"读者一方面添补这一结构,同时也被形形色色的知识、经验、习惯所左右来理解文本,正是这两点,是超越论的结构构成,是在此基础上肯定阅读的个性特点。这是植根于伊瑟尔的文学观念之上的"②。

伊瑟尔的读者反应批评理论也是不断变化的。从20世纪80年代以来,他提出了走向"文学人类学"的"历史目标","伊瑟尔认为今日文学人类学要从一种文化理论起步,它与人文科学中的其他阐释性学科一起共同形成一种文化理论。20世纪的文化现实为我们揭示了文化的异质性,这种多元文化现实迫切需要一种文化理论"③。

---

① 小森阳一等:《岩波讲座·文学》第14卷,岩波书店2004年版,第83页。
② 小森阳一等:《岩波讲座·文学》第14卷,岩波书店2004年版,第85~86页。
③ 金元浦:《接受反应文论》,山东教育出版社1988年版,第178页。

二、费什的文艺思想

斯坦利·费什(Stanley Fish,1936—   ),美国文论家,读者反应批评的代表人物。生于美国罗德岛普罗维登斯,1962年于耶鲁大学获博士学位,博士论文为《约翰·斯克尔顿的诗》。曾在伯克莱加州大学和约翰斯·霍普金斯大学任教。1985年出任杜克大学英文系主任,同时兼该校法学院教授。他在1980年出版的《这门课里有没有文本?》提出了"解释团体"的概念,进一步发展了自己的读者反应批评理论,确定了他的文论家的地位。他的主要观点如下:

(一)文学作品是"活动艺术",阅读是个"事件"

费什以与新批评派论战的姿态阐述了他的语言观、文体观和阅读经验。

他援引了新批评派代表人物瑞恰兹的《文学批评原理》的一段话:"在谈论音乐、诗歌、绘画、雕塑或者建筑时,我们总是会认为我们似乎谈论的是某种实际存在的客体本身……然而作为批评家,我们所作的评论对这些事物并不适用,却更适合于我们的思维状况和我们的经验。"① 表面看去似乎费什与新批评派二者有相似之处,实际上他们是有很大差别的。费什对于瑞恰兹把分析的注意"从作为客体的作品转移到作品所引起的反应以及作品所产生的经验上去"是赞同的,因为费什不认为文学作品是一个贮存某种意义的客体。但是,由于瑞恰兹主张这种转移(Shift)作用是"使作品同反应,作品同经验相互分离",又排除了读者的作用,为此表示反对,费什主张的是"它们彼此之间的紧密联系"②。

费什对语言所持的观点是"视作一种经验,而不是单纯提取意义的贮存库"③。他甚至主张将"意义"一词摒弃,因为"我要再次强调的是,话语的意义就是其经验——即话语经验之全部——当你对这种经验表达某种看法之时,你实际上就已经使这一经验本身受到曲解"④。费什认为文体事实也是反应事实,他认为所说的反应范畴包括一切因素:"从最小的,最无特色的到最大的,最具有破坏性的语言经验——都是文体事实。"⑤

费什对文学作品的认识具有他独特的视点。他承认文学作品是客体,不否认它的客观性,他认为:"一行字,一页书是一种确定的存在——可以被触摸,被拍照,或者放置一旁——它似乎成了我们与之(it)相联系的一切价值和意义的唯一贮藏库(我不打算在这儿使用代名词'it',但正是'it'以一种方式说明我的

---

① 斯坦利·费什:《读者反应批评:理论与实践》,文楚安译,中国社会科学出版社1998年版,第170页。
② 斯坦利·费什:《读者反应批评:理论与实践》,文楚安译,中国社会科学出版社1998年版,第171页。
③ 斯坦利·费什:《读者反应批评:理论与实践》,文楚安译,中国社会科学出版社1998年版,第189页。
④⑤ 斯坦利·费什:《读者反应批评:理论与实践》,文楚安译,中国社会科学出版社1998年版,第188页。

观点)。"①但是,费什又指出,正是所谓书中的"内容"一词却又湮没了许多未能言明、并未确定的内涵。他认为,文艺作品是一个变化的客体,每个人读书时都会意识到自己随着阅读而引起的变化。从这个意义上说文学作品(书)又不是客体,而是一种经验感受,他称文学作品为"活动艺术(Kinetic art)"。"活动艺术由于不愿处于静止状态,也同样不让读者静止,因此拒绝对它作出静态解释的任何企图"②。他把文本的这种客观性称作是一种"幻象"(illusion),而且是一种"危险的幻象"。

为此,他提出阅读就是一个"事件"(event),文本的阅读是对文本事实的一种反应的观点。他举柏拉图的《裴德若篇》的阅读为例,费什认为在《裴德若篇》里进行的不是一种议论或判断,而仅仅是一种幻想(vision),因为文本力图启发读者从对话产生幻象,创造诸多意义。读者随着阅读不断改变自己的看法,读者被从一个观点引向另一个观点。作品不是一个封闭结构,永远是一个动态系统。

(二)个人读者与"解释团体"

费什认为人类的任何观念都是由文化衍生而来,根本不存在一个不受任何约束的自我。从这一观点审视阅读行为,自然会得出"就其文化上的形态而言,正是衍生于解释范畴的意义制造了读者"③这样的观点。他认为,意义(meanings)"既不是确定的(fixed)以及稳定的(stable)文本的特征,也不是不受约束的或者说独立的读者所具备的属性,而是解释团体(interpretive communities)所共有的特性"④。所谓解释团体实际上是一个社会化的公众理解系统。在这一系统内,读者对文本的理解会受到制约;但它也适应读者,向读者提供理论范畴;而读者反过来使其理解范畴同其个人面对的客体(文本)相适应。解释团体既决定一个读者阅读的活动形态,也制约了这些活动所创造的文本。

费什进一步解释说,我们所能进行的思维行为(mental operation)是由我们已经牢固养成的规范和习惯所制约的,这些规范习惯的存在实际上先于我们的思维行为,只有置身于它们之中,我们方能觅到一条路径,以便获得由它们所确立起来的为公众普遍认可的而且合于习惯的意义。因此,当我们承认,我们制造了诗歌时,这就意味着通过解释策略,我们创造了它们;但归根结底,解释策略的根源并不在我们本身而是存在于一个适用于公众的理解系统中。这里既否定主观性与客观性的对立,同时也把人的阅读行为(包括人自身)导入历史的范畴。同时,费什认为,用"解释团体"可以说明什么是文学,什么不是文学,可以避免

---

① 斯坦利·费什:《读者反应批评:理论与实践》,文楚安译,中国社会科学出版社1998年版,第158页。
② 斯坦利·费什:《读者反应批评:理论与实践》,文楚安译,中国社会科学出版社1998年版,第159页。
③ 斯坦利·费什:《读者反应批评:理论与实践》,文楚安译,中国社会科学出版社1998年版,第63页。
④ 斯坦利·费什:《读者反应批评:理论与实践》,文楚安译,中国社会科学出版社1998年版,第64页。

"唯我主义"。

费什举一个十分有趣的例子来阐述他的这一观点。他在给一个班级的学生上课时在黑板上写下了:

    Jacobs Rosenbaum
    Levin
    Thorne
    Hayes
    Ohman(?)

这五行字。这原本是一个语言学家的名单,最后一个名字由于费什记不准是一个 n 还是两个 n,他在括号里打了个问号。在第二班学生来上课时,他灵机一动,给这一名单加上了方框,又写上"第 43 页"。这个班的学生正在研究宗教诗歌,他们认为这是费什抄写的一首宗教诗。于是学生们循着这一思路各抒己见,道出了种种奇思异想。费什在这里所要告诉人们的是:由于这些学生对于黑板上这五行字"意识到"阅读(或看到)的是诗,他们就以"所知道的与诗歌所具有的一切特点相关的那种眼光去对待它"①。他认为学生的这种阅读行为是"一种思想定式",换句话说"对什么是诗歌本身所作的诸多定义本身便已经制定了这一模式"②。

  (三)费什对"情势"的阐释

费什的读者反应批评理论深入到语言哲学层面。他在《正常的事态和其他特殊事例》一文(出自《这堂课有没有文本》的第 11 章,哈佛大学出版社 1980 年版)里开头就讲了一个有趣、耐人寻味的例子。巴尔的摩金鹰队的外场手帕特·凯里在意外的情况下替补上场,不可思议地取得了好成绩,在记者采访他时,问他取胜的原因时,他却莫名其妙地说他刚刚皈依宗教,使得媒体的记者不知所措。

他举这个例子的目的是要阐明:"文本总是确定地存在着的;而且,由于这也并不意味着在任何地方、任何时间文本都很确定;它的确定性取决于某一特定的阅读方式的活动在何处进行,能持续多久。简言之,我所说的文本是能够改变的文本。"③"意义并不是客观地被确定的,被人们所阐释的意义也不是独断的、绝对的。"④

我们在日常生活中也会经常碰见这样的例子,同样一句话,知道其背景的人

---

① 斯坦利·费什:《读者反应批评:理论与实践》,文楚安译,中国社会科学出版社 1998 年版,第 50 页。
② 斯坦利·费什:《读者反应批评:理论与实践》,文楚安译,中国社会科学出版社 1998 年版,第 51 页。
③ 斯坦利·费什:《读者反应批评:理论与实践》,文楚安译,中国社会科学出版社 1998 年版,第 70 页。
④ 斯坦利·费什:《读者反应批评:理论与实践》,文楚安译,中国社会科学出版社 1998 年版,第 92 页。

清楚地理解其具体含义,而圈外人难免产生歧义。每个人都置身于具体话语情境,从中把握意义。这就是费什所说的"具体情势"。费什认为人们之间用语言、文字交际之所以能互相理解在于他们依赖"共同认可的背景信息"①。

  费什认为:没有任何一种阅读意义是字面意义,如果这一意义脱离任何意图或目的便不能被理解。费什举了一个法律案件的遗嘱问题来论述这一点。有名被告知道其祖父已立下将大部分遗产留给他的遗嘱,且有法律效力,但后来立嘱人想改变遗嘱,对他不利,于是他抢先杀死了立嘱人。在法庭审判时如何判决遗产归属是颇为难的,如果仅仅依据字面上的文字,对凶手有利;然而,凶手为夺取财产而杀人又是罪犯。最终法院还是在"意图"上找到了根据,凶手败诉。费什在这里强调了"意图"领先,字面上的东西并不存在一个恒定不变的意义。我们在现实生活中也经常看见某法律条文出台后附有某某具有"解释权"的说法,其道理恐怕亦在于此。

  费什根据人们的实际认为我们每时每刻都置身于话语的情势之中,置身于情势就意味着进行了阐释,是对认定的意义的肯定,对其他意义的排除。为此费什认为:"字面解释总是存在的,不过,(1)字面解释不会始终都只有一种;(2)字面解释是能够改变的。"②

  同时费什从语言学角度认为:"在我看来,所有句子的意义既是明确的,又是晦涩的。我不能赞同的是,任何一个句子,如果不属于这一类型,就必定属于另一类型,总之,我从不认为,晦涩性只是某一些句子的共性,而不是其他句子的特征。"③从理论上来讲费什是对的,只有语言具备这一特点它才会具有丰富性、包容性、创造性,它才会给使用者以创造的可能性,如果意义是唯一的,不需要在具体情势中明确,语言必定成为僵死的。

小　　结

  伽达默尔的解释学在整个世界所带来的影响是广泛和巨大的,我们要了解西方 20 世纪的美学,就必须了解伽达默尔的解释学,必须阅读伽达默尔的《真理与方法》。伽达默尔的解释学不仅能够丰富我们的知识,更为重要的是他的新观念有效地激活了我们的反思意识,带给我们对美学和文艺理论的种种新的思考。伽达默尔的解释学的思想价值是多方面的:第一,他在继承海德格尔的本体论解释学思想的基础上,建立了真正意义上的现代哲学解释学。他的解释学

---

① 斯坦利·费什:《读者反应批评:理论与实践》,文楚安译,中国社会科学出版社 1998 年版,第 84 页。
② 斯坦利·费什:《读者反应批评:理论与实践》,文楚安译,中国社会科学出版社 1998 年版,第 73 页。
③ 斯坦利·费什:《读者反应批评:理论与实践》,文楚安译,中国社会科学出版社 1998 年版,第 78 页。

的一个十分重要的特色就是对美学和艺术给予了极大的关注,把艺术和美学问题自觉地作为他的解释学的重要组成部分,并用现代哲学的观念对许多艺术和美进行了深入和全面的讨论。第二,在科学昌明的现代,科学的方法所形成的霸权式的控制意识,科学方法在带给人类知识和进步的同时所造成的人与世界的异化等现象并没有受到人们应有的关注,就是在这样的时刻,伽达默尔批判科学方法论,寻找超出科学方法论控制之外的真理的存在及其方式,很明显,这是一种对人们的提醒。正是在这种对真理的寻找中,他发现并肯定了艺术经验所具有的特别重要的价值。第三,他在把艺术的存在看做是"视阈融合"和"效果历史"的思想中,渗透着对接受主体的重视,也说明了艺术存在和它所展示的真理具有一种向着未来的进取特性。这是对艺术和真理本性的新发现。就是他的这样一种思想,坚实地奠定了西方20世纪美学和文艺理论的又一个显学——接受美学的理论基石。

然而,伽达默尔的解释学在具有上述那些思想价值的同时,也存在着许多的缺陷,如伽达默尔在批判科学方法论时所表现出来的那种近乎偏激的态度,使得在他的理论中看不到科学方法应有的地位;又如他在强调存在的现实性,强调接受者的主体性时,也很难证明他的这一思想不是相对主义和虚无主义的,等等。在他的解释学阐释中,由于他的理论本身的矛盾,使得他的一些表述显得有些含混,如他坚定地批判方法,但他自己的解释学却依赖着独特的方法论;又如他一方面认为唯一的视阈是融合后的"大视阈",那么视阈的唯一与视阈的融合之间的关系又当如何理解,伽达默尔对此的解释还存在着某些令人费解之处,等等。

接受美学理论和读者反应批评在20世纪西方文论中产生过相当广泛深入的影响,为文艺理论的发展作出了贡献。首先它反拨了被形式主义美学片面地切断了的文学与社会、历史的联系,而且开拓了把作者、作品、读者作为一个完整动态系统来研究的新视野,在这方面是很有积极意义的。同时,接受美学和读者反应批评,随时代的发展变化而革新文艺理论,除旧布新的思维模式也是可取的。而且,接受美学和读者反应批评具有辩证观点,探讨作者、文本、读者的互动关系,对于我们的阅读行为有实际指导意义。特别在尧斯在论著中涉及对世界文学史(主要是欧美文学)一些经典作品的新视点,对我们也不无启发。

但是,这一文艺理论由于过分强调读者的作用,容易走上极端(特别是费什的理论),导致阅读中的"无政府主义",对此也是应予注意的。这也告诉我们任何一种文艺理论都不会是包医百病的良方,它只是为人们增加了一个新的视点。

思 考 题

1. 如何理解伽达默尔在艺术经验的真理问题上的观点?
2. 伽达默尔批判科学方法的目的是什么?

3. 怎样认识伽达默尔关于作品存在的思想？
4. 如何理解伽达默尔提出的"游戏"的概念？
5. 伽达默尔的"时间距离"的内涵。
6. 伽达默尔如何理解视阈融合？
7. 尧斯如何看待文学史？
8. 结合阅读实际谈谈"期待视野"。
9. 试述尧斯的审美愉悦的三个基本范畴的内容。
10. 尧斯是如何论述审美经验的五个互动模式的？
11. 伊瑟尔的"隐在读者"的含义是什么？
12. 你如何理解伊瑟尔所论述的在阅读中的辩证关系？
13. 费什的"解释团体"的内涵。
14. 结合阅读实践谈谈你对费什"情势"的理解。

第十二章
西方马克思主义文艺理论

引 论

西方马克思主义,又称"西欧马克思主义"或"新马克思主义",指20世纪20年代发轫于德、奥、意等国,60年代遍及欧美的一股既不同于第二国际模式又有别于第三国际模式的马克思主义的西方文化思潮。美学、文艺学研究是西方马克思主义思潮中的重要组成部分。

人们公认,卢卡契、柯尔施和葛兰西是西方马克思主义的创始人。西方马克思主义的产生和发展有着深刻的社会政治、经济和文化背景。第一次世界大战危机后,俄国十月革命取得成功,西欧各国的革命却全部失败。于是,西欧的马克思主义者纷纷从理论上进行反思,探讨西欧各国革命失败的原因。他们既批评第二国际所奉行的经济主义路线,又否认第三国际的暴力革命论对西方的适用性。在卢卡契等人看来,第二国际奉行一种机械反映论和经济决定论,把马克思主义实证化、机械化和庸俗化了,把革命视为自然发生的社会进化,似乎只要坐等经济条件成熟,革命的胜利就会自动到来。他们只讲物,不讲人;只讲客观规律,不讲主观因素;只讲科学性,不讲阶级性;只讲经济学,不讲哲学和辩证法,从而忽视了工人阶级的阶级意识在革命实践中的能动作用,削弱了历史进程中的主体性。在这种情况下,卢卡契等人主张重新理解马克思,重建马克思主义哲学。1923年,匈牙利共产党人卢卡契发表的《历史与阶级意识》和德国共产党人柯尔施发表的《马克思主义和哲学》两部著作,系统地表述了上述意见。在《历史与阶级意识》一书中,卢卡契强调了马克思主义的黑格尔来源,提出了"物化"这一著名概念,以概括资本主义社会的人的异化现象,并提出主客体辩证统一的"总体性"概念与之对抗。在卢卡契看来,马克思主义本质上是一种关于人类解放的学说,而人的解放是与人的主体性、人的自我意识以及阶级意识的觉醒联系在一起的。然而,现代资本主义社会由于无所不在的物化(异化),使人的主体性被湮没了。为此,现代无产阶级革命的首要任务就是克服异化意识,恢复人的主体性。卢卡契的《历史与阶级意识》的问世,标志着西方马克思主义思潮的产生,该书被后来的西方马克思主义者奉为圣经。与此同时,柯尔施在《马克思主义和哲学》一书中亦指出,在第二国际标榜庸俗唯物主义的几十年里,马克思主义的哲学被忽视了,使得马克思主义陷入危机。因此,他主张恢复马克思主义的本来面目,重建马克思主义哲学。他提出,马克思主义的实质是一种理论与实践、主体与客体辩证统一的"总体性"哲学。《马克思主义和哲学》因此被视为《历史与阶级意识》的姊妹篇。意大利共产党人葛兰西则提出了摧毁资产阶级"文化霸权"的思想,认为西方国家的资产阶级统治不仅体现为国家机器的暴力统治,同时体现为市民社会的文化霸权。西欧工人阶级革命的道路因而不同于俄国十月的阵地战,而应当是首先进行运动战,在文化领域夺取领导权,葛兰西由此而成为早期西方马克思主义的代表人物之一。

1932年,马克思的《1844年经济学哲学手稿》德文手稿被发现并公开发表,对于西方马克思主义也产生了重要影响。最早对《手稿》进行诠释和研究的,正是这些早期西方马克思主义者和法兰克福学派成员。他们把《手稿》视为马克思主义的代表作,视为理解马克思主义全部著作的钥匙,从而为他们重建马克思主义的主张提供了文本依据。此后,西方马克思主义者大多循此方向,重视哲学、文化和人的问题的研究,促使马克思主义研究的主题由政治学和经济学转向了哲学和文化。

第二次世界大战之前和期间,法西斯主义思潮猖獗,西方马克思主义对此进行了深刻反思。1929年,西方资本主义世界爆发了空前严重的经济危机、政治危机和精神危机,但危机并未导致革命的爆发。相反,德国共产党却在大选中连连失利,纳粹势力则在大选中连连得胜并取得政权,执政后的纳粹对包括西方马克思主义者在内的左翼势力进行迫害和驱逐。转移到美国的西方马克思主义者对法西斯主义思潮的兴起作出了独到的分析。他们认为,法西斯主义的兴起不是经济的必然,而是根源于当时社会大众中普遍存在的施虐和受虐的权威性格和服从心理。这种社会性格和社会心理对无产阶级的阶级意识和主体意识有一种消极的抑制作用,从而使得法西斯主义势力登上历史舞台。西方马克思主义对法西斯主义文化现象的分析和批评构成其理论研究的一个重要内容。

第二次世界大战之后,西方资本主义进入国家垄断资本阶段。在这一时期,随着科学技术的飞速发展和国家对经济生活的干预,当年为卢卡契所揭露的物化现象不但没有消失,反而更加广泛和严重。垄断资本结合科学技术,国家干预,使当代资本主义社会里工人阶级进行激进政治变革的希望更加渺茫,于是西方马克思主义者更加注重从西方各种哲学传统和现代学术中吸取思想资源,展开对当代资本主义的文化批判。20世纪六、七十年代以来,西方资本主义社会进入所谓后工业社会、后现代社会或信息社会。尤其是冷战结束之后,西方跨国资本主义或资本全球化进程加快,西方世界出现了许多新的社会变化,诸如"物质富裕、精神空虚","生活富裕、人性丧失","环境污染、生态危机"等新的社会问题出现,西方马克思主义进入了多元发展的时期,涌现了诸如女权主义的马克思主义、生态主义的马克思主义、解构主义的马克思主义、后现代的马克思主义以及后马克思主义等思潮。

总之,西方马克思主义作为马克思主义与现代西方其他哲学文化相融合的产物,是20世纪西方一种学派众多,影响广泛的社会文化思潮。作为一个"家族相似式"的学术思潮,具有一些共同的特征,如时代性、开放性、批判性、激进性、多元性、学院化以及现代化等。

西方马克思主义文艺理论作为整个西方马克思主义文化思潮中的重要组成部分,是从西方马克思主义哲学中衍生出来的,或者说,是西方马克思主义理论的基本主题之一。西方马克思主义文论家一般同时又是哲学家、社会学家。他们研究文艺绝非仅仅是个人爱好,而是有着严肃的使命感。并且,由于他们大多具有较高的学位,在大学或研究机构任职,全力研究资本主义的文化尤其是文学艺术,因此他们的文艺思想显得更加深入、更有体系。

西方马克思主义文论的发展大致可以划分为三个时期,一是西方马克思主义文论的发端时期,即以卢卡契、葛兰西为代表的早期西方马克思主义文论。二是西方马克思主义文论的发展时期,主要有以霍克海默、阿多尔诺、马尔库塞等人为代表的法兰克福学派的人本主义的马克思主义文论,以萨特、梅洛-庞蒂、列斐伏尔为代表的存在主义的马克思主义文论,以德拉·沃尔佩为代表的实证主义的马克思主义文论,以阿尔都塞学派为代表的科学主义的马克思主义文论。三是西方马克思主义的多元化或后现代时期,主要有当代德国马克思主义者哈贝马斯的交往合理化的美学理论,美国当代新马克思主义文论家杰姆逊的后现代主义文化理论和政治阐释学美学,以及当代英国马克思主义者伊格尔顿的审美意识形态理论与艺术价值理论,等等。总之,西方马克思主义文论成为一种具有世界性影响的西方社会文化思潮和文论思潮。

第一节　早期西方马克思主义文论

早期西方马克思主义文艺理论具有鲜明的现实主义倾向。理论家们从当时的社会历史和现实出发,重视文学与现实生活的关系,认为文学是对现实生活的能动反映,坚决反对对现实的机械复制,既强调文艺的审美特点,又注重文艺在社会斗争中的积极作用。在文艺创作原则、批评原则等方面提出了许多深刻的文学理论观点,丰富和发展了马克思主义的文艺理论。这里主要介绍卢卡契和葛兰西的文论思想。

一、卢卡契"伟大的现实主义"文学理论

乔治·卢卡契(Georg Lukacs,1885—1971,又译作"卢卡奇")是著名的匈牙利现代哲学家、美学家和文艺理论家。作为西方马克思主义创始人,卢卡契在漫长的学术生涯中,深受多种思想的影响,但他一生都在积极发展马克思主义,提出了以辩证法的整体观和人道主义伦理观为精髓的"总体性"哲学,因而被视为具有国际影响的思想家。在美学和文艺学方面,卢卡契也享有巨大声誉,其"总体性"美学思想和拟人化审美反映论在世界美学界独树一帜,被称为"美学方面的马克思";在文艺理论方面,他最主要的贡献是提出了"伟大的现实主义"理论,被誉为"20世纪西方四大批评家"之一。他的 20 卷选集在匈牙利和联邦德国同时出版。主要著作有《心灵与形式》、《小说理论》、《论历史小说》、《叙述与描写》、《艺术与客观真理》、《欧洲现实主义研究》、《审美特性》、《当代现实主义的意义》等。

除了早期的美学研究之外,对现实主义的研究几乎贯穿于卢卡契的大部分学术生涯。卢卡契所理解的"现实主义"与我们通常所说的现实主义创作方法不完全相同,它包括了后者,但又超越了其局限。在他那里,"现实主义"与"伟大的艺术"是同等程度的概念,故常常明确地称"伟大的现实主义"。在卢卡契的理论视野中,他把一切具有伟大、优秀艺术价值的文学家都视为现实主义作家。他明确指出:"现实主义不是一种风格,而是一切真正伟大的文学的共同基础。"[1]并说:"所有伟大的艺术时期都必然是深刻的客观现实主义时期。"[2]显然,卢卡契是从艺术本体意义上去研究和关注现实主义的。其"伟大的现实主义"文论有独特的美学内涵。

(一)伟大的现实主义文学反映的是完整的社会现实,而非对支离破碎的生活表象的简单镜映

卢卡契认为,文学是对现实的一种特殊的即审美的反映。那么,何谓"现实"呢?他认为,按照总体性观点,现实并非直接感觉到的外在世界的表面,现实不仅仅是某种偶然的、暂时的现象,更是现象与本质的统一,是一个"把一般与个别结合在一起的运动着的统一体"。因此,现实主义文学创作的要求就是把这"生动的统一体的运动变成感性的观照"。卢卡契认为,文学艺术反映现实不应是琐屑的日常生活的机械复制,而应是对客观现实本质的动态的反映。现实主义文学绝非照相式或表象式实录,不是要求艺术描写与日常生活的表面相

---

[1] 《卢卡契文学论文集》第 2 卷,中国社会科学出版社 1981 年版,第 495 页。
[2] 《卢卡契文学论文选》第 1 卷,人民文学出版社 1986 年版,第 76 页。

似。一部表面上显得如同生活一样的作品,并不一定就是现实主义的。相反,一部明显违反了表象而深刻显示了社会中人与人的历史关系的,却恰恰可能是优秀的现实主义作品。卢卡契认为,现实主义文学的目标"是要提供一幅现实的画像,在那里现象与本质、个别与规律、直接性与概念的对立消除了,以至两者在艺术作品的直接印象中融成一个自发的统一体,对接受者来说是一个不可分割的整体"①。卢卡契认为,只要反映了人物关系的艺术生命的立体性、全面性,表现人物性格的丰富性、完整性,现实主义文学就能够具有强烈的艺术生动性。卢卡契指出:"被赋予艺术生动性的现象并非一定从日常生活中汲取,甚至也并非一定从现实生活中汲取。这就是说:即使在文学创作中最大胆的幻想的游戏,即使对现象所作的最离奇的虚幻的描写也完全和马克思主义的现实主义观不相矛盾。巴尔扎克和E. T. A. 霍夫曼的几个中篇幻想小说就属于这类有成就的文学创作。它们受到马克思特别高度的评价并非偶然。"②卢卡契后来甚至认为,卡夫卡的小说创作也具有一定的现实主义因素。在《艺术与客观真理》一文中,卢卡契又进一步提出,现实主义艺术具有反拜物化的穿透现实的认识功能,根本原因是现实主义艺术作家能够穿透日常生活的虚假意识,塑造一个来源于日常生活又不同于日常生活的更完整更真实更人道的艺术世界,读者在阅读这类现实主义作品时,可以培养起相应的整体观,使其对社会生活的认识趋向自觉。

卢卡契认为,面对完整性瓦解的资本主义物化现实,只有弘扬伟大现实主义的艺术传统,文学才能够揭露完整人性的分裂及根由这一悲剧事实,实现对物化的抗议。现实主义文学注重叙述(而非描写或表现)的方法,注重动态地把握人物与社会环境之间的关系和趋势,注重对典型环境典型人物的塑造,因而能够从整体上揭示日常拜物意识的虚假性,洞悉社会的深层而完整的本质。而这样一种对社会生活的整体反映,必须通过典型形象才能达到,或者说必须在典型形象中才能得到体现,如他曾明确强调"现实主义文学的主要范畴和标准乃是典型"③,这是因为,文学典型作为特殊性,是一般与个别的综合,是资本主义异化现实造成的本质与现象、个性与共性、客体与主体等对立和冲突在艺术作品中的辩证解决。文学典型的审美特征恰恰在于,"它一方面是本质和现象的辩证关系在艺术上的解决,这种解决在其他领域是没有的,另一方面又同时回到那社会的、历史的过程;它指出最好的现实主义艺术就是这过程的忠实反映"④。伟大

---

① 卢卡契:《艺术与客观真实》,见《马克思主义文艺理论研究》第2卷,文化艺术出版社1984年版,第4页。
② 《卢卡契文学论文集》第1卷,中国社会科学出版社1980年版,第291页。
③ 《卢卡契文学论文集》第2卷,中国社会科学出版社1981年版,第48页。
④ 《卢卡契文学论文集》第1卷,中国社会科学出版社1980年版,第292页。

的现实主义文学的整体性反映及其文学典型的塑造,是对资本主义日常生活零散化和日常思维的拜物化状态的克服。

伟大的文学典型的秘密在什么地方呢?卢卡契认为,典型形象既不是平均的形象,也不是怪僻的个性。典型形象之所以成为典型是因为它们都是以个性和个体命运的形式来表现人类的历史与命运,如莎士比亚笔下的哈姆雷特、歌德笔下的浮士德就是这样创造出来的优秀文学典型。卢卡契认为,简单地罗列个别细节和偶然的现象(包括人物的生物学和生理学现象),或孤立地描写那种抽象的"主观本质"都不能构成典型形象。文学典型的创造有赖于以活生生的、感性个体的人去表现社会历史过程的整体性。换言之,文学典型的创造是以人的对象性存在为前提的。① 作为一切优秀文艺作品用来反映社会生活的必不可少的艺术中介,典型突出体现为一个时代最重要的社会的、道德的和灵魂的矛盾在人物个性深处交织成的活生生的统一体。

(二)伟大的现实主义文学提供的是一种审美的反映,因而对社会现实具有一种穿透性和超越性

卢卡契主张用总体性的观点来说明作家主体与现实客体的关系,将客观统一于主观基础之上。卢卡契从审美反映论出发,论证了文学艺术的超阶级性,反对把意识形态和世界观作为文学艺术美学成就的标准。卢卡契认为,文学艺术的审美反映不同于科学反映的特点在于审美反映的拟人性,在于"它是由人的世界出发并且目标就是人的世界"②。艺术反映与科学反映不同,科学反映是建立在抽象的基础上的,有非人化的趋势,揭示的是不依赖于人的客观世界;而艺术反映则力图保持同感性世界的接触,倾向于拟人化,从人的世界出发,以人为目标。卢卡契指出:"拟人化与非拟人化的区别正在于此:究竟是从客观现实出发把现实本身具有的内容、范畴提高到意识中,还是由内部向外部,由人向自然界的一种投射"③。他认为真正伟大的艺术作品就是一个独特的拟人化世界,这个世界比人们在日常生活中所看到的世界更真实、更完整、更富有生气。但是,这个本质的世界"并不能为人人所认识,它甚至对最伟大的艺术家也会久隐不现"④。原因在于,对这种本质的完整、深刻的认识,是以恢复了自己的完整主体性的人为前提条件的。在卢卡契看来,人的主体性结构有完整与零碎之分,而完整的主体性结构包含理性与感性、理智与直觉、理解与体验等多重性质、多个层次、多种侧面。伟大的现实主义文学就是以全面的主体性去把握全面的客体性,就是反映这两种总体性之间内在的、辩证的同一性。

---

①② 卢卡契:《审美特性》第 1 卷,中国社会科学出版社 1986 年版,第 13 页。
③ 卢卡契:《审美特性》第 1 卷,中国社会科学出版社 1986 年版,第 170 页。
④ 《卢卡契文论论文选》第 1 卷,人民文学出版社 1986 年版,第 293 页。

如果说前期卢卡契强调了工人阶级的阶级意识对物化意识的超越,那么,后期卢卡契则强调了文艺的超阶级性。他认为,文学创作要真正地贯彻现实主义,就必须摆脱政治、伦理、哲学等意识形态的干扰。当作家的主观世界与客观实践发生矛盾时,应诉诸于"现实"这个最高仲裁者。一个伟大的艺术家,不管他的世界观如何,即使是反动的,遵照现实主义的创作方法,也可以创造出伟大的作品。卢卡契指出:"我们坚决否认意识形态能够成为艺术作品的美学成就的标准……尽管意识形态很坏,如巴尔扎克的保皇主义,也能产生出很好的文学。反过来,意识形态很好的,也能产生出很坏的文学"①。他要求艺术在任何时候都不能成为那种受操纵的艺术,都要保持自身的独特本质,不被当成政治性和社会性的文件或手段。

卢卡契为此饶有新意地对恩格斯"现实主义的伟大胜利"这一经典命题做了深刻的阐释,并由此提出了现实主义作家的主体性认识结构或心态结构的问题。卢卡契认为,恩格斯所说的"现实主义的伟大胜利"不仅表现在巴尔扎克的创作中,而且也广泛地体现在许多现实主义作家的创作中,因而带有普遍性。在个人偏见与现实生活不一致的时候,现实主义作家能够毅然地无情地抛弃自己的各种偏见,这是一种具有重大意义的伦理态度。卢卡契反复强调,在伟大的现实主义文学创作的过程中,作家的主观诚实性和艺术勇气至关重要,这是创造成功的现实主义文学典型的先决条件,甚至成为现实主义文学作品能否克服异化、反映社会现实的关键因素。卢卡契将其表述为"作家的真诚和正直",称之为伟大现实主义作家最可贵的伦理态度。卢卡契指出:伟大作家对真理的渴望、他对现实的狂热追求——或者用伦理学术语来讲,就是作家的真诚和正直。一个伟大的现实主义作家,如巴尔扎克,假使他所创造的场景和人物的内在的艺术发展,跟他本人最珍爱的偏见,甚至跟他认为最神圣不可侵犯的信念发生了冲突,那么,他会毫不犹豫地立刻抛弃他本人这些偏见和信念,来描写他真正看到的,而不是描写他情愿看到的事物。② 卢卡契强调,在伟大的现实主义作家的心目中,社会现实的本来面目,社会历史的本质、特点及发展趋势,高于作家本人的个人政治倾向和意识形态偏见。例如,塞万提斯、巴尔扎克、托尔斯泰等伟大作家在创造典型形象时,都能尊重艺术对象的客观性,而超越了个人的主观偏见。一旦典型形象的展开驳倒了作家自身的主观信念,就让它们按照自身的美学逻辑发展到底,而不在意作家本人的主观信念就此而告吹。作家的诚实和勇气就表现在他敢于正视社会现实、尊重生活本身的辩证法,并把它真实地凝聚在作品的典型人物形象之中。

---

① 《卢卡契自传》,社会科学文献出版社1986版,第149页。
② 《卢卡契文学论文集》第2卷,中国社会科学出版社1981版,第53页。

卢卡契进一步指出,内容与形式的和谐统一是现实主义文学的美学风貌。卢卡契不是从一般艺术学所理解的文艺技巧的意义上来谈论艺术形式的,而是直接继承了德国古典美学传统,从艺术哲学的高度来看待艺术形式。在卢卡契看来,文学的形式绝非仅仅是技巧性或语言性的东西,而是作品的技巧性所显示出来的饱含意蕴的内容,是形式化了的内容。显然,卢卡契把社会生活素材作为文学的对象,而把被反映在文学作品中的现实视为文学内容与文学形式的统一。他指出:"如果一种形式,正因为它对内容保持了一定的独立性,而没有完全转化为内容,因而使接受者意识到它是一种形式(而非同时又是内容——引者注),那么,它就必然是作者主观的表现,而不完全是事物本身的反映。"①卢卡契辩证地把握了文学的内容与形式之间的关系,有机地结合了艺术品对现实的反映和艺术品的美学自主性这两个方面,因而可谓是一个文学形式的有机论者。另一方面,卢卡契又把艺术形式与内容的有机结合过程理解为一种高度抽象的过程,指出:"形式不过是最高的抽象,是简练地表达内容并把它的安排推向最高潮的最高方式。"②卢卡契认为,要确保艺术不等同于现实的简单复现,就存在一个艺术创造的构形问题。正是艺术形式使作品得以最终确立。正是文学的形式创造赋予了文学作品以揭示现实又超越现实的美学力量。英国学者戴维·福加克斯指出:"正因为卢卡契强调这种意义上的形式,这才十分明确地构成了发展起来的马克思主义文学批评传统中的新颖之处。"③

(三)卢卡契强调了文学是人学,指出人道主义精神是伟大现实主义文学的核心

人道主义理想是卢卡契一生孜孜以求的,无论在其早年的《心灵与形式》、《小说理论》、《历史与阶级意识》中,还是在其晚年的《审美特性》、《当代现实主义的意义》等著作中,人道主义都是贯穿始终的主题。卢卡契在论述其现实主义文学理论时,一直以人的主体价值的有无或高低作为一个重要的衡量标准。卢卡契指出:人类的自我意识是艺术家秉有的艺术主体性,"在人类的自我意识中包含着深刻的美学人道主义"④。因此,对于艺术来说,头等重要的便是人。

卢卡契认为,现实主义的美学问题就是充分表现人的完整的个性,使艺术成为"人类的声音","为人类生活表述出历史时刻的真理"。卢卡契认为,"伟大的文学"的根本标志是对人的主体价值和本体价值的肯定和维护,而现实主义文

---

① 卢卡契:《艺术与客观真理》,见《马克思主义文艺理论研究》第3卷,文化艺术出版社1984年版,第380页。
② 转引自张柏霖等编译:《关于卢卡契哲学美学思想论文选译》,中国社会科学出版社1985年版,第85页。
③ 杰斐逊等:《当代国外文学理论流派》,卢丹怀等译,上海外语教育出版社1991年版,第199页。
④ 卢卡契:《审美特性》第1卷,中国社会科学出版社1986年版,第324页。

学恰恰就是这样一种文学。换言之,在卢卡契看来,现实主义与人道主义有一种天然的、深刻的、内在的关联,现实主义是表达人道主义价值观的必然的最高审美形式。他说"真正的现实主义和人道主义是不可分地结合在一起的。"①没有对人类和生活的热爱,便不可能产生任何真正伟大的现实主义作品。现实主义的精神实质和要义与其说是提供客观的社会史实,毋宁说是现实形态下的人的价值的感性化确证。卢卡契认为,真正令莎士比亚感兴趣的不是历史的因果联系,而是历史过程中的"人的冲突"和历史进程中的人的命运。莎士比亚的编年史剧固然深刻清晰地展现了封建制度必然崩溃的历史趋势,但这并不是其全部的或主要的价值。莎士比亚看到了这一历史进程与人道主义性质之间的深刻而复杂的联系,从而使其文学达到了充分展示人性的高度。高尔基亦然,卢卡契曾指出:"高尔基不是作为编年史家,也不是作为社会学家,而是作为战斗的人道主义者来看待这个俄国世界的。"②

然而,现代资本主义的发展却都越来越远离、违背它当年的人道主义承诺。现代资本主义发展所造成的一个严重恶果就是无所不在的物化,就是人的自我异化和人性的分裂。因此,在这样的情形下,强调美学的人道主义尤其迫切。卢卡契指出:真正的伟大的作家、艺术家对于人道主义原则之被践踏总是本能的敌人,因为"每一种好的艺术,每一种好的文学,如果它不仅热衷于研究人,研究人的人性性质的真正本质,而且同时也热衷于维护人的人性的完整性,反对一切对这种完整性进行攻击、污辱、歪曲的倾向,那么它们必定是人道主义的"③。

在卢卡契看来,现实主义文学具有反日常拜物化意识的人道主义属性,一切伟大的现实主义作家无不维护人的完整性,反对把人的完整个性割裂成互不关联的公众和私人两部分,反对把人的本质碎片化。他们对资本主义物化社会的日常拜物意识提出了人道主义的抗议,揭露了现代社会的人格完整性失落的深刻悲剧,从而唤醒人们为捍卫人的完整属性与人格尊严而奋斗。正是基于这种人道主义立场,卢卡契高度评价托马斯·曼、罗曼·罗兰等现代现实主义作家,称赞他们没有放弃人道主义理想,他们笔下的主人公归根结底还保留着一点人的人性的核心,还是自己行动的主人,而不仅仅是异化社会的一个无可奈何的旁观者。

(四)对现代主义的批评及与布莱希特等人的论争

在倡导现实主义文学的同时,卢卡契对左拉的自然主义文学和以表现主义为代表的现代主义文学进行了猛烈的抨击。卢卡契认为,无论是自然主义还是

---

① 《卢卡契文学论文集》第1卷,中国社会科学出版社1980年版,第300页。
② 《卢卡契文学论文集》第2卷,中国社会科学出版社1981年版,第276页。
③ 《卢卡契文学论文集》第1卷,中国社会科学出版社1980年版,第282页。

现代主义都未能提供对社会现实的整体反映。自然主义只注意到了资本主义社会的生活表象，只反映了抽象的个性；而现代主义则是艺术家主观意识的肆意宣泄，只反映了抽象的共性，因而都是假现实主义和反现实主义的。卢卡契指责自然主义和现代主义未能塑造出文学典型，因此达不到对社会现实的整体的反映。他指责自然主义、现代主义放弃了人道主义理想，违背了艺术的人化性质，转而肯定资本主义异化对主体性的吞灭，所以是一种反现实主义的病态艺术。

正是从这种总体论美学和人道主义原则出发，卢卡契对现代主义作家进行了尤为猛烈的抨击。在卢卡契看来，所谓现代主义艺术之所以只能被称为一种倒退的艺术，不仅因为它在风格上迥异于现实主义，更重要的是它抛弃了艺术的人道主义理想，它不仅不为恢复完整的人性而斗争，反而在客观上肯定了资本主义所造成的一切非人化现实。首先，现代主义作家把人理解为先验的、不可认识的或不可战胜的力量的毫无防卫能力的牺牲品。把现代资本主义社会对人性的歪曲和肢解直接地、不加批判地表现出来，停留于表达虚无主义、玩世不恭、绝望、恐惧、失落、不信任、鄙视、自我鄙视以及其他种类的情感，从而使现实中一切现实地起作用的相反的力量和倾向都作为微不足道的、从本体论上是无关紧要的力量和倾向而消失。其次，现代主义在艺术技巧上的随意和杂乱无章，造成了艺术作品的碎片化，因而表明了作家创造力的退化。例如，乔伊斯在《尤利西斯》中所大量采用的内心独白极度混乱和非逻辑化，与托尔斯泰、托马斯·曼的心理描写根本不可同日而语，这种技巧缺乏目的和意志，意味着活生生的人的能力的丧失。

卢卡契的上述观点，受到了布洛赫、本杰明、阿多尔诺、布莱希特等许多德语作家、文论家的反驳，并由此而引起了西方马克思主义文论史上一场长达数年之久的影响深远的文学论争。由于布莱希特是当时在世界文坛上很有影响的德语作家，因而布莱希特实际上成为卢卡契的主要对手。布莱希特主张，现实主义应是一个开放的观念。现实主义的概念必须宽泛、具有政治性，必须凌驾于一切成规习惯之上，而不能仅仅从托尔斯泰、巴尔扎克等人的小说中引申出来："确定一部作品是不是现实主义的，不能只靠查验它是否像现有的被说成是现实主义的，或者当时是现实主义的作品。在任何情况下都必须将艺术作品里对生活的描述同被描述的生活本身相比较，而不是将其同另一种描述相比较。"[①]现实主义意味着，"发现社会复杂的因果现象；揭示流行的对事物的看法是当权者的看法这一点；从这样一个无产阶级的立场出发写作，它为人类社会卷入其中的紧迫困难提供范围最广泛的解决办法；强调发展因素；使具体的东西成为可能，并从

---

① 布莱希特：《现实主义理论的形式主义特征》，转引自《现代美学新维度》，北京大学出版社1990年版，第45页。

中作出可能的抽象。"① "它不是走回头路,不是同过去的好时光相联系,而是同现在的坏时光相联系。它所涉及的不是废弃技巧,而是发展技巧"。② 布莱希特还明确指出,凡是"愿意学习和探索事物实际方面的现实主义者可以从表现主义那里学到大量的东西"。③

综观这场论争,可以见出,卢卡契作为一位学院派批评家更像是古典文化的总结者,而布莱希特作为现代艺术的实验者、探索者,更充满新的时代色彩。卢卡契的观点富于人道主义精神,这种把人道主义看做是具有永恒价值的现实主义艺术的基础的观点和马克思、恩格斯的现实主义文艺观并不完全一致。而布莱希特的观点则更富有科学意识、阶级意识,不过,他对现代主义的充分肯定和列宁的见解又有明显的不同。但是,无论前者的"伟大的现实主义"与后者的"开放的现实主义"之间有着怎样的分歧,在强调艺术不能脱离社会现实这一点上,二者是相同的。

二、葛兰西的文化领导权理论

安东尼奥·葛兰西(Antonio Gramsci,1891—1937),意大利著名的职业革命家、思想家和批评家,意大利共产党创始人和领导人。1891年1月23日,葛兰西生于意大利撒丁岛一个家境贫寒的小职员家庭,1911年,获奖学金入意大利都灵大学现代语言学专业学习。1926年,身为意大利共产党总书记和意大利国会议员的葛兰西被意大利法西斯政府逮捕,被判处20年监禁。在狱中,他以坚强的意志写下32本将近三千页的手稿,后人把这份丰富的理论遗产,统称为《狱中札记》(Prison Notebooks)。《狱中札记》是一部庞大的未完成的著作,也是当代西方思想史上的一部重要经典。葛兰西在《狱中札记》中提出了一种以实践一元论为核心的"实践哲学",认为它超越了以往一切哲学中存在的物质和精神的思辨对立,强调了主体与客体、理论与实践的辩证统一,因而是一种既避免唯我主义,又充分发挥创造性的伟大哲学。葛兰西的文艺理论和文化理论是建立在其实践哲学基础之上的,在当代西方文化研究界具有重大影响。

(一)市民社会与文化领导权

一般认为,葛兰西最突出的理论贡献是提出了独特的市民社会理论和文化霸权理论,这体现了他对现代资本主义社会结构和文化功能的深刻分析。

葛兰西认为,现代国家包括政治社会与市民社会两个层面。政治社会是指

---

① 布莱希特:《现实主义理论的形式主义特征》,转引自《现代美学新维度》,北京大学出版社1990年版,第61页。
②③ 布莱希特:《与乔治·卢卡契论战》,转引自《现代美学新维度》,柯平译,北京大学出版社1990年版,第52页。

政治法律上层建筑,诸如军队、警察、法庭、监狱等暴力组织,是统治阶级对敌对阶级进行直接的、强制的统治的强力机关;市民社会则包括工会、学校、媒体、教会、社团和家庭等,是统治阶级对被统治阶级进行宣传和教化的文化领域。政治社会的特征是暴力和强制,市民社会的特征是认同和同意。葛兰西因而提出了一个著名的公式:"国家=政治社会+市民社会",现代国家体现了强力+领导权(同意)的二重性质。

葛兰西认为,在现代资本主义国家,市民社会是整个国家和政治社会的基础,国家不是建立在强制性的基础上,而是建立在市民社会的同意性的基础上。葛兰西指出:"在实行典范的议会制度的国度里,'正常'实现领导的特点是采取各种平衡形式的强力与同意的结合,而且避免了强力过于明显地压倒同意;相反的,甚至企图表面上好像强力依靠大多数的同意。"① 统治阶级不仅通过强制性的暴力工具,而且更为重要的是通过思想文化来控制广大民众,使民众心甘情愿地遵循和认同统治阶级的思想观念、价值体系、行为规则等,因而在市民社会中形成"文化领导权"或"文化霸权"(Cultural hegemony),即统治集团在文化、伦理、意识形态上的领导权。显然,葛兰西的文化霸权概念描述的是社会统治集团争取其他社会成员自愿认同、自觉服从并自动融入该集团的社会权力结构中来的一种控制方式。这里的"文化霸权"是一种非暴力的、同意式的、起着至为根本的作用的霸权。由于统治阶级在市民社会具文化领导权,其价值观念和意识形态因此而普遍推行到全社会各阶级、各阶层,从而为该统治阶级提供统治上的"合法性"和"正当性基础"。

葛兰西进一步具体考察了东、西方社会结构和文化结构的差别。葛兰西认为,在像俄国这样的东方专制国家,市民社会是初生、软弱和缺乏独立性的;而国家则构成了上层建筑的全部内涵。正如葛兰西所说的:"在东方,国家就是一切,市民社会处于生而未成形的状态。在西方,国家与市民社会之间存在着调整了的相互关系。假使国家开始动摇,市民社会这个坚固的结构立即出面。国家只是前进的堑壕,在它后面有工事和城堡坚固的链条;当然这个或那个国家都是如此,只是程度大小不同。"② 因此,东方国家无产阶级革命的主要任务是用暴力摧毁国家政权。一旦反动政权被砸烂,资产阶级政权土崩瓦解,无产阶级就可以立即成为新的统治阶级。西方现代资本主义国家,则有了独立和强大的市民社会,资产阶级不但拥有政治上的领导权,而且还掌握了文化上的领导权。市民社会成为现代西方国家一个不可缺少的部分,是其国家政权的根本屏障和有力支柱,依靠它,国家政权能够经受得住政治危机与经济危机的冲击。因此,葛兰

---

① 葛兰西:《狱中札记》,葆煦译,人民出版社1983年版,第197~198页。
② 葛兰西:《狱中札记》,葆煦译,人民出版社1983年版,第180页。

西提出了西方国家无产阶级革命的"阵地战(War of Position)"的策略。它的目标不是对国家政权的正面进攻,而是向资产阶级的文化领导权提出挑战。葛兰西认为,西方国家无产阶级革命的首要任务是文化阵地战或意识形态争夺战。西方革命的成功,首先必须以无产阶级文化去摧毁或夺取资产阶级思想文化领域里的"堑壕"和"要塞",创造一种包括人的生活和文化的一切方面的变化的新文化,建立起无产阶级在这个领域里的领导权。

文化霸权理论的产生,与葛兰西对当时西欧革命失败原因的总结有一定的联系。虽然西欧国家的革命推翻了统治阶级的政府机关、占领了议会,破坏了监狱、解放了政治犯,甚至控制大部分的军队,但是革命最终还是失败了。无产阶级革命原本是为解放人民群众,而今却遭遇到市民社会这座统治阶级的最后堡垒的强烈抵抗。因此,西欧无产阶级要夺取革命的胜利,必须首先与统治阶级进行文化上的斗争。革命阶级必须创立自己的文化观和世界观,用本阶级的文化霸权代替资产阶级文化霸权对"市民社会"的控制。

(二) 艺术的文化属性和文化功能

"文化霸权"理论既是葛兰西研究社会意识形态和权力关系体系的一个切入点,同时也是探究文艺和文化的有力工具。在葛兰西的文学观念中,文艺总是作为文化的一个组成部分而存在的。葛兰西高度重视文学艺术在工人阶级争夺文化霸权中的重要地位和作用,提出了著名的"民族—人民的文学"的文学理论。"民族—人民的文学"的文学观是其文化霸权思想在文学艺术领域的具体体现。

葛兰西高度重视文学艺术的作用,把文艺视为文化的重要承载者和传播者。他指出:"艺术始终同一定的文化或文明休戚相关,为改革文化而进行的斗争势必导致改变艺术的内容,人们不应当谋求从外部去创立新的艺术(例如提倡教诲性的、宣传性的、道德说教式的艺术),而需从自身开始,因为人的情感、观念和关系一旦改变,作为这一切的必然体现者,人自然随之整个地改观。"[①]由此葛兰西提出建设"民族—人民文学"的新文化主张。他认为,作为意识形态的重要方面,文学艺术是争夺文化霸权的场所。资产阶级通过文学艺术,把本阶级的道德观念、思维习惯、生活习俗和审美趣味,渗透到人民群众日常生活的各个层次和角落。因此,无产阶级也必须在文学艺术和思想文化等方面争夺领导权。葛兰西把建立新文艺、创立新文化的斗争,视为改造人自身、建设社会主义新人的斗争。葛兰西认为,建立新的"民族—人民的文学"的关键是造就一支新型的"有机知识分子"队伍,建立知识分子与人民群众的有机联系,自觉地和人民融

---

① 葛兰西:《论文学》,吕同六译,人民出版社1983年版,第22页。

为一体,体现人民的意志、情感、理想,从而建设一支新型的同人民相结合的作家队伍,使之成为人民群众的组成部分和它的代言人。

葛兰西"民族—人民的文学"的思想的提出,也是为了克服当时意大利文坛抽象世界主义的文学弊端。当时的意大利资产阶级具有极大的软弱性,使得意大利资产阶级革命以同封建地主阶级的妥协告终。这就决定了意大利资产阶级以及依附于它的知识分子无力反映民族—人民的理想和要求,整个所谓"有教养的阶级"精神活动严重脱离了本民族人民大众的文化需求。在20世纪20至30年代的意大利文坛上,充斥着各种来自国外的文艺作品,如法国连载小说、中世纪骑士小说等,而缺乏具有本国生活内容的作品。为了清理和抵制这种抽象的世界主义文学倾向,葛兰西提出了建立"民族—人民的文学"的文学革命战略思想,试图通过"民族—人民的文学"来对抗资产阶级的文化霸权。葛兰西认为,"民族—人民的文学"是建设新社会的文化基础,是培养新文化的沃土。民族性的实质是人民性。"民族—人民文学"的基点在文学的人民性,它要反映本民族人民的思想感情、深沉愿望和文化特性,从而更好地肩负起文化启蒙的使命,发挥革命文学的"卡塔西斯"(katharsis)的净化和教化作用,使人民群众摆脱资产阶级的经济主义和利己主义,实现由必然王国向自由王国的过渡。

葛兰西"民族—人民的文学"的文艺思想,具有丰富的理论内涵。例如,既极为强调文学的现实主义创造,又给当时的未来主义文学以高度评价。葛兰西认为,现实生活是文艺创作的最终根源。因此,作家必须坚持以人民为本,必须深入到现实生活中去观察社会现实,去体验人民真实的生活和情感,在创作中坚持现实主义的创作原则。同时,葛兰西把希望寄托在未来主义身上,认为未来主义有两个基本功能:一个是摧毁,一个是新生。未来主义摧毁的是资产阶级的繁文缛节,是资产阶级的精神压制;而酝酿着冲破这些压制的新文化的诞生,酝酿着大工业时代工人阶级新文化的创造。又比如,基于"民族—人民的文学"的文艺思想,葛兰西既强调重视民族优秀文学传统的继承和发扬,又高度重视大众通俗文艺的作用。葛兰西严肃批评了以虚无主义的态度对待文学遗产,认为"民族—人民的文学"不能不以传统文化为前提。葛兰西指出,意大利文艺复兴时期的民族传统文学交织着进步与倒退的斗争,既往进步作家具有民主倾向的文学作品,仍具有现实意义。同时,葛兰西不同于他之前的"唯美主义"文艺理论家,他赋予了大众通俗文化应有的地位,认为大众文化具有平稳心理、创造幻想等作用。葛兰西从大众文化与新文化的关系出发,充分肯定了大众文化的积极作用。他提出了建设无产阶级自己的高水平的通俗文学队伍的设想。强调通俗文学应反映人民群众的情感世界和深层心理需求,宣扬无产阶级的思想意识,成为无产阶级除旧布新和文化革命的一个重要阵地。葛兰西对大众文化的研究超越了精英主义全盘否定和民粹主义的全盘接受思想,辩证地分析了大众文化对无产阶级夺取文化霸权的重要作用。又比如,基于"民族—人民的文学"的文艺思想,葛兰西高度重视文学的审美特性和价值属性,强调文艺的艺术标准与政治标准的高度统一。葛兰西对艺术本质有深刻的理解,认为艺术"存在两种类型事实,一种是美学或纯艺术性质的事实,另一种是文化政治,也就是政治性质的事实"①。"民族—人民的文学"应是审美性和思想道德、形式和内容的辩证统一。"仅有美是不够的,需要一定的思想和道德内容,并使之成为一定群众——即在一定历史发展阶段的民族—人民的最深沉愿望的完美和充分的反映。文学应该既是文明的必然组成部分,又是艺术作品"②。因此,文艺批评要研究作品的形式和内容之间的相互依从关系,研究作家、作品与社会之间的全部关系,剖析作家的思想基础及其作品在具体环境里留下的投影。文艺批评应当是审美批评与道德、情感批评的辩证统一。

正是基于"民族—人民的文学"的文艺理想,葛兰西告别了他早年所心仪的克罗齐美学,转而称赞桑克蒂斯的文艺观念。葛兰西深刻认识到文艺作品的文化属性,指出克罗齐唯心主义文艺观的根本缺陷在于它脱离了社会生活,对人民群众冷若冰霜,这种纯艺术论的形式主义文艺观是没有生命力的。因此葛兰西提出了"回到桑克蒂斯"的口号,赞赏桑克蒂斯反对文艺理论研究中的经院主义和形式主义,强调文学与现实生活、形式与文化内容之间存在的不可分割的关系。葛兰西指出:

> 德·桑克蒂斯的批评,是战斗的批评;它不是"冷若冰霜"的美学批评,而是一个各种文化相互斗争的时代的批评,是截然对立的世界观相互冲突的时代的批评,即对艺术地映照出来的各种情感的历史真实性和逻辑性的分析和批评,是同这一文化斗争紧密交织的。显然,这正体现了德·桑克蒂斯的深邃的人性和人道主义,并使得这位批评家时至今日仍然深深赢得人们的爱戴之情。③

葛兰西高度赞扬桑克蒂斯把道德、艺术批评同生活和人民的斗争中提出来的现实问题联系起来的艺术激情,认为这才是真正完整的批评。他指出:"实践哲学的文学批评,必须以鲜明的、炽烈的感情,甚至冷嘲热讽的形式,把争取新文化的斗争,即争取新的人道主义的斗争,对道德、情感和世界观的批评,同美学批评或纯粹的艺术批评和谐地冶于一炉。"④显然,这些批评理念是对经典马克思主义"历史的—美学的"批评观的新发展。

葛兰西的文艺思想是其实践哲学和文化领导权理论在文学理论中的充分体现。葛兰西结合了意大利文坛的具体情况,提出了许多深刻的文学理论观点,他

---

① 葛兰西:《论文学》,吕同六译,人民出版社1983年版,第14页。
②③④ 葛兰西:《论文学》,吕同六译,人民出版社1983年版,第5~6页。

始终把文艺作为市民社会、文化价值和意识形态的重要组成部分,作为工人阶级反抗文化霸权、建立无产阶级文化霸权的重要途径,高度重视文艺的文化实践功能,对后来的阿尔都塞学派的意识形态理论、伯明翰学派的文化研究以及后殖民主义、新历史主义等许多当代西方文论产生了广泛而深刻的影响。

第二节　法兰克福学派文艺理论

　　法兰克福学派,又称"批判的社会理论",是现代西方马克思主义思潮中影响最大的一个流派。法兰克福学派这个名称源于德国美茵河畔法兰克福城的"社会研究所"。该所成立于1923年,第一任所长是卡尔·格林贝格。在他的领导下,研究所主要研究西欧工人运动史和马克思主义学说史。到1930年,霍克海默①接任所长。他重新为研究所确定方向,提出从哲学、社会学等多角度对现代资本主义进行综合研究,开创了一种新型理论。1937年,他在该所的刊物《社会研究杂志》上发表著名的《传统理论与批判理论》一文,把他开创的理论正式称为"批判理论",以示与传统的马克思主义的不同。为了完成这一研究任务,他网罗了一大批人才,其中包括文学社会学家洛文塔尔、文学评论家本杰明、心理学家弗洛姆、哲学家阿多尔诺和马尔库塞等人。希特勒上台后,社会研究所被迫迁往美国。二次大战之后,霍克海默和阿多尔诺把社会研究所迁回法兰克福,而马尔库塞、弗洛姆等人则留在美国。法兰克福学派的主要理论家都发表了大量的著作和论文,在西方学术界影响极大。尤其是在60年代末期,遍及西方的青年学生造反运动,把法兰克福学派的一些著作(如《单向度的人》、《否定的辩证法》)奉为思想武器,把学派的一些成员(如马尔库塞)奉为精神导师。法兰克福学派一时名声大噪,尽人皆知。随着学潮的低落以及学派内部的分化,加之老一代的中坚相继去世,年轻一代的成员大多转向,原先意义上的庞大的学派已成为历史。

　　法兰克福学派作为西方马克思主义思潮中最早出现的流派之一,其产生的历史背景与整个西方马克思主义产生的历史背景一样,它们是现代资本主义社会条件下工人运动陷于低谷、资本主义相对稳定发展时期的产物。就其文化旨

---

　　①　霍克海默(1895—1973),德国著名哲学家、社会学家,出生于一个犹太资产阶级家庭。主要著作有《传统理论和批判理论》、《启蒙的辩证法》(与阿多尔诺合著)、《理性的晦暗》等。论著的主题极为广泛,从对实证主义—实用主义的科学哲学和传统的历史哲学的批判,一直到对诸如宗教、家庭、权威等问题的省思,以及对法西斯主义、极权主义思潮的抨击。霍克海默对美和艺术也有研究,尤其是对大众文化有独到见解。其主要美学文艺学观点被法兰克福学派文论家所吸收和发挥。

趣来说,主要是为了批判庸俗唯物主义和实证主义。其主要理论来源有卢卡契的物化理论、马克思的早期著作和黑格尔的自由理性观及辩证法哲学。此外,西欧浪漫主义传统、生命意志哲学及精神分析理论对法兰克福学派也有一定影响。法兰克福学派代表人物大多为出身于上层中产阶级家庭的高级知识分子,但代表的却是对现存社会不满的知识分子、小资产阶级激进派和游民无产者的思想和情绪。综观法兰克福学派的主要学术研究,大致包括以下几个方面:后自由竞争时代资本主义社会的一体化形式,家庭社会化和自我发展,大众媒介和大众文化,社会心理学,美学和艺术理论,对实证主义和科学技术的批判,致力于创建发达工业社会理论,建构弗洛伊德的马克思主义,否定的辩证法的研究,对现代性的反思及对后现代主义的研究。

这里,我们主要介绍本杰明、阿多尔诺和马尔库塞的文艺观点。

一、本杰明的现代性艺术思想

瓦尔特·本杰明(Walter Benjamin, 1892—1940,又译作"本雅明"或"本亚明"),德国著名文艺评论家,生于柏林一个富有的经营艺术品的犹太商人家庭。早年在弗赖堡、慕尼黑、波恩等地攻读哲学。在弗赖堡时曾研究过犹太教。在波恩,他以《德国浪漫主义的艺术批评观》(1920)一文获博士学位。1928年,他发表题为《德国古典悲剧起源》的教授资格论文,但并未走上学院生涯,而是作为一名自由撰稿人进行写作。第一次世界大战后,本杰明受卢卡契、布洛赫的影响,接受了马克思主义。20世纪20年代,又与著名戏剧大师布莱希特及苏联导演拉西斯交往甚密。本杰明和布莱希特的友谊保持终生。1927年,本杰明访问苏联,回国后加入了霍克海默任所长的法兰克福研究所,成为该所的主要撰稿人之一。1933年,希特勒上台后,他逃亡巴黎。纳粹攻占法国后,他在逃亡西班牙途中被迫自杀。

本杰明在短暂的一生中,评论了自象征主义到超现实主义之间的所有现代文艺思潮。他没有系统的理论著作。他的论著都是以论文、评论、散文、译著等方式写成的,以至于有人说他思想不统一,作品缺乏连贯性。但不管怎样,本杰明被公认为西方马克思主义思想史上最有创造性、给人以最多启迪的思想家。本杰明的主要代表作除博士论文和教授资格论文外,还有:《普鲁斯特的意象》(1929)、《作为生产者的作家》(1934)、《机械复制时代的艺术品》(1936)、《讲故事的人》(1936)、《论波德莱尔的几个主题》(1939),以及后人整理出版的《理解布莱希特》(1973)、《波德莱尔——发达资本主义时代的抒情诗人》(1973)等。

本杰明对文艺的思考几乎涉及现代主义文学艺术的各个方面,这里仅介绍两点:

(一) 现代艺术生产力:现代艺术世俗化的革命力量

本杰明依据马克思主义关于生产力和生产关系的原理,创造性地推出了他的艺术生产理论这一具有革命意义的思想。本杰明认为,艺术创作过程和物质生产过程一样,艺术家就是生产者,艺术品就是他的产品,而艺术创作技巧(或技术)构成了艺术生产力,艺术生产者与艺术消费者之间的关系则组成了艺术生产关系。艺术活动的特点、性质和艺术发展的阶段则是艺术生产力与艺术生产关系矛盾运动的结果。当艺术生产力与艺术生产关系发生矛盾时,就会发生艺术上的革命。本杰明极为推崇艺术生产技巧(或技术)在艺术活动中的重要作用,认为这不仅可以克服艺术形式和艺术内容之间的无益对立,更重要的是技巧和技术与艺术品的政治倾向密切关联。在《作为生产者的作家》一文中,本杰明明确指出:"文学倾向就存在于文学技巧的进步与倒退之中。"①本杰明认为,一定的技术和技巧催生出相应的艺术形式,技术对文艺的发展在根本上是起正面、积极作用的。他要求艺术家像布莱希特那样,不断革新艺术创作技巧,推动艺术生产力的发展。他强调指出,革命的艺术家不应当毫无批判地接受艺术生产的现成力量,而应该加以发展,使其革命化。革命的艺术家应当充分利用报纸、电影、无线电、照相、音乐唱片等新的艺术生产技术,改造旧的艺术生产方式,改变传统的艺术感知方式。因此,真正的革命艺术家不能只关心艺术目的,还要关心艺术生产工具,关心怎样得心应手地重建艺术形式,使得作家、读者和观众成为艺术活动的合作者。

在《机械复制时代的艺术作品》一文中,本杰明更深入地论及这个问题。他认为,传统的艺术作品有一种稀罕、特权、距离与永恒的"光晕"(Aura)②,但是,机械复制消灭了传统艺术的这种脱离群众的光晕,它使"真品"和"模本"的区分不再有效,本真性的评判标准也不再适用。并且,大量的复制,打破了传统绘画的稀罕,使观画者能在自己特定的地点和时间观赏。而电影艺术更优于绘画艺术。绘画有距离间隔,电影镜头却能富有人情地透视对象、缩短距离,从而打破神秘化。摄影技术是人人都可以掌握和利用的,电影艺术是随着这一新技术而兴起的大众艺术,它使传统"高雅艺术"的款式消失掉。传统的绘画允许人们从容地观照和联想,电影却不断地修正人们的知觉,产生一种出人意料的"震惊"效果。与卢卡契对现代艺术的"碎片化"的批评不同,本杰明在这里发现了积极的希望。在本杰明看来。蒙太奇技巧——把各不相同的事物联系起来,使观众

---

① 本杰明:《作为生产者的作家》,胡经之选编《西方二十世纪文论选》第4卷,中国社会科学出版社1989年版,第250页。

② Aura,又译为"光环"、"韵味"、"味道"。在该文中,本杰明把"光晕"与传统艺术的距离感、崇拜价值、本真性、自律性和独一无二性等概念联系在一起。

感到震惊,从而深入认识事物的本质——这是机械复制时代艺术生产的一个重要美学原则。与传统艺术给人以膜拜价值不同,现代艺术给人以展示价值。从此,"艺术的全部功能就颠倒过来了,它不再建立在仪式的基础之上,而开始建立在另一种实践——政治——的基础之上了"①。

正是从这种对革命的艺术生产力和艺术生产方式的赞赏态度出发,本杰明对布莱希特的叙事剧(又称"间离剧")以及达达主义、未来主义、超现实主义等现代艺术报以热烈的赞许。本杰明认为,今日戏剧的关键不在于剧本而在于舞台,布莱希特的叙事剧打破了传统的舞台结构,它展现的是一种行动中的静态片断——"姿态",这就改变了传统戏剧的功能,它不再有亚里士多德所要求的"净化"色彩,它们所唤起的不是移情而是惊异;它不再给接受者以被动的娱乐性,而给他们以揭示。这样,新的演员与观众的关系产生了,舞台成为公众的演讲台,观众冲破了"第四堵墙"的阻隔,参与到演出中去。这种叙事剧使得观众能够走出单纯的情景幻觉和情感体验,始终以审视者和旁观者的姿态观看演出,从而把被动的观众改造成为积极参与演出的批判的主体。本杰明还把达达主义视为用文字和图片的手段创造出那种公众在电影里寻找的效果,它的目标在于通过随意的创造物摧毁传统艺术的"光晕"。此外,在本杰明看来,其他先锋派文学也都是以其词语的魔力转化为"文学之外的东西:抗议、标语、文献、恫吓、伪造物",这是对现代社会的"伟大的拒绝力量"。②

本杰明这一时期的艺术生产观,高度评价了新兴大众文化对传统的、高雅的、唯美的精英艺术的颠覆作用。但是,此时其激进的世俗的文艺观,又有某种盲目的无政府主义色彩。

(二)现代艺术:现代人的神话或反讽的乌托邦

作为一个由神秘主义的犹太教徒走向马克思主义的信奉者的知识分子,作为一个生长在浪漫主义文化传统极为浓厚的国度的学者,本杰明对现代艺术的评价陷入两难的境地:一方面是对现代技术的革命力量的富于激情的赞美,另一方面是对现代工业社会中人性异化的深刻忧虑。本杰明在后期的文章中越来越倾向于后者,这突出地表现在他的艺术乌托邦的思考方面。③

在《讲故事的人》一文中,本杰明区分了"经验"与"经历"这两种社会存在样式以及与之相适应的两种文学样式:传统故事和现代小说。本杰明认为,经验

---

① 本杰明:《机械复制时代的艺术品》,陆梅林选编《西方马克思主义美学文选》,漓江出版社1988年版,第248页。
② 转引自杨小滨:《否定的美学——法兰克福学派的文艺理论和文化批评》,上海三联书店1999年版,第86页。
③ 如果说本杰明关于现代艺术生产的理论思考与布莱希特异曲同工,那么,本杰明关于艺术乌托邦的思想则直接受到布洛赫的启发,当然还有德国浪漫美学的传统。

是前工业社会的特征。在前工业社会里,现在的活动是按照过去传承下来的手工技艺和传统来理解的,经验意味着对过去和现在采取整合的观点。经历则是我们这个工业时代的特征。现代城市生活常常发生片断的、不连贯的知觉之间的冲突。经历意味着经验的丧失,意味着个人与社会的分裂,意味着社会结构的支离破碎。故事和小说就分别是上述两种社会条件下的产物。从本质上讲,故事是在一个团体范围内的经验的交往,是联结生活与意义的自然纽带,故事的那种完整、具体、详尽的叙说方式是与传统经验合拍的。然而,在现代社会,讲故事的艺术已走入了穷途。在故事所依赖的团体交往解体之后,以个人阅读为基础的小说问世了。小说与现代都市生活中体验方式的孤独性是相应的:"小说的发源地是孤独的个人,他不再能通过给他最重要的关切以实例来表现自己,他自己不接受劝告并且他也不能劝告他人……小说表现了生存的深刻困窘。"①本杰明认为,正是由于现代社会的分散化、原子化状态毁灭了人类经验的完整性,像普鲁斯特和波德莱尔这样伟大的现代作家才努力试图恢复它的完整性。

　　本杰明以一种深刻的同情领悟了普鲁斯特的艺术创造的意义。本杰明认为,普鲁斯特正确地看到传统经验的"非自觉记忆"②与"自觉的回忆"③的完整统一性被解体。"非自觉记忆"是一种自由联想的能力,而非明确地受制于对实际社会的利益的反映,它以纯个人的联想来应付特殊事件,然而,这种世代相传和积淀的"非自觉记忆"在现代社会里完全被变形为"自觉的回忆"。在机械工业时代,意识通过为理性服务的"自觉的回忆"来对个体贮存的经验加以清点,以便有效地抵御外界刺激。可是,在缓冲刺激的同时,意识已越来越不中用,以致越来越成为敌意的外界的帮凶了,因而"自觉的回忆"不能把现代社会孤独的个体与他的经验世界联系起来。在这样的情况下,普鲁斯特试图把握"非自觉记忆",以重建个体的自我形象。普鲁斯特的《追忆逝水年华》表现的就是这一主题:用记忆的持久性功能来协调它在现代社会处于回忆控制下的普遍破碎化。他以艺术在破碎的现实生活中怀念那个已逝去的、和谐的、感应的真实存在。这种把过去的记忆叙述给读者的方式,显示了普鲁斯特要在当代保持一个讲故事者的悲壮努力。对于普鲁斯特来说,能否把握住过去的事情,把握住一个活的自我形象是能否在这个时代有意义地生存的关键。④ 正因为此,后期本杰明对传统艺术的"光晕"的消失不再持积极的赞赏的态度。他认为,"光晕"无疑是艺术

---

① 转引自王鲁湘等编译:《西方学者眼中的西方现代美学》,北京大学出版社1987年版,第227页。
② 又称"非意愿记忆"或"无意记忆"。
③ 又称"意愿记忆"或"有意回忆"。
④ 本杰明:《论波德莱尔的几个主题》,见《发达资本主义时代的抒情诗人》,张旭东等译,三联书店1989年版,第127~130页。

最后的守护神,它对立于感官的训练,把人直接带到过去的记忆之中,沉浸在它的氛围之中。同时,"光晕"赋予一个对象以"能够回头注视"的能力,从而成为艺术品的无穷无尽的可欣赏性的源泉。因此,艺术作品中的"光晕"显示了人和客体之间自然的、非异化的关系,它不应当被摧毁,而应当被保留。①

如果说本杰明在普鲁斯特的作品中发现了现代人的神话,那么,本杰明在波德莱尔那里则看到了反讽的乌托邦。波德莱尔的诗就是以显示震惊效果的手法来与现代人的震惊体验相抗衡,一如巴尔扎克显示出贪婪、卡夫卡呈示出无望来祛除它。"普鲁斯特的重建仍停留在尘世存在的界限内,而波德莱尔则超越了它,这个事实或许可视为波德莱尔所面对的无可比拟的更基本的、更强横的反动力量的征兆"②。在波德莱尔的《恶之花》、《巴黎的忧郁》中,描写的是拥挤的大众、致人死命的交通、性的诱惑、商品的移情、虚假的时尚、机械生产的节奏、起义者、流浪汉、拓荒者,以及身不由己地被抛入现代都市文化市场的文人和在发达工业社会熙熙攘攘的人群中游离与沉浮的艺术家。总之,波德莱尔展示的是现代城市的死亡牧歌,他撕破了幻美的理想纱幕,暴露了现代商品社会中人性丧失的本来面目。波德莱尔的抒情诗正是这样体现了发达资本主义社会里的文化命运,但也正是这种文化现实成为将一切毁灭的要素积聚起来转化为解放力量的契机。③ 在本杰明看来,艺术只有使日益发展的异化显明化,发展到极点,才能让它走向反面,进入人和事物、人和自然的调和。这反映了本杰明的残酷的思考:"诚如 17 世纪寓言是辩证法的意象准则,在 19 世纪新奇成了辩证法的意象准则。"④也正如他在《关于历史哲学的提纲》中所说:"没有什么文明的记录不同时也是一份野蛮的记录。"⑤在资本主义的文化废墟上,本杰明看到了文化发展的未来:反讽的乌托邦理想。应该承认,本杰明对普鲁斯特、波德莱尔等现代艺术家和现代主义艺术品的分析是充满睿智和洞见的,他对现代资本主义社会的批判是犀利的。他关于现代工业社会与现代艺术关系的论述深刻地启迪了法兰克福学派的其他文论家。但是,本杰明的思想也存在着明显的怀旧感,并且,他的抗争和希冀的努力也反映了某种一相情愿的主观主义的浪漫倾向,因为他并不真正了解社会进步的正确途径,这也正是他的悲剧。

---

① 本杰明:《论波德莱尔的几个主题》,见《发达资本主义时代的抒情诗人》,张旭东等译,三联书店 1989 年版,第 156、159~162 页。
② 本杰明:《论波德莱尔的几个主题》,见《发达资本主义时代的抒情诗人》,张旭东等译,三联书店 1989 年版,第 155 页。
③ 参阅本杰明:《彼德莱尔笔下的第二帝国的巴黎》、《论波相莱尔的几个主题》等文,见《发达资本主义时代的抒情诗人》,张旭东译,三联书店 1989 年版。
④ 《发达资本主义时代的抒情诗人》,张旭东等译,三联书店 1989 年版,第 191 页。
⑤ 见梅·所罗门:《马克思主义与艺术》,文化艺术出版社 1989 年版,第 660 页。

二、阿多尔诺的"否定美学"理论

西奥多·阿多尔诺(Theodor Adorno,1903—1969),德国著名艺术理论家,生于法兰克福城一个犹太籍酒商家庭,母亲是一名意大利歌唱家。1925年,阿多尔诺以一篇研究胡塞尔的论文获法兰克福大学博士学位。次年赴维也纳,在现代音乐大师贝尔格等人指导下学习作曲。1928年结识布洛赫,并以《克尔凯戈尔:美的构造》一书获得法兰克福社会研究所讲师资格。希特勒上台后,阿多尔诺流亡美国。第二次世界大战之后,他与霍克海默等人回到德国参加了重建法兰克福研究所的工作。1959年,他担任该所第三任所长,并兼任法兰克福大学社会学、心理学和哲学教授。在20世纪60年代末的学生运动中,阿多尔诺因不支持左派学生造反而受到学生们的攻击,被迫去瑞典度假,不久即抑郁而逝。阿多尔诺是一位勤奋好学、多才多艺的学者,精通哲学、社会学、心理学、文学和音乐等,并主张对它们进行综合研究。他还是一位多产的作家,在德国出版的作品达二十多卷。其中主要代表作有《启蒙的辩证法》(与霍克海默合著)、《否定的辩证法》、《新音乐哲学》、《三棱镜》、《音乐社会学导论》、《文学札记》和《美学理论》等。

这里主要介绍阿多尔诺的两个极为著名的艺术观点。

(一)艺术已进入它的没落时代:对"文化工业"的批判

阿多尔诺认为,艺术与科学的区别在于按不同的逻辑行事,科学逻辑要求与现实具有直接的同一,而审美逻辑则打破和超越这种同一性。因此,艺术是对非现实之物的模仿,或者说,艺术是通过模仿现实事物的对立面而去表现现实。然而,自启蒙时代以后的二百年来,艺术却日益向科学趋同,艺术越来越沦为理性的工具,因而艺术已逐渐走向了没落时代。

阿多尔诺与霍克海默合著的《启蒙的辩证法》一书,对此有详细的论述。阿多尔诺与霍克海默认为,启蒙精神的实质就是人类对自然的控制,也就是把理性客观化于历史。随着人类历史的发展,随着启蒙的实现,人类日益实现着、加深着对外部自然的控制,但也同等程度地摧残着、控制着理性主体自身的内在自然,人自身合乎人性的真实内容随着工业化的高度发展也丧失殆尽了。可见,启蒙在把人从外在自然的压迫下解放出来的同时,也使人的内在自然受到理性、科技设置和组织管理的奴役——启蒙在今天已走向了它的反面,这就是启蒙的辩证法。在发达资本主义社会,绝大多数人的物质生活和精神生活都被同化到现存制度中去了。社会对个人的意识、潜意识的操纵、引导和控制远远超过了以往的时代,并且这种控制主要不是通过暴力来实现的,而是由意识形态进行的,也就是通过按技术——工具理性和消费至上原则构成的"文化工业"(或曰"大众文化")来实现的。他们进一步具体指出,"文化工业"(culture industry)作为凭借现代科技手段大规模地复制、传播文化产品的娱乐工业体系,广泛地产生于发达工业社会。它批量地制作和传播大众文化的手段和载体,以独特的大众传播媒介如电影、电视、收音机和报刊、杂志等,操纵了非自发的、物化的虚假文化,成为束缚意识的工具和独裁主义的帮凶,并以较从前更为巧妙有效的方式(即通过娱乐)来欺骗和奴役大众,从而最突出地显示了启蒙向意识形态倒退,进入了大众蒙昧的阶段。这样,文化工业的最终结果是反启蒙的。

阿多尔诺对大众文化或文化工业的诸多弊端进行了揭露和批判。他和他的同事们均认为,大众文化呈现出无所不在的商品化趋势,具有商品拜物教特性。在阿多尔诺看来,"文化工业"的兴起,表明在现代资本主义商品制度下文化艺术已同工商业融为一体了。文化生产的生产和接受为价值规律所统摄,均被纳入了市场交换的轨道,交换价值和利润动机是其经济层面的决定性因素。阿多尔诺以流行音乐为例详细地剖析了这一现象。他明确指出:"就最严格的意义上讲,爵士乐是一种商品"[1]。包括爵士乐在内的流行音乐受市场规律引导,它的创作者主要关心的已不是艺术的完美性或艺术审美价值,而是上座率和经济效益。他们一味地迎合顾主的需要,成了消费者的奴隶。阿多尔诺把流行音乐的这种社会商品性质,称之为"音乐拜物教"。在美国这样的发达国家,流行音乐同消遣娱乐、广告宣传混杂在一起,一个人要想欣赏音乐,就必须同时收听广告,甚至连音乐的悠扬或庄严的属性也一起被用作商业广告,商品广告在流行音乐中占优势地位。"文化工业中广告宣传的胜利,使得消费者感到是在被迫购买与使用它的产品,即他们已看透了它们"[2]。本来,商品的价值是使用价值与交换价值的结合,可是,当流行音乐作品为了追求交换价值而大批量生产时,从中所能得到的欢愉数量也大大减少了。人们对音乐的崇拜已异化为对音乐所取得的交换价值的崇拜,消费者沾沾自喜的是他为购买音乐会门票所能付出的钱款。"在十足的资本主义社会中,文化商品必须保持纯粹使用价值的幻想,势必被纯粹交换价值所取代……音乐的特殊的偶像崇拜特性就在于这种替代物"[3]。总之,大众文化的兴起使艺术家沦为资本家赚钱的工具,且资本对人们的统治已渗透到劳动者的闲暇时间。在这里,大众文化消费已失去了精神享受的性质,而不过旨在恢复精力,以便应付次日的机械工作。这样的文化消费,也就使"快乐变为无趣"[4]。

---

[1] 阿多尔诺:《论爵士乐》,转引自欧力同等《法兰克福学派研究》,重庆出版社1990年版,第287页。

[2][3] 阿多尔诺:《启蒙的辩证法》,转引自欧力同等《法兰克福学派研究》,重庆出版社1990年版,第288页。

[4] 阿多尔诺:《启蒙的辩证法》,转引自欧力同等《法兰克福学派研究》,重庆出版社1990年版,第289页。

更为严重的是,由于大众文化产品无论在内容还是在形式上都是为合理化和标准化所统摄的,文化活动及文化工业不仅已成为整个资本主义商品生产的一个组成部分,同时还履行着现代资产阶级意识形态的职能。阿多尔诺指出:"大众文化时代与已经过去的自由阶段相比,其新的地方就在于对新东西的排斥。机器总在同一个地方运转着。而在决定着消费的时候,它却将未经试验的东西作为一种危险而加以排斥。"①对于消费大众来说,这样的大众文化,只能成为一种安抚方式与麻醉剂,必会妨碍人们对事物的自主评判,束缚人的个体发展。例如,美国流行音乐只是重复着人们熟知的有限范围的主题:"赞美母爱或家庭欢乐的歌曲,胡闹或追求新奇的歌曲,伴装的儿童歌曲或对失去女友的悲伤。"②流行音乐节奏的结构也被严格地加以统制;即使有点小小的变化,也只是为了隐瞒实质上的整齐划一:"不管怎样,正是节拍与和声是流行歌曲的基石,即它的各个部分的首尾必须仿效一种标准的模式。这加强了最基本的结构而不论其中也许会发生什么偏离……没有任何真正新的东西被允许闯入,只有有意的效果——向千篇一律的作品加一些风味而又不会对千篇一律有所威胁。"③显然,在这样的大众文化生产中,艺术家的个性和创造性只能被扼杀殆尽。

在题为《电视与大众文化形式》一文中,阿多尔诺进一步考察了大众文化工业产品的双重性质。他区分了"公开的"与"隐藏的"信息,并将其与观众的意识和无意识两个层面相联系。电视节目的最终目的是要告诫观众:需要采取一种与现实同一的态度,"社会永远是胜利者,而个人不过是通过社会而操纵的玩偶"④。但是,这种极权主义的寓意并不是赤裸裸地"公开地"表白出来的,而是以一种含蓄的"隐藏的"形式出现,观众被一种明显的表面信息(它似乎在叙说着颇为不同的事情)所操纵而去赞同隐藏的内容。比如,电视节目的明显的主题几乎一律是反极权主义的,这种表面的、公开的信息系统使观众相信这个制度的自由性,而在同时却用来指导他(她)接受隐藏的极权主义的寓意,接受这个制度的客观性、合法性。为达此目的,节目也许在某种场合里描绘个人与社会规范之间的"虚假的"斗争,只是最后才显示个人适应社会的必然性。有时,它也

---

① 阿多尔诺:《启蒙的辩证法》,见《西方学者眼中的西方现代美学》,北京大学出版社1987年版,第251~252页。
② 阿多尔诺:《音乐社会学引论》,见《西方学者眼中的西方现代美学》,北京大学出版社1987年版,第256页。
③ 阿多尔诺:《音乐社会学引论》,见《西方学者眼中的西方现代美学》,北京大学出版社1987年版,第257页。
④ 阿多尔诺:《电视与大众文化型式》,见《西方学者眼中的西方现代美学》,北京大学出版社1987年版,第255页。

许会以喜剧作为手段,描绘社会生活困窘状况的强制性,从而获取观众的默许。可见,电视节目的多层结构使一般与特殊之间的关系摆脱了一切对抗的迹象,其隐含的寓意是确立特殊对一般的服从。流行音乐也是这样,骨子里面是要剥夺听众的主动性和想象力。从表面上看,听者总是被款待得就好像大众文艺产品只是为了他一个人而作,然而,由于流行音乐的结构是一种标准化的范式,即使偶有变化,也只是重复对一些简单主题的简单变奏,它造成听者反应的自动化,因此,流行音乐实质上隐藏着的是占统治地位的形式与情感的标准化。总之,大众文化工业不仅扩展和促进着经验的标准化,更为重要的是,它成功地造成人们对"合理化"的现实的认同,有效地支持资本主义制度。

阿多尔诺断言,作为资本主义商品生产和意识形态的融合,"文化工业"或"大众文化"给艺术带来的后果是:"艺术可能已进入它的没落时代,就像黑格尔在150年前估计的那样。"①

(二) 否定的艺术与艺术的否定:为现代主义艺术辩护

在商品交换关系和技术工具理性占统治地位的现代社会,艺术不被整合到一体化的社会中,蜕化为他律的存在,将是十分困难的。为了保住自己作为自律存在的生存权利,艺术与现代社会仿佛在进行一场生死斗争,它把自己变成非艺术和反艺术,以表示对社会的批判和抗议。用阿多尔诺的话来说就是:艺术"坚持自己的概念,拒绝消费的艺术,过渡为反艺术。"②艺术成为反艺术,就是成为反抗流行艺术或大众文化的非艺术(即现代主义艺术)。阿多尔诺明确指出,在现代社会,"艺术的生命就在灭亡"③。它通过否定自身来实现自己的"凤凰涅槃",通过成为非社会的东西来寻找出路。换言之,现代主义的反艺术以反传统文化和反主流文化的姿态反对现代社会的非艺术状态。这就是阿多尔诺在《否定的辩证法》至《美学理论》等多部著作中表述的与他的法兰克福学派同仁的"社会批判理论"相一致的否定的艺术观。

正是基于这种艺术与现代社会的对立,阿多尔诺指出:"艺术完成具体性的衰亡,现实无意谈到这种衰亡,具体物在现实中还只是抽象物的假面,确定的个别物只是代表普遍的、以普遍性欺惑人的、沉滞的样品,这与垄断无所不在是同

---

① 阿多尔诺:《启蒙的辩证法》,转引自扬帆《阿道诺美学思想论》,《北京社会科学》1990年第1期。
② 阿多尔诺:《音乐社会学引论》,转引自扬帆《阿道诺美学思想论》,《北京社会科学》1990年第1期。
③ 阿多尔诺:《美学理论》,赵宪章《二十世纪外国美学文艺学名著精义》,江苏文艺出版社1987年版,第457页。

一的。"①真正的艺术所需要的不是这种与社会的同一,而是对社会的冷漠和否定,"艺术对于社会是社会的反题"。依据这一艺术理想,阿多尔诺认为,真正的艺术具有以下特点:第一,真正的个性化,而不是表面的虚假的个性化。为了摆脱异化现实的控制,艺术中的内心独白是必要的。只有通过艺术直觉,才能认识被现实经验所掩盖的事物的真相。第二,它不应再预言拯救的真理,给人以安慰和希望,而应当表现现实的无希望性。唯有如此,它才能避免对现实存在的肯定和顺从。第三,它必须表现生命的痛苦、社会的不人道和现实的丑恶,才能保持自己的纯洁性,不致成为统治的工具,沦为虚伪的意识形态。第四,它必须反对任何功利目的,拒绝成为对社会有用的物品,才能在交换价值统治一切、精神价值被文化工业玷污的现代社会,不致成为商品并沦为赢利的工具。第五,它不需要那种熟悉的、和谐的、有魅力的感性外观,相反,它要通过其组织构造的摧毁,表现艺术的真实内容,指向不同于现实的异样现实或第二现实。阿多尔诺在贝克特、卡夫卡、勋伯格和毕加索等人的作品中找到了这种真正的艺术品。②

在阿多尔诺看来,贝克特等现代主义作家、艺术家在处理文艺与现实的关系时,拒绝了那种与现实同一的观点,从根本上否定、批判现实,因而有别于传统艺术和流行艺术。阿多尔诺认为,文艺当然不能回避与社会现实的关系,但是,文艺之所以是社会的、现实的,正是由于它所采取的立场与社会相对立。艺术模仿现实是通过对现实的否定来实现的,艺术对现实的模仿仅仅是一种"表象",在这种表象背后,艺术表现出一种否定的本质。艺术的真理只有"拒绝与社会,即与这个被统治的世界的认同",③才能体现出来。艺术作品必须"通过与被诅咒的现实的差异,体现一种否定的立场,只有这样,存在才能回到它原来的位置,即它自身的本来位置"。④也就是说,艺术只有作为文化工业的对立面,不被社会的虚假需求所迷惑,只有"在自身中保持其纯洁性而不顺应现有的社会常规并成为对社会有用的,才可能通过它单纯的存在对社会进行批评"。⑤反之,艺术作品如果直接反映现实,与现实认同,则无异于散布谎言,使艺术陷入统治意识的罗网。那么,艺术应当如何否定、批判现实呢?阿多尔诺认为,这就应当像贝克特、卡夫卡、毕加索、勋伯格等现代主义作家那样,揭露和批判荒唐、苦难、扭曲、疯狂的世界,把人们的日常意识所惧怕所回避的非人化的真实状况表现出来,使读者对这个异化的世界有一个基本认识。

---

① 阿多尔诺:《音乐社会学引论》,转引自扬帆《阿道诺美学思想论》,《北京社会科学》1990年第1期。
② 阿多尔诺生前曾打算把他的《美学理论》一书献给贝克特。参见王才勇《现代审美哲学新探索——法兰克福学派美学述评》,中国人民大学出版社1990年版,第105页。
③④⑤ 阿多尔诺:《美学理论》,转引自章国锋《"否定的美学"与美学的否定》,《外国文学评论》1989年第4期。

阿多尔诺的否定的艺术观是建立在他的否定的辩证法这一哲学基础之上的。他在《否定的辩证法》一书中宣称,辩证法不应是黑格尔式的保守的肯定的辩证法,而应当是一种批判的能动思维。它与现实毫不妥协,它对过去和现存的东西进行全盘否定;它要求思维尊重差异和个性,在思维中恢复微不足道的带有偶然性的事物的应有权利和地位。用否定的辩证法来规定艺术,艺术遂被赋予了社会批判职能。但是,阿多尔诺也清楚地意识到,在一个以交换价值为基础的商品社会,艺术很难做到拒绝同化、洁身自好;即便做到了,那么,由于现代主义艺术远离社会大众的需要,也会失去任何实际的影响,其否定性质也只有一种抽象的形式上的意义。

应当承认,阿多尔诺对现代资本主义社会的艺术现状的分析是振聋发聩的。他正确地道出了资本主义大众文化生产的诸多弊端。他对西方现代派艺术的推崇也是可以理解的。作为一个生活在资本主义国家的理论家,他的艺术理论主要是颠覆性的,他以艺术作为抗议资本主义制度的手段,表现出某种无可奈何的窘态。他的艺术理论也具有明显的悖论和乌托邦色彩,这是他未能科学地认识社会发展规律的必然结果。但作为一个严肃思考的理论家,阿多尔诺及其艺术理论在西方文艺理论发展史上又是有重要启迪意义的,无论是在西方马克思主义文论家的圈内还是圈外,人们对他的"否定的艺术观"都给予了较高的评价。

三、马尔库塞的艺术革命理论

赫伯特·马尔库塞(Herbert Marcus,1897—1979),法兰克福学派代表人物之一。生于德国柏林的一个犹太资产阶级家庭。1917年曾参加德国社会民主党左翼,并参加柏林士兵代表会的政治活动。随后赴柏林大学和弗赖堡大学攻读哲学,先后受教于胡塞尔和海德格尔。1922年,在海德格尔指导下写成博士论文《黑格尔的本体论与历史性理论的基础》,获弗赖堡大学哲学博士学位。不久,因与海德格尔发生政治观点上的分歧,入法兰克福社会研究所工作。1933年纳粹上台后,经瑞士流亡到美国。在1934—1942年间,继续供职于迁到哥伦比亚大学的社会研究所。第二次世界大战期间曾一度担任美国战略服务处研究员。50年代后,重返哥伦比亚大学,并兼任美国多所大学教授。马尔库塞一生的思想曾发生多次转折。早年,他的著述主要致力于将黑格尔的辩证法①、海德格尔的存在主义与马克思主义结合起来。这时期的重要著作有《献给历史唯物主义现象学》、《论具体哲学》、《文化的肯定性质》、《理性与革命》等。赴美国

---

① 与阿多尔诺认为黑格尔的辩证法是保守的、肯定的的见解相反,马尔库塞在《理性与革命》一书中认为,黑格尔辩证法的实质是对现实的批判和否定精神,这种精神也是马克思学说的来源,并且是同实证主义、工具主义、操作主义和分析哲学肯定现实的态度相对立的。

后,曾长时期对弗洛伊德怀有兴趣,试图用弗洛伊德理论来补充和发展马克思主义。这时期的重要著作有《爱欲与文明》、《单向度的人——发达工业社会意识形态研究》、《论解放》、《反革命与造反》、《作为现实形式的艺术》等。晚年,在某种程度上又回到了早期的立场,这主要体现在他的《审美之维》(又译作《美学方面》)一书中。马尔库塞的著作中包含丰富的文艺美学思考,他对资本主义文化(尤其是大众文化)的批判,对西方现代主义艺术的礼赞,与他的法兰克福学派同仁如霍克海默、阿多尔诺等人的观点大体一致。① 因此,这里主要介绍他晚期美学专著《审美之维》②中的艺术观点。

(一) 论艺术的特质

马尔库塞认为,艺术这个概念既不能用单纯的语言技巧来说明,也不能用单纯的意识形态性来说明,而应当用永恒的审美品质来说明。他指出:"在漫长的艺术史中,尽管趣味有所变化,始终有一个不变的标准",③这就是美学的标准。正是依靠这种美学标准,我们才得以区分"高雅的"艺术和"低俗的"艺术,好的艺术和坏的艺术。那么,这种美学标准是什么呢?在马尔库塞看来,就是审美形式的标准。他认为,无论是布莱希特的剧作,还是卡夫卡的小说,他们的作品之所以是艺术,就在于这些作品将既成现实的生活内容转化成了审美形式。因此,"我们不妨把'美学形式'解作一个既定内容(既有的或历史的、个人的或社会的事实)转化为一个独立自足的整体(如一首诗、一篇剧作、一部小说等等)的结果。作品就是这样从现实的永恒过程中'取出来'的,它具备自己特有的意义和真实性。美学转化之得以完成,是通过对语言、感觉和理解力的改造,使之能在现实的现象中显示现实的本质:人与自然的被压抑的潜能。艺术品就是这样一面控诉现实,一面复现了现实"④。可见,在马尔库塞看来,美学形式不仅仅指语言,而是指整个艺术品。美学改造当然要以语言为媒介,但"承受这些变化因素的不是某个句子,不是它的单词,不是它的句法,而是整个作品。只有整个作品才能赋予这些因素以美学上的意义和职能"⑤。

马尔库塞认为,美学形式、自主性和真实性是相互关联的。每一项都超越了

---

① 不同处在于,他比他的同仁更为激进,他以艺术作为革命的手段。在20世纪60年代西方青年学生的造反运动中,马尔库塞被造反学生奉为精神导师。
② 该书在1977年用德文出版时,题为《论艺术的永恒性——对一种特定马克思主义美学的批判》,次年,作者将其译成英文再版时,易为此名。
③ 马尔库塞:《美学方面》,见《马克思主义文艺理论研究》第2卷,文化艺术出版社1984年版,第441页。
④ 马尔库塞:《美学方面》,见《马克思主义文艺理论研究》第2卷,文化艺术出版社1984年版,第447页。
⑤ 马尔库塞:《美学方面》,见《马克思主义文艺理论研究》第2卷,文化艺术出版社1984年版,第470页。

社会—历史的舞台。虽说后者限制了艺术的自主性,却没有否定作品所表现的超历史的真实。艺术的真实性在于它有力量打破既成现实(即确立现实的人们),解释何谓真实的垄断权。这种决裂正是美学形式的成就,艺术的虚构世界正是在这种决裂中显得同真实的现实一样。在这个基本立论的前提下,马尔库塞讨论了文学与经济基础、文学与既成社会现实的关系。马尔库塞反对经济基础决定上层建筑的观念,认为这个图式把物质基础作为真正的现实,贬低了人的意识和无意识等主观性,"主观性变成了客观性的一个原子;即使在反抗的形式中,它也得向集体意识投降"①。马尔库塞认为,艺术有其特定的肯定与否定方面,这一方面是不能同社会生产过程相协调的。艺术的基本潜能恰在于它的意识形态性格,在于它对"经济基础"的超然关系。为什么希腊悲剧和中世纪史诗到今天仍然被感受为"伟大的"、"真正的"文学(尽管它们分别属于古代奴隶社会和封建社会)?原因就在于它们超越了特定的社会内容和社会形式,从而获得了普遍性的艺术品质。

关于艺术与社会现实的关系,马尔库塞认为,艺术既不能脱离既存现实,也不能简单地模拟既存现实:"艺术必然是现有事物的一部分,而且只有作为现有事物的一部分,它才能谴责现有事物。这个矛盾被保持和被解决在美学形式之中,正是美学形式赋予熟悉的内容和熟悉的经验以疏隔的能力,并促成一种新意识和一种新感觉的出现。"②在这个意义上,摈弃美学形式就是不负责任。因为这势必剥夺艺术在既成现实之内创造另一种现实——希望的领域——的形式。借助于美学形式,艺术创造了一个比"现实本身更其真实"的虚构世界,并以此来控诉既存的现实世界,因而成为现实生活中一个唱反调的力量:"艺术在坚持自己的真实的同时,反映了这种动态,因为它的真实以社会现实为基础,又是这个现实的'对立物'。"③

马尔库塞指出,艺术超越直接的现实,"打破了既成社会关系的物化的客观性,展开了经验的一个新方面:反抗的主观性的再生"④。由此,他认为,把主观性当作一个资产阶级观念是错误的。其实,坚持内心的真实和权利,并非一种资产阶级价值。"随着对主观内心的肯定,个人跨出了交换关系和交换价值的罗

---

① 马尔库塞:《美学方面》,见《马克思主义文艺理论研究》第2卷,文化艺术出版社1984年版,第445页。
② 马尔库塞:《美学方面》,见《马克思主义文艺理论研究》第2卷,文化艺术出版社1984年版,第446页。
③ 马尔库塞:《美学方面》,见《马克思主义文艺理论研究》第2卷,文化艺术出版社1984年版,第485页。
④ 马尔库塞:《美学方面》,见《马克思主义文艺理论研究》第2卷,文化艺术出版社1984年版,第447页。

网,摆脱了资产阶级社会的现实,进入了另一种生活境界。"①它把个人实现自身的场所从行为原则和利益动机的领域转移到人的内在的热情、想象、良心的领域,以此来否定当前流行的资产阶级价值。并且,主观性还努力突破内心世界,闯入物质的和精神的文化世界,成为与资本主义物化抗衡的一种政治力量。

总之,"艺术的基本品质,即对既成现实的控诉,对美的解放形象的乞灵,正是基于这样一些方面,艺术在这里超越了它的社会限定,摆脱了既定的言行领域,同时又保持其势不可挡的存在风貌"②。艺术创造了推翻经验的独特作用的领域,艺术所构成的世界被认为是在既成现实中被压抑、被歪曲的一种现实。这种经验终于导致爱与死、犯罪与失败,以及欢乐、幸福、成熟等方面的极端的紧张场面,这些场面则以一种通常不被承认,甚至闻所未闻的真实性的名义,爆破了既有的现实。艺术的内在逻辑发展到底,便出现了向被统治的社会惯例所合并的理性和感性挑战的另一种理性、另一种感性。

(二)论艺术的职能

马尔库塞认为,在当代资本主义物化世界里,艺术的根本职能是维护、高扬和解放人的主体性。"艺术使僵硬的世界说话、唱歌、跳舞,它这样来同物化斗争。"③"一件艺术品借助于美学改造,在个人的典型命运中表现了普遍的不自由和反抗力量,从而突破被蒙蔽的(和硬化的)社会现实,打开变革(解放)的前景"④。"艺术不能变革世界,但却有助于变革能够变革世界的男女们的意识和倾向"⑤,即改造人的感觉、想象和理智。

马尔库塞认为,不必把人的主体性的解放狭隘地理解为阶级的解放,因为现代资本主义社会的一切阶级包括工人阶级都已被整合、同化到资本主义政治、经济体制之中去了。艺术应当着眼于解放人在现实生活中遭到压抑和摧残的人性。"艺术预想着一个具体的全称命题,即人性,这是任何阶级,即使是马克思称之为'普遍阶级'的无产阶级也不能体现的。快乐和悲哀,庆幸和绝望,爱情

---

① 马尔库塞:《美学方面》,见《马克思主义文艺理论研究》第 2 卷,文化艺术出版社 1984 年版,第 445 页。

② 马尔库塞:《美学方面》,见《马克思主义文艺理论研究》第 2 卷,文化艺术出版社 1984 年版,第 446 页。

③ 马尔库塞:《美学方面》,见《马克思主义文艺理论研究》第 2 卷,文化艺术出版社 1984 年版,第 486 页。

④ 马尔库塞:《美学方面》,见《马克思主义文艺理论研究》第 2 卷,文化艺术出版社 1984 年版,第 442 页。

⑤ 马尔库塞:《美学方面》,见《马克思主义文艺理论研究》第 2 卷,文化艺术出版社 1984 年版,第 462 页。

和死亡相互牵连,难分难解,不可能变成阶级斗争的闷葫芦"①。阶级斗争并不能永远为"有情人不成眷属"而负责。很难想象一个社会能废除所谓的机缘或命运、歧途的偶遇、情人的邂逅,以及地狱的遭际,因此,艺术所要解放的永远是一种个人的内心历史。马尔库塞认为,古往今来的整部欧洲文学史都证明了这一点。例如,《俄狄浦斯王》表现了乱伦与禁忌的个人命运。《少年维特之烦恼》《阴谋与爱情》等也表现了个人的命运——不是作为阶级斗争的参加者,而是作为情人、恶棍、傻瓜等的主人公的命运。

艺术凭借其超历史的普遍真实,诉诸一个超越特定阶级的普遍人性。那么,这种普遍人性又是什么呢?马尔库塞认为,"历史也是以自然为基础的"②,"人深深植根于自然。艺术以其全部的想象力证明了辩证唯物主义的真实——主体与客体、个人与个人之间的永远的不同一性"③。人扎根于个人的本能构造中,男人和女人都面临着各种心理、生理力量,他们不能克服它们的自然性,又不得不使之为自己所秉有。这就是原始精力的领域,即性欲能力和破坏能力的领域。"它爆破了阶级结构。把爱与恨、乐与悲、希望与绝望划为心理学范围"④。对于每一个人,它们是决定性的,构成了真正的现实。艺术就是要使这种生命潜能获得解放。艺术对于解放、维护这种性爱本能承担了义务。"艺术的永恒性,它在历史上经受千年毁灭之虞而不朽,证明了这项义务"⑤。

马尔库塞认为,艺术对人性真实内容的描写必须"风格化",必须经过艺术的"塑造"。"艺术品只有作为自主的作品,才能在政治上达到目的。美学形式对于艺术品的社会职能是至关重要的。形式的特质否定了压抑人的社会的特质"⑥。在作家的艺术处理中,男男女女讲话和行动,都不像在日常生活的重压下那样受到抑制;他们在爱和恨中更其伤风败俗(但也更其狼狈不堪);他们忠于他们的情欲,即使为它们所毁灭也不动摇;他们更清醒,更深思熟虑,更可爱,也更可鄙;他们世界里的目标更明晰,更自主,也更激发人的兴趣。不过,马尔库塞也同时意识到,这仅仅是他的一种艺术理想,一种艺术乌托邦。因为,他承认,在现代资本主义社会,对人的情欲的描写已沦为一种色情文学和秽亵作品,"秽

---

①② 马尔库塞:《美学方面》,见《马克思主义文艺理论研究》第 2 卷,文化艺术出版社 1984 年版,第 453 页。

③ 马尔库塞:《美学方面》,见《马克思主义文艺理论研究》第 2 卷,文化艺术出版社 1984 年版,第 460 页。

④ 马尔库塞:《美学方面》,见《马克思主义文艺理论研究》第 2 卷,文化艺术出版社 1984 年版,第 446 页。

⑤ 马尔库塞:《美学方面》,见《马克思主义文艺理论研究》第 2 卷,文化艺术出版社 1984 年版,第 449 页。

⑥ 马尔库塞:《美学方面》,见《马克思主义文艺理论研究》第 2 卷,文化艺术出版社 1984 年版,第 474 页。

亵作品和色情文学早已同既成社会合而为一。它们像商品一样,也表现了那个压抑人的整体"①。

因此,在艺术中必然会有一种妄自尊大的成分:艺术并不能把它的幻想变成现实。它仍然是一个"虚构的世界",虽然它看透了并预测了现实,它的实现在艺术之外。在艺术作品中,仅仅表现了一种心满意足的一刹那的回忆。美仅仅是一种解放的象喻,"美的感性力量使允诺持续下去,那就是对于一度有过并试图恢复的幸福的回忆"②。伟大的艺术仅仅是一种以往事为回忆的乌托邦。艺术无法履行它的允诺,它仅仅保持着对过去往事的回忆。艺术靠形式掌握住它,使它获得永久性。"美学的升华就这样解放了并证实童年和成年的乐与苦的梦想"③。如果连这些回忆和梦想都非压抑不可,那么,"艺术的终结"的确已经到来。

总之,艺术按照增进人类追求幸福的潜能的原则改造社会和自然。艺术表现了一切革命的最终目标:个人的自由和幸福。艺术与革命之间最深刻的亲密关系也许就在这里。"艺术宣布警戒这样一个命题,所谓'改造世界的时刻已经到来'。虽说艺术证明了解放的必然性,它也证明了解放的限度"④。

马尔库塞与他的法兰克福学派同仁一样,深刻地体验到了现代资本主义垄断统治下的异化现实的非人道、非人性,认识到个人已丧失了合理批判社会现实的能力,沦为单向度的人。他试图以艺术作为抗衡现实、代替革命、拯救人性的手段,但他本人也不得不承认,这是一种毫无希望的希望。他的艺术理论有着严重的悲观色彩和浪漫倾向,实际上已走向形式主义、唯美主义、表现主义和"为艺术而艺术"。如今,即使在西方,他和他的理论也失去了往日所曾拥有的巨大影响。不过,他善于综合各家学说,将马克思主义与弗洛伊德、黑格尔的理论及俄国形式主义理论融会贯通,给后人留下了一份值得借鉴的有益的思想资料。并且,他的始终如一的人性全面发展和实现的理想也为后人提供了一种有价值的启迪。

---

① 马尔库塞:《美学方面》,见《马克思主义文艺理论研究》第 2 卷,文化艺术出版社 1984 年版,第 467 页。
② 马尔库塞:《美学方面》,见《马克思主义文艺理论研究》第 2 卷,文化艺术出版社 1984 年版,第 483 页。
③ 马尔库塞:《美学方面》,见《马克思主义文艺理论研究》第 2 卷,文化艺术出版社 1984 年版,第 469 页。
④ 马尔库塞:《美学方面》,见《马克思主义文艺理论研究》第 2 卷,文化艺术出版社 1984 年版,第 484 页。

第三节　阿尔都塞学派的文艺理论

在 20 世纪六、七十年代法国结构主义思潮风行时,有一些自称相信马克思主义的学者也深受影响,其中最有代表性的是由阿尔都塞、马契雷等人的理论形成的"阿尔都塞学派"。阿尔都塞学派的理论家主张把马克思主义同结构主义结合起来,即用结构主义来"诠释"、"发掘"马克思主义创始人的思想并力图创建一种"新马克思主义",即"结构主义的马克思主义"。阿尔都塞学派的问世还与苏共二十大后非斯大林化的政治形势有关,其代表人物阿尔都塞认为,随着苏共二十大对个人崇拜的批判,包括苏联在内的国际共产主义运动中出现了一场深刻的意识形态上的反动,各种各样的资产阶级、小资产阶级世界观(如人道主义或人本主义等)严重地威胁着马克思主义的纯洁性,结构主义的马克思主义正是对上述情势的积极回应。结构主义的马克思主义文艺理论是阿尔都塞学派关于文艺问题的理论见解。与法兰克福学派强调文艺与人道主义的关联不同,阿尔都塞学派所凸现的主要是文艺与社会结构,尤其是与社会集团的意识形态的联系。

一、阿尔都塞的艺术与意识形态理论

路易斯·阿尔都塞(Louis Althusser,1918—1990),法国著名哲学家,生于阿尔及利亚比尔芒德雷市的一个银行经理家庭,他先后在阿尔及利亚和法国的马赛、里昂等地接受教育。1948 年,他在巴黎高等师范学校获哲学博士学位,此后留校执教。1948 年,他还加入了法国共产党。他的主要哲学著作有:《阅读〈资本论〉》、《保卫马克思》、《列宁和哲学》、《政治和历史》等。阿尔都塞既反对斯大林的经济理论,同时也反对利用黑格尔派的人道主义来清除所谓斯大林的做法。他还反对在哲学中讨论自由、异化、物化和处于历史中心的"人"的地位这样一些主题,而试图用结构主义来保卫马克思主义,主张在"科学"的基础上解释和发展马克思主义。

阿尔都塞不是职业的文学批评家,他仅仅是偶尔几次谈及艺术和审美的问题。但是阿尔都塞的哲学思想本身却对当代西方马克思主义文论家尤其是马契雷、伊格尔顿等人产生了很大的影响。本节主要介绍阿尔都塞的两个较为著名的文艺观点。

(一) 艺术与意识形态生产

阿尔都塞对"意识形态"作出了不同于前人的独特理解。他关于意识形态的理论包括意识形态表象体系和意识形态国家机器这样两个方面。所谓意识形

态国家机器强调的是意识形态的物质性,它包括教会、学校、家庭、政治组织、通讯交往及文化设施等。关于意识形态表象体系,阿尔都塞表述为是"对个体与其现实存在条件的想象性关系的再现"①,指的是人们体验自己与自己的生存条件的想象性关系。阿尔都塞强调意识形态的这两个方面,旨在弥补精神状态与社会制度、人的主观世界与外在世界相脱节的缺陷。在阿尔都塞看来,意识形态这两个方面是密不可分的。意识形态国家机器为每一个个体在这架机器中准备好了一个位置,唤出个体并且赋予它一个名称,然后通过自我形象或再现的形式给个人提供一种抚慰性的关于整体的幻景,一种抚慰性的一致感。

阿尔都塞认为,任何意识形态的特点都是受到阶级利益支配的,因而不是对世界的整体的真实的反映。据此,阿尔都塞把意识形态与科学区别开来。他认为在意识形态的氛围中,人们接触的根本不是真实的历史地位,而是一种虚构的现实性,即"在意识形态中,真实关系不可避免地被包括到想象性关系中"②。科学则不然,科学超越了狭隘的阶级利益的局限,能够提供给人们关于世界的恰当认识。如果说意识形态的主要职能是社会实践或社会生产的,那么,科学的职能则主要是理论的。

阿尔都塞把艺术置于意识形态与科学之间,认为艺术活动是一种意识形态生产,并且,艺术可以让人以某种觉察到的方式窥破意识形态。阿尔都塞关于文艺批评的文字主要见于《小型戏剧:布尔托拉奇和布莱希特》、《就艺术问题复信安德烈·达斯普尔》、《抽象画家克勒莫尼尼》等文章中。在阿尔都塞看来,既然意识形态无所不在,成为主体所能直接对应的客体本身,那么,对于艺术家来说也概莫能外,文学生产或曰文学实践所运用的首先是渗透着意识形态的原材料,而不是纯然客观或中性的东西。文学生产实际上就是艺术家依据一定的劳动工具和美学技巧,将既有的意识形态原材料加工成作品的过程。"因此,每一件艺术作品,都是由一种既是美学又是意识形态的意图产生出来的。"③尽管艺术不能列入意识形态之中,但艺术的确与意识形态有着特殊的关系。

阿尔都塞强调,艺术不等于意识形态但又离不开意识形态,意识形态是孕育艺术之母,艺术与之打交道的并不是它本身所特有的现实,而是意识形态的现实。任何艺术家的自发的语言都是意识形态的语言,是用以表达和产生审美效果的活动的意识形态。但是艺术的特殊职能是通过意识形态生产来同现存意识

---

① 阿尔都塞:《列宁与哲学》,纽约朗文出版社1994年版,第162页。
② 阿尔都塞:《保卫马克思·马克思主义和人道主义》,见《西方学者论〈1844年经济学哲学手稿〉》,复旦大学出版社1983年版,第267~268页。
③ 阿尔都塞:《抽象画家克勒莫尼尼》,见陆梅林选编《西方马克思主义美学文选》,漓江出版社1988年版,第537页。

形态的实在保持距离,艺术创造借助于艺术形式这种审美距离使人窥破意识形态的实质。例如,巴尔扎克的作品就体现了这种特点:"巴尔扎克从来没有放弃过他的政治立场。我们甚至还知道:他的独特的、反动的政治立场在他的作品内容的产生上起了决定性的作用。"①像巴尔扎克、托尔斯泰这样的作家,"他们作为小说家的艺术的'效果'在他们的意识形态内部造成这个距离,使我们得以'觉察到'它。但这种艺术效果是以那个意识形态本身为前提的。巴尔扎克"只是因为他保持了自己的政治概念,他才能产生出自己的作品,只是因为他坚持了他的政治上的意识形态,他才能在其中造成这个内部'距离',使我们得到对它的批判的'看法'"②。

另一方面,艺术又不同于科学(尽管艺术也必然要产生某种特殊的认识作用)。尽管意识形态也是科学(指社会科学理论——引者注)的对象。但是,科学与艺术在处理同一个意识形态对象时采用了不同的处理方式。"艺术以'看到'和'觉察到'的形式,科学则以认识的形式(在严格的意义上,通过概念)"③。例如,如果索尔仁尼琴的小说的确使我们"看到"对"个人崇拜"及其后果的"体验",那么,他绝没有使我们认识它们:这个认识是对那些最终产生出索尔仁尼琴的小说中所讨论的"体验的概念上的认识,也就是说,一部关于'个人崇拜'的小说不管多么深刻,它可能引起人们对它的被体验到的后果的注意,但是并不能使人们理解它,它可能把'个人崇拜'问题提到日程上,但是它不能确定说出将使得有可能补救这些后果的手段"④。可见,艺术不能使我们获得严格意义上认识。艺术与科学有着重要的差异。总之,艺术介于意识形态与科学之间:"艺术使我们看到的,因此也是以'看到'、'觉察到'和'感觉到'的形式(不是认识的形式)所给予我们的,乃是它从中诞生出来、沉浸在其中、作为艺术与之分离开来并且暗指着的那种意识形态。"⑤这可以看做是阿尔都塞对艺术概念的最完整的表述。

(二)"依照症候"的阅读理论

阿尔都塞不仅对艺术、意识形态与科学作了区分,他还在重新解释马克思主义的过程中提出了著名的"依照症候"的阅读理论。在《保卫马克思》一书中,阿尔都塞指出,马克思主义学说曾经历了一个从意识形态的前科学状态到独创的科学体系的革命转变的过程。他把马克思的思想发展分为四个时期:第一时期

---

① 阿尔都塞:《一封论艺术的信》,见陆梅林选编《西方马克思主义美学文选》,漓江出版社1988年版,第523页。
② 阿尔都塞:《一封论艺术的信》,见陆梅林选编《西方马克思主义美学文选》,漓江出版社1988年版,第524页。
③④ 陆梅林选编:《西方马克思主义美学文选》,漓江出版社1988年版,第522页。
⑤ 陆梅林选编:《西方马克思主义美学文选》,漓江出版社1988年版,第521页。

是1840—1842年,由一种接近于康德、黑格尔等人的理性加自由的人道主义所支配,认为历史只能按照理性与自由这种人的本质才能被理解,因而通过哲学与政治批判就可达到一个符合人性的国家。第二时期是1844—1845年,为费尔巴哈的人道主义所支配,主张通过实践恢复人的本质来实现人道的共产主义。第三时期是1845—1857年的转变期,与一切把历史和政治建立在人的本质基础上的理论决裂,这种决裂包括三个方面:一是在社会结构、生产力、生产关系、上层建筑、意识形态、经济的"最终决定作用"和不同上层建筑的相对自主性等全新的概念上建立历史与政治理论,二是对一切哲学人道主义理论进行了批判,三是把人道主义本身规定为意识形态。第四时期是1857—1883年的成熟期,以上述理论框架为基础创立了系统的科学的马克思主义,即以《资本论》为代表的历史唯物主义。阿尔都塞认为,作为科学的马克思主义有一个理论框架,这种理论框架并不是以明显而有意识的形式存在于它所支配的著述(如《资本论》)中,而是潜藏在作品的深层。因此,以一般的直接阅读的方法并不能发现这种深层的无意识结构,必须采取"依照症候"的阅读方法发现这种深层框架。很显然,阿尔都塞的这种理论是来自结构主义语言学和神话学,"书的结构"与书的区别就是语言与言语的区别,也是"亲属结构"与"亲属关系"的区别。更直接地看,"依照症候"的阅读理论是从拉康那里借来的。对于拉康来说,文本中没有直接言明之处与看得见的东西是同样重要甚至更为重要的。① 阿尔都塞认为,在阅读《资本论》等马克思的原著时,就要像结构主义精神分析学家那样,不仅要看到马克思写下的文字,还要注意依据各种症候(空白、无和沉默)来把握马克思的深层理论框架,因为后者是埋藏于著述的无意识结构之中的。相反,倘若仅仅对马克思原著作简单的字面上的直接阅读,则不能把握到它潜在的文本,即其中的理论框架。阿尔都塞认为,对《资本论》所作的阅读,迄今多半是无知的,或只是表面性的,其原因就在这里。阿尔都塞声称只有通过他的这种重新阅读,才能使科学的马克思主义从对它的习惯读法中解放出来,使《资本论》等客观的文本得到真正的解码。可见,"症候式阅读"为我们研读文本提供了一种新的思路,即不能

---

① 雅克·拉康(Jacques Lacan,1901—1981),法国当代著名结构主义精神分析学家、哲学家。其主要代表作有:《论妄想精神病与人格的关系》(1930)、《作为自我功能形式的镜像阶段》(1949)、《无意识的构成》(1959)等。拉康按照结构主义语言学重新解读弗洛伊德,提出了"无意识是他者的话语"、"无意识具有语言一样的结构"等观点。拉康认为,人的有意义的话语是有空隙的。在一些特殊地方,如失言、开玩笑和口误等,言语似乎被撕裂了,于是无意识便穿越出来,但往往表现为掩饰的不可理解的形式。因此,精神分析学家就应该细细地体察那些初级文本即有意义的话语,注意其成分之间的"空白",这些"空白"包括文本的标点符号以及未明言的阙如之处,无意识往往就存在于这些空白处。拉康提出,"没有直接显现出来的东西"和看得见的东西一样重要,甚至比表层现象更重要。在拉康看来,精神分析学实质就是一种研究话语深层结构的学问。

满足于文本的字面阅读,而要善于发现文本的直接视阈背后的隐秘的、不在场的、被遮蔽的方面。

阿尔都塞的这一阅读理论也体现在他的文学批评中。在阿尔都塞看来,艺术作品虽然浸润着意识形态,但却不是明确表述意识形态的,它只是"暗指"着意识形态。要完成对作品内涵的把握,有待于正确的文学批评。如果说艺术生产在艺术文本中造成艺术结构与意识形态的疏离,这为揭露文艺中的意识形态内涵提供了可能,那么,正确的、科学的文学批评将使之成为现实。因为正确的科学的文艺批评就是要"依据意识形态的结构阐明文学作品","寻找出使文学作品受制于意识形态又与它保持距离的原则"①。

阿尔都塞的批评实践正是如此。例如,他在贝尔多拉西的戏剧《我们的米兰》中,从空白、缓慢的群众场面和紧凑的充满动作的悲剧场面这两种时空之间,读出了剧本分裂结构的深刻寓意,这一结构和寓意是剧本任何地方都未言明的。②

阿尔都塞以其文艺批评实践印证了他关于文艺本质的见解:文艺介于意识形态与科学之间,文艺有助于人们认识意识形态结构,从而达到对社会与个人的真实存在的科学认识。这种冷峻的科学主义和理性主义批评模式给马契雷、伊格尔顿等后来者以极为深刻的影响。但是,阿尔都塞由于其理论上的反人道主义而招来多方面的责难。此外,他关于文学生产以意识形态为原材料的看法与我们通常所说的"社会生活是文学的唯一源泉"的文艺观也有较大的距离。

二、马契雷的文学生产理论

皮埃尔·马契雷(Pierre Mecherey,1938—)是法国哲学家和文学评论家,阿尔都塞的学生和同仁,法共党员,巴黎大学哲学系教授。作为一位结构主义马克思主义者,马契雷是阿尔都塞学派第一位职业文艺理论家和文艺批评家,他最重要的文学理论著作是《文学生产原理》。

马契雷的文学理论可以说是阿尔都塞的哲学思想在文学批评中的具体运用,也可以说是阿尔都塞《论艺术的一封信》的系统化。其主要观点有:

(一)文学创作是一种生产性劳动

马契雷认为,"作品并不是直接植根于历史现实,而仅仅是通过一系列复杂

---

① 伊格尔顿:《马克思主义与文学批评》,人民文学出版社1986年版,第23页。
② 阿尔都塞试图说明该剧本中四十个人物与三个主角(类似于统治阶级和无产阶级)之间的分离和他们的错误思想。在通过批判"感性夸张的意识"来分析群众的苦难结构时,他说明了米兰的次无产阶级的潜在悲剧及其内在的软弱状态。参读阿尔都塞:《皮科罗剧团,贝尔多拉西和布莱希特》,见《西方马克思主义美学文选》,第496~518页。

的中介"①,其中,最重要的就是作家所面临所沉浸的意识形态。马契雷认为,没有意识形态而能成功的作家是不可思议的。与阿尔都塞一样,他把马克思的生产概念从经济领域移植到社会形态的其他方面,美学产品也是如此。在马契雷看来,文学创作好比生产性劳动,通过这种劳动,原材料被加工成了作品。② 但是,这种生产劳动几乎完全是在作品的上层建筑领域做文章。作家所要做的是以先已存在的文学形式(如文学体裁、传统和语言)去加工意识形态,从而构成文学文本。马契雷认为,既然文学创作是把先已存在着的形式、含义、神话、象征、思想意识等加工成产品,就好像汽车装配厂工人用现有材料加工成新产品一样,因此,文学生产没有任何理由比别的生产更神秘。归根结底,文学不可能是个人的独创,与其说作家生产产品,不如说作品自己通过作家生产出来。

马契雷认为,文学作品虽然是运用现有的原料加工成形,但是,作品一经写成,任何进入作品的东西都会改变成别的东西,正像用钢制造飞机的螺旋桨时,经过切割、焊接、抛光以及与其他部件一起装配到飞机上,钢的外形和功能都发生了变化。为此,马契雷把意识形态(马契雷称之为"幻觉")与作品文本(马契雷称之为"虚构")作了区分。他认为,幻觉——人们普通的意识形态经验——是作家创作所依据的材料,但是作家在进行创作时,运用一系列文学特有的手段(如修辞、描写、叙述等技巧),把它们改变成某种不同的东西,赋予它形状和结构。正是通过赋予意识形态某种确定的形式,以把它固定在某种虚构的界限内,从而暴露出意识形态自称万能之为虚妄。在这样做的时候,艺术有助于我们与意识形态保持距离,摆脱这种"幻觉"。

总之,马契雷认为文学创作与生产劳动一样,是把先有的文学体裁的惯例、语言和意识形态加工成文学文本;作者不是创造者,而是受语言、符号、信码和意识形态制约的文学生产者。

(二) 文学作品的结构是一种"离心"的形式

马契雷认为,文学的这种加工意识形态又窥破意识形态的功能来自作品的"离心"结构或者说"离心"形式。马契雷不仅断然否定了文学的反映论,也坚决摒弃了有机整体的形式观。③ 这是因为,在他看来,意识形态是一种虚幻的非客体的社会信仰所组成的严密体系。意识形态的功用就是力图消除矛盾,自居圆满:"意识形态的根本弱点是:它决不能为自己识别自己的实际限度。充其量,

---

① 马契雷:《文学生产理论》,见陆梅林选编《西方马克思主义美学文选》,漓江出版社1988年版,第596页。

② 马契雷反对把作家称为"创造者",他认为这一概念会使人误以为文学作品是无中生有的,或是由某种无形态的泥土组成的。

③ 这显然是冲着卢卡契来的,马契雷称之为新黑格尔派的若干谬见之一。

它只能从别的地方得知这些限度。"①文学生产就是为没有形态和外形的意识形态提供形状和结构。有机整体的文学形式无法呈现意识形态的局限性和自身矛盾性,因而是向意识形态认同。在马契雷看来,真正的艺术作品的形式永远是"离心"的、"不规则"的、"不完整"的,作品没有中心的要素,只有含义的不断冲突、歧异和消散。这是因为,其一,当作家试图按照自己的方式说出真理时,他发觉自己不由自主地暴露出他写作时所受的意识形态的局限。他不得不显示空隙和沉默,即他感到有不能明白地说出的东西。由于作品含有这些空隙和沉默,因而它就永远是不完全的。其二,文学生产是意识形态的虚构制作,在生产中,作家永远要立足于观察和评判两种构思,使用截然不同的文学性表达法和意识形态性表达法,因此,尽管作者开始都想写出统一连贯的文本来,但上述两种构思和两种表达法决定了作品并非作者原先打算要写的那种完整的东西。作品无从构成一个圆满的、一致的整体,反倒表现出含义上的冲突和矛盾。其三,自称开放和全能的意识形态一经被赋形,作为一个客体、一个图像,进入文学文本,就走向了它的反面,即意识形态在被赋予外形和轮廓时,它自身也被"挖空"了,暴露了自身的局限性,表明意识形态万能仅仅是一种幻觉,"即使意识形态本身听起来总是坚实的、丰富的,它却由于存在于小说中,由于具有可见的固定的形式,便开始谈到它自己的不存在"②。总之,"在作品内部,在作品和它的思想内容之间存在着冲突"③,正是这种冲突最终形成了作品内部对意识形态的拒斥;文学"通过利用意识形态向意识形态提出了诘难"④。总之,文学形式是离心的,具有使文学与意识形态疏离的作用。即使作者要努力追求那种完整统一的文学形式和文学结构,那也仅仅是作家的一相情愿:"作品自称的顺序,纯属想象的顺序,是设想出来加在无顺序的上面,是对意识形态的冲突所作的虚构的解决方式。这种解决方式缺乏根据,在作品的文字里面明显地可以看出它的破绽(不连贯,不完善)。"⑤

为此,马契雷分析了19世纪批判现实主义大师巴尔扎克、托尔斯泰等人的作品,说明作品的离心结构及其作用。例如,他认为,巴尔扎克的短篇小说《农

---

① 马契雷:《文学生产理论》,见陆梅林选编《西方马克思主义美学文选》,漓江出版社1988年版,第610页。
② 马契雷:《文学生产理论》,见陆梅林选编《西方马克思主义美学文选》,漓江出版社1988年版,第602页。
③ 马契雷:《文学生产理论》,见陆梅林选编《西方马克思主义美学文选》,漓江出版社1988年版,第603页。
④ 马契雷:《文学生产理论》,见陆梅林选编《西方马克思主义美学文选》,漓江出版社1988年版,第613页。
⑤ 马契雷:《文学分析——结构主义的坟墓》,见陆梅林选编《西方马克思主义美学文选》,漓江出版社1988年版,第638页。

民》远不是像有的人所说的那样"完整"、"首尾统一"。在作品中,农民被写成是野蛮的人,被比作了印第安人;然而,又使用了诸如典型、场景、描写之类的文学手段把19世纪初期法国农村这一背景给现实主义地描绘出来。显然,作品中存在着意识形态性和文学性这样两种根本不同的、相互冲突的构思和表达方法。又例如,马契雷指出,在托尔斯泰的作品中存在着双重的辩证序列:

1. 历史进程
2. 思想体系(即意识形态) } (1)

3. 思想体系
4. ? } (2)

马契雷认为,这第四项就是文学性,即托翁小说中实现其否定托尔斯泰主义功效的离心结构。马契雷以此补充、发挥了列宁对托尔斯泰的批评:"事实上,托尔斯泰的作品既揭示了他的时代的矛盾,也揭示了跟他对那些矛盾的偏见有关的缺陷。"①托尔斯泰的"作品的确是由它同思想体系的关系来确定的,但是这种关系不是一种类似的关系(像复制那样):它或多或少总是矛盾的"②。托尔斯泰的作品不是均匀的;它没有被反映的图像那种一目了然的连贯性;它并不是一个浑然的整体。认为它是一个整体,那只是一种理想化的言说。因此,绝对不能把托尔斯泰的作品与作品中间的异体即托尔斯泰主义混为一谈。③列宁之所以说托尔斯泰是一面镜子,并非指它是一面哈哈镜,而是一面打碎了的镜子。它撕裂和对抗着的托尔斯泰的思想体系,暴露出当时俄国革命的缺陷。

(三)文学批评的职能是使作品中的沉默之处"说话"

马契雷认为,正是由于文学作品的结构是离心的、消散的、不完整的,因而一部作品的空白和沉默之处与它已经物化的部分是同样重要的。"镜子在它所未反映的东西里,是跟在它所反映出的东西里一样富于表现力的。"④一部文艺作品与意识形态有关,不是看它说出了什么,更要看它没有说出什么。在一部作品的意味深长的沉默中,在它的间隙和空白中,最能确凿地感到意识形态的存在。在此基础上,马契雷提出了科学的阅读即文学批评的作用问题。

马契雷反对把文学批评看做是"解释"或"阐释"的观点。在他看来,"解

---

① 马契雷:《文学生产理论》,见《西方马克思主义美学文选》,漓江出版社1988年版,第593页。
②③ 马契雷:《文学生产理论》,见《西方马克思主义美学文选》,漓江出版社1988年版,第612~613页。马契雷认为,托尔斯泰作品中的矛盾主要表现为:

矛盾1　伟大的艺术家　　发狂地骂信基督的地主
　　　　抗　　议　　　　无为主义(在一切形式中)
矛盾2　批　　判　　　　不用暴力
　　　　现实主义　　　　鼓吹宗教

④ 马契雷:《文学生产理论》,见《西方马克思主义美学文选》,漓江出版社1988年版,第607页。

释"一个文学文本意味着按照某种应该如此的理想标准对待作品,意味着文本中的结构好像是完整的、首尾统一的,意味着文本的意义早已存在于作品之中,只是有待于人们去揭示而已。马契雷认为,这种解释式的批评,只是"复述"作品,为了更容易消费而修饰它、描述它而已。这种批评不会说出作品本身所没有明言的东西,因为这种批评虽然清楚地说出了作品中有什么,却没能看出作品里缺少什么,而恰恰是后者使作品得以存在。作品之存在,"首先取决于它根本没有表现出来的东西,它所没有说过的东西"①。因此,这种"解释"性的批评关于作品的话说得越多,它的成效反而越少,这种解释工作显得毫无意义。

马契雷认为,"积极的文学批评应当谈论写作一部作品的条件"②,即在包括作家、文本、读者和理论家在内的关联中对作品进行科学的阅读,这样才能完成对作品内涵的把握,才能最终理解历史。如何理解这种科学的阅读呢?马契雷认为,阅读(包括它的高级形态——批评在内)就是使作品的沉默之处"说话",就是使所读之物"理论化"。为此,读者(包括批评家)必须把文本及其作者所不具备的理论认识引入到文本中来。显然,这是对阿尔都塞"依照症候的阅读"理论的发挥。马契雷与他的老师一样,坚信作品的意义不是完满自足的,而是包含着难以言述的空隙和诸多分歧,因此,批评的要义在于阐明作品内涵的冲突和空白:"真正的分析并不局限于它的分歧对象,只解释已经说过的东西;分析面对着它的对象的沉默、否认和抵制。"③文学的真正内在的功能不是让人享乐,而是提供一种可以建立科学认识的感知。批评家不必去填补作品,而是要寻找作品蕴涵或含义所体现的原则,说明这种冲突是怎样由虚构与意识形态的关系造成的。

在马契雷看来,作家和作品文本只是向我们暗示了虚构和意识形态,而不是对理论的理性说明。理论只是为批评家(而非作家)所具备的东西。作为理论家(批评家)的读者,需要与意识形态和虚构的文学文本保持一段距离,以便来理解文学作品中作家的沉默之处。马契雷认为,虚构造成了文本中的罅漏和未言明之处,批评家则阐明这些空白和沉默之处,以此作为某种阅读的"表症",然后以自己的理论说明文本产生罅漏和省略的原因,从而使阅读的东西"理论化"。

马契雷以列宁对托尔斯泰的批评为例说明了上述道理。托尔斯泰属于

---

① 马契雷:《文学分析——结构主义的坟墓》,见陆梅林选编《西方马克思主义美学文选》,漓江出版社1988年版,第637页。
② 马契雷:《文学分析——结构主义的坟墓》,见陆梅林选编《西方马克思主义美学文选》,漓江出版社1988年版,第631页。
③ 马契雷:《文学分析——结构主义的坟墓》,见陆梅林选编《西方马克思主义美学文选》,漓江出版社1988年版,第632页。

1905年之前的时代,他所代表的农民思想观点无法理解变革时期的资产阶级和无产阶级的意义,那么,"把这位伟大的艺术家的名字同他显然不了解的、显然避开的革命联在一起,初看起来,会觉得奇怪和勉强,分明不能正确反映现象的东西,怎么能叫做镜子呢?"列宁作为一位科学的批评家作出了如下回答:托尔斯泰的作品是"一面反映农民在我国革命中的历史活动所处的矛盾条件的镜子"[①],"托尔斯泰的思想是我国农民起义的弱点和缺陷的一面镜子,是宗法式农村的软弱和'善于经营的农夫'迟钝胆小的反映"[②]。马契雷则按照自己的思路作了进一步的发挥,他援引列宁的观点,认为托尔斯泰的价值不是完整地表现了俄国革命的主流本质,托尔斯泰并未提供这种分析,他的作品所告诉我们的是有关那个时代的信息,与列宁所作的科学分析是不同的两回事,只是由于列宁的科学批评,才阐明了托尔斯泰作品所暗指着的历史实况。因此,批评的关键在于科学分析,即要像列宁那样使作品中由于意识形态的作用而造成的盲点放出光彩,让沉默之处发出声音,从而揭露出意识形态对于历史真实的掩蔽性。列宁说"托尔斯泰的沉默是雄辩的"就是这个意思,托尔斯泰的作品为科学的批评家列宁达到真正的认识提供了某种暗示。[③]

马契雷的文学生产理论不仅可以用于叙述性文学,而且可以用于诗歌和戏剧;不仅可以用于现实主义作品,也可用于现代主义作品。并且,由于重视文学虚构的作用,给经典马克思主义文论注入了活力。马契雷的理论上承阿尔都塞,下启伊格尔顿等人。伊格尔顿称马契雷为"当代最敢于挑战并具有创新精神的马克思主义批评家"。不过,马契雷把作者说成是没有充分意识到自己的文本在说什么的人,有贬低作者的创造作用之嫌。另外,他片面强调了读者的科学认识能力,对阅读活动的审美娱乐功能有所忽视,这是他的理论模式的不足之处。

三、哥德曼的发生学结构主义文艺理论

严格地说,发生学结构主义并不属于阿尔都塞学派,但因其对艺术与社会精神结构的关联性的分析与阿尔都塞学派有相通之处,故一并讨论。吕西安·哥德曼(Lucien Goldmann 1913—1970,亦译作"戈德曼"),法国著名社会学文学批评家,出生于罗马尼亚布加勒斯特的一个教师家庭。他在当地的大学攻读法学期间,阅读了大量的马克思著作,并参加了一个秘密的左派团体,并曾因此而遭到逮捕。1933年逃往维也纳,在那里,他研究了卢卡契的《历史与阶级意识》等

[①②] 列宁:《列夫·托尔斯泰是俄国革命的镜子》,《列宁全集》第17卷,人民出版社1988年版,第185、186、205页。
[③] 马契雷:《文学生产理论》,见陆梅林选编《西方马克思主义美学文选》,漓江出版社1988年版,第590~615页。

著作。第二次世界大战爆发后,逃往瑞士,给皮亚杰做助手,并获苏黎世大学哲学博士学位。1945年到法国,加入"国家科学研究中心"。此后在多所学校工作过。哥德曼自称卢卡契的学生,致力于把马克思、卢卡契和皮亚杰的思想熔为一炉,创立了一种独特的"发生学结构主义"的马克思主义。他所说的"结构主义",是指他所侧重的研究对象不是某个社会集团的世界观的内容,而是这种世界观所展示的范畴结构。而所谓"发生学",则指研究这种精神结构是如何历史地产生的,即研究一种特殊的世界观与产生这种世界观的历史条件之间的关联。他的主要著作有:《人文科学与哲学》、《隐藏的上帝》、《拉辛》、《辩证法探索》、《论小说的社会学》、《马克思主义和人文科学》、《现代社会中的文化创造》等。这里,介绍哥德曼的两个最重要的文学观点。

(一)作品的内在结构与社会集团的精神结构有一种异体同形关系

哥德曼认为,社会行为不是来自个别人的意志,而是来自一个集体行为的意志。因此,研究社会行为之前必须首先理解个体存在于其中的总体世界。在他看来,社会阶级或社会集团是用来解释单一的事实、行动和文化主题的先决结构,所有的行为和主题都表达了一个结构上的阶级、集团的世界观或集体意识。而且,最有才干的政治家、哲学家和文学家的行为和主题最充分地表达了这样一种集体的世界观。

因此,哥德曼不同意把文学作品看做是作家个人的独创的说法。他认为,包括作家在内的任何个人都是某个社会集团或阶级的一分子,任何行为的主体都不是个人而是集体。因此,"作品的真正作者不是个人,而是社会集团"[①]。哥德曼坚信,文学是作家所属的那个社会集团的"超个人的精神结构"的创造,即那个集团共有的观念、价值、理想的结构的体现。愈是杰出的作品便愈能清楚地表达作家所属的社会集团的世界观;或者说,文学作品愈是具有与社会集体精神结构相对应的"有意义的结构",它就愈具有艺术的生命力。哥德曼在研究哲学和文学的过程中,还发觉了以下让他极感兴趣的事实,即一部文学作品或一部哲学著作的"客观意义",作者本人往往不完全清楚。例如,休谟和笛卡儿都相信上帝,但是,他们的著作分别是不可知论的和理性主义的。因此,那种把文学作品与作家的生平和个性联系起来的传记式研究方法不足为训。他力求建立将作品与社会相联系的研究方法,也就是前面所说的那种把作品的结构与作家所属的社会集团的精神结构相联系的方法,认定文学作品是社会集团集体的产物。

然而,哥德曼并没有完全否认作为个人的作家的作用。哥德曼认为,伟大的作家是一个异乎寻常的人,最清楚地认识到他所属的那个社会集团的世界观,并

---

① 哥德曼:《隐藏的上帝》,转引自《论小说的社会学》,吴岳添译,中国社会科学出版社1988年版,"译后记"。

能够以一种充分的首尾一致的方式把这种世界观转化为艺术。他指出:"凡是伟大的文学艺术作品都是世界观的表现。世界观是集体意识现象,而集体意识在思想家或诗人的意识中达到概念或感觉上最清晰的高度。"①他认为,伟大的作家精心构筑了社会集团的精神结构,因而其作品能使社会集团敏锐地意识到这种精神结构。作家不是以机械的方式简单重现集体的意识,而是"从相当可观的程度发展了至今集体意识只是以粗略、现成的方式达到的结构上的连贯性。因此,作品是通过作品创造者个人的意识而获得的集体成果,是一种随后能为集体揭示出这个集团没有意识到的活动方向的成果。"②越是伟大的作家,其作品越是体现了这个特点。他曾强调:"伟大的作家恰恰是这样一种特殊的个人,他在某个方面,即文学(或绘画、概念、音乐等)作品里,成功地创造了一个一致的,或几乎严密一致的想象世界,其结构与集团整体所倾向的结构相适应;至于作品,它尤其是随着其结构远离或接近这种严密的一致而显得更为平凡或更为重要的。"③

哥德曼承认,他的理论更适合于分析第一流的文学作品。在考察文学作品时,哥德曼注重探求文学作品、世界观和历史之间的一整套的辩证的结构关系,说明一个社会集团和阶级的历史状况怎样以它的世界观为媒介转换成一部文学作品的结构。例如,哥德曼在他的代表作《隐藏的上帝》一书中就运用这种批评方法来分析拉辛的悲剧。哥德曼在拉辛的悲剧中辨察出一种经常出现的范畴结构——上帝、世界和人这三者的关系,尽管它们在每一出戏中依据不同情境而有不同的表现,但都透露一种特殊的世界观。这是一种迷失在一个毫无价值的世界中的人们的世界观,他们承认这个世界是唯一的存在(因为上帝看不见),但还是继续抗议它,以某种始终隐而不见的绝对价值的名义替自己辩护。哥德曼在名为詹森主义④的法国宗教运动中发现了这种世界观的基础,指出詹森主义是 17 世纪法国早已丧失地位的"长袍贵族"这个社会集团的思想意识。这个社会集团在经济上依赖君主政体,但由于君主政体日益专制而使他们日益无权,因而这个集团处于矛盾的地位:既需要王权,又在政治上反对王权;既依赖隐藏的上帝的绝对权威,又受资产阶级的个人主义和理性主义的吸引,于是在既不摒弃世界又不愿历史地改造世界的詹森主义中得到表现。

不仅如此,哥德曼在分析作品时,总是把作品作为一种个别的现象放到整体

---

① 哥德曼:《隐藏的上帝》,《西方马克思主义美学文选》,第 561 页。
② 转引自陶水平:《异体同形 同构对应——哥德曼作品结构观简论》,《社会科学》1995 年第 3 期。
③ 哥德曼:《论小说的社会学》,吴岳添译,中国社会科学出版社 1988 年版,第 236 页。
④ 詹森主义,又译作"冉森教派教义",指荷兰神学家詹森(1585—1638)的教义,否认人的自由意志,认为人的命运是由上帝预先注定的。

中去加以"解释"和"理解"。如前所述,他在分析拉辛的悲剧时,首先理解拉辛悲剧的结构,然后把这一悲剧结构纳入詹森主义,通过前者理解后者,通过后者解释前者。并进而将詹森主义纳入长袍贵族,将长袍贵族纳入法国社会,最后把法国历史纳入西方社会。哥德曼正是通过这一系列的有意义的结构分析,在一环套一环的"解释"和"理解"的过程中,将拉辛悲剧的含义揭示出来。①

可见,哥德曼的上述批评模式与阿尔都塞、马契雷等人的生产理论有所区别。他强调的是表现而非生产,他认为作家能够洞悉所处集团的世界观而非对意识形态幻觉的暗示,他所说的文学作品的结构是环环相套首尾统一的观念结构而非歧义的语言结构。并且,他所说的"精神结构"与后者的意识形态也不尽相同,指的是他称为"世界观"的高级的思想意识。相对而言,哥德曼的理论模式中倒有明显的卢卡契的影子。不过,与卢卡契不同,他首先考察的是某一社会集团,而非整个社会。并且,哥德曼认为,世界观或集体意识'不是一种经验的现实,而是一种"最大可能意识",这样就突破了作品只能反映现实的传统观点,使艺术作品有了预言性。也就是说,我们不仅可以通过社会来研究文学作品,同样也可以通过研究文学作品来了解社会的演变。

(二) 小说的结构变化与资本主义社会的结构变化同构对应

1964 年,哥德曼推出《论小说的社会学》一书,通过对小说这种文学样式的结构变化与资本主义的社会结构变化之关联的分析,确立了他的"发生学结构主义"的马克思主义的文学史观念。

卢卡契在其《历史小说》(1915)一书中就曾指出,小说这一文学样式是随着资本主义社会兴起而产生的。卢卡契认为,古希腊时代的"超验精神结构"导致了英雄史诗。古希腊史诗具有一种广博的总体性,古希腊的物质与精神、生活与本质的和谐统一,赋予史诗以刻画广博总体的特性。而到了近代,人与世界的和谐统一被破坏了,因而出现了"小说"这一新的艺术形式。作为"资产阶级的史诗"的小说,只是真正的古代英雄史诗的替代品而已。卢卡契还指出,尽管古希腊史诗和近代小说中的主人公都是探索者,但是,古希腊史诗的英雄的道路和目标都是确定的,即使是英雄们在最初的尝试中会遭到失败,他们也坚定不移地相信这个目标是会达到的。然而,小说不直接规定出目标,也不直接规定出道路,小说的主人公最终所寻求和达到的目标,可能使他和读者都感到完全惊异或失望。在小说里,不像在史诗中那样,对真实存在的关系或伦理必然性有明确的认识,而只有一种既与客观世界又与规范世界不一致的精神现实。此外,卢卡契还借助于决定结构的主人公类型,提出了小说形式的类型说。他认为,依据主人公

---

① 哥德曼:《论小说的社会学》,吴岳添译,中国社会科学出版社 1988 年版,第 240~241 页。

的心灵"或者比外部世界更狭窄,或者比外部世界更宽广",小说样式可相应分为三种类型,即大量描写行为型(如塞万提斯的《堂·吉诃德》)、细致刻画心理型(如福楼拜的《情感教育》),以及这二者的综合型(如歌德的《威廉·迈斯特》)。哥德曼继承并大大深化发展了卢卡契的这一思想,把它置于现代社会阶级结构,尤其是社会经济结构的背景下予以系统地论述。

哥德曼认为,结构马克思主义的小说社会学最感兴趣的问题是在传统的小说总概念中确定不同的小说样式,而这些小说样式确切地反映出不同社会阶级和集团的状况。例如,18世纪笛福等人的小说中主人公对现实生活深信不疑,这类小说中的人物都体现着个人战胜世界的乐观信念,反映了上升的资产者集团的积极愿望。但是正如卢卡契所指出的,现代资本主义社会则是堕落的社会,它已放弃了人类神圣的价值(或者说价值本身也堕落了,真实价值让位于交换价值)。小说中的主人公总是在寻找他们认为是真实的价值,然而真实价值是现代小说人物永远无法找到的,因而他们被称为"有问题"的人。例如,马尔罗的《征服者》、《王家大道》等就反映了这种"有问题"的主人公的最后尝试。哥德曼指出:"小说的特征在于它是一个堕落的社会里,以一种堕落的方式追求真实价值的经历。与主人公有关的堕落,主要是通过真实价值所暗含的中介化、贬值,以及这些价值作为明显的现实而消失来表现出来的。"①哥德曼还把小说对价值与超验精神的求索与失败置于资本主义社会经济基础的深层来加以剖析。他说:"小说形式实际上是在市场生产所产生的个人主义社会里日常生活在文学方面的转移,在一个为市场而生产的社会里……小说的文学形式,同人和财富,广而言之人与人的关系之间,存在着一种严格的同源性。"②哥德曼认为,与资本主义社会经济的三个发展阶段相适应,小说发展也经历了三个阶段。其一,建立在自由竞争的经济基础上突出个人、强调个人作用的小说(如笛福的作品);其二,表现个人的重要性在垄断资本主义的时代日趋下降,主人公逐渐解体的小说(如乔伊斯的作品);其三,表现以国家干预为特征的晚期资本主义时代物化趋于极致,个人创造力趋于消失的小说,这一时期"大约从卡夫卡开始,直到当代的新小说,并且尚未结束,它的特征是放弃用另一种现实来努力取代有疑问的主人公的任何尝试,以便写作没有主体的小说,其中不存在任何正在进行中的追求"③。

---

① 哥德曼:《论小说的社会学》,吴岳添译,中国社会科学出版社1988年版,第10页。
② 哥德曼:《论小说的社会学》,吴岳添译,中国社会科学出版社1988年版,第11页。
③ 哥德曼:《论小说的社会学》,吴岳添译,中国社会科学出版社1988年版,第20页。哥德曼同时还指出:第三时期的小说的时态特征可以用这句话来表现:"愿望还在这里,可是旅行结束了。"(卡夫卡、娜塔丽·萨洛特),或者仅仅用这种看法来说明:"旅行已经结束了,路却从未开始。"(罗伯·格里耶)。

哥德曼重点分析了新小说家娜塔丽·萨洛特、罗伯·格里耶等人的作品,认为新小说正是以其特有的典型的形式结构精确地表现了西方社会的现实结构。在新小说中,人物隐没了,这种离经叛道的形式归根结底来源于新小说家们所面对的社会现实。尤其是罗伯·格里耶的作品,堪称新小说派中与物化社会同形的最杰出的代表。罗伯·格里耶以一种本质上是新的形式表达当代西方的社会现实,人物的消失对他来说是一个明显的事实,他认为人物已经被另一种自主的现实——完全物化的世界所取代。他看到人类现实"已经不能再作直接体验的自发现实存在于总结构中,而只能在它还在物的结构和特性中得到表现这一范围里被重新发现"①。哥德曼承认,对新小说的这一理论分析直接得益于马克思的关于商品拜物教观点和卢卡契的物化学说。哥德曼对新小说评价颇高,指出:"如果现实主义一词的意义是创造一个其结构和产生作品的社会现实的基本结构相类似的世界的话,娜塔丽·萨洛特和罗伯·格里耶就处于当代法国文学的最彻底的现实主义作家之列。"②

哥德曼的文学理论博采众家之说,既有实证的社会学分析,又注重从哲学高度进行思辨。并能辩证地、有机地将作品的内外结构融于一体来进行研究,强调从总体上把握整个作品结构、某一社会阶级或集团的精神结构以及整个社会结构之间的互动关联。在探讨文艺与社会的关系时,既注重从横向考察一部作品的结构同特定的社会集团的精神结构的同构关系,又注重从纵向考察文学社会关系的发生和发展,研究西方小说发展史上不同小说样式与其所处社会经济基础的同源关系,因而在西方文学理论发展史上占有独特的地位。戴维·福加克斯认为哥德曼的发生学模式的文学批评"比较精确地描绘出经济和文学作品之间的各个中间媒介的层次"③。还有人指出:"哥德曼的方法首先应用于一些诗歌和剧作的释读,证明了其生命力。如今这种生命力在 1979 年春巴黎举行的国际性讨论会上得到了肯定。"④但是,哥德曼把文学视为表现各种世界观的工具,以为人物基本上是抽象观念的代表,忽视了文学作为一种语言艺术的审美品质,暴露出理论上的某种粗疏。并且,他称赞新小说揭示了作品的形式结构与社会经济结构的同源性,因而是最彻底的现实主义,这与卢卡契的伟大的人道的总体的现实主义理论也有所区别。

---

① 哥德曼:《论小说的社会学》,吴岳添译,中国社会科学出版社 1988 年版,第 208 页~209 页。
② 哥德曼:《论小说的社会学》,吴岳添译,中国社会科学出版社 1988 年版,第 223 页。
③ 杰斐逊等:《当代国外文学理论流派》,上海外语教育出版社 1991 年版,第 221 页。
④ 参见法约尔:《当代法国文学批评的方向》,载《外国文学动态》1985 年第 8 期。

第四节　后现代语境下的西方马克思主义文艺理论

20世纪六、七十年代之后,随着西方发达国家进入所谓后现代时期,西方马克思主义也进入了一个多元发展的阶段。此一阶段的西方马克思主义理论家既坚持了老一代西方马克思主义理论家的基本立场,又适应新的时代变化,对后现代主义、文化研究以及全球化思潮等给予了创造性回应,与之展开辩证对话,从而创新和发展了西方马克思主义。其中,最有成就也最有影响的是哈贝马斯、詹姆逊和伊格尔顿等人。本节将主要介绍他们对文艺理论的新思考。

一、哈贝马斯"交往合理化"的文化美学

于尔根·哈贝马斯(Jurgen Habermas,1929—),法兰克福学派第三代代表人物,当今德国最有影响的思想家。1929年6月18日,哈贝马斯生于德国东部一个叫喀莫斯巴哈的小镇,其父为镇里的商会会长。哈贝马斯曾就读于哥廷根、泽里克、波恩三所大学,学习哲学、历史、心理学、文学、经济学等。1954年以题为《绝对和历史——对谢林哲学的研究》的论文获哲学博士学位。1956年成为正在重建法兰克福社会研究所的阿多尔诺的助手。1972年往施坦堡任研究科技世界中的生存条件问题的麦克斯·普朗克研究所所长。1982年重返法兰克福大学任哲学和社会学系主任。

哈贝马斯具有百科全书式的知识素养,在众多的学术领域作出了重要的贡献。他著述极丰,主要有《公众社会结构的变化》(1962)、《认识和人的旨趣》(1968)、《作为意识形态的技术和科学》(1968)、《晚期资本主义的合法性问题》(1973)、《论历史唯物主义的重建》(1976)、《交往行为理论》(1981)、《现代性的哲学话语》(1985)、《后形而上学思考》(1992)等。他不满于传统批判理论的意识哲学(主体哲学)的缺陷,提出了普通语用学和批判阐释学,为法兰克福学派批判理论提供了规范的哲学基础。哈贝马斯认为,早期法兰克福学派所注重的对以主客二元对立为特征的工具理性的批判,不但无法解决认识论本身的基本问题,也无法解决认识论以外更为普遍的社会问题。这种抽象批判只是主体自我的反思性批判,都缺乏一种主体间性和交往向度。这种批判不能真正实现对中心化主体的突破和超越,不能真正使个人冲破工具理性编织的"铁笼"。相反,却诉诸抽象的人性和本能的觉醒,走向了乌托邦式的革命。只有转换到主体间性和交往理性,通过对主体间的交往沟通过程的分析,才有可能构建新的社会批判理论。为此,他主张在"交往行动"的基础上重建"社会批判理论",在交流理性的基础上继续完成"现代性"这一文化工程。

尽管哈贝马斯在理论上的着力点主要集中于哲学和社会学,文艺学美学专著很少,但他对美学与文艺问题一直很关注。他主张对社会的政治、经济、文化、文学艺术、美学理论等进行跨学科的综合研究。哈贝马斯的文论思想主要散见在他的哲学、社会学著作中,具有明显的文化美学的特色。

(一)生活世界的殖民化:晚期资本主义社会合法性危机

对当代资本主义社会合法性的批判,是西方马克思主义文论的共识之一,哈贝马斯也不例外。作为新一代社会批判理论家,哈贝马斯对晚期资本主义社会的合法性危机有独到认识和深刻剖析,提出了晚期资本主义社会的"生活世界殖民化"的命题。其相关见解被称之为"现代性的病理学理论"。哈贝马斯力图以他的交往行为理论,作为分析社会结构与社会整合的基本构架,用"系统"和"生活世界"取代经典马克思主义的"基础"和"上层建筑"。哈贝马斯认为,生活世界是社会的基础,而系统则是派生的。按照哈贝马斯的论述,"系统"指技术化的市场经济制度和科层化的国家行政机关,"生活世界"则指私人家庭生活、大众文化生活和公共舆论领域等。前者以权力和货币为媒介,后者以语言为媒介;前者对应着目的——工具理性行为,后者则对应着交往行为;前者反映的是驾驭问题,后者反映的是相互理解问题;前者发挥着系统一体化的功能,后者则发挥社会和谐化的功能。二者相互补充,不可替代。在哈贝马斯看来,生活世界和系统世界在历史上是不断进化的,在结构上是相辅相成的。生活世界的进化表现为理性化或交往合理化的过程,也即现代人不断发展的自己反思能力与人际交流能力。系统的进化则是目的合理化或工具合理性的过程。同时,系统与生活世界的脱钩和互补是成熟的现代社会的普遍特征。"生活世界"的再生产过程与"系统世界"的运行过程应相互配合、相互协调。

然而,晚期资本主义社会,系统与生活世界的关系却出现了紊乱,即系统对生活世界的殖民化,"系统世界"不断侵蚀"生活世界",导致了交往理性与工具理性之间的互动失去了平衡,使工具理性行为逐渐占据了主导地位,并几乎变成了理性的全部内容,造成生活世界的非理性化和物化。对于这一过程,哈贝马斯的看法是:"一旦独立化的下属体系的命令揭去了它的意识形态的面纱,独立化的下属体系的命令,就会从外部渗入生活世界——正如开拓的主人渗入一个部落社会——并且迫使它们同化。"[①]这就是生活世界的殖民化。在哈贝马斯的眼中,它是现代社会的病根和毒瘤,是真正需要检视的时代困境。因为,一旦生活世界的语言媒体让位给权力和货币媒体,官僚化、金钱化进程便会削弱公众话语与交往合理性基础,社会行为就失去了"生活世界"这个本源和背景,最终将导

---

① 哈贝马斯:《交往行动理论》第2卷,洪佩郁、蔺青译,重庆出版社1994年版,第456页。

致意义丧失、精神异化的社会畸变。他主张,通过发展交往理性,生活世界可冲破殖民的牢笼而获得重生。在哈贝马斯那里,交往合理性,无非就是要寻找交往行为的合理根据,这种合理性根据就是交往主体之间相互同意、普遍赞同而且自觉遵守的规范。这种交往的合理性较之目的合理性来说,是一种更广泛、更全面的合理性概念。哈贝马斯相信,人们借助于对话取得的共识,可以解决当代社会被系统扭曲的交往问题,社会进化才可能有所倚赖,积蓄在生活世界中的潜在的理性力量就会得到保存和倡扬。

哈贝马斯认为,生活世界殖民化不是由于系统和生活世界之间的分化,而是由于它们力量的不平衡和冲突。作为经济和行政系统调节机制的金钱和权力等强势媒介取代相互理解的语言媒介,侵入到它不该进入的领域。因而导致生活世界的萎缩,出现生存意义的丧失、精神的反常、心理的失调等现代社会的病症。因而,资本主义异化的本质是"生活世界的殖民化"。这就是哈贝马斯对现代资本主义社会的"病理学"分析。哈贝马斯认为,现代性危机并非源于理性本身的枯竭,目的—工具理性统治不应被视为社会发展的最终归宿。既然现代社会的症状表现为系统对生活世界的殖民化,那么现代社会危机的克服在于生活世界的自我复兴,以交流行为理论为模式重建交往理性,使交往合理性与目的—工具合理性取得重新平衡。以语言交流为形式的生活世界自身充满了解放的潜能,挽救现代性的真正出路在于重振生活世界和交往行动。

(二) 现代性是一项值得去完成的未竟事业:对后现代主义的反驳

现代性反思是20世纪西方文论思潮的一个重要主题。哈贝马斯以论战者的姿态介入现代性问题的思考,反驳了后现代主义对现代性和启蒙理性的全面否定。认为始于18世纪启蒙运动的"现代事业"并未走到穷途末路,现代性是一项尚未完成的文化设计。

哈贝马斯坚决反对后现代主义者对现代性的基本立场。哈贝马斯认为,现代性问题,不是出在现代性设计身上,而是出在规定现代性本质特征的理性概念身上。在实现现代性设计进程中,理性遭到了扭曲,被仅仅在工具理性意义上使用。在哈贝马斯看来,从尼采开始直至后现代主义的现代性批判中,理性遭到了扭曲,被误用为主客二分的工具理性。由于把现代性仅仅限于工具理性行为领域即经济活动和官僚体制领域,因而完全遮蔽了理性在其他领域——如思维、道德、法律、审美、文化交流与实践中的功能。后现代主义者甚至认为,现代性的灾难完全是理性一统天下造成的结果,启蒙是现代性的罪人,现代性不是人类追求解放的历史,而是某些人以理性和科学的名义谋求统治的历史,因而主张用非理性来克服现代性弊病。可见,现代性中工具理性对社会生活其他领域的扩张和统治是使现代性声名扫地的原因。有别于各种后现代论者,哈贝马斯采用了一种重构而非彻底解构的方法。哈贝马斯认为,现代性尽管问题百出,但它仍然是一项有着巨大潜能的未竟事业。人们应当把传统启蒙中有活力的遗产与当代文明结合起来,重新继续这项事业,而不是消极地放弃它。发挥现代性的潜能就是要确定理性运用的不同领域,强调各个领域有自主的价值标准,从而消除对理性的片面理解,重建启蒙理性,使理性地组织人们的日常声生活这个现代性构想得以全面地实现。

在哈贝马斯看来,现代西方社会诚如韦伯所言是一个对神圣化"去魅"(de enchanted)而走向世俗的时代,统一的实体理性自身分裂为价值多元状态。从理论上说,这种理性的分裂是伴随着启蒙理性战胜神学和玄学世界观,科学、理性和自由的主体地位的确立而出现的。康德曾从哲学上确立了这种现代性价值分离,他在其三大批判中将理性划分为纯粹理性、实践理性和审美理性,对这种理性分离作了绝对化理解。对此,哈贝马斯提出不同意见。哈贝马斯深刻地追究了西方现代化进程中所出现的问题的深层原因,指出,西方现代化历史表明,理性本身分裂为价值领域的多元性,丧失了其原初的普遍统一性,他指出:"肯定地,随着现代意识结构的出现,直接表现出来的、通过宗教和形而上学的基本概念隐含地表现出来的真、善、美的统一性就遭到了破坏。"[1]哈贝马斯在肯定理性的差异性的前提之下肯定了理性的统一性。哈贝马斯认为,虽然理性在近代已无可挽回地失去了它最初的统一性,并分裂为三种不同的成分,但理性的重新统一仍然是可能的。这构成了哈贝马斯研究交往理性的初衷。哈贝马斯提出,应当在"交往理性"的基础上"重建"理性和现代性,从而拯救和推进尚未实现的启蒙时代的美好理想,走向一个交往合理性的社会。他认为,只有交往行为及其交往理性才能把语言对客观世界的认知功能,遵守社会规范的协调功能,以及传达情感和展示自我的表达功能统一起来,从而提供理性诸方面的统一性。

哈贝马斯认为,现代性是一项牵涉人类生活各个领域,即认知领域、道德实践领域、审美实践领域以及个体信仰领域的文化设计,只有交往行为才包含了理论理性、实践理性和审美理性各自不同的理性要求,同时又体现了它们三者之间的联系与统一。在交往行为中,当话语涉及客观世界时,交往理性就提出了"真实性"的认知理性要求;当话语涉及社会领域时,交往理性就提出了"正当性"的伦理理性要求;当话语涉及主观世界时,交往理性就提出了"真诚性"的审美表现理性要求。作为人类言语交往规范诉求的交往理性,其真义就在于这三个有效性诉求的统一性之中。显然,这种内在于语言交往行为中的交流理性涵盖了认知—工具、道德—实践、审美—表现这三个不同的维度,这种交往行为及其交往理性是交互主体关系的,因而是有别于工具理性的一个更加全面的理性概念。

---

[1] 哈贝马斯:《交往行动理论》第 1 卷,洪佩郁、蔺青译,重庆出版社 1994 年版,第 317 页。

因此,交往理性可以成为社会统一与和谐的救治力量。哈贝马斯认为,在后形而上学时代,超验理性是没有寄身之所的。在后形而上学时代,主体间性的交往理性虽然不再为人类美好生活提供终极性的绝对指导,但可以对文化合理化和生活世界合理化的重建提供可把握的规范标准。交往理性既可以克服现代性难题,又可以回应后现代主义对现代性的诘难。这就是哈贝马斯的救治现代性病症的济世方案,是他精心设计的走出时代困境之路。

(三)重建审美现代性:论文学的艺术自律性与社会公共性

哈贝马斯认为,在交往行为理论中,美学和艺术的目标就是要借助于艺术形式把科学的认识因素和伦理的道德因素运用于艺术本身,批判和克服资本主义条件下表面合理化掩盖下的深刻的不合理性,对传统理性进行全面改造,同时批驳后现代主义艺术对理性的全盘抛弃和全面攻击,揭露它们的穷途末路,建立起一个理想的话语环境,以审美实践的合理性为交往行为走向全面的合理化开辟道路。哈贝马斯认为,立足于意识哲学,传统批判理论家们对理性作了过于狭窄的理解,将其视为一种纯粹压抑性的同一性逻辑,于是就将艺术的解放旨趣置于审美个体之中予以私人化。他所主张的重建审美理性和审美现代性,强调文学的艺术自律性与社会公共性的统一,强调文艺批评作为自我和公共启蒙的中介作用,就是为了纠正传统批判理论审美现代性的褊狭,力图恢复艺术的公共属性,使之穿梭于分化的价值领域之间,从而对人的整体生活有所阐明。

哈贝马斯对艺术的自律性和公共性有深刻的阐述。借助于韦伯关于现代性的理性化的分析框架,韦伯将理性化与世俗化联系起来,这一论点提供了观察近代艺术发展轨迹的参照框架。哈贝马斯对近代艺术所作的阶段划分体现出审美理性化的渐次发展过程。自从艺术从宗教膜拜的公共领域中分离出来之后,它就一直沿着一条独立的路径呈线性向前推进。然而,我们却可以察觉到审美理性化的一种悖论性质。通俗艺术形式的兴起、审美趣味的大众化把艺术从宗教象征、神话寓言和艺术魅惑的层次带入尘世,满足了普通大众的欣赏要求。在这个过程中,艺术日益地被市场所吸纳,表现出一种强烈的商品化倾向。先锋派艺术作为商品化的对立面发展起来,它承诺了艺术的内在价值和艺术家的本真自我表现,具有强烈的超越取向。然而它却摒弃了艺术的认知和道德功能,将艺术的自律性推至其极,割断了艺术与人的生活实践的联系。在哈贝马斯看来,恢复伦理生活的完整性,是从启蒙时代开始的现代性方案的一个内在目标。可是,在现代社会的发展过程中,这种综合的努力不断地遭到挫折。科学、道德和艺术日益相互疏离,它们各有其独特的制度结构和有效性领域。与启蒙思想家的乐观期望相反,分化的科学、道德和艺术不仅未能丰富人的日常生活,反而割断了与生活世界的实质性关联。各种精英亚文化的分裂导致公众的反思能力的退化,人们不再感到有必要思考政治、伦理、法律等问题,而把它们交给有关领域的专家去进行纯粹的技术处理。一旦把艺术放在这个语境中来看待,它的意义便彰显出来了。可以认为,艺术的审美之维蕴涵着启蒙的现代性方案的根本意向和内在潜能。

哈贝马斯把文学视为一种文化机制,是公共领域的一个组成部分,即文学公共领域,属于文化现代性的范畴。在建构交往理性的过程中,文学话语始终处于在场状态。哈贝马斯认为,文学这种在现代性话语中占重要地位的独立的话语系统,在文化现代性建构过程中发挥重要作用。哈贝马斯认为,文化和艺术作为公共领域的文化机制所发挥的是一种中介作用,但绝不是一种工具作用。也就是说,在公共领域文化机制的总体性下,文学艺术具有某种自律性,它们单独构成了一种文学公共领域,形成了独特的现代性话语;同时,对文学的理解要放到现代性总体话语当中进行。他认为,文学艺术作品在客观世界、社会世界和主观世界这三个世界中发挥中介、协调和平衡作用。哈贝马斯认为,文学无论是就其内在本质而言,还是就其社会本质而言,所发挥的都是一种具有批判色彩和规范特征的中介作用。从文化现代性的角度来看,是由个体主体间的交往而走向公共领域的一个中介。文学艺术作品既帮助个体建立起自己的主体性,使个体在面对他者时产生自我认同,同时也为个体建立起一系列的主体间性关系,从而使个体主体走向公共领域,并由私人领域转向公共领域。因而,纯私人性质的写作从来不存在,文学的中介作用就是将私人个体的主体性和公众性更加紧密地联系在一起。文学所发挥的中介作用正是合乎理性的交往作用,文学作品本身隐含的潜在的交往理性,使之成为社会交往的一种中介形式,并具有教化作用,使艺术作品达到审美效果。文学(艺术)在哈贝马斯的理解当中实际上发挥的是一种交往理性的作用,或者说,文学(艺术)在哈贝马斯的文化现代性当中实际上成了交往理性的一种体现和表征。所谓艺术中介论,实际上就是艺术交往论,由此所推导出来的艺术本质说到底就是交往。

在发展审美理性和重建审美现代性的过程中,哈贝马斯的最终目标是要弥合由于价值领域的分化而造成的专家文化与大众启蒙之间的裂隙。如前所述,艺术不仅涉及审美的表现价值,而且还涉及社会历史境况、文化条件和道德相关性。专业艺术家和艺术批评家针对艺术的形式技巧等展开的讨论固然有助于提高艺术自身的反省水平,但它却与公众的日常关注、需要和经验保持着很大的距离。艺术必须揭示人的生存境遇,并围绕特定的共同文化价值诠释人的需要,调整对世界的认识。哈贝马斯在《论现代性》一文中概括地表述了他在这个问题上的看法:"韦尔默使我注意到这种方式,即一种审美经验——它并不是围绕专家批评的趣味判断而被设计出来的——能够将其意蕴加以改变:一旦此经验被用于阐释一种生活—历史境况,并与生活问题息息相关,它就进入了一种语言游戏,那不再是美学批评家的游戏。那时,审美经验不仅更新了我们所需要的解释(在此解释的启发中,我们领悟世界),而且也渗透到我们的认识意义、渗透到我们规范的预期之中。它还改变了这些因素彼此关联的方式。"①哈贝马斯在肯定艺术话语的相对独立性的同时,要求保持艺术与生活世界的适度关联。在他看来,艺术是对世界的诗性揭示,可以使人们用一种新的眼光重新认识世界,转变自己的需要和兴趣,从而发挥着一种认知的和道德的启蒙作用。

二、詹姆逊的政治阐释学的后现代文化批评

弗雷德里克·詹姆逊(Fredric Jameson,1934—   ,亦译作"杰姆逊"或"詹明信"),美国当代著名文艺理论家和文化批评家,1934年4月14日生于美国俄亥俄州的克利夫兰市,早年曾在哈佛大学和耶鲁大学接受教育,并留学法国和德国,1959年以法语写作的论文《萨特:一种风格的起源》获得耶鲁大学博士学位。1954起在美国多所著名大学任教。主要代表作有《马克思主义与形式》(1971)、《语言的牢笼:对结构主义和俄国形式主义的批评》(1972)、《政治无意识》(1981年)、《后现代主义与文化理论》(1987)、《文化转向》(1998)、《后现代主义,或晚期资本主义的文化逻辑》(1991)等。这些论著被译成不同文字,为詹姆逊赢得了世界性声誉。

作为一位后现代的西方马克思主义文艺批评家和文化批评家,詹姆逊身处后现代文化最发达的美国,且对后现代主义文化的研究最为用力。詹姆逊理论视野开阔,他立足于马克思主义政治阐释学,在总结西方后现代理论家思想的基础上,提出了自己对后现代文化的认识,表现出独到的逻辑力量、历史深度和学术个性,在当代西方马克思主义美学乃至整个西方美学界产生了重要影响。詹姆逊明确认为有一个后现代历史时期,并把它对应于晚期资本主义阶段。它是一个与二战前的社会彻底断裂的新型社会,并被冠以"后工业社会"、"跨国资本主义社会"、"消费社会"、"媒介社会"等名称。詹姆逊拒绝仅仅把后现代主义视作一种艺术风格,而是把它作为晚期资本主义的主导文化形式。为了把握这种后现代文化,詹姆逊提出了全球化时代的认知测绘美学建构问题。

(一)后现代主义的文化逻辑

与其他后现代主义思想家不同,詹姆逊把后现代主义与晚期资本主义的时代特征和经济特征相联系,开创了从资本主义的历史或生产方式变革的层面来阐述后现代主义文化逻辑的研究路径。

---

① 哈贝马斯:《论现代性》,见王岳川选编《后现代主义文化与美学》,北京大学出版社1992年,第21页。

詹姆逊借鉴比利时经济学家曼德尔在《晚期资本主义》一书中对资本主义的分期理论,将资本主义分为民族市场资本主义、垄断资本主义和晚期或跨国资本主义三个阶段。同时,詹姆逊运用马克思主义经济基础与上层建筑的关系的理论,进而将文化上的现实主义、现代主义和后现代主义分别与之对应。认为在现代主义那里,艺术从现实世界里退出而进入一个自主的艺术空间,表现出对商业文化的抵制和对权威、经典的维护。后现代主义,也不只是描写文学作品的风格,而是晚期资本主义阶段的文化风格、文化逻辑与时代精神。后现代主义是早已存在的资本主义制度内部某种辩证的转换,是作为对各种高级现代主义的反动而出现的,其显著特征是文化工业的出现。后现代文化特别是当今的大众文化则与市场体系和商品形式具有同谋关系。在晚期资本主义时期,跨国资本的庞大扩张终于侵袭并统辖了现存制度下前资本主义仅存的飞地——自然和无意识。在经济结构和日常生活的制约下,美的生产也改变了其基本的社会文化角色和功能。与美的封闭空间向充分文化化的语境开放相关,现代主义的"艺术作品自主性"和"美的自主性"已不复存在。

詹姆逊不仅认为后现代主义是晚期资本主义的文化逻辑,而且还进一步指出,后现代主义在晚期资本主义整体文化逻辑中居"文化主导"(cultural dominant)的位置,他宣称:"我要试图探索的是:'后现代'到底如何以晚期资本主义整体逻辑里的主导文化形式呈现于社会生活中。"①詹姆逊对后现代主义文化生成与特征的具体看法是:一方面,后现代主义文化是与过去文化的决裂;另一方面,现实主义、现代主义、后现代主义的文化分期又不是绝对的,而只是主导因素的更迭。因此,后现代主义必然会留存一些现代主义的成分,或者说,现代主义的某些特征会作为后现代主义的某些部分或碎片仍然保留在后现代主义中。詹姆逊不止一次地指出:"两个时期的截然断裂一般并不关系到内容的完全改变,而只是某些元素的重组:较早时期或体系里从属的特点现在成了主导,而曾经是主导的现在成了次要。"②詹姆逊认为,只有把后现代文化看作后现代社会的"文化主导",才能够防止那些把现阶段的历史状况视为多元文化的简单呈现,视为文化差异的随机演变的片面性的观点。同时,只有把后现代文化看作晚期资本主义社会的"文化主导",才能够更全面地了解这个历史时期文化的总体特质,才能够揭示后现代主义和现代主义之间的真正差异。

詹姆逊运用现象学方法,阐述了后现代主义作为晚期资本主义生产方式的文化症候,探讨了后现代主义文化的基本特征。它们是:

1. 平面感:深度模式的消失

---

① 詹明信:《晚期资本主义的文化逻辑》,陈清侨等译,三联书店1997版,第500页。
② 詹明信:《晚期资本主义的文化逻辑》,陈清侨等译,三联书店1997年版,第416页。

詹姆逊认为,"一种崭新而平面的无深度的感觉,正是后现代文化的第一个也是最明显的特征"①。现代主义作品强调自己的文化深度或深层意义,要求读者深入到作品之中去,不断地阐释、挖掘。后现代主义作品恰恰是平面化的、不可以解释的,它不再提供任何现代主义经典作品曾以不同方式在人们心中激起的意义和经验。后现代主义文化削平深度模式就是对现代主义的四种深层模式的拒斥,消除现代主义的现象与本质(如辩证法)、意识与无意识(如精神分析)、真实与非真实或存在与异化(如存在主义)、能指与所指(如符号学)之间的对立。由于深度意蕴的消失,后现代主义作品获得了一种浅薄的平面感,成了纯粹的语言游戏,成为无需解释的文化消费品。他曾明确指出:"表面、缺乏内涵、无深度,这几乎可以说是一切后现代主义文化形式最基本的特征。"②

2. 断裂感:历史意识的消失

在后现代社会文化中,人类深层的历史意识正在消失。这是后现代文化消解深度模式的另一种表现。历史意识作为一种深层的"根",表现为集体的文化传统和个体的文化记忆。现代主义注重探讨历史传统和个人记忆。现代主义对历史的感觉是对往昔的一种怅然若失、痛苦回忆的感觉。这种深深的怀旧感在后现代主义中完全转变成一种新的精神分裂和瞬间欣乐的感受。后现代文化中的历史成为纯粹的形象和幻影,呈现出历史的断裂感和虚无感。历史意识的消失意味着后现代时间观的非连续性。后现代主义反对传统的时空观念,力图把一切彻底空间化,将时间转换成空间,以割裂时空辩证法。"后现代现象的最终的、最一般的特征,那就是,仿佛把一切都彻底空间化了,把思维、存在的经验和文化的产品都空间化了。"③詹姆逊称之为"空间优位"。如果说时间是理解现代主义的一把钥匙的话,那么,空间就是理解后现代主义的一把钥匙了。后现代文化取消了时间的连续性,把时间割裂为一连串的"永恒"的当下。"过去与未来的时间观念已经失踪了,只剩下永久的现在或纯的现代和纯的指符的连续。"④能指与所指失去了联系,一切都是能指本身的滑动。当下的碎片就是后现代文化的文本形式,戏仿成了艺术创作的美学法则。

3. 零散化:主体性的消失

自启蒙运动以来,主体一直是哲学的元话语,标志着人的中心地位和为万物立法的特权。理性自我或主体性是现代性的基本内涵。因此,现代主义作品总是努力地表现主体自身的情感体验,其时代主题仍是个人主体性,其文化病状仍

---

① 詹明信:《晚期资本主义的文化逻辑》,陈清侨等译,三联书店1997年版,440页。
② 詹姆逊:《时间的种子》,王逢振译,漓江出版社1997年版,第213页。
③ 詹明信:《晚期资本主义的文化逻辑》,陈清侨等译,三联书店1997年版,第293页。
④ 詹明信:《晚期资本主义的文化逻辑》,陈清侨等译,三联书店1997年版,第290页。

是自我或个人主体的孤独、焦虑、苦恼、变态、疯狂和自我毁灭等异化危机。后现代文化的语言则是空洞的能指,它既不能组织一个逻辑世界又不能组织一个理性自我,后现代精神分裂的主体由此产生。后现代主义的文化病状是主体已被"零散化",已经没有一个完整的自我存在了,主体失去了昔日的中心地位,由此导致了自我的消失和情感的消失。后现代文化带给人们的是吸毒者一样的梦幻感和"非我"感。"今天的一切的情感都是'非个人的',是飘忽忽无所主的"①。后现代的主体是一个没有中心、身心肢解、情感消退的主体,是无法进行身份认同的碎片化的主体。

4. 复制性:独创性的消失

传统美学倡导艺术的独创和文化的距离,以期获得对现实的超越。后现代主义文化则是高度仿真却没有现实感的文化。或者说,幻觉与现实的区分被取消了,人不知道自己处于何处。大众传媒技术的飞速发展和广泛运用,使得文化与生活、形象与真实的界限日渐模糊。人被各种人造的类像、拟像或仿像包围起来。后现代类像文化的扩张使现实隐退,使主体丧失,世界成了物的形象世界。这就直接导致了艺术真实感的丧失,詹姆逊将此称之为"距离感消失"。距离感消失与本杰明的"复制"理论有关。詹姆逊指出:"'复制'是后现代主义中最基本的主题。"②后现代主义文化失去了艺术的"他性",也就不可能再有什么文化的批判、否定、反省等功能。"复制"宣告所谓的"原作"已不复存在。电影作为一门复制的艺术,任何一个拷贝都是相同的。艺术成为没有原本的模本,成为重复、拼凑或剽窃,个人风格、个体表达、艺术原创性或独一无二性等现代主义的特点不复存在。艺术与生活的审美距离、文化对社会的批判距离也消失了。浸淫在后现代文化中的人们,不但其躯体失去了空间的坐标,而且其思维也失去了批判的立场。

(二)认知测绘与政治美学

如前所述,詹姆逊在研究后现代主义的文化特征时,明显表现出对空间的特别关注。空间概念可以说是他的后现代文化批评的一条主线。在《文化转向》中詹姆逊分析了后现代文化的两个转向,即以语言文字为载体的文化向以形象为载体的视像文化的转向,以及与之相联系的后现代空间转向。他认为现代主义本质上是一种时间性的深度模式,而后现代主义则是一种空间性的平面模式。当然,詹姆逊对空间问题的认识更多还是来自于他对后现代时空经验的具体探讨。例如,詹姆逊以位于洛杉矶市的一座后现代建筑"鸿运大酒店"为例,通过对其空间结构、玻璃幕墙、升降机和自动楼梯等的描述,描述了当人们身处这个

---

① 詹明信:《晚期资本主义的文化逻辑》,陈清侨等译,三联书店1997年版,第449页。
② 詹明信:《晚期资本主义的文化逻辑》,陈清侨等译,三联书店1997年版,第218页。

庞大的空间时所产生的那种茫然若失、距离感消失直至自我迷失的感觉。在这个有无数人进出的城市般的饭店里没有明确的空间坐标,人们很难找到他们想要找的商店。詹姆逊认为:在晚期资本主义社会,"新的技术不仅在表现形式方面提出了新的问题,而且造成了对世界完全不同的看法,造成了客观外部空间和主观心理的巨大改变"①。身处这样的后现代超级空间,我们的感觉与我们对自己的身体和周围环境的认知之间存在着分裂。个体在超空间中的迷失表征着主体在晚期或跨国资本主义的全球网络中的困境。因此,詹姆逊提出要建立一种新的"认知测绘美学",使我们作为主体在全球化体系中重新获得位置意识或定位能力以及相应的认识能力和行动能力。

"认知测绘"(cognitive mapping,又译作"认知绘图")是詹姆逊美学最重要的范畴之一。詹姆逊"认知测绘"的理论灵感来自城市设计师凯文·林希的《城市的形象》一书。凯文·林希在该书中指出,在一个异化的城市里,主体丧失了确定自己在城市空间位置的能力。詹姆逊认为,林希所构想的城市经验的方式——此时此地的直接经验与把城市作为一个缺场的总体性的想象感知的辩证法——给他以深刻印象。因为这提出了一种与阿尔都塞的意识形态的著名表述相似的空间类比,这个著名表述就是"对主体与其真实生存关系的想象再现"。詹姆逊指出:"充分地掌握了认知地图基本的形式后,我们便能找出自己跟本地的、本国的以至国际上的阶级现实之间的社会关系。"②可见,詹姆逊力图把林希的空间分析外推到社会结构领域,从我们所处的历史境遇推知到全球规模的(或可说是跨国的)总体阶级关系上来。詹姆逊正是由此确立了他的认知测绘美学概念。詹姆逊指出:不能进行社会测绘有害于政治经验,就如同不能进行空间测绘有害于城市经验一样。"不言而喻,这个意义上的认知测绘美学是任何社会主义政治规划的必要组成部分"③。

认知测绘美学也是詹姆逊早期"政治无意识"思想的继续和发展,是詹姆逊面对全球化现实,重构阶级之图的美学理论创新,也是詹姆逊一贯的政治阐释美学的方法实证。詹姆逊认为,认知测绘,简言之就是再现(representation),其任务就是对全球化的再现④,其目的是为了在一个更高更复杂的层面上恢复意识形态分析的再现力量。他指出:"认知绘图使个人主体能在特定的境况中掌握再现,在特定的境况中表达那外在的、广大的、严格来说是无可呈现(无法表达)

---

① 詹明信:《晚期资本主义的文化逻辑》,陈清侨等译,三联书店1997年版,第293页。
② 詹明信:《晚期资本主义的文化逻辑》,陈清侨等译,三联书店1997年版,第512页。
③ 詹姆逊:《认知的测绘》,见王逢振选编《詹姆逊文集》第1卷,中国人民大学出版社2004,第306页。
④ 詹姆逊:《论全球化的再现问题》,王逢振译,载《外国文学》2005年第1期。

的都市结构组合的整体性。"①对詹姆逊来说,认知测绘,其实是一种理解方式,是一种我们如何将局部与全球相连接的模式。认知测绘提供的正是这样一种连接方式,通过其方式,个人经验可与最全球化的整体联系起来,从而使人们既有具体的感知,又有总体的认识;既能拥有自己的身份定位,又能把握自身与外界的关系;既能从整体上对晚期资本主义社会及其后现代文化进行系统的把握,又能获得对全球规模的总体阶级关系的整体认知。显然,詹姆逊的认知测绘理论,突破了传统模仿论和意识形态的原有框架,在新的历史境遇中融入了更多的内容,形成了一种兼容并包的美学模式。利用这一模式,可解决后现代话语的部分理论困境,走出再现或表述的危机。总之,认知测绘作为詹姆逊前期的马克思主义政治阐释学美学的延伸,丰富和发展了马克思主义意识形态理论。

詹姆逊认知测绘美学的提出,是基于他对社会主义在实践和理论两个方面遇到的问题,以及后现代美学所提出的挑战的思考。詹姆逊试图在更为复杂的晚期资本主义条件下导引出一种熔意识形态和乌托邦于一炉的认识理论或认知方法,并把它作为当代知识分子实现《共产党宣言》所预见的新社会形态的基本依据。詹姆逊认为,在当前的全球化时代,马克思主义的危机主要是马克思主义意识形态的危机,具体表现就是对现实的认知能力和对未来世界的乌托邦想象力的丧失,而这正是认知测绘的基本功能。詹姆逊把认知测绘看作是在后现代条件下对马克思主义意识形态的建构,其中不仅包含对资本主义意识形态的批判,而且还包含了一种对未来的乌托邦的想象和憧憬。"认知绘图"就是这样一种积极的能动的理论构想。它不仅是过去式、现在式,也是将来式,含有预言性的内容,能够提供关于未来发展的可能性的迹象。用詹姆逊本人的话说:"'认知绘图'正可提供这种一个具有教育作用的政治文化,务使个体对自身处于整个全球性世界系统中的位置有所了解,并加以警觉。"②"认知绘图"可以使公众保持对制度体系的敏感性,激起他们的斗志,并胜利完成现阶段的文化政治使命。认知测绘被詹姆逊视为解除马克思主义的危机的重要途径。在晚期资本主义条件下,詹姆逊试图以认知测绘激活马克思主义,从而发展出一种后现代时代的马克思主义,这表现了当代西方马克思主义者从现实出发的积极探索精神。

詹姆逊认知绘图美学,也是对法国后现代主义理论家利奥塔和鲍德里亚等人理论的有力回应。利奥塔一味解构宏大叙事和总体性,鲍德里亚则认为后现代超级空间文化宣告了后马克思主义时代的到来。对于詹姆逊而言,认知测绘是一种新的政治美学的表述,是绕过鲍德里亚的后马克思主义、利奥塔的后结构主义的小道而抵达马克思主义总体美学思想的新路,其核心是关于社会总体的

---

① 詹明信:《晚期资本主义的文化逻辑》,陈清侨等译,三联书店1997年版,第510页。
② 詹明信:《晚期资本主义的文化逻辑》,陈清侨等译,三联书店1997年版,第514页。

思想。认知测绘是以总体性为前提的,其规划"显然随着将被测绘的某一(不可能再现的、想象的)全球社会总体的观念兴起或衰亡"①。詹姆逊认为,大多数后现代主义艺术的自我指涉性和自动指涉性都采取了与晚期资本主义再生产技术——电影、录像带、视像、计算机——嬉戏的形式。詹姆逊希望他所创构的"认知测绘"模式能与晚期资本主义的文化现象相关联,并能阐明这些文化现象。能将后现代主义文化置入全球关系的政治语境中予以考察,对其进行意识形态分析,并进而获得文化批判的力量。这可以帮助我们在这后现代空间里,重新界定自我及集体的位置,继而找回和重建我们进行积极行动的能力。

作为后现代语境下的马克思主义政治美学,作为马克思主义的后现代表达形式,詹姆逊的"认知测绘"提供了一个从总体上观照后现代文化的新方法与新视野,是分析后现代主义文化的学术利器。在后现代社会,随着交通、通信技术的迅速发展,世界各地区和各民族之间的联系日益密切,地理上的频繁交往加剧了后现代主体精神分裂的症状和自我定位的困难。詹姆逊提出重建历史总体性的思想,力图从纷繁芜杂的后现代景观中把握事物的本质,这对晚期资本主义社会的盲目性和零散化,当是有效的抵制。在零散化的信息内爆的后现代超空间社会,人们要形成对世界的整体性把握,就需要这样一个认知测绘所提供的理论视野。詹姆逊指出:"充分地掌握了认知地图基本的形式后,我们便能找出自己跟本地的、本国的以至国际上的阶级现实之间的社会关系。"②目前,詹姆逊的认知测绘美学仍在建构之中,有望成为社会主义政治文化的一个必要组成部分。

三、伊格尔顿的美学意识形态理论

特里·伊格尔顿(Terrey Eagleton,1934—),当代英国最有代表性的"新左派"文艺理论家和批评家。他出生于英国萨尔福特一个爱尔兰移民家庭,其父是工厂的技术工人。伊格尔顿早年就读于教会学校,中学时代开始接受社会主义思想,后进入剑桥大学深造,先后师从英国著名文学批评家利维斯和英国老一辈左派批评家雷蒙德·威廉斯。伊格尔顿先后在剑桥大学和牛津大学任教,深受阿尔都塞及本雅明等人的西方马克思主义文学观念的影响。伊格尔顿的主要代表作有:《批评和意识形态——马克思主义文艺理论研究》(1975)、《马克思主义与文学批评》(1976)、《瓦尔特·本雅明或革命批评》(1981)、《文学原理引论》(1983)、《审美的意识形态》(1990)、《后现代主义幻象》(1996)等。伊格尔顿对于审美意识形态和文学生产理论的深入研究、对"英国文学研究"的精辟分

---

① 詹姆逊:《认知的测绘》,见王逢振选编《詹姆逊文集》第 1 卷,中国人民大学出版社 2004,第 304 页。
② 詹明信:《晚期资本主义的文化逻辑》,陈清侨等译,三联书店 1997 年版,第 512 页。

析、对现代西方各种文化理论的适时批判,以及对包括后现代主义在内的当代西方各种文学现象和文化现象的精湛分析,都给人留下了深刻印象,使他跻身于当代西方最重要的文学批评家和文化理论家行列。

(一) 身体美学与美学意识形态

《审美意识形态》是后期伊格尔顿影响甚大的力作之一,可以说是一部后现代视野中的美学史。该书从夏夫兹伯里和康德开始,一直写到法兰克福学派和公认是后现代理论巨擘的福柯和利奥塔。伊格尔顿在《审美意识形态》一书中提出了一个新颖的主题:审美是一种关于身体的意识形态话语,探讨了身体观念与政治、经济和伦理观念之间的复杂关系,形成了极具创新性的当代唯物主义美学的身体美学理论。

伊格尔顿认为,美学起源于18世纪,是作为资产阶级争夺领导权或实现领导权的实践方式诞生的。鲍姆嘉登以来的新的美学话语所详细阐述的自律的观念,即完全自我控制、自我决定的存在模式,为资产阶级提供了物质性运作所需要的主体性意识系统模式。现代美学以与理性相对的充满身体感官刺激的形式而出现。"美学标志着向感性身体的创造性转移,也标志着以细腻的强制性法则来雕琢身体"。[①]通过这种雕琢,维系资本主义社会秩序的最根本的力量,即习惯、虔诚、情感和爱就被审美化了。在资本主义社会的经济和政治领域中,审美是一种不可忽视的力量,执行着与经济、政治本质作用不同的实践功能,发挥着构建资本主义社会表面团结与和谐的意识形态作用。在一定意义上说,美学的诞生过程,就是资产阶级借助于理性的暴力统治而开拓情感生活殖民地的过程。

在伊格尔顿看来,美学是一个矛盾体,一个自我解构的东西。审美活动作为意识形态现象具有两面性。审美的矛盾不仅存在于作为审美活动承担者的个体身上,也存在于作为社会现象的审美活动中。审美在审美活动承担者的身体中进行着双重的构建,使之成为一种充满矛盾的社会活动。"审美从一开始就是个矛盾而且意义双关的概念。一方面,它扮演着真正的解放力量的角色——扮演着主体的统一的角色,这些主体通过感觉冲动和同情而不是通过外在的法律联系在一起,每一主体在达成社会和谐的同时又保持独特的个性"。[②] 如果说,美学把理性统治法则或政治意识形态通过审美愉悦的无意识机制植入人们身体,内化为一种稳固的有秩序的领导权;那么,它同样也在解构或削弱其自身的统治地位。美学作为感性身体的话语体系,是对人的审美活动,诸如感官的创造性、人类存在的感性方面、快感以及自娱的能力的理论假设。权力规定审美、限制身体,身体同时也存在反抗权力的元素,身体的个体性、特殊性、自由性、自律性

---

① 伊格尔顿:《审美意识形态》,王杰等译,广西师范大学出版社2001年版,第10页。
② 伊格尔顿:《审美意识形态》,王杰等译,广西师范大学出版社2001年版,第16~17页。

使美学成为所有统治或工具主义思想的死敌,也是把金钱和利润视为最高价值的自私自利的资产阶级的死敌。审美的世界是一个指向乌托邦的世界。审美主体在这样的世界里能够克服一般意识形态对人的异化,使人性获得全面的解放,同时又对意识形态产生解构作用,冲击甚至颠覆统治阶级对社会合理性的虚假塑造。

伊格尔顿在《审美意识形态》中多次宣称,"身体或肉体(body)"是该书不断涉及的一个主题。他认为,"对肉体的重要性的重新发现已经成为新近的激进思想所取得的最可宝贵的成就之一"①。从鲍姆嘉登的构想到胡塞尔的现象学,都是一个有关理性如何偏离又返回自身,如何通过感觉、体验等感性经验来迂回地发挥作用的问题。美学的感性化回归,实际上就是对肉体性的重新发掘。在伊格尔顿看来,审美意识形态发生作用的物质基础和媒介即是"身体",他指出:"我试图通过美学这个中介范畴把肉体的观念与国家、阶级矛盾和生产方式这样一些更为传统的政治主题重新联系起来。"②伊格尔顿认为,人的身体是现实历史中人的物质存在。身体是人的生命载体,是物质性的实在。人的身体不同于植物和一般的动物,它是精神和物质、心灵与肉体的结合,具有智性和自我调节的能力。身体是审美意识形态活动的基础和动力,它代表着欲望、情感等解放的力量,同时还是习俗、惯例等不断构建的对象。主体性的重新建构应立足于对身体的发现与重塑之上。身体可以充当原初的革命动力,对身体的关注也具有深刻的文化政治意义。可见,身体美学是一个文化政治学的分析。这显示出伊格尔顿后期的思想特点——重视把审美引向具体物质世界,这使其对审美和意识形态关系的分析有了坚实的物质基础,是伊格尔顿对历史唯物主义美学发展的重要贡献。

伊格尔顿立足于马克思主义唯物论视野,精辟指出:"审美是朴素唯物主义的首次冲动——这种冲动是肉体对理论专制的长期而无言的反叛的结果。"③美学话语作为情感或感性话语是一种身体性的话语。伊格尔顿认为,资本主义现代文明的发展进程,表现为"身体"的历史分化的进程,即分化为作为劳动的身体、作为意志的身体和作为欲望的身体的过程。这种分化在意识形态方面表现为价值的分裂,即认识价值、伦理价值和审美价值的分裂及其相对自主化。身体既是个体的,同时又是社会的,身体美学建构能够把精神世界和物质世界的众多领域联系起来。在回归和重构身体美学的学术之路上,伊格尔顿不是第一个,更不是唯一的一个理论家。从事这项工作并赢得伊格尔顿的高度评价的还有三位伟大的"美学家",这就是马克思、尼采和弗洛伊德。伊格尔顿高度重视他们的

---

① 伊格尔顿:《审美意识形态》,王杰等译,广西师范大学出版社2001年版,第7~8页。
② 伊格尔顿:《审美意识形态》,王杰等译,广西师范大学出版社2001年版,第8页。
③ 伊格尔顿:《审美意识形态》,王杰等译,广西师范大学出版社2001年版,第1页

身体理论,称他们是现代社会中三位最伟大的美学家。伊格尔顿指出:"现代化时期的三个最伟大的'美学家'——马克思、尼采和弗洛伊德——所大胆开始的正是这样一项工程:马克思通过劳动的身体,尼采通过作为权力的身体,弗洛伊德通过欲望的身体来从事这项工程。"①三个人殊途同归,都强调了作为审美物质基础的身体的重要性。

  伊格尔顿认为,马克思《1844 年经济学哲学手稿》高度重视人的感性和感性需要的思想,这是鲍姆嘉登确立的美学诞生一个世纪后,马克思对感性美学的重新召唤。正是马克思建构了真正的唯物主义美学。伊格尔顿提出,拯救美学中的唯物主义,把美学从窒息它的唯心主义重负下解放出来,只能是通过一种发生于肉体本身的革命来实现。在伊格尔顿看来,马克思主义的目标在于恢复肉体被掠夺走的力量,使之如其本然地去自由感觉这个世界。而只有推翻私有制,感觉才能回到它们自身。到那时都变成人的感觉了,眼睛变成了人的眼睛,眼睛的对象也变成社会的、人的对象。因此,感觉通过自己的实践直接变成了理论家。伊格尔顿称马克思是最深刻的"美学家",因为:"他相信人类的感觉力量和能力的运用,本身就是一种绝对的目的,不需要功利性的论证;但是这种感觉丰富的展开是自相矛盾的,只有通过颠覆资产阶级社会关系的严酷的工具主义(实验主义)实践才能实现。只有当身体性的动力已经从抽象需要的专制中释放出来时,当对象已经从抽象的功能中恢复到感性具体的使用价值中去时,才有可能达到审美化的生活。"②尼采则提出了一个大胆的矫枉过正的美学理论。尼采把强力作为人体本身的强大力量,作为人的生命本能的冲动。因此,尼采所从事的也是一项回归身体、从身体角度重新审视一切的文化工程。在尼采看来,肉体是思想的潜在文本,"正是肉体而不是精神在诠释着这个世界"③。在尼采这里,身体、强力和审美是永恒的互动的异质同构体。伊格尔顿认为,尼采美学不仅是对传统美学的巨大颠覆,而且是对资产阶级虚伪的道德美学思想的反讽性批判。伊格尔顿创造性地建议,如果尼采的美学理论还很难让所有人接受的话,那么就把这种强力意志注入生产领域。他认为:"美学的问题不在于某种和谐的表现,而在于生活本身无形的生产力,这种生产力在其自身永恒的运作中彻底地获得了部分的统一性。"④弗洛伊德则揭示了一个欲望的身体,审美是力比多的渴望和满足。在弗洛伊德那里,"艺术不是一个特权化的领域,而是构成日常生活的性欲过程的

---

① 伊格尔顿:《审美意识形态》,王杰等译,广西师范大学出版社 2001 年版,第 192 页。
② 伊格尔顿:《审美意识形态》,王杰等译,广西师范大学出版社 2001 年版,第 97 页。
③ 伊格尔顿:《审美意识形态》,王杰等译,广西师范大学出版社 2001 年版,第 231 页。
④ 伊格尔顿:《审美意识形态》,王杰等译,广西师范大学出版社 2001 年版,第 251 页。

延续"①。弗洛伊德美学揭示出,心灵安顿在肉体上,理性建立在欲望的基础上。法则以欲望为基础,又以欲望的否定形式而存在。法则意味着以创造秩序为名对欲望进行压抑。自我是一个战场,法则和欲望时而对决,时而结成矛盾的同盟。审美的乌托邦理想建立在欲望与法则的平衡之中。"获得更加互惠的和平等的爱的方式是精神分析的目标之一,也是革命政治的目标之一"。因此,精神分析美学是一种揭示在欲望与法则的较量中欲望如何得到平衡和满足的政治诗学。

(二)后现代主义的文化幻象与社会主义的文化前途

在20世纪60年代,后现代主义已走出法国,广泛传播到英语文化圈,伊格尔顿的学术研究也随之发生变化。《后现代主义的幻象》(1996)一书就是在这种背景下写成的。在该书前言中,伊格尔顿认为,一般地说,后现代主义一词通常是指一种当代文化形式或文化风格,而术语后现代性暗指一个特殊历史时期或思想风格。尽管这两个概念有所区分,但他倾向于坚持使用"后现代主义"这个常用术语来概括这样两种事物。②伊格尔顿指出,后现代主义涵盖了从朋克摇滚乐队到元叙事的死亡,从科幻小说杂志到福柯这些异乎寻常的不同质的实体。"如果的确存在任何后现代主义的整体,那么它也只能是一个维特根斯坦式的'家族貌似物'的东西"③。在此基础上,伊格尔顿对后现代主义进行了深刻的分析。伊格尔顿立足于马克思主义政治批评的立场,在辩证批判中与后现代主义展开对话,并进而把后现代问题的讨论与社会主义的命运联系起来,力图通过理论的批判,把握人类的未来历史和文化前途。

首先,伊格尔顿深刻地探讨了后现代主义文化兴起的社会历史原因,认为后现代主义是1968年法国的"五月风暴"失败的产物,是左派运动失败的文化征兆。伊格尔顿指出,左翼运动的失败,使之产生了强烈的挫折感与深重的失败感,于是人们做出了替代性的选择。后现代主义"否定在话语和现实之间,在实行大屠杀和谈论屠杀之间存在着任何重大差别",将导致把这种既成状态或现行制度合理化。后现代主义虽然戴着反抗与批判的激进面具,实际上是一种犬儒主义的政治退却,是对现实斗争的逃避,这种犬儒主义策略正在成为维系现存体制的政治合谋。对于后现代主义来说,如果资本主义制度的中心和主体是难以撼动的,那么,对这个制度的权力较为松散的边缘和缝隙的兴趣将会高涨。体制革命的诉求已被放弃,人们将激进的冲动转向了诸如"文本、语言、欲望、身体、和无意识"④等非中心的、微观的或模糊的部位,并心安理得地在一派虚假批

---

① 伊格尔顿:《审美意识形态》,王杰等译,广西师范大学出版社2001年版,第262页。
② 伊格尔顿:《后现代主义幻象》,华明译,商务印书馆2000年版,第2页。
③ 伊格尔顿:《后现代主义幻象》,华明译,商务印书馆2000年版,第29页。
④ 伊格尔顿:《后现代主义幻象》,华明译,商务印书馆2000年版,第22页。

判话语的繁荣下,逃避真正的革命问题。对此,伊格尔顿写道:"如果关注了国家、阶级、生产方式、经济正义等更抽象的问题已经被证明是此时此刻难以解决的,那么人们总是会将自己的注意力转向某些更私人、更接近、更感性、更个别的事物,人们可以预料一种新的身体学的崛起,在这个学说中,身体是首要的理论主角。"①身体这个被忽视了几百年的东西,成为当今后现代主义最伟大的偶像,后现代主义的快感政治表现为一种犬儒主义品牌的消费主义的享乐主义。

其次,伊格尔顿分析了后现代主义文化的政治意识形态实质。伊格尔顿认为,后现代主义在政治上"既是丰富的又是含糊的"②。"如果说它们已经开始大谈极其重要的新的政治问题的话,那部分是因为它们已经在老的政治问题上遭受了一场有损尊严的失败——不是因为这些问题已经消失或已经解决,而是因为这些问题此刻已经被证明是难以解决的"③。在这个后激进的年代,某些经典的政治问题——诸如大多数人没有足够的食物可吃的问题——被置换成性别和族裔问题。批判的焦点从体制的基本问题(如生产方式、社会形态等)转向了文本、语言、欲望、身体和无意识,并在"混乱的、暧昧不清的、不确定"的理论中制造某种批判话语的繁荣。后现代主义关注许多过去属于边缘的不合理事物,并且把它们放进了政治日程。"它成功地劫持了许多政治能量,并将其升华,进入能指"④。伊格尔顿指出:"能指的恐怖和诱惑,它的陷阱、引诱和颠覆:所有这一切都同时表示为一种振奋人心的新颖形式的政治学说,以及一种遭受挫折的政治能量的一种迷人替代物,政治上沉寂的社会中一种代用的偶像破坏。……在这里,某些在政治现实中不再可能的冒险破坏还可以在话语的层面上替代性培育。"⑤后现代主义宣称现代性意义上的历史已经终结,与其说是他们提出的问题是一个伪问题或任务已经解决,不如说他们已经最终放弃了这一任务。因此,后现代主义是一个矛盾幻象,它既是激进的,又是保守的。⑥ 就其以微观政治来颠覆和反抗而言,是激进的;但是就其对真正需要解决的实际问题的回避来说,又是保守的。它以游戏的、滑稽的和流行主义的精神,使纯粹现代主义吓人的严峻变得堕落。它在对商品形式的模仿中,成功地增加了市场所产生的更加有害的严峻。

再次,伊格尔顿也充分肯定了后现代主义的合理因素,并给予了积极的历史评价。伊格尔顿指出:对后现代主义文化幻象展开批判,并非意味着后现代主义

---

① 伊格尔顿:《后现代主义幻象》,华明译,商务印书馆2000年版,第22页。
②③ 伊格尔顿:《后现代主义幻象》,华明译,商务印书馆2000年版,第32页。
④ 伊格尔顿:《后现代主义幻象》,华明译,商务印书馆2000年版,第32~33页。
⑤ 伊格尔顿:《后现代主义幻象》,华明译,商务印书馆2000年版,第23页。
⑥ 伊格尔顿:《后现代主义幻象》,华明译,商务印书馆2000年版,第149页。

一无是处。相反,后现代主义提出了为传统左派所不顾而具有世界——历史重要性的问题。例如,伊格尔顿认为,后现代主义对差异性、特殊性和个体性的敏感和尊重,对任何践踏它的极端反感和猛烈抨击,就属于我们这个时代最伟大的解放观念之一。①伊格尔顿指出:"它(后现代主义)的有关种族主义的族性特点,有关同一性思想的偏执,有关总体性的危险和对他者的恐惧的大量著作:所有这些,连同它对于权力的狡诈的深刻见解,无疑具有相当大的价值。"②因此,"后现代主义并不只是某种纯理论的错误。除了其他事情之外,它是西方一个特定历史时代的意识形态。这就是被辱骂的和被羞辱的群体正在开始恢复他们的历史和人格的时代,正如我所强调的,这是这个潮流最宝贵的成就"③。任何不能根据这个肥沃的、表达有力的文化来改造自己的社会主义必定从一开始就会破产。社会主义的未来需要随之重新加以思考。也正因为此,人们几乎原谅了它的全部恶劣的过分行为。

最后,伊格尔顿认为,西方社会文化的前途是社会主义而不是后现代主义。伊格尔顿指出:"社会主义设想了一种目的:更加公正、自由、合理和富有同情心的社会秩序是可能的。"④伊格尔顿所说的社会主义者也就是西方世界中的马克思主义者,虽然目前他们还弱小,但却拥有着光明的前途。马克思主义对于资产阶级的历史地位、历史功绩和历史局限曾给予了十分公正的历史评价。社会主义应充分吸取现代性的积极成果,而不是像后现代主义那样只是以虚假的名义简单地否认它。伊格尔顿指出:"社会主义和后现代主义在历史问题上并非势不两立地不一致。二者都信仰一个多样性、可塑性、自由运转的、没有限制的历史——一句话,它不是大写的历史。对于马克思来说,目标是从交换价值的形而上学牢狱中释放使用价值的鲜活特殊性,这就意味着远比经济改造要多得多。"⑤对于社会主义来说,更多的公共社会结构和个人利益的多元化最终并不存在对立。伊格尔顿指出:"在差异的问题上,马克思主义与后现代主义之间没有最终的争论;马克思的全部政治伦理学都致力于把感觉的特殊性,或者个人权力的全部丰富性,从抽象的形而上学的牢房中解放出来。"⑥但是,正是马克思认识到,如果每一个人的独特差异都能得到尊重的话,那么这种伦理学就必然是普遍扩展的。伊格尔顿指出:"一个人是社会主义者,正是为了每一个人都能普遍地享受到了自由、幸福和正义。阻碍这种状态实现的东西一部分就是这种虚假

---

① 伊格尔顿:《后现代主义幻象》,华明译,商务印书馆2000年版,第129页。
② 伊格尔顿:《后现代主义幻象》,华明译,商务印书馆2000年版,第151~152页。
③ 伊格尔顿:《后现代主义幻象》,华明译,商务印书馆2000年版,第138页。
④ 伊格尔顿:《后现代主义幻象》,华明译,商务印书馆2000年版,第56页。
⑤ 伊格尔顿:《后现代主义幻象》,华明译,商务印书馆2000年版,第76页。
⑥ 伊格尔顿:《后现代主义幻象》,华明译,商务印书馆2000年版,第124页。

的普遍主义。社会主义是对于这样一种虚假普遍主义的批判。在这个意义上,社会主义解构了普遍理性和限于文化的实践、抽象权利和具体联系、自由主义和共产主义论者的主义,启蒙运动的自然和后现代的文化之间的当前对立。"①伊格尔顿认为,"社会主义的目的就是创造这样一个社会,在那里我们不再非得在功利的法庭上为我们的活动辩护——在那里我们的权力和能力的实现本身变成了一种自我愉悦的目的。……因此,社会主义本质上是一个美学事物:有艺术的地方,才会有人类。但是存在着将社会存在美学化的不同途径,这种途径完全不同于生活方式、设计、商品或者这个景观的社会"②。

伊格尔顿的美学意识形态理论把传统马克思主义美学的宏大叙事建立在个体经验之上,显示了他的理论创新和学术个性。尤其是他的身体美学理论,对于解读当下文坛日益盛行的身体写作现象,有重要的参考价值。但是,伊格尔顿的后现代主义文化政治分析本身,日益显示出文化精英和专业体制的特点,构成了后现代文化语境下的学术反讽和政治反讽,从而失去其原有的激进政治研究的本来意义,这是一贯以反学院姿态自居的伊格尔顿的尴尬之处。

小　　结

西方马克思主义作为一股重要的文化思潮,自产生至今已有七十多个年头,如今仍保持着强劲的发展势头,这可以从美国田纳西大学戈尔曼新近主编的《新马克思主义传记辞典》一书得到充分反映。由这部辞典可知,在当代西方学术界,西方马克思主义仍是备受重视的社会文化思潮之一。一般说来,西方马克思主义者的主观用意是想用形形色色的社会科学和人文学科来"发展"、"补充"和改造马克思主义,所表现出来的大胆探索,勇于创新的精神,无疑是应予充分肯定的。西方马克思主义者所坚持的关心人类前途与命运的现实使命感与历史责任感,也是令人敬重的。但在客观效果方面,由于其方法主要是在对马克思主义进行"解构",因而也就导致了与主观意愿之间的距离。本来,在马克思主义经典作家那里,马克思主义的人文性与科学性、理论性与实践性是辩证统一的,而西方马克思主义者,却首先把马克思主义从工人运动中剥离出来,着力为之的是将马克思主义分别纳入西方现代人本主义和科学主义等哲学文化思潮中,予以新的理论性解读、阐释与发挥,从而表现为一种书斋式的学术研究,这未免又在一定程度上削弱了马克思主义本原性的改造世界的实践功能。

从美学、文艺学的角度而言,西方马克思主义在研究现代西方文化艺术与现

---

① 伊格尔顿:《后现代主义幻象》,华明译,商务印书馆2000年版,第135页。
② 伊格尔顿:《后现代主义幻象》,华明译,商务印书馆2000年版,第99页。

代资本主义社会现实,与现代资本主义意识形态,与现代资本主义经济政治结构的关联等方面,尤其是在分析现代西方文艺自身的发展规律等方面,有许多为其他现代西方文论所不可企及的创见。如卢卡契的"伟大的现实主义"文论,葛兰西的"文化霸权"理论,本杰明的"现代艺术生产"理论,阿多尔诺"否定的美学"理论,阿尔都塞的"意识形态生产"理论,哈贝马斯的"重建审美现代性"理论,詹姆逊的"认知测绘美学"理论,伊格尔顿的"身体美学"理论,等等。这些有着独到理论内涵的创见,是值得我们认真加以汲取与借鉴的。同时,也应注意到,西方马克思主义缺乏对文学艺术本体特征的深究,更为注重的仍是文学艺术的社会功能,甚至在一定程度上过分夸大了文学艺术抗衡现实、拯救人性的作用,其理论中,不无脱离实际,一相情愿的主观浪漫与乌托邦倾向的局限。

思 考 题

1. 举出西方马克思主义文艺理论的主要流派、主要代表人物及其代表作。
2. 解释"总体性"、"物化"、"文化霸权"、"复制"、"光晕"、"文化产业"、"依照症候的阅读"、"交往理性"、"认知测绘"等术语。
3. 卢卡契"伟大的现实主义"理论的主要内容是什么?
4. 试述葛兰西的"民族—人民的文学"的文艺思想。
5. 试述本杰明文艺思想的基本观点。
6. 阿多尔诺是如何分析大众文化和现代主义的?
7. 马尔库塞在《审美之维》一书中是如何论述艺术的特质和功能的?
8. 试述阿尔都塞对艺术、意识形态和科学三者关系的基本见解。
9. 谈谈马契雷关于文学创作、文学作品及文学批评的基本观点。
10. 哥德曼是如何论述文艺作品结构与社会结构之间关系的?
11. 哈贝马斯为何主张要重建"现代性"这一未竟的事业?
12. 詹姆逊是如何阐述后现代主义文化的?
13. 试述伊格尔顿身体美学的基本观点。

第十三章

当代西方文艺理论

引 论

后现代(或称信息时代、后工业时代、晚期资本主义时代),通常是指第二次世界大战结束之后,随着科技与经济的高速发展,西方社会进入的一个新的历史阶段。与以机械工业为标志的现代社会不同,在以电子技术、智能技术为标志的后工业时代,人们的物质生活水平虽然不断得到了大幅度的提高,但因信息的急剧膨胀,知识的快速转换,技术的不断创新,生活节奏的加快,也使人日渐感到了新的压抑与束缚,陷入了新的迷茫与困惑。正是在这样的社会氛围中,一种以本体怀疑论为思想基础,以偏激的反理性、反权威、反中心、反科技乃至反文化,倡导多元、差异等为理论主张的文化思潮日渐兴盛,至今不衰。这种与后现代社会相伴而生的文化思潮,即谓后现代主义(postmodernism)。表面上,后现代主义呈现出"非意义"的虚无主义倾向,而实际上却分明蕴涵着反叛现存秩序,颠覆现实,变革现实的深层动机。后现代主义文艺理论,是后现代主义文化思潮的重要组成部分,其主导特点是:在创作方面,否认作家的主体性,放弃了对意义的探寻,消解审美规则,反叛文艺范式,极端化地强调创作的自由与随意;在批评方面,主张解构中心,反对阐释,消除边界等。对后现代主义文化思潮的形成产生了重要影响的思想家主要有法国学者罗兰·巴尔特、(Roland Barthes,1915—1980)、米歇尔·福柯(Michel Foucault,1926—1984)、雅柯·德里达(Jacques Derrida,1926—2004)等。在后现代主义思潮的研究方面卓有贡献的思想家主要有:法国学者让-弗朗索瓦·利奥塔(Jean Francois Lyotard,1924—1998)、美国学者丹尼尔·贝尔(Daniel Bell,1919—)、弗雷德里克·詹姆逊(Fredric Jameson,1934—)、大卫·雷·格里芬(David Ray Griffin,1939—)、伊哈布·哈桑(Ihab Hassan,1925—)、德国哲学家尤尔根·哈贝马斯(Jurgen Habermas,1929—)等人。

伴随着科技与经济的高速发展,在后工业时代,整个世界格局与社会形态也发生了巨大变化:国家革命与民族独立的浪潮冲垮了以占据领地为主要形式的传统殖民体系,强国对弱国的文化侵略成为突出的问题;在西方一些发达国家内部,社会的主要矛盾也已不再是工人阶级与资本家之间的对立,而是种族问题、性别问题以及文化观念之间的冲突等。正是与之相关,20世纪60年代以来,在后现代主义文化思潮的影响下,在西方,另有一些自成格局,独具形态的文化及文艺思潮先后兴起,最具声势的是女性主义、后殖民主义与新历史主义,其间又相互关联。如女权主义与后殖民主义之交叉。在我国学术界,常常将其视为后现代主义的组成部分,而实际上,这些思潮,虽然与后现代主义有着内在关联,但其具体文论主张又有明显的不同,故分述如下。

第一节 后现代主义文艺理论

后现代主义文化思潮没有自成一体的学派,没有集中统一的理论主张,不同学者之间的看法也是大相径庭的。作为其重要组成部分的后现代主义文艺理论,也同样是纷纭复杂的。

一、何谓后现代主义

作为一种文化思潮,后现代主义与现代主义有着内在关联。现代主义,是自19世纪中期以来,至20世纪50年代,在西方哲学、社会学、伦理学、语言学、文学艺术等领域出现的以"非理性"为主旨的文化思潮。后现代主义,实际上是现代主义"非理性"主旨进一步发展的结果,正是在此意义上,利奥塔认为:"后现代主义不是现代主义的终结,而是现代主义的初始状态,这种状态是持续发展的。"[1]但后现代主义,毕竟又不同于现代主义,其不同之处在于:按美国学者丹尼尔·贝尔的看法,是"把现代主义逻辑推到了极端"[2]的产物;按英国学者特里·伊格尔顿的看法,"后现代主义从现代主义那里继承了破碎的或分裂的自我,但却彻底抛弃了原有的批判眼光"[3]。这类见解是有道理的。在现代主义思潮中,虽已充满着对理性的怀疑与反叛,但从整体上来看,仍未放弃对确定性意义的探寻,而后现代主义则要彻底消解意义中心,表现出极端虚无主义的倾向。如果说,现代主义主要表现为对人性的失望,后现代主义表现出的则是对人生的失望。

---

[1] Thomas Docherty,ed. *Postmodernism:A Reader*. New York:Harvester Wheatsheaf, 1993. p.44.
[2] 王岳川、尚水:《后现代主义文化与美学》,北京大学出版社1992年版,第7页。
[3] 特里·伊格尔顿:《资本主义、现代主义与后现代主义》,朱立元、李钧《二十世纪西方文论选》(上卷),高等教育出版社2002年版,第733页。

(一) 后现代主义的形成与发展

根据荷兰学者汉斯·伯顿斯(Hans Bertens)的研究,以美国为中心地带,后现代主义的发展大致经历了以下五个阶段,在不同阶段呈现出了不同的理论内涵与表现形式:1934年,自西班牙学者弗雷德里科·德·奥尼兹在《西班牙和拉美诗歌选集》中使用了"后现代主义"术语开始,到20世纪60年代初,是后现代主义这一术语出现并扩散其内涵的阶段;至60年代中期,即已形成了以"逃避解释"、"非艺术"、"反文化"等为特征的后现代主义主张;至60年代末,后现代主义进一步反叛现代主义美学,表现出强烈的本体怀疑论倾向;至70年代中期,后现代主义以批判逻格斯中心主义(Logos-centerism)、反整体性、反统一性为标志,走向了一种更为虚无的存在主义世界观;自70年代后期以来,经过不断的争论探讨,后现代主义逐渐发展为一个具有"广泛包容性"的术语,几乎所有不能归类为现实主义或现代主义的文化与文学艺术现象,都被归拢到了"后现代主义"的名下。[1] 后现代主义呈现出来的,正是这样一种令人眼花缭乱之象。仅以形成的研究专题及出现的相关著作来看,就有"后现代哲学"、"后现代宗教"、"后现代精神"、"后现代文学艺术"、"后现代科学"乃至"后现代疾病"、"后现代体育"、"后现代旅游"等。也许正是与"后现代主义"这一术语外延的模糊与内涵的散乱有关,伊哈布·哈桑认为:后现代主义是一个难以定义的"飘忽不定的幽灵","今天,我对它的了解,甚至比30年前我刚开始研究它的时候还要模糊,因为后现代主义本身变了,我变了,世界变了"[2]。美国后现代主义学者波林·玛丽·罗斯诺(Pauline Marie Rosenau)也曾这样慨叹:"后现代这个术语的运用是如此的广泛,以至于它似乎可以运用于任何事物,同时也无法运用于任何事物。"[3]有人甚至认为,说清了后现代主义,也就不是后现代主义了。

从一些最有代表性的理论家的观点来看,见解也各个不一。利奥塔在《后现代状态》中认为:"用极简要的话说,我将后现代定义为针对元叙事的怀疑态度。"[4]并进一步指出,在后现代境况下,人类历史上那种以单一标准去裁定所有差异并统一所有话语的"元叙事"(Metanarrative)的合法性已被瓦解,人类现代历史上形成的自由解放与追求本真的"两大合法性神话"、两套"堂皇叙事"(grand narrative)已经失效。在此情况下,人们以往所说的"科学真理",也已不

---

[1] 汉斯·伯顿斯:《后现代世界观及其与现代主义的关系》,见《走向后现代主义》,王宁等译,北京大学出版社1991年版。

[2] Hassan, Ihab Habib:"From Postmodernism to Postmodernity: The Local/Global on text" *Philosophy and Literature*, Volume 25, Number 1, April 2001, p.1~13.

[3] 波林·玛丽·罗斯诺:《后现代主义与社会科学》,张国清译,上海译文出版社1998年版,第22页。

[4] 王岳川、尚水编:《后现代主义文化与美学》,北京大学出版社1992年版,第26页。

再是一成不变的"绝对真理",而是与人文科学"话语"一样,只不过是多种话语中的一种而已。这样的"后现代知识",也不再仅仅是权威手中的工具,其作用只在于"增强我们对于差异的敏感,促进我们对不可通约事物的宽容能力。它的原则不是专家的同一推理,而是发明家的谬误推理"①。正是基于这样的认识,利奥塔曾在《后现代状态》中公然宣称:要"向统一的整体开战;让我们成为不可言说之物的见证者,让我们不妥协地开发各种歧见差异,让我们为秉持不同之名的荣誉而努力"②。由此可见利奥塔激进的反叛理性、反叛一元思维的理论态势。美国学者伊哈布·哈桑的后现代主义概念则要宽泛一些,认为它既是反形式的,无拘束的,但也还是包括那种揭示整体感的需要,即同时仍需要"超越界限和填平鸿沟",以便"达到心灵的某种新灵知主义的直接性"③。詹姆逊则试图从马克思历史唯物主义出发,从电视这一后工业时代的典型信息传媒方式入手,认为"后现代主义的全部特征就是距离感的消失"④。汉斯·伯顿斯则认为:"在大多数概念中,同时在最近关于后现代主义的几乎所有概念中,本体论的不稳定性问题是绝对的核心。"⑤

这些不同见解,都是各有道理的,都在某一方面揭示了后现代主义的特征。综合起来看,这就是:随着后工业时代条件下信息传播方式、生活方式及社会格局的变化,人们已越来越感到,那种传统的一切均服从于亘古不变的普适规律的世界观,是机械的,不可信的。实际上,事物的存在与发展往往呈现出不稳定性、不确定性、不可预见性、偶然性等特征。即如真理、正义、人性、理性之类的内涵,也不可能是单一的,不变的,而应是多元的、开放的。因此,要重视变革,容忍差异,蔑视权威;要反对用统一性与整体性来规范世界,要反对用固定不变的逻辑与规则说明世界。

对于这样一种后现代主义文化思潮,在西方学术界,大致形成了以下三种态度:

一是给予了充分肯定,如利奥塔认为,后现代主义能够"增强我们对于差异的敏感,促进我们对不可通约事物的宽容能力"⑥。伊哈布·哈桑认为:"后现代主义的出现即使不是对20世纪西方社会一次富有独创性的体认,也是对西方社会一次有意义的修正。"⑦

---

① 王岳川、尚水:《后现代主义文化与美学》,北京大学出版社1992年版,第26、27页。
② 利奥塔:《后现代状况》,岛子译,湖南美术出版社1996年版,第211页。
③ 佛克马、伯顿斯:《走向后现代主义》,王宁等译,北京大学出版社1991年版,第33页。
④ 转引自杰姆逊:《后现代主义与文化理论》,唐小兵译,陕西师范大学出版社1986年版,第192页。
⑤ 佛克马、伯顿斯:《走向后现代主义》,王宁等译,北京大学出版社1991年版,第56页。
⑥ 王岳川、尚水:《后现代主义文化与美学》,北京大学出版社1992年版,第27页。
⑦ 王岳川、尚水:《后现代主义文化与美学》,北京大学出版社1992年版,第108页。

二是给予了尖锐批评(当然也有原则性的肯定),如哈贝马斯从现代性是一项尚未完成的伟大事业的立场出发,认为后现代主义是对现代主义传统的反动,是中产阶级庸人的大逆流,开的是市侩式的反现代主义形式和价值的倒车,代表着新的社会保守主义思潮。① 英国当代文论家洛德威也这样认为,后现代主义"是一种更深意义的颓废,因为一个人怀疑除自己以外还有别人和世界存在,把自己游离于共同关心的事物,游离于社会的集体性之外,对社会进步而言,是十分危险的"②。另有学者甚至认为这是西方世界的一场浩劫,是人类的一次精神自戕。

三是既肯定后现代主义对现代性的反叛,但又不赞成其颠覆一切,消解中心的策略。如美国学者理查·罗蒂的看法是:"我们可以赞同利奥塔,因我们不再需要元话语;但我们也赞同哈贝马斯,因我们不愿陷入没有主体的干枯窘境。我们同意利奥塔的观点,研究超历史的主体的交往能力,对增强我们对社群的认同感没有什么帮助;但我们仍坚持这一认同感的重要性。"③詹姆逊也主张要对其进行辩证的思考,"既视之为灾难,又视之为进步"④。另如美国克莱蒙特神学院教授、"后现代研究中心"与"过程研究中心"主任大卫·雷·格里芬等人,也一方面赞同"应该抛弃现代性,事实上我们必须这样做,否则,我们及地球上的大多数生命都将难以逃脱毁灭的命运"⑤之类的主张,同时又认为现代世界已取得了空前的进步,不能因为反对其消极特点而抛弃这些进步,应该以修正的态度研究问题,并将这样一种主张概括为"重构性的"(reconstructive)后现代主义。⑥

(二)后现代主义产生的根源

同世界上的许多事物一样,后现代主义文化思潮也不是凭空产生的,而是与历史背景、社会文化、时代条件等多方面的复杂因素有关的,概而言之,主要有以下三个方面的根源。

1. 社会历史根源

从社会历史根源来看,后现代主义思潮的形成,首先是与第二次世界大战这一重大历史事件相关。20世纪初,第一次世界大战的爆发,虽使文艺复兴以来西方资产阶级思想家们构拟的以自由、平等、博爱为目标的社会理想遭到了重创,但人们尚未绝望,以人性探索、重建秩序为主旨的现代主义思潮即是标志。但很快,"现代主义者在秘密地建造世界模式方面所作的努力,在第二次世界大

---

① 参见王岳川、尚水:《后现代主义文化与美学》,北京大学出版社1992年版,第101页。
② 转引自王岳川:《后现代主义文化研究》,北京大学出版社1992年版,第320页。
③ 王岳川、尚水:《后现代主义文化与美学》,北京大学出版社1992年版,第69页。
④ 王岳川、尚水:《后现代主义文化与美学》,北京大学出版社1992年版,第81页。
⑤ 大卫·雷·格里芬:《后现代科学》(英文版序言),中央编译出版社1995年版,第16页。
⑥ 大卫·雷·格里芬等:《超越解构》,鲍世斌等译,中央编译出版社2002年版,第1页。

战的威胁面前证明是不起作用的;他们的声音淹没在武器的撞击声中"①。特别是在发生了可以作为人类凶残本性之象征的诸如"奥斯威辛集中营大屠杀"一类的惨剧之后,人类很难再相信公理、上帝了,甚至也很难相信自己了。第二次世界大战结束之后,虽然没有爆发过大规模的世界战争,但局部战争仍然不断,种族灭绝的惨剧也时有发生,核战争的阴云一直笼罩地球的上空,这一切,仍在沉重地压抑着人类的心灵。其次,第二次世界大战后经济的复苏与快速发展,虽然大大改善了人们的物质生活条件,调整了人与人之间的关系,但贫富差距不仅未能消除,且越来越大,社会不公也有增无减。所有这些,无疑进一步加剧了人类对安排自己命运能力的怀疑。失去了人生价值方向与目标的后现代主义文化思潮,以及后现代主义作品中出现的无可奈何的哀叹之类,无疑正是这种迷茫情绪的体现。再次,随着战后资本主义市场经济的快速发展,人类的物欲、消费欲进一步膨胀,作为社会成员的个人,越来越沦为获取利润的工具。与市场经济相关,本是满足人的精神需求的文化产品,也往往首先被纳入商品范畴,成为快餐性的消费品。在这方面,詹姆逊所说的"后现代主义的出现和晚期的、消费的或跨国的资本主义这个新动向息息相关"②是有道理的。

2. 科技文化根源

本来,人类将科技视为自己的福音;人类对以科技手段建成的现代化社会充满了美好的期待。然而事实则是:高科技在给人类带来生活舒适与方便的同时,也造成了秩序控制的严密,人情的日趋淡漠,以及生态平衡的破坏,资源的浪费,生存环境的急剧恶化,人文精神失落等一系列社会问题。故而在一些后现代主义思想家看来,科学技术已经不再是一种解放力量,而是成了导致新的奴役与压迫的工具。何谓人生幸福?人生的终极意义究竟何在?这不能不引起人们新的疑虑。从这个角度来看,后现代主义,实际上正是对现代性的过失不满,进一步反抗理性压抑的产物。此外,在自然科学领域,许多被视之"后现代科学"的新的理论成果不断问世,对人类的传统思维方式构成了严峻的挑战。如比利时物理学家普里高津等人创建的"耗散结构论",量子力学发现的光之"波"、"粒"二象性,德国物理学家海森堡提出的"测不准原理",法国数学家托姆等人创立的"突变论",被称为20世纪第三次科学革命的"混沌学"等,有力地冲击了经典科学所强调的事物的平衡有序性、可预见性、确定性、规律性等。正如利奥塔所描述的:"后现代科学本身发展为如下的理论化表达:不连续性,突变性,非修正性以及佯谬。后现代科学对以下事物关切备至:模棱两可的,测不准的,因资讯匮

---

① 佛克马、伯顿斯:《走向后现代主义》,王宁等译,北京大学出版社 1991 年版,第 97 页。
② 詹明信(本书译为詹姆逊——编者注):《晚期资本主义的文化逻辑》,陈清侨等译,三联书店 1997 年版,第 418 页。

缺所导致的冲突对抗,支离破碎的,灾变,语用学的悖论等。后现代科学将知识的本质改变了,同时也解释了这种改变的原因。后现代科学所生产的是未知而非已知。"①面对这些新的科学成就,科学界本身亦大为震动,著名力学家莱菲尔曾经提议,要以力学家全球集团的名义宣布:"我们集体一致请求原谅,因为我们把接受教育的人们引向谬误,传播了关于满足牛顿运动规律的系统遵从确定论的思想;然而1960年以后证明,情况并不是这样。"②这样一种对传统科学理性的冲击,对既有真理的怀疑,自然也在一定程度上影响了以本体怀疑论为特征的后现代主义思潮的形成。

3. 哲学思想根源

有史以来,人类一直在渴望着认识事物的客观意义与真理。在西方,自古希腊以来,理性化的形而上学思维方式,一直被许多哲学家视为实现这一目的的重要途径。特别是自启蒙运动以来,在资本主义社会走向现代化的历史进程中,这一思维方式更是占据了主导地位。但进入20世纪末以来,有不少思想家愈来愈怀疑其合理性,一些反叛性的理论也不断出现。如弗洛伊德通过对病人及对自己的梦的观察和分析,发现和确认了人类"非理性"的无意识心理现象;罗素、维特根斯坦、石里克等人的"分析哲学"认为,传统哲学中的理性思辨方法是不科学的,只有超科学、超常识、超感觉的世界才是真实的,他们甚至主张要拒斥形而上学,取消形而上学;胡塞尔的"现象学哲学"认为,只有通过直觉,返回纯粹意识,才能把握事物的本质;海德格尔的"存在主义哲学"认为,事物的本体存在是虚妄的,只有语言才是"存在的家"。

至60年代,福柯、德里达等人的解构主义哲学,对现代理性思维进行了更具摧毁性的批判。弗洛伊德虽然重视非理性,但并未否定理性;分析哲学、现象学哲学、存在主义哲学虽在极力反叛寻求事物本体意义的理性思维,但他们毕竟仍在力求事物的本体,只不过是要换一种"逻辑原子主义"的、"现象还原"的或"反省存在"的方式而已。而福柯、德里达等人,则釜底抽薪式地径直否定了事物之本体意义的存在,在他们看来,世界与人生本来就没有什么恒定不变的本体,没有人们公认的价值和意义。所谓对一切时代都适用的对存在和世界的阐释,实际上是根本不存在的。人们对事物以及文本意义的阐释,不过是人把自己臆造出来的所谓意义强加于事物或植入文本的结果。他们还进一步指出,即以用来阐释世界的语言来看,本身就不存在恒定不变的意义中心,文字与文本背后,实际上隐藏着阐释的无限可能性,构成的只能是一个流动的意义指涉过程。

如果说,以"非理性"为主导特征的现代主义,恰与弗洛伊德的无意识理论、

---

① 利奥塔:《后现代状况》,岛子译,湖南美术出版社1996年版,第172页。
② 陈建礼:《科学的丰碑》,山东科学技术出版社1998年版,第325页。

分析哲学、现象学哲学、存在主义哲学等密切相关的话,而福柯、德里达等人的解构主义哲学,则无疑最为直接地构成了后现代主义的思想基础。以利奥塔为代表的后现代主义思想家对"知识的合法化地位"的反叛,后现代主义作品中的"非意义化"之类,实际上正是解构主义哲学思潮的伴生物。

二、后现代主义文艺创作观

在人类的精神文化活动中,文学艺术一直占据着最为突出的地位。作为一种文化思潮的后现代主义,也首先是在文学艺术活动中表现出来的,在后来的发展过程中,也主要是以文学艺术为载体的。

伊哈布·哈桑曾经正确地指出:"现代主义与后现代主义不是由铁障或长城分开的,因为历史是可以抹去旧迹另写新字的羊皮纸,而文化渗透着过去、现在和未来。在我看来,我们同时可以是维多利亚人、现代人和后现代人。一个作家在他的生涯中,能容易地写出一部既是现代主义又是后现代主义的作品。"① 事实正是如此,在文学艺术领域,要找到现代主义与后现代主义之间的截然的时间分界,是很难的。实际上,从创作情况来看,早在第二次世界大战期间出现的乔伊斯的小说《芬内根的守灵》以及萨特、加缪等人的存在主义小说、戏剧,贝克特等人的荒诞派戏剧,用今天的视点看,其后现代主义色彩已较突出。这样一种情况,自然也增加了我们辨析后现代主义文艺观的难度。但从创作的整体特征与相关理论主张来看,后现代主义又毕竟不同于现代主义。概括来看,主要有以下几个方面。

(一)创作主体的消解

现代主义作家、艺术家、理论家们,仍注重于创作活动中作者的主体视角,即仍注重从主体的自我意识出发,感悟现实,体味人生,并力图在此基础上创造出个人性的艺术世界。而据福柯的见解,由于"知识型构"之类的既成话语的制约,由于语言本身的不确定性,人已很难表达自己,所谓主体,不过是一个子虚乌有的幻象而已。因此,必须颠倒传统的作者概念,即以往习惯于将作者视为著作的天才创造者,他那里蕴藏着无比丰富的经验,并拥有一个不可穷尽的意指世界,作者与所有其他人非常不同,他话一出口,意义便开始增长之类的看法是荒谬的,"事实相反:作者不是一种灌注一部作品意指的无限源,作者不能先于作品"②。在一些崇尚后现代主义的作家、艺术家那儿,我们看到的亦正是这样一类主张。著名波普艺术家沃霍尔曾经宣称:"我想成为机器,我不要成为一个

---

① 王岳川、尚水:《后现代主义文化与美学》,北京大学出版社1992年版,第112~113页。
② 王岳川、尚水:《后现代主义文化与美学》,北京大学出版社1992年版,第303~304页。

人,我要像机器一样作画。"①巴思说:"读者并非在聆听某个专家关于世界权威性的叙述,而是与某种业已存在的事物不期而遇,就像一块岩石或一只冰箱那样。"②在随机组合而成的"偶然音乐"、任凭演奏者自由为之的"概念音乐"之类创作活动中,见出的亦正是作者对自我主体的放弃。

在《后现代主义与文化理论》中,杰姆逊曾将现实主义、现代主义与后现代主义作品加以比较,清楚地指明了后现代主义的这种特点:在现实主义文学中,一件物品体现的是物品本身的信息,每一细节都应该有意义与作用。"在现代主义里,虽然也可以说细节表现了意义,但这种意义已发生了变化,因为现在重要的不是知道其中的事实,而是让这些细节对象向你说话"。即作品中的任何事物不再是客观事物,而是具有作者的视角与色彩,是作者主观化了的对象。而在后现代主义作品中出现的事物,既没有了现实主义那样的意义与作用,也不体现出作者的主体视角,而是没有了任何内容。如"品钦的《万有引力之虹》,虽然也是很广阔的画面,也像《尤利西斯》一样有百科全书的性质,但这里并没有什么可以解释的,毋宁说这是一种经验,他并不需要解释它,而应该去体验。这里没有必要去寻找什么意义,因为品钦已将他要表达的全部意义都很明确地写进作品中了"③。在杰姆逊看来,这样的作品中,客观世界本身已经成为一系列的文本作品和类像,而创作主体自然也就不存在了。

对于这样一种创作主体的消解,某些后现代主义文论家亦给予了充分肯定。如推崇后现代精神的美国学者 W. V. 斯潘诺斯(W. V. Spanos)曾以赞许的口吻指出:后现代主义的积极意义在于,不再将文学艺术家看作一个向世人训诫的完人,不再像现代主义作家那样高踞于文学圣殿之上,以一个全知全能的视界去看这世界上的芸芸众生;不再是绝对意义上的"创世者",以非凡的想象,去创造一个统一存在的艺术世界,在这一世界里,哪怕是像燕雀之死这类看似偶然和表面的事件,也可得到充分的解释。"艺术家不明言小宇宙,他本人从世人的瞩目中隐退。他从无比消极的距离之中,从一种理性的肯定之中,漠不关心地修剪他的指甲。"④并进而指出,这样的作家,表现出了开拓性与探寻不定性的烙印。

(二) 文本语义的碎裂

现代主义仍是以本体认识论为立足点的,即现代主义作家、艺术家,虽也已感到了人生与世界的难以把握,但仍试图通过艺术语言表达对人生与世界的看法,仍设法在创作活动中探寻一定的"意义中心",并渴望恢复或重建整体性。

---

① 杰姆逊:《后现代主义与文化理论》,唐小兵译,陕西师范大学出版社1986年版,第187~188页。
② 佛克马、伯顿斯:《走向后现代主义》,王宁等译,北京大学出版社1991年版,第266页。
③ 杰姆逊:《后现代主义与文化理论》,唐小兵译,陕西师范大学出版社1986年版,第165、182页。
④ 王岳川、尚水:《后现代主义文化与美学》,北京大学出版社1992年版,第248页。

而后现代主义作家、艺术家相信的则是解构主义所强调的:人不再是语言的支配者,而是已经被既成语言所控制,人实际上已从万物之中心的地位退到了连语言也掌握不了的地步。人的语言表达已不是"我在说话",而是"话在说我"。在创作活动中,他们表现出的正是利奥塔所说的对"元叙事"的怀疑立场,是以否定意义中心为宗旨的,他们"似乎放弃了寻求一种仅为个体信念和理智所确认的对世界的再现的企图"①。如巴思在小说《题目》中借叙述人之口流露出来的正是这样一种无可奈何的"放弃"意向:"情节与主题:被世界的这个时刻败坏的意念,至今尚未成功地获得成功。冲突,错综,没有高潮,最糟的还在后头。事事导向乌有:将来时态,现在时态,过去时态,完成时。最后一个问题是,能使乌有变得有意义吗?这难道不是最后一个问题吗?如果不是,结局就在眼前。确实,可以说是。实在是忍无可忍了。"②另一位后现代小说家巴塞尔姆也曾借作品中的人物之口宣称:"片断是我信赖的唯一形式。"③法国"新小说派"的代表作家罗伯·格里耶在谈到自己的创作时讲得更为明确:"只有上帝可以自认为是客观的。至于在我们的作品中,相反,只是'一个人',是这个人在看、在感觉、在想象,而且是一个置身于一定的空间和时间之中的人,他受着感情欲望支配,一个个和你们、和我一样的人。本书只是在叙述他的有限的、不确定的经验。"④

在某些后现代主义的具体作品中,我们常常看到的也正是这样一种零散化、断片化、非连续性、不确定性的语义碎裂、非意义化(或谓"深度模式削平")的特征。如在美国小说家品钦的《万有引力之虹》中,便充满了诸如"他觉得纪律的基础现在有一些动摇,比之怪事应该更深刻,怪、怪、怪想想这个字:念到如此幸福的结尾时舌端上的轻颤,这意味移过舌尖超过零去进入别的领域,自然,你不会移过去的,但,你要明白,在思想上,你该怎样行动"之类令人费解的文字片断,以及与作品主要内容无关的对于巴甫洛夫条件反射理论的评述、作者本人发表的似是而非的议论等。如巴思的《迷失在开心馆中》,本是要讲述安布罗斯和一家人在露天游乐场的开心馆中漫游的经历,但结构散乱,几乎没有什么情节可言,随处可见的是类乎精神错乱者的疯言乱语、幻想、内心独白,及记叙文的写法、标点符号的使用、作者自己的构思过程等内容。其他艺术门类中的作品,如劳申伯的拼贴画,即使在西方一些评论家的笔下,也有这样的结论:画面上的每件东西似乎都是一个主题,但"仔细一看,我们发现它的全部意义事实上在于,

---

① 柳鸣九:《从现代主义到后现代主义》,中国社会科学出版社1994年版,第447页。
② 佛克马、伯顿斯:《走向后现代主义》,王宁等译,北京大学出版社1991年版,第255页。
③ 佛克马、伯顿斯:《走向后现代主义》,王宁等译,北京大学出版社1991年版,第257页。
④ 《法国作家论文学》,王忠琪等译,三联书店1984年版,第399页。

所有的东西仍处在混乱之中"①。

(三) 审美规则的颠覆

现代主义文学虽已开始了对人的本能、无意识之类的开掘与展示,但遵从的仍是为传统所看重的典雅的文化视角与贵族化的艺术品味,其作品往往玄奥艰涩,难以为大众所接受。而后现代主义则致力于打破这样的审美规范,注重用世俗化、大众化的眼光,无所顾忌地从本能角度表现人性及人生的本原面貌,正如利奥塔所宣称的:"后现代即是那种在表现自身时将见不得人的卑微性也展示出来的东西。"②"后现代将是这样的一个时代:它在现代将以表现本身来突出那些不登大雅之堂的事物;它本身拒绝相信优雅的形式会带来的慰藉"③。一些体现出后现代主义追求的作家、艺术家正是如此,他们力图以反典雅、反崇高的极端化追求,抗拒现实文化的成规,更注重表现甚至肯定的是麻木、本能欲望、性变恋之类卑琐的人性。如克茹亚克在长篇小说《在路上》中,以不无欣赏的笔调描写的那群青年人,平常最喜欢的事情是聚在一起吸大麻。另一位被视为"垮掉派"小说家的威廉·巴勒斯,甚至曾在一篇小说中宣称:"毒品不是一种刺激,而是一种生活方式。"④在语言方面,他们也不再追求"文学性",而更注重的是直白浅显,甚至不避粗言秽语。由此而导致了在后现代主义艺术中,高雅与通俗、纯文学与通俗文学之间界限的消失,其作品往往呈现出快餐性、大众性、感官消费性的特征。

对于这类主张,丹尼尔·贝尔曾经尖锐批评道:"反对美学对生活的证明,结果便是它对本能的完全依赖。对它来说,只有冲动和乐趣才是真实和肯定的生活,其余无非是精神病与死亡。"⑤但在一些后现代主义思想家看来,这样一种审美颠覆,是有重要意义的。哈桑即曾肯定说:"我们需要多方面的颠覆行为,以把我们的头脑从左、右两方面强加于我们的使人麻木、沉闷致死的话语中解脱出来。"⑥英国学者霍尔·福斯特亦曾赞许道:"'反审美'实践构成了对审美特权王国的否定。""审美作为颠覆性概念,它是那不尽如人意的工具世界的批判性裂缝。"尽管这种反叛性有其"幻觉性"的缺憾,但"面对着全面的反动文化,反抗的实践已成必须"⑦。这些看法,自然进一步促进了后现代主义的创作实践中对已有审美规则的颠覆。

---

① 佛克马、伯顿斯:《走向后现代主义》,王宁等译,北京大学出版社1991年版,第257页。
② 王岳川、尚水:《后现代主义文化与美学》,北京大学出版社1992年版,第127页。
③ 佛克马、伯顿斯:《走向后现代主义》,王宁等译,北京大学出版社1991年版,第288页。
④ 钱满素:《美国当代小说家论》,中国社会科学出版社1987年版,第38页。
⑤ 王岳川、尚水:《后现代主义文化与美学》,北京大学出版社1992年版,第7页。
⑥ 让弗·利奥塔等:《后现代主义》,赵一凡等译,社会科学文献出版社1999年版,第132页。
⑦ 王岳川、尚水:《后现代主义文化与美学》,北京大学出版社1992年版,第261页。

(四) 文艺范式的反叛

在现代主义作家、艺术家那儿,虽已不乏标新立异的冲动,但大致上还是恪守相应艺术范式的,而后现代主义作家、艺术家们则主张:"写出的文本,他创作的作品在原则上并不受制于某些早先确定的规则,也不可能根据一种决定性的判断,并通过将普通范畴应用于那种文本或作品之方式,来对它们进行判断。"① 在具体创作活动中,一些后现代主义作家正是这样,常常随意而为,无所顾忌,极端化地打破着传统艺术范式的界限,致使既有的音乐、绘画、诗歌、小说、戏剧等形态,均遭破坏,一切面目全非。在诗歌中,没有了通常所说的诗情画意,而是粗俗的叫喊,事物的平白罗列之类。如在以金斯堡为代表的美国"垮掉的一代"的诗作(如《狂嚎》)中,体现出的便是这种特点。这派诗人声称,形式与技巧是不必要的,只要按感受照直吼出、照直写出的就是好诗。在小说中,不再注重完整的故事情节设计与人物形象的刻画,而是将零散的故事片段、枯燥无味的学术材料、对他人作品片段的照搬或改写、离奇古怪的图形符号等填塞其间,使之成为"四不像"的"大杂烩"。如纳博科夫的长篇小说《微暗的火》,前一部分是999行诗,后面的内容是烦琐的注释和索引,看上去更像一部学术著作。另如品钦的《万有引力之虹》、巴思的《迷失在开心馆中》等,由于一些非文学材料的堆砌,也给人"非小说"的印象。哈桑曾借用巴赫金的"狂欢"一语来概括某些这类作品的特征,并给予了一定程度的肯定:"题材陈腐与剽窃,拙劣的模仿与东拼西凑的杂烩,通俗与低级下流丰富了表现性。""持续性与间断性,高层文化与低层文化交汇了,不是模仿而是在现在中拓展过去。"② 在其他艺术门类中,这种"反叛范式"的现象更为突出,如从"范式"角度来看,绘画领域中的"大地艺术"、"波普艺术"、"行为艺术"之类,音乐领域中的"偶然音乐"、"概念音乐"等,甚至已很难说还是"绘画"、还是"音乐"。由此可见,后现代主义所追求的,实际上是"无范式"的创作。在这样的创作中,艺术与非艺术,艺术家与非艺术家自然也就没有了界限。

三、后现代主义文艺批评观

与后现代主义主体消解、语义碎裂、审美颠覆、范式反叛之类的创作主张相呼应,在后现代主义文艺批评领域,亦呈现出以下几个方面的突出特点。

(一) 解构中心

与传统批评以及现代主义批评仍然注重对文学作品自身内涵的分析不同,

---

① 王岳川、尚水:《后现代主义文化与美学》,北京大学出版社1992年版,第52页。
② 王岳川、尚水:《后现代主义文化与美学》,北京大学出版社1992年版,第129页。

在20世纪60年代以来的西方文艺批评观念中,最为引人注目的变化是:强调对文本意义中心的解构,认为对文本只能进行具有无限可能性的阐释。如巴尔特宣称,批评所揭示的,不可能是一个所指,"而仅仅是一些象征符号链和一些同形的关系:它有权赋予作品的'意思',最终不过是构成作品的那些象征符号的一种新的翻新"。"批评不是科学。科学探讨意思,批评产生意思"①。德里达指出,逻各斯中心主义不过是一种虚拟的幻想,在文本中,"一个中心的存在(它绝不是自身)总是已往将自身变成它的替代物。这个替代物绝不能代替在这之前已经存在的某物。因此,必须认识到,这里没有中心,在现成存在的形式中,中心是不可想象的,这个中心没有一个自然的场所,它不是一个固定的点,而是一种功能,一种使无数符号替换物的活动成为可能的无定点"②。美国"耶鲁学派"的代表人物保罗·德·曼(Paul de Man,1919—1983)、希利斯·米勒(J. Hillis Miller,1928—   )等人也这样认为:修辞是语言的本质特点,由此造成的是文本语言符号与意义的不一致性,是"任何说话的行为都产生过量的认识"③,这就使纯粹或最终认识的希望落空,尤其是对于文学作品而言,只能导致解构性的阅读。正是根据这种状况,美国学者杰弗里·哈特曼曾在肯定性意义上断言:当代批评的宗旨就是"不确定性的阐释学"④。这样一种"不确定性的阐释学"的形成,无疑正是与"反逻各斯中心主义"及利奥塔所指出的"元叙事的合法性已被瓦解"之类后现代主义的根本特征密切相关的,因而,这类以解构意义中心为主旨的主张,可谓后现代主义文艺批评的基本表征。

(二) 反对阐释

这类批评观可以美国著名女批评家苏珊·桑塔格(Susan Sontag,1933—2004)的见解为代表。苏珊·桑塔格认为,不论艺术家个人的意图如何,只要是艺术作品,就根本不可能提倡什么,最伟大的艺术家获得的往往是一种高度的中立性。因此,"建立在艺术作品是由诸项内容构成的这种极不可靠的理论基础上的阐释,是对艺术的冒犯。它把艺术变成了一个可用的、可被纳于心理范畴模式的物品"⑤。她甚至不无激愤地宣称:"在当今时代,阐释行为大体上是反动的和僵化的。像汽车和重工业的废气污染城市空气一样,艺术阐释的散发物也在毒害我们的感受力。""在现代大多数情形中,阐释无异于庸人们拒绝艺术作品

---

① 罗兰·巴特(本书译为罗兰·巴尔特——编者注):《罗兰·巴特随笔选》,怀宇译,百花文艺出版社1995年版,第137、143页。
② 德里达:《人文科学活动中的结构、符号和活动》,朱立元、李钧:《二十世纪古方文论选》下卷,高等教育出版社2002年版,第201页。
③ 王岳川、尚水:《后现代主义文化与美学》,北京大学出版社1992年版,第180页。
④ 王岳川、尚水:《后现代主义文化与美学》,北京大学出版社1992年版,第120页。
⑤ 苏珊·桑塔格:《反对阐释》,程巍译,上海译文出版社2003年版,第12页。

的独立存在。"①正是为了抗拒阐释,桑塔格主张,应建立一门"艺术色情学",以代替"艺术阐释学"。综合其有关论述可见,她所说的"艺术色情学"是指:弃置文艺作品的内容,而重在对其声色形式之类的研究。表现在文艺批评功能方面,"应该是显示它如何是这样,甚至它本来就是这样,而不是显示它意味着什么"②。体现于文艺批评活动中,应学会更多地去看、去听、去感觉,而不应企图在艺术里寻找说教;应更多地关注艺术作品中的形式分析,即对艺术作品外表作一种真正精确、犀利、细致周到的描述,而不应将艺术同化于思想,或同化于文化。在她看来,只有这样,才能使我们看到作品本身,并借此更新我们的感觉、情感与感受力。

桑塔格本人自信是一个唯美主义者,曾对后现代主义表示过反感,但她"反对阐释"的主张,不仅与"解构中心"的后现代主义思潮暗合,且颇像是对"解构中心"之批评主张的进一步发展,故而她的《反对阐释》《一种文化与新感受力》《论风格》等文章,已被视为后现代主义文艺批评的经典性文本。

(三) 消除边界

与后现代主义所主张的"知识合法性"的丧失,以及后现代主义文艺创作中颠覆审美规则、反叛范式之类相关,在后现代主义文艺批评视野中,诸如诗歌与小说、小说与剧本、高雅文学与通俗文学,乃至文学与非文学、艺术与非艺术之间的界限也已遭到消解。正如利奥塔所描述的:"后现代艺术家和作家往往僭越到哲学家的身位;他写出的文本,他创作的作品原则上并不受先在规则的限制,因而也不能用普通的文本或作品分类去予以归类,更不能根据决定性的判断来评价。"③对于这种现象,法国当代文艺理论家提厄瑞·德杜佛(Thierry de Duve, 1944—)的看法则更为直截了当:"现代美学的问题并不是'什么都是美的',而是什么东西可以被说成是艺术(和文学)。"④以具体的批评主张来看,孜孜于解构二元对立的德里达,即从"书写"角度,常常将哲学文本与文学文本等同视之;解构主义批评家保罗·德·曼也径直认为,由于所有文本都是互文性的,因而也就更无所谓文学与非文学了;另一位美国学者查尔斯·纽曼,虽然遗憾于体裁的消除并没有给艺术家提供增长了的富裕,也没有提供通向观众的崭新大道,但仍肯定"无体裁的写作是一种争取解放的前景,是当代人能够当作资本使用的现代主义的珍贵遗产之一"⑤。随着边界的消除,作为文艺批评的原则、标准

---

① 苏珊·桑塔格:《反对阐释》,程巍译,上海译文出版社2003年版,第9页。
② 苏珊·桑塔格:《反对阐释》,程巍译,上海译文出版社2003年版,第17页。
③ 利奥塔:《后现代状况》,岛子译,湖南美术出版社1996年版,第209~210页。
④ 利奥塔:《后现代状况》,岛子译,湖南美术出版社1996年版,第200页。
⑤ 王岳川、尚水:《后现代主义文化与美学》,北京大学出版社1992年版,第339页。

之类当然也就不存在了,而只能是"怎么都行"式的极度宽容。而这,或许正是近年来"文学艺术终结论"形成的重要原因。

在文学体裁,以及文学与非文学、艺术与非艺术之边界消亡的前提下,文艺批评也就必然失去了自己应有的对象;由于缺乏对作品意义的揭示,缺乏对作品价值的评判,文艺批评也就必然丧失了批评之为批评的基本功能。目前,在世界范围内,文化批评之所以呈现出日渐取代文艺批评的趋势,此当是根源之一。

解构中心、反对阐释、消除边界之类后现代主义批评主张,在打破成规,拓展视野的同时,无疑也在动摇着文艺批评的根基,甚至在消解着文艺批评自身。对于这样一种批评景观,甚至连某些后现代主义批评家本人也已感到了惶恐与不安。哈桑曾不无沮丧地表示:"至于眼前的情况,我只能公开承认:我不知如何避免使批评的多元论滑入一元论或相对主义中,除了吁求实用主义的知识选民们,他们分享价值、传统、期望和目的。我不知如何让我们的精神'沙漠'多增添一点生命的绿意,除了乞灵于天然权威的王国,在那里,其宗旨即恢复公民的义务、宽宏的信仰、批评的同情。"[①]从哈桑的慨叹中,我们可意识到西方后现代主义文艺批评已经陷入窘境。

第二节　女权主义文艺观

在西方,女权主义(Feminism,又译为"女性主义")是一种由来已久、以争取男女平等为主旨的政治性社会思潮。早在18世纪末的资产阶级大革命时期,法国著名妇女领袖奥伦比·德·古日(Olympe de Gouges)就针对《人权宣言》发表了著名的《女权宣言》,发出了男女有着相同天赋人权的呼声。同一时期的另一位英国女作家玛丽·沃尔斯通克拉夫特(Mary Wollstonecraft)亦写作出版了《女权辩护》一书,对西方历史上长期存在的男权统治与性别歧视进行了尖锐抨击,提出了男女平等的权利要求。此后,以妇女解放为主旨的女权运动一直在不断发展,至20世纪初,终于形成了以妇女获得完全的选举权为标志的第一个高潮。60年代以来,在美国公民权运动、抗议越战运动、法国学生造反运动以及富有反叛性的后现代主义文化思潮的影响下,女权主义运动再度兴盛,形成了至今仍在深入发展、范围更加广泛的第二个高潮。通常所说的女权主义文论(Feminist Literary Theory),即是指伴随第二次女权主义运动而出现的一种文艺思潮。其主要特征是,从政治性的男女平等的追求出发,清算和批判文学艺术领域存在的男权中心主义的弊端,肯定妇女在文学史上的地位,力图确立女性独立的审美价

---

① 王岳川、尚水:《后现代主义文化与美学》,北京大学出版社1992年版,第147页。

值系统。

从女权主义文论自身的起源来看,首创者当推英国女作家弗吉尼亚·伍尔夫与法国女作家西蒙·波伏娃。1929 年,伍尔夫在《一间自己的屋子》中,1949 年,波伏娃在《第二性》中,即已开始了对文学作品中存在的男性中心主义的批判,此可谓女权主义文论的先声。至 60 年代,随着第二次女权主义浪潮的高涨,女权主义文论在英、美、法等西方国家迅猛发展。由于文化背景与社会动因的不同,女权主义文论在各国的情况并不一致,美国著名女权主义学者、普林斯顿大学教授伊莱恩·肖沃尔特(Elaine Showalter,1941—)认为:"英国女权主义批评本质上是马克思主义的,强调压迫;法国女权主义批评本质上是精神分析学的,强调压抑;美国的女权主义批评本质上是语词文本的,强调表达。"①在不同历史时期的不同女性主义学者那儿,见解也多有差异,这就导致了女权主义文论本身的复杂。按其大致的发展历程,兼及在不同国家的情况来看,其理论见解主要表现在以下四个方面。

一、女性阅读理论

即注重从女性自己的视野出发阅读文学作品,旨在揭示男性文本中性别压迫的历史真相,批判其中的男性中心主义。这是 20 世纪 60 年代末至 70 年代初,女权主义文论初现于美国文坛时期体现出来的理论主张,最著名的代表人物是凯特·米利特(Kate Millett,1934—)。1969 年,米利特的博士论文《性的政治》问世,这是一部被视为标志着美国女权主义批评正式诞生的重要著作。在这部著作中,米利特以敏感的女性视角,通过对英国的劳伦斯、美国的亨利·米勒、诺曼·梅勒、法国的让·热内等四位男性作家的《查特莱夫人的情人》、《儿子与情人》、《北回归线》、《南回归线》、《裸露的和死去的》、《鲜花丛中的圣马丽亚》等作品的剖析,激烈地抨击了其中以性暴力为特征的性别歧视与男性中心主义。米利特认为,劳伦斯的《查特莱夫人的情人》,绝不像有关评论所说的是要通过自然的性关系描写,反抗工业文明对人性的压抑,而是"为了让这个世界正常起来,唯一的出路是男人重新在心理和官能方面获得对女人的全面统治"这样一种对女性的控制欲。米勒的作品中表现出来的,更是对女性的赤裸裸的贬抑与鄙视。米勒笔下的女性,往往仅具简单的生物性,不过是男性发泄本能欲望的工具,而男性尽管也具备低级的自然属性,却同时具备文化和理智。米利特以讥讽的笔调评判米勒说:"他笔下毒汁四溅的性别歧视,为我们从社会的和心

---

① 王逢振等:《最新西方文论选》,漓江出版社 1991 年版,第 262 页。

理的角度对它作出理解,无疑作出了我们绝对不能忽视的、诚挚的贡献。"①在梅勒与热内的作品中,米利特看到的也是他们野蛮仇视女性,宣扬自我优越感的男权意识。在米利特看来,在这些男性作家的作品中表现出来的,实际上是一种"一个集团,凭借了天生的权力,可以支配另一集团"的不平等的性政治意识。

在女权主义文学理论的发展史上,米利特是有开拓性贡献的,正如美国另一位女权主义理论家卡罗琳·赫尔布鲁恩(Carolyn Heilbrun)曾经指出的,《性的政治》的重要意义在于:"我们第一次被要求作为女人去阅读文学作品,而从前,我们,男人们、女人们和博士们,都总是作为男性去阅读文学作品。"②显然,正是借助于敏感的女性阅读视野,后来的美国学者桑德拉·吉尔伯特(Sandra Gilbert)和苏珊·古芭(Susan Gubar)在合著的《阁楼里的疯女人》中进一步发现,在西方文学史上许多男性作家笔下的女性形象,常常不是但丁笔下的贝雅特里齐、歌德笔下的玛甘泪这样的天使,就是莎士比亚笔下的丽甘、萨克雷笔下的贝基·夏普之类的妖妇,而不论天使还是妖妇,不论美化还是丑化,都是男性对女性的歪曲。苏珊·考普曼·科尼隆(Susan Koppelman Cornillon)等一些女权主义学者,更为深刻地意识到,由于男权文化的影响,许多女性作家也不自觉地背叛了自己的性别,其笔下的女性形象也往往是不真实的,有时候甚至表现得比男性作家还要糟糕。女权主义文论家正是力图通过这样一种女性阅读视角,发现传统文本中的性别歧视,以启迪女性从男权意识的束缚中解放出来。

在米利特等人所注重的女性阅读策略及批评实践中,对男权文化的尖锐批判无疑是正确的,但也存在着将复杂的社会问题简单化的缺陷。很明显,女性所遭到的贬损与压抑,并非仅仅来自于男性中心主义文化,同时亦存在着社会制度的、经济的、教育的等多方面的原因。此外,这类批评关注的重心主要是传统文学作品中遭到歪曲的女性形象,尚缺乏对女性作品自身价值的探索,正如伊莱恩·肖沃尔特所批评的:"女性批评一门心思地想对男性的批评理论加以纠错、修改、补充、匡正,赋予其更多的人情味,或甚至于对之发动进攻,这反而使我们依赖之,妨碍我们解决自己的理论问题。""只要我们仍仰仗男性中心的范式来规定自己最基本的准则,即便加上一个女权的参照系作为修正,我们也学不到任何新的东西。"③

二、女性美学理论

正是为了克服女权主义阅读理论的不足,自20世纪70年代中期以来,许多

---

① 凯特·米利特:《性的政治》,钟良明译,社会科学文献出版社1999年版,第488页。
② 张京媛主:《当代女性主义文学批评》,北京大学出版社1992年版,第50页。
③ 王逢振等:《最新西方文论选》,漓江出版社1991年版,第259~260页。

女性主义学者由对男权中心的批评转向了对女性文学本身的研究,即不再满足于像米利特在《性的政治》中那样只注重于对男性中心主义的抨击,而是主张将注意力转向自身,强调要注重研究诸如女性作家如何形成了自己的独特风格,女性作家创作的心理动力,女性作家有着怎样的创作轨迹,女性文学传统的演变和规律等问题,力图通过对文学史的重新挖掘、分析、整理,创建女性自己的文学史及女性美学(Female Aesthetics)的体系等。其代表人物作主要有美国学者伊莱恩·肖沃尔特、埃伦·莫尔斯(Ellen Moers)及桑德拉·吉尔伯特和苏珊·古芭等人。

  在《荒原中的女权主义批评》一文中,肖沃尔特明确宣称:"我提倡真正以妇女为中心的,独立的,思想认识上一致连贯的女权主义批评。"女权主义批评"必须找到自己的题目,自己的体系,自己的理论,自己的声音。""我们必须选择最终在自己的前提下立论。"①另一位美国学者约瑟芬·多诺万也这样认为:"我相信存在着某种能够体现妇女体验的共同特征。""妇女具有特定的心理体验,其中最普遍的是月经,大多数妇女都有生育和哺乳的体验,所有这些决定了妇女与超越自我之身体的关系。"认为妇女一旦言说,便有着自己的美学、伦理学观念,而女性中心批评最显著的任务之一正是在于妇女诗学的形成。② 在《她们自己的文学》中,肖沃尔特正是依此主张,通过对英国19、20世纪的简·奥斯汀、乔治·艾略特、夏洛蒂·勃朗特、弗吉尼亚·伍尔夫等一些重要女作家的分析,证实不仅"妇女一直有着自己的文学",且女小说家"是一个历史悠久、继续向前的传统的一部分"。③ 她们由于发育、来月经、性欲的萌动、怀孕、生育和绝经等相同的身体经验,扮演过女儿、妻子、母亲这些相同的角色,以及在宗教、法律、经济等社会生活方面的相同处境,而形成了不同于男性作家的母性、姐妹之爱、集体精神之类的情感。正是由于这些情感,导致了文学史上存在着堪与男性文学传统并列的女性文学传统。莫尔斯在《文学妇女》中,亦集中研究了18世纪到20世纪欧洲文学史上一些女性作家的创作,描述了女人写作的历史,高度肯定了她们的文学贡献。如认为英国女作家玛丽·雪莱于1818年创作的《弗兰肯斯坦》,就是一部基于自己作为一位母亲的生命体验及女性性别而创作的一部优秀作品。这部作品,不仅独具女性想象力,而且就其"一个关于出生的神话"的内容构成来看,其重要贡献还在于"使哥特小说跨入了我们今天称为的科幻小说"④。吉尔伯特与古芭在合著的《阁楼里的疯女人》中,在批判男性作家所宣扬的"文

---

① 王逢振等:《最新西方文论选》,漓江出版社1991年版,第260页。
② 约瑟芬·多诺万:《迈向妇女诗学》,陈晓兰译,《文艺理论研究》1995年第3期。
③ 玛丽·伊格尔顿:《女权主义文学理论》,胡敏等译,湖南文艺出版社1989年版,第18页。
④ 玛丽·伊格尔顿:《女权主义文学理论》,胡敏等译,湖南文艺出版社1989年版,第205页。

本的作者是父亲、祖先、生殖者及美学之父,他的笔是一种像他一样具有生殖力的工具"之类"美学观点"的基础上,强调了女性作家的创造力,认为与男性作家笔下的女性不是天使就是妖妇的歪曲描写不同,在女性作家笔下,即如《简·爱》中男性主人公罗切斯特的妻子伯莎,那位纵火烧毁了桑菲尔德阁楼的疯女人,实际上是被压抑的女性创造力的象征,是叛逆的作家自身。

女性主义学者对女性作家作品本身的创作特征及美学追求的分析探讨,不仅高度肯定女性自己的文学成就,且发现了历史上与男性作家作品并存的女性文学传统。这自然更有利于反抗文学领域的男权中心主义。

三、女性写作理论

女性写作理论主张,女性要从自己独特的生理机制出发,设法摆脱男性中心主义的语言习性,将女性身体、女性的差异刻入语言和文本,以实现真正的女性写作。认为女性有着自己独特的写作源泉,这是由于女性不同于男性的生理特点决定的。这类主张首先见之于法国女权主义理论家埃莱娜·西苏(Helene Cixous,1938—)于1975年发表的《美杜莎的笑声》一文。西苏在文章中号召:"妇女必须参加写作,必须写自己,必须写妇女。""妇女必须把自己写进文本就像通过自己的奋斗嵌入世界和历史一样。""妇女的想象力是取之不尽用之不竭的,就像音乐、绘画、写作一样,她们涌流不息的幻想,令人惊叹。"[1]西苏甚至提出了"描写躯体"的口号,强调妇女是"通过身体将自己的想法物质化了;她用自己的肉体表达自己的思想"[2]。西苏认为正是这样的写作行为,不仅可以使妇女解除对其性特征和女性存在的抑制关系,得以接近其原本力量,还可归还她的能力与资格,她的欢乐、她的喉舌,以及她那一直被封锁着的巨大的身体领域;只有通过写作,特别是通过对自己的性爱、命运、奇遇、觉醒之类源自自身体验的写作,才能抗拒男权压抑,真正确立妇女自己的地位。另一位法国女权主义学者露丝·依利格瑞(Luce Irigaray)也这样指出,"女性欲望很可能操着不同于男性欲望的语言",主张发展一种不同的语言,以便使妇女可以讲述不同的故事。[3] 法国学者的这类主张,也得到了其他国家一些学者的呼应,如在美国也有学者坚决主张"女人的创作由肉体开始,性差异也就是我们的源泉"。认为应严肃地再思考生物学上的差异及其与女子写作的关系,而不能将"描写躯体"这类隐喻看成玩笑。[4]

---

[1] 张京媛:《当代女性主义文学批评》,北京大学出版社1992年版,第188~189页。
[2] 张京媛:《当代女性主义文学批评》,北京大学出版社1992年版,第195页。
[3] 张京媛:《当代女性主义文学批评》,北京大学出版社1992年版,第339页。
[4] 王逢振等:《最新西方文论选》,漓江出版社1991年版,第264页。

女性美学理论与女性写作理论的提出,对于认识女性文学特征及女性写作规律无疑是有重要意义的,但也不无偏颇之处,正如肖沃尔特指出的:"世上并无纯粹的不以语言的、社会的和文学的营造为媒体的人体表达方式,因此,(用米勒的话来说)必须从'作品的实体而不是肉体的作品'中去寻找女子文学实践的差异。"①另外一些女权主义学者也对"躯体写作"之类提出了下列质疑:过分强调女性在生物学上的经验的重要性,不仅客观上仍有可能维护父权制的文学观,"无异于危险地接近性别歧视的本质"②,而且实际上重新陷入了"解构主义企图粉碎与解构的神秘特征与二元对立之中"③。显然,正是与这类反思有关,自20世纪80年代以来,视野更为开阔的性别理论日渐兴盛,从而形成了女权主义文论的新趋向。

四、性别理论

20世纪80年代以来,西方女权主义文论越来越突出的趋向是:不再以男女两性对立的思路,将批判目光集中于男权中心主义,或以女性自己为中心,而是以宽容的心态认为,一切著作,不仅仅是妇女著作,都是具有性别的。而性别,则是生物特征的社会变形,是人类社会通过性/性别系统的安排而形成的必然结果。因此,女权主义理论不应片面地强调"女子气质"的意义,不能片面地强调基于生理机制的男女两性差异,而将研究目标过分地集中于女性自身,这只能进一步加剧男女两性的对立。正确的做法是,应将性别作为一个分析范畴,加强对性别及性别意识形态的比较研究,以及对文学的影响的研究。这就是构成了目前西方女权主义文学理论新格局的性别理论(gender theory)。

性别理论的有关见解,最早见之于法国女权主义学者露丝·依利格瑞提的有关论述。依利格瑞在《性别差异》中指出:男人与女人是无法互相替代的,"我永远代替不了一个男人,男人也永远代替不了我";同时还指出,男女两性之间,除了差异之外,尚存在着相互包容、相互吸引的第三种关系。如果剥夺了妇女的第三种关系,相对于男人而言,妇女"就会十分危险地变得过于强大"。④ 正是基于这样的认识,依利格瑞主张,女权主义批评的目的应是:通过对导致男女两性阻隔的某些社会文化因素的清除,重建一种新型关系,再造两性之爱的新世纪,"使男人和女人可以再一次地,并将永远地生活在一起,相会并居住在同一个世

---

① 王逢振等:《最新西方文论选》,漓江出版社1991年版,第266页。
② 拉尔夫·科恩:《文学理论的未来》,程锡麟等译,中国社会科学出版社1993年版,第263页。
③ 张京媛:《当代女性主义文学批评》,北京大学出版社1992年版,第339页。
④ 张京媛:《当代女性主义文学批评》,北京大学出版社1992年版,第379页。

界中"①。自20世纪80年代以来,在美国学术界,性别理论也已受到了多学科的关注。按照肖沃尔特的看法,这样一种新的理论趋向的意义在于:一是把女权主义批评的目标定义为对文学话语中性别的分析,使文本的领域彻底开放了;二是有希望把男性主题引入女权主义批评,并把男子作为学生、学者、理论家及批评家带入这个领域,从而打开了女权主义批评的大门;三是由于性别理论的加入,可以把女权主义批评从边缘推向中心,从而使女性阅读、思想和写作的方式都具有革命性的改造潜力。②

西方女权主义文论,除上述四个方面的基本主张之外,另有黑人女权主义批评、马克思主义女权批评与女同性恋女权主义批评等。

在上述女权主义文论的诸多见解中,虽然存在着诸如将本是复杂多元的人类文化简单化为"男性文化"与"女性文化"的对立,以及缺乏历史观点,脱离现实,有着乌托邦色彩等方面的不足,但许多女权主义者从女性解放的政治动机出发,反对文学作品中存在的性压迫,批判男性文学中存在的性别歧视现象及男权中心主义等主张,无疑是有助于提高女性在社会生活中的地位,解放妇女的创造力,加速人类文明进程的。此外,由于女权主义文论深入探讨了女性文学的创作特征与审美个性,这自然也扩大了人类的文学艺术与审美视野,丰富了人类自身的文化。

第三节 后殖民主义文艺观

后殖民主义(postcolonialism)是与殖民主义相对的一个概念。殖民主义主要体现为帝国主义列强通过海外移民、武力入侵、掠夺原料等方式,对弱小民族进行的政治压迫与经济剥削。而后殖民主义则主要是指:第二次世界大战结束之后,随着世界范围内民族独立浪潮的高涨,许多弱小民族虽已陆续摆脱了资本主义强国明火执杖的殖民统治,但一些发达国家,仍在以自己的技术、经济与文化优势称霸世界;仍在以跨国公司、跨国银行、文化输出等方式,控制或干涉其他弱小国家的发展。正是面对这样一种后殖民主义的世界格局,20世纪80年代以来,西方一些学者从政治、哲学、历史、文学、心理学等角度,对其进行了揭露批判,形成了颇具声势的后殖民主义浪潮。由此可见,后殖民主义实际上不是通常意义上所说的一种统一的"主义",而是包容了众多的理论与批评方法,跨越了众多学科的一场复杂的文化批判运动。仅就其相关学者的理论背景及具体见解

---

① 张京媛:《当代女性主义文学批评》,北京大学出版社1992年版,第383页。
② 拉尔夫·科恩:《文学理论的未来》,程锡麟等译,中国社会科学出版社1993年版,第270~271页。

来看,大致可分为后结构主义、女性主义与马克思主义三种视角。

一、从后结构主义视角出发

这一视角的特征是,主要以福柯、德里达等人的后结构主义理论为出发点,对西方文化背景中的殖民主义意识进行了尖锐的抨击与批判。主要代表人物有美籍巴勒斯坦裔学者爱德华·萨义德、美籍印度裔学者佳亚特里·斯皮瓦克与霍米·巴芭等人,有学者把他们三人称为后殖民理论的"三剑客"。

法国著名后结构主义思想家福柯在《知识考古学》、《规训与惩罚》等著作中指出,在西方,启蒙运动以来形成的理性、社会制度及主体性等现代性文化,并没有促进人的解放与社会进步,而是以由知识、知觉、真理等文化信码构成的"知识型"形成了新的"规训"。这类"规训"虽不同于一种体制,也不等同于一种机构,但"它是一种权力类型,一种行使权力的轨道。它包括一系列手段、技术、程序、应用层次、目标"①。在福柯的理论中,"知识型"本身就是权力话语,就是权力机制。正是这样的话语霸权,压抑了人类文化的多元性、差异性与增殖性。正是为了反抗话语霸权,福柯不无偏激地强调要重视文化的不可沟通性、差异性与离散性。法国另一位著名哲学家德里达,则更为激进地主张解构"逻各斯中心主义",即应打破一切语义中心,彻底颠覆"在场"的传统"形而上学"哲学。以萨义德、斯皮瓦克、巴芭等人为代表的以反抗"西方中心主义"为主旨的"后殖民主义"文化思潮,正是在后结构主义的文化背景下产生的。

爱德华·萨义德(Edward Said,1935—2003),出生于耶路撒冷一个阿拉伯商人家庭,在英国占领期间曾就读巴勒斯坦和埃及开罗的西方学校。1947年,以色列宣布立国后,随家人离开故土,赴美国学习,先后获普林斯顿大学学士学位,哈佛大学硕士、博士学位。自1963年起任教于哥伦比亚大学,讲授英美文学和比较文学,后成为该校终身教授。代表性著作有:《东方学》(1978)、《巴勒斯坦问题》(1979)、《世界·文本·批评家》(1983)、《文化与帝国主义》(1993)、《知识分子论》(1994)、《流离失所的政治:巴勒斯坦自决的奋斗 1969—1994》(1994)等。

在对后殖民主义文化的批判中,爱德华·萨义德已被公认为是世界上最有影响的理论家之一,其理论中的意识形态与政治批判色彩也最为强烈,其理论基点是对"东方主义"的批判。在《东方学》这部著作的"绪论"中,萨义德首先分析阐释了"东方主义"(orientalism,或译为"东方学")在西方语境中的三重含义:一是指对东方的研究,主要用之于学术领域;二是体现为一种思维方式,即在认

---

① 福柯:《规训与惩罚》,刘北成、杨远婴译,三联书店 2003 年版,第 242 页。

识东西方差异时表现出来的"西方强大东方软弱,西方文明东方愚昧,西方理性东方直觉"之类的出发点;三是体现为一种控制机制与策略,即西方人力图通过对东方的描述、教化、殖民、统治,控制东方、重建东方、君临东方。萨义德认为,第二种、第三种含义的"东方主义",实际上是西方人缘之于固有的殖民文化心态而对东方国家的歪曲以及企图继续统治东方的帝国主义文化霸权意识。正是在这样的霸权意识中,西方人心目中的"东方",已非自然地域意义上的"东方",而是与西方的历史、政治与文化相对峙的文化存在,一个被论说的主题,一组参照物,一个特征群。与之相关,"东方主义"几乎也就成了原始、愚昧、野蛮、肮脏、落后的同义语,即在西方人眼里,"东方是非理性的,堕落的,幼稚的,'不正常的';而欧洲则是理性的,贞洁的,成熟的,'正常的'"①。如英国驻埃及总领事克罗默记录其执政经历和成就的《现代埃及》中,即有这样的描述:"东方人的大脑,就像其生动别致的街道一样,显然缺乏对称性。他的推理属于最不严谨的描述一类。尽管古代阿拉伯人在辩证逻辑方面取得过很高的成就,他们的子孙却在逻辑推理方面有着严重的缺陷。"因此,东方人或阿拉伯人容易受骗,"缺乏热情和动力",大都沦为"阿谀奉承"、阴谋和狡诈的奴隶,对动物不友好;东方人无法在马路或人行道上散步(他们混乱的大脑无法理解聪明的欧洲人一下子就能明白的东西:马路和人行道是供人们散步用的);东方人对谎言有顽固的癖好,他们"浑浑噩噩,满腹狐疑",在任何方面都与盎格鲁撒克逊民族的清晰、率直和高贵形成鲜明对比。②在萨义德看来,这样一种"东方主义",体现的正是文化强国的殖民文化逻辑。

萨义德指出,在西方国家,这样一种"东方主义"的文化逻辑,实际上是由来已久的。在19世纪到20世纪初期的英法文学作品中,帝国事实的暗示已几乎无处不在。如在简·奥斯汀的《曼斯菲尔德花园》中,托马斯·伯特伦爵士是因海外资产奠定了他在国内外的地位,流露出的即是对殖民地财富的权利直接有助于在国内建立社会秩序与道德取向的侵略意识。在《简·爱》中,"罗彻斯特精神错乱的妻子伯莎·梅森不仅是位西印度人,而且还是个被禁闭在阁楼中具有威胁性的存在"③。法国诗人夏多布里昂的《巴黎到耶路撒冷、耶路撒冷到巴黎巡游记》中,面对见到的埃及大地宣称:"我发现只有我们伟大祖国的光荣历史才能配得上那些神奇的原野;我看到一个新的文明的遗产已由天才的法国人带到了尼罗河畔。"④从中亦均可见西方人的自傲与强权意识。萨义德进一步

---

① 爱德华.W.萨义德:《东方学》,王宇根译,三联书店1999年版,第49页。
② 爱德华.W.萨义德:《东方学》,王宇根译,三联书店1999年版,第47~48页。
③ 《赛义德自选集》,谢少波等译,中国社会科学出版社1999年版,第220页。
④ 爱德华.W.萨义德:《东方学》,王宇根译,三联书店1999年版,第225页。

指出,有些字里行间浸透着浓烈政治气味的作品,甚至径直可视为与帝国主义事业之间存在同谋关系,是以高度专业化的方式参与了殖民活动。萨义德以英国小说家康拉德的《黑暗的心》为例分析道:作者与作品中的主人公马洛一样,是只会用帝国主义统治者方式思维的人。作品所反映的非洲形象,已不仅仅是文学,而是作为一个有机部分,卷入了与康拉德的写作同时代的"对非洲的瓜分"。从一定意义上讲,它是属于欧洲人牵挂非洲、算计非洲以及计划瓜分非洲的一部分。① 萨义德认为,直到当今,西方作家心目中仍然只有西方的读者,仍然存在着深重的东方主义偏见。这类偏见,在影视作品中表现得尤为露骨,比如一些作品中出现的阿拉伯人,往往"要么与好色要么与残忍和不诚实联系在一起。他被描述为这样一副形象:因过分纵欲而颓废,善于玩弄阴谋诡计,有着施虐狂的本性,邪恶而低贱。奴隶贩子,赶骆驼的人,偷兑外币者,游手好闲的恶棍:这些是阿拉伯人在电影中的传统角色。"②

正是为了在文本中看出内隐的殖民主义意识,萨义德提出了关于文学作品的"对位阅读"的方法,"意思是我们读文本时,必须理解作者在表现时所包容的东西,比如一个生产糖的殖民地庄园,对保持英国特殊生活方式的过程看来是重要的"③。也就是说,在阅读过程中,要注意发现文本的双重性,要敏感地捕捉到文本背后所隐含的殖民帝国的指称物。萨义德认为,通过这样一种"对位阅读",可使读者将帝国主义与小说相互强化巩固,"在意识到作品所叙述的都市历史的同时,也意识到被支配话语压制(并与支配话语携手合作)的其他历史"④。

作为一位东方人的后裔,萨义德对曲解与贬抑东方人的"东方主义"自然是敏感的,对其进行的批判是有震撼力的。但在引起第三世界学者强烈共鸣的同时,也遭到了另一些人的攻击,认为是在煽动东西方文化之间的敌意。为此,1994年萨义德在为《东方主义》在英国再版时写的后记中辩称:自己并非简单地反对东方主义,不是排外好斗的、种族中心的民族主义,自己"从来没有这样做过",而是在倡导多元文化主义。"说东方学是一种阴谋或暗示'西方'是邪恶的是一种愚蠢之举"⑤。自己书中的观点,"显然是反本质主义的(antiessentialist),对诸如东方和西方这类类型化概括是持强烈怀疑态度的"⑥ "我从来没有感到我是在使两大对立的政治和文化方块之间的敌意永久化,我一直在试图对这一

---

① 《赛义德自选集》,谢少波等译,中国社会科学出版社1999年版,第227页。
② 爱德华.W.萨义德:《东方学》,王宇根译,三联书店1999年版,第367页。
③ 《赛义德自选集》,谢少波等译,中国社会科学出版社1999年版,第225页。
④ 《赛义德自选集》,谢少波等译,中国社会科学出版社1999年版,第286页。
⑤ 爱德华.W.萨义德:《东方学》,王宇根译,三联书店1999年版,第444页。
⑥ 爱德华.W.萨义德:《东方学》,王宇根译,三联书店1999年版,第425~426页。

对立的结构进行描述试图减轻其可怕的后果。"①由此又可见,已进入美国主流社会的第三世界学者思想上的尴尬。

佳亚特里·斯皮瓦克(Gayatri C. Spivak,1942—),出生在印度,研究生毕业后赴美深造,现为美国哥伦比亚大学阿维龙基金会人文学科讲座教授,比较文学与社会中心主任。1976 年,由翻译法国后结构主义理论大师雅克·德里达的《论书写学》而闻名。正是借助于德里达解构主义的思想武器,斯皮瓦克较早开始了对帝国主义文化霸权的批判,代表作有《在他者的世界:文化政治学论集》、《在教学机器的外部》等。与萨义德相同,斯皮瓦克痛切地感到"阅读19 世纪的英国文学,不可能不想起曾经被看做英国的传教团的帝国主义,是代表英国人的英语文化的重要组成部分"②。

与萨义德不同的是,作为一位女性学者,斯皮瓦克特别注意揭示了一些西方女性作家的作品中潜在的殖民主义倾向。英国女作家夏洛蒂·勃朗特的《简·爱》与玛丽·雪莱的《弗兰肯斯坦》等,曾深得美国女权主义学者的推崇。《简·爱》中的疯女人伯莎·梅森,曾被吉尔伯特与古芭誉为女性创造力的象征;《弗兰肯斯坦》曾被莫里斯赞扬为是一部独具女性生命体验与想象力的作品。斯皮瓦克在《三个女性文本和一种帝国主义批评》一文中,则从后殖民主义文化视野出发,对其作出了截然不同的判断,尖锐地指出:正是从英国传教团所谓要传播文明的帝国主义文化语境来看,《简·爱》的作者将来自于帝国主义征服之地的西印度群岛的土著伯莎,写成令人恐惧的怪物,正是帝国主义公理性的产物。小说将伯莎出生地的西印度群岛视为地狱,将欧洲视为上帝之所在,这恰好构成了一种帝国主义意识形态的话语场。而正是得益于这一话语场,简·爱才由非法的反家庭的地位走向了建立合法家庭的地位。对于《弗兰肯斯坦》,斯皮瓦克的看法是:小说虽然表面上是关于社会中人的起源与发展问题,并没有直接搬弄帝国主义的公理性,但从其中的主要人物之一亨利·克勒弗计划游历印度,"认为应该掌握几种那里的语言,熟悉那里的社会,以及那里的物产,以便为欧洲殖民主义和贸易事业尽力"之类内容可见,作者在不经意中流露出来的也是帝国主义的情感。③

正是基于上述独特发现,斯皮瓦克进一步指出,在西方女权主义者自以为深奥的研究与仁慈的冲动中,同样存在错误,她们"对女性主题的尊崇基本上仅限于欧洲和英美范围",她们实际上是在"复制帝国主义的公理,这是很不幸的事

---

① 爱德华.W.萨义德:《东方学》,王宇根译,三联书店1999 年版,第431 页。
② 罗钢、刘象愚:《后殖民主义文化理论》,中国社会科学出版社1999 年版,第158 页。
③ 罗钢、刘象愚:《后殖民主义文化理论》,中国社会科学出版社1999 年版,第175 页。

情"①。为此,她在《国际框架中的法国女权主义》一文中提醒西方女权主义学者:"为了充分认识第三世界的妇女,争取不同层次的读者,必须懂得这一领域巨大的异质性,第一世界的女权主义者必须知道不再以自己是妇女自居。"②斯皮瓦克的这类见解,不仅拓展了后殖民主义文化批判的视野,亦引领了女权主义批评的深入发展。

霍米·巴芭(Homi Bhabha,1949—),出生于印度,系波斯人后裔,现为美国普林斯顿大学英语系客座教授,是人们所说的后殖民主义"三剑客"中最为年轻的一位,其理论视点也最为灵活。与萨义德、斯皮瓦克一样,对于殖民主义对第三世界的文化侵略,巴芭亦持激烈抨击的态度,但立足点又有不同,主张应将殖民地话语视为一种论战性的而不是对抗性的理论。1988年,巴芭在影响颇大的《献身理论》一文中提出:应走出压迫者与被压迫者、中心与边缘、否定形象与肯定形象这样一种二元对立的思维方式,尽力消除二者之间的传统分野,像密尔在《论自由》中表现出来的注重对话的方式那样,寻找一种能够再现不同和对立的政治内容的公众修辞方式。巴芭认为:"批判语言之所以有效,并非因为它永远把主奴分开,把重商主义者和马克思主义者分开,而是因为它能克服已有的对立基础,打开一个互译的空间:形象地说,这是一个杂交场所,构建一个'非此非彼'的新的政治对象,适当地疏离我们的政治期待,从而改变我们认识政治时机的形式。""我们应当少一点关于政治原则(关于阶级和民族)的虔诚表达,多一点政治谈判原则。"③与之相关,巴芭主张应该设法建构一种"杂糅"理论,即通过对殖民者话语的故意误读与文化移植,挽进异质成分的模拟,建构一种既带有"被殖民"的痕迹,又被施加了本土文化改造的理论。这样,既可抗拒、颠覆、动摇和削弱帝国主义神话与文化霸权的意识形态,同时也可借此弘扬本土文化的积极意义。在人类历史已走进全球化时代的今天,巴芭所主张的对话、谈判、杂糅策略,无疑是值得高度重视的。

二、从女权主义视角出发

正如斯皮瓦克指出的,在西方女权主义批评界,许多学者往往忽视了第一世界女性与第三世界女性身份与境遇的差异,只是简单化地从男性与女性的对立入手分析问题,这实际上表现出来的是应予批判的与西方女性中心主义相关的殖民主义文化心态。对此心态,一些来自第三世界的女性学者给进行了更为深入的分析批判,其见解集中见之于钱德拉·塔尔帕德·莫汉蒂、凯图·卡特拉

---

① 罗钢、刘象愚:《后殖民主义文化理论》,中国社会科学出版社1999年版,第158页。
② 玛丽·伊格尔顿:《女权主义文学理论》,胡敏等译,湖南文艺出版社1989年版,第68页。
③ 罗钢、刘象愚:《后殖民主义文化理论》,中国社会科学出版社1999年版,第187、190页。

克、巴巴拉·史密斯等人的论述。

莫汉蒂(C.T. Mohanty,1915—)在《在西方的注视下:女性主义与殖民话语》一文中指出,在西方一些女权主义者撰写和研究第三世界女性的著作中,存在着这样的严重问题:一是在分析策略方面,将女性假定为一个已被建构了的一致的团体,有着相同的利益和愿望,而忽视了第三世界国家的女性在阶级、种族或人种等方面的具体差别;二是在方法论上,常常以毫无批判的方式只注重具有普遍性与跨文化的"有效"证据;三是固守极端二元对立的思路,将第三世界女性简单化地视为遭受男性压迫的群体。在这样的理论框图架中形成的见解是:由于性别约束及第三世界本身的愚昧无知、贫困落后、笃信宗教等,致使其女性不仅仍为男性的附属品,且缺乏独立意识、法律意识等,基本上过着一种残缺的生活。例如,有学者正是由此理论视野得出结论:所有的非洲女性都是男性的附属物,卖淫对于作为一个团体的非洲女性而言只是唯一的工作选择。在莫汉蒂看来,这样一种"一般的第三世界女性形象",恰与受过教育的、现代的、能主宰自己的身体和性、有决策自由的西方女性形象形成了鲜明的对照。而这样的界定,在很大程度上是通过欧洲中心的假定标准来定义的,实际上是把社会阶级和种族结构中不同女性团体同时存在的复杂情形删改和殖民化了。此外,在这类著作中不自觉流露出来的,是西方女权主义自视为是反历史的真正"主体",而将第三世界女性视为从未超越她们所处的落后状态的一般"客体",只能根据西方女性主义的精神而被了解和指导,从而明显地表现出"种族中心主义"、"西方中心主义"与"文化帝国主义"的倾向。

莫汉蒂认为,西方女权主义者所描述的"性别上受压迫"的"女性共同体",实际上是不存在的,第三世界女性,即是一个不同于第一世界女性的特殊主体,因而在探讨女性主义问题时,是不应从普泛性的要领出发,而应具体分析的。莫汉蒂举例说,"劳动性别分工"的存在往往被看做不同社会里女性受压迫的证据,而实际上,这类似情形可有千差万别的特殊历史的解释。"例如,美国中产阶级女性为家长的家庭的兴起有可能被解释为标明了女性的独立和进步,那儿女性被认为可以选择做单身母亲,大量同性恋母亲正在增长。然而近年来拉美女性为家长的家庭发展却集中在最贫困的阶层。"①因此,"姐妹情谊并不能根据性别去假定,而是必须在具体的历史和政治实践中结成"②。否则,"如果此类概念被假定为是普遍适应的话,第三世界女性在阶级、种族、宗教和日常物质活动上的共性结果会导致全世界女性受压迫、利益和斗争完全相同的虚假意识。在

---

① 罗钢、刘象愚:《后殖民主义文化理论》,中国社会科学出版社1999年版,第434~435页。
② 罗钢、刘象愚:《后殖民主义文化理论》,中国社会科学出版社1999年版,第423页。

姐妹情谊之外的仍然是种族主义、殖民主义和帝国主义"①。

凯图·卡特拉克更为明确地指出,由于迄今为止的文学传统,无论是西方的还是非西方的,都往往以男性为主流,故而殖民地民族的妇女,常常要忍受着来自种族主义与性别歧视的双重压迫。"她们不仅要与国内男人的父权观念进行斗争,而且要与男性殖民者的性剥削和经济剥削进行斗争"②。正是据此,卡特拉克高度肯定了殖民地国家的女性作品中表现出来的抗争意识,认为她们的文本既挑战了传统的殖民主义,又在反抗着后殖民主义社会文化的与父权的双重压迫。正是这种双重性,记载了女性关系、母亲关系、嫁妆、彩礼、一夫多妻制的传统内容,也记载了由殖民者介绍进来、在资本主义条件下发展起来的更为严重的困境。此外,女性作家也描写了由殖民主义所控制的城市环境里的妇女的重负,以及妇女在实际参政活动方面的边缘化。"因此,女性作家的写作,又有了新的内容:向父权和资本主义挑战和新的形式,一种可以承担新内容的形式"③。巴巴拉·史密斯在《迈向黑人女权主义批评》一文中,则径直对西方著名女权主义批评家肖沃尔特予以指责,认为在她的论著中,不曾提及一位黑人作家或第三世界作家,这是"是赤裸裸的文化帝国主义"的表现。④

莫汉蒂、卡特拉克、史密斯等人从后殖民主义文化视野出发,对西方女权主义理论中的白人中心主义的批判,对殖民地国家女性文学的分析,有助于我们更为正确地认识这些国家的女性作家的创作价值,促进第三世界女性的觉醒。

三、从马克思主义观点出发

在对后殖民主义文化的批判浪潮中,另一部分出身于第三世界的学者,从马克思主义立场出发,对詹姆逊为代表的西方白人马克思主义者在第三世界文化问题上的主张,以及后殖民主义文化批判者斯皮瓦克等人的理论,进行了反思与批判。这一流派,可以印裔学者艾贾兹·阿赫默德为代表。

自信是一位马克思主义者的阿赫默德,本是将詹姆逊视为自己的"同志"的。但在仔细研读了詹姆逊的著作之后,遂痛切地产生了一种"让人不好受"的"我是文明的他者"的体验。阿赫默德认为詹姆逊提出的"第三世界文学"并不存在,作为一个可以被解释为理论知识的内在连贯对象的术语并不成立,这只不过是詹姆逊根据殖民主义和帝国主义的体验而得出的定义。

在《詹姆逊的他性修辞和"民族寓言"》一文中,阿赫默德无可辩驳地指出,

---

① 罗钢、刘象愚:《后殖民主义文化理论》,中国社会科学出版社 1999 年版,第 435 页。
② 罗钢、刘象愚:《后殖民主义文化理论》,中国社会科学出版社 1999 年版,第 449 页。
③ 罗钢、刘象愚:《后殖民主义文化理论》,中国社会科学出版社 1999 年版,第 462 页。
④ 玛丽·伊格尔顿:《女权主义文学理论》,胡敏等译,湖南文艺出版社 1989 年版,第 140 页。

由于交流的不对等现象,西方白人学者实际上并不真正了解第三世界的文学实际,一个令人瞩目的事实是:"几乎每一位现代的亚、非国家知识分子都至少懂一种欧洲语言;另一方面,几乎没有一位重要的欧美文论家曾经不怕麻烦学过任何一种亚非国家的语言;宏大的翻译工程使文本在发达资本主义国家之间广为流通,但当这些文本译自亚非国家的语言时,这种流通就会拖延得出奇地缓慢。"①其结果,许多重要的文学传统如孟加拉语、印度语、泰米尔语、泰卢固文的文学传统,以及六七种仅起源于印度的传统,实际上美国文论家是并不知道的。由此导致的结果只能是,极少数碰巧用英语写作的亚非作家受到了过高的评价。如萨尔曼·拉什迪的《子夜群婴》,被看做是"一个大陆发现了自己的声音";萨义德之所以被人称赞,也主要是因其"书中的成就","使巴勒斯坦不至于迷失于历史之中"。阿赫默德不满地指出,这似乎意味着一个人若不用英语说话,他就没有声音;若没有萨义德的书,巴勒斯坦就将在历史上失去地位。只要他或她用英语写作,就会立即被抬举为一个种族、一块大陆、一种文明,甚至第三世界的唯一的宏伟的代表。这样一来,詹姆逊所谓的"第三世界文学认知理论"只能建立在目前被宗主国的语言能够接受的观念之上。这样形成的"第三世界文学观"自然只能是空中楼阁。

阿赫默德还指出,大多数文学生产,不论其是"第一世界"还是"第三世界"的,一般都不会受某种因素直接而统一的决定。文学文本是由一种高度差异化的方式写成的,通常受多种相互争论的意识形态和文化语境的决定。正因如此,詹姆逊所谓"所有第三世界的文本都必然应被当作民族寓言去阅读"的结论,也是不能成立的。在我国当代学术界,詹姆逊的理论有着广泛的影响,为许多人所推崇,但却没有人像阿赫默德这样发现其中的缺失,更没有人意识到在这位"西方马克思主义理论家"的理论中,潜在着"东方主义"阴影。因此,阿赫默德的见解是值得我们特别注意的。

第四节 新历史主义文艺观

新历史主义(the New Historicism)文艺观(cultural hegemony),在后结构主义思想家福柯等人强调的"差异"、"断裂"、"非连续性"及葛兰西的"文化霸权",巴赫金的"复调"、"对话",以及以美国学者克利福德·格尔兹为代表的文化人类学,以雷蒙德·威廉斯为代表的英国"文化唯物主义"等理论主张与文化思潮的影响下,于20世纪80年代兴盛于美国,后波及欧美其他一些国家。这种新的

---

① 罗钢、刘象愚:《后殖民主义文化理论》,中国社会科学出版社1999年版,第335页。

文论思潮,力图矫正形式主义以及有关文学批评中非历史化的弊端,主张恢复文学研究中的历史维度,但又反对旧历史主义的实证性阅读,反对对文本的固定或单一意义的解释,而是强调要在作为历史语境的"文化系统"中,重现那些先前遭到排斥的因素,以求更为全面地揭示文本复杂的历史内涵,以及文学与历史之间的互动关系。新历史主义文论的代表人物主要有:斯蒂芬·葛林伯雷(Stephen Greenblatt,1943—),美国加州大学柏克莱分校教授,主要著作有《文艺复兴时期的自我塑造:从莫尔到莎士比亚》、《学会诅咒》等;海登·怀特(Hayden White,1928—),美国加州大学圣克鲁兹分校思想史教授,主要著作有《自由人文主义的出现:西欧思想史》、《历史之用》、《元历史:十九世纪欧洲的历史想象》、《话语转喻论》等。其他有影响的学者有路易斯·艾德里安·蒙特洛斯(Louis Adrian Montrose)、美国的简·汤姆金斯(Jane P. Tompkins)、佛格荪(Margarel Ferguson)、意大利的摩拉提(Franco Moretti)、加拿大的帕克(Patrieia Parker)等人。

  所谓"新历史主义",当然是与"旧历史主义",即"已有历史主义"相对而言的。而"已有历史主义",据美国学者伊各斯的考察,主要有两种情况:一是注重将每一个个体放在它本身的"真实的时空里"加以考察,在方法上近乎"经验主义"及"实证主义"。这样一种"历史主义",较早见之于19世纪中叶的德国,此后,对"历史主义"虽有多方面的不同理解,但强调与"客观存在"相对应的"价值中立"原则仍为许多人所接受。此类"已有历史主义"的形态,不妨可称之为"实存论"。二是进入20世纪以来,人们对"历史"的理解,已越来越倾向于认为:历史并不是"完整的体系",而是形形色色的人类意志的表现;所有的"历史都是当代史",因为它们都反映时人的利益和观点;历史是没有什么客观意义的,所有的历史作品都是虚构杜撰的产物;由于各种主观性见解的因素经常渗入到历史知识之中,历史不可能是科学的。[①] 这类"已有历史主义",不妨可称之为"虚无论"。除了伊各斯所描述的以上两种情况之外,具有重大影响的"已有历史主义"还应包括马克思主义的历史唯物主义,其基本主张是:人类的历史主要是客观存在的社会经济基础与上层建筑之间的关系史、阶级斗争史。

  葛林伯雷、怀特等人所主张的"新历史主义",基本理论观点是:历史并不只是过去发生的"一件事接着另一件事",甚至不只是发生在过去的事,"过去性"并不一定是历史的属性,至少不是历史的全部属性,历史只不过是一种文本。用怀特本人的话说:"历史就是历史学家描写过去事情的方式,至于历史上究竟发生过什么事情,他们则不管,他们认为历史主要由一些文本和一种阅读、诠释这

[①] 张京媛:《新历史主义与文学批评》,北京大学出版社1993年版,第285、293、294页。

些文本的策略组成。"①"没有历史事件本身是内在悲剧性的;这点只能从有组织的事件系列语境中的某一个特殊角度才能被观察到。因为在历史上从一个角度看来是悲剧性的事件也许从另一个角度来看就是喜剧性的。"②如果仅就这样的基本主张来看,新历史主义似乎颇近于"已有历史主义"形态中的"虚无论",但实际上,二者是大不相同的,新历史主义并未像"虚无论"那样完全否定历史本身的意义及历史发展过程中一定程度的逻辑规律,如怀特就曾特别强调:"有证据证明,历史也绝非没有它本身带有的逻辑性质,而非诗学性质的过程。"③他们只是认为,历史发展不可能是线性的、单一因果的,而是与复杂的文化语境有关的。因此,他们主张,要设法从这类历史的碎片中发现隐含的历史寓言与文化象征,要采用人类学的"厚描"方法(thick description),即对某种现象予以多层次文化探察与诠释,以发现其中隐含着的无限社会内容。

比较可见,"新历史主义"之"新"表现在:不同于"已有历史主义"形态中奉行"价值中立"原则的"实存论",它更重视的是对历史的阐释而非考证;不同于解构主义思维方法的"虚无论",它注重的是对历史中隐含的多重文化意义的开掘;不同于马克思主义的历史唯物论,它重视的是历史过程的复杂性而非单一线性因果的决定论。正如美国一位对"新历史主义"持怀疑态度的学者所概括的:"新历史主义的'新'在很大程度上是由于它一直同后结构主义批评尤其是解构主义和文化人类学的厚描方法保持着暧昧不明的关系。"④

新历史主义,作为一个文学理论术语,最早是由葛林伯雷于1982年为《文类》杂志文艺复兴研究专号写的一篇导言中提出来的。按葛林伯雷最初的解释是:新历史主义文论不是一种教义,而是一种批评实践,即主要是指以文化人类学的方式,将文学作为整体的文化现象进行研究的批评活动。在此后的发展中,由于新历史主义文论家们的主张并不一致,在批评实践方面,也各不相同,有人注重过去,有人注重关系总体,有人注意的则是时间中的变化,因此,要在理论上对其予以清晰的界定也是比较困难的,即如首倡者葛林伯雷亦这样认为:"文学研究中'新历史主义'的特点之一,恰恰是它(也是我自己)与文学理论的关系上的无法定论,从某种意义上说,它是说不清道不明的。"⑤但从他们的有关论述与批评实践中可以看出,其理论主张主要表现在以下几个方面。

---

① 张京媛:《新历史主义与文学批评》,北京大学出版社1993年版,第56~57页。
② 张京媛:《新历史主义与文学批评》,北京大学出版社1993年版,第163页。
③ 张京媛:《新历史主义与文学批评》,北京大学出版社1993年版,第106页。
④ 张京媛:《新历史主义与文学批评》,北京大学出版社1993年版,第54页。
⑤ 张京媛:《新历史主义与文学批评》,北京大学出版社1993年版,第12页。

一、恢复文学研究中的历史维度

第二次世界大战结束之后,在美国文学批评界,长期占据主导地位的是否定文学与历史的关联,排斥作品历史内涵及社会价值的"新批评"之类的形式主义主张。新历史主义的出发点之一即是:矫正形式主义以及有关文学批评中非历史化的弊端,恢复文学研究中的历史维度。

在西方文学批评史上,历史维度一直受到高度重视,但关注的重点是作品与社会生活的关系,以及作家的生平、世界观、创作动机之类。而在新历史主义看来,过分强调文学是现实生活的反映,过分重视对文学作品内容的实证性考察,不仅忽视了作家在文学活动中的主体作用,且会导致对文学作品阐释的单一性与不变性。他们认为,文学与历史的关联,不是单一因果的,而是与复杂性的文化因素有关,正如蒙特洛斯宣称的:"相对于英国学者的侧重政治、阶级问题,强调现代文明如何援用过去的文化,美国学者似乎致力于重新勾勒出作品当初产生时的社会文化处境。"[1]可见,新历史主义要恢复的历史维度,实际上是文化维度,即注重在历史语境的"文化系统"中,通过对文本与其他文本之间的"互文本"关系的分析探讨,发现与揭示文本中隐含的复杂历史内涵,使独立存在的文学史的历时性文本,成为一种文化系统的共时性文本,使某一文本,成为一个不断被解释的意义的增殖体。而这样一种解释,其实也就是在一定的文化语境中,读者、批评者与文本之间的交流与对话。正是基于此,葛林伯雷强调:"艺术作品是一番谈判以后的产物,谈判的一方是一个或一群创作者,他们掌握了一套复杂的、人所公认的创作成规,另一方则是社会机制与实践。"并进而指出:交流,是现代审美实践的核心,"为了对这种实践作出回答,当代理论必须重新选位:不是在阐释之外,而是在谈判和交易的隐秘处"[2]。

新历史主义意识到,在作家的创作,以及读者与文本之间的交流、谈判、解释活动中,必会伴随着福柯所说的"知识型构"之类的权力话语,必会受到政治、意识形态之类的制约,因此,"新历史主义文艺观很少关心认识论问题,而更多注意的是由福柯、现代西方马克思主义及女权主义所分析的社会等级制度内部存在的权力斗争"[3],他们特别强调,文本产生的历史语境主要是由性别、种族和阶级之类权力等级制度决定的,这样的历史语境,既可以控制作家的意志,也会产生颠覆社会权威的力量,文学研究的目的之一即在于揭示文本隐含的不同意识形态、思想范型之间的冲突。这样一种政治性的权力话语分析,常常成为新历史

---

[1] 张京媛:《新历史主义与文学批评》,北京大学出版社1993年版,第267页。
[2] 张京媛:《新历史主义与文学批评》,北京大学出版社1993年版,第14~15页。
[3] 《新普林斯顿诗与诗学百科全书》,普林斯顿大学出版社1993年版,第532页。

主义学者所要恢复的历史维度中的中心问题,从而使其理论主张中呈现出鲜明的文化政治学(the poetics of culture)色彩。

二、文化诗学的批评观

在新历史主义看来,诗与人类的其他文化形态之间的不同,只在于文本组织的复杂性程度,并没有其他实质性的差别,因为人类在创作诗歌时萌生、成型其意图与想象的力量,与人类的其他文化生产相同,都是由那些能够表达各种意思的文化符号充斥与决定的。怀特在《作为文学虚构的历史文本》一文中即明确宣称,"历史的语言虚构形式同文学上的语言虚构有许多相同的地方,与其他科学领域的叙述不同"①,"所有的诗歌中都含有历史的因素,每一个世界历史叙事中也都含有诗歌的因素"②。正是从这样的基本认识出发,新历史主义学者力图抹平文学与历史之间的差异,提出了"文化诗学"、"历史诗学"之类见解。综合其相关论述与批评实践可见,新历史主义提出的"文化诗学"(the poetics of culture),实际上不是一个一般意义的文学理论范畴,而是一种理解阐释历史文本及其他文化文本的策略,具体体现为以下两种指向:

一是强调"文化"中的"诗"性成分。在传统的文学理论中,常将隐喻、象征、寓言、再现、模仿之类视为文学艺术的特征及审美构成的方式。葛林伯雷则以美国作家梅勒大获成功的纪实性小说《行刑者之歌》与只是通过剪裁加工一个杀人犯的通信而成的《野兽的肺腑之言》,以及梅勒本人的创作体会证实:一个原本非文学的杀人犯的通信中,已具有"文学的分量";一般的社会话语中,实际上"已经承载着审美能量"。而这样一类"诗性"的"文学分量"与"审美能量",用传统文论显然是不好解释的,这就需要一些新的术语,"用以描述诸如官方文件、私人文件、报章剪辑之类的材料如何由一种话语领域转移到另一种话语领域,而成为审美财产"③。在新历史主义看来,"文化诗学"恰可担当此任。

在新历史主义的具体研究中,体现出的正是这样一种"文化诗学"的眼光,即注重以虚构性、想象性的诗学的眼光分析历史文本。如他们更感兴趣的往往是历史记载中的某些零散插曲、轶闻轶事、偶然事件、异乎寻常的外来事物、卑微甚或简直是不可思议的情形,等等。因为在他们看来,这类不无"想象性"、"创造性",能够破解、修正和削弱特定历史时空中占优势的社会、政治、文化、心理的历史符码,实际上即类乎于"诗学语言"。另如,新历史主义学者认为,在历史学家的文本中,往往把不同的事件组合成事件发展的开头、中间和结尾,而这并

---

① 张京媛:《新历史主义与文学批评》,北京大学出版社1993年版,第161页。
② 张京媛:《新历史主义与文学批评》,北京大学出版社1993年版,第177页。
③ 张京媛:《新历史主义与文学批评》,北京大学出版社1993年版,第13~14页。

不是"实在"或"真实",无一例外都是诗歌构筑。由于新历史主义注重历史文本中的诗性,故而在一定范围中,他们所倡导的"文化诗学"亦可称之为"历史诗学"。

二是强调"诗"中的"文化",即注重在特定语境中,研究文学文本的文化因素与文化作用。如美国女作家斯托夫人的《汤姆大叔的小屋》,通常主要被视为是一部反奴隶制的政治主题的小说,汤姆金斯在《感伤的力量》一文中,则通过对其相关情节及场面的分析,发现了其中蕴涵的更为重要的文化意旨,认为小说中对奴隶制的攻击只是第二位的,居第一位的是:作者通过对老式的生活方式——家庭经济的肯定,将人世的救赎力量"寄托于神圣的母性和家庭,重新确定了美国生活中的权力中心,这种权力中心不在政府里,不在法庭、工厂和商场里,而是在厨房里。这意味着新的社会将由妇女而非男人来控制"①。新历史主义认为,一位作家,虚构故事塑造人物的过程,也是自我文化塑造的过程,并经由自我塑造进而塑造他人。如葛林伯雷通过对莎士比亚剧作的研究发现,其作品就是通过"含纳"、"转化"、"不苟同"的方式,去演出错综的意识形成与抗拒过程,并通过"我"与"他人"、"权威"与"外在"的冲突来达成自我塑造。蒙特洛斯在一篇论述英国诗人西德尼的文章中指出:西德尼将宫廷的游说修辞加以运用、操纵、经营,不仅以寓喻的方式向女王争宠,而且教谕她统治国家的道理。在此情况下,诗人反而成了主宰,而不纯只是臣民。② 新历史主义文论认为,正是文学作品的这样一类文化功能,表明文学绝不仅仅是文学,而是参与了历史本身的创造,成为历史的一部分。正是从这类分析中,我们亦可进一步看出新历史主义的"文化诗学"中所体现出的"文化政治学"特征。

新历史主义正是基于对"诗"中的"文化"的分析,进一步强调了文学与历史之间的互动关系。即文学作品不仅受制于历史,亦有力量对任何社会的普通话语进行结晶,从而影响社会的发展。文学与历史之间,实际上存在着一种可以互相阐释的张力结构。

三、开放的理论视野

在西方学术界,有人批评"新历史主义"是"一个没有确切指涉的措辞",而这实际上恰恰正是新历史主义最为突出的"跨学科"特征的体现。与一般的理论思潮不同,新历史主义原本就无意于理论系统的建构,而更重视的是实践性文学批评的方法与方式。

---

① 王逢振等:《最新西方文论选》,漓江出版社1991年版,第493页。
② 张京媛:《新历史主义与文学批评》,北京大学出版社1993年版,第269页。

正是出于实践需要,新历史主义广泛吸取了以福柯为代表的后结构主义有关语言、写作、主体、分化、断裂的概念,后现代主义的游戏方略,西方马克思主义学者葛兰西的"文化霸权"理论,法兰克福学派有关美学与政治的论点,以及巴赫金的"对话"概念、法国人类学、读者反应批评、女权主义文艺观等,从而表现出综合性、开放性的理论视野,葛林伯雷这样指出,"新历史主义与20世纪初实证论研究的区别,正在于它对过去几年的理论热持一种开放的态度",新历史主义的"批评家一般又都不愿意加入这个或那个居主导地位的理论营垒"①。美国另一位学者伊丽莎白·福克斯-杰诺韦塞(Elizabeth Fox-Genovese)也曾这样认为:"这种'新历史主义'乃是一种采用人类学的'厚描'方法(thick description)的历史学和一种旨在探寻其自身的可能意义的文学理论的混合产物,其中融汇了泛文化研究中的多种相互趋同然而又相互冲突的潮流。"②正是基于这样一种开放的理论视野,新历史主义不再仅仅局限于对文学文本的关注,而是力图打破历史学、人类学、艺术学、政治学、文学、经济学等传统学科的界限,从文化人类学及"文化唯物主义"(cultural materialism)的立场出发,将文学作品作为一种综合的文化现象来研究,以发掘其中隐含的诸多意义的系统。此外,在研究对象方面,也不再像旧历史主义那样,主要集中于严肃作品,而是增加了对历史风俗、民间传说及通俗作品的研究。怀特认为:"不管怎么说,到现在为止,新历史主义所已经发现的是,根本就不存在历史研究中的特定的历史方法这种东西,存在的只是多种多样的历史潮流方法——在目前的意识形态领域里,有多少立场观点便会有多少这些方法。"③

新历史主义的这一特征及其意义,正如一位中国学者所概括的:"新历史主义实现了'话语的扩张'。它不仅将文化、历史、权力和意识形态熔铸在一个彼此的网络结构中,而且将其吸收的众多新方法,都整合到自己的武库中,因而可以合理地、总体性地阐释对峙性的文化政治和虚假的历史话语,并对意识形态与社会文化做出自己的新历史价值判断。"④一种文化政治批评整合各种文化策略,历史意识形态性。

从西方文论的发展历程看,新历史主义文艺观强调通过对历史语境的重新解读,以发现作品的新意,这既在一定程度上纠正了"已有历史主义"决定论的偏颇,也弥补了形式主义文论的缺陷。新历史主义通过"文化诗学"进行的批语实践,为重建文学与历史、文学与文化之间的关系提供了新的路径。新历史主义

---

① 张京媛:《新历史主义与文学批评》,北京大学出版社1993年版,第2页。
② 张京媛:《新历史主义与文学批评》,北京大学出版社1993年版,第52页。
③ 张京媛:《新历史主义与文学批评》,北京大学出版社1993年版,第107页。
④ 王岳川:《后殖民主义与新历史主义文论》,山东教育出版社1999年版,第184~185页。

文艺观,当然还是不完善的,甚至不无深刻的内在矛盾。比如他们虽然表现出重构历史、阐释历史的愿望,但因所倚重的后结构主义的边缘性策略,却又"并不那么看重历史,特别是在自我批评或自我反思方面它并不是历史的"①。由于放逐了"客观事件",他们往往与其意愿相违,实际上排斥了对历史规律与意义的深度探寻。此外,新历史主义的某些著作中,存在着将历史简单化、政治化与意识形态化的倾向。

小　　结

　　世界是在不断变化的,人类历史是在不断进步的,作为文化重要组成部分的文学理论,自然也是一个不断发展创新的过程。20世纪中期以来,随着现代主义思潮的衰退,后现代主义、女权主义、后殖民主义、新历史主义先后涌现于西方文坛,在这些新的文艺思潮中,固然存在着极端化的非理性、非艺术、反秩序之类弊端,存在着某些明显的消极影响与思想局限,但从整体上说,是促进了人类文学艺术活动乃至整个人类文明的进步与发展的,对于中国的文艺学建设,是有多方面的启示意义的。

　　首先,西方后现代时期的文艺理论家们,常常表现出勇于探索,敢于标新立异的学术锐气。即使在同一学派内部,也往往相互驳难,见解各异,这无疑是正常的学术生态,当然也是文艺学发展所必需的。相反,如果墨守成规,小心翼翼,或步趋他人,文艺学的探索必将陷入僵滞状态。

　　后现代主义从文学艺术方面来看,勇于开拓,为人类艺术的发展积累了经验。虽然由于过分地崇尚标新立异,致使其创作离奇古怪,有时甚至给人恶作剧的感觉,但大多作家、艺术家与理论家是严肃的、真诚的。因而,其理论与实践,在一定程度上拓展了文学艺术的视野,为文学艺术的进一步发展,积累了经验,开辟了道路。

　　从文化方面来看,具有积极的文化反思与社会批判意义。后现代主义思潮无疑有力地促进了当代文化思想及人的个性的进一步开放,激发了人类对某些文化成规、思维方式及科学技术之弊端的反思。后现代主义文化及相关的文艺思潮所隐含的对高科技文化所导致的社会秩序的反叛,对后工业文明条件下人类生存状态的不满,对一统化规则以及世界一元本体的怀疑,有利于进一步破除迷信与盲从,激活创造意识、变革意识,有利于更高程度地实现人性的解放,有利于促进人类文明的完善与社会的不断进步。其主导倾向,是值得肯定的。

---

①　张京媛:《新历史主义与文学批评》,北京大学出版社1993年版,第54页。

其次，西方后现代时期的许多文艺理论家，表现出开阔的理论视野，他们常常注重于从文化背景、国际关系、性别、种族、人类的生存与发展等宏阔的视野出发，多角度、多层面地思考文学艺术问题，提出了诸多有重要现实意义的理论见解。

再次，在西方后现代时期出现的女权主义、后殖民主义、新历史主义等文艺学思潮，呈现出"政治化"与"意识形态化"的倾向，并加深了人们对文学艺术的认识。其启示意义在于，在我们文学理论史上，虽然由于片面强调文学与社会生活的关系而影响了文学的发展，但关于文学艺术的社会学研究，注重对文学艺术的思想内涵的探究，本身并不错，仍有着无限广阔的天地，问题只是在于如何更为深入，更为科学。

但后现代主义的弊端，也是需要我们警惕的。文学艺术的发展，固然需要不断破坏，不断创新，需要自由，需要率性而为，但有些规则，有些基本质素，又是不能随意改变的，否则就不成其为某类艺术了。如枯燥乏味，缺乏语义关联的文字组合，是不可能成为"语言艺术"的；离开了音符的有机组合，也就无所谓音乐了。从根本上说，艺术是自由与限制的对立统一，如果极端化地打破艺术范式，无限地扩大"艺术事态"，结果恐怕只能是使艺术与非艺术、艺术家与非艺术家没有了区别，这实际上也就等于取消了艺术，毁灭了艺术。

从文化方面来看，人毕竟不是动物，是有理性，有思想，有精神追求的，总要考虑人生的价值及意义，总希望社会更有秩序、更为和谐，不可能在意义匮乏的平面上忍受下去。文艺复兴以来日趋高涨的理性权威固然压抑了人的自由本性，但如果彻底毁灭理性，也注定了不可能给人类带来幸福；现代科技虽然造成了新的人性束缚，但谁也不愿也不可能退回远古蛮荒。故而从文化建设及文艺学的价值取向来说，在理性与非理性之间寻找一种新的平衡与和谐，这才是人类的理想状态与社会秩序的明智选择。解构一切、彻底反叛"现代性"、极端化地否定"理性"的主张，也不利于人类社会走向更为光明的未来。事实上，以目前的情况看，以"解构"为主导指向的后现代主义似已呈现出式微之势，许多学者更倾向于在分析"现代性"弊端的基础上，重建人类文化精神中的普适性原则。诸如力图恢复历史维度的新历史主义、反对男性中心主义与西方文化霸权的女性主义、后殖民主义等新的文化思潮的兴盛，即标志着人们对理性思维及社会现实问题的重新关注。

由于社会历史及文化背景的不同，在我国当前的文化建设中，在传播与借鉴西方后现代主义文化及文论思潮时，更应多一份审慎。20世纪的西方，"非理性"、"反理性"思潮虽一直在波翻浪涌，但同时又受到了这样三种强硬的理性力量的抗衡与制约。一是文艺复兴以来形成的肯定人生价值、个性价值的人文主义思想；二是精神信仰意义上的现代宗教；三是严明健全的法律制度。在这样强固的理性氛围中,"非理性"、"反理性"主张,可以在调谐理性的过于严酷方面产生更为积极的意义,而不论怎样张扬,也终不至于泛滥。而与西方人相比,我们根本没有体验过笛卡儿"我思故我在"的哲学自信,这就使我们对"非理性"之类的肯定,有时不是在同一个基点上:西方人主要是源于对资本主义条件下高度发达的科学理性和过分严密的社会理性的不满,我们则主要是对缺乏理性秩序的封建专制之类的不满。此外,中国人没有上帝,也没有经过西方文艺复兴以来相当一段时间的人文主义文化的熏陶,法制意识也远较西方人淡漠。在如此不同的历史与社会文化条件下,如果不加分析地过分推重"非理性",极端化地"反理性",极易导致自私自利、不负责任的"个人主义"的泛滥。与西方人相比,我们面临着不可偏倚的双重任务:感性解放与理性建设。特别是处于社会转型期的当今中国,在人文精神失范,法制力量依然薄弱,物欲极易恶性膨胀的社会条件下,我们既需要感性的解放,同时更需要科学理性与社会理性的建设。

中国当代文艺学工作者应从我们的实际出发,既不故步自封,也不盲目地步趋洋人,追风逐浪,而是以实事求是的科学态度,正确地分析研究西方后现代时期的文艺思潮,借鉴其精华,扬弃其糟粕。只有这样,才能促进我国文艺学事业的健康发展。

思 考 题

1. 何谓后现代主义?
2. 试论后现代主义产生的根源。
3. 后现代主义与现代主义文艺观有何异同?
4. 试评后现代主义文艺创作观。
5. 试评后现代主义文艺批评观。
6. 试论后现代主义文艺思潮对我国当代文学艺术的影响。
7. 何谓"女权主义"?
8. 如何评价女权主义文艺观?
9. 何谓"东方主义"?
10. 试评后殖民主义文艺观。
11. 何谓"新历史主义"?
12. 如何评价"新历史主义文艺观"?

第1版后记

这本《西方文论》是为中学教师进修高师本科(专科起点)教学而编写的教材。在教育部师范司和高等教育出版社的指导下,历经近两年的时间,终于完成,每位撰写者都感到由衷的高兴。

为贯彻党的科教兴国的战略,认真落实《中国教育改革和发展纲要》,遵循教育要面向现代化、面向世界、面向未来的指导思想,国家教委为实施素质教育,培养面向21世纪所需要的高素质中学教师和教育管理人才,制定了中学教师"专升本"计划,这是一项高瞻远瞩的举措。中学师资素质的提高是关系民族未来的大事。为此,我们参与这项伟大工程,有种光荣的责任感和使命感。

自接受这一任务后,高等教育出版社领导和责编同志就倾注了满腔热情并花费了巨大的精力。1999年11月24日高教社领导、责编与撰写者聚集广州,在广州会议上进一步明确了本教材的目的、特点、体例,经过认真细致地讨论,完成了编写大纲。大家一致同意:本教材要以辩证唯物主义和历史唯物主义为指导,在立足本民族优秀文化遗产基础上,积极吸收世界各国文化的精华,为我所用,为建设我国社会主义新文化服务,为促进我国与世界各国之间的文化交流服务。本教材的对象是专升本的中学教师,(亦可为在校本科生和广大社会读者学习西方文论使用),为此,力求写得通俗易懂,深入浅出,便于自学。具体说:在本教材中,从古希腊至20世纪末的西方文论的基本知识要讲够,问题意识要突出,阐述规律性的东西要准确,要尽力吸收前沿的研究成果。西方文论是不同文化背景下的产物,要想达到以上目的实在不易,但是每位撰写者都尽力去做。在具体操作上,我们在每章都设有"引论",章后有小结,之后设了思考题,配合所阐述内容,力争使学习者"能学、能用"。

同时,本书撰写者在撰写过程中具有一种潜在的比较和应用意识。我们学习西方文论的根本目的在于借他山之石以攻玉,为提高"文学鉴赏、评论能力"服务,为此,把中国文论作为参照系,把西方文论的特点讲清,在比较中取长补短,这对学习者是有利的。同时,对于中学教师和广大读者在阅读、评论中接触比较多的,特别是20世纪文论给予了特别的关注,正如大家所说"厚今不薄古",因为西方文论是个历史发展的过程,20世纪文论与我们关系更为密切,但是它也不是无源之水,无本之木。这么做的目的在于突出它的应用性。

在撰写本教材过程中,每位撰写者都力图说出自己的一得之见,一些过去忽视、偏颇之处力求讲得公允、恰当,如对中世纪文论,理应重新全面认识。力求使用第一手资料,不抄来抄去,有些资料是由撰写者首次译介过来的,大家感到这是应该做的。

但是,即或如此,在完稿之日,我们仍感到不尽如人意,毕竟西方文论这一研究对象太庞大、复杂了,要很自由地驾驭它谈何容易,我们期待每位学习者、读者的批评、指正。

根据《中学教师进修高等师范本科(专科起点)教学计划》(试行)对本课程教学课时的规定,并依据专升本教学的实际情况,建议师生在使用本教材时参考如下课时分配方案:

教学内容	课时分配				
	脱产	业余	函授		
			面授	自学	合计
	36	36	24	48	72
导论	1	1	1	2	3
第一章 古希腊罗马文艺理论	3	3	3	4	7
第二章 中世纪文艺理论	3	3	2	3	5
第三章 文艺复兴至启蒙运动时期的文艺理论	3	3	2	4	6
第四章 德国古典主义文艺理论	3	3	2	4	6
第五章 19世纪文艺理论	2	2	1	3	4
第六章 唯意志论文艺理论	2	2	1	3	4
第七章 前期现代主义文艺理论	2	2	1	3	4
第八章 精神分析批评与原型批评文艺理论	3	3	2	3	5
第九章 形式主义文艺理论	3	3	2	4	6
第十章 现象学与存在主义文艺理论	3	3	2	4	6
第十一章 文艺阐释学与接受理论	3	3	2	4	6
第十二章 西方马克思主义文艺理论	3	3	2	4	6
第十三章 当代西方文艺理论	2	2	1	3	4

在撰写过程中,我们借鉴了国内外许多学者的著述,在此谨致谢意。我们感谢高教社领导彭治平教授、两位责编吴学先、杨寿良同志对这项工作的悉心指

导,特别是杨寿良先生在 2001 年 3 月亲临长春,与几位撰写者统稿,工作的认真、辛苦,给我们留下了难忘的记忆。

我们还特意请王岳川教授在百忙中对全部书稿进行了审阅,感谢他提出了不少宝贵意见,这对保证本书质量起了重要作用。

两年来所有参与此项工作的同志结下了深情厚谊,大家团结合作,留下美好的回忆,这是走向新世纪最值得纪念的。

本书具体分工如下:

导论		孟庆枢(东北师范大学)
第一章	古希腊罗马文艺理论	王　确(东北师范大学)
第二章	中世纪文艺理论	赵沛林(东北师范大学)
第三章	文艺复兴至启蒙运动时期的文艺理论	
	第一节	张云鹏(潍坊学院)
	第二节	刘　研(东北师范大学)
	第三节	王　确(东北师范大学)
第四章	德国古典主义文艺理论	杨守森(山东师范大学)
第五章	19 世纪文艺理论	王化学(山东师范大学)
第六章	唯意志论文艺理论	杨思聪(西南师范大学)
第七章	前期现代主义文艺理论	李珃平(湛江师范学院)
第八章	精神分析批评与原型批评文艺理论	陶水平(江西师范大学)
第九章	形式主义文艺理论	
	第一节	凌建侯(北京大学)
	第二节	吴学先(高等教育出版社)
	第三节	寇鹏程(西南师范大学)
第十章	现象学与存在主义文艺理论	
	引论、一、三、四节	孟庆枢(东北师范大学)
	第二节	张永清(南京大学)
第十一章	文艺阐释学与接受理论	
	第一节	王　确(东北师范大学)
	引论、二、三节	张向东(羊城晚报)
第十二章	西方马克思主义文艺理论	陶水平(江西师范大学)
第十三章	当代西方文艺理论	杨守森(山东师范大学)
后记		孟庆枢(东北师范大学)

全部书稿先由杨守森教授审阅、修改,然后由孟庆枢教授统稿、定稿。

2001 年 4 月 8 日

第 2 版后记

《西方文论》、《西方文论选》自 2002 年 7 月由高等教育出版社出版以来,承蒙广大师生和社会读者厚爱,多次重印,作为撰写者感到鼓舞与欣慰,同时更增加了责任感。

在信息时代,知识更新的速度异乎寻常,与时俱进成为当代人的座右铭。回顾我们撰写这套教材时,虽然已经自觉地坚持立于学术前沿,尽量体现国内外最新研究成果,但是四年来这一领域的发展促使我们下决心修订这一教材,使它更好地为学习者服务。高等教育出版社领导和责编的想法与我们不谋而合。在他们的大力支持下,从 2006 年春就着手这一工作。

修订本书前我们与高等教育出版社、撰写者同仁和广大学生交流,并在东北师范大学召开了修订研讨会。大家认为,修订应保持原书特点,在此基础上进一步提高,即一定要深入浅出,让学习者看得懂、用得上,努力做到把基本知识点讲清楚,问题意识要明确、突出;阐述规律性东西要科学、全面;尽量吸收国内外前沿成果,克服陈旧感;在继承前人基础上,说出自己的一得之见亦不偏颇。同时在教学层次上,保持原专升本教学特色,在内容上适当拓展,使之适合高等院校本科教学;在篇幅上基本保持原貌,尽量不增加学习者的负担。

循着这一思路,从以下几个层次作了全书的修订:

首先把大家最关心、了解很少而又与现实密切相关的部分作为修订重点,如对 20 世纪文论加大了力度,撰写者对后现代主义文论和女权主义、后殖民主义、新历史主义文论重新撰写,对于西方马克思主义文论,除修订原有内容外,补充了詹姆逊、哈贝马斯、伊格尔顿专节,苏联的巴赫金也立了专节。

为了布局合理,有的章节作了较大调整,如导论几乎重写。读者反应批评部分加上了伊瑟尔文论,海德格尔专节进一步得到充实,中世纪、文艺复兴部分也作了相应增添。

同时,即或没有大的修订部分也进行了认真推敲,使之论述得更严谨、准确,一些稍嫌冗长的章节的文字进行了删削,使之更精练。

本教材原版的主要对象是专升本的中学教师,近年来这本教材被不少院校本科教学采用(当然还有相当数量的研究生、社会读者),修订后的教材,适合专升本教学和本科教学。对于本科教学(一般是选修课),我们提供如下几条意见作为参考:

全书虽以专题形式写出,但遵循西方文论"史"的经纬。我们在撰写中力争道出其关联,展现其全貌。望从各文论的关系中,纵横比较,融会贯通。

对西方文论见仁见智,作为教材,我们利于学术前沿,说一得之见,尽量立论公允。对不同论题,只能发凡举要,大家可根据需要,深入研讨。

我们在论述每一文论观时都选取了最有代表性的原著,当然深入研究就不能止于此,大家可以进一步延伸。对一些文论存在的偏颇之处也是点到为止,给大家留有广阔的思考空间。

同时,我们在撰写过程中具有一种明确的比较和应用意识,深入了解西方文论应能激发我们更好地学习、钻研中国文论,弘扬民族文化传统。

修订版课时建议分配如下:

教学内容	课时分配				
	脱产	业余	函授		
			面授	自学	合计
	36	36	24	48	72
导论	1	1	1	2	3
第一章 古希腊罗马文艺理论	3	3	3	4	7
第二章 中世纪文艺理论	2	2	1	3	4
第三章 文艺复兴至启蒙运动时期的文艺理论	3	3	2	4	6
第四章 德国古典文艺理论	3	3	2	4	6
第五章 19世纪主导文艺理论	2	2	1	3	4
第六章 唯意志论文艺理论	2	2	1	3	4
第七章 早期现代主义文艺理论	2	2	1	3	4
第八章 精神分析批评与原型批评文艺理论	2	2	1	3	4
第九章 形式主义文艺理论	3	3	2	4	6
第十章 现象学与存在主义文艺理论	3	3	2	4	6
第十一章 文艺阐释学与接受理论	3	3	2	4	6
第十二章 西方马克思主义文艺理论	4	4	3	3	6
第十三章 当代西方文艺理论	3	3	2	4	6

在撰写过程中,我们借鉴了国内外许多学者的著述,在此谨致谢意。原教材

是在高教社原领导彭治平教授、责任编辑吴学先、杨寿良同志的悉心指导下完成的。本书策划编辑肖冬民、责任编辑吴军不辞辛苦,为修订工作做了大量工作,特别是在后期编辑加工工作中尽职尽责,使我们很受感动,是我们的共同努力保证了本书的顺利完成。

在本书修订工作结束之际,亦是新的工作开始之时。虽然大家尽心尽力,但仍然觉得有不尽如人意之处。此刻我们的目光已投向未来,愿与学习者共同努力,将这一工作继续下去。

这次修订得到所有撰写者的密切配合,在十分繁忙的工作中付出了很大心血,作为主编将这一深情铭刻在心。

本书具体修订分工如下:

导论		孟庆枢(东北师范大学)
第一章	古希腊罗马文艺理论	王　确(东北师范大学)
第二章	中世纪文艺理论	赵沛林(东北师范大学)
第三章	文艺复兴至启蒙运动时期的文艺理论	(整章由刘　研统稿)
	第一节	张云鹏(中国计量学院)
	第二节	刘　研(东北师范大学)
	第三节	王　确(东北师范大学)
第四章	德国古典文艺理论	杨守森(山东师范大学)
第五章	19 世纪主导文艺理论	王化学(山东师范大学)
第六章	唯意志论文艺理论	杨思聪(西南师范大学)
第七章	早期现代主义文艺理论	李珥平(湛江师范学院)
第八章	精神分析批评与原型批评文艺理论	陶水平(江西师范大学)
第九章	形式主义文艺理论	(整章由凌建侯统稿)
	第一节	凌建侯(北京大学)
	第二节	凌建侯(北京大学)
	第三节	吴学先(高等教育出版社)
	第四节	寇鹏程(西南师范大学)
第十章	现象学与存在主义文艺理论	(整章由孟庆枢统稿)
	引论、一、三、四节	孟庆枢(东北师范大学)
	第二节	张永清(中国人民大学)
第十一章	文艺阐释学与接受理论	(整章由孟庆枢统稿)
	第一节	王　确(东北师范大学)
	引论、二、三节	张向东(羊城晚报)
第十二章	西方马克思主义文艺理论	陶水平(江西师范大学)
第十三章	当代西方文艺理论	杨守森(山东师范大学)

后记　　　　　　　　　　　　　　　　孟庆枢（东北师范大学）

　　部分书稿先由杨守森教授审阅、修改,由孟庆枢教授统稿、定稿,在这一过程中,刘研博士协助做了很多统编工作。东北师范大学高访学者、鞍山师范学院陈秀敏副教授与几位博士生、硕士生亦帮助做了校订工作。

孟庆枢　杨守森
2006 年 11 月 16 日

郑重声明

高等教育出版社依法对本书享有专有出版权。任何未经许可的复制、销售行为均违反《中华人民共和国著作权法》，其行为人将承担相应的民事责任和行政责任，构成犯罪的，将被依法追究刑事责任。为了维护市场秩序，保护读者的合法权益，避免读者误用盗版书造成不良后果，我社将配合行政执法部门和司法机关对违法犯罪的单位和个人进行严厉打击。社会各界人士如发现上述侵权行为，希望及时举报，本社将奖励举报有功人员。

反盗版举报电话　（010）58581897　58582371　58581879
反盗版举报传真　（010）82086060
反盗版举报邮箱　dd@hep.com.cn
通信地址　北京市西城区德外大街4号　高等教育出版社法务部
邮政编码　100120